一面朝大海

FACE
TO SEA

周慧春 / 著

天地出版社 | TIANDI PRESS

图书在版编目（CIP）数据

面朝大海 /周慧春著. —成都：天地出版社，
2018.12
ISBN 978-7-5455-4383-4

Ⅰ.①面… Ⅱ.①周… Ⅲ.①长篇小说—中国—当代
Ⅳ.①I247.5

中国版本图书馆CIP数据核字（2018）第261048号

面朝大海
MIAN CHAO DAHAI

出 品 人	杨 政
著 者	周慧春
责任编辑	杨永龙　陈　霞
装帧设计	思想工社
责任印制	葛红梅

出版发行	天地出版社
	（成都市槐树街2号　邮政编码：610014）
网　　址	http://www.tiandiph.com
	http://www.天地出版社.com
电子邮箱	tiandicbs@vip.163.com
经　　销	新华文轩出版传媒股份有限公司

印　　刷	河北鹏润印刷有限公司
版　　次	2018年12月第1版
印　　次	2018年12月第1次印刷
成品尺寸	170mm×240mm　1/16
印　　张	30
字　　数	457千
定　　价	48.00元
书　　号	ISBN 978-7-5455-4383-4

春风发南粤
大潮起珠江

——谨以此书献礼改革开放 40 年

|目录|

1

改革开放之路并不顺畅，

从困窘中寻找出路到蓬勃发展，

再一步步走入正轨，

每一步都离不开所有深圳人的努力，

离不开两万基建兵的汗水，

而魏东晓和他的团队

就是整整第一代深圳人的缩影。

引子

清晨，天才蒙蒙亮，马拉松大赛的工作人员还在做最后的检查工作。

马路两侧彩旗飘扬，从标语上可以看出，这是为了庆祝深圳市改革开放四十周年举办的马拉松大赛，赞助商位置赫然写着"万为集团"。

此刻，万为集团总部办公地，万为大厦二十五楼，十三岁的魏特西从电梯中走出来，一直走向董事长办公室。

万为大厦不是深圳最高、最雄伟的办公楼，但绝对是深圳家喻户晓的建筑。上面除了粤兴广告和万为地产的主要管理层之外，全部被万为通讯占领，这还不够，万为通讯还在旁边建了几座楼供人才培养和研发之用，也就是深圳人都知道的万为研究院。每个人都知道，走进了万为的大门，就意味着比同行高很多的薪水，意味着全方位的培训和锻炼，意味着以后出来无论去哪里，都能吃到一口硬饭。

魏特西走到门口，听了下动静。他不确定爷爷有没有睡着。

爷爷答应要给他讲讲当年的故事，可他早上醒来却找不到爷爷。爸爸魏斯坦说爷爷肯定在办公室。这父子俩真是有意思，打了一辈子，到最后还是相互最了解的人。

魏特西敲敲门，又倾耳听了听。"进来吧。"爷爷的声音不似往日洪亮；相反，有些低沉，有些沙哑。

魏特西推开门走进来，看到坐在宽大办公椅内的魏东晓的背影。

魏特西有点无所适从。"爷爷，您……"

他不知道这个时候自己的出现，会不会妨碍到爷爷。

"我没事。"六十六岁的魏东晓依然没有动。

魏特西才放心地走过去，在魏东晓办公桌对面的椅子上坐下来。

因为长期的操劳和奔波，魏东晓看上去比实际年龄更大一些。他还是那么坐着，姿势没有变，十指交叉放在小腹上，眼光越过魏特西的肩头和办公室尽头的落地窗，注视着远方的海面。

海面风平浪静，冰川般的白云在海与天之间筑起一道墙，一时间分不清哪边是天哪边是海。

眼前的景致让魏东晓的思绪飞到了刻印在记忆深处的那一天。那天的海也是这般平静，月亮在云朵中穿行，海浪温柔地冲刷着岸边的礁石，一群海鸟被莫名惊起，迅速掠过海面，飞进夜幕。一群人络绎不绝地从树林里走出来，黑压压一片。前面的四五个人一组，在两侧推扶着一只只小舢板，快速而沉默地冲向海水。小舢板形状不一，却都一样地破旧、斑驳，里面胡乱扔着废旧轮胎、脏兮兮看不清楚颜色的救生衣，一团团黄色或白色的薄膜也被揉成团塞在小舢板中，甚至还有塞满乒乓球的大网兜。

小舢板一只只漂进水里后，更多的男女从树林里蹿出来涌向沙滩，涌向小舢板。陈大尧在最前面，他的怀里抱着四岁的蚝仔。

"尧叔，我怕。"蚝仔大声喊。

陈大尧："莫怕，尧叔带你去玩，给你买好吃的。"

人群最后面是杜芳急迫的声音："蚝仔，蚝仔啊，你把蚝仔给我放下！"

……

魏东晓的心一揪，浑身一哆嗦，猛地睁开眼睛。

那是他最不愿触碰的记忆，每每想起这一幕，都像在心上撕出一道口子。

"爷爷，你怎么了？"魏特西看到爷爷的异样，急忙问。

"没，没什么。"魏东晓的脸上显出难抑的悲痛，他抬腕看了看手表。"还早，还有时间……"

"爸爸说您在这儿，我来听故事。"魏特西直视着魏东晓。

"不是故事，是历史。"魏东晓深深地呼出一口气，欠了欠身，又重新靠进办公椅里，"那是1979年5月6日，跟今天一样的日子，是你叔公，我唯一的弟弟，魏东旭结婚的日子，我特意从部队请假回家，参加婚礼……"

一 新婚之夜，太阳不再升起

幽静的山林间，鸟儿们婉转的啼鸣此起彼伏。

身着军装的魏东晓背着一个帆布袋，一只手拎着一个行李包，快步走在布满小石头的路上。他的脸上透着英气，眼睛明亮有神，一路疾走中，汗水浸湿了帽檐，将后背上的衣服也洇湿了一大片。

还没拐过弯路，魏东晓就看到了路边的两个孩子，虾仔和蚝仔。

四岁的蚝仔蹦跳着，追着去够七岁的虾仔手里的竹蜻蜓。虾仔高举着胳膊两只手一搓，竹蜻蜓飞了起来。

"飞了，飞了！"蚝仔兴高采烈。

"虾仔，蚝仔！"魏东晓喊。

虾仔先看到魏东晓，脚步未动，跟弟弟说："是爸爸。"

蚝仔也看到魏东晓，张开小胳膊飞跑着冲过来："爸爸，爸爸。"

魏东晓乐呵呵地将手里的行李放下，抱起儿子："想爸爸没？"

"想。"蚝仔奶声奶气地回答。

虾仔走过来，白一眼："他才不想呢，他每天追着尧叔玩儿。"

蚝仔一把将竹蜻蜓从虾仔手里抢过来："这是爸爸做给我的。"

"哟，这个竹蜻蜓还玩儿着呢？等爸爸给你们再做一个。"魏东晓伸手摸了摸虾仔的头。

"我想要个手枪。"虾仔提要求。

"手枪爸爸也会做。"

得到魏东晓肯定的回答，虾仔笑了。

"你妈呢？"魏东晓问。

"在家。"虾仔仰脸看着魏东晓。

魏东晓一手抱着儿子，一手提起行李："走，咱们回家。"

"青青的野葡萄，淡黄的小月亮，妈妈发愁了，怎么做果酱。我说：别加糖，在早晨的篱笆上，有一枚甜甜的红太阳……"

远远地，杜芳就听到了儿子稚嫩的歌声，随即听到了魏东晓重重的脚步声，心里充满了欢喜，她最爱的那个男人回来了。这几天她快要累坏了，忙里忙外张罗着弟弟魏东旭的婚礼，本来就穷的家里，东西只能东拼西凑，还要照顾新媳妇的面子，真是绞尽脑汁。她加快脚步向前走去，拐过树丛，就看到了抱着小儿子的魏东晓，她停了下来，笑吟吟的，眼睛一眨不眨地看着自己的男人。魏东晓也如同打了鸡血般，紧抱着蚝仔小跑起来。

虾仔紧紧跟着爸爸，可爸爸跑得太快，他有点跟不上，一个趔趄差点摔倒，幸亏杜芳及时扶住。

蚝仔被抱得太紧了，不舒服地皱着眉要哭："疼。"

杜芳从魏东晓手里接过行李，嗔怪着："拎这么多东西，还抱着他！"

魏东晓嘿嘿地乐，一路奔波的疲倦都消失了："好不容易回来一趟，我得让我的儿子们开心开心！"

杜芳娇嗔地又瞪了一眼魏东晓。

魏东晓一低头，发现杜芳没有穿鞋："你怎么又光着脚？怎么，你又长身体，鞋子又小了？"

杜芳扑哧一笑："又开始胡说。阿丽穿走了。"

魏东晓："她怎么又借你的鞋？"

杜芳："她要去卖鱼，上次就是没鞋穿把脚扎了，好多天走不了路。"

接着她催促魏东晓："快走吧，家里都等着你主持大局呢。"

魏东晓兴奋地说："走，我回来不就是为了这个嘛。"

杜芳："东旭跟阿琴都盼着你回来呢。现在能娶上老婆是多不容易的事啊，人家阿琴什么都不要，就肯嫁过来！"

魏东晓："嘿，你当年不也是嫁给我了，我家里那么穷，没妈没老豆，还有个没娶媳妇的弟弟，啥事都是你里里外外一个人忙活，我也回不来。"

杜芳一巴掌拍在魏东晓胳膊上："净说没用的，我傻呗。"说着，两个人都笑了。

魏东晓蹲在地上翻行李，翻出一双塑料凉鞋："来，试试合不合脚？"

杜芳看见塑料凉鞋，脸上掠过欣喜的表情："好漂亮啊！你怎么又乱花钱，是不是特别贵？"

魏东晓说："不贵，来，穿上看看。"

"家里都什么情况了，你还乱花钱给我买鞋，我有那双鞋就够了，仔细着点穿，还能再穿几年呢！"杜芳嘴上埋怨着魏东晓，但她看着凉鞋的眼睛却熠熠生辉。

魏东晓看着自己妻子开心的表情，脸上一阵黯然，随即又振作起精神："老婆，我们一定会过上好日子的，我一定会让你想要什么就有什么。"一句话让杜芳感动得湿润了眼眶，但她什么都没说，只是有点不好意思地笑着，深情地看着眼前的男人。

虾仔和蚝仔望着他俩傻呵呵笑出声来。杜芳看了看孩子们，扭过头来，使劲瞪了魏东晓一眼："快走吧！"转身便往回走。魏东晓在身后拎起行李："十吗呀，我自己老婆就得我看。"杜芳抿嘴乐着，一家四口往罗芳村的方向走去。

最近儿天，罗芳村村支书蔡伟基马不停蹄，四处追来跑去，堵那些要逃港的乡亲。有谣言说，伊丽莎白女王登基那天，香港要大赦，只要到了香港，三天之内，向政府申报，就能成为香港永久居民；还有谣言说，深圳这边大放河口，允许群众自由进出香港……听到这样的消息，村民们原本就躁动不安的心更加急迫起来，最近几天，已经有不少人逃往海那边的香港。

拖拉机在泥泞的乡间土路上"突突突"叫着，跑得摇头晃脑。从边防站把拖拉机开回来，蔡伟基已经累得筋疲力尽了，但他必须马上再到乡政府开会，乡长田广福已经让人带了话，今天上午十点，无论如何都要赶到乡里。蔡伟基到村子里接上几个年轻人，刚出村口，就碰到了魏东晓一家四口。

"东晓！"蔡伟基如同见到救星，急忙停下拖拉机，跳了下来："刚回来？"

"支书，你们这是去干啥？"魏东晓热情地迎上去，"是，还没进村呢。"

蔡伟基看着杜芳："阿芳，你不要生气，我要去公社开三防会，得把你家魏东晓也带走。"

杜芳纳闷地看着蔡伟基："开会？那是干部的事，怎么要让东晓去？"

蔡伟基无奈地说："公社有命令，凡是探亲在家的现役军人、退伍军人也必须参加。"

杜芳为难地又看看魏东晓："可是，今天是东旭婚礼，他回来就是为了这个……"

蔡伟基拍拍胸脯："我保证把人给你送回来。再说了，东旭婚礼，我也是一定要参加的。"

魏东晓笑了："行，那就走吧。"他走了两步，又停下，将身上的行李拿下来，杜芳接过去，有些不舍地看着魏东晓。

"你先忙着，我快去快回。"魏东晓低声说。

杜芳："好，你去吧。"她恋恋不舍地看着魏东晓跳上拖拉机。

拖拉机开走了。

"我要爸爸，我也要坐车。"蚝仔突然哭了。杜芳急忙抱住蚝仔："爸爸一会儿就回来，走，跟妈妈回家去。"

一路上，蔡伟基和几个青年都在议论逃港的事情。最近村民们扑海严重，已经接二连三地出了不少事故。魏东晓的眉头皱了起来。他回家路上，在火车站就被查了，说是没有特殊理由，不卖到宝安的车票，当时魏东晓的心就咯噔一下，想着，八成是逃港风又盛了。公共汽车上，他又听到车上的人在议论说伊丽莎白女王登基那天，香港要大赦之类的传言。这怎么可能？可是穷疯了的百姓是没有判断的理智的。坐在拖拉机上听几个青年一聊，魏东晓才知道事情比他想象的还要严重。邻近的定西村男人全逃港了，只剩下一个瘸腿队长，有传言说全村的妇女都和这个队长睡过，恰巧逃到香港的何树伟的老婆是定西村的，听到风声，何树伟从香港跑回来，将瘸腿队长打了一顿又连夜洇水跑了。

　　到了公社，公社党委书记田广福先讲话。田广福小小的个子，永远一副笑眯眯的模样，对魏东晓很欣赏，知道魏东晓在部队搞通信，更知道魏东晓在部队的绰号是"雷达站"，说他连头发都是空心的，有点什么事都逃不过他的雷达。魏东晓明白，这肯定都是铁哥们蔡伟基的功劳，蔡伟基少不了在田广福耳朵边吹嘘自己村里出的人才。但是开会时间越长，得到的信息越多，魏东晓的心就越沉重，他真希望自己能像田广福说的，能帮到他们，多拦下几个逃港群众。

　　魏东晓坐着蔡伟基的拖拉机回村时，太阳都偏西了，还没进村就听到了唢呐声。

　　"听听，还是这喜庆。天天满脑子不是逃港就是死人，弄得笑都笑不起来。"蔡伟基大声嚷嚷着。

　　魏东晓也笑了，转瞬又停住，侧耳听了听："不对，这是哀乐，是办丧事。"蔡伟基脸色大变："这又是哪个出事了？"

　　蔡伟基挂挡，加快速度。拖拉机"突突突"冲进村，就有好事者跑过来跟蔡伟基说，是陈大尧的老豆想办丧事。这回魏东晓更好奇了："大尧老豆（注：粤语中老豆是父亲的意思）？陈家最老的就是他，给哪个办？"

　　魏东晓心一沉。陈家年轻一辈就剩陈大尧了，而陈大尧是他光屁股长大的好兄弟，两家多年邻居，难道是……魏东晓不敢往下想。蔡伟基的拖拉机还没停稳，他就跳下去，冲进陈大尧家，只见几个老头子正拿着破旧的唢呐和锣鼓在吹打。

魏东晓拉住一个老人："谁没了？"

老人没说话，反倒冲停在屋前的棺材努努嘴。魏东晓更奇怪了，赶紧走上前。这一看，魏东晓几乎笑出声来：棺材里躺的不是别人，正是陈大尧的老豆。老头儿眼睛直勾勾看着天空，看到有人趴过来，就说："你们去告诉大尧，他想逃港，就先把我埋了，否则，就让他从我尸体上踩过去。"

"哪个嚼的舌头？"随着一声大吼，魏东晓扭头就看到冲进院来的陈大尧。陈大尧满头的汗，恶狠狠扫视着院子里的人，吹奏哀乐的老人们立刻停住了。看到魏东晓，陈大尧微微吃了一惊，可丝毫没减少他的愤怒。他冲到棺材前："老豆，你这是干吗，人家魏东晓家办喜事呢，你这是打我脸啊。"陈父瞥一眼陈大尧，继续两眼望天："你答应我，不逃港。"陈大尧无计可施，看看窃窃私语的人们，发着狠回答："我告诉你们，我是党员，是大队会计，逃港这种事，我绝对不会干。以后，你们谁再胡扯吹风，别怪我不客气！"

魏东晓看陈大尧急得跳脚的样子，紧忙上前安抚："大尧，别急，是老人家想多了。"

陈大尧态度缓和了许多："你不知道，最近人心惶惶，搞得谁脸上都写着逃港一样。你看……"

魏东晓笑了笑："我知道。我刚去公社开会回来。"

魏东晓扭头又对赖在棺材里的老人说："四叔，大尧是我从小玩到大的兄弟，他，我知道，他是绝对不会逃港的。"

陈父定睛看着魏东晓，终于认了出来，立马坐起来，眼泪都流了出来："东晓，你……你回来了？"

魏东晓点点头："四叔，是我。"

老人哀求地看着魏东晓："你快劝劝大尧，可不能逃港。我都这个岁数了，活不了几年了，他走了，剩我一个人，我怎么活呀……"

魏东晓看了一眼陈大尧，说："四叔，您别听人乱扯了，大尧他肯定不会逃港的。"

陈大尧也哀求地看着老人："爸，您不相信我，还能不相信东晓吗？这几年村里那么多人逃港，我逃了吗？"

魏东旭说："对对，四叔，我向你保证，大尧不会干逃港的事。"

陈父将信将疑："你保证？"在一边的蔡伟基探出脑袋来："还有我，我也保证！他敢逃，我就帮你把他腿打断！"

陈父终于慢吞吞地爬起来："那行。这可是你们说的，到时候他要是跑了，我就找你们去！"陈大尧急忙搀父亲从棺材里出来。陈父挥了挥手："好了，大家见笑了，走吧，咱们到隔壁，旭仔今天娶媳妇。"众人这才簇拥着向魏东晓家走去。

陈大尧看着人群，心事重重。魏东晓见他落在最后面，停下脚步问："你怎么样？"陈大尧两手一摊："就那样，整天忙忙叨叨，也只能勉强填饱肚子。"

"慢慢来，会好的。"魏东晓拍拍陈大尧的肩膀，"我先过去，一会儿来帮忙吃酒。"

"放心吧，东旭的喜酒我是肯定喝的，待会儿我还要找你好好喝一顿呢。"陈大尧笑笑，"我收拾下，马上过去。"魏东晓应着，出了门。

魏东晓家里都准备得差不多了，门口贴着大红的喜字对联，门楣上挂着大红花。院子里，陈父和他的乐队吹打着喜庆快乐的曲子；堂屋里，杜芳在帮新娘子阿琴穿白底衫。

阿琴侧耳听了听："隔壁闹完了？"

杜芳整理着阿琴的衣服："人都过来了，估摸着是闹完了。听他们说你哥过去了。你看看，回家回家，就路上见了一面，到现在连个影儿都不见，里里外外也指望不上他。"

阿琴笑着说："嫂子是想大哥了吧？"

　　杜芳挑挑眉毛斜了阿琴一眼："对啊，我就是想了，怎么着？"说完也忍不住笑，"将来，你也会一样。"

　　阿琴笑眯眯地看着杜芳："大哥是有福气的人，能娶到大嫂你！"

　　杜芳乐了："你这小嘴巴就是会说！谁有福气啊，今天你最有福气！"见说到了自己身上，阿琴害羞地低下头，想了想，若有所思地说："大嫂，你说结婚以后，这日子是不是就不会穷了，就会越来越好？"杜芳说："会，肯定会的，两口子心往一处放，劲往一处使，这日子一定会越过越好的！"

　　阿琴弦外有音："可是，你看看现在……"她看了看房间里屈指可数的几样结婚物件。

　　杜芳叹口气："现在确实是有些苦，但是，你看，这能做到的礼数都没有少。"她拿起一把油纸伞，伞上系上一根红丝带，"这表示夫妻能白头偕老。红丝带千里姻缘一线牵。伞上五个'人'字，多子多孙，人丁兴旺。"

　　阿琴一面害羞地笑着，一面好奇地问："罗芳村好多年没办过红白喜事，嫂子哪来这些说法？"杜芳说："上辈儿传的。我跟东晓结婚时，他不让用，说不符合时代新风气，我生气，可我还是从了他。其实我挺想用的。"阿琴说："你比谁都疼东晓哥。"杜芳笑了："那是我自己的男人，能不疼？你这还没结婚呢，就这么疼东旭，什么都不肯多要！"

　　阿琴不干了："嫂子，你就这样笑我！"

　　杜芳继续说："这女人啊，就得像你这样疼自己的男人。"

　　阿琴为自己辩解："就算我要，也得他有啊！"

　　杜芳逗她："你看看，你看看，这脸红得不用擦粉了都！"

　　这时，魏东旭穿着军服走了进来。乍一看，东旭跟魏东晓如同一个模子刻的一般，但他的肤色更黑，面庞比魏东晓略宽。他穿的军服是魏东晓的，只是拆下了肩章。阿琴有些担心，看着东旭："没事吧？"东旭从阿琴的眼神中知道她在问另一件事，就点了点头："没事。"

　　阿琴急忙看了一眼杜芳。

　　杜芳显然没发现阿琴和东旭两人眼神中的异样，笑嘻嘻地看着两人：

"今天是你们大喜的日子，能有什么事？对了，东旭，接新娘子要过五关斩六将，阿琴的新鞋、新手帕，找到了吗？"

阿琴轻轻地说："嫂子，别难为他了。"

杜芳看了一眼东旭，又看了一眼穿戴简单的阿琴："那哪行啊？那么容易就让他把大姑娘家娶进门？你父母逃港遭难了，现在就剩下你自己，得把自己亮亮堂堂嫁出去，我们魏家也要亮亮堂堂把你娶进来，别让人看低了。再说了，你这时不为难他，不让他知道你的金贵，将来他不把你当回事。"

阿琴娇羞地笑着："嫂子，我不挑。"杜芳心疼地看着阿琴："你这声'嫂子'我可不能让你白喊，放心，我这个做嫂子的绝对不能让你受委屈。"阿琴："嫂子，瞧你说的……"

东旭从窗户里看到走进来的魏东晓："我哥回来了。哥！"

魏东晓走进来，打量了一下东旭："瞧，换了件衣服，就是不一样。"东旭嘿嘿乐着。

魏东晓敲了下东旭的脑袋："看，美得不知道姓什么了吧，就知道傻笑。"魏东晓看下阿琴，阿琴也在低头抿嘴乐。杜芳却不高兴了："还敲头！以后都是成家的人了，明年都抱儿子了，不能总敲头。"魏东晓毫不在意："他呀，到什么时候都是我弟，就得听我管。"杜芳娇嗔地白一眼魏东晓："行了行了，快别耍嘴皮子了。来，东旭，给阿琴穿鞋！"

东旭有些不情愿，看了眼阿琴，又看了看魏东晓。魏东晓微笑着点点头。东旭于是弯下腰，把一双红鞋给阿琴穿上，然后又从口袋里掏出一个新手帕递给她。杜芳交代着："阿琴，那白底衫，按老理儿，三朝回门后就不能再穿了，要留到父母百年归天时做孝服。你父母走得早，回娘家的日子你就穿着，去空坟头给二老上炷香，告诉二老，你在我们老魏家，虽然吃穿都简单，但一定会让你饿不着渴不着，还有人疼着，让他们在那边别担心。"阿琴噙着泪一一答应。

东旭一看赶紧提醒："大喜日子，不兴哭啊。"

杜芳横了一眼东旭，回头对阿琴说："别听他的，想哭就哭吧。"阿琴扑哧笑了。

东旭说："阿琴，咱俩谢谢哥哥嫂嫂，我们给哥嫂，鞠个躬。"说着，拉着阿琴向魏东晓和杜芳鞠躬。魏东晓有点手忙脚乱："别了别了！"杜芳只是含笑看着他们。

魏东晓家的院内有棵大榕树，树下摆着几张桌子，上面放着简单的几样菜，配上几盘花生、几瓶便宜白酒，就是今天东旭的新婚酒席了。村里人都到得差不多了，在外头等着新郎新娘出来。数孩子们最高兴，不停地穿梭玩闹。蚝仔眼馋那些吃的，可还要维持着正义的样子在那里边跑边注意别的孩子是不是伸手偷吃，然后自己趁虾仔不注意，偷个花生攥在手里。

东旭带着阿琴走了出来，两个人都笑着，还有些不好意思。跟在后面的杜芳拉起阿琴的手，阿琴感激地看一眼嫂子。蔡伟基点燃了鞭炮，又和陈大尧带着大家鼓掌，气氛一下就热烈起来了。

东旭抬起头，目光正迎到陈大尧的视线，他微微点点头，陈大尧心领神会地点头回应。

大家很快入席。在那个物质匮乏的年代，能吃到像样的饭菜，虽然简单，已经是奢侈的享受了。魏东晓跟杜芳带着东旭和阿琴向乡亲们敬酒，没有人比杜芳更欣慰了，这些天张罗婚礼可以说是绞尽脑汁，这一晚过去，就尘埃落定了，她作为长嫂的重任就卸了一半。

很快，桌面上的食物被席卷一空。这时，蔡伟基站起来说："今晚，是我们魏东旭同志和李阿琴同志的婚礼，罗芳村已经好久都没有办喜事了，为了庆贺这次东旭的婚礼，村里决定在打谷场那儿放电影，就看《秘密图纸》和《跟踪追击》。咱们现在虽然肚子上吃得差了点，但是精神食粮一定要吃得饱饱的！"

放下了筷子的村民们纷纷赶往打谷场，那里电影已经要开始了。蔡伟基赶紧去打谷场张罗。等人群散去，陈大尧特意跑回家抱来一个大泥坛，里面装着不知道存了多少年的酒，说要和魏东晓一醉方休。

喝着喝着两个人看上去都有点醉了，陈大尧端着酒杯看着魏东晓说："东晓，咱俩从小撒尿和泥玩到大，你说，咱们俩的交情深不深？"

魏东晓："还用说嘛！这几年要没你帮衬，我能安心在部队上吗？"

陈大尧："要说，你真是娶了个好媳妇，你小子太有福气了。"

魏东晓嘿嘿傻乐。

陈大尧："你结婚时不办婚礼，随随便便就把杜芳娶进门，白让我陈大尧苦等杜芳那么多年，我不甘心，可杜芳心里的人是你，我认了！"

魏东晓："怎么，你是不是还贼心不死？对我家杜芳念念不忘啊？"

陈大尧："你说什么你，我告诉你，我陈大尧绝对不会干对不起哥们的事！"

魏东晓："告诉你，我们家阿芳跟我的感情，是谁也掰不开的。"

陈大尧脸上掠过一丝异样，还没开口，蔡伟基正好走进来，魏东晓急忙招呼。陈大尧急忙又拿了个酒杯，倒满酒递给蔡伟基。蔡伟基说："嘿，你们两个背地里喝上了。"魏东晓笑了："我跟大尧好久没聊了，聊聊。"

陈大尧："来，支书，一起一起。"蔡伟基接过酒杯："好，我喝两杯就得走。"陈大尧："怎么，还有事？"蔡伟基低声道："风声紧，不能大意。万一又有逃港的，这天儿现在看着好，不是有老人推算，会变，可能有风暴嘛。就怕变天。"

陈大尧按着蔡伟基坐下："哎呀，把你的心放肚子里，那么多联防队员在，还缺你一个支书啊。"蔡伟基拿着酒杯，感慨着："三中全会拨乱反正了，国家要一心一意搞现代化建设。这说明什么？这说明我们老百姓有盼头儿了。今天公社开三防会，说是三防，其实防偷听敌台那是扯淡，我们大队几家买得起收音机？防盗窃集体财物，更是扯淡，我们穷成这样，有什么可偷的？除非偷人！"

陈大尧笑了："你呀，就不说点正经的。"蔡伟基瞪着魏东晓："所以嘛，都要看好自己的老婆！"说着又看看陈大尧："你可不能扯我后腿！"陈大尧瞪大眼睛："支书，你说哪儿的话，我是会计，这几年我们共事，你还不了解我？"蔡伟基扭过头去："哼，你肚子里那些个算计，我还不知道？"

魏东晓眯着眼说："怎么，大尧，你也有心？"陈大尧急了："乱说！再穷，我们也得在自己的地里挖海里捞，谁也不能走。"魏东晓说："对，我们国家虽然现在很穷，但是一定会一天比一天好的！都说故土难离，香港那是我们自己的家吗？再说，将来我们迟早要把香港收回来的，到时候，逃港的人还有脸回老家吗？"

陈大尧没有说话，蔡伟基拿起酒杯跟魏东晓碰了一下："对，东晓你把话说到根儿上了，咱们国家，不可能一直穷下去，我们有手有脚又舍得出力气，怎么能比别人差。喝！"两人一仰头都干了。陈大尧连忙给两人又倒上："支书，来，满上满上。"蔡伟基说："我喝了这杯就得去联防队了。"说着，跟魏东晓和陈大尧碰杯，魏东晓陪蔡伟基一饮而尽，陈大尧却只沾了沾嘴唇。

蔡伟基喝完酒匆匆走了，陈大尧又给魏东晓满上。魏东晓推托着不想喝了，陈大尧抓着魏东晓不放："你喝不喝吧！东旭的大喜日子，都在酒里，魏东晓，你敢不喝？"魏东晓舌头都大了："真，真喝不下了。我，我不喝。你这酒量可是越来越好了！"陈大尧大声说："不喝我真灌了啊！"

正在这时，杜芳带着两个孩子回来了："怎么，你们还在喝？"魏东晓醉醺醺的："高兴嘛，我们兄弟，好久没一起喝酒了。"陈大尧说："就是，你快带孩子看电影去吧。"

蚝仔趴在桌子边看着桌子上的食物，魏东晓将毛豆递给蚝仔跟虾仔，杜芳拉着两个孩子要走，虾仔却依然趴在桌子边："我不去，我要跟爸爸在一起。"魏东晓笑了，一把揽过虾仔："好，跟爸爸在一起，一会儿爸爸带你去看电影。"

杜芳带着蚝仔才举步，陈大尧站起来："等等我，我也去看看电影。"

陈大尧抱起蚝仔和杜芳肩并肩离开。魏东晓迷离着双眼看过去，倒像是看到一家三口的背影。他想笑，摸了摸虾仔的头，却一头倒在桌子上睡着了。虾仔抓着桌上的毛豆和花生边玩边吃，百无聊赖地爬上一张桌子，仰头向天躺着，很快也睡着了。

一觉醒来，魏东晓不知道到什么时候了，只听到远处传来电影的声音。他跌跌撞撞地到房子里去找其他人，谁都不在。他无意碰到虾仔睡着的桌子，将虾仔吓醒了，虾仔不乐意地大哭起来。魏东晓只好拉着虾仔到了打谷场去找杜芳。白幕布上正在放映反特片《秘密图纸》，除了几个老幼病残，打谷场并没有其他人。

魏东晓吃了一惊，拉着旁边一个老人问："人呢？人都去哪儿了？"旁边阴暗处传来抽泣声，魏东晓走过去一看，是陈大尧的父亲："四叔，出什么事了？"

陈父不说，依然哭着。

魏东晓放下虾仔，抓住陈父的双肩。陈父看着魏东晓，良久，"哇"的一声哭出来："走了，都走了。"

"去哪儿了？"魏东晓心里隐隐有种不安，但他不相信那是真的，他一定要确认。说不定，是自己想多了。

"扑海，扑海了呀……"陈父哭着。

魏东晓脑袋有片刻的空白，随后抱起虾仔就往外跑。他只有一个念头，不能让阿芳和儿子逃港，也不能让东旭和阿琴逃港。他知道最好的办法就是去找蔡伟基，让联防队员一起出动，制止逃港的可能性才比较大。

夜已经深了，半圆的月亮被云盖住，星星也找不见几颗。魏东晓背着虾仔在崎岖不平的山路上发疯般跑着，他边跑边喊，希望他们能听到他的喊声回来，可是，没有一个人影。年幼的虾仔瞪大眼睛看着黑漆漆的夜，他知道一定发生了大事，妈妈和弟弟有可能不回来了。

简陋的联防队检查站里，蔡伟基正靠在一把椅子上打呼噜，胸前还抱着一杆步枪。魏东晓猛地推门闯进来。蔡伟基一个激灵就醒了："哪一个？"魏东晓脸色煞白："快，罗芳村人去扑海了。"

蔡伟基猛地站起来："你说什么？"魏东晓一字一顿地说："我说，罗芳村的人——逃港了！"

蔡伟基看了看魏东晓怀里的虾仔，虾仔一脸茫然地看着蔡伟基。

魏东晓声音有些低沉："还有……杜芳、东旭他们……"蔡伟基拿起枪夺门而出，边跑边说："他们肯定走大鹏湾海路了！"魏东晓紧跟着蔡伟基："叫上联防的人，大家一起去堵他们！"

夜幕黑沉沉的，什么都看不见，只有蔡伟基的吼声在飘荡："这种天气扑海，他们简直是找死！"

海水开始涨潮，海浪翻滚着，冲向海滩，一波比一波猛。月亮完全被乌云遮住了，连星星也看不到了。海边突然冒出来很多人，东一簇西一簇的，人们或推着小舢板，或抱着装了乒乓球的袋子，乱哄哄冲进海里。推搡中，有人站立不稳，摔倒了。大部分人还拥挤在浅水区的时候，有个男人已经推着小舢板到了深水区，小舢板上面坐着一个孩子，是蚝仔。他的手里拿着竹蜻蜓。推小舢板的不是别人，正是陈大尧。

陈大尧往身后看看，跳上小舢板。"尧叔，我怕。"蚝仔担心地看着陈大尧。"不怕，到了香港，尧叔保证给你买最好吃的，还有很多好玩的。"陈大尧安慰着蚝仔，不住地往人群中张望，终于，他听到了杜芳的声音。

"蚝仔，蚝仔……"杜芳一边叫一边往水里走着。

"快，快叫你妈。"陈大尧赶紧提醒蚝仔。蚝仔使出吃奶的劲儿："妈妈，我在这儿，我在这儿……"蚝仔的呼喊给了杜芳方向，她拼命往海里跑着："陈大尧，你要干什么，你快把蚝仔送过来……"陈大尧一边往海里划小舢板，一边等着杜芳追上来。

这时候，蔡伟基的拖拉机也赶到了，停在一块高地上，车灯的光柱射向大海，正照到黑压压的人群。蔡伟基的脸都白了。"这么多人！"魏东晓将怀里的虾仔放在车上，催促着："赶紧让你的队员都过来吧。""都抄的近路摸到海滩那边去了。"蔡伟基回答着，拿起枪就冲海里喊，"都给我回来！"但他的声音马上就被海浪声淹没了。

魏东晓的心这才放下一点，告诉虾仔在车上等着，自己跳下拖拉机就往海里跑："阿芳，阿芳，东旭，东旭……"

东旭和阿琴推着小舢板使劲儿往海里走，他还穿着结婚的衣服。阿琴听到了魏东晓的呼喊："东旭，听，是大哥。"

"别管他，今晚上我们就是走也得走，不走也得走。"东旭更用力地推着小舢板。

魏东晓在人群中一边喊着杜芳和东旭的名字，一边寻找着。终于，在车灯照射下，他找到了东旭。他冲过去，一把抓住弟弟："东旭，你不能逃港，不能啊。"东旭拉紧阿琴的手，甩开魏东晓的手，魏东晓一个趔趄，几乎摔倒。东旭说："哥，你别管我了，那个家太穷了，我要和阿琴去赚钱，我们要过好日子！"魏东晓再次拉住东旭："东旭，你信哥的，就是不过去，咱们的日子也会越来越好，我们都有手有脚……"东旭已经不耐烦了："哥，这不是你说能好就好的，我过够穷日子了。她爹她妈都是逃港死的，他们在天之灵也会保佑我们一定活着到香港的。"

阿琴弱弱地哀求："大哥，求你放了我们吧，我们赚了钱，将来一定报答你！"

魏东晓都要哭出来了："你们不能去，不能啊！"

有几个年轻人冲了过来，冲散了东旭和魏东晓。东旭拉着阿琴继续走，魏东晓冲过几个年轻人继续去拦。东旭突然拿出一把土枪，对着自己："哥，你再逼我，我就死在你面前！！"

魏东晓愣住了，阿琴紧紧地抓着东旭的另一只手。

魏东晓大喝一声："这枪从哪儿来的！！"

东旭不回答。

阿琴："哥，你就让我们走吧！"

魏东晓一面惊惶而绝望地拉着东旭，一面在人群中搜寻："杜芳，杜芳，蚝仔——"

阿琴："哥，别喊了，他们听不见的。陈大尧已经抱着蚝仔上了小舢板了，我嫂子也追过去了……"

魏东晓惊呆了，一失神，东旭和阿琴趁机消失在人群中，爬上了小舢板。

魏东晓愣神了片刻，掉转头就去找蔡伟基："你的人呢，快，一定得堵住，把所有人都堵住！"蔡伟基吃惊地看看魏东晓，举枪就冲天开了一枪："罗芳村的，罗芳村的，都听我说！你们逃港我拦不住，求求你们改个日子好不好？！白天再扑行不行？我拼着支书不当了，帮你们谋划！今晚有风暴，你们不要命了吗？"

海中央的舢板里，杜芳还在跟陈大尧拉扯。

杜芳想要将蚝仔抱下来，被陈大尧拼命阻拦："阿芳，你就听我的，赶紧上来，我带你们去香港，我保证对你们好。"杜芳几乎急哭了："陈大尧，我不去，你快把儿子给我……"

一个浪打过来，杜芳站立不稳，在海水中挣扎了几下，又游起来，陈大尧见状急忙跳下水，抱起杜芳就往小舢板上送："我告诉你，我这么做，就是为了你，我不能再看着你过苦日子。走吧，我一定让你跟蚝仔过最好的日子。"杜芳不肯上小舢板，哭着要往下潜，被陈大尧一把拦住，"再这么下去，你是不要命了吗？别忘了蚝仔还在上头，你连孩子的命都不顾了？"

杜芳终于还是上了小舢板，蚝仔立刻扑进她怀里。"我求你了，大尧，送我和蚝仔回去，我这辈子都会感谢你的。""别想了，没有回头路了，你看看那些手电筒，联防队的都来了，现在被抓了就得被关起来。"陈大尧说着使劲划桨。

杜芳抱着蚝仔，看着无数的小舢板在向他们涌过来，她转身又想跳下水，却一把被陈大尧拉住了。"放开我！"杜芳呵斥着。陈大尧恼怒了："暴风雨马上就来了，你再折腾我们都会送命的！"看着在风浪中飘摇无助的小舢板，杜芳不得不安静下来。陈大尧趁机快速划着桨，乘着风浪向海中央飘去。

联防队员已经驱赶了大批群众上岸，魏东晓和蔡伟基还在人群中阻拦，东旭跟阿琴的小舢板被联防队员拖上来了，他还在努力抗争。

东旭："哥！你们就放我们走吧，我们是铁了心了，谁也拦不住。"

蔡伟基晃晃手里的枪："别闹了，赶紧上岸。"

东旭的脸冷了下去，他将土枪举起，对准蔡伟基："你们不仁，就别怪我不义。"

蔡伟基大怒："魏东旭，你是联防队员，知法犯法，这枪是拿来指着我和你哥的吗？"

东旭拉开枪栓，对天放了一枪。

魏东晓急了："东旭，你不能犯傻！"走上前去准备抢东旭手里的枪。东旭退后几步，把枪口对着魏东晓。

魏东晓："东旭，你要干什么？！"

东旭："谁拦我，我就对谁开枪！"

蔡伟基的枪也对着东旭："魏东旭，把枪放下，否则我不客气了！"

东旭："走到这一步，我是没什么怕的，要我放下枪，那是不可能的，我不想往自己人身上开枪。你有种，冲我打！"

魏东晓："东旭，听哥的话，回来，你跟阿琴刚结婚，日子长着呢……"

东旭："哥，你就别逼我了！"

旁边的几个村民也附和："就放过我们吧，这么多人逃港，要抓就去抓别人。"

蔡伟基看看情况，对联防队员喊话："赶紧的，把人都给我赶上去！"

阿琴紧紧拽着东旭的胳膊。

东旭眼睛瞪得滚圆，凶狠狠地说："不让我们走，都别想活！"说着，冲着蔡伟基就是一枪。蔡伟基一个趔趄，魏东晓急忙扶住要倒下的蔡伟基："东旭，你这是干什么？！"

东旭却拉着阿琴头也不回地冲进人群，村民们也趁乱冲进了大海。

　　一艘有"水警"标志的巡逻艇停靠在野码头边，陈大尧划着小舢板靠近巡逻艇。杜芳全身都湿透了，抱着哭泣的蚝仔，瑟瑟发抖。陈大尧打了个口哨，巡逻艇上亮起了一盏灯，两个人影从船里面出来。

　　"是我，陈大尧。"陈大尧报上名。人影向下面扔条绳子，陈大尧将绳子递给杜芳："快，你先上去，我抱着蚝仔。"

　　杜芳一动不动地看着陈大尧。陈大尧急得想要拉杜芳："赶紧的，台风起来谁都活不了！"

　　杜芳喝道："把你的手拿开！"

　　陈大尧低声道："都这时候了，就别耍霸蛮脾气了，听我的！赶紧上船！"杜芳一巴掌把陈大尧打得眼冒金星。陈大尧一愣，捂着被打的脸，随即将另一侧脸凑过去："打吧，打痛快了就跟我上船。这一切都是为了你！"

　　杜芳又一巴掌挥过去，陈大尧一把抓住她的手："你吓到蚝仔了！"蚝仔嘤嘤地哭起来。杜芳："你知不知道逃港犯法，要被抓起来的！"陈大尧："你放心，我让东旭他们带着那群人划小舢板泅海，巡逻艇都会被他们吸引过去，我们是安全的！"

　　杜芳恨不得杀了陈大尧："你都是计划好的，用蚝仔诱我下海，再让其他人给你做垫背的……陈大尧，你还是不是人！"扑上去就是一顿乱打。陈大尧护着自己的头部大喊："我还不是为了能让你过上好日子！那种几年就穿一件衣服一双鞋的日子你还没过够吗？！"他侧身指了指身后的巡逻艇："这个巡逻艇是我托何树伟花大价钱从澳门那边雇的，我连香港都没看到，就欠了何树伟一屁股债，我为了什么？我就是为了今天，就是为了你！"

　　杜芳一扭身："不要脸！"抱着蚝仔捡起小舢板里的船桨就想划走，但小舢板已经被系在巡逻艇上了。杜芳站起来想去解开巡逻艇的绳子，陈大尧一把抱住了她。杜芳用力推开陈大尧，但陈大尧死命地攥住杜芳的手："杜芳，也许你觉得我是混蛋，是个垃圾，可我对你的心，比谁都干净！为了你能过上好日子，我可以做天底下最坏、最无耻的人！"说完，陈大尧甩开杜芳的手，抱起蚝仔顺势往上一扔，巡逻艇上的男人接住了蚝仔。

"蚝仔！"杜芳撕心裂肺地叫着，往上举着手去够蚝仔。巡逻艇上的男人抓住杜芳的手一拽，陈大尧从下面一托，把杜芳送上了巡逻艇。

巡逻艇向前开去。已经看得到香港的岸边了，突然一艘水警巡逻艇不知从什么地方蹿过来，巨大的探照光束刺得人眼前发黑。陈大尧还没明白是怎么回事，他们的巡逻艇就已经在掉转方向了。陈大尧跑去拉驾驶室的门，门锁着，他用力敲打舷窗："干吗掉头？香港在前面，掉回去，掉回去，钱都给你们了，掉头回去！"船员说："你瞎了吗？没看到水警的巡逻艇打着灯在追我们吗？"陈大尧几近疯狂地拍打着玻璃："我不管，我不管，给我掉头回去，我们要去香港！！你们这群王八蛋，收了钱不办事！！"他操起船舱壁上挂着的消防斧头，发疯一般砍向舷窗。舱门突然被推开，船员手持猎枪，毫不迟疑就是一枪。陈大尧略一侧身，散弹擦过他的肩头，冲击力把他轰倒在地。

船员一脸不屑："乡巴佬！也不打听打听再上船，现在赶紧给我跳海滚，不然你们都没命！"

陈大尧站起来，看着水警巡逻艇疾驰而至，越来越近。

蚝仔惊恐地抱住杜芳："妈妈，妈妈！我怕！"杜芳也盯着水警巡逻艇，紧紧搂着怀里的儿子。

陈大尧跟跟跄跄回到杜芳母子身边，拿起 个救生圈，套在杜芳的身上，又从地上拿起两个救生圈："阿芳，现在抬头能看到香港了！眼前只有两条路，一是被边防抓回去坐牢，你坐牢了肯定也连累了东晓，他也不会有好日子过！还有一条路就是泅海过去。你自己选。"

杜芳气得近乎失语："……你无耻！"

陈大尧没有理会杜芳的谩骂，继续说："我们从小一起长大的，我知道你水性不比我差，蚝仔是从小就在海里玩水泡大的，我们俩带着蚝仔，一小截海路，一定能游过去。"

杜芳看了看怀里满脸泪水的蚝仔，慢慢站起身……

台风转瞬间呼啸而至。海水被台风以千钧之力席卷而起，垒成水墙，一波比一波高。还没进入深水区的逃港百姓都拼命游了回来，海中的联防队员也都被逼上了岸。上岸的人里，没有杜芳和蚝仔，也没有东旭和阿琴。这一切，魏东晓都是后来听说的，当时他正在卫生院手术室外守候着蔡伟基。那一晚，他一直在祈祷，希望海神娘娘保佑他的阿芳和蚝仔，保佑东旭和阿琴。庆幸的是蔡伟基没大事，子弹从腋下穿过，只是伤了皮肉。

魏东晓连夜让联防队员将虾仔送到外婆家，又安顿好蔡伟基，然后一刻不停地跑到了海边。风暴过去了，但雨还没停，海岸上一片狼藉，倒伏着几具尸体。开始，魏东晓一动不敢动，呆呆地站在那里，生怕往前一步就会看到自己熟悉的人。他恨自己无能，不能阻止他们，这些生命就这么轻易被死神夺走了。他蹲下身，呜呜哭了起来。

不远处，几个穿着黑色雨衣的边防战士注意到这边有动静，端着枪走过来。魏东晓哭着，全然没有注意到他们靠近，直到黑洞洞的枪口对准了他。

一个边防战士喊道："不许动！举起手来！不许动！"

魏东晓抬头，稳了稳情绪，慢慢举起手，站起身来。几个战士开始例行检查，但魏东晓哑巴了一般，什么也不说。大雨如注，和泪水一起，顺着魏东晓的脸淌下。

最终，魏东晓被带去了边防检查站盘问，但整个过程他依然不开口，那些战士更加认定他有问题。一个军官听到战士的呵斥声，走过来询问情况，又仔细打量一番魏东晓："兄弟，你最好都老实交代，我们不放过一个逃港分子，但也不会冤枉一个好人。"魏东晓这才抬起头，目光落到军官的脸上："我不是逃港的。我是军人。"说着，魏东晓从口袋里摸出军官证，但证件全湿透了，看不清照片，也看不清字迹。"说吧，说能证明你身份的人。"军官一直看着他。

“魏东晓，罗芳村支书蔡……”说到一半，魏东晓想起蔡伟基还躺在卫生院病床上，就改口报了田广福的名字。在身份确认之前，他被送进了边防检查站大院的帐篷内。在那里，魏东晓看到了更多被抓回来的逃港未遂的百姓，他们蜷缩在漏雨的帐篷内，打着冷战。“怎么，没有毛毯吗？”魏东晓看着身边的战士问。战士如同没有听见一般，铁着脸，没有回答。“战友……”魏东晓试图叫他，那个战士立即恼了。“谁是你战友？！你一个叛逃犯有什么资格发号施令？”战士往前一推，将魏东晓推进帐篷内。魏东晓虚弱地倒在人群里。

　　“东晓哥！”有人认出了魏东晓，凑上前扶住他。魏东晓这才发现，都是村里的联防队员，扶他的正是蔡红兵。“你们怎么在这儿？”魏东晓吃惊地问。原来，台风来的时候，他们刚从海岸上撤离，却正被这些士兵碰上，就当了逃港分子一并抓了过来。这回魏东晓不干了，扭头冲着那战士就说：“你们怎么乱抓人呢？”那战士显然见多了这种情况，瞪着他：“你哄鬼呢？海边找到的不是逃港的才有鬼！”“你们可真是好赖不分！”魏东晓站起来就往外走，“我要见你们首长！”那战士直接一把将魏东晓推了回去。

　　这下魏东晓真的恼了，这两天压抑的愤怒痛楚一下子爆发出来，他冲了过去，将战士一下撞翻在地。人群里的联防队员见状，也跑过来，站成一列看着战士。那战士坐在地上，往后退了退，径直拿枪对准魏东晓，语气严厉：“都给我退后，否则我开枪了。”魏东晓拍着胸脯说：“你朝这儿打。打啊！”战士有些畏惧，一时不知如何是好。魏东晓脖子上青筋直跳：“拿枪对着自己人，你对得起你帽子上的军徽吗？！”

　　两人正对峙着，刚才审讯魏东晓的军官出现了，他通过电话联系到了田广福，确认了魏东晓的身份。魏东晓看看战士，又看看军官：“同志，我就有一个要求，这里的人，就算是逃港分子，那也不是坏人，都是觉得家乡太穷想找条生路的社员群众，你们不能把他们当犯人对待！”军官点点头。“拿几条毯子给女人、孩子吧！”魏东晓近乎哀求地说。那战士还想说什么，被军官呵斥住了：“赶紧的，去多凑些毯子来！”战士这才领命出去了。

　　魏东晓看着军官，郑重地敬了个军礼。他浑身湿漉漉的，看上去挺滑稽。军官也同样回敬了军礼："对不起了同志，今天开始边境戒严了，军令如山，我们只能这么做。"魏东晓没说话。"你们公社是说有魏东晓这个人，你是啥兵种？""基建工程兵。""部队番号？""00029支队十八团直属通讯队。""驻地是？""唐山。"军官笑了，摇摇头："原来是工程兵啊。""工程兵怎么了？"魏东晓有些不满，"不要看不起我们工程兵，我们工程兵虽然不打仗，贡献也不比你们边防部队小。"军官不屑："扯犊子！"魏东晓不想再纠缠下去了："丢！"说完，就找了个位置要坐。军官火了："你说啥呢？我告诉你，别以为你多了不起，我在这儿喊一声，随便找个我的兵就撂倒你！"魏东晓还想跟他争辩，被上来的联防队员按住了，蔡红兵和另一名联防队员围住了军官："首长，息怒，关在这里，大家心情都不好，相互理解，相互理解。"后来魏东晓才知道，这个军官姓常，是连队指导员，那个战士是二班的班长。

二　逃港重灾区

　　田广福亲自跑了一趟联防站，才将魏东晓和蔡红兵等几名联防队员领出来，魏东晓也因此知道，那晚逃港事件的严重程度，比起1962年那次，有过之而无不及。

　　历史上总共出现过三次大规模的逃港潮，分别是1957年、1962年、1972年，前前后后几十万人参与了逃港，逃港的群众不只是广东土著，更有湖南、湖北、江西、广西等地的百姓。他们基本上采取走路、泅渡和坐船这三种方式，走的是东线、中线和西线。大多数人喜欢走西线，从蛇口、红树林一带出发，游过后海湾，顺利的话，一个多小时就能游到香港新界西北部的元朗。从大鹏湾划船过去或者泅渡过去最危险，所以那儿防守最弱。

　　魏东晓心急如焚，不知道杜芳跟蚝仔怎么样了，也不知道东旭跟阿琴会不会顺利过去。他先是跑去杜芳娘家看了一眼虾仔，孩子正在发烧，嘴里不停地说着胡话，不是喊妈妈就是喊弟弟。外婆不停抹眼泪，说没事的，就是吓到了，她已经烧香拜过海神娘娘，不会有事，让魏东晓赶紧去找阿芳跟蚝仔。

　　风雨过后的罗芳村，空气清新，海风和煦，但触目所及，却是千疮百孔。魏东晓一步步走进村子，他走得很慢很轻，生怕不小心会吵到了谁。他看到了几个昨晚在东旭婚礼上吹唢呐的老人，垂头丧气或坐或站在那里。魏东晓走过去，还没开口，就有老人指了指陈大尧家。魏东晓心里纳闷，想着该不会是陈大尧回来了，急忙冲进去，却看到院正中央摆着棺材，里面躺着陈大尧的父亲，眼睛直对着天空，表情凝固，显然已经去世多时了。魏东晓克制着不让自己哭出来。他们合力埋葬了陈父，往回走的路上，迎面跌跌撞撞走来一个女人。

"秀姐。"蔡红兵认出来那个女人。秀姐如同没有看到他们，眼神空洞，依然往前走着。"秀姐。"蔡红兵又叫了一声。秀姐才停下来，面无表情地看着红兵："蔡红兵，你看见我男人没？"

蔡红兵有些失望："人太多了，乱糟糟的，没看到……没消息吗？"

秀姐忽然笑了："不用找了，都回来了，都漂着回来了！"

众人面面相觑。

秀姐笑着笑着，忽然哭了起来，越哭声音越大："都回来了，都再也不走了！"

魏东晓怔怔地看着秀姐，突然他想到了什么，疯狂地向前跑去。众人一看不好，也向前追去。他不知道摔了多少跤，待跑到海边的时候，已经是全身泥巴，胳膊上和腿上都被划了几道口子，但魏东晓顾不上了，只见海滩上横七竖八躺着十几具尸体，几个捞尸佬还在忙碌着。他还想往前走，却被几个穿着白大褂、戴着白口罩的民警拦下了。

民警指了指一边临时搭起来的帐篷："家里谁失踪了，先去那边登记，把名字写下来。"

一时间，魏东晓不知道如何回答。他不希望在这里提及那几个名字，好像说出来，他们就要躺在那里。他无论如何不希望他们死，哪怕是逃到了香港，他也希望他们活："没……没人失踪。"

民警："看热闹？真是什么人都有，快走快走！这时候来看热闹！"

魏东晓执拗着不想走："同志，其实我……我是捞尸佬，我去埋尸体。"

民警："早说啊，你在这里登记下。"

民警拿出一个笔记簿，递给魏东晓。

魏东晓拿起拴在笔记簿上的笔开始写字，眼神不住地瞟向海滩。

那天，魏东晓一刻没闲，把所有力气都用在了挖坟埋尸体上。庆幸的是，他看了每一具白布下的尸体，没有杜芳、蚝仔，也没有东旭跟阿琴，他的心稍稍平静了些。

这时候，蔡红兵来了，他跟工作人员打了招呼，看看魏东晓，欲言又止。魏东晓看着蔡红兵也没说话。他已经没有力气说话了。走出人群几米后，蔡红兵还是开口了："后湾那边……找到了阿琴的尸体……还有东旭的……"魏东晓身体发软，几乎站不住，蔡红兵一下子扶住了他。

魏东晓抓着蔡红兵的胳膊："还有别人吗？你嫂子和蚝仔……"

蔡红兵肯定地说："没看见她们！东晓哥，都这样了，你自己得挺住。"

蔡红兵送完信儿就又忙去了，魏东晓根本没回家，他在后湾附近的海边徘徊，那里有战士巡逻，根本不允许靠近。他躺在沙滩上，望着黑黢黢的夜空，夜幽暗静默，像是要将他吞噬。一夜未合眼，天刚亮，他就跑去了遗体申领登记处，找到东旭和阿琴的尸体，用蔡伟基的拖拉机拉到他家祖坟处，匆匆掩埋了。"东旭，阿琴，别怪哥，哥还得去找你嫂子和蚝仔，等回头一定给你们立碑。"说完，魏东晓又开着拖拉机去了收容所。

收容所的外头排队站着很多被抓的逃港人员，正在一个个登记，登记完就进入收容所的帐篷。魏东晓确认了好几遍，没有叫杜芳和蚝仔的，他心里的石头落了地——或许，她们真的到了香港？就在他准备走时，一辆吉普车开过来，车上下来了宝安县书记方向东，同下来的还有蔡伟基。

蔡伟基一眼看到魏东晓："东晓，你怎么在这儿？"

魏东晓想说来找老婆孩子，可是话到嘴边却噎住了。

"这是方书记。"蔡伟基拉着魏东晓介绍。

"我知道。"魏东晓看着方向东，冲方向东伸出手，"方书记，您不记得我，我可记得您。我是1969年当的兵，那时候您是县革委会主任兼武装部部长，我们那年十二个新兵都是去工程兵部队，您亲自送的，您和我们支队长王光明是战友。"

方向东："哦哦哦，我想起来了。1976年春节，县武装部开拥军优属联谊会，你正好回家探亲，我们会上见过！你是哪个村的？"

魏东晓："罗芳村。"

方向东的脸色突然变得凝重了："这次逃港事件，罗芳村可是重灾区啊！"魏东晓沉默了。

蔡伟基打哈哈："东晓，方书记是来开会的。到点了，进去吧，方书记。"

方向东随众人走进去，魏东晓却一把扯住蔡伟基："你怎么跑出来了？你的伤好了？"

蔡伟基："上面来人，我能不出来吗？咱们罗芳村可是被点了名的。刚才车上方书记还说，省里都知道这件事了，都发了火。我先进去了，你等等我。"魏东晓一把拉住他："我也想进去听听。"

"你……"蔡伟基不情愿地看看魏东晓，"你就别进去添乱了，你在这儿等我，我跟你一块儿走。"蔡伟基说完就进去了。

魏东晓躺在拖拉机车斗里，一直睡到天黑了，才被说话声吵醒，坐起身，正看到方书记要上车。魏东晓想都没想跳下车斗，直奔方书记过去："方书记。"

方书记停下，看着魏东晓："咦，你这个同志，还没走啊。"

魏东晓看看蔡伟基，蔡伟基冲他挤挤眼，示意他不要乱说，他不理会，冲着方向东就说："方书记，您可不能不管，整个罗芳村都空了。"

方向东讶异地看看蔡伟基，蔡伟基只好低下了头。

方向东："蔡支书，你对我说老实话，这回罗芳村到底逃了多少人？"

蔡伟基小声说："有四百多。"

方向东："具体到底多少？没个准数吗？你是怎么当这个支部书记的！"

蔡伟基："统计出来了，罗芳村这次逃港人数一共四百二十一人，死亡十三人，被追截回一百五十七人，村里还剩七十六人，大多是老人、妇女和孩子。"

方向东叹了口气："十室九空啊。"

魏东晓："方书记，我想跟您打听打听，有没有机会去香港，我想去那边找老婆儿子。"

方向东惊讶地说："你是部队的军人，无论如何，你都不能去逃港，连想都不能想。"

魏东晓："是。方书记，您放心，我绝没有这个想法，我只是想把老婆儿子找回来……"

方向东："东晓同志，很遗憾，我告诉你——虽然香港自古以来是中国的领土，但是，大陆和香港之间的交流，包括正常的商业往来、民间往来还很不正常。你是现役军人，要想按照正规渠道去香港，恐怕比较困难啊。"

魏东晓哀求道："方书记，一点办法都没有吗？"

方向东斩钉截铁地说："没有。"他又想了想，"但是有个事，需要你们帮我去办，而且一定要办好。"

蔡伟基："保证完成任务！"

方向东："你们罗芳村，还有附近几个村的基层党支部都瘫痪了，你们去把这几个村子一一作个统计，我要具体逃港人员的名单，包括死亡情况。留村的人员和党员干部的情况也需要把握。我要准确数字！"

魏东晓和蔡伟基异口同声答应着。方向东连夜走了，他要去另一个收容所，那边跟这边一样，正源源不断地被送去逃港人员，并且已经人满为患了，如何妥善处理，是收容所面临的难题。

第二天一早，魏东晓就跑到公社邮电所去给部队发电报，他要请假去找老婆儿子。可公社邮电所的电报机是坏的，要半个月后才有人下来修，魏东晓不干了，说你拿过来我看看。邮电所的小姑娘不敢决定，索性叫来所长跟魏东晓对话。蔡伟基给魏东晓做了担保，说他在部队是学通信的，试试，说不定就修好了。魏东晓也不客气，上来就将电报机拆得七零八落。

"县局里的技术员上个月还来修过一次，说是一个电子管坏了，要等零件。"看着一桌子电子元器件，小姑娘有点担心魏东晓的水平，又不好直说，只好变着法提醒。

魏东晓用电表测着一个电容："放心吧，很快就修好了。"

蔡伟基到底不放心，拉了拉魏东晓的衣服："我说，修不好也没关系，别把机子弄坏……"

魏东晓眼一瞪："本来就是坏的好不好！"

蔡伟基："好好好，你慢慢修！"

最后，电报机真被魏东晓捣鼓好了，所长再三感谢，夸魏东晓真是人才。蔡伟基也觉得脸上有光，得意地说以后有问题找他兄弟就行。

魏东晓赶忙给部队发了电报，两人这才出来，半天时间被耽误过去了。开着拖拉机回村里的路上，又看到方向东的吉普车停在路中央，方向东和一个老者在旁边说着话，司机和秘书在忙着修理。方向东和老者听到拖拉机的突突声，都朝这边看过来。

"怎么了，方书记？"蔡伟基在车斗里远远地喊。

方向东认出了蔡伟基和魏东晓，笑了，他打量着拖拉机："还是这东西好使，跑这样的山路，就得这种车。"

跟方向东在一起的老者不是别人，是省委副书记梁鸿为。他跟方向东是1968年在劳改农场就认识了，这次专门下来处理逃港事件。

"车坏了？"魏东晓问。

"嗯。老家伙了，还是抗美援朝时候缴获的。"方向东回头看了一眼："你们是要去哪儿？"

"回村里。"蔡伟基回答着，"书记，您这是要去哪儿？"

方向东看了一眼梁鸿为。"这是梁副书记，想到下面去看看，这样，就用你们的拖拉机拉着我们，去罗芳村。"

蔡伟基有点受宠若惊，又开始了担心，不知道田广福知不知道这件事，就这么越过了自己的直属领导，是不是不好。魏东晓可不管这些，等梁鸿为跟方向东坐稳了，开起拖拉机就跑。

此刻的田广福，还带着一群抹了红脸蛋的小学生在路边等着呢，孩子们手里都拿着红花，正在练习"欢迎欢迎，热烈欢迎"，田广福则不停向路尽头张望，纳闷着领导怎么还没出现。

　　殊不知梁鸿为是最烦表面工作那一套的，所以来的路上就跟方向东提，避开公社，直接去最下面看实情，谁知道半路上车坏了，将两个人晾在路上。要不是魏东晓跟蔡伟基，这两个人到天黑都可能走不了。梁鸿为是铁了心要了解到最真实的情况的，昨晚他住在了县招待所，天没亮被蚊子咬醒了，索性到街上走走，却看到几个脖子上挂着"偷渡犯"牌子的人在扫大街。那一刻，梁鸿为血直往上涌，他走过去，将其中一个女人脖子上的牌子摘下丢到垃圾堆上，可他前脚刚走，那人就将牌子捡起来，再次挂到脖子上。这不是我们国民该有的状态！梁鸿为在心里告诉自己。贾谊说，为人臣者，富乐民为功，贫苦民为罪。一方水土居然养不活一方百姓，身为父母官，还有何颜面见父老乡亲！

　　除了罗芳村，他们还走了附近的几个村子。梁鸿为的眉头就没舒展过，一直皱着。傍晚，田广福接到消息，领着镇公社和各村一干人到路上来迎接。与其说迎接，不如说是堵。田广福笑眯眯的，让人看不出他到底在想什么。梁鸿为也豁达，说既然大家都来了，那咱们就近找个地儿开个会。地点选在了罗芳村的打谷场。

　　公社各村的支书都来了，田广福主持："按照省委梁副书记指示，我受宝安县委的委托，代表……"

　　方向东挥挥手，打断田广福的话，大声说："套话就不要多说了！"

　　梁鸿为拍了拍方向东的手，示意他少安毋躁。

　　田广福看了眼方向东，有点尴尬，声音小下来了："……这次，这次省委梁副书记下基层，对我们触动很大。"见梁鸿为示意，他嗓门不自觉地越来越大，越说越激昂："我们知道，凤凰公社的工作还有许多方面做得不够好，个别乡村依然缺吃少穿，十分贫困……"

　　这类套话显然大家都听习惯了，脸上没有任何表情，反倒是魏东晓很不适应，忍不住跟蔡伟基抱怨："公社田书记多实在的人啊，怎么一开会就变了一个人了？"

蔡伟基用胳膊捅捅魏东晓示意他别乱说话，依然假装聚精会神地听着。

田广福越说越起劲儿，提出要面对现实找差距，狠批"四人帮"，认真贯彻执行"以粮为纲，全面发展"的方针，争取早日实现三年变面貌，五年粮食翻一番。方向东终于听不下去了，站起来制止了田广福。田广福的眼睛依然是笑眯眯的样子。

"哟，方书记批评我了，好了，我的话就到这里。下面请梁副书记给大家发表重要指示！"田广福说完，自己带头鼓掌。

其他村支书也响应田广福的号召，纷纷鼓掌，蔡伟基的掌声尤其热烈。魏东晓看不惯，用胳膊碰碰蔡伟基，蔡伟基停住了。所有掌声都没了，整个现场突然很安静。就在这时候，不知从什么地方飞来一堆虻虫，嗡嗡地盘旋着，在静默中听起来如同轰炸机一般刺耳。"阿嚏——"这个喷嚏来得很不是时候，大家闻声都纷纷回头看。魏东晓觉得很尴尬，低下头来。

梁鸿为："同志们，改革开放，百废待兴。应该说，这次下基层，对我的触动很大，教育很深。我想对大家说，同志们呀，我们不要再空喊口号了好吗？逃港问题如此严重，究其根源，在座的都有责任！"

田广福依然笑眯眯的表情。

梁鸿为继续说着："前些年极'左'路线的时候，逃港被扣上了'叛国'的大帽子，这几年，中央还有省里三令五申，偷渡不是政治问题，是群众的一种经济上的选择，早上我给省委齐书记打电话，把看到的这幕告诉了齐书记。齐书记说，应该给我们全省的干部脖子上挂个牌子！"他环视着每一张脸，"牌子上该写什么字？你们自己想想吧！"

方向东也坐不住了："各位同志，今天梁副书记和各位同志专门跑到我们宝安来开这个现场会，目的的何在？宝安县是逃港的重灾区，能解决好宝安的逃港问题，就能解决好全国的逃港问题。"

一个中年人插话："方书记，国际上对我们逃港情况反应很强烈啊，舆论界大量报道广东的偷渡情况，有的报纸还说我们大陆'政局不稳'，说我们共产党对局势'失去了控制'，这对我们的国际形象造成了极坏的影响。"

一个干瘦的老人："外逃实质上就是要反党叛国嘛！对偷渡逃港，我看就要严厉制裁，解放军也要上去，把口子堵住。"

方向东："我们宝安的县城深圳，人口不到三万，城里最高的建筑就是个五层楼，街道狭窄，市容破烂，就两条小巷子，一条叫'猪仔'，一条叫'鱼仔'。"

大家哄笑起来。

方向东接着发言："深圳只有的一条街，百把米，街头点一根烟，走到街尾，烟就抽完了。生产总值不值一提。深圳的'圳'字的意思就是小水沟嘛，还有很多人还把'圳'念成了'川'……深圳边上还有一条河，历史上有个好听的名字叫'明溪'，后来干脆就叫深圳河了。我想说的是，站在深圳河的边上，往对岸望去，那就是香港！"

梁鸿为："隔着一条河，深圳河，我们能看得到香港人过的是什么样的日子！"

田广福："梁副书记，我们这里许多老宝安县人说，宝安县三十年没生小孩。"

旁边的干部说："怎么可能？开玩笑吧？"

方向东脸上一点笑容都没有："是开玩笑，几十年怎么可能没生过小孩？可统计数字却是千真万确的。宝安县十年人口增长不过八千来人，增长率0.26%，还有几年出现负数。 沙头角差不多一千多户，五千多人口。这不就等于三十年没生过小孩吗？"

田广福："再不想办法，我们宝安人都跑光了。逃港的人那么多，结果我们宝安搞出了个新行业，叫捞尸行。我们宝安县专门干这个的有两百多捞尸佬。蛇口水警派出所有规定，捞尸佬埋一具被淹死的偷渡群众尸体，可以凭证明到蛇口公社领取劳务费十五元，尸体腐烂掩埋困难的，二十。"

魏东晓腾地站起来："我能说两句吗？"

大家都看着魏东晓，交头接耳。

梁鸿为点点头："说吧！"

魏东晓："要我说，就是一个字，穷！我们罗芳村，有的人家没有壮劳力的，一年到头的工分加起来也不过几百块，要不是穷到一定程度，谁愿意去赚这个捞尸体埋尸体的钱？！"

方向东："香港新界也有个罗芳村，里面全是我们宝安罗芳村逃港过去的人。以前管得不严，罗芳村的社员能拿到边境耕作证，白天就过去香港那边，在资本主义地盘上耕田干活，晚上再回我们社会主义这边生活。香港那边的东西我们是不允许带过来的，那大家只好吃饱了肚子再回来。许多人白天从耕作口过去，晚上就再也没回来了。后来政策变了，不让过境干活了，耕作口一封闭，罗芳村的人就跑去后海湾扑海，一晚上逃走了几百人。"

魏东晓："刚才罗芳村的蔡支书对我说，我们罗芳村，人均年收入一百三十四元，香港新界的罗芳村是多少？一万三千元！这相差多少倍？"

梁鸿为："收入差距如此悬殊，人心怎能不向外！两年前，小平同志在叶帅陪同下曾经到过宝安和深圳。省里有人把逃港事件捅到了小平同志那里。齐书记告诉我，小平同志当时说了两句话……"

所有人都盯着梁鸿为，等待那两句话。

梁鸿为停顿了一下，说出了那两句话："这是我们的政策有问题。此事不是部队能够管得了的。"

一片沉默，接着的，仍然是沉默。

梁鸿为继续说："同志们，对饥饿中的群众大谈社会主义的优越性，是没有说服力的。这些天，我走遍了沙头角、莲塘、皇岗、水围、渔农村、蛇口、渔一大队，基本上上次齐书记走过的地方，我又走了一遍。我们解放三十年了，香港那边很繁荣，我们这边很荒凉。看起来，群众偷渡的主要原因就是政策出了问题，农民负担很重，只要政策对了头，经济很快可以搞上去，偷渡的问题也就顺理成章地解决了。"

方向东诉苦道："齐书记支持我们宝安在中英街搞点边贸，可是没多长时间，就有人打小报告，一直捅到中央去了。"

梁鸿为："我觉得你们宝安可以接着搞嘛，把外贸基地规划好，还是有干头的，看看香港市场需要什么，什么价高、赚钱多，就种什么、养什么。只要能够把生产搞上去，农民能增加收入，就大胆干，不要动不动就拿什么主义的大帽子扣下来，资本主义有些好的地方我们也要学习学习。"

蔡伟基低声嘟囔："梁副书记真是什么话都敢说啊。"

魏东晓握着拳道："光是敢说还不行，还得敢干。"

蔡伟基瞪一眼魏东晓。魏东晓眼睛瞪得溜圆，听着梁鸿为和方向东的讲话，那些铿锵有力的话语，像种子一样落在他心里，一点点生根发芽……

当晚，魏东晓失眠了，梁鸿为和方向东的话不停在他脑子里转，他坚信国家是要有动作了，坚信未来会大有可为。第二天一早，魏东晓将婚宴的所有东西都收拾整理好，他要把家弄干净，把老婆儿子找回来。忙完这些，他坐在板凳上写复原申请书。蔡伟基送过来电报，看他在写复原申请书，很惊讶。"你好不容易提干了，再熬几年，熬到了正营，老婆孩子就可以随军了嘛！"蔡伟基说完，意识到自己说错了话，立马打住话头。

魏东晓看了电报，说："王支队长准了我的假，他还说部队突然接到通知要整编。"

蔡伟基："你们工程兵部队，能整编什么？"

魏东晓："不清楚。准假就好，我现在需要时间找阿芳跟蚝仔。"

蔡伟基一下子揪住魏东晓的衣领："你可不能逃港。"

魏东晓："哎呀，你放心，我不会逃港的，我是要找老婆儿子。"

三 就算死，我也要游回去

香港新界罗芳村，因为居住人群太过密集，导致垃圾太多，看上去一切都是乱糟糟的。

杜芳穿了一件脏兮兮的到处是补丁的渔民防水皮裤走过来。她看上去非常疲惫，头发也乱糟糟的，两眼无精打采。她用手拨开门口几件晒在电线上的旧衣服，走到了一个破乱肮脏的小屋前。屋门是旧铁皮做的，没有锁，只是用铁丝做了个钩子勾住。

杜芳在门口四下看看，伸手在皮裤里掏出几张脏脏的小面值港币。她攥紧手，拿下铁门上的钩子，推门低头进去。小屋不大，几块铁板拼接围成，两块大板子在上头架成屋顶。昏暗的简易房里，一个床垫直接放在地上，蚝仔就睡在上面，手里还握着那只跟虾仔争抢过的竹蜻蜓。杜芳在床边坐下，满眼的温柔。

门外传来拖拖拉拉的脚步声，杜芳警觉起来，仔细听着动静。这些天，她如同神经质一般，每一丝风吹草动都会让她紧张。她抄起窗边的一根铁棍，紧紧握着，直到听着脚步声走远了，才又平静下来。她将铁棍抱在胸前，身体慢慢靠在墙上，眼皮不自主地打起架来，沉沉睡去。再次醒来已近中午，是蚝仔跳进来把她叫醒的。蚝仔摇着她，说尧叔给他带了好吃的来了。杜芳醒过来，看到陈大尧站在床边望着她笑。

"你怎么不敲门就进来？"杜芳呵斥陈大尧。这些天，杜芳对他就是这个态度，她甚至不想见到这个人，但毫无办法，孤儿寡母在一个陌生的地方，她需要他的帮助。

陈大尧用木棍敲了敲门："这叫门吗？老鼠都挡不住，也就做个样子，防君子不防小人。"

杜芳注意到他挂着一根木棍，手上还缠着绷带："你就是个小人！"

陈大尧讪笑着，避开杜芳的眼神。

杜芳将蚝仔拉到床上吃着鸡蛋饼，又把陈大尧赶出房间，自己也跟了出来，顺手关上铁皮门。

杜芳问："托你找的工作，有消息吗？"

陈大尧安慰她："先不急，找几个亲戚活动活动，拿到行街纸就好办了。"

杜芳不相信："香港的行街纸哪有那么容易的？"

陈大尧说："总有办法的！有钱能使鬼推磨！香港的那些差佬，别提多黑了。"

杜芳急了："我们哪有钱？我这两天在渔场帮忙，从天黑做到天亮，才给十几块钱港纸。"

陈大尧笑道："这是刚开始，刚开始的时候都是有点难的。"

杜芳的声音低了下来："我想回家，我想回罗芳村。"

陈大尧抬起头，东看西看："这不也是罗芳村吗？杜芳，你别瞧不起这些破屋子，这也是我们逃港的罗芳村的人一砖一瓦辛辛苦苦盖起来的。"

杜芳摇头说："那，这里也不是我的家。"

陈大尧想了想，掏出一摞小面值港币，递给杜芳。杜芳不接。

陈大尧说："我赚钱了，你拿着给蚝仔买点好吃的，再买几件衣服……"陈大尧回头看了一眼电线上晾着的旧衬衫。

杜芳拒绝道："我有。"

陈大尧将钱塞到杜芳的手上。杜芳挡了回去："不要！我可以养活蚝仔。"

陈大尧心疼地看着杜芳："再辛苦两天吧，等电子厂有工作了，你就可以去做工了。"

杜芳看了看陈大尧："你到底在做什么？前面伤还没好，又有了伤。"

陈大尧心里暖暖的。她终于看到自己的伤了，终于担心自己了："何树伟帮我找了份能赚大钱的活，我现在和他一起，跟着他老板混。"

杜芳吃了一惊："你不是说何树伟混黑道吗？……大尧，你好手好脚的，人又聪明，既然到了香港，先找份工作慢慢来啊。跟着何树伟那些人，当心有钱赚，没命花！"

陈大尧无可奈何地说："混香港不像你想的那么容易的。"

杜芳坚持道："那也不能走偏门！"

陈大尧的嘴角露出一丝苦笑："人无夜草不肥，我们这些逃港的，无依无靠，没念过几天书，又没学过什么技术……不拼命，哪天才能出人头地？"

杜芳有点不敢相信："陈大尧，你真不要命了？"

陈大尧："在香港想赚大钱，那都是拿命拼来的！没钱的日子我过够了，没钱我要这条破命干吗？"

他越说越激动："话都已经说到这儿了，我也什么都敢说了！我陈大尧不怕多苦不怕多累，也不在乎这条烂命！我带着你们娘儿两来了香港，不给你们过上好日子，我陈大尧还是个人吗？"

杜芳轻轻地摇摇头："大尧，你要明白，这么来香港，我不情愿，也不甘愿，迟早要回去找东晓的，我们一家在一起，我不怕苦不怕累……"

陈大尧不以为然地说："你别天真了，都走到这一步了，你还能回到东晓身边吗？再说了，东晓在部队里有的是前途，几年一过，搞不好他都娶了新老婆，把你忘得光光的。"

杜芳脸一沉："那是我和东晓的事情，现在我和蚝仔在香港，东晓带着虾仔在家里也不知道怎么样了！没人照顾他们父子俩，也不知道吃得饱不饱！我一定要回去，我们一家一定要团圆。"

陈大尧哀求道："阿芳！我劝你看开点，多少人盼着来香港都到不了，现在咱们来了，我们是一定要过上好日子的。"

杜芳急了："谁跟你我们！陈大尧，我杜芳是魏东晓的老婆，你永远都不要打我的主意！"

陈大尧笑着打住话头："好了，好了，你别急，日久见人心，过段时间你就会想明白的。"

杜芳头一扭："我阿芳就是死心眼，多长时间都没用。"

陈大尧笑道："嘿嘿，我们走着瞧吧。杜芳，你看看，你看清楚，这是香港！"

杜芳哼了一声："香港，香港怎么了？香港再好，也不是我的家！我决定了，这几天就带蚝仔回去！"

陈大尧诧异地说："回去？你怎么回去？香港和我们宝安，那是两个世界！相信我，杜芳，你再待一下，你就知道香港有多好了！"

杜芳望着罗芳村的方向："不，宝安才是我的家！"

陈大尧不再跟杜芳说话了，他知道这个时候怎么说都没用。现在最重要的是拿到行街纸，让她有份安定的工作，这样，她的心就会踏实下来。到时候和大陆的日子一对比，她自然会选择留下来。但行街纸太难搞了。他去找过自己早年嫁到香港的四姨，可老太太听说后连门都不开，只隔着铁栏杆递给他一小摞港币就让他走。陈大尧不敢回去见杜芳，他不知道该怎么跟她解释，他带她来香港，是想让她过好日子的，这种生活怎么留得下她？

后来，还是何树伟帮了他。那小子混上了黑道，在当地有了点小势力，迫切想要赚到钱的陈大尧看着威风凛凛的何树伟，仿佛看到了希望。他们去帮老板讨要摊位费、保护费，碰上老实的就痛快给了，碰到难缠的或是硬气的，少不了动刀动棒，身上挂彩是家常便饭。对陈大尧来说，他什么都不怕，只要能把杜芳留在身边，就算是得罪全世界，他都敢。他最担心的，就是杜芳永远都不接受他，如果那样，他就真不知道该怎么办了。没有别的办法，他只有努力对她好，对蚝仔好，让她看到他的心，他祈祷她能看到他的心。

最近风声紧，很多偷渡过来的人不敢出去上工，电子厂人手奇缺，四处招工，陈大尧终于搞到了名额。杜芳看到电子厂招工单，高兴坏了，像孩子一样望着陈大尧笑，陈大尧也很欢喜，趁机告诉杜芳，耐心一点，你看，总会越来越好的。杜芳小心地收起招工单。这两天，她也想明白了一点，既然来了，就赚点钱再回去，能给家里盖上新房是最好的，到时候，东晓也一定会原谅她的。

杜芳很珍惜这次工作机会，手又快又巧，做起活儿来比其他女工麻利很多，蚝仔则帮着她将配件整理好放在备料箱里。她身边有个长头发女人，操一口地道的港式粤语，让她不要那么拼命，在香港只要肯吃苦，就一定能熬出头。杜芳只是笑笑，手下的动作却并没有放慢。不远处，那个长相猥琐的监工一边看着女工们干活，一边走过来。"你还是小心一点应付他为好，他不高兴了，你的钱都有可能拿不到。"长发女人低声说。杜芳这才抬头，看到监工正冲她咧着嘴笑，露出一嘴的大黄牙。杜芳没有搭理，接着干活。监工走过来，碰碰杜芳的胳膊，示意杜芳跟他出去。杜芳迟疑了一下，看了看长发女人，女人冲她挤了挤眼睛，说你去吧，孩子我看着。杜芳这才跟着监工走出去。

监工四十岁出头，因为精瘦，脸上有很多褶子，显得比实际年龄更衰老。

监工看着杜芳，慢条斯理地说："我盯着你呢，看了你一天了。"

杜芳有点着急："海叔，我可没偷懒。"

监工深深吸了口烟，眼睛望着天："你从上午九点干到现在……"又看看手腕上的电子表，"十来个小时了。机器嘛，也得休息保养，你这么靓的女人，何必这么辛苦？"

杜芳笑了笑："等行街纸办下来就不用这么辛苦了。"

监工看着杜芳的笑容，呆住了："……行街纸那么好办吗？你不要相信外面那些男人，都是骗你的。"

杜芳看了看自己的工位："海叔，谢谢你了，我身体好，顶一个班就是二十块呢。"

监工死盯着杜芳："放心吧，阿芳，有海叔我罩着，这厂子里，没人敢欺负你。"

杜芳礼貌地说："谢谢海叔。"

监工突然猥琐地笑了："阿芳啊，像你这样靓的女人，没得男人爱，没天理啊。你别这么劳苦了，海叔我心疼。"他一口吐掉叼着的香烟，扑上去抱杜芳，开始动手动脚。杜芳躲开了他："海叔，别这样啊，别这样。"

监工紧追不放："哎呀，你就别装了，工厂里的大陆妹，我见得多了。"一面说着，一面变本加厉。杜芳推开监工，一脚踢中他的下体。监工一声惨叫，杜芳跑开了。

魏东晓陷入了完全疯狂的节奏。他跑海边，跑联防站，跑一个一个收容所，只要有一丁点杜芳或蚝仔的消息就立即跑过去。今天一早，有人捎话给他，田广福让他去一趟，他心里纳闷，找他干什么呢？到了才知道，田广福昨天下午去开县里的防逃港工作电话通报会，听到一个消息，有部分罗芳村的逃港分子被关在荔枝山收容所。魏东晓立即拿了公社介绍信，马不停蹄地赶到荔枝山收容所。可那儿的民警接过介绍信看都没看，就隔着大铁门丢了出来，说人太多，哪能谁都去找，等查清楚了，收容所会通知公社派出所领人。魏东晓不干了，他觉得老婆儿子在这里的可能性很大，坚持要进去看看。

还有人想闯收容所？简直是笑话！那民警变了脸，都要出来驱逐他了。魏东晓急中生智，喊自己是逃港分子，来自首的。民警还是不理这茬儿，说你喊也没用，自首去公安局，我们这里不管。这回魏东晓没办法了，思量半天，抓着铁门就往上爬。这回民警怒了，按了警铃，有两个民警冲过来，拔枪对着魏东晓，逼他下来。魏东晓说自己早见识过了，死也要进去。最后，其中一个民警大刘没办法，说地区公安处的董科长在里头呢，你进去自首吧。

就这样，魏东晓见到了董连成。董连成时任预审科科长，常驻收容所办公，这段时间，几乎没日没夜都在审讯，已经累得脱了相。魏东晓进来的时候，他埋头在一碗米粉里，吃得呼噜作响，馋得魏东晓都听到自己肚子咕咕叫。见魏东晓进来，董连成抬起头来看了一眼，继续吃米粉。

墙上挂着毛主席画像，旁边是"坚决抵制资本主义糖衣炮弹"的宣传语。董连成迅速吃完饭，和大刘一起审讯魏东晓。魏东晓意识到这个董科长不好对付，从他的眼神中就能看出来，所以大刘问什么，魏东晓就说什么。

大刘："你说自首，是不是跟组织逃港犯罪行为有关？"

魏东晓跳了起来："我是想进管教所找我的老婆，你们不让我进，我才编的假话。"

董科长斜了他一眼："有没有逃港行为不是你说了算的，得我们审完再定。"

魏东晓："民警同志，我说得千真万确。我叫魏东晓，是现役军人，我的服役部队是基建工程兵00029支队，请你们核实。"

大刘："你有什么证明文件吗？"

董科长看看大刘："大刘，这你也信？比这位狡猾一百倍、一千倍的犯人我都审过。先关一天再审！"

再审结果还是一样，这回大刘动摇了，跟董连成说魏东晓不像撒谎。董连成看看大刘，鼻子里发着哼哼声，显然对这个结果不相信。他自己钻进审讯室，再审魏东晓。这次审讯中，魏东晓了解到，他们抓了几个蛇头，知道何树伟雇了一艘伪装成水警巡逻艇的民用船，有个男人接走了一个叫阿芳的一家三口。

魏东晓眼珠子都瞪圆了："他们不是一家三口，那是我的老婆我的儿子！陈大尧就是个混蛋！"

董连成似乎没听到他的话："魏东晓，我们的政策你也明白，坦白从宽抗拒从严。你雇用了何树伟，花了多少钱？"

魏东晓恍然大悟，他们是把他当成陈大尧了："那不是我，那是陈大尧，是陈大尧拐走了我的老婆儿子。"想了想，"这么说，他们是逃走了？"

董科长："你不是带着老婆儿子一起跳海游到香港那边了吗？现在你来自首，我们会尽量争取宽大处理的。"

魏东晓跳了起来："我说了，不是我！你长不长脑子？我都去了香港，我还跑回来自首？董科长，我没有逃港，也没有组织逃港，和我老婆杜芳一起上了巡逻艇的那个男人可能是罗芳村会计陈大尧，请你们认真查一查。"

董科长不屑地："查？都清楚了，直接让公安处来提人就行了。"

魏东晓傻了眼，嚷什么都没用，还是被扭送着上了车。上车的时候，大刘还匆匆跑去找董连成，说他联系了凤凰公社书记田广福，说确实有这么个人。但董连成说已经定了，不要再管了。大刘便不再说什么。

跟魏东晓一起上车的，还有十几个农民模样的人，由大刘和两个民警一起押着。魏东晓试图打听要把他们送到哪里去，大刘只是说到了就知道了，魏东晓心里在不停地打鼓，按照董连成说的，他就是逃港的组织者，罪肯定轻不了，何况一时半会儿也没人能帮他洗清冤屈。他感觉脚有些麻，动了动，突然感觉后面捆着手的绳子没那么紧，再使劲挣了几下，感觉又松了很多。

突然，卡车在路中间停下来。"水箱又漏了。"司机抱怨着跳下车。

大刘扭头看看路面，又转回头死死盯着眼前这几个人，突然注意到魏东晓在扭动身子，立即冲过去按住魏东晓："干什么？你给我老实点儿。"

不承想，有几个农民模样的人早把绳子弄开了，一下子站起来，反而将大刘给按住了。随后，另一个民警也被控制住了，那些人扒走了大刘和另外一个民警身上的枪，对他们拳打脚踢。

魏东晓一时搞不清到底什么来头，但看到民警被打，忍不住训斥那几个人："你们干什么？"一个男人将枪口对准魏东晓。

"开枪，开枪马上就有人来抓你们！"大刘盯着拿枪的男人说。

那几个男人随即跳下车，朝山上的荔枝林跑去。

"他们是逃犯。"大刘说着，司机和另一个民警已经向荔枝林冲过去了，魏东晓也从山路一侧爬上荔枝山，听着枪声和动静追赶那几个人。他跑得挺快，因为那边有周边民警加入围追堵截，逃犯跑到了魏东晓这边，跟魏东晓正面撞上，动起手来。逃犯都是凶猛之徒，却被魏东晓缠得不能脱身，随后赶来的民警和魏东晓一起，将逃犯抓住了。

他们最后找到了大刘，大刘的腿受伤了，血顺着裤子直往下滴，一瘸一拐往车这边赶。魏东晓扶着大刘。"谢谢你，魏东晓。其实你是有机会逃跑的！"

魏东晓说："我干吗要跑？我又没干什么见不得人的事情，我要走，也得堂堂正正地走。"

魏东晓扶着大刘走在最后头，远远看到一辆车停在他们车的旁边。

"来接应的？"大刘皱皱眉，"不像啊，公安处没这么好的车。"

魏东晓凝神细看："好像是省委梁副书记。"

"什么？"大刘不相信地看着魏东晓，没想到这个人居然这么有来头。

"我们到底是要被送到哪里去？"魏东晓看看车上还有几个农民根本没动地方，还老老实实待在那里。"劳教，关上一两年，其实是私下里让他们帮收容所开荒种地。"大刘低声说着。

"一两年？"这回换成魏东晓震惊了，看来他真应该跑掉，而不是自己走回去，再被关上两年。可他低头看看大刘的腿："不行，你得赶快去医院。"他加快了脚步扶着大刘往山下走，心里已经有了主意。

山下的人正是梁鸿为，他带着秦秘书到下面考察，听到枪声，便拐过来打探情况，见逃犯没抓回来，就特意等在那里看情况。

"梁副书记！"魏东晓远远冲梁鸿为打招呼。

梁鸿为眯起眼想了好一会儿，终于想起来这个开着拖拉机带他跟方向东查看民情的魏东晓。梁鸿为亲自将大刘送去了医院，又让魏东晓陪着他去一趟荔枝山收容所。魏东晓巴不得梁鸿为能了解更多民情，就很积极地给梁鸿为当向导。

当董连成看到魏东晓出现在收容所院内的时候，眼睛都瞪圆了，吼着："是谁把逃港犯给放了？将他绑起来！"魏东晓吓坏了，向梁鸿为求助："梁副书记，我是陪您来的，您可不能见死不救。"

梁鸿为看着魏东晓笑了："先等等。"

邓大明也出来了。他是收容所的所长，听说是省委来了人，出来看个究竟："省委的？哪个部门的？前几个月，省里的李副省长来我们所检查工作，对我们的工作很肯定。"

梁鸿为问："你贵姓？"

董科长说："这是邓所长。"

"哦。邓所长。"梁鸿为环视院里大树上捆绑的百姓，"这是什么情况？"邓大明："都是劳教的犯人，不服管教。""是吗？我可以和这些犯人谈谈吗？"梁鸿为说着，走向那些百姓。

"等等！"邓大明追上去，"这位老同志……我们这里可不是随便进的，再说了，冒充省委领导是犯法的。"

梁鸿为没有吭声，又转向旁边的几间房子，从窗口往里看，那里也关着很多百姓。他的眉头皱了起来。

"喂，你听见没有，再看来看去就别怪我们不客气了。"邓大明吼着。

"把他带下去，绑树上。"董连成冲抓着魏东晓胳膊的两个民警说。

这时，几辆吉普车开进了院子，车门打开，跳下了十几个荷枪实弹的军人，军人们开始在院子里布岗。一个军官走近梁鸿为，敬礼：报告首长，省军区警卫部队向您报到！梁鸿为点点头。

梁鸿为的秘书秦勤走过来："邓所长，这是省委副书记梁鸿为同志。"邓大明傻眼了，结结巴巴地说："梁，梁，梁副书记……"董连成先是一惊，很快又转过弯来，急忙走上前，对梁鸿为赔笑："梁副书记……"

梁鸿为："魏东晓同志是名优秀的现役军人，在这次防逃港工作中，做出了很大的贡献。这位同志，我能不能为魏东晓同志作个证明？"

董连成脑门上直冒汗："我……我……梁副书记，我……我冤枉了好同志，我……我错了，我这就向魏东晓同志赔礼！"他急忙跑到魏东晓身边，笑嘻嘻地看着魏东晓，"对不起了，兄弟，让你受委屈了。"

魏东晓看看拉着自己胳膊的董连成："我说董科长，真的不是所有人都是逃港犯人，什么事还是需要真正去调查清楚才好下结论。"

"是是是。"董连成笑嘻嘻的。"我就有一个问题想问你。"魏东晓看着董连成，"我老婆杜芳是不是真的去了香港？""按照蛇头的交代，八成是去了，但也不排除意外的可能。"董连成低声说，"其实我们家也有不少亲戚跑过去了，拦也拦不住。"

梁鸿为一直到傍晚都没走，向收容所里的农民了解了情况。

一个农民说："前年，樟脚村和角头村几百个社员计划逃港，没逃成，派出所带了几车子几十号民兵去抓人，一次就给他们抓回来几十个。"

梁鸿为皱了皱眉："管教所把你们一关就是一两年，你们为什么不跑？"

另一个农民说："跑有什么用，他们再去抓啊。"

旁边一个农民接口道："邓所长一上任，王法就硬了。现在开荒垦田，上劳教的群众四五十个，都是从边防线抓来的，受大罪了，也不敢跑！"

梁鸿为把邓大明叫了来："劳教逃港百姓是谁定的？省里同意你们这么干吗？谁给你们这么大胆子，私下就这么乱搞？"

邓大明："梁副书记，也不全是我们的错啊。基层政府也怕了那些逃港的群众，都是鸡毛蒜皮的事……有的蚝民赶海捞不到蚝，把口粮拿到香港中英街那边黑市上卖几个钱，这就抓了；还有的是跑过中英街去做点小生意；管教所还有几个犯人是对现今逃港政策不满意，发了几句牢骚，基层派出所就把他们送来了。梁副书记，各地都是闻逃港就色变啊，有逃港倾向的人，就得扼杀在萌芽中，难道留着他们去组织煽动逃港吗？"

梁鸿为横了邓大明一眼，"砰"的一掌，重重地拍在桌子上。

那一天，几乎各个公社大队都派了人来，将自己村的百姓带回去了。邓大明和董连成只有老老实实听命，看着魏东晓带着各村的人做登记。

因为秦秘书明天还要去香港办事，所以只好提前离开。在回去的车上，魏东晓问了很多问题，梁鸿为有的回答了，有的没回答，他说，我们的国家还在发展阶段，我们也在找更好、更适合的方法，会好的，一切都会好的。魏东晓又婉转地问梁鸿为，自己能不能跟着去香港，说自己没别的意思，就想将老婆儿子找回来，被梁鸿为断然拒绝了。回去的路上，疲惫的梁鸿为很快睡着了。魏东晓仔细观察了一会儿，确认他睡沉了，才凑到秘书秦勤的边上：

"秦秘书，你们明天是要去香港办事吗？"

秦秘书："是省里招商局的船要去香港办事，梁书记临时通知你们宝安的方书记还有我，一起去香港。"魏东晓："……秦秘书，能不能带上我啊？你也知道，我老婆在香港，我想把她找回来。"

秦秘书回头看了一眼睡着的梁鸿为："怎么可能！去香港都是要提前办手续的，你又是现役军人，刚才梁书记不是已经说了，不可能让你去的。"

魏东晓："秦秘书，我明白梁书记的难处，很多事他不方便办，你想办法帮帮我吧。"秦秘书说："魏东晓，书记都不敢答应你的事，我敢答应？你是要害我吗？"

魏东晓很失望："那你告诉我，明天你们几点走，坐哪条船行不行？"

秦秘书说："告诉你有什么用？你又上不了船。"他回过头，看着前面的路，不再说话。魏东晓沉思着，也不再说话了。

当晚，魏东晓在县委大院堵着方向东，想要找他通融，却被方向东狠狠批评了一顿，让他赶紧回部队别添乱。魏东晓不死心，第二天天还没亮，他就来到了码头上，打听到二号码头上的船是招商局去香港的，就蹲在那附近守着，伺机上船。

一个穿着厨师服装的小眼睛男人提着泔水桶从职工食堂后门走出来，把泔水倒在门口一旁的大桶里。魏东晓守在对面，他听到肚子在唱空城计，就跟着小眼睛厨师进了后门。从后门过去就是食堂。魏东晓鬼鬼祟祟想要穿过厨房，却被小眼睛厨师发现了。"喂喂，干吗呢？""哎呀，找了半天终于找到了一个食堂的大师傅。"魏东晓笑呵呵地说。厨师警惕地看着魏东晓。

魏东晓说："我是招商局船上的。省里的秦秘书没吃早饭，县委方书记让我赶紧跑食堂来要几个馒头。秦秘书是省委梁副书记的秘书，代表省委的。我们宝安的方书记，方向东书记你见过吧？方书记能让省里的领导饿着吗？"

小眼睛厨师点点头："那是不能。"

魏东晓："赶紧给我找几个馒头。"

小眼睛厨师有点怀疑："802船不是有食堂吗？"

魏东晓："是有，可是没馒头，人家秦秘书是北方人，就要吃馒头。"

小眼睛厨师："馒头食堂也没有了。"

魏东晓："啊，没有了啊，那我赶紧上船了。"他转身想离开。

小眼睛厨师一把抓住魏东晓，说："馒头真没有了，对不住啊……哎，同志，我带你去802船上再看看吧。"

两人一起跑到码头上，却发现802船已经开走了。

"哎呀，来不及了！"小眼睛厨师叫着。

魏东晓急了，冲着船直挥手，可船哪能因为他叫就停下。眼看着船越开越远，魏东晓"扑通"跳进了海里，冲着船游过去，愣是把厨师吓傻了。

方向东迎风站在船头，一直看着前方。秦秘书从船舱走出来："方书记，风很大呀。"

"是，都五月底了，还挺凉的。"方向东扭头看着秦秘书，"秦秘书，梁副书记把你派到蛇口来搞开发区，你就没点想法？"

秦秘书："您是问我后不后悔吗？不后悔。只可惜省里就划了蛇口半岛2.14平方公里的弹丸之地，地方有点小。"

方向东大笑："小秦啊小秦，看不出你野心还不小啊！嫌蛇口地方太小折腾不出浪花？"

秦秘书也笑着："是雄心，不是野心。有点雄心不好吗？方书记，您可是蛇口实验区筹委会的一把手，我就是梁副书记送下来到您这学习锻炼的。"

方向东微笑道："不要嫌蛇口地方小，梁副书记给我打电话，说省里已经向中央请示，在深圳、珠海、汕头几地试办出口特区，中央基本上同意了，再过几个月，就会有正式批复下来。"

突然，周秘书一边往外走一边说："方书记，秦秘书，好像有人在追着我们的船……"方向东和秦秘书相互看一眼，急忙走到船后。大海里，果然有个人一直追着船的方向奋力游着，见船上有人看，还不停地挥手，显然在喊着什么，因为船的声音大，也听不清。

秦秘书皱着眉头："我怎么看像一个人？"

方向东看看秦秘书："不会是魏东晓吧？"

秦秘书："那您看这人我们是救还是不救？"

方向东生气地反问秦秘书："你说呢？"

秦秘书笑了："方书记不会眼睁睁看着自己的同志被淹死。"

方向东用手指点着秦秘书："你呀你，我真怀疑你们是串通好的。还愣着做什么，救人。"

杜芳再次醒来的时候，是在收容所。没错，她回来了，而且是连夜游回来的。她在电子厂做得很憋屈，那个监工海叔经常给她穿小鞋，知道她没有行街纸，不按时发工资她也不敢闹，所以拿钱总比别人迟几天。这都不是最重要的，杜芳想，只要自己能干肯干，他就是赖，等拿到了行街纸，这种情况也会改变的。但她的梦想很快就破碎了。香港警察开始频繁地搜查工厂，搜到杜芳所在的电子厂时，警察刚进来，就有个男工跳窗户跑了，两个警察追了出去，剩下的两个继续在厂里挨个检查。那个长发女人有经验，告诉杜芳没有行街纸得赶紧跑，千万不要让差佬抓到遣返，搞不好要坐牢。杜芳很犹豫：就这么跑了的话，这些天的工钱白搭了不说，恐怕又要好一段日子没工作，那种没着落的日子她不想过。但这两个警察显然办事很认真，不放过任何一个人，挨个检查证件。最终，杜芳还是蹲下身来，抱起睡着的蚝仔，弯着腰绕开警察的视线，跑出了车间。身后马上有警察在喊站住，还有脚步声紧追过来，杜芳没命地往前跑，跑出厂子，绕进小巷，一直跑到筋疲力尽，靠墙蹲坐在地上大口喘着气。这时她才看到，蚝仔早醒了，正睁着大眼睛看着她呢。那一刻，她不知道该跟孩子说什么，蚝仔的眼睛里充满了恐惧。她将蚝仔紧紧抱在怀里。

　　杜芳没有回陈大尧帮她在九龙找的住处，而是去了最初住的简易房。到的时候已经是后半夜了，值勤的警察都没有了踪影。杜芳推门进去，打开灯，陈大尧像个孩子一样蜷缩在地上的破床垫上，一把弯刀扔在地上，刀上还有血。杜芳拖着沉重的脚步进来，用脚踢踢陈大尧，陈大尧睁开眼看看杜芳，又睡回了原来的姿态，显然他也很累。杜芳又用力踢了陈大尧一脚，他才磨磨蹭蹭地起来，挪开了地方。杜芳将睡着的蚝仔放在床垫上，扯着陈大尧走出门去。

　　陈大尧疑惑地问："怎么回这儿来了？"

　　杜芳说："我要回宝安。我跟你说过了，这里不是我的家。"

　　陈大尧一下清醒了："阿芳，我千辛万苦才把你带到香港，我容易吗？过去那种日子你还没有过够？我他妈的宁愿在香港做条狗，也不在大陆做个人。"

　　杜芳："那是你。不是我，如果不是因为你带走了蚝仔，我怎么可能跟你到香港，我的大儿子和老公都在罗芳村，那里才是我该在的地方！我不想在这里人不人鬼不鬼地活着——"她开始流泪，"不要再拿香港有多好的话来诱惑我，香港再好，没有魏东晓，没有虾仔，也和我没有关系！"

　　陈大尧想拉杜芳的手，被杜芳一下甩开。"阿芳，你听我说，现在这日子都是暂时的，你是刚离开家，有些不习惯！再说这段日子，香港抵垒法执行得很严，界限街上都是警察。但是我已经找老板办行街纸了，老板说，过两天先弄个假行街纸，这样就不怕差佬查了，所以……"陈大尧努力地劝着。

　　"没有所以，陈大尧，你给我听清楚了，我不想留在这！我要回家！"杜芳斩钉截铁。

　　陈大尧怒了，大声嚷起来："你回去，你怎么回？难不成你要游回去？再说了，一眼望不到头的苦日子你还没过够？！"

　　"只要能跟东晓和孩子在一起，什么苦我都不怕！"杜芳看着陈大尧。

　　这些话，像刀子一样扎着陈大尧的心，他一把抓住杜芳的肩膀："阿芳，难道你的心是铁做的吗？我……我，为了你，我连命都不在乎，可你心里还是只有魏东晓，只想着大陆那个穷日子！"

"这样的日子我过不下去了。"杜芳摇摇头，"我在工厂看到香港的报纸了，那天逃港，死了好多人，上百个拉尸佬忙了几天，才把尸体埋完。陈大尧，你知不知道你可能害死了很多罗芳村的人？"说完，她别过脸去不看陈大尧，"东旭和阿琴到今天也没消息，也不知他们怎么样了。"

"我顾不了那么多，再说了，都是大家自愿，又不是我逼的！"陈大尧狡辩着，"再说了，我们也差点葬在大海里。阿芳，你听我劝，千万不能走回头路啊，那是一条绝路，看不到任何希望的路！"

"我想好了，明天我就带着蚝仔走沙头角，从中英街跑过去。"她的目光坚定，完全不似在说笑。

陈大尧觉得这个女人简直不可理喻："这些天气氛很紧张，沙头角那边根本就过不去，再说，差佬把船都管起来了，你又带个孩子，怎么过去？"

杜芳想了想，语气坚定："我想好了，我一定要回去。"她看着陈大尧，"我知道你带我来香港是想过好日子，但是，你找错人了，我有老公，除了魏东晓，这辈子我是不会跟别的男人的。用了你的钱我都记着数，总有一天，要不你堂堂正正回大陆，要不我堂堂正正来香港。这份情，我能还的肯定加倍还你，还不了的，你也别怨我……"

杜芳心意已决。陈大尧没办法，只好佯装答应她。天亮后，陈大尧陪她去看路线，只见到处都有警察巡逻设卡，有的路口甚至被封了起米。

"看看，这么多警察，很难走出去的，那些香港阿三，见到海里有人就开枪的，你还带着个孩子……"陈大尧希冀眼前的现实能让杜芳打退堂鼓。

"我就趁着天黑游过去。"杜芳说。

"妈，我怕……"听到又要从海里游回去，蚝仔特别恐惧。那夜的经历如同噩梦，蚝仔坚决不愿再经历一次。

"蚝仔！你不想回去找哥哥和爸爸了？"杜芳试图劝说蚝仔。蚝仔撅了撅嘴，想都没想就摇了头。杜芳生气了，抬手要打蚝仔，陈大尧拦住了杜芳："他这么小，害怕也是正常的。"

"我不去，我不去海里。"见杜芳要打自己，想着又要在漆黑冰冷的海里绝望地泅水，蚝仔大哭起来。

"好，我们蚝仔不去海里，我们蚝仔就在香港，尧叔给蚝仔买最好吃的鸡蛋仔。"陈大尧抱起蚝仔哄逗着，一边拿眼觑着杜芳，"你看看，为了蚝仔，就先留下来，以后慢慢找机会。"

杜芳一直不说话，最后，她抬起头看着远方的海："我要回去，就是死在海里，尸体也要漂回去。"

陈大尧不说话了。这么久的努力都白费了，这个女人还是要走。"要不，你把蚝仔留下，总不能带着孩子冒这个险。等这边稳定下来，我把蚝仔给你送回去。"虽然很寒心，但他还在做最后的努力。

杜芳转头看着陈大尧，目光突然变得柔和。陈大尧知道，她同意了。

杜芳就是那晚上从海里游过来的。陈大尧抱着蚝仔躲在树后，目送着杜芳跳进海里。她游了很久，感觉全身都没有力气了，任由海浪将她推到岸上，她就睡着了。等醒来时，她看到自己在收容所，才知道，她回到了宝安。她试图找个人说清身份，可是没有人搭理她，因为那里的人太多了，需要一个个排队。但总算是回来了，杜芳很欣慰，却不知自己的老公正冒着生命危险跳到海里去香港找她。

四　出人意料的深圳"特区"

魏东晓被拉上船时已经筋疲力尽，靠在船舷上连喘气都没有劲儿了。方向东从秦秘书手里拿过毛毯，给魏东晓盖上："你可真是有办法，怎么就没被边防发现抓了去，省去了我的麻烦。"

魏东晓想笑却笑不出来："谢谢方书记。"

"不用谢，到了香港，你就待在船上，绝不能离开船。"方向东凶巴巴地说。魏东晓很失望，求助地看一眼秦秘书，秦秘书却笑而不语。

睡了一觉的工夫，船就到香港了。等他醒来，秦秘书已经给他准备好了一套船员服。魏东晓高兴得跟个孩子似的，连连感谢。秦秘书也不客气，提醒他尽量跟着代表团一起行动，到了这边，方向东就是招商局的方处长，他则是秦科长，让魏东晓别弄错了称呼。魏东晓一一应着，就是不知道什么候能出去找杜芳。秦秘书直接提醒他，一定得谨慎，现在大陆与香港关系这么微妙，一件小事处理不好就成了大事，要是乱跑被警察抓了，代表团是不可能承认有他这个人的。魏东晓很明白，说："当然，你们让我上船，我就已经感激不尽，绝不拖你们后腿。"

这是魏东晓第一次到香港，也是第一次领略到什么叫繁华和富足。他看到什么都舍不得挪开眼，心里感慨万千，什么时候大陆也能这么漂亮，日子这么好过，那时候谁还逃港。想到这里，他的心情就黯淡下来：要是杜芳不愿意跟自己回去怎么办？但魏东晓相信杜芳不是那样的人，这么些年的感情在那里，他不会看错她。

如同刘姥姥进大观园，魏东晓见到了插电就能烧开水的电水壶，躺上了宽大的席梦思床，尝到了又香又苦的咖啡，还淋了浴，从冰箱里拿到了可口可乐。一切都是新的，他眼花缭乱应接不暇。秦秘书他们去开会，留下魏东晓一个人在房间，他闲着无事就去卫生间洗澡。阀门一打开，却一直出凉水，他纳闷地看了半天，再次扭了扭阀门，热水一下子喷涌而出，烫得魏东晓直跳起来。晚上方向东和秦秘书还带他去了电影院，琳琅满目的电影海报让他震惊不已，邵氏出的情色电影的招贴画更是挂满了墙，《唐朝豪放女》、《爱奴》、《金瓶双艳》和《销魂玉》……方向东只扫了一眼，拉着秦秘书跟魏东晓就离开了，跑到街上，三个人哈哈大笑。

当天傍晚，秦秘书把一张香港地图和一叠港币给了魏东晓，还细心地在地图上做了标记，标出了几个逃港人群聚居区，还告诉魏东晓，尽量避开香港警察，第二天下午两点前要赶到码头，那个时间他们的船要返回蛇口。万一被警察查到了，就要求他们立即遣返自己回去。

当晚，魏东晓就走到了香港新界，守在外头，看到有下工上工的人就打听，直到天亮，也没有打探到任何消息。他又来到香港新界罗芳村打听，走到杜芳住过的简易房门外时，魏东晓惊喜地发现了晾在电线最里头那件熟悉的旧衣衫。他的心狂跳着，奔过去拿下来，没错，是杜芳的，东旭结婚那天她就穿着这件，是他带她去扯布做的。

阿芳一定在这附近，阿芳一定在这里！魏东晓激动得心都快跳出来了，他喊着阿芳的名字，说我是魏东晓，你快出来呀。喊了几声后，不知道从哪个角落冒出个声音："走了。"魏东晓跑过去一看，是一个穿着破烂的男人，靠在两个简易房的壁板中间，半睡半醒的样了。

"她和孩子去哪儿了，你知道吗？"魏东晓上前问他。

那人鼻子里哼一声："谁知道，来来去去的多了，谁在乎这个。"那人说完，闭上眼不再搭理魏东晓。

魏东晓只好退回来，从外面打量了一下简易房，敲敲门，没人应。他走进去，里面又黑又湿，到处散发着霉味，地上一个破床垫，边上的布都裂开，露着黄黄的海绵。魏东晓没料到，在繁华的香港，还有这样不堪的一面，而他的老婆就在这里生活过。他发誓一定要找到杜芳，一定要将她带回宝安。

魏东晓没有按约定时间赶到码头上船，他找遍了地图上标示的杜芳有可能去的所有地方，都没有一点杜芳的消息。魏东晓失魂落魄地走在九龙的大街上，头顶的路灯在地上投下长长的影子。他累极了，靠着路灯柱子坐下来。

一辆敞篷汽车开过来，急速在魏东晓身边停下，两个警察从车上下来："先生，请出示行街纸。"

魏东晓木然抬头："什么？"

警察走近他："先生，请出示香港公民身份证，或者行街纸。"

魏东晓低下头，有气无力地说："没有。"

两个警察相互看一眼，立即扑上去抓住魏东晓的胳膊。

"去你妈的狗屁香港！香港算个屁！"魏东晓大骂着，发泄着压抑了一整天的烦躁和绝望。警察抓住了魏东晓，铐住他。"你们凭什么抓人，我是中国人，他妈的香港不是中国的地方吗？！"魏东晓喊叫着。

警察也不多话，押着魏东晓上车，直接办理手续，第二天就把他遣送回了大陆。香港警方跟内地边防战士交接的时候，魏东晓认出了联防站的那个军官正是之前见过的常指导员。魏东晓低下了头，生怕被认出来，可常指导员还是发现了他。

"这回没有冤枉你吧？"常指导员蹲在车厢里看着魏东晓。

"我是主动要求遣返的。"魏东晓无精打采地回答。

"你还坚持说自己是基建工程兵战士吗？"常指导员不屑地看着他。

"不是不是，上回我瞎说的，我邻居才是工程兵。"魏东晓赶紧改口。常指导员笑了，站起来，用脚踢了他一下："什么兵你都不是，你是逃兵！""你！"魏东晓恼怒地盯着常指导员。常指导员保持着自己不屑的表情，理也不理，坐到了旁边。

057

联防站门口的桌子后有两个战士在做登记。登记进行得很慢，魏东晓百无聊赖跟着队伍一点点往前挪动。他现在什么都不想干，也没什么能干的，没有找到老婆儿子，他不知道自己还能做什么。等排到他登记的时候，魏东晓报了东旭的名字和身份，好像这样，才让自己感觉不那么龌龊。可他的计谋没能得逞，因为二班班长过来了，认识他。魏东晓登记完进了帐篷也不说话，找了个角落的席子躺下就睡，但愿能睡下去永远不醒才好。

帐篷外，常指导员带着二班班长和几个战士不停在忙着。周边的四个收容所都住满了，只好把新遣返的人往他们这里送，联防站的官兵几个晚上都没怎么睡觉了。

"今天甄别清楚了多少人？"常指导员问二班班长。

"一百七十一个。"

"这么快就搞清楚了这么多？"常指导员有点吃惊。

二班班长低声说："这有什么搞不清的？都是附近大队的农民，一看就是老实巴交的，指导员，你说怎么办？"

常指导员沉思着："把甄别清楚的那一百七十一个都放了！"

二班班长打了个立正，扭身去放人。

睡梦中，魏东晓隐约听着外头的动静，听到在喊人名，不时有人答应着从各个帐篷里走出去，他估摸着轮不到自己，就在半睡半醒中躺着。

男人的名字喊过后，开始喊女人名字，什么刘红梅、李家芬，一个挨一个。魏东晓还是没有动，一切跟自己都没关系，所以他也不理会。

"杜芳。"二班班长高声喊。

魏东晓开始没注意，二班班长喊第二遍的时候，他几乎是平地跳了起来，四下张望着，但没有杜芳。他疾步奔出去，看到女人都从旁边一个帐篷走出来。

"杜芳。"二班班长又喊了一声。有个女人从那个帐篷里走出来："杜芳在发烧，马上就来。"

魏东晓感觉血直往头上涌，脑袋一片空白，身体完全不受控制地走向女人们待的帐篷。

"什么情况，我喊他了吗？"二班班长看到了魏东晓，叫了起来。两个战士立刻朝魏东晓跑了过去。

"杜芳，杜芳！阿芳？阿芳！你在哪里，你在哪里？"魏东晓被两个战士拉着不能动弹，就使劲儿喊着，生怕声音小了杜芳会听不见。

杜芳发着烧，浑身无力，正在席子上挣扎着，听到外面那熟悉的声音，如同打了鸡血，爬起来就向外撞了出去。她看到了魏东晓，他在两个边防战士的拉拽下，正声嘶力竭地冲着女人们待的帐篷喊着自己的名字。刹那间，魏东晓也看到了杜芳，魏东晓从边防战士的拉扯中挣脱出来，冲到杜芳身边，将虚弱得几乎要倒在地上的杜芳扶住。"我可找着你了！"魏东晓仔细将杜芳打量一番，确定她没有受伤，就一把将她狠命搂在怀里。杜芳也哭着，谁也没料到，历经生死之后的再次相遇，居然是这样的。"蚝仔，蚝仔呢？"两个人在旁边坐下之后，魏东晓问杜芳，他说着就要往里头走，"是不是还没出来？我去找他。"

"东晓……"杜芳拼命拉住魏东晓，她一时间不知道该怎么跟他说。

魏东晓看着杜芳，心里有了不好的预感："难道蚝仔他……"

"蚝仔还在香港。"杜芳还是说了出来。

魏东晓不相信："香港？蚝仔在香港？"

杜芳："是。不过你放心，他很好，真的，大尧会照顾他的……"

魏东晓脸色突变："陈大尧？蚝仔跟陈大尧在一起？"他恶狠狠地盯着杜芳，"你们一起逃港，现在又把儿子留给他，你什么意思？"

杜芳急切地说："东晓，你别急，我跟你说，我是要把儿子带回来的，但风浪太大了，我怕他那么小有个闪失……东晓，他是我们的儿子，我不想让他出事。"

"可你跟陈大尧一起逃港总是事实。"魏东晓冷冷地说。

"我听说了陈大尧要带着蚝仔逃港，就一直追着到了海里头，谁知道……"杜芳哭着，"谁知道……谁知道我就回不来了……"

"你说的都是真的？"看着杜芳泪眼婆娑的样子，魏东晓心软了，但还是有一丝犹疑，"你当真没跟陈大尧勾搭在一起？""你想什么呢！"杜芳狠狠推了一把魏东晓，"我阿芳是什么样的人你不知道吗？我要是跟陈大尧有什么，我天打雷劈！再说了，我们要真有什么，我还至于自己游回来吗？"

魏东晓不说话了，怔怔地看着杜芳好一会儿，又伸出手将她揽到怀里："我就说嘛，你不可能因为家穷丢下我跟虾仔的，你不可能不要我们的家的。""当然不会，没有你跟儿子，根本不是家。"杜芳哭倒在魏东晓怀里。

或许是心情好了，病也就不治而愈，两个人聊了很久，前前后后的事都说了一个遍。最后，杜芳想了起来："东旭和阿琴呢？他们俩怎么样？我在香港找了好久，都没他们消息。"不问还好，一问，魏东晓又从相逢的喜悦中回到残酷的现实里："走了，都走了。"杜芳恐惧得整个人都瘫在地上："我都告诉他们了，不能逃港。那晚那么大的浪，他们又刚结婚，怎么都不听我的！"她像是喃喃自语，无比地自责。魏东晓再次抱住杜芳，杜芳像是受了委屈的孩子，也抱住了魏东晓，"哇"的一下又哭了起来。

夜很凉，联防站里被关押的村民三三两两或坐或躺，没有人在乎两个抱头痛哭的人，每个人的世界都只有他们自己。魏东晓心想，一定要好好对杜芳，她拼死从香港游回来，就是为了他魏东晓，即使蚝仔被留在了香港，日后他也一定要亲手将蚝仔接回来。

突然，二班班长出现在帐篷门口，大喊魏东晓的名字，说常指导员命令你，十分钟后去办公室接电话。"电话？"魏东晓敏捷地爬起来，不知道谁能这么神通广大，在这个时候找到他。

魏东晓跟着二班班长到了常指导员的办公室，正襟危坐在电话机旁，一副标准的军人模样，常指导员看看他，笑了笑。电话接通了，居然是支队长王光明。王光明是魏东晓所在工程兵部队的支队长，副师级干部。他手腕硬，永远都雷厉风行，可又无比爱士兵，全军都知道他王光明护犊子，全队官兵对他都是又敬又怕。这不，他刚刚给魏东晓争取到了去北京参加科技比武大赛的名额，要魏东晓立即去北京参赛。

"魏东晓，我可从来没见过你这样胆大包天的兵，你是不打算归队了？啊，当逃兵吗？逃兵！"王光明掷地有声，在电话那头吼着。

常指导员听见电话里的声音，咧嘴直乐。

魏东晓急了："支队长，支队长，事情不是这样的，你听我解释！""解释个屁！魏东晓，我宣布，你被开除军籍了！老子马上派人去宝安抓你回部队，送你上军事法庭！"王光明狠狠地说。

魏东晓苦着脸："支队长，不至于吧？我这也是特殊情况……对了对了，我这段时间帮当地政府做了许多工作呢……"

常指导员不屑地撇嘴。

魏东晓瞪了常指导员一眼："支队长，支队长，方书记，方向东书记，他不是您的老战友吗？他可以为我证明。千真万确。"说着，魏东晓脚下立正，"支队长，我保证，绝没有丢我们基建兵的脸！"

常指导员上身晃荡着，不停地摇头晃脑，进一步表示自己的鄙视。

魏东晓伸脚勾住旁边的椅子，将椅子挤倒，椅子向常指导员身上倒去。常指导员对魏东晓瞪眼，魏东晓冲他龇龇牙。

"哼，别他妈瞎嚷嚷了。就方向东帮我找到的你，要不是他给你求情，我亲手毙了你！"

魏东晓的心落到了肚子里："那就好那就好。支队长，我向部队保证，立刻归队！"

王光明却不让魏东晓立刻归队，魏东晓真以为自己要被开除了，赶紧求情，求来求去把王光明求烦了，说，谁说要开除你，我命令你现在马上到北京，去北京二炮九一六通讯技术研究所报到！

这个反差太大，魏东晓听得直发愣，一时间没反应过来。

"魏东晓，你听到我说的话没有？"王光明在那头还在吼着。魏东晓回过神来，说听到了听到了。"魏东晓，你小子这下快活了吧？你听清楚了，这次你去通讯研究所，是参加一次全军科技攻关任务，保密到我这个级别都不清楚具体内容。你去年参加全国科技大会的时候，通讯研究所看上你了，不过，魏东晓，我可没答应放人！你还是我王光明的兵！"王光明连珠炮一般说着，根本不给魏东晓插话的机会。

"保证完成任务！"魏东晓脚下立正，手持电话回答着王光明。话筒里传来王光明挂断电话的声音，而魏东晓还在双手捧着电话立正，像是被定住了一样。常指导员看他一直愣着，走过来，在他面前晃晃手。魏东晓醒过神来，挂上电话机，冲常指导员伸出手："重新认识一下，基建工程兵00029支队十八团通讯大队，魏东晓！"

"滚，少嘚瑟了。"常指导员打开魏东晓的手。魏东晓笑了，笑得很开心。

魏东晓就这样走了，留下杜芳和虾仔两个人。临行前夕，在他们破败的木屋里，杜芳偎依着魏东晓肩头依依不舍。魏东晓也不舍得杜芳和虾仔，但军令如山。他答应她，找个合适的机会就转业回来，争取早日一家人在一起。杜芳含泪点头。

一年多后，魏东晓真的回来了，不过没有转业，而是他们支队接到命令，直接开赴广东省深圳市参加蛇口工业区基建工作。

1980年8月26日，深圳特区正式成立，全市人民载歌载舞。梁鸿为出任深圳特区第一任市委书记和市长。

魏东晓坐在秦勤的旧吉普车上，等着和他一起去见方向东。深圳建市后，方向东由宝安县委书记变成了深圳市副市长。魏东晓则被提前派回来熟悉情况，准备迎接两万工程兵的到来。一路坑坑洼洼，吉普车颠簸得厉害，魏东晓一身军服，正襟危坐，努力不让自己东倒西歪。秦勤看看他："有没有感受到新生的深圳特区对你载歌载舞热烈欢迎啊？"魏东晓摘掉军帽捧在手上，只说了一个字：热。秦勤笑了。秦勤已经是深圳市委办公室副主任，直接在方向东手下工作。

市委办公室都很简陋，方向东给魏东晓倒了一杯不知放了多少天的凉水，魏东晓一口喝了，开始工作。

"安顿地点定在这里了，新园宾馆附近……我去看过，那么点大的地方，能安顿下两万多基建兵吗？"方向东指着墙上的地图说，脸上尽是担忧之色。

魏东晓："方副市长，我们基建兵不怕困难！有个地方可以扎营就行。"

"解放军部队无私地援助我们地方建设，我们再困难，也要尽量让战士们条件好一点……当然，这个情况你们也都清楚，条件再好也好不到哪儿去。"方向东的手敲打着地图上新园宾馆附近的位置。

魏东晓凭着记忆，快速在脑子里勾画了一下那个区域的平面图："第一批基建兵部队差不多就三千人，应该可以，你们深圳……""什么叫你们深圳？"方向东板起脸，"魏东晓，你小子，你以为你是部队的人，我们地方上就管不了你吗？"

魏东晓一听就笑了："方书记，我错了，错了。我是想说，深圳地方那么小，不仅仅是部队驻扎有困难，给养、机械工程设备停靠、保养各种问题和困难都很大。"

方向东："困难很大，这就要靠你们努力了。"

魏东晓匆匆回家看了一下杜芳和虾仔，就奔向火车站，迎接他的老领导王光明和工程兵战友。简陋的站台上挂着"深圳人民热烈欢迎基建兵援建部队"的横幅，早有工作人员在维持秩序。结果，载着战士的闷罐火车开进火车站后，半天也没有一个人下车，魏东晓终于等不及了，跑过去看情况，一眼看到在车厢里查看情况的七班长贺唯一。贺唯一逆着光往外看，一时没看清来的是谁，辨认好久才认出是副连长魏东晓，高兴得从车厢里跳下来。

"支队长呢？"魏东晓问。"在后面的车上呢，还没到。"贺唯一回答。

魏东晓纳闷：支队长怎么落在后面？

"嘿嘿，听说支队长舍不得支队里的那些家当，他要亲自看着搬东西。"

贺唯一见魏东晓在往后看，"现在到不了，我们路上避峰停车，在一个小站等了两小时，也没看到支队长他们的车，少说也得再等一两个小时。"

魏东晓看到秦勤走过来，知道是食堂的饭都准备好了，可支队长还没到呢。他想着，走向秦勤。

"可以开饭了，这么热的天，别让战士在里头闷着了，先出来吃饭？"秦勤果然提出来。"支队长还没到。"魏东晓有些支吾，看着秦勤不解的眼神，只好实话实说，"我们支队长带兵很严，他不到，没有战士会下车。"秦勤笑了："从这件小事就可以看出来，你们支队的确是一支优秀的部队，我们深圳的建设不正希望得到这样的部队的帮助吗？"魏东晓也咧开嘴乐："这话我可爱听。"

秦勤转身就走："我去给食堂打个电话，让他们把热馒头热汤送上车，让战士们先吃着。"魏东晓打了个立正，以标准的军姿跑向闷罐车，上去，坐在了战士们中间。

王光明乘坐的闷罐车到达深圳站的时候已经是夜里九点多了。王光明从尾部车厢下来，打量着眼前颇为"凄凉"的火车站，嘀咕着：这就是深圳……特区？

魏东晓一溜小跑，到王光明跟前报到。"你小子行啊，到现在才出现，说吧，这几天准备得怎么样？"

两人正说着话，天公不作美，忽然电闪雷鸣下起雨来，王光明直皱眉："娘老子的，这是什么天气，刚才还看到星星了，怎么一眨眼工夫就下上雨了？""南方天气跟北方不一样。"魏东晓解释着，和秦勤一起，陪着王光明从车站走出来。

雨越下越大，但基建兵战士依旧身姿挺拔地在火车站小广场前列队站立，精神抖擞，报数声此起彼伏。王光明审视着自己的兵，目光中带着欣赏和自豪。

"支队长，市里在新园宾馆建了一批简易房给我们支队做营地……"魏东晓跟王光明汇报着。"条件真是太差了……"秦勤有点过意不去。

"我们不是来享福的。"王光明板起脸。

秦勤的声音轻松了一些："市里给支队长在新园宾馆安排了房间休息……休息兼办公，条件不好，请多谅解。"

王光明看了一眼秦勤，笑了："秦主任，我的兵住哪，我就住哪。"

这时，值日军官跑步过来，在大雨中向王光明敬礼。

值日军官："报告支队长，我支队应到两千五百六十五人，实到两千五百六十五人……"

王光明连走几大步，走到了大雨中，雨水很快就淋湿了他的衣服。魏东晓紧跟在他身边，秦勤也走了过来。

王光明："同志们，我们站的这个地方，就是深圳！我们为什么要来深圳参与特区的建设？因为这是一个光荣的政治任务，考验我们是不是一支优秀的铁打的军队！大家坐了几十个小时的铁皮闷罐车，从北方轰隆隆开到最南方，一直开到这海边上，车上又闷又热，下了车没吃没喝在这儿淋着雨，我们苦不苦？"

战士们齐声回答："我们基建兵不怕苦！"

王光明说："好样的！你们不怕苦，我王光明也不怕苦！从今天开始，我们要好好干，我们得让深圳的领导、群众说上一声，我们基建工程兵是一支不怕苦不怕累不怕牺牲、打不垮的铁的队伍！"

战士们齐声道："保证完成任务！"

雷声隆隆，雨越下越大。王光明的脸庞坚毅而自信。大雨从一顶顶军帽的帽檐滴落，帽檐下一双双眼睛却燃烧着灼灼热情。

军营驻扎的"简易房"真是极其简易。两面墙都是竹子和木板，放着两张很狭窄的双层床，旁边的铁丝上挂着几件军服。

这一夜，魏东晓几乎没合眼。睡在下铺的王光明呼噜声震天，伴着外头的滂沱大雨，魏东晓满脑子都是要展开的建设工作，兴奋得失眠了。清晨，魏东晓刚迷糊过去，感觉有水滴在他的鼻子上，一个激灵醒过来，才发现屋顶漏雨了。魏东晓伸出脑袋向下一看，屋子里已经积了很深的水，比较轻的东西都浮起来了。他看看下铺的王光明，王光明依旧睡得很沉，一边打着呼噜，一边不停地在身上抓来抓去，显然被蚊子咬得不轻。

魏东晓："支队长，支队长……"

王光明睁开眼，看了看魏东晓。

魏东晓小声说："支队长，水快淹到你脖子了。"

王光明向床下看了看，果然，这才坐了起来。

魏东晓："支队长，我和秦主任约好了，您八点半到市委见梁书记。"王光明翻了个身，一脚踹在上铺的床板上。魏东晓赶紧抓住床沿，轻手轻脚地下床，慢慢蹚过地上的水，走到门后，拉开木门，用一个盆往外舀水。"他娘的，深圳的蚊子咋个个这么猛，咬了我一夜，天亮才眯了一会儿。"王光明大马金刀地坐在床上，眉头拧成了疙瘩。魏东晓回头笑着："多咬几次，您就习惯了。"

想着和秦勤约的时间，王光明看看桌上的闹钟，从水里捞出一只鞋穿上，可另一只鞋却死活找不着，两人站在水里挨着墙角沿路翻看，终于在床下最里头的缝隙里找到了。王光明把湿漉漉的鞋往脚上一套，就这么去见了梁鸿为。

梁鸿为的办公室极其简单，除了桌子就是椅子和长凳，方便办公。王光明坐在一把旧椅子上，梁鸿为把一杯茶放到他身边的桌子上，自己在另一把椅子上坐下来。魏东晓和秦勤坐在一边的长凳上，两人都注意到王光明一只脚在鞋里不停地动着，估摸着是不服水土，脚气犯了。

梁鸿为说："王支队长，你们昨天才到深圳，先让战士们好好休息几天，适应适应深圳的气候……"

王光明说："梁书记，有什么任务就交给我们吧。最迟到今天晚上，我们支队的机械器材施工设备基本都能到，明天就可以拉上前线了。"

梁鸿为笑了："王支队长，你可真是雷厉风行，有这个劲头，就没有做不成的事。说吧，有没有什么困难？有任何困难随时跟我们提，对了，市委已经安排了秦勤同志联络部队的工作……"

王光明抓抓胳膊："没什么其他困难，就是蚊子太多太厉害了。"

大家都哄笑起来。梁鸿为也笑着说："是啊是啊，我刚到南方工作的时候，也被蚊子咬惨了。"

秦勤说："梁书记，蚊子也不是小问题，休息不好也没法干好工作，全给部队的战士们提供蚊帐也不太现实，我本来想去广州多买点熏蚊子的盘香，结果魏东晓说艾草晒干了熏烟就可以。"

梁鸿为点点头："这个办法要好些，就是要战士们受累了。"

秦勤苦笑着："还有，部队营房地势比较低，一下雨就积水，水淹七军啊，一个上午都不知道水能不能排出去。"

梁鸿为叹了口气："深圳两面都是小山，营房建在洼地里，这也是个老大难的问题呀。"

王光明说："梁书记，这都不算啥，我们基建兵啥苦没吃过？"

梁鸿为站起来，向王光明伸出手："王支队长，那我就代表深圳市委市政府，正式欢迎我们的人民解放军子弟兵，参与到深圳特区的建设中来！欢迎你们！"王光明伸出双手，紧紧地握住梁鸿为的手。

眼下的第一个任务是修路。路修不好，大型的基建设备都进不来。回到扎营处，王光明就开始工作，带着秦勤和两个团长一起研究地形图纸选择路线。屋顶一直漏水，为了避免将图纸弄湿，王光明让魏东晓在旁边打着伞。魏东晓本来很乐意旁听，但他心里记挂着七班长贺唯一生病发烧了，得安排他去看看大夫才行。可是讨论会开起来没完没了，从中午到了下午，眼见着王光明如同斗牛一样，丝毫没有停下的意思，魏东晓暗暗着急。

王光明指着地形图："十六层楼，一百天时间，不准讨价还价！"

一团长有点为难："大鹏湾附近的地形太复杂了，两条路都很窄，设备都开不进去，地方上修路的规划也没最后定，我们无论如何得先打通路才能开始建房，这样一来，工作量就大多了。"

王光明："这些我都算过了,二团二连、三连,还有支队附属连,负责开山修路……"

魏东晓看到了在外头探头探脑的小战士,小战士想找他却又不敢进来打扰。魏东晓想了想,凑近王光明刚要说话,不想手上的伞一歪,雨水滴到王光明的脸上。

王光明抹了一下:"魏东晓,你怎么打个伞都打不好呢?"

魏东晓讨好地笑着:"支队长,支队附属连的七班长发高烧,到现在没退烧,我得去看看,搞不好要送医院。"

王光明不高兴地说:"不是还有指导员吗?魏东晓,你就想下连队,是吧?我告诉你,别想了。"

魏东晓只好继续求王光明:"支队长,你就让我下去吧。有秦主任在这里,联络工作很顺畅,多一个我根本就是浪费嘛。"

最终,魏东晓还是开着王光明的车送贺唯一去了医院。安顿好贺唯一,魏东晓就往连队赶,回去的路离罗芳村不远,他索性拐了个弯回去看看。这是他从部队回来后第一次回罗芳村,因为杜芳从香港回来后,就带着虾仔去了罗湖那边的娘家住,一直没回来过。

村子里到处是瓦砾,推土机在缓缓推倒剩余的青瓦黄泥墙的民居,十几个建筑工人往卡车上搬运着拆迁垃圾。大半个罗芳村已经不见了踪影,仿佛从大地上被抹去了一样。魏东晓从车上下来,一步步走过去。这是他们几代人曾经生活的地方,居然说没就没了。他走到附近的一堆残墙边,拾起一块砖头,感慨着眼前的变化。

忽然,"突突突"的拖拉机声响起,魏东晓眼睛一亮,来的是蔡伟基,没错。蔡伟基告诉魏东晓,整个罗芳村都被规划了,很快就夷为平地,具体被规划做什么,他也不是很清楚。魏东晓有点伤感,却不像蔡伟基那么悲观,他觉得,这里没准要盖起高楼大厦,就像香港那样。

蔡伟基眼睛都直了:"香港?我们能跟香港比?"

"这有什么不能比的，想想总还是可以的嘛。"魏东晓说完，两人都笑了。蔡伟基笑着又叹了口气："深圳建市之后规划来规划去，把大队给规划掉了，我这大队书记的帽子也成了个纸帽子。我还真有点失落呢。"

魏东晓捶了一下蔡伟基："我现在在福田管建筑队，听说要和香港人合资，在那里修个高档宾馆。"

"是，我也听到消息。不过，大队书记虽然当不成，现在的日子比先前好过多了，劳力都安排到建筑队，能拿活钱。"蔡伟基说着，想到什么，"可是杜芳怎么样？听说去了电子厂？"

魏东晓点点头："香港佬开的，凯德。"

蔡伟基："凯德可了不得，听说那里的女工每月赚好几百，又没时间花钱，个个都是小富婆！现在谁要是找个在凯德工作的对象，遭人眼红呢。"

两人聊了很多，天都快黑了，魏东晓才匆匆回了连队。

凯德电子厂在罗湖，是港商来深圳投资的第一家电子厂，招工的时候人满为患，但杜芳很顺利就被聘用了，上工之后才知道，厂方是看中了她有在香港电子厂打工的经历。杜芳手快眼活，也不偷懒，一直是流水线上最好的女工。工头儿钟先生对她另眼相待，可对别人却没那么友好，动不动就操一口蹩脚的普通话大叫大骂，女工看到他就胆战心惊。

这天，穿着花衬衫的钟先生在杜芳前面的女工那里翻到了次品，生气地将次品丢在地上用脚跺着："次品！次品！返工！！返工！！你不会做明天不要来了，浪费原料钱老板骂我扑街仔！我丢！这个月薪水你就不要想了！"

女工担心失去工作，吓哭了。杜芳看不下去，就帮女工解围："钟先生，你有话好好说行不行？我们大家都在努力做事，就是有次品，也不是故意的。"

钟先生扭头看着杜芳，眯着眼："在我厂里上工就是我这个规矩，不想干赶紧滚蛋，外面不知道多少穷光蛋争破头要进厂子呢！"

"钟先生，这是内地，不是香港，你不要太过分了！"杜芳就看不惯这种欺凌人的姿态。"杜小姐，我们这是香港的工厂，你一个月赚多少薪水？想赚内地那点薪水，那边走。杜小姐，不要以为你做工做得好就可以乱说话啦，我不高兴分分钟开了你，你信不信？"钟先生指了指大门。

杜芳盯着工头儿，一字一顿地说："钟先生，我还真不信！"

这段时间，连队的工作都安排得差不多了，抽个空，魏东晓也能回一趟家，陪杜芳跟虾仔过上一夜。杜芳带着虾仔住在娘家，这天魏东晓又回来了，他拎着用细麻绳捆着的几本书，踩着一架锈迹斑斑的铁梯子上去，进了一个由三角钢梁和木板搭就的小阁楼，阁楼里空间很小，因为堆满了各种杂物显得更加局促，窗户上没有玻璃，糊着破纸板。虾仔正趴在一个小矮桌上做算术题，屁股坐在一块包着报纸的青砖上，一副很认真的模样。魏东晓轻手轻脚地走过去，伸出脑袋看虾仔写的作业。

虾仔边写边念念有声：

（2254-899）×68÷36=

他拿着笔开始边写答案边念着：2559.4444。魏东晓看到虾仔随手就写下了答案，吃惊得难以置信，手里的书"咚"地掉到了地上。虾仔吓了一跳，扭头惊叫："爸爸？！"

魏东晓笑了："虾仔……我……我刚回来。你……"魏东晓用眼光示意着桌上的本子，"你算得对不对呀？"虾仔扭头看了看作业，嘴唇动了动，显然是在心算。"对的。"魏东晓更吃惊了，他眼睛盯着数字，自己也努力心算着，但算不出来。

虾仔一下就看到了地上的书："书，书！爸，给我买的书吗？"他捡起地上的书，开始拆看。

魏东晓蹲在小矮桌前，用一张废纸开始算那道题，结果答案跟虾仔的一模一样。他不可思议地看看翻书的虾仔，问他："你算题只在心里就能算出来吗？"虾仔随口答应了一下，依然埋头翻看那些书。魏东晓不再打扰他，起身去干别的了。夜里，杜芳上工回来，虾仔已经睡了，魏东晓坐在小桌前用笔写着什么，杜芳很好奇，走过去，见他居然是在对着虾仔的作业本算算术，更加吃惊了："你……你是在检查虾仔作业？"

虾仔翻了下身子，睁开迷糊的眼睛看一眼父母，又转身冲向墙壁继续睡觉。

魏东晓将每个计算题都用笔算一遍："我是很好奇，他怎么心算就能算这么准。"杜芳笑了："你才知道啊，我们的虾仔是天才，真的是不用教，自己就会了。"杜芳说着，将上工的衣服脱下来，拿着盆去楼下洗漱。她脚步很轻，生怕吵醒了虾仔。

杜芳再回来，清新如出水芙蓉，走到床边坐下。魏东晓伸过手，将老婆搂在怀里。

"怎么今天回来了，不是前天刚回来过？"杜芳问。

"明天下连队了，回来看看。"魏东晓回答说，手抚弄着杜芳的头发。

"有空我去看你。"杜芳知道他不舍得，安慰他。"回深圳了，就不走了，后面的日子长着呢。"

"我可不信。"杜芳白一眼魏东晓，"部队说来就来，说走就走。"

"部队要是回驻地，我就申请转业。"魏东晓很硬气地表示。"你舍得？"杜芳看着魏东晓。

魏东晓将杜芳搂紧一些："舍得。当时为了找你跟蚝仔，我都写了转业申请，现在你在虾仔也在，我哪儿也不去。"

杜芳内心像吃了蜜一样。"等我们再把蚝仔接回来。""是。到时候我们再搬进大房子。""我们要三个房间。我们俩一个，虾仔一个，蚝仔一个。"

魏东晓说："好。"

五 那些没有留下名字的人

　　下连队之前，魏东晓还带着杜芳跟虾仔，去给东旭、阿琴上了坟。远处有轰隆声不时传来，魏东晓知道，那是部队开山的爆炸声。他们要将山炸开，修一条路。那声音如同号角一样，声声催着他归队。王光明下了死命令，三天，所有机械设备必须通过这条路到达工地现场。

　　所有战士都忙碌着，每一组工程都进行得有条不紊。魏东晓戴着手套，两手紧紧握着粗大的铁錾子，七班班长贺唯一扬起铁锤，一次又一次地砸下去。巨大的铁锤砸在铁錾子上，火星直冒。石头被铁錾子砸开，魏东晓一下跳开一步，石头滚到他刚才站的位置。贺唯一跟着极有默契地移开一步，魏东晓将铁錾子挪了个位置，他们开始砸下一块。

　　"魏东晓，魏东晓。"

　　二团长在远处使劲儿喊着，要不是有旁边的战士提醒，魏东晓根本听不到。他站起来，看到了二团长和站在他旁边审视整个现场的王光明。

　　魏东晓手里拎着铁錾子，绕着一堆石头小跑过去，隔着两个土堆向王光明举手敬礼："支队长，二团长。""魏东晓，开工这二十多天，你知道你违反了多少支队的规定吗？"

　　魏东晓一愣："啊？我没有啊。"王光明："你们这几个班住工地上，向二团长，向支队汇报过吗？"王光明瞄了一眼二团长。二团长："东晓，听秦主任说，你们连每天都有中暑的，为什么不汇报？"

魏东晓用手腕擦了一下额角的汗："就几个人中暑，三班一个，一班两个，都安排干比较轻的活儿了。"

"扯犊子！从今天晚上开始，都回营地休息！海边潮气太大，天气又闷又湿又热，睡着多难受……"王光明瞪着牛眼睛，"对了，不能让战士下海游泳！全是北方的旱鸭子，一不小心被浪卷走了，到时候哭都找不到坟头。"

"是！"魏东晓立正。王光明："不准阳奉阴违，听明白了吗？""明白！"魏东晓回答着，眼睛瞟到身后不远处有几个人围在一起，就对贺唯一喊，"七班长，去那边看看。""是。"贺唯一远远回答着，直奔过去。

魏东晓不放心，也赶了过去，贺唯一折回来悄声告诉他，是一班副砸手了，让他赶紧把支队长哄走，好去医院。

魏东晓又急又怒："严不严重？"贺唯一："不严重……结结实实砸了一锤子能有个好？轮铁锤的是个新兵，没干过。"魏东晓偷瞄了一眼王光明的方向："早上开会反反复复叮嘱要注意安全注意安全，怎么又砸着手了！"

见魏东晓和贺唯一只管磨蹭，王光明意识到有事情发生，就大喊起来："魏东晓，嘀嘀咕咕什么，有什么事大声说！""知道了，支队长。"魏东晓应付着。

贺唯一抓住魏东晓的胳膊，小声说："前几天中暑的小山东昨晚上发烧，吃了药还没退烧呢，我让他偷偷去树荫底下休息一会儿！"魏东晓："我看，还是送他们一起去医院吧？这种环境，死扛着要出事了就麻烦了。"贺唯一："好！"

王光明还是不放心，和二团长走过来，王光明一眼就看到魏东晓的两只手大得不正常。

王光明："手套摘了。"魏东晓嘿嘿笑。王光明语气很严厉："摘了！"

魏东晓轻描淡写地道："没事，连里面几个新兵，谁开始抢大锤能不出点岔子的？"王光明抓住魏东晓的手，拉下了魏东晓的两只手套，魏东晓两只手的手指上都缠满了绷带，手掌上的绑带缠了一半，几乎没露什么肉。王光明抓住这两只缠满绷带的手用力一握："疼不？"魏东晓笑："不……不疼。"王光明一生气使劲捏住魏东晓的手指，魏东晓疼得弯下腰："哎哟，哎哟，支队长，你太狠心了！"

王光明："从现在开始，不准你碰锤子、錾子！你是副连长，安排工作协调生产是你的职责，附属连是一百五十人的加强连，不少你一个砸石头的副连长！"魏东晓："支队长，这条路的地质条件比我们预想的复杂多了，再不加紧干，有可能完不成任务，那整个支队的计划就会受影响。"

"支队的计划受影响有我王光明负责，你再这么蛮干，我看你这个副连长就先下马得了！"王光明态度极其严厉。魏东晓还想嬉笑着耍赖，却被王光明狠狠地踢了一脚。"把你的人抬上我的车，我送去医院。"魏东晓很感动。这就是王光明的魅力，看上去大老粗，做事情不如他意就会骂人，惩罚也严厉，但战士就是拥戴他，因为他真心对战士好，把士兵当自己的亲兄弟。

夜很静，营地边的草丛中和树林里，不知名的虫儿们不停地唱着歌。战士们都睡了，魏东晓检查完每个房间，从站岗的士兵前走过，又去查看营地外围的驱蚊盘香。盘香已经燃烧到尽头，掉在了地上。他捡起来，把熄灭的那头架在一块石头上，划了根火柴重新点燃，火光映照着他疲惫不堪的脸。

战士们的生活条件十分艰苦。因为条件有限，干活又辛苦，即使上面特批了一些面粉给他们，对北方的战士来说，还是吃不饱。一天上午，大家伙儿在水中干活的时候，王三成发现了一条水蛇，吓得几乎尿了裤子，掉头就跑，最后蛇被其他战士抓住，中午就打了牙祭，王三成也被大家善意地嘲笑了一番。

下午，吃到蛇肉的战士还对美味念念不忘，突然有人大叫："喂喂，挖到东西了，挖到东西了！"这次又是王三成发现的，因为蛇的事让他很失面子，所以这次他大着胆子将箱子从泥水里捞出来。箱子是木头的，钉得很结实。

"什么东西？什么东西？不会是什么金子、银子吧？"有战士叫着。"拉倒吧，金银珠宝还要缴公呢，还不如挖点肉罐头啥的，待会儿还能加个餐。"又有人说。听到肉罐头,战士们激动起来,七手八脚将箱子捞出来打开,还真的是肉罐头。大伙儿都高兴坏了,兴奋得又喊又叫。有战士说我们得经批准才能吃,不能私分,于是大家让通讯员陈明涛去汇报。当时,贺唯一、魏东晓、秦勤和二团长正在看图纸,预估任务的难度和时间,陈明涛进来说挖到了牛肉罐头,魏东晓心里"咯噔"一下,急忙出来看看。

围着罐头的战士们看到魏东晓、贺唯一、二团长和秦勤都过来了,让开一个口子。魏东晓拿起了一罐,铁皮上印着繁体字。秦勤看了看,说:"台湾那边过去经常空投反动标语,还有食品罐头什么的,过去老百姓经常捡到。"

魏东晓说:"我念高中的时候,一个老师捡到了台湾空投的东西,别的他都上缴了,就一件白背心,他舍不得上缴,就自己留着了,有一次他穿着这白背心打篮球,出了一身汗,背心上显出四个大字:反攻大陆!那个老师后来被判了十年。"

秦勤问:"这罐头是哪年的?"

魏东晓看了看日期:"早过期了。"王三成舔着嘴唇问:"还能吃吗?"魏东晓看了一眼王三成:"怎么,没吃到蛇肉想吃罐头?"王三成咧着嘴笑笑:"咱的肚子都是铁打的,啥也不怕,过期也能吃。"魏东晓看看秦勤和二团长。

"要是不怕吃坏,你就吃吧,但是不能耽误干活。"二团长看着王三成说。"那没问题,吃完了有劲儿了我多干活。"王三成搬起箱子就想走,却被魏东晓叫住:"每个班分一分,如果打开罐头没坏的话,不怕拉肚子的就尝尝。"魏东晓说着,看看各班班长。大家的脸上都露出欢喜的笑容来。

当下大伙儿就把罐头分了,你一口我一块地吃光。似乎罐头起了能量补充的作用,下午大伙儿干活更加卖劲儿了。不想第二天,正在忙碌时,突然有战士晕倒了,魏东晓过去一看,已经烧得全身滚烫,脸红通通的,正找车要送去医院,陈明涛又来报告,说不知道中什么邪了,今天一上午已经倒了四五个,都是高烧,还流鼻血。魏东晓意识到事情不会那么简单,马上弄了辆军用卡车直奔医院。到了医院，医生一看，立即将这几名战士隔离开，说他们得的是出血热。魏东晓当时都傻了，他听说过出血热，知道传染性很强，可战士们好好的为什么会得这样的病呢？听到消息赶来的王光明劈头盖脸骂了魏东晓一顿，责怪他居然让战士吃过期罐头！骂完魏东晓，王光明转身去哀求大夫，无论如何要救回他的兵。院长良久没回答，王光明急得要拔枪，吓得魏东晓赶紧回身又去拦住王光明。

因为这个病情，魏东晓连队所在的工地被隔离了，市里抽调了十几个医生护士，组成了疫情控制小组入驻连里。陆续发病的其他战士得到专门治疗，病情很快被控制，但战士们依旧不能开工。魏东晓陷入深深的自责中，又担心着医院里战友的安危。战士们突然之间从忙碌的工作中闲下来，有些不知所措，正在这时，上面又传来命令，要战士缴枪，一下子激起了战士们的情绪。"就几把破枪，还要交上去，这是让我们在这里等死？还是怕我们想不开了，拿枪自杀？"

"就这么闲得蛋疼，不如干点活儿来得踏实。那么急的修路任务，居然说停就全停了。"全连的党员干部都聚在一起，坐在地上你一言我一语地议论。贺唯一有些木讷，皱着眉头问："支队通知我们停工了吗？"魏东晓说："没有接到通知。"贺唯一双手一摊："没接到停工通知，为什么不让我们干活？""是啊，憋都憋死了，还不如在工地上抢胳膊干呢！"王三成说。

"不错，我接到的命令是在规定时间内完成规定区域内的公路基础建设，还有就是我们是疫区，谁也不能离开这里。"魏东晓站起来，眼光从每张脸上扫过。

"咱们工地就是疫区，干活不离开。"贺唯一也站起来。

其他人也都站起来，热切地看着魏东晓："下命令吧，副连长。"

魏东晓点点头："好，好样的。我们不是战斗部队，但我们基建兵也是军人。是军人，就要对得起这两个字。我命令，从现在起，除了生病卧床的，全都到工地干活，努力完成支队任务。"

"是，努力完成任务！"大家异口同声。

全连迅速整装集合，迅速奔向工地，敲砸石头的声音叮叮当当不绝于耳，那些大夫们都不知道发生了什么事。

消息迅速传到王光明那里，王光明气得踢飞了凳子："谁下命令让附属连上工地的？啊？谁下的命令？"二团长吓得都不敢去捡凳子："去问过了，说没有接到任何支队让他停工的命令，所以，他们是在正常作业。"

"正常个屁！那是疫区，传染上那是要死人的！他魏东晓想干吗？想捞政绩吗？他还把战士们的生命当回事吗？这个混蛋，我他妈的要送他们上军事法庭！"王光明越说越生气。

"支队长，战士们心很齐，都想上工地，我都问过了，他说如果真传染上了疫病，宁愿死在工地上，也比死在医院强。"二团长低声说。王光明大手一挥："必须停工！让他们原地待命，全连休整，等待疫情过去，我从一团调两个连过去协助。"二团长："是！"二团长的命令是下达下去了，可魏东晓的连队并没有停工。这回，王光明炸锅了，冒着大雨跑到工地上，就要往疫区闯，被二团长和秦勤拦住了。

魏东晓得到消息跑过来，笑嘻嘻地说："支队长，您往回站，往回站。"

王光明："团长的命令不管用，我王光明的命令你也敢不听？"魏东晓："支队长……我们连只剩最后一天的量了，您，您不能让我们撤下去！"王光明冷冷地看着魏东晓："你们想违抗我的命令吗？上面那些干活的都是谁，是谁？"

魏东晓："是我们七班班长贺唯一带着他们班在上头。支队长您别骂我们，他们都是被我逼得没办法了，才同意这么做的！再说了，我魏东晓是您的兵，一辈子都是您的兵！这一辈子，我都听您的，您指哪我打哪，刀山火海，我魏东晓哪里都敢去！"

王光明："那好……"

魏东晓大喊："但是，支队长！您抬头看看，您看看啊……"

顺着魏东晓手指着的方向，王光明抬头看向山坡。附属连的战士们都是赤膊上阵，他们手里拎着大铁锤、錾子，人人都扭身看着王光明，如同一组凝固的雕像。他们用沉默在宣示：他们是军人，任务就是生命。

王光明屈服了。他默许了战士们继续开山修路。看着战士们奔跑着推车搬石头，看着战士们挥舞着大锤砸向一个个铁錾子，眼泪再次湿润了王光明的眼睛。

下午五点，附属连如期完成了所有作业，战士们一个个累瘫在泥水里，再也不愿动弹一下，可脸上却都带着快乐的笑容。

然而，坐下去休息的战士里，有一个战士再也没有起来。送去医院的战士里，有四个战士没有挺过来。

在一个小树林边，基建兵们挖了五座坟，埋葬了自己的战友。之后，魏东晓因没接到命令擅自作业施工，被关禁闭三天。这三天里，他吃不下喝不下，就想着怎么能见到支队长，可支队长根本不来见他，一直等到第三天禁闭结束，魏东晓走出禁闭室的第一件事，就是去找王光明。

"支队长，小山东他们几个难道就这么不明不白地死了？"魏东晓紧追在大步走着的王光明身后。王光明目不斜视地往前走："按现役军人因病死亡条例，部队有抚恤规定。"魏东晓不罢休："生着病也不吭声，累死在工地上的五班班长呢？"王光明站住了："魏东晓，我知道你心里不服。这都是我的兵，工地就是我们基建兵的战场，他们都是牺牲在战场上。"

魏东晓："那为什么不能评烈士？还有，一班副写的日记也被政治部收走了……连挖个坟埋他们还要找个没人找得到的地方，连个墓碑也不让立……支队长，您说，我们部队对得起这些牺牲的兵吗？您说！"

王光明："魏东晓！你简直，太幼稚太冲动了！你看看你，你年纪也不小了，你什么时候才能成熟起来？啊？"魏东晓语气讥讽："这些安排，都是为了顾全大局，消除疫情影响，维护特区建设的大好局面和军地关系，是不？支队长？"

"魏东晓，你要是还这么犯浑。就继续在禁闭室待着吧。"王光明看着魏东晓，想了想，语气缓和了一些，"回家看看老婆儿子吧。"魏东晓眼中含泪，看着王光明："支队长！"王光明语重心长地说："魏东晓，你要记住，你是个军人，军人就是以服从命令为天职。"

就在前几天，方向东还专门找王光明谈话，希望他能协助处理好一件事：对于是否同意援建基建兵部队来深圳，上面领导班子是有分歧的，甚至有人认为基建兵部队来深圳会影响深圳本地建筑产业的发展。王光明理解地方的难处，不希望给市政府添麻烦，更不希望影响军地关系。

这件事之后，魏东晓大病一场，病好之后，就被安排到市里的城市规划办公室做联络员。

日复一日的忙碌中，时间过得很快。杜芳通过信件跟陈大尧联系上了，知道他们生活得很不错，蚝仔在元朗的一个小学上学，成绩挺好。但杜芳还是努力将省下的工资通过邮局给陈大尧寄了过去，她不希望蚝仔给陈大尧带来太多负担，也不管按香港的物价，她汇过去的那些钱根本买不了什么。这些年来，通过在电子厂打工，杜芳有了些积蓄，看着身边那些跑买卖的人都赚得比自己多多了，她很羡慕，也在心里开始盘算。

这天下班，杜芳在大门口遇到了麦寒生。麦寒生是凯德电子厂的采买，三十多岁，个子不高，总是穿一件半旧的电子厂工服，看上去无精打采，小眼睛睁开时却眼神犀利，一副精明样儿。

麦寒生叫住杜芳，并引着她走到拐角处。杜芳很纳闷，不知道麦寒生想干什么。麦寒生说："杜芳，你能不能牵个线，我想……请你们家老魏出来喝个早茶。"杜芳有点意外："请我老公？麦工，你有什么事吗？"麦寒生："这事得见面说。"杜芳想了想："你不说，我不能随便帮你约。""好吧。"麦寒生无奈，只好告诉杜芳自己的想法。

原来，麦寒生担任凯德电子厂的采买后，也开始学一些技术，发现电子厂的技术含量并不高，但利润巨大。当时的凯德不过是给爱立信做外包业务，用的还是二十世纪六七十年代的老技术。因为通信技术发展迅速，那些大公司的设备迭代很快，流水线退下来的生产设备就卖给凯德这样的公司，凯德再生产相对落后的程控设备卖给那些东南亚国家，基本都是印度、马来西亚之类。凯德这样操作，一个月毛利润就有两百万元，简直跟抢钱一样。所以，麦寒生也想自己办厂，但是他对技术并不精通，想找个真正懂行的人来一起做，想来想去，觉得魏东晓无论是资源还是技术都是最合适的人选，所以才央求杜芳来牵线。

杜芳觉得这主意可以，将他带到家里见魏东晓，两人一聊果然投机。但魏东晓不赞同用现在的老设备生产落后的机器，因为国际上的主流程控设备已经是大规模集成电路，那些老的产品很快就会被淘汰。可麦寒生却认为，只要这些老产品有销路就有钱赚，等钱赚够了，可以再上更新的生产线。两个人聊了很久，一直到深夜，魏东晓才将麦寒生送走。

这一夜，魏东晓久久不能平复心情。这几年他把所有精力都投入在基建工作中了，难有闲暇，几本想方设法才买到的通信专业的书也只能在夜深人静时才能翻一翻，幸好专业没有丢下。如今，麦寒生的一番话又燃起了他心里的希望，他琢磨着要不要跟麦寒生去开工厂试试，做自己喜欢做的事，多赚点钱，也好尽快去香港找蚝仔。

半夜，魏东晓迷迷糊糊刚睡着，就被雷声惊醒了。他一个激灵坐起来，看一眼窗外就开始穿衣服。杜芳也被吵醒了，问他干什么去。"去办公室看看。"魏东晓边穿鞋边回答，"我看天，云来得猛，应该是台风登陆了，我们那儿地势那么低，图纸要浸泡了就完了。这么多项目的图纸呢。"说完，魏东晓就出门了。

魏东晓猜得没错，雨越下越大，等他赶到营房驻扎处时，简易房的地上已经雨水漫溢。周秘书已经来了，正忙着将桌上的图纸一张张收到箱子里。幸好其他图纸前两天魏东晓已经整理好了，当时也是计划着抽个空搬到简易房的二楼，避免被水淹。

"赶紧搬吧，雨太大了。"魏东晓赶紧帮忙，周秘书也加快了收拾速度：这可是特区从国家七机部九院和全国各大建筑设计院千辛万苦请来的一百零八位专家做的测绘图呢，万万不能被淹了。

两人三下五除二将图纸收拾好，用雨衣盖着就要往外走，这时忽然停电了，只有闪电划破夜空，给他们一点光亮。

"就去隔壁吧，新园三楼有地方。"魏东晓大声喊着。

"好。"周秘书答应着，打开抽屉，摸出一个手电筒。手电筒光线很暗，闪了几下就熄灭了。他使劲拍了拍手电筒，手电筒又亮了，昏黄的光柱扫过魏东晓的脸。"赶紧转移图纸。"魏东晓说着，抱起箱子就往外走。

门打开的刹那，风裹着巨大的雨点迎面撞来，像要将他们推回房间一样。两个人用雨衣包好装图纸的箱子，抬着出了门，没走几步，周秘书停住了："东晓，你先抱着箱子去新园，我想起来桌子底下还有一箱旧图纸呢，淹了太可惜了，我去拿一下。"周秘书说完，转身就往回走去。

暴雨劈头盖脸砸下，积水在地上流淌成一条条小溪。魏东晓深一脚浅一脚走着，还没走几步，听到一阵"哗啦"声，扭头一看，简易房正摇晃着倒下。

"周秘书！"魏东晓大惊，急忙跑回到简易房跟前，"周秘书，周秘书……"其他战士纷纷跑过来。"快，赶快，周秘书在里头。"魏东晓大喊着，将箱子放在一个能避雨的地方，和战士们一起在坍塌的简易房中寻找周秘书。

周秘书找到了，他被掉下来的钢梁砸中了腰椎，连夜送往医院。手术后，他在床上躺了两个月，回了北京。多年之后，魏东晓从秦勤口中得知，周秘书凭着顽强的毅力考上了北京一所大学的研究生，还读了博士做了教授，但余生都是在轮椅上度过的。

六 现实版愚公移山

简易房坍塌事件之后，整个新园宾馆附近的简易房都被拆了。魏东晓站在一片废墟边，心里很是伤感。一起奋战的同事，顷刻间就倒在了他们亲手建造的房子之下。他希望以后再也不要建这样的简易房了。此时，市委领导也在发愁如何填高罗湖这块洼地，每年只要进入雨季，这一带就要靠船才能进出。

"政府那边粗略估算了一下，我们全市搞'三通一平'，每平方米最少要九十到一百块的造价，头一期这四个多平方公里，就要三四个亿……"方向东看着梁鸿为，忧心忡忡，"罗湖治水，到底有多大工程量？要花多少钱？……想都不敢想。"

秦勤说："梁书记，方副市长，罗湖可是我们深圳的黄金地块，出了罗湖关就是香港，现在一涨水，罗湖火车站就全淹了，水里漂的什么都有，大粪满街淌，香港那边过来的人，女的下了火车之后，第一件要紧事，就是把高跟鞋脱了拎手上……"

梁鸿为背着手转来转去："从建市开始，我们一直在讨论治水、治水！说来说去，还是资金不到位。"方向东说："我倒是听到过一个天方夜谭的法子。"梁鸿为停住脚步："怎么个天方夜谭？说说，听一听也能开拓思路嘛。"方向东手一挥："北京一个设计工程师对我说，要解决罗湖地势低洼的问题，只有一个办法，把罗湖山给炸了！"

梁鸿为脸色微变，想了想，走到窗口。大家都不敢说话，静静地看着梁鸿为。几分钟之后，梁鸿为转过身来："罗湖山有五六十米高吧，如果资金充裕，倒也不是什么做不到的事情。"

魏东晓吐吐舌头："这可真是愚公移山，真敢想啊！"

方向东笑道："想都不敢想，还搞个屁特区。"

秦勤说："梁书记，我说个笑话，你别批评我啊。一个新加坡的外商和我比较熟了，这人信风水，他说罗湖山挡着罗湖火车站，也就把香港那边的财气挡住了，影响我们深圳的风水。"

魏东晓沉吟着："不过，要是真能把罗湖山炸了，深南大道两边可就连起来了，无论是交通还是格局上，都更高一筹。"

梁鸿为点点头："魏东晓，你说到我心里了。"

秦勤俯下身，看着桌上的规划图："梁书记，方副市长，这个方案没准真的能行。你们看，要是把罗湖山给炸掉，我估计至少得有上百万立方米的土石……这足够把罗湖给填平了啊！"魏东晓说："是啊，把罗湖填平了，就解决了发大水的问题，填平了罗湖，等于把水患堵在河道了。"

方向东敲着桌子："说起来容易，搬掉'小小'的罗湖山，知道要花多少钱吗？"魏东晓："不怕花这点钱，这是赚钱的生意！"

秦勤附和道："东晓说得对！填平罗湖之后，那是多大的地皮？差不多有一平方公里吧？那可是黄金地皮中的黄金地皮！"

梁鸿为兴奋起来："老方，小秦，你们赶紧以市政府的名义，组织各方面专家做一个准确的测算。炸山搬山要用多少资金？还有填湖……我们得算算账。"

魏东晓说："梁书记，有我们基建兵部队呢！别说是罗湖山，就是梧桐山，我们基建工程兵也能给搬了。就是周秘书……出事的时候，支队长就恨恨地说，就应该把山炸了，填上这块地。"

大家相互看看，点点头。

王光明听到这个消息，也不顾天下着大雨，当下就赶到罗湖山那里看地形。王光明、魏东晓和秦勤都穿着雨衣，方向东撑着一把黑伞，一起跟了过去。方向东说："老王，罗湖山与罗湖的水文资料咱们部队都研究过了吧？"王光明点点头："这个我们基建兵有经验。拿到资料之后，支队又重新测绘了一次……老方，这可不是不信任政府。"方向东笑了："哪里哪里。测绘越准确，工程越顺利。"王光明说："我们两家测绘的结果差不多，应该有一百二十万到一百三十万立方米的工程量，除了把罗湖填起来之外，这一整块施工地域，能抬高海拔一米多。那就不用再担心发大水了。"

魏东晓抬着头，呆呆地看着罗湖山。秦勤问："东晓，看什么呢？"

魏东晓回答说："秦主任，你别看罗湖山挺小的，过去有许多逃港的群众躲在山上呢，有的一躲就是半年一年的。咱们特区成立以后，逃港的情况好像一下子就完全扭转了，听梁书记说，大半年时间，从梧桐山下来的群众就有一两万呢。只要我们深圳富起来了，就不会有人再逃港了。"

方向东连连点头："是这个理。老王，你觉得搬掉罗湖山，按照我们部队的工程进度，大概要多长时间？"

王光明瞄了一眼罗湖山，大手一挥，轻描淡写地说："就这小山，半年时间，足够了！"

方向东吃了一惊："半年？不可能吧？！"

王光明再次肯定地说："半年！"

王光明就是这么自信，而他的兵也确实如他所言，展现出惊人的战斗力。这些年轻的战士们像一头头不知疲倦的牛，没日没夜在工地上干着。罗湖山在爆炸声中一点点变小，石块一堆堆被运走，填进了洼地。最终，基建兵连半年都没用了，就完成了搬山填湖的任务。遗憾的是，在一次爆炸中，一块人石头滚下来，砸中了贺唯一，虽然医院全力救治，贺唯一还是失去了右腿。

移山填湖工程接近尾声时，正值我军进行第七次大裁军，基建兵就地转业的消息传来，全体官兵都陷入了深深的惶恐和失落中，不知道自己的未来会在哪里。

那一天的场景，魏东晓一辈子都忘不了。

工地上红旗飘飘，横幅上写着"大干100天，发扬愚公移山精神""建设特区基建兵责无旁贷"等标语。所有的基建兵干部和战士都盘腿坐在平整的工地上，看着队列前独自站立的支队长王光明。不远处，方向东和秦勤正慢慢走过来。

王光明一反平时的雷厉风行，慢吞吞地从口袋里掏出一张电报纸："同志们，战友们……"他的嗓子有点沙哑，声音里压抑着感伤："同志们，我们中国人民解放军迎来了第七次大裁军，为了适应国家经济体制改革和军队精简整编的需要，国务院、中央军委八月作出了《关于撤销基建工程兵的决定》。现在，我宣读中央军委的命令：从即日起，基建工程兵部队退出现役，就地复员，此令！"

工地上鸦雀无声。王光明慢慢将手里的电报纸折好，放进口袋。他转过身，慢慢向远处走去。他的步伐没有往日的刚劲有力，但他的脊背依旧如同山一般沉稳，想着即将结束的军旅生涯，无数士兵眼中流下泪来。

方向东的眼睛也湿润了，他直直地注视着王光明，不知道如何去安慰这个钢铁一样的汉子。秦勤拉了一下方向东的胳膊，他才回过神来，整理一下衣角，快步走到队伍前。

方向东："同志们，我是深圳市副市长方向东！"

工地上一片沉默，大家都看着方向东。

方向东继续说："首先，我代表深圳市委、市政府感谢你们参与深圳特区建设，同志们，你们为特区建设做出了重大贡献！我们深圳的历史会铭记这一切的！刚才，王支队长已经宣布了中央军委有关基建工程兵部队转业复员的命令，也就是说，从这一刻开始，你们不再是革命军人了。"

战士们哭出了声，开始是啜泣，然后变成了声嘶力竭的嚎啕大哭。

离开自己深深依恋的军营，离开自己朝夕相处的战友，那种撕心裂肺的痛楚，只有当过兵的人才能体会得到的。二十世纪八十年代初，和平已经成为全世界的共识；对于我们国家来说，改革开放、经济建设也成了强国的唯一出路。魏东晓坐在前排，泪眼模糊。他心里充满了不舍，也充满了感激，感激上天给予自己的幸运，让他亲历见证深圳特区从初创到一步步强大的过程。他想，现在转业了，要没事情做，自己就回去搞通信的老本行。

方向东静静地等待着，直到哭声渐渐小了，听不见了，他才接着说："同志们，我代表深圳市委、市政府欢迎你们就地转业到深圳，你们虽然脱掉了军装，但你们依然是铁血男儿，是我们信赖的钢铁长城！"方向东的声音在空阔的工地上回荡，深深打动着每个战士，振奋着他们伤感和惶然的心。

随即深圳市委特意召开基建工程兵部队转业深圳工作协调会，将基建兵和部分其他部队复员军人组建为深圳市第二建筑公司，又任命了王光明为深圳市第二建筑公司总经理。王光明表示一定要带好自己的兵，接着为深圳做贡献，做更多更好的项目。会后，方向东借机向王光明要人，王光明很警觉，问要谁，方向东说："魏东晓。"王光明一口拒绝："不行！"

过了半天，王光明反应过来了，有点不好意思地讪笑着，对方向东说："方副市长，除了魏东晓，我们支队……我们建筑公司的人，你随便挑。"

方向东也笑嘻嘻地坚持："就是魏东晓。这也是梁书记吩咐的。"

王光明的脸沉了下来："方副市长，你少拿梁书记来压我。"

方向东说："王光明，市委市政府要个人，你怎么推三阻四的，还有没有点组织纪律了？"

王光明站起来："魏东晓！"

魏东晓站起来："到！"

王光明："你告诉方副市长，你是我们建筑公司的人！"

魏东晓十分为难："我……"

折腾了一整天，最终还是方向东赢了。魏东晓被安排到了市委办公室。

落实了自己的去处后，魏东晓去了一趟华强电子厂。麦寒生从凯德电子厂出来，承包了乡里的一个农机厂，改造成华强电子厂。魏东晓在车间左看右看，喜欢得不得了。麦寒生看上去精气神十足，自信满满。魏东晓拿起流水线上的一个电路板，皱了皱眉："好多焊点都不规范，用不了多久就会出问题。"

麦寒生接了过去："好工人都是拿废品喂出来的，现在一个熟练工的工资一天就是十好几块了。老魏，你转业后是怎么安排的？"

魏东晓说："我……去了市委办公室……梁书记过去的秘书秦勤负责蛇口开发区的工作，把我要过去了，协调基建工作。"

麦寒生说："东晓，你现在在市里头工作，前途也是有的，不过，现在我们深圳搞活经济，说句实在的，大家都在拼命赚钱……我就说一句话，要是你魏东晓哪天想通了，打算出来做事，你可要第一个考虑我！"

魏东晓笑了："行！"麦寒生很认真地伸出手："那就一言为定！"魏东晓握住麦寒生的手。

杜芳从凯德电子厂辞职了。魏东晓觉得挺好，凯德工资虽然高，可是劳动强度很大，杜芳上一天工回来累得话都不想说，他不希望杜芳那么辛苦。晚上，魏东晓回到家里，虾仔在写作业，杜芳就跟魏东晓商量，想出去摆摊卖砂锅粥。魏东晓十分震惊："卖粥？"

看到魏东晓的反应，杜芳有点失望："就知道你会反对！""我虽然转业了，可也在政府工作，有公职，这样做……不太好。"魏东晓为难地说。杜芳把脸扭向一边："我就想快点多赚钱，将来蚝仔回来，也不会看到我们这么艰难，我不想让他失望……"

两个人僵持着，虾仔不禁扭头看着他们俩。

"这样吧，你让我想想。"魏东晓退了一步，试图缓和局面，杜芳却不罢休，她凑过来看着魏东晓的脸，干脆地说："魏东晓，我可告诉你，不管你支不支持，我都要干。"

罗湖炸山之后，正好有0.8平方公里的平地，香港人喜欢这个谐音，都说"要发，要发"，引得很多港商奔着罗湖去了。但蛇口开发区的建设可就没那么顺当了。梁鸿为向财政部拍了胸脯，保证三年内完成十年规划中的基建工作，方向东亲自兼了蛇口开发区的书记。但舆论上的冷言冷语依然很多，不少人认为"十年规划，三年完成"有"大跃进"的味道，甚至有些老领导还跑去省里反映，说蛇口开发是纸面文章，言下之意是说他们在骗国家财政的钱。在这样新旧理念交战的风口，梁鸿为和方向东每作一个决策都压力巨大，他们不得不咬牙顶着。可除了来自上面的压力，下面的施工单位也不让人省心，蛇口开发区的基建施工进度缓慢，照这个速度，根本不可能按时完成基建任务。

担任蛇口基建工作的建筑四公司是过去宝安县建设公司的老底子，设备更新了，人没换，都是端着铁饭碗混日子的人，所以干起活儿来拖拖沓沓。王光明的建筑二公司大多是原来的基建兵，做起事来还是老做派，任务就是生命，不管多艰巨，啃下来再说。

为了赶工程进度，也为了让基建兵部队的优良作风冲击一下地方的建设队伍，梁鸿为不得不把王光明的二公司调过来，谁知道，二公司一来，因为施工进度太猛，弄得四公司很多人有情绪，觉得自己的活儿被抢了，还被逼着多干活，于是开始背后给二公司捣乱，大大拖了工程的后腿不说，还害得秦勤每天都要花费大量精力处理这些麻烦。

这天，秦勤听说四公司又闹事了，赶紧带着魏东晓一起过去看情况。两人走到二公司指挥部所在的帐篷外，就听到里面有人在吼："路堵了你给公司指挥部打电话干吗？昨晚上开会的时候，王总不是说了吗！他们四公司敢使坏招，咱们抄家伙就上，出了问题他负责……"魏东晓跟秦勤相互看看，走了进去，只见一个穿着工作服、戴着安全帽的男人，满脸污泥，正在打电话："喂，喂，材料队那边现在是谁负责？王科长？王三成吗？你让他接电话……"可电话断了，话筒里传出"嘟嘟嘟"的声音。男人气鼓鼓地将话筒砸上电话机，抬头才看到走进来的魏东晓和秦勤。

一进帐篷，魏东晓的眼光就被挂着的基建规划图吸引了，走过去细看。

"你们是谁啊？"男人的态度一点都不客气，"进工地怎么不戴安全帽？安全员怎么放你们进来的？"

秦勤："同志，我找你们王总……"

"去四公司工地了。"男人没好气地嘟囔，"幸好上个月枪都缴了！"

魏东晓扭过头看男人，突然笑了："嘿，这不边防军吗？"

那男人不是别人，正是当年关过魏东晓的常指导员常武，看到魏东晓，他也很吃惊。"怎么混这么惨？混到我们基建兵队伍里来了。"魏东晓笑嘻嘻地问。常武笑了："魏东晓啊！怎么，没逃港啊？"魏东晓大度地笑笑。常武站起来，跟魏东晓握手："来，咱们再重新认识一下，常武，二公司综合科科长。"魏东晓点点头："我知道。我们支队原地转业以后，为了解决地方上的困难，也接收了一百多名其他部队复员的孬兵……"常武顺手拿起一个安全帽砸向魏东晓，魏东晓敏捷地接住了。

秦勤笑着打招呼："常科长，您好！我是区基建指挥部的秦勤。"

常武有点不好意思地笑笑："秦主任你好，你好。"伸出右手想和秦勤握手，发现手上都是污泥，赶紧缩回了右手，摘掉左手上的手套，一看，左手比右手还脏，干脆把右手在裤子上擦了擦，大大方方地伸出来。

秦勤握住常武的手。

常武告诉他们俩，王总去了四公司。一大早，四公司就在工地西边的出口一前一后停了两台大铲车，说是铲车坏了正在组织修理，一修一上午，把二公司工地十几辆建材车都堵在了路口，结果工地一大半工人没活儿干。所以王总找他们理论去了。

"不会打起来吧？"魏东晓顺嘴说了句，说完看看秦勤。"打起来你们王总也吃不了亏。"秦勤一脸得意，常武笑了："你们还真了解我们王总。说实话，四公司是太过分了，可再过分也不能闹僵，要不以后麻烦事更多。""我看还是抓紧点，别闹大了，跟市里没法交代。"魏东晓说着，拉着秦勤就往外走，径直去四公司。

四公司的指挥部是个简易房，王光明和四公司的总经理范大伟面对面坐在长凳上，怒目而视，他们身后各站了一群人，剑拔弩张的样子。

王光明不耐烦地说："范总，你就给句痛快话吧！啥时候能把路让出来？"胖胖的范大伟笑眯眯地说："王总，车坏了，我们不是正在抢修吗？你少安毋躁啊。"王光明铁青着脸："这修了一上午了，还没个动静，你要修上一整天，我们公司今天的进度可就泡汤了，责任算谁的？"范大伟笑容可掬："王总，你消消气啊，气大伤身，你看，你都亲自打上门了，我范大伟肯定给你一个交代。最迟明天啊，明天！白天要是修不好，我们挑灯夜战。要是一整夜还修不好，明天一大早，我找两个大吊车把铲车给拖走，保证给二公司让出路来。"王光明冷哼一声："范大伟，不用等，你现在就把吊车弄过来，把铲车拖走。"

魏东晓跟秦勤走进来，王光明眼尖，看到秦勤，腾地站起来："秦主任，你来了正好，给我们做个见证！"

秦勤笑呵呵地说："哎哟，都是革命同志，怎么闹得脸红脖子粗的，都别生气，咱们……"

范大伟也连忙站起来："哎呀，秦主任您也被惊动了，不好意思，不好意思啊。"秦勤对范大伟笑笑。

王光明不听那一套，看着魏东晓："魏东晓，我问问你，我王光明带兵这么多年，是不是只有我们欺负别人，从不会让别人欺负我们？！"

魏东晓把王光明摁在凳子上，说："是，是，支队长您先坐下。"秦勤还是笑嘻嘻的："范总，大家都有自己的进度，您看……要不咱们抓紧时间把路给清了？要是闹到方副市长那儿去了，我们可都要挨板子。"

范大伟收起笑脸，抱起双臂坐下，不吭声。

魏东晓跟秦勤相互看看，都不知道该拿两个人怎么办。正在这时，一个干部模样的人闯进来，气急败坏地叫："范总，范总，他们二公司开了好几辆大卡车到路口，要把我们的车拖走呢！"范大伟瞪着王光明。王光明冷笑了一下："我就怕你范总调不动车，没关系，我们都是好邻居，这个忙我来帮。"

范大伟以与他肥胖身体不相符的敏捷冲了出去，魏东晓跟秦勤看看成竹在胸的王光明，也追了出去。王光明却稳稳地坐在凳子上，一动不动。

路口被几百个工人围得死死的，两个大铲车被工人们围在中间。两边的工人已经开始推搡、叫骂。

二公司的材料科科长王三成冲着对方的一个三角脸干部喊："你们让不让，再不让我他妈把你们公司这两台破车砸了！"

三角脸："你敢！这是国家财产！你不怕坐牢就砸给我看看！"

王三成推了一把三角脸："你他妈总不是国家财产吧，我他妈砸你个混账东西！"他拿起手里的安全帽，砸在三角脸的脸上。两边的工人各自抄起家伙动手了。

范大伟也赶到现场了，想挤进去，但两边的工人都情绪激奋，人群一哄，就把他挤倒在地。常武走过去，拉了他一把。范大伟刚起身还没来得及说谢谢，常武却将手一松，范大伟又结结实实摔在地上。

魏东晓也想进去，但左挤右挤，哪里挤得进去！正着急，一眼看到人群里的陈明涛，赶紧大喊："小陈，把我送进去！"这才被工人们一起抬着从头顶送到打斗场中心。

魏东晓大喊："住手！王三成！谁让你动手的？"

王三成看到魏东晓："副连长？你……怎么来了？"

魏东晓瞪了一眼王三成，攀着旁边的铲土机爬到驾驶室的顶上："工友们！工友们！！二公司的战友们！我传达支队长的命令！立刻后退五十米！立刻后退五十米！！"二公司的人开始没有动，但是，人群中的陈明涛也帮着大喊："听副连长的，往后退！"二公司的队伍开始移动，让出了中间的空地。

王三成很不情愿地准备后退，他伸手去捡地上的安全帽，却有一只手先他拿起安全帽。王三成抬起头："梁，梁书记……"梁鸿为看一眼王三成，又看看现场所有人。所有人都沉默了，现场安静下来。"人都散了吧，我们现在就去解决这件事。"梁鸿为说。

这一解决，就解决到了晚上。工人在两辆铲车中间拉了一条电线，挂了个很亮的工地用白炽灯。梁鸿为、方向东、魏东晓、秦勤，以及王光明和范大伟都站在路口，一起讨论。有人提议让梁鸿为先吃饭，梁鸿为拒绝了，一字一顿地说："今天的事情，我们今天处理，我们深圳的事情，等不得明天。"

王光明说："我们当过兵的人都是直肠子。今天的事，到底是谁没理在先？这不明摆着的事吗？"

范大伟："梁书记，方副市长，既然你们都在这里了，有些话我就敞开了说了。市里和区里大会小会也开了不少，我们也都明白，必须玩命地干，才有可能按计划完成进度。我老范凭良心说，二公司没来之前，我们没有一天松懈，梁书记，方副市长，你们也都了解情况，我们市现在基建任务那么重，建筑公司两三年就扩张到这么大的规模，可是工人素质低，各工种之间配合能力差，安全事故不断发生，效率低下！这就是现状。"

方向东说："那二公司呢？为什么人家行你们就不行？"

范大伟两手一拍，说："王总的队伍那是基建兵啊，别看他们已经脱了军装……干起活来和以前有什么区别？部队那一套，军令如山，令行禁止，我们地方上跟得上吗？"

王光明："范总，不要埋怨我王光明说风凉话啊，这个把月我也看了不少你们工地，要我说，关键还是管理问题。"

范大伟苦笑着摇头："不仅是管理问题，各种问题一堆……我们公司，连脱产干部都被我撵到一线干活去了，除了拿鞭子赶，什么办法我都想尽了，晚上拿到施工报表一看，我都恨不得自己也上工地去。"

魏东晓说："梁书记，方副市长，我觉得，要想立竿见影地改变现状，倒是有个办法可以试试。"

梁鸿为："大胆说！"

魏东晓说："大家都知道，我老婆杜芳逃过港。她在香港电子厂做过工，也在深圳一个港资电子厂干了很久，听她说，香港人的工厂，包括香港人管理的内地工厂，根本不用盯着工人干活，他们搞管理，主要是盯产品质量，生产效率完全不用操心。他们能做到这个，就是多劳多得、奖惩分明！"

范大伟失望地摇头："这些我们搞企业的能不明白吗？我也认识不少外资的老板，他们唯一的目的就是赚钱——我们国营公司，哪敢这么搞？！"

方向东问范大伟："那你说说，我们为什么不能？"

秦勤插话道："这是分配机制问题，港资公司的工资制度不符合我们社会主义国家劳动分配的原则。这么搞是会惹麻烦的。"

方向东不同意秦勤的说法："多劳多得，我看可以试试！"他转头看着梁鸿为。

梁鸿为点点头："特区建设，时间比金子还宝贵，不想办法提高生产效率，我们一辈子都撵不上海那边的香港。"方向东说："所以，老范、老王，你们和基建指挥部一起开个会，商量一个奖励方案，先试试再说。"

魏东晓说："这很简单，按工程进度要求，把每天工作量分配到工人头上，比方说，水泥工过去一天规定送三十车水泥，那他干了三十车就算完成任务了，超过三十车，多送一车就奖励几分钱，我不信他不想每天多送几车，多赚几毛钱！"

王光明看着方向东："老方，我们公司生产进度没问题，我们就不参与了吧。"方向东说："一视同仁！我们就来破天荒试一试这个超产奖励制度！"

梁鸿为点点头。

事情就这么定下了，可秦勤却一直有顾虑，没怎么开口。在回去的路上，魏东晓私下里问他才知道，原来秦勤在刚负责建蛇口港的时候，就试着搞过超产奖励的方式，工人的干劲一下子就起来了，有的送泥工一天送了一百三十一车，奖了四块一毛四分钱，领奖金的时候，工人自己都不敢相信。谁知道搞了半年，不知道谁把情况反映到上面，上面下了命令立即停止，还派人来纠正他们滥发奖金的偏向，工人的积极性一下子又没了。魏东晓终于明白了秦勤担忧的原因，牵扯了他俩是小事，怕的是有人往梁书记身上做文章。

杜芳的砂锅粥摊开起来后，每天很晚才能回家。开始时，魏东晓出于避嫌，从来没去帮过杜芳，有几次很晚了见她还没回家，就偷偷跑出去找，才发现杜芳摆摊的地方并不固定，大多是在工地的隐蔽角落，为的是躲避工商局的检查。她的粥摊很简单：小小的棚子用几根旧竹子撑起，上面蒙一层花花绿绿的防水塑料布，棚子下放了几张低矮的小桌子。有时魏东晓在路上接到她，帮她把一推车的东西推回家，劝她别这么累，可杜芳却说只要能赚到钱，累点也高兴。从那以后，魏东晓每次下工地，就开始向工人们推荐杜芳的砂锅粥。来光顾的工人们不知道杜芳是魏东晓的老婆，少不了夸赞杜芳长得漂亮，粥熬得好吃，甚至还给她取了绰号，叫砂锅西施。魏东晓这下醋坛子都要打翻了。一次，趁着白天没事，魏东晓干脆用自行车载着杜芳在工地上转了几圈，明明白白告诉大家，这是他魏东晓的老婆，大家谁都不能打主意。这件事后来成了笑谈，时不时被人拿出来打趣魏东晓，魏东晓也不生气，只是呵呵乐。

那段时间，杜芳砂锅粥的生意好极了，一晚上能赚一百多块钱。她憧憬着，再多赚些钱，就可以找机会去香港，将蚝仔接回来。陈大尧告诉杜芳香港的地址，还给她寄了蚝仔的照片，杜芳怕魏东晓知道了心里不舒服，就一直瞒着他。

蛇口开发区基建工程基地上挂起了"时间就是金钱，效率就是生命"的牌子，施行了超产奖励制度。牌子挂起后，第二天夜里就被人给摘了，丢在工地角落里。魏东晓也不气馁，又重新做了一个挂上。自从实行超产奖励制度后，二公司和四公司的工人你追我赶，每时每刻都在拼比，生产效率翻了好几番，工程进度也节节攀升。连梁鸿为都不由得感叹，这就叫"时间就是金钱，效率就是生命"。在国贸大厦的基建项目中，二公司通过不断的技术改进和试验，创造了三天盖一层楼的惊人纪录，这项记录后来成了"深圳速度"的典型范例。大厦的落成仪式上，鞭炮齐鸣，王光明站在国贸大厦的楼顶俯视他的"士兵"们，脸上洋溢着骄傲、自信的笑容。

方向东要给二公司的工人发奖金，王光明一再拒绝。梁鸿为将王光明叫到了办公室。

"我都听老方说了，为什么不给工人奖金？"梁鸿为看着王光明。

王光明低着头："老范他们公司愿意拿这个奖金，我王光明没意见……

我们支队不能拿。"梁鸿为："你看你看，你以为你还在部队上？"

王光明有点不好意思："梁书记……您要是不反对，我就让会计把奖金退回去了？"梁鸿为降低了声音说："老王，你说实话，你是不是听谁说了什么？"王光明开始想否认，但看梁鸿为的样子，猜他也知道得八九不离十，就点点头："是听到一些风声。听说，新闻界组织了十几家报纸杂志的记者来了深圳，已经住在新园宾馆了。上上下下都有些议论，我看到一家报纸发表了许多文章，讨论深圳到底是姓社还是姓资。"

梁鸿为沉吟了一会儿，坚定地说："毛主席说过，风物长宜放眼量。至少，我自己相信我梁鸿为做的事情，都是有益于深圳人民，有益于国家的。"

新园宾馆里召开新闻记者会，魏东晓跟着方向东和秦勤走进来的时候，吓了一跳，里面黑压压坐了二十几个记者。

秦勤向大家介绍："这是我们深圳市政府副市长方向东同志。"

记者们稀稀拉拉地鼓了几下掌。

方向东点点头坐下："各位记者同志好！我代表深圳市委市政府欢迎你们来深圳参观考察，视察我们的工作，发现我们的问题，指出我们的毛病，兼听则明，这是我们一贯的态度。"

一个戴着黑框眼镜的中年记者合上手里的本子："方副市长，我是《经济导报》的记者，我们国家现在上下一致都在搞经济建设，不过，深圳，是不是搞得有点过激了，我们报纸上个月发表了一篇文章……"

方向东打断记者："我看过你们的这篇文章，《租界的由来》，你们把我们深圳比喻成旧社会的租界？这个大帽子，我们深圳可戴不住，敬谢不敏。记者同志们，我知道，你们来到这里，一定带着很多疑惑，想搞明白很多问题，今天我们都坦诚相见，我也有一说一。"

中年记者："你们搞那个什么时间就是金钱，还做成牌子挂起来，这就是拜金主义嘛，会把我们社会主义风气带坏的。"

方向东："时间就是金钱，效率就是生命，有什么错？我们难道不应该争分夺秒地建设国家吗？搞了十多年运动，生产力有多落后，在座的难道都不清楚？我们难道不应该把提高工作效率当作一件重要的事情来抓吗？"

一个女记者插话："方副市长，您还是回答一下我们关心的问题吧。一个国营企业，靠奖金刺激工人的劳动积极性，这个是不是有悖于我们社会主义价值观呢？"

方向东："什么叫社会主义价值观，要我看，社会主义价值观最要紧的就是让老百姓脱贫致富。"

黑框眼镜的记者接过话头："这种提法是不是有点偏激呢？方副市长，这是您的观点，还是深圳市委市政府的观点？"

秦勤对魏东晓耳语："用心险恶！"

魏东晓也低声回应："要我说，都别搭理这些人，完全是来添乱的！我们也不用太担心，舆论不会一边倒，也有许多报纸赞扬我们，支持我们。"

方向东一笑："一块标语牌子，到底戳中了什么人的神经？最可笑的是，有看法可以光明正大地提嘛，摆到台面上来谈，搞那些小动作，半夜里偷偷摸摸去摘牌子，这是懦夫行为！"

魏东晓不由自主地点点头，向方向东投去敬佩的目光，他知道，方向东之所以这样大包大揽往自己身上说，就是为了引开这些人对梁鸿为的攻击。身为深圳特区的第一任市委书记，梁鸿为的每一个决定，都有可能成为被别人瞄准的靶子。

七　别怕，我保护你！

　　深圳就是有这样的魄力。在深圳市建市的第三年，市委班子就下决心办一所高品质的大学，尽管当时条件还很艰难，但哪怕砸锅卖铁去贷款，深圳也要培养自己的人才，这就有了深圳大学。魏东晓当时正在市委办公室，负责对外联络，深圳大学筹建之初，很多联络工作都是他做的，因此也跟深圳大学结下了不解之缘。那段时间，杜芳的砂锅粥生意越做越红火，每天晚上吃粥的人都络绎不绝，魏东晓抽空也会去帮着洗洗米送送粥什么的，帮杜芳减轻一下负担。

　　这天，砂锅粥摊前来了两个客人。他们穿戴很整洁，举止文雅，一看就是知识分子。魏东晓端着粥送过去的时候，竟被其中一个人认出来了："这不是魏主任吗？"

　　魏东晓看着对方，惊喜地叫道："罗校长！"那人叫罗铮，五十多岁，深圳大学副校长。罗铮扭头看了眼杜芳："魏主任，你们家开了夫妻店？"魏东晓笑了："平常就是她自己，很辛苦，我偶尔过来帮帮忙。"罗校长向旁边那位四十多岁的儒雅男士介绍魏东晓："郁老师，这位是深圳对外联络办公室的魏东晓副主任，我们深圳大学筹建的时候，魏主任可是帮了大忙。"郁老师立即站起来，向魏东晓伸出手："谢谢你啊，魏主任。"罗校长接着向魏东晓介绍说："这位是刚从北大调过来的郁老师，研究印度的专家。郁老师下火车后还没吃饭呢，我说，带他去吃点好吃的。谁知道，嘿，

097

进了你们家的门。"

魏东晓赶紧握住郁老师的手，笑着说："要说谢，也该是我们深圳人民谢谢你们。我知道罗校长是清华大学的教授，郁老师您放弃北大那么好的条件，来我们这儿工作，怎么谢也表达不出我们的感激。"

郁老师笑了："这砂锅粥可太香了，我这肚子咕噜噜叫了半天了，咱们能不能坐着，边吃边说？"

大家都笑了，坐下边吃边聊。深圳大学是去年春天开始筹建的，当时借用了政府几间平房做筹备办公室，到秋天开学典礼的时候，学校大楼还在装修，还是魏东晓帮着借了电大的教室，深圳大学的新生才如期开课。

罗校长感慨万千："从零到有，不容易啊。"

"我们都相信深圳大学会越来越好，肯定会成为全国一流的大学。"魏东晓憧憬着，"再过几年，深圳的经济起来了，工厂也会越来越多，到时候会需要很多人才的。"

罗校长点点头："是的。"

他们聊了很久，魏东晓决定以后还是要找机会去大学深造，他放不下他的通信专业。罗校长告诉他，深圳大学欢迎他。这时的魏东晓完全没想到，几年之后他真的实现了这个梦想。

1984年夏天，由雕塑家潘鹤创作的孺子牛雕塑在深圳市委大院落成。这座雕塑作品面世后大受欢迎，成了来深圳的游客拍照的经典景观，后来，市委将雕塑迁到大院外的花坛里，每次有人来拍照，看门大爷就会撵他们：出去出去，谁让你们跑进来照相的？这是市委大院，又不是公园！

到1984年，深圳已经有两万四千多家企业，四十多万人口了，这样的数字，在几年前是没人敢想的，《人民日报》夸奖深圳城市建设是现代建筑史上的奇迹，对深圳的舆论风向也逐渐温和了很多。

魏东晓的生活状态也发生了巨大的变化。他们从宿舍搬到了新家，一个宽敞明亮的两居室，杜芳心情很好，魏东晓每天都听到她哼唱着《在希望的田野上》。虾仔最高兴：终于有自己的独立空间了！他要求爸爸妈妈都不能随意进他的房间，这让魏东晓很不乐意，虾仔并不和魏东晓争论，只是扭过头去，将卧室门"砰"一声关上，魏东晓不高兴也只能在外头嚷嚷。魏东晓觉得这个儿子越来越不听话了，似乎跟他说什么，他都会用沉默来对抗。杜芳每天都在忙碌，也没太多时间管虾仔，好在虾仔学习成绩很不错，从来不用她操心。

靠着卖砂锅粥，杜芳已经攒了好几万元了，她每天都在想，什么时候能将蚝仔接回来，但从内地去香港还是很不方便，杜芳只能在想儿子的时候偷偷看蚝仔的照片和陈大尧的信。她还是不希望魏东晓知道她跟陈大尧通信，怕他不高兴。

魏东晓在市委的工作开始步入正轨，不用每天都去救火了。谁知才刚轻松一点儿，梁鸿为大手一挥，又把他支到了上海宾馆。魏东晓一听心就凉了，那可是个难弄的地儿。上海宾馆是合资企业，出资方有好几家，董事长是上海国营大饭店的领导，港方经理也是干了几十年酒店的老资格，最要命的是宾馆里的工作人员个个都是靠关系进去的，谁都动不得。罗芳村以前的大队书记蔡伟基刚去了那里做中方经理，还帮忙将魏东晓的表姐梁红丽弄了进去。魏东晓在心里感叹，深圳的发展真是太快，太缺人了，才让老蔡搓干净腿上的泥就做了经理，每天开着小轿车跑来跑去，好不威风。

上海宾馆是当时深圳最好的宾馆，往来深圳有头有脸的客商都住在那里，宾馆里有个咖啡厅，是谈生意的好地方。魏东晓还没正式到上海宾馆报到，就先被麦寒生约去上海宾馆咖啡厅，跟他一起去见自己的大表哥——凯德电子厂的老板。魏东晓因为工作原因需要晚去一会儿，麦寒生就跟大表哥先去上海宾馆咖啡厅等。

麦寒生拿着菜单看了半天，发现都是外国字，一个也不认识，就将菜单递给大表哥。大表哥抬头想叫服务员，只见身材臃肿的梁红丽和另外一个女服务员小红在吧台那儿聊天，两人头挨着头，不知在讨论什么八卦，叽叽喳喳地说个不停。

大表哥扬声示意："小姐！小姐！"梁红丽扭头看了大表哥一眼，又回头接着聊天。

麦寒生觉得很难堪，站起来："服务员，服务员！"

梁红丽不情愿地扭过头来，走向卡座。她身上的工作服有点小，挤出一身的肥肉，头发乱糟糟的，像是刚睡醒。

麦寒生有点生气："喊了半天，没听见吗？"梁红丽对麦寒生翻了个白眼。

大表哥脾气很好，笑嘻嘻的，一口港普："小姐，请来一杯速溶咖啡，一杯夏威夷刨冰。"

梁红丽瞪大眼睛，语气尖刻地说："你喊谁小姐？"又扭过头对着麦寒生："你喊谁服务员？"她拿起菜单敲了一下卡座："以后记得喊同志！我们蔡经理说了，工作没有高低贵贱之分，我们做宾馆工作也是为人民服务，不是伺候人！"

服务员小红过来说："梁姐，刨冰现在没有啊。蔡经理说刨冰机太费电，好几天都没开了。"

大表哥只想息事宁人："那就都喝咖啡吧，两杯咖啡，麻烦快一点。"

梁红丽大声喊："两杯咖啡！"麦寒生捂着耳朵。梁红丽瞪一眼麦寒生，刚想发作，正看到魏东晓夹着公文包走进来，赶紧招呼："大表弟！"魏东晓尴尬地笑了笑，快步走过来："对不起，来晚了。"

麦寒生："不迟不迟，我们也刚刚到！魏主任，我给你介绍一下……"指着对面满面笑容的港商："这是我大表哥，钟达华先生。"

魏东晓热情地伸出手："钟先生，您好您好，我是魏东晓。"

小红送来两小杯咖啡。她看了一眼魏东晓，小心翼翼地将咖啡杯放在桌上。

魏东晓："钟先生，我听老麦说，你想把香港的工厂都搬到深圳来？"大表哥伸出大拇指，笑眯眯地夸奖："是啊是啊，深圳现在太厉害了。"魏东晓也笑了。

麦寒生端起咖啡来，喝了一口，猝不及防地一口喷在魏东晓身上。大表哥赶紧从西装口袋里掏出一条手帕递给魏东晓，让他擦擦身上的咖啡。魏东晓一面说"谢谢"一面接过手帕。

麦寒生扭头叫道："服务员！服务员！这咖啡是哪天的？都馊了，这他妈能喝吗？"

大表哥低头闻了闻咖啡，拿勺子搅拌了一下，迅速将脑袋移开，下意识地将咖啡杯推远了一点。

梁红丽跑过来："怎么了？怎么了？你这顾客怎么那么多事？"

麦寒生把咖啡推过去："你闻闻，这什么味？这能喝吗？"

梁红丽："什么味？咖啡就这个味！"

魏东晓："梁红丽！你平时就这么为顾客服务的？"

梁红丽："我怎么了？大表弟，你是不知道，这上海宾馆来的不是香港台湾的有钱人，就是外国鬼子……"

魏东晓端起麦寒生的咖啡闻了闻，放下来："梁红丽，别和我说这些没用的！你就和我说说，这咖啡怎么回事？这是哪天的？"

梁红丽抬起眼皮瞄了一眼桌上的咖啡，含糊地嘀咕："不知道。"

大表哥打圆场："魏主任，您贵人有大量，别为这点小事生气了。"魏东晓扭头看着大表哥，认真地说："钟先生，这可不是小事。"他站起来，给大表哥鞠了个躬。大表哥惊了，赶紧站起来，两只手在空中乱舞："魏主任，魏主任，这可不敢当！"魏东晓："钟先生，对不起了！我代表上海宾馆，向您道个歉，希望今天的事情，您别往心里去。"大表哥："这太不敢当了，太不敢当了……寒仔，你，这，你……"麦寒生："老魏！你……"魏东晓横了不知所措的梁红丽一眼。梁红丽做出一副要哭的样子，扭着大屁股跑出了咖啡厅。

魏东晓才到上海宾馆就看了这样一出戏，再到蔡伟基办公室里一看，更是气不打一处来。蔡伟基的办公桌上放了一个罐头瓶子当茶缸，里面满是茶釉；一大一小两个烟灰缸里堆满了烟头；中间是裹在一起的旧报纸；旁边一个旧旧的、屁股上接了一截的超长手电筒；右上角是最干净的地方，整整齐齐堆放着各种资料，最上面是红头文件。蔡伟基对面的桌子是港方经理钱富康的，桌面干净整洁，只有几本有关管理的港版书籍。墙上用大头钉钉着一面五星红旗，对面墙上是一条标语：发扬主人翁精神，做好酒店管理。

魏东晓坐在蔡伟基桌前的椅子上，不动声色地打量着这个办公室。瘦小、干净的钱富康规规矩矩地坐在桌前，像个小媳妇，他的眼神跟着魏东晓的眼神移动。魏东晓刚坐下，梁红丽就来了，一看魏东晓在，有些吃惊，但也没给他好脸色："我找蔡经理，不是蔡经理喊我吗？"

"钱经理找你。"魏东晓看着对面的钱富康，"钱经理？"

梁红丽扭头就走："蔡经理不在，那我走了。"

钱富康赶紧站起来："梁红丽，你等等。"

梁红丽笑了笑："钱经理，我又不归你管！大表弟，今天是我不对，不该让顾客喝几天前的咖啡……"魏东晓压着火气："那是几天前的咖啡吗？我问过了，是一个多星期前的咖啡！你不要胡搅蛮缠了！"梁红丽不干了："谁胡搅蛮缠了？蔡经理说，我们虽然是合资企业，可我们都要有主人翁精神。"她看了眼墙上的标语，继续说："上回泡了一大壶咖啡，就卖了一杯，倒了多可惜？咖啡又不会坏！我节约国家财产我还有错了？"

魏东晓气得无语："你……你根本就……我和你没法说！钱经理！"

钱富康看看魏东晓，又看看梁红丽，清清嗓子："梁红丽小姐……哎，同志，从今天起，你被停职了，对你的错误行为如何处理，等待宾馆的正式通知吧。"

梁红丽瞪大眼睛："你想开除我？"钱富康："是停职。"梁红丽："凭什么？蔡经理还没发话呢，你凭什么开除我？"魏东晓："就凭他是这个酒店的经理！"梁红丽："魏东晓，你什么意思，我好不容易找到的工作，你凭什么在这里指手画脚！"魏东晓火冒三丈："就因为你的工作态度，因为你的胡搅蛮缠，你被开除了！"梁红丽怔了一会儿，突然哭了起来，咚咚咚跑了。

钱富康满脸苦笑："我们香港老板已经想撤资了，他介绍好多香港的朋友来上海宾馆住……结果都不太……愉快……我们港方也想好好配合蔡经理做好管理，可是……"

魏东晓："情况我都清楚。外商已经告状告到市委梁书记那里去了，反映的问题很多，从我们上海宾馆开业就一直有，钱经理，对不起啊，我们过去还是有点不太重视。这几天，我和十几个住过上海宾馆的客商聊过，又躲着老蔡来宾馆转了几次……说真的，我真没想到这里这么乱。"

钱富康："其实，蔡经理这个人还是蛮好的，很正直，心直口快，对我帮助很大……我看，魏主任还要好好做一做蔡经理的工作。"

魏东晓很有把握地说："你放心吧，我和老蔡从小玩儿大的，我的话他会听进去的。"

但是杜芳并不认为蔡伟基会听魏东晓的。她开始摆摊卖砂锅粥那两年，每次遇到蔡伟基，都会被他教育一番，说杜芳的砂锅粥摊是政策不允许的，是资本主义，杜芳跟他吵了好几次。现在，魏东晓要让蔡伟基改变思想意识，杜芳并不看好。

果然，酒过三巡，魏东晓才劝了几句，蔡伟基就脸红脖子粗地骂开了："你他妈少放屁！我没做错任何事！"他把啤酒杯重重地在桌上一蹾："我不准员工烫头发、抹口红，穿得像个小妖精一样，难道是我的错？"魏东晓说："钱富康搞的那个微笑服务的方案，我看了，很好啊，现在全国都在讨论，服务行业要改变作风，我们深圳是改革开放的前沿阵地，该不该领先全国的风气呢？"蔡伟基使劲摆手："你别听钱富康那小子胡说八道了！哼，顾客是上帝！这是放屁！我们共产党信上帝吗？"

魏东晓："老蔡，你讲不讲道理？这是打个比方，是要我们服务行业的人有服务精神，把顾客当作上帝一样去服务。"

蔡伟基高声道："那你说服务员和顾客之间有没有人身平等了？我们服务员就该低人一等？"

魏东晓真是恨铁不成钢："这怎么叫低人一等呢？杜芳开砂锅粥店的时

候，顾客盈门，为什么？除了砂锅粥确实好吃，杜芳的服务态度热情是不是也是个重要因素？"

蔡伟基继续摆手："东晓，你就别和我绕弯子了！市里到底是什么意思，你说清楚，想撤我的职，请便！要我承认错误，没门儿。我蔡伟基的脑袋，受党教育了几十年，脑袋里装满了我蔡伟基的道理，改不了了。"魏东晓只好摊牌了："老蔡，我和你说实话，市里担心你不配合工作，已经在考虑要把你免职，让我代一段时间中方经理……"

蔡伟基愣了愣，端起啤酒杯喝了一大口，被呛到了，不停地咳嗽。

魏东晓诚恳地看着蔡伟基："老蔡，你再想想吧。"蔡伟基扭头就走。

跟蔡伟基不欢而散，魏东晓只好拖着沉重的步伐回家，不料家里还有一个难题等着呢。梁红丽坐在他家主卧室的床上，哭得眼睛跟个烂桃儿一样，见魏东晓进来，撩起眼角瞟着他，似乎心里有无限委屈。

杜芳："东晓你喝了多少酒啊，一身酒气。"

魏东晓："没多，放心吧。"

梁红丽可怜巴巴地看着魏东晓，又看着杜芳。

杜芳："东晓，大表姐的事情……"

梁红丽："阿芳，你干脆让东晓别管我们宾馆的事就行了。"

杜芳笑了："大表姐，不是东晓爱管闲事，是市里派他去，他能不去？"

魏东晓问梁红丽："我听说你们宾馆里的服务员全是关系户？"

梁红丽赶紧点头："是啊是啊，小红她爸是公安局的处长，大堂经理一个是市里领导的儿媳妇，还有一个是电力局马局长小儿子的对象，听说国庆节就要结婚了，搞采购的长短脚进仔，他三叔爷是市里梁书记的战友……"

魏东晓的脸色越来越难看。

梁红丽看看魏东晓，声音渐渐地低下去了："大家都这样，又不是我一个人特殊……"

魏东晓说："我要是上海宾馆的老板，就把你们全给开了。"他困得上下眼皮直打架，躺在床上就睡着了，也不知道杜芳什么时候才将梁红丽劝走。

一波未平一波又起，听魏东晓说完，蔡伟基并没罢休，次日就拉着钱富康去了市委，两个人斗鸡一样撕来扯去，斯文内敛的钱富康被蔡伟基横拖直拽，衣服弄得皱皱巴巴，脸也挂彩了，狼狈不堪。

市委大院很多工作人员从窗口伸出头来看热闹，指指点点。梁鸿为听到消息，让人将他们两个带到会议室，又召集了相关人员一起过来。方向东和魏东晓都来了，大家围桌而坐。

梁鸿为板着脸："献丑都献到市委大院来了啊，我都觉得丢脸。"

蔡伟基指着钱富康："你指我鼻子什么意思？"

钱富康一副被惹急了的模样："你骂我香港老板的死马仔，还骂我衰仔！"

蔡伟基不屑一顾地说："你本来就是香港老板的死马仔……"

话音未落，魏东晓忍不住了："有完没完？车轱辘话说几百遍了！蔡伟基，你动手打人，还打的是香港客商，你这是犯法知不知道？送你去公安局关几天你就老实了！"

蔡伟基脖子一扬："方副书记，这上海宾馆我干不了！市里想撤我的职就撤吧，我也干够了！给资本家打工，我还不如下田种地呢！"

魏东晓接口说："种地你就别想了，还有得你种？"说完，又转头看着梁鸿为："梁书记，上海宾馆的问题我已经向您和方副市长汇报了，其实，这些情况我相信市里也都掌握了，老蔡和钱经理之间闹矛盾，看上去是一些管理观念的矛盾，其实不是。宾馆刚开业的时候，我们就答应钱经理，上海宾馆要请有酒店管理经验的香港人来管理，结果呢？"

蔡伟基瞪了一眼魏东晓。

魏东晓不理他，继续说："这是蔡伟基的责任吗？如果不是蔡伟基去当这个中方经理，换一个李伟基张伟基，酒店的问题就解决了吗？恐怕不能。上海宾馆的员工都是端铁饭碗的，有些还是凭关系进去的，根子硬得很，他就天天这样干，就是不好好服务，我们怎么办？换一批员工，也还是铁饭碗，我看也不会有什么改变……"

方向东打断了魏东晓："魏东晓，你等等，你的意思是说，上海宾馆的问题是铁饭碗的问题？这是不是太偏激了？你魏东晓也是铁饭碗，我方向东和梁书记也是端着铁饭碗，按你的说法，也要把我们的铁饭碗砸了，我们才能干好工作？"

魏东晓一下被问得不知所措："这……方副市长，我不是那个意思……"

钱富康赶紧帮魏东晓解释："各位领导，这个宾馆嘛，的确比较特殊，要是员工管理不好，就算管理方法再好，最后也只能倒闭。香港那边酒店招聘服务员，都是签合同，工作要求，奖惩条例，合同里都有，你不好好干，就开除你！"

梁鸿为："魏东晓，你是说，要想解决上海宾馆的管理问题，得把员工的工作性质改成合同制？"

方向东有点担忧："员工能不能接受这个合同制？上海宾馆我们这边的员工编制是大集体吧？"

蔡伟基插话说："方副市长，是全民。"

方向东皱皱眉："那就有点麻烦了。"

魏东晓说："梁书记，方副市长，要不然，我们先试一试？试一试怕什么？"梁鸿为点点头："我看可以试试。"

在梁书记的支持下，上海宾馆的合同用工制度很快取得了巨大成功，打破铁饭碗之后，员工的服务态度一下就端正了。宾馆面貌焕然一新，营业额直线上升。市里顺势把上海宾馆的经验推广到了全市的国营企事业单位，最终，深圳成了全国第一座取消人事任用终身制、打破铁饭碗的城市。合同制的背后其实是新的分配机制，是多劳多得，是以质取胜，这种调整极大地激发了人们的工作热情，深圳市全面推行合同用工制度之后，合同制就在全国广泛地推广开来。

深圳河的另一边，在香港混社会的陈大尧终于得偿所愿，不再做跑街的马仔，傍上了一个叫林忆抒的女人。林忆抒是参选港姐出身，后来做了香港黑社会老大的女人，投资开了一家大通信公司，让陈大尧在公司负责销售业务。也是陈大尧运气好，跟着何树伟打拼几年没把命丢了，摇身一变竟成了香港著名通信公司的经理，经常跟着林忆抒出去谈生意。

当时深圳的通信设备落后，通信是大问题，那些来深圳的外商没有不抱怨的，因此市委想将全市的通信设施更新换代，全面普及数字程控电话。梁鸿为约了几家港商过来洽谈，其中就有林忆抒。跟她同来的，不是别人，正是陈大尧。

现在的陈大尧西装革履，头发梳得溜光，跟先前比完全是脱胎换骨。趁林忆抒去市委开会的空隙，陈大尧本来想去父亲的坟上拜一拜，却被林忆抒临时安排去打听梁鸿为和方向东的底细。原来，林忆抒了解到这次通信设备招标会是由梁鸿为和方向东负责的，她要想办法挖到这两人的底细，才好设计应对方案。陈大尧立即马不停蹄，四处活动，去了解情况。

在深圳市委召开的外商负责人面见会议上，林忆抒无疑是最引人注目的。她四十多岁，保养得非常好，扎着高高的发髻，知性优雅，态度谦虚而诚恳，给梁鸿为和方向东留下了很好的印象，散会的时候，林忆抒邀请两人去香港考察她的公司，梁鸿为表示一定会派人过去看看。

林忆抒温文尔雅，内心其实充满豪气，做生意很有一套，这也是她能从一个落选的香港小姐成为黑社会老大的女人的关键原因。一开完会，林忆抒立即带着陈大尧回香港做准备。陈大尧心里有点失落，他这次回来，除了想拜祭父亲的坟，更想见的是杜芳，他有很多话想跟她讲。七年的时间过去了，蚝仔已经成长为少年了，十分懂事贴心。陈大尧心里还存着一丝希冀，如果杜芳现在愿意跟他和蚝仔过，他也会满心乐意。但他身不由己，只能跟着林忆抒回香港。

刚回香港，陈大尧就被何树伟找上门来。当时，陈大尧正在卫生间撸着袖子洗蚝仔的校服，何树伟在外头敲门。写作业的蚝仔听到了，想去开门，被陈大尧制止了。陈大尧对蚝仔说，只要不是尧叔，谁敲门都不开。但敲门声越来越急促，蚝仔十分不安地看着陈大尧，陈大尧这才把湿漉漉的双手在围裙上胡乱擦了擦，叮嘱蚝仔躲在房间里不要出来。蚝仔答应一声，乖乖回到房间，陈大尧先将蚝仔的房门关好，然后从门口鞋柜底下拿出一个布包，从里面拿出一支点三八的左轮手枪，再将几粒子弹装进轮盘。他的手很稳，动作很慢，将枪插到腰后方，用衬衫挡住，整了整衣服，才伸手打开房门。

何树伟立即冲进来，使劲推了陈大尧一把，陈大尧撞到房间中央的茶几上。

何树伟黑瘦的模样，恶狠狠眯着眼睛："我说陈大尧，你打算躲我躲到什么时候，我们的账算清楚了吗？"

陈大尧站稳身子，看看何树伟："我说伟哥，没必要这样吧，大家都是兄弟。"

何树伟打量着屋子，慢慢移动脚步，想往卧室方向靠近。

陈大尧拦住他，用脚勾住一个板凳："伟哥，坐。"何树伟看看陈大尧，坐下。

陈大尧说："伟哥，欠你的钱我都还清了，利息随行就市，你可没给我一点儿老乡的折扣。"

何树伟眯着眼："别装糊涂了，你知道我找你不是为了这件事。你和阿奇一起陪老板去泰国，只有你回香港了。老板还欠着我们兄弟们工钱呢，你说我该向谁要？"

陈大尧不紧不慢地说："老板是去公海上赌钱，他只相信阿奇，就带着阿奇去了。我一个人在岛上等着，等了几天也没老板的消息，后来泰国警察突然通知我去收尸，就这么回事。"

何树伟："那你回香港了，怎么就躲着不见兄弟们了？"

陈大尧诚恳地说："我找了份工，想过安安分分的日子。伟哥，你也知道，我过不惯打打杀杀的生活，要我动脑子，没问题，砍人呢，我就总是拖后腿的啦。"

何树伟冷笑："陈大尧，你骗鬼呢？都说你现在傍上了老板的女人林忆抒，是不是？那可是参加过港姐大赛的大美人，看不出啊，陈大尧你心眼真不少，没声没息背着兄弟们你他妈就财色兼收了啊。"

陈大尧继续说软话："喂，伟哥，说话不要那么难听。没错，我和林董是在泰国认识的，泰国警方通知去收尸的时候，是我和她一起去的，林董看我做事稳当，就赏了我一碗饭吃。"

何树伟斜着眼睛看着陈大尧："是吗？"

陈大尧笑了："伟哥，要说你可真够厉害，我住在这犄角旮旯你都能找到。"一句话激怒了何树伟，他冲过来抓住陈大尧的衣领："陈大尧，丢你老母，你知道我找你找得多辛苦吗？"陈大尧镇定地看着何树伟。何树伟放开陈大尧，坐回去："你说个数吧，满意了，我鱼头仔掉头就走。"陈大尧："什么数？"何树伟："我们兄弟穷哈哈的，你陈大尧现在发达了，可不能装着不知道吧？"

陈大尧口气硬了起来："我说伟哥，我欠你的钱一分不少连利息还你了，我欠你的情，我拿着刀帮你砍过人，我陈大尧不知道还欠你什么？"何树伟站起来，逼近陈大尧："陈大尧，我可是手里有人命的人，你别逼我！"陈大尧也站起来："何树伟，混江湖的也得讲个数吧？何况，我们还是本乡本土的，你不要太过分。"何树伟揪住陈大尧，猛地向陈大尧腹部击了一拳，又拎起陈大尧来乱踢。陈大尧不停地咳嗽，倒在地上，蜷成一团。

一直在房间内听着动静的蚝仔终于忍不住了，从卧室里冲出来，一头朝何树伟撞过去，一面大叫："不准你打人，你走！离开我家！"何树伟站在那里一动不动，蚝仔没撞倒他，自己反而跌倒在地上。蚝仔爬起来，想再次冲过去，却被爬起来的陈大尧抱住了。蚝仔满脸是泪："尧叔，尧叔！"

何树伟冷笑："我说陈大尧，你运气不错呀，养着个别人的儿子，还能对你这样。"说着，何树伟掏出刀来。

"你干什么？"陈大尧怒斥。

"干什么？我何树伟做事你还不知道吗？我想要的，哪里能少得了我那一口？"何树伟冷冷地说着，刀指向了蚝仔。蚝仔吓坏了，紧张地看着何树伟。陈大尧看着何树伟，将蚝仔护在身后，手慢慢伸向腰后，掏出枪来，对着何树伟。

何树伟吃了一惊："陈大尧，你有种！"陈大尧沉声道："何树伟，你走吧，我们两清了。"何树伟怪笑一声："想要撵我走，除非我横着出去！"陈大尧："是吗？逼到这个份上，我这条命也不想要了。"他掰开枪的保险。

何树伟讥笑道："陈大尧，你拿把破枪吓唬谁？你开过枪吗？别走火了伤着自己。""滚！"陈大尧低喝一声，冲着地上就是一枪，子弹激起一片尘泥。陈大尧面不改色，恶狠狠盯着何树伟。何树伟从没见过陈大尧这等模样，实着吓了一跳。陈大尧又把枪对准何树伟："要不，今天咱们俩都倒在这里，等着香港警察给咱们收尸。"陈大尧说着作势就要扣动扳机，何树伟这下吓坏了，转身就朝门外跑，边跑边骂骂咧咧。陈大尧悬着的心终于放了下来。他知道，这个地方是待不下去了。他看看蚝仔，蚝仔也在看他，控制不住地打着哆嗦。陈大尧将门关上，走过去抱住蚝仔："蚝仔不怕，没事了，没事了。""我不怕，我知道，那些是坏人，尧叔是好人。"蚝仔说着，轻轻地啜泣起来。陈大尧拍着他的背："对！我们要做好人。"

在林忆抒的帮助下，陈大尧带着蚝仔换了学校，也换了住处。为了不被何树伟再找到，陈大尧切断了跟过去所有人的联系，只是死心塌地帮林忆抒打点生意，也越来越得到林忆抒的赏识和信任。

很快，深圳市政府给林忆抒的通信公司发来消息，将由方向东、秦勤和魏东晓三人组团到香港考察，第一站就是他们公司。陈大尧听林忆抒说完，很高兴，可当看到魏东晓的名字时，高兴劲儿全没了，他没料到魏东晓会混得这么好，居然进了市政府。但他表面却不动声色，只是告诉林忆抒，安排好招待工作之后，他需要回深圳一趟，专程去拜祭父亲。林忆抒很理解，痛快地答应了。

这是魏东晓第一次以正式身份到香港。上次来香港寻找妻儿的场景还历历在目。他想，今非昔比，这一次，他无论如何都要找到蚝仔。杜芳给了他蚝仔就读的小学地址和家庭住址，他期待着能快点看到儿子。七年了，蚝仔已经十一岁了，个头可能都长到他肩膀了，甚至更高。想到这些，魏东晓就激动万分。

林忆抒宴请方向东他们的地点在香港湾仔合和中心。看着电梯变化着的数字，魏东晓不禁唏嘘："咱们深圳什么时候能有这么高的楼。"电梯直达五十多层，出电梯之后，却不见去六十二层餐厅的电梯。三个人东问西问，绕了半天才找到。餐厅外装潢得非常华丽高档。

"这个林董，可不能小瞧了，这是要给我们内地土包子一个下马威啊！"方向东说着，却见风姿绰约的林忆抒从餐厅里迎了出来。

林忆抒微笑着与每个人握手："各位领导，真是失礼了，请进，请进！"林忆抒引着魏东晓三人进了餐厅。方向东问："林董，贵公司也在这座楼里吗？"林忆抒笑了："鄙公司小本经营，这合和中心的租金贵得出奇，小女子哪里租得起。"方向东也笑了，随即站住："我们还是先去贵公司看看吧！时间很紧张，我们还要在香港跑不少地方。"林忆抒温婉地微笑着："方副市长，既然来了香港，您就客随主便吧，我们香港人都喜欢边喝早茶边谈事情。"方向东看看秦勤和魏东晓，笑道："那好，既然如此，我们就入乡随俗。"

吃饭的时候，林忆抒简单介绍了自己公司的情况，从规模到产值到客户反馈都讲解得非常详细，听得大家连连点头。

秦勤说："我们市委研究了林董公司的报价，觉得基本上在我们可以承受的范围之内，这次来香港，就是想亲眼看一看林董的公司，敲定一些细节方面的事情。"林忆抒点点头："那当然好。"方向东："这回招标，好多家香港公司的报价都很有诚意，我们会每一家都走一走，再开会集中研讨。"

林忆抒笑了，她从脚下的皮包里掏出几个小盒子，放在桌上，推到他们三个人面前："一点小意思，请三位领导一定赏光。"方向东打开盒子，里面躺着一块高档瑞士金表。方向东盖上盒子，看着林忆抒，似笑非笑的：

111

"林董，这也是您的诚意？"方向东不动声色地又把盒子推回给林忆抒：
"您的诚意我们心领了！"林忆抒再次笑起来，没有一丝尴尬："我林忆抒
果然没看错人，由方副市长您来负责这件事，我呀就可以把心放到肚子里
了。咱们就按质量和服务来说话。"

魏东晓跟秦勤相互看看，也都没再说话。随后，林忆抒开车带着他们去
了工厂，厂子规模不大，却也干净整洁，管理得井井有条。去其他公司考察
的时候，林忆抒执意要用自己的车送，被方向东婉拒了，三个人打了出租车
一家接一家跑，收获颇丰。晚上回到酒店，三个人都累得散了架。魏东晓对
自己身上的长袖衬衫很是自卑，觉得一副土包子样。

魏东晓对方向东说："方副市长，你看看咱们这身衣服，要不要也改头
换面一下？"方向东闭着眼躺着，根本不看他："魏东晓，你又有什么鬼主
意？"魏东晓嘿嘿直乐："看您说的，我是说，咱们代表着深圳市政府的形
象，代表着深圳的形象，总不能出去让人家看咱们的眼光都……"

魏东晓看一眼秦勤，希望秦勤能帮自己说几句，不料秦勤只是笑呵呵地
看着他一个人说。魏东晓好没意思，就转开话题，说，明天没有工作安排，
自己要去看儿子了。

魏东晓去香港的时候，陈大尧回了深圳。回到罗芳村时，陈大尧戴着一
个大墨镜，似乎怕被人认出来，可心里还是希望被人认出来。走到陈家旧址
的时候，他停住了脚步。那里的老房子已经被拆除干净了，变成一块平地，
长满了杂草。陈大尧一动不动地站了许久，一直看着，在脑海中拼凑着父亲
去世时的样子。杜芳在信中给他描述过当时的场景。给父亲一个交代，这是
他在香港拼死也要出人头地的动力，他一定要让父亲知道，他陈大尧没给祖
宗丢脸。他来到父亲的坟边：

"喏，我没给你丢人啊，现在罗芳村还有谁敢说比我混得好？所以，你
不要老看不惯我，老想让我待在家里给你养老。"陈大尧边烧纸边嘟囔着，
"我呢，也拿到香港身份了，以后我会每年都来看你的。"

陈大尧在父亲的坟边坐了很久，直到天下起小雨，淋湿了衣服，他才缓缓起身，回到上海宾馆。

蔡红兵早在上海宾馆喜笑颜开地等着他了。他们是白天在路上碰到的，蔡红兵现在在贩私货，兜售到陈大尧面前，被陈大尧狠狠嘲笑一番，说他拿货价太高，没什么赚头，蔡红兵听出陈大尧话里有话，就早早来到这里等他。

进了房间，蔡红兵看到陈大尧的行李箱，"啧啧"赞叹个不停。"哎哟，这个东西出门可真是很方便。"

陈大尧也不说话，脱下西服，将随身携带的大哥大放在桌子上。蔡红兵的眼光立即被吸引过来了，凑过去，伸出手小心地碰了碰。陈大尧说："别碰！"蔡红兵吓得急忙缩手："大尧哥，这玩意儿就是大哥大？"坐在床上的陈大尧漫不经心却又掩饰不住得意，随口应着："嗯。"蔡红兵艳羡地问："这玩意得不少钱吧？"陈大尧轻蔑地说："也没多少钱，你们深圳人干一辈子差不多也能买一部了。"蔡红兵讪笑着："大尧哥，我能用一下打个电话吗？"陈大尧："你先去问问你们深圳领导，什么时候建起信号塔再打吧。"蔡红兵："啊，这玩意儿还得用信号啊？大尧哥，你在香港这是发大财了啊。有没有赚钱的路子，带着我也赚点钱呀！"

陈大尧点点头："下次回来，顺便帮你带点水货。"然后他看看蔡红兵："红兵，我有个事想让你帮忙……""你说，只要我能帮到，一定竭尽全力。"蔡红兵拍着胸脯。陈大尧想让蔡红兵带着自己去看看杜芳。他们躲在魏东晓家的楼侧面，看着杜芳跟虾仔一前一后从楼道里出来。虾仔十四岁了，已经是小伙子了。蔡红兵拉扯了一下陈大尧的胳膊，指了指杜芳："杜芳还不见老呢，还是那么漂亮。"陈大尧很不高兴地看了蔡红兵一眼，显然对这句话有些不悦："她现在做什么事呢？""早先弄了个砂锅粥摊，后来深南大道、建设路那边的老街都拆光后，她就去一个照片冲印社帮忙了。"蔡红兵说着，见杜芳骑自行车要走，急忙叫陈大尧，"哎，她要走了……阿……"蔡红兵还没喊出来，就被陈大尧捂住了嘴，眼见着杜芳骑自行车走远了才松开。

"你来不是想见她吗？"蔡红兵大惑不解。

"没事了，我……我要回宾馆了。"陈大尧说着，转身就走，蔡红兵一头雾水，愣了半天才追了上去。

而此刻，魏东晓正西装笔挺地站在元朗小学门口，向保安和教务处老师打听蚝仔的情况，他报了蚝仔的大名魏迪生和陈大尧的名字，都没有查到。魏东晓不死心，按杜芳给的地址去找陈大尧的住处，结果开门的是个老太太，一听魏东晓是大陆来的，就将他骂了出来。魏东晓觉得沮丧极了：满心想着能见到儿子，可儿子到底在哪里？他怏怏地在街上走着，西装也被脱下来拿在手里，那是他为了见儿子，特意在街边的西装店里新买的。

一定是陈大尧把蚝仔藏起来了，告诉了杜芳假地址和学校，骗着他跟杜芳！想到这儿，魏东晓恨得咬牙切齿。他憋了一肚子气，等考察结束回深圳时，一过海关，看到站在那里等他的杜芳，魏东晓所有的憋屈都化成愤怒，一下就向她爆发了：

"我们被骗了，你居然信陈大尧这个无耻之徒！你知不知道，他就是惦记你，他就是想要骗你过去，所以给你一个假地址一个假学校，我们……我们竟然都信以为真！"魏东晓气急败坏。

杜芳呆呆地看着魏东晓："你……没找到蚝仔？"

"找蚝仔？！我告诉你，元朗小学根本没有蚝仔！还有，他家的地址是个老太太，他们早都搬走了！"

杜芳目瞪口呆："不应该呀，好几次的信都是这个地址。我汇钱，也是这个地址，怎么会没有……"

"不要再相信他了！我现在最后悔的就是我们居然让他来养蚝仔，真不知道会把孩子教成什么样。"

说完，魏东晓头也不回地往前直冲，全然不顾六神无主的杜芳。他走出了好远，突然意识到身后没有动静，回头一看，杜芳正靠在路边树下哀哀哭泣，那种无助让魏东晓心里痛楚不已。他想起七年前在荔枝山收容所，杜芳也是这样虚弱地倒在他面前，他想起她也只是一个受害者，完全掉进了陈大尧那个混蛋的陷阱里，她拼了命游回来，就是对他魏东晓最真的感情。想到这里，魏东晓又掉头往回走。他在她面前站住。杜芳止住了哭泣，抬起沾满泪水的脸，两个人相互看着，终于，魏东晓蹲下来，杜芳扑进他怀里，又呜呜地哭了起来。

八　公关小姐大赛

　　陈大尧回来过的消息还是传到了魏东晓的耳朵里。送信的人是蔡伟基，说是听蔡红兵说的，陈大尧来找过阿芳。魏东晓非常吃惊："找阿芳？我怎么没听阿芳说起过？"

　　"那我就不知道喽，你最好回家问问阿芳嘛。"蔡伟基摊摊两手，他跟港商合作这段时间，别的没学会，这一套讲话时的姿态学得倒很像。

　　"有没有说蚝仔的情况？"魏东晓急切地问。

　　"说了，说蚝仔很好，陈大尧也给他弄到了香港的身份证，本来在元朗上小学，后来送到什么贵族学校去了，说学费可贵了。"蔡伟基把知道的都跟魏东晓念叨了一番，魏东晓听完就想走，蔡伟基拉住他："你不要着急，现在去香港容易多了，都这么多年了，也不在这几天时间。"

　　魏东晓白一眼蔡伟基，骑上自行车就往家里跑。

　　杜芳没去上班，听魏东晓这么一说，也蒙了，因为陈大尧虽然见到了她，但她确实没见到陈大尧。两个人又连夜找蔡红兵，听蔡红兵前前后后一解释，才将事情搞清楚，魏东晓让蔡红兵给陈大尧带话，下次过来一定要提前告诉他。魏东晓语气很生硬，蔡红兵只好笑着应承，也不敢说什么。杜芳私下里将蔡红兵拉到一边，告诉他最近跟陈大尧失去了联系，写信、打电话，都联系不上了，希望蔡红兵一得到陈大尧的消息，一定帮忙告诉她。蔡红兵答应了。

魏东晓从香港回来后，梁鸿为亲自找他谈话，说现在深圳正是大开发的关键时刻，最缺的就是钱，中央确实给了一些资金，但远远不够，所以接下来需要市里自己招商引资，寻找更多资金。于是魏东晓成了深圳市的招商代表。但在招商工作中，魏东晓很快就发现了问题：他们穿着太古板，跟港商在一起，彼此都觉得格格不入。为了拉近距离，魏东晓将上次在香港买的西服穿上，洽谈效果果然改善明显。不料又有好事之人将穿西装和姓资姓社联系到一起大发议论，认为西装是资本主义，应该摒弃。魏东晓很生气，想干脆给自己办公室的同事一人买一套西装，可找遍了深圳都买不到。魏东晓觉得其中大有商机，西装生意未来一定是好生意，随着招商引资的普及，内地很快要刮起西装风的。

说者无意听者有心，听了魏东晓的推测，杜芳就上了心。她说我把你西装的样子画出来，自己买布做，肯定也不会差。魏东晓说那你可以试一试。说干就干，杜芳很快选中一家经营不善的国营商店，为了盘下这家店面，杜芳可费了心思，因为这家店原来是国营商店，按照规定只能公对公，不能租给私人经营，所以一直闲置。她跟那家商店的经理软磨硬泡，人家都不松口，只把球踢给了房管部门。突然有一天，那位经理主动找上门了，说自己出面帮杜芳到房管部门申请到了以原企业再创业为由续租，其实是这位经理去商委托人给自己另行安排工作，无意中知道了魏东晓跟杜芳的关系，因此希望给杜芳卖个人情，以后让魏东晓关照自己。

有了经营场所，那就开始动手干吧！杜芳胆子大，付了一年的店租，缴纳了押金，把自己开粥店辛苦赚来的钱全投了进去。正在这时，深圳市委下了文件，要求招商代表谈判时穿西装，由单位统一采购。深圳没有西服，采购人员去香港专卖店一看，发现香港西服的价格高得吓人，不是他们能承受的，居然还有设计师的费用。魏东晓回家不由地感叹西装学问大。杜芳不服气，说如果请香港设计师来设计，自己店里生产，价格可以做到香港市场的十分之一。魏东晓很吃惊：上学时数学成绩并不好的杜芳，做起生意来脑子极其灵光。

　　杜芳真的就找了西装设计师，双方谈得很愉快，她不但接下了魏东晓部门的订单，市委其他部门订单也找到了她。杜芳准备按订单采购原料，却发现订单一多，资金缺口还挺大，为此，杜芳私底下借了高利贷。她盘算着：从接单到交货，抓紧干，两周内可以开始分批交货，分批回收货款，这样，即使借了钱，一个月之内也能还上。只要解决了开始的资金，后面的资金链就接上了。但事不遂愿，她刚交了采购款，付了定金给设计师，流言就纷至沓来，说杜芳跟魏东晓里外串通，联手套国家的钱，气得魏东晓直嚷嚷，说我还给国家省了一大笔钱呢。但是他能向谁去解释呢？没办法，为了不让流言愈演愈烈，魏东晓只好跟杜芳商量，撤掉市里的订单。

　　杜芳开始很恼火，认为魏东晓为了工作，连家人都不顾，但说归说闹归闹，杜芳还是按照魏东晓的意思，决定停止做这件事情。她火急火燎地找下家做转让。屋漏偏逢连夜雨，店面原单位的那位经理私下里去找魏东晓办事，因为不合规定，被魏东晓一口拒绝，心里很不爽，就让房管部门强行收回了租赁给杜芳的店面。这回，杜芳彻底傻眼了，这生意没法做了，也不能转让了，只能处理了原料，自认亏损。这么一折腾，几乎赔尽了先前赚下的那点家当。魏东晓和杜芳闹得很不愉快，夫妻俩陷入了冷战。

　　在招商引资的谈判中，魏东晓发现很多港商都带有公关小姐，这些娉婷袅娜的姑娘常常在一些关键时刻成为老板的重要搭档。带着对这个现象的好奇，魏东晓去香港大学拜访了香港大学公共关系学的教授，认识到商业社会中，公关部是企业管理里非常重要的环节，对于企业的品牌建设不可或缺。这个结论让魏东晓大吃一惊，他又专程到香港去调研，接触了几个香港公司的公关部，从认识上改变了对"公关小姐"的看法。调研归来，魏东晓向梁鸿为提议，可以由市委创办一个公关小姐大赛，帮助企业完善公关部门，建立现代化的品牌意识。但他这个捅破天的议题再次引发了深圳市委内部的激烈争议。

　　方向东脸色铁青，毫不掩饰自己的愤怒："公关小姐？！这是什么东西？我们搞改革开放，不是说什么资本主义乱七八糟的东西都往怀里拉。外资企业为什么搞这个公关小姐？不要简单地以为是在商业谈判之间搞公关！公关，攻谁的关？明摆着就是攻我们政府干部的关嘛！"

魏东晓不同意这个观点："方副市长，您可不能把公关想得那么简单，这两年我们深圳企业越来越重视公关工作了，好多企业都成立了公关部，像上海宾馆、白云山药业，他们都把接待科改名叫公关部了。"

梁鸿为说："深圳经济发展这么快，很多新生事物是扑面而来啊。"他看了一眼方向东："老方，我们不能就这样一棍子打死吧？至少先看一看，试一试，只要效果好，有助于我们搞经济建设，我们就支持。"

方向东："梁书记！这个公关小姐，我看根本试也不用试！我看我们今天这个会也纯粹是浪费时间，政府那边一天多少事，我推了几个会，跑来听你们和我说搞公关小姐！"

秦勤说："为了和国际商务活动接轨，我们也应该作相应改变的。其实，魏东晓并不是盲目提出这些建议，他跟各方面的专家都沟通过这件事，前些天，梁书记在一个座谈会上恰好遇到了香港大学公共关系学的一个教授，听君一席话，我们大开眼界啊，这才知道，公关原来是商业社会、是企业现代化管理的产物。"

梁鸿为点点头："我看魏东晓也快成公共关系方面的专家了。"

魏东晓咧嘴笑着："要学的还很多。"

方向东讽刺道："学什么？魏东晓，你别忘记了你是深圳市委的干部！你看看你，西装也都穿上了！听说你是我们深圳市政府里第一个穿西装的干部，很露脸嘛。"他拍了拍自己身上的中山装，"我穿这个还不谈判了？东晓，我要奉劝你一句话，西装虽然看上去很简单，就是一件衣服，可它代表了什么？代表了西方的生活方式！什么是西方的生活方式？金钱至上！享受至上！腐朽堕落！"

魏东晓一下站了起来："方书记！你这个话我不能接受！"

秦勤赶紧打圆场："东晓，你怎么了？方副市长批评你几句，批评得对不对我们先不说，你这什么态度？"

梁鸿为说："东晓，你不要那么激动，方副市长不是那个意思。老方他也非常关心你，你成长的每一步他都看在眼里。有则改之无则加勉嘛，是不是老方？"

方向东痛心疾首地说："梁书记，好多话，我私下找您谈过，常委会上，我和班子里的同志们也没少吵架。我方向东自认为八个字，问心无愧，坦坦荡荡，向来是直言不讳，说得难听了大家一直都很体谅……

"我，我没有想到，这几年我们发展得这么快，各种观念一下子涌过来了，各种事情一下子就干出来了，连让我们想一想的时间也没有！看看，梁书记，看看我们现在干的这些事！能这么干吗？啊？！我老方是怕了，我怕我们深圳的大好局面会付之东流！"

梁鸿为拍拍方向东的肩膀："老方，你的顾虑我能理解，我的看法你也很清楚，一切要看主流嘛。改革开放，说起来容易，可是我们走的，都是没人走过的路，经验教训历历在目，可是，我们能停下来吗？老方，已经没有回头路了！再难再苦，我们深圳也要走下去！"

方向东摇摇头："梁书记，该说的话我也说得差不多了。今天这个会，你们要搞公关小姐大赛，我方向东明确表示反对，坚决反对！其他我没什么好说的了。"他站起来，离开了会议室。所有人都沉默地看着方向东的背影。他的头发已经完全白了，身体也佝偻着，他走得并不稳。

会议就这样不欢而散。但在梁鸿为的支持下，公关小姐大赛还是确定要举办。消息一经传出，深圳就陷入了舆论狂潮，各种声音纷至沓来，方向东更坚定了自己的意见。让人们始料不及的是，报名的参赛者也多得出人意料，以至于组委会的人都忙不过来了。

魏东晓陪着梁鸿为在市委大院散步，边走边汇报着情况。

魏东晓："西安、北京那边都有很多人报名，还有江西的、河南的，最远的还有东北的……压力很大啊。好多企业联系我们，说是要选派自己公关部的公关小姐来参赛，不过，也有犹犹豫豫观望的。"

梁鸿为说："可以理解！等大家看到了，市委是态度认真地在举办这个比赛，大家自然就会明白了。东晓，我希望你把这个公关小姐大赛搞成功，让全深圳人看看，让全中国的人看看，我们社会主义也可以有公关小姐嘛。"

魏东晓回答道："梁书记您放心吧。我们是搞公关小姐比赛，又不是选美，比赛内容全是公关小姐要掌握的基本素质和公关技能比拼。我们就是想通过这个比赛，一项项展示商业公关的性质、技巧和工作内容，向全深圳、全中国解释公关小姐的真正含义，把公关这个概念在全市甚至全国人的心目中纠正过来。"

梁鸿为笑了："这个大赛搞成功了，也是为开放的深圳进行了一次全国范围的宣传啊。"

有了市委大部分领导的支持，魏东晓全身心地投入公关小姐大赛，却忽略了"公关小姐"的传言对杜芳的影响。开始，魏东晓在家说公关大赛的事情，杜芳隐忍着不吭声，后来见魏东晓越干越起劲儿，就忍不住发牢骚，让魏东晓别弄这个了。魏东晓很奇怪，问为什么。杜芳说，外面传言太难听，说魏东晓是色鬼，不要脸，想搞妓院，腐化风气……

"他们是放屁。"魏东晓生气地说。

"所以你就不要做了，传出去名声不好，再说了，也会影响虾仔，你让同学怎么看他……"杜芳摇着魏东晓的肩膀。

魏东晓转身，把背对着杜芳："开玩笑，比赛日期都确定下来了，我撂挑子，大赛怎么办？"

杜芳固执地说："我不许你去！"

魏东晓不想和她纠缠："杜芳，这是我的工作，工作！"

杜芳生气了："魏东晓，我什么时候不支持你工作了？你做什么我都能理解，这个我理解不了！公关小姐是正经工作吗？东晓，你别忘了你这辈子到底想要做什么！你的理想就是找个漂亮女人走哪跟哪，像丫鬟一样伺候你吗？"

魏东晓瞪大眼睛看着杜芳，良久没说话，杜芳却委屈得哭了。

实在不知道怎么跟杜芳解释，魏东晓于是生硬地说了句"睡觉！"就裹着被单躺下了。他闭上眼睛，却久久不能入睡，旁边不时传来杜芳委屈的抽泣声。他的内心不是没有动摇。连自己的老婆都说服不了，又如何说服别人？但是，大赛还是要如期举行。

全国瞩目的"公关大赛"举行时，各地电视台都转播了比赛实况，一时间大街小巷都在谈论这场赛事。在素质卓越的选手和严谨规范的比赛规则面前，那些曾经的谣言不攻自破。大家对出色的选手们赞誉有加，大赛中的前几名纷纷被各大企业抢走，而大赛的亚军获得者潘雨却引起了魏东晓的注意。在比赛现场潘雨就向魏东晓提问，说既然公共关系部是商务社会的正常现象，为什么深圳市委市政府只支持企业设置公关部，自己却没有设置这样的部门？魏东晓反应迅速，回答说市委办公室会根据需求来进行相应安排的，而潘雨更应对敏捷，直接提出希望到魏东晓的部门工作。就这样，大赛结束后，潘雨成了深圳市委对外联络办唯一的公共关系专员。而魏东晓也真的有了一个公关小姐跟在身边。

魏东晓的大胆决定再一次让人大跌眼镜，谣言又起来了，可魏东晓毫不在乎，潘雨文化水平很高，思维活跃，敢于坚持自己的见解，这都是魏东晓欣赏的地方，她在北京某部委做过办公文秘工作，有丰富的事务处理经验。魏东晓在商务谈判工作中经常带着潘雨，工作中两人默契十足，很多时候，魏东晓刚刚说了两三个字，潘雨就已经把魏东晓需要的文件找到了。因为工作配合到位而且持身清白，所以魏东晓告诉潘雨，别人爱说什么说什么，做好工作，身正不怕影子歪。

深圳的飞速发展带来无数的商机，香港的商家们都纷纷过来寻找机会，林忆抒的通信公司也积极与深圳市委保持联络，借着这些由头，陈大尧又相继回了几次深圳，帮蔡红兵把带货渠道打通了，蔡红兵连同王三成他们都做起了投机倒把的生意。蔡红兵也转达了魏东晓的话，陈大尧只说先忙了正事，回头再联系杜芳。他最近忙的是如何攻克王光明。方向东带着秦勤跟魏东晓到香港几家通信公司考察后，没有立即决定选用哪一家，而是计划先解决深港两地的通讯问题，需要先架一条通信电缆到香港。这个任务就交给了王光明的二公司。所以，王光明自然而然成了众多通信公司公关的对象。

王光明的性格用俗话说，就是油盐不进，因为这种性格，王光明的妻子坚决不到深圳来随军，他从部队转业后，对方立即提出了离婚。现在的王光明完全是一个又硬又臭的单身汉，不会被任何人打动。陈大尧在王三成的引荐下，第一次走进王光明的家，王光明正在吃面条，用的还是草绿色的军用大搪瓷缸子，上面写着"基建工程兵部队"的字样。他看了一眼陈大尧和讪笑着的王三成，"呼噜呼噜"继续吃面条。

陈大尧有点尴尬地看了一眼王三成。

王三成硬着头皮，小心地说："支队长，陈大尧是我好朋友。"

王光明把大缸子放下来，抬起头来，说："有事？"

陈大尧笑着："一直想认识王总，找不着门。"

王光明看着陈大尧："我知道你，这回我们公司安装的跨海电缆，还有附属通信设备，不都是你们公司提供的吗？"

陈大尧说："是啊！我们林董吩咐我一定要拜访一下二公司的王总，后面的工程安装，还要请王总多多关照啊。"

王光明正色道："规规矩矩做事，没有什么需要关照的。"

陈大尧笑笑，将一个手提包放在了王光明面前的桌上。王光明用筷子敲了敲手提包："这是什么？"

陈大尧放低声音道："一点小意思，林董说，以后还有很多合作机会，拜托王总的地方还有很多。"

王光明没说话。他伸出手拉开拉链，手提包里装着满满的港币。王光明端起碗，慢吞吞吃完最后几根面条，将面汤慢慢浇到了提包里："拎上你的东西，滚！"

陈大尧还想说什么，王三成拉着他就走，一直跑到外面，王三成才停下来喘气。陈大尧很恼火，说，事还没办成，你怎么就拉着我走？王三成说王

123

总的脾气你不知道我知道，再待下去就有可能将咱俩踢出来。陈大尧抬头看看王光明的房间窗子，冷笑着说，我就不信会有人不喜欢钱。

为了赚钱，陈大尧通过蔡红兵建立起了从香港到内陆的水货销售渠道。当时整个广东省全省，尤其是深圳特区经济快速发展，人们的经济生活发生了深刻的变化。"求富"心切的人们开始铤而走险，加入走私贩私的行列。虽然省委、省政府对走私贩私不断采取防范措施，组织全省性打击走私贩私的行动，但依然无法制止。

杜芳关了西装店之后，就开起了照片冲印店，蔡红兵知道她那里人流量大，就在她那里放些水货，没想到卖得十分好，冲印店成了陈大尧和蔡红兵重要的走货渠道。杜芳让蔡红兵给陈大尧带话，想问问蚝仔在香港的情况，还没来得及见面，就碰上了国家严打投机倒把，她的冲印店刚好被查到了，人被带到了工商局。

魏东晓接到消息，思量了好久，最终还是拉下脸去了工商局，却发现新上任的局长正是当年在荔枝山收容所刁难他的董科长，两个人不打不相识，几次交手反而打出了交情，董局长知道魏东晓现在的身份，很给面子，二话不说就放了杜芳。

回家路上，魏东晓走得很快，脚下带风，杜芳跟在后面，欲言又止。到家后，杜芳终于憋不住了，让魏东晓想办法也救救蔡红兵和王三成。魏东晓这才知道，原来杜芳拿的水货都是蔡红兵给的，而蔡红兵的拿货渠道正是陈大尧搭建的。魏东晓恼火极了，质问杜芳：知道陈大尧的下落为什么不去找蚝仔，是不是就想把蚝仔给他陈大尧当儿子了？

谁知杜芳也是一肚子委屈，她边哭边问魏东晓是不是嫌弃她了，认定魏东晓觉得自己头发长见识短，跟自己在一起会耽误仕途。杜芳不管不顾地说："我早就看透了，你搞那个公关小姐比赛就是没安好心，再这么下去，你就该把公关小姐带到家里来了！"魏东晓忍无可忍，扬手给了杜芳一巴掌。杜芳呆住了，魏东晓也被自己的举止吓到了，他看着自己的手愣了片刻，想安抚一下杜芳，杜芳转身就跑了出去。魏东晓拔腿就追，赫然发现虾仔在房间门口看着他。

魏东晓找了杜芳一晚上都没有消息，无精打采地回到家里，却看到正在给虾仔做饭的杜芳，他什么也没说，拎着几件衣服住进了办公室。

从魏东晓住进了办公室，潘雨的心情似乎就格外好，每天都哼着歌儿进进出出，见到魏东晓总是笑眯眯的，一副柔情蜜意的样子，弄得机关里闲话越来越多，连秦勤都偷偷暗示魏东晓注意影响。魏东晓本来就没那些心思，所以一笑置之。潘雨也从生活上悄悄地关心着魏东晓，常常趁他不注意，将他丢在办公室里的脏衣服拿出去洗了，再叠整齐送回来。魏东晓说你别帮我洗，影响不好。潘雨不在乎，说嘴巴长在别人鼻子下头，爱怎么说怎么说，我洗我乐意。

魏东晓最近洽谈的几个港商都有到深圳投资的意愿，但到签约阶段了，最有实力的黄总却开始百般刁难，魏东晓不明所以，一次，单独约了这位黄总喝酒，他才跟魏东晓说了实话，说他看上潘雨了，只要他魏主任做媒成全，他立马签合作合同。魏东晓不想把合作闹僵，也不想委屈潘雨，思量再三，让潘雨暂时休假，回避一下。那黄总等了好久没见动静，找别人打听，才知道魏东晓竟让潘雨退出了项目，非常恼火。他看出来魏东晓很希望能达成合作，就提出终止合作，以此来要挟魏东晓。魏东晓迎来了职业生涯中的一次大考。他一面思考如何保护潘雨，一面争取努力拿到项目合同。

潘雨明白了魏东晓把自己调出一线的目的，感激不已。看到魏东晓的两难境地，潘雨决定帮助魏东晓，于是私下约见了黄总。

黄总得知潘雨有约，心花怒放，认定潘雨逃不出自己的手掌心。谁知潘雨拿出了对他的调查结果，提醒他不要忘了他自己在香港的发展也遇到了问题，来大陆投资是他迫不得已的选择。潘雨以为可以用自己的专业能力击溃黄总的心理防线，但黄总却完全不把这个年轻姑娘当回事，他无视潘雨的一再警告，开始动手动脚。

潘雨没想到这个人如此无耻，惊慌失措中眼看就无力抗拒了。正在这危急时刻，得到消息的魏东晓赶来，义正词严地警告黄总：与他之间的合作可以随时终止！黄总无奈，悻悻然而去。

公园里，魏东晓批评潘雨不知道保护自己，潘雨看到了魏东晓对自己的关心，魏东晓也发现原来潘雨对自己如此留意，仅仅工作了这一小段时间，就对魏东晓的情况几乎无所不知了。

两人越谈越投机，都忘记了时间，等到魏东晓注意到时，才发现公园已经关门了，两人呼喊公园的管理人员，但是却引起了隔壁派出所的注意。二十世纪八十年代中期，正值全国上下进行"严打"，派出所正在抓捕各种有嫌疑的"坏人"。

时间一点点过去，两人被困在公园里已经几个小时，一场夜雨将两人淋成了落汤鸡，魏东晓为了让潘雨休息一下，撬开了公园里管理人员的值班间，烧了热水给潘雨喝，为了舒缓潘雨的情绪，魏东晓和潘雨聊这一代年轻人的理想与未来。在大雨中，在临时的小房间里，两人谈笑风生，坐以待旦。

等终于有人打开公园门找到魏东晓和潘雨时，他们俩却被守候在附近的民警当成流氓抓进了派出所。

杜芳接到通知，前来派出所认领丈夫，一进门就看到魏东晓和潘雨被铐在一起的场面。杜芳一句话不说，办理了手续，潘雨却窘迫得不知道说什么好。走出派出所的大门，潘雨叫了一声嫂子，杜芳看都不看魏东晓，盯着潘雨说："谢谢你对我老公的照顾，以后有空到家里坐，我给你做几个拿手菜。"

回到家，魏东晓和杜芳度过了一个不眠之夜。面对杜芳的质疑，魏东晓发誓："我魏东晓真的没有任何见不得人的心思！"杜芳也告诉魏东晓，自己早从潘雨的眼神里看到了异样，但她相信自己的老公。彼此倾吐的肺腑之言让夫妻俩冰释前嫌。

这场风波之后，潘雨就递交了辞职申请赴美读书，她走的时候给魏东晓留下一封信，告诉他自己确实很欣赏他，如果有一天能再次相遇，希望能有更美好的开始。

这次"流氓事件"也在市政府掀起轩然大波，梁鸿为为了保护魏东晓，安排魏东晓脱产到深圳大学上一个干部培训班，为期半年，让他有机会实现当年跟深大校长罗铮的约定。重返校园的魏东晓如鱼得水，每天早出晚归，除了规定的上课时间，其他时间都泡在深大图书馆里研究通信专业方面的知识，他和杜芳的感情也恢复了以前的恩爱，日子平稳而充实地继续着。

九　中央下来的调查组

　　到了二十世纪八十年代中后期，随着中国改革开放第一轮快速发展的完成，时代进入了充满疑问的调整期，此时的深圳又成了众矢之的。有人调侃深圳是新时期的"租界"，市政府里暗潮涌动。这段时间又遇上了香港通信公司提供的货物出现问题，幸亏被王光明发现，及时停工，才没造成损失。在与港商的协商过程中，深圳方面发现香港通信公司利用了他们生意经验的不足，故意挖坑给他们跳。就有好事之人以此为由，开始对梁鸿为和方向东进行调查，甚至从中央下来了一个调查组，将所有在他们俩身边工作过的人都一个个喊去谈话。魏东晓因为曾在这两位领导身边都工作过，成了工作组重中之重的工作对象，魏东晓相信身正不怕影子斜，毫不畏惧，没想到工作组见到他的第一句话就是：你曾经是方向东身边的人，别的先不谈，你带我们去看看他在香港的别墅吧……

　　魏东晓认死理，他相信真的就是真的，假的真不了，不能讲瞎话、假话，他一面向工作组做坦诚客观的说明，一面陷入了深深的迷茫：整个深圳到底该往哪里去？

　　调查组列举了深圳的几大罪状：引进外资和设备有很大的盲目性；同港商打交道吃亏上当的情况相当严重；经济管理相当混乱；引进企业职工收入太多，月平均为一百五十元，少数人高达两百元、三百元甚至五百元。

　　调查组的结论让魏东晓大惑不解，难道让人民群众吃好过好是错的吗？

难道为了深圳的发展付出了无数心血的梁鸿为、方向东们都是历史的罪人吗？魏东晓不能理解。他独自跑去海边，看望埋在小树林里的五位战友。那里长满了乱草和倒伏的灌木，他弯下腰，发泄式地用力把野草拔除，把那些灌木的树枝折断，往地上踩，直到那些低矮的坟头全部显露出来。身侧震天的浪涛声也无法平复他的心。但梁鸿为们的坚持在激励着魏东晓，他相信，无论是深圳还是自己这样的深圳人，都一定能挺起脊梁，渡过这一关。

随着1987年第一次价格闯关失利，国内物价飞涨，杜芳一面艰难地操持着整个家，一面坚定地站在魏东晓身后，告诉魏东晓：不管什么时候，我们都不能因为形势变化做对不起自己良心的事。

两人躺在床上聊天，杜芳说："东晓，这些年深圳发展得那么快，虽然物价是高了一点，日子肯定是一天比一天好啊，大家也都有盼头了。你别想那么多了，我们深圳人又不是脑子傻了，支持梁书记、方副市长的人肯定是大多数。"

魏东晓用力地点着头："嗯！"

杜芳："对了，那个麦寒生前几天不是又来找你了吗？你真的想去老麦的厂里搞数字程控机啊？"魏东晓不回答杜芳的问题，只是笑嘻嘻地问："阿芳，家里有多少钱？"杜芳警觉起来："干吗？你是想拿去搞通信设备研究？"魏东晓只是憨笑。杜芳说："不行！那可是个无底洞！"魏东晓失望地说："哎，阿芳，你以后别再说支持我事业的话了啊。"杜芳翻了个身，把脊背朝着魏东晓。

魏东晓嘴上跟杜芳商量，其实心里已经有了决定。他从战友墓地回来的路上，碰到了蔡伟基，蔡伟基在上海宾馆干的时候，通过香港亲戚从香港走私了一辆车回来，结果被举报了，审查结束后，被派去自来水公司工会上班。蔡伟基跑去一看，天天跟一群八婆在一起，无聊透顶，索性辞职，弄了辆出租车跑，生意好得不得了。当时深圳的公共交通还没那么便利，往来的人又多，很多人出行都用出租汽车，罗湖关那边到处是黑车。跑车这段时间，他见得多听得多，原来僵化的思维开始活跃了。他观察到深圳将来一定有大量的用车需求，而车牌发放一定是会受控制的，所以四处跟人借钱，有了钱就买车牌存起来，等将来涨价了再卖掉。魏东晓也支持蔡伟基的想法，认为按照现在的发展速度，未来深圳的出租车一定会有上万辆。的确，截至2017年年底，深圳市出租车数量超过一万四千辆；其中纯电动车突破一万辆。

看着蔡伟基的变化，魏东晓心里意识到，这才是市场经济，他魏东晓也不能再在机关里待着了，他要去市场里做自己想做的事。问题是他根本没有钱，这些年家里家外都是杜芳在操持，一点积蓄也是杜芳赚来的，他自己那点工资都不够他平时买书的，现在他想创业，他希望能得到杜芳的支持和帮助。但是上次投资西服店失败，她手上的积蓄也是这一年多开照片洗印店赚下的，并不太多。

经过上次调查组"调查"之后，方向东的职务被调整为宣传部部长，专门负责宣传工作，而自从一月中央发了《关于当前反对资产阶级自由化若干问题的通知》之后，就又有人拿深圳说事了。为此，方向东特意找魏东晓来，想跟魏东晓商量商量。

方向东说："还是有不少人抓着我们不放啊，他们说，我们深圳是赤裸裸地主张资本主义制度，挂社会主义羊头，卖的是资本主义狗肉。"

魏东晓郁闷地说："这完全还是'文革'遗风，我看到《参考消息》上发表文章说，反对资产阶级自由化不会成为运动，这只是我们党内的思考。"

方向东："是的，新华社还专门发了评论，担心思想上的大辩论会涉及重要经济领域，影响我们的改革开放。东晓，这次找你来，是有个事想问问你的看法，最近，不少报纸又别有用心地抹黑蛇口了，各种言论都有。蛇口可是我们深圳建市发展的第一炮，蛇口要是黑了，那我们深圳还红得了吗？"

魏东晓问："方部长，您是不是有什么想法？"

方向东抬头看着魏东晓："东晓，你说，我们要是请一些全国各地搞青年思想工作的同志，到我们蛇口来搞个座谈会，你看行得通吗？这也是梁书记的意思。梁书记说，理越辩越明，干脆我们大张旗鼓、当面锣对面鼓地辩一辩嘛。梁书记还特意说，一定要多请几个对我们深圳不了解、甚至有恶意的人来，我们胆气很壮，什么也不怕！"

魏东晓眼睛亮了："我看这是个好主意。"

魏东晓万万没想到，由他参与组织的这场"蛇口青年思想辩论会"竟然引发了一场影响全国的"蛇口风波"。

辩论会在蛇口工业区培训中心举行，上百位年轻人济济一堂，台上坐着三位国内重量级的教育思想工作者，他们对蛇口青年的一些行为和观念提出了尖锐批评，现场气氛热烈，针锋相对。

魏东晓坐在台下认真听着讲演。

台上，一位戴眼镜的专家慷慨激昂："我们青年在这个经济建设的大潮中更应该明辨是非，搞清楚什么才是正确的价值观。大批青年人跑到蛇口来，社会上把他们叫作什么？淘金者！什么是淘金者？同志们！那是美帝国主义野蛮历史中的一幕！那些做着发财梦的美国青年一窝蜂地跑到加利福尼亚萨克托门托，他们说那儿有金子！他们把这叫作GOLDRUSH！那是什么？那是对金钱赤裸裸的向往，是拿宝贵的青春与生命去搞投机！骨子里还是做一夜暴富的美梦！难道我们蛇口青年的人生理想就是做一个淘金者吗？淘金者的理想是什么？是金钱至上，是物质主义的腐朽思想，是穷途末路的资本主义世界观……"

台下，一个男青年站起来："李老师，您的观点我不同意！"另一个男青年也站起来："你这是污蔑我们蛇口的青年！"然后许多青年男女跟着站起来了，大家都有点情绪激动。一个女青年大声说："我们蛇口青年是创业者，我们不是淘金者！"大家纷纷附议："对！我们是创业者！"一个大胡子男青年大声喊道："你们回去吧！三位老师的观点在蛇口是没有市场的！"大家哄堂大笑。

眼镜专家有点尴尬："你们动不动就是资本、市场，这还是社会主义价值观吗？"

大胡子男青年满不在乎地说："社会主义不就是让大家发财致富吗？！"

眼镜专家激动起来："你这是歪理邪说！你哪个单位的？叫什么？敢不敢告诉我们你的名字！"大胡子大笑道："有什么不敢的！"他走到讲台前，双手恭恭敬敬地递了一张名片到眼镜专家手里，然后得意扬扬地回到自己的座位上。人群又开始哄笑。眼镜专家拿着名片，不知道该怎么办。

魏东晓站起来，大声道："李老师，我能说两句吗？李老师，我叫魏东晓，是个普通的深圳人。蛇口工业区开始搞建设的时候，我就参与了，我觉得我对这些刚刚过去的事情还是记忆犹新的，应该有点发言权。"一边说，魏东晓一边就走到奖台旁边，伸出手。

眼镜专家李老师敷衍地握了一下魏东晓的手，魏东晓一动不动地看着他。他犹豫了一下，走开了，把讲台让了出来。

魏东晓摆摆手，人群安静下来。

魏东晓说："我没有北京来的专家老师有理论水平，我就说点大白话，大家不要见笑。"他慢慢扫了一眼台下："今天来的大多数是年轻人，我今年三十多岁了，也勉强算一个老青年吧。我参加深圳建设的时候，就是在座各位的年纪……

"历史不是故事，是真实发生在我们身边的事，是真实生活在我们周边的人……我还记得，那天雨下得很大，我以为一排长是睡着了，我拉了拉他的胳膊，软绵绵的。雨越下越大，一排长的脸都看不清了，可他脸上的泥却怎么也冲不掉，那泥在雨水里特别刺眼，我脱了背心，轻轻地帮他把泥擦掉，贺唯一说，一排长平时睡觉就睡得沉，肯定是累坏了，找个没雨的地方让他睡吧。

魏东晓的声音哽咽了："我说好，我放他几天假，让他好好睡一觉。我们几个想把一排长抬起来，四个小伙子，抬不动！我还以为大家都累坏了，手上没力气了，还开玩笑地骂了大家几句。大家接着抬……一排长，太沉了，直往下掉，我托着一排长的脖子，雨一直在下着，冰冷冰冷的，一排长的脸也是冰冷冰冷的。

魏东晓的眼泪在脸上肆意奔流："我们把一排长抬到营地，他，他，一排长他就已经冷了，没救了！一直说让他休息，休息，可他只是拼命地干！现在他真的休息了，睡着了，而且要这样一直睡下去，我们又多希望他能够起来，和我们一起抡开膀子继续干！"

人群中许多人泪流不止，一个女孩子哭出了声。

魏东晓指着外面："大家现在就可以看到，窗户外面，就在那里。我们的工地离这里不远，那儿曾经是一片工地，现在是一座座大楼了。这就是发生在蛇口的事情。你们说，像一排长这样的人，他是个淘金者吗？像一排长这样牺牲在建设前线的、不曾留名的战士们，他们是淘金者吗？我们那些曾经没日没夜奋战在深圳这块土地上的广大官兵们，他们是淘金者吗？"

全场寂静。大家都看着魏东晓。

不知道是谁开始鼓掌，接着全场掌声雷动。

魏东晓继续说："我们基建支队的战友后来脱掉了军装，就在深圳集体转业了，还有很多人现在就在蛇口的工地上干活，他们不是淘金者，他们是一砖一瓦建设蛇口、建设我们这个国家的建设者，我认识很多很多的蛇口青年，有我们深圳本地的，也有从外地跑来支持我们蛇口发展的，蛇口每一天的进步，都是我们这些青年辛勤劳动的心血，还是那句话，我们不是淘金者，我们是建设者！"

掌声潮水一般响起，一波比一波热烈。

眼镜专家等三个专家面面相觑，开始有点不知所措，随即恼羞成怒，愤然离席。回北京后，他们很快就弄出了一篇材料，总结这次座谈会"从头到尾充满了明显的错误结论"，暗示蛇口青年走上了邪路。这个材料发表后，居然掀起了全国关于青年价值观的大讨论，令人欣慰的是，舆论一边倒，竟有超过80%的年轻人表示支持蛇口。

大辩论事件几个月后，方向东因年龄到了，要退休离开。他约了梁鸿为，两人在路上边走边聊。北方的深冬时节，深圳依然满眼绿色，空气带着湿湿的凉，略有寒意。梁鸿为来了兴致，竟低声背起雪莱的《西风颂》：

Ashes and sparks,

my words among mankind!

Be through my lips to unawaken'd earth.

The trumpet of aprophecy…Oh Wind,

If Winter comes,

can Spring be far behind!

方向东笑了："老梁啊，中华人民共和国成立前你在北京念大学，那时候除了搞学生运动，顺便喝下的这些洋墨水还好好地待在肚子里呢。"

梁鸿为说："都忘光了，年轻的时候背过很多英文诗，现在就记得这么几句，常常拿来自勉吧。"

方向东说："1944年，我还在念书，放暑假回老家。我们老家在山东海边上，一天早上，日本人朝我们家屋顶上扔了颗炸弹，幸好屋子里没人，没炸死人。我死死盯着炸出来的废墟，心里恨死日本人了，我就想，我不能就这样死了啊，活一天，我就得活得有点意义，所以我连夜就背着家里人投奔八路军山东纵队了。"

梁鸿为也沉浸在遥远的回忆里："1939年我们潮汕老家就沦陷了，被日本人炸得一塌糊涂……家里人还指望我在北平好好念书！国破家亡，哪有心思念书！"

方向东感慨道："从参加革命，一转眼就是四十多年了……梁书记，您说，将来历史会如何评价我们？"

"你放心吧，老方，我们不会是历史的罪人。"梁鸿为肯定地说。他心里对自己做的事情充满了信心。

几个月后，方向东退休的命令下来了，方向东很释怀，可梁鸿为却有些伤感，并肩战斗了几年的老战友老同事，就要分开了。

一天，趁着下班的时间，梁鸿为叫上秦勤到深圳人民公园散心。公元里月季花开得正艳，看到三角梅的时候，梁鸿为心里一动。1986年深圳选市花，他投的正是三角梅。秦勤在三角梅前面蹲下来，扭头笑着看了看梁鸿为："我们深圳选市花的时候，我可是投了三角梅一票。"

梁鸿为说："我也喜欢三角梅。小秦，你知道吗？三角梅是对我们深圳的春天最为敏感的花，春天到了，三角梅就开了，漫山遍野都是。大自然物竞天择，没有顽强的生命力，就会被这个世界淘汰。"

两人走着，碰到一群京剧票友聚在公园的凉亭边唱戏，梁鸿为突然想试试身手，秦勤知道梁鸿为的心情，特意用女声来了段程派名剧《春闺梦》里青衣张氏的唱段：*可怜负弩充前阵，历尽风霜万苦辛；饥寒饱暖无人问，独自眠餐独自行……*

唱罢，秦勤追上梁鸿为，问唱得怎么样，梁鸿为开始没说话，过了一会儿才感叹道："琴为心声啊。"

方向东离开单位前的一个晚上，单独叫了魏东晓到家里小院坐坐。月季藤下，魏东晓喝多了，方向东也喝多了，两个人说了很多话，从深圳改革前到现在，说深圳的变化和人们思想的变化，说到最后，方向东又拉着魏东晓划拳，一边划拳一边喝酒，喝到最后，魏东晓哭了，方向东笑着，拍着魏东晓的手，说："我看好你，好好干。"

十　仇人相见

　　那一夜与方向东道别之后，第二天，魏东晓就去找已经是副市长的秦勤，办理了停薪留职，然后跑到麦寒生的华强电子厂，告诉他，给自己一个工作位置就行，他要完成数字程控机的研发。得知魏东晓辞掉了市政府的职务，麦寒生吃惊不已，同时又有些为难：自己这个小工厂已经到了经营困难的地步，也不知道还能撑多久。

　　麦寒生最初办厂的时候，生产设备是他的大表哥钟达华卖给他的，当时资金困难，只付了一半的钱，后来厂里有了收入，麦寒生说还钱，可大表哥一直推说不急，也就一直没还。结果这段时间把钱都投入做程控机的研发，没有什么钱的时候，大表哥却突然来要钱，逼得麦寒生苦兮兮的，说搞不好要用厂子赔了。这对魏东晓来说可是当头一棒，满怀希望地辞了职来做研发，华强电子却面临倒闭。他去杜芳的照片洗印店，想找她商量，看有没有办法帮帮麦寒生，却在那里看到了陈大尧。

　　陈大尧已经来深圳好几次了，一直没敢来见魏东晓跟杜芳，蔡伟基劝说了很多次，他才来见了杜芳。杜芳认出陈大尧的那一刻就哭了，不是因为见到陈大尧激动，是因为终于有希望可以接回蚝仔了。陈大尧告诉杜芳，蚝仔一切都好，他们想接，随时可以去。杜芳感激不尽，连连道谢。这里正说得热闹，魏东晓进来了。他刚开始并没认出陈大尧，还以为是来杜芳这里换人民币的香港人。当时深圳很多士多店都带着做一些港币换人民币的生意，赚点小手续费，杜芳店里也帮着兑换。说不上两句，魏东晓就认出了陈大尧。

"陈大尧？！"魏东晓不可思议地盯着陈大尧看了片刻，陈大尧急忙站起来想跟他打招呼，可魏东晓并不准备叙旧，他顺手关上门，二话没说，举起旁边的板凳就冲陈大尧抡过去。

"喂，魏东晓，你不要这样，都这么多年的事了，还有什么说不清的……"陈大尧一边躲闪，一边希望魏东晓冷静下来。"哼，我跟你算不清！你说说，东旭和阿琴两条人命怎么算？"魏东晓瞪圆了眼睛。陈大尧急了："那是他们自愿的，我陈大尧没有逼迫任何一个人！"魏东晓追着陈大尧满屋子跑："那我儿子呢，我儿子蚝仔呢？你害得我们父子近在咫尺却不能相见！"陈大尧说："蚝仔？蚝仔在香港过得不知道有多开心，要什么有什么，跟在我身边，比跟着你强多了！"杜芳想要拉住魏东晓，却被魏东晓推开了，摔在柜台上。杜芳委屈极了："魏东晓，你疯了吗？"

魏东晓盯着陈大尧："杜芳，我老婆，逃到香港去了，为了找她，我想都没想就跳到海里，游了十几里，捞上船的时候我整个人都僵了，就剩最后一点气了。我要是敢松一口气，人就没了。陈大尧我告诉你，我现在是老百姓了，我不穿军装了，也不是干部了，所以，我什么都不怕！"

两个人你追我赶打了半天，还是蔡伟基来了才给拉开，蔡伟基抱住了魏东晓，陈大尧趁机跑掉了。

蔡伟基提醒魏东晓："别忘了你的儿子在人家手上。"魏东晓这才停下。杜芳看着一片狼藉的店，气得直哭。

在蔡伟基的劝说下，魏东晓决定跟陈大尧坐下来好好谈谈。谁知跟着蔡伟基刚进了饭店看到陈大尧，魏东晓的脾气又上来了，冲过去就一拳，结结实实地打在陈大尧脸上。陈大尧没有闪躲，任凭魏东晓连打了三拳，嘴角出血了也没擦，魏东晓第四次挥拳时，陈大尧抓住了他的手："三拳，我没有还手，我们扯平了！"

魏东晓眼睛冒火："扯平了？你策划了罗芳村的大逃港，我弟弟和弟媳在结婚当晚双双淹死，扯平了？"魏东晓揪着陈大尧的衣领，盯着陈大尧，一字一句咬着后槽牙说着，"罗芳村那一夜死了多少人，你知道吗？你爸爸坐在大树下就那么走了，被淋了一天一夜的雨，你知道吗？"魏东晓使劲晃着陈大尧，像是要把他挤碎。陈大尧挣脱开魏东晓，看着蔡伟基："我就说过会这样的吧，你非让我来。"

蔡伟基上前拉住魏东晓："行了，东晓，都是一个村里的。"魏东晓吼道："我没有这同乡！你见过自己的同乡拐走自己的孩子不还的吗？你见过自己的同乡觊觎自己的老婆想拐走的吗？"蔡伟基无话可答。魏东晓逼视着陈大尧："陈大尧，别以为我不知道你想干什么！我告诉你，有什么都冲着我来，不要拿蚝仔来说事情！更别想打阿芳的主意！！"

陈大尧看着逼视着自己的魏东晓，毫无惧色："当时逃港，不是我一个人的主意，大家都想去，我不过是想了一个办法而已！能过去不能过去，都是听天由命！！至于你，这三拳就当是我当年带走蚝仔时欠你的！现在，我可以告诉你蚝仔在哪儿，你们想接随时可以去。但是对阿芳，她就是死心塌地装着你，我也一样，我心里装着她，怎么了？"

魏东晓闻言又要揍陈大尧，被蔡伟基死死抱住。

"怎么，还想打我是吗？"陈大尧冷笑着，"我已经把地址告诉阿芳了。"说着，他倒了三杯酒，"我呢，感谢你们，埋了我老豆。"他拿起酒杯递给魏东晓，魏东晓一掌把酒杯打翻在地。陈大尧没有再说什么，拿起另一杯酒一饮而尽，扭头就走了。

这天夜里，为接蚝仔的问题，魏东晓跟杜芳吵得很厉害。魏东晓想马上就去接蚝仔，但杜芳却认为蚝仔现在正在上六年级，不如等考完初中再去接。魏东晓大光其火，说蚝仔是我的儿子，我说去接就得去接。

杜芳气恼极了："你还好意思说这种话！这些年，你管过你儿子吗？蚝仔在香港我们就不说了，虾仔？虾仔好好地就在家里，你送他去过一次学校吗？他学校的门开在哪儿你都不知道！你开过一次他的家长会吗？你认识半个他的老师吗？你知道他哪科成绩好哪科偏科吗？你知道他爱吃什么不爱吃什么吗？你知道他有多高他有多重吗？你，你什么都不知道！你最多就是在你同事那里炫耀一下，看看我儿子虾仔多聪明，他可是个数学天才呢！你，你还好意思说你有儿子！儿子！那是你的儿子吗？你养过他吗？虾仔是我养大的！蚝仔，蚝仔是陈大尧养大的！陈大尧他是个混账东西，可他养大了我们的儿子，他养了他十年，为他做牛做马，送他去最好的学校，给他买最好的衣服，给他烧他最喜欢吃的菜……你晓不晓得，陈大尧才是蚝仔的爸爸！魏东晓，你接得回来蚝仔吗？！"

魏东晓终于不说话了，只是傻傻地看着杜芳。尽管心如刀绞，他也只能将接儿子的事放一放，先处理华强电子厂的问题。

其实，麦寒生的大表哥钟达华这个时候向华强电子厂逼债是故意的。他做生意多年，跟林忆抒等人也都是老相识，两人还联手在大陆做通信项目，上次通信产品出现质量问题，导致方向东被查的事件，就有他的功劳在里面。他们在大陆做通信生意，如同平地掘金，胃口也越来越大。钟达华看到了小型程控机的市场前景，正在跟法国奥利斯通讯公司谈代理，他听麦寒生说魏东晓也在开发这个产品时，立即意识到，魏东晓这个人的背景人脉和技术水平都很强，如果能跟自己联手，将来一定能为自己赚钱，但如果魏东晓做了自己的竞争对手，那就很难办。要想办法打消魏东晓自主开发的念头才行。于是他提议，三个人约谈一下。

大家见面很客气，钟达华向魏东晓提出了很多问题，包括为什么要自己搞数字程控机研发，魏东晓跟麦寒生都一一回答，钟达华不住点头。

谈了半天，魏东晓见钟达华说话拐弯抹角，只是提问，并不说他自己的想法，就直接问，钟达华想了想，试探着说："深圳现在装一台程控电话可真是太贵了，所以封闭式小型企业内部信道空分系统就很有市场。我上次去华强电子，看到了魏先生正在做这个，就跟寒生要了一个半成品，回去做了测试，可以说，就现在已经完成的部分，并不比我将要代理的法国奥利斯通讯公司的同类产品差。"

魏东晓很高兴："钟先生，您也看好我们的产品？"

钟达华并不正面回答这个问题："产品不错，但对于我来说，并不是一个好消息。"

魏东晓不明白了:"为什么?"

钟达华笑眯眯地说:"我担心的是你的产品一旦大规模生产,想必质量会越来越好,再加上魏先生在政府机关的深厚人脉,我引进的小型程控机就不好卖了。"

魏东晓还是不明白:"钟先生,那不是坏事啊,您可以代理我们的产品呀!"

钟达华摇摇头:"我不会代理你们的产品的,我只会想办法把你们的产品扼杀在摇篮里……因为代理国内的产品我不赚钱。"

麦寒生腾地站起来,生气地说:"大表哥!你,你要收回厂子,原来是打这个主意!要逼东晓停止产品研发!"

魏东晓看着钟达华笑嘻嘻毫不在意的样子,心里明白了几分,伸手把麦寒生拉着坐下:"钟先生是不是有别的想法?不如直说了吧。"

钟达华将身体微微前倾,笑嘻嘻地说:"还是魏先生聪明,做过商务谈判的人就是不一样。您看,能不能这样做?首先呢,厂子呢,我可以送给寒生老弟了,所有债务一笔勾销……"

麦寒生瞪大眼睛,简直不敢相信。

钟达华接着慢条斯理地说:"……但是有个条件:你们现在搞的小型程控机要停下了,以后华强电子厂不能再生产通信方面的产品。"

魏东晓微微点着头:"请接着说。"

钟达华觉得自己可以掌控局面了,放松下来:"鄙人想和魏先生在深圳合伙成立一个公司,代理一系列国外数字程控设备,魏先生,我基本上能拿到全世界绝大多数通讯公司在中国和东南亚的代理权,这意味着什么,魏先生懂吗?"

魏东晓继续点头:"钟先生是看中了我在政府的关系?"

钟达华说:"魏先生过去在政府部门耕耘多年,人脉深厚,我也听说魏先生人品忠厚,与人为善,我想,只要我们通力合作,将来,政府部门的采购招标,我们的胜算还是很大的。"

魏东晓笑了："谢谢钟先生看得起我，不知道钟先生说的这个合伙公司，股份怎么算？"

钟达华伸出两根手指："二八开，我给魏先生两成股份。"

魏东晓站了起来："钟先生，今天真是听君一席话，胜读十年书啊！我魏东晓学到了太多的东西了。"钟达华也站起来，笑眯眯地伸出手："那魏先生，我们就说好了？"魏东晓笑着握了握他的手："我想送钟先生一句话。"钟达华说："洗耳恭听。"魏东晓盯着钟达华，低声却坚决地说："滚回香港去！"钟达华的笑容凝固在脸上。

回到厂里，麦寒生义愤填膺，大骂大表哥太坏了，是奸商。魏东晓说算了，我们现在能做的就是赶紧想办法，找到钱还给他，这样，他就没有什么可以要挟我们的地方了。麦寒生点点头。

经秦勤点拨，魏东晓找到了新上任的市邮电局副局长常武。虽然跟常武的第一次见面并不和谐，但后来两人在市委会议上时有接触，也算熟人。为了电子厂，魏东晓决定拼了这张脸，去缠着常武。常武左搪塞右搪塞，最后被魏东晓磨得没办法了，就说算了，你回去让麦寒生写个报告，抬头写给市通讯办，就说申请二十万元通信设备科研经费……魏东晓一听心里乐开了花，还想趁机再多要点，结果常武死活不多给了。有了这个二十万元，再加上抵押了杜芳的洗印社拿到的十多万元，麦寒生总算还清了钟达华的欠款，魏东晓的小型机研发工作也重新提上了日程。

研发过程并不顺利，魏东晓都不记得失败多少次了。他越来越沉默，每天都耗在实验室，最终，当测试成功的电话铃响了的时候，麦寒生感觉像是在梦里，他这个小小的华强电子厂居然可以自己生产程控机了。

试验成功后，他们紧急投产了一批小型的程控机，在杜芳的客户中试用，果然可以顺利完成内部分机之间的相互通话，这下他们放心了，快马加鞭，开始大批量投产这种企业各个办公室之间的小型交换机。一个企业只需要安装一个总机，交一部电话的初装费用，再购买华强电子的一个小型交换机，就可以让每个员工办公桌前都有电话使用。很快，华强电子厂扭亏为盈。在常武的帮助下，他们的产品两年内就占领了深圳的政府机关以及大大小小的企业。积累了充足的资金后，魏东晓终于可以做大型数字程控机的开发了。

这年冬天，魏东晓和杜芳一起去派出所办了出差手续，到香港去接蚝仔。陈大尧特意乘了出租车来海关接他们，一路上介绍这个楼那条路，显示自己身为地主的优越性，魏东晓很反感这种显摆，阴沉着脸，杜芳用胳膊碰碰他让他别表现太明显。

车子开到九龙塘一个高档住宅小区门口，大家下车，往里走的时候，陈大尧还在跟杜芳絮叨着："这儿离蚝仔上学的耀中国际学校很近，坐BUS两站路就到了。"话一说完，想到蚝仔马上就要跟着魏东晓和杜芳回去，陈大尧的脸色变得黯淡了。

杜芳环视着小区："大尧，这房子很贵吧？环境这么好。"

"是林董的物业呢，我租的。林董喜欢蚝仔，要我的租金很便宜。"陈大尧一边说着，一边引着他们上楼。

杜芳诚挚地说："大尧，谢谢你照顾蚝仔。"

陈大尧笑得很勉强："蚝仔回深圳了，我能不能经常去看看他啊？我现在回深圳的机会越来越多，现在国内开始大规模搞房改，林董看好深圳的商品房市场，想在深圳做地产业务呢。"

"哎呀，那当然好啊。"杜芳心情很好。魏东晓不悦地拉了拉杜芳的衣袖，杜芳瞪了他一眼。

陈大尧也看出来魏东晓的不高兴，说："我不会总去看他的，只是偶尔！"

陈大尧低着头，像是自言自语："衣服我都收好了，蚝仔他最爱穿运动服，运动服都装在那个蓝包里，鞋子就带了几双，现在长身体呢，半年就穿不了了。蚝仔的书这次就不带了，太沉，玩具让他自己拿吧，他现在念初中了，也没以前那么喜欢玩具了，前不久给他买了个遥控汽车，玩了两天就扔一边了，还有，维生素C、钙片我都买了好多瓶呢，蚝仔可以吃几个月，吃完了我再给他买；蚝仔数学差，要让虾仔给他补课，虾仔数学好；蚝仔英文好，可以帮虾仔补英文。对了，蚝仔说要把他房间里的电视带回去，他说深圳家里肯定没有彩色电视，电视机那么大那么重怎么带，下回有车过去我再带过去吧，都拿大箱子装好了……"

魏东晓和杜芳相互看着，两人都沉默了。

陈大尧早将钥匙拿了出来，边往前走边说着，回头看到两个人的表情，觉察到自己的絮叨，不好意思地笑了笑。到了门口，陈大尧打开门，喊着："蚝仔，快看，谁来了！蚝仔！"

客厅很大，空荡荡的，没有人。客厅的地上好几个大大小小的箱子，还有几个很细心地捆扎着的纸箱子。一个玩具遥控汽车、一双羽毛球拍放在纸箱子上。

杜芳急促地张望着："蚝仔！蚝仔！"

陈大尧走进卧室："蚝仔！"又跑去卫生间、厨房，不停地喊："蚝仔，你在家吗？"

魏东晓站在客厅中央看着跑来跑去的陈大尧，目光在客厅四处巡视。在放着蚝仔大书包的茶几上，有一张纸条，字很大。魏东晓拿起字条，是蚝仔留下的：

爸爸、妈妈，我知道你们来接我了！我不想去深圳，我在香港很开心，学校里同学、老师都很好，尧叔对我也很好，我很好，我不想去深圳上学，深圳什么都没有，学校里也没有Miss Rose教我英文。对不起，爸爸妈妈！

蚝仔

后面还有个括号，里面写着：

（爸爸、妈妈，还有尧叔，你们不要找我了！！！）

魏东晓把纸条递给杜芳，转头对着刚跑回客厅的陈大尧就是一拳，他抓住陈大尧摇晃着："你是不是和蚝仔说什么了？你是不是不让他见我们？"

陈大尧挣脱开魏东晓，抢过杜芳手里的纸条，大惊失色："这孩子，怎么这么傻啊——"他顾不上整理衣服，转身跑了出去，魏东晓和杜芳也追了出去。他们找遍了香港街头，找遍了蚝仔平时去的所有地方，可哪里都没有蚝仔的影子，问遍了认识的人，都说没见到蚝仔。一直到夜里，三个人都累得走不动路了，这才想起，他们从上午到现在都没吃东西。陈大尧让魏东晓和杜芳等着，自己去买吃的；路灯下，魏东晓和杜芳目光呆滞地坐在台阶上。正在这时，两个香港警察骑着摩托车过来了。

警察下了车，对魏东晓说："先生，拿出证件，检查……"

徒劳的奔走和找寻让魏东晓满腔怒火，他突然跳起来，冲警察大吼一声："滚！"杜芳赶紧起身拉魏东晓，但根本拉不住。两个警察都被吓了一跳，一面伸手去掏警棍，一面大声说："请举起手来接受检查！这里是香港，出示你的香港公民身份证！"这句话再次刺痛了魏东晓，他大叫起来："香港，香港也是中国的，我就是中国人！"这时陈大尧回来了，他急忙劝下魏东晓，又掏出证件跟警察解释，但三个人还是被带去了警署。魏东晓也说了儿子丢失的事，在警方做了登记。魏东晓是不信任陈大尧的，疑心是他藏了蚝仔，但陈大尧指天发誓，说自己真的不知道孩子去了哪里，又安慰杜芳说："我们再去找他平常去的地方，何况现在报了警，一定会找到的。"

魏东晓看陈大尧的确一副心急如焚的模样，也不好再说什么了。

三个人又找了两天，还是没有蚝仔的音讯。魏东晓跟杜芳彻底失望了。"或许，是孩子根本就不想见我们吧。都怪我，当年不该将他丢在香港，就是拼死也应该带他回去的。"杜芳伤心地哭着，这三天，她的嗓子喊哑了，眼睛哭肿了，但是他们无可奈何，必须回深圳了。陈大尧去送他们，也不知说什么好，他答应杜芳，有了蚝仔的消息一定第一时间告诉他们。

送走魏东晓跟杜芳，陈大尧又将蚝仔可能去的地方找了一遍，还是没有消息。陈大尧快崩溃了，他特别怕蚝仔想不开，去了海边，万一有个什么事，他可怎么办？想到这里，陈大尧感觉自己都活不下去了，在这个巨大而陌生的异乡，他与蚝仔相依为命这么多年，如果没有蚝仔，陈大尧不知道活着还有什么意思。就在他束手无策的时候，突然想到了一个地方，就是他们到香港的第一站——新界。在新界乱糟糟的工地上，他果然找到了蚝仔。蚝仔搂着一条脏兮兮的毯子，蜷缩着，睡在一个废弃的涵洞中。陈大尧哭了，哭泣声惊醒了蚝仔，蚝仔也哭了，哭着求陈大尧不要把他送回去，他不想回深圳。犹豫良久，陈大尧终于答应了他。陈大尧决定，在杜芳面前绝口不提蚝仔的消息。

这件事过去了两年之后，台湾电影《妈妈再爱我一次》在香港热映，在电影院里，蚝仔边看边哭，走出电影院时，蚝仔告诉陈大尧："我想见我妈。"对蚝仔的请求，陈大尧似乎从不会拒绝。他开着车，带着蚝仔去了杜芳的洗印店。隔着窗子，蚝仔想着自己日思夜想的妈妈就在里面，泪流满面，却始终没有勇气走下车去。

这时，陈大尧在内地的生意已经做得风生水起。他通过各种努力，终于拿下了王光明这张硬牌。王光明这个单身汉，软硬不吃，油盐不进，除了工作就只有打麻将这一个爱好，正是这个爱好，终于让王光明接受了陈大尧，他们坐到了同一张桌上。王光明并不知道，这个貌似无害的爱好，最终让自己走上了不归路。

十一 一定要做自己的交换机!

又一次寻找蚝仔失败后,魏东晓彻底死了"尽快让蚝仔回来"的心。他意识到,除非能给孩子一个和香港同样好的生活环境,否则,蚝仔是不会愿意回到他和杜芳身边的。

回到深圳后,魏东晓一头扎进了大型交换机的研发工作中。这是他能想到的、彻底改变自己生活的唯一机会。他把自己反锁在华强电子的实验室里,不让任何人进来,天天对着一堆样机鼓捣。他的头发已经几个月没理了,拖到肩膀上,乱糟糟的,上面沾满油渍,胡子也长出来了,满脸都是。整个人看上去又黑又瘦,眼睛都凹进去了,眼神却异常明亮,眸子里好像燃烧着两把火炬。

这一天,麦寒生跑来敲实验室的门:"东晓,东晓,是我,老麦!弟妹来看你了!"

魏东晓置若罔闻,全神贯注地看着机箱。他拆下一个集成电路板,又从身后拖过一个电路表,把电路表的正极线夹在电路板的一个电容接头上。

麦寒生一边继续敲门,一边大声喊:"东晓,你睡着了吗?睡着了我让杜芳下午再过来。"

魏东晓愣了愣,朝门口方向看了看:"老麦,今天几号了?"

听到声音，麦寒生十分惊喜："东晓，你在干活啊？你醒着怎么也不回我一声，杜芳过来给你送吃的了。"

杜芳在门口说："东晓，快开门，你都七十三天没出过门，再不换衣服你就要臭了！"

魏东晓把电路表抱进怀里，一边低头操作，一边不耐烦地大声说："杜芳你回去吧，搞不成这个数字程控机我不会出去的。"

麦寒生和杜芳站在实验室的门前。杜芳左手拎着一个保温桶，右手拎着一袋衣服。

麦寒生摊摊手："东晓我看是魔怔了，怎么劝都没用！但现在不能由着他乱来，这样搞，身体都搞垮了，还搞个屁科研。"他暗示杜芳继续敲门。

杜芳笑了笑："老麦，上回我给他送饭来，他还开门了呢，眉飞色舞地和我说了一大堆。听他说，他的程控机应该差不多要搞出来了。我估计现在正是节骨眼上呢，你也别埋怨他了。"

麦寒生无可奈何地摇着头："唉，杜芳，你，你和东晓可真是的，一条被子不盖两家人啊！得了，你要是不管他了，我也犯不着天天来烦他，搞不好还挨他骂呢。我现在每天起来，头一件事就是到实验室来，晚上做梦也是梦见东晓打开实验室的大门，大喊一声，老麦，我们成功了！可是我真担心他的身体……"

杜芳自信地点头："老麦，谢谢你对东晓的关心。不过我相信东晓，那一天不会远的。"麦寒生点点头。

两人正说着，门里又传来魏东晓的喊声："杜芳，你别老往实验室跑了，啊。"

杜芳乐了："那你得答应我，我送的饭，你必须吃了，知道吗？"

魏东晓看了眼墙壁前的木头箱子，那上面也有一个保温桶，与杜芳手上提着的一模一样，盖子被揭开了，但上面的菜一口也没动。他敷衍着：

"嗯，我都吃了，杜芳，你别做肉片粥了，好麻烦。"杜芳又好笑又恼火："魏东晓，你还说你吃了！上回送的是贝壳粥！"

魏东晓手里忙着，口里应着："对，对，贝壳粥，贝壳粥！"

杜芳无可奈何地摇头："那我走了啊，东晓，你答应我一定要多吃饭多睡觉，身体别熬垮了！"魏东晓连忙回答："知道了知道了，杜芳，你赶紧回吧。我很快就弄好了。"

然而事实并不像他说的那样。电路接上了，电源接通了，但检测仪毫无反应，这就意味着完全没有信号到达。魏东晓趴在地上，对着图纸一一对照检查，可是毫无所获。他气得把图纸揉成一团，狠狠地扔出去，一不小心，脚碰到地上的电源线，刺啦一声，所有的灯都熄灭了。实验室内一片漆黑。

魏东晓低号一声，抓着头发坐了下来。

天色渐渐暗了，月光投射进来，照在靠着墙发呆的魏东晓身上。他的眼神焦灼而空洞。

没有人知道他所经受的炼狱一般的煎熬。他恨自己无能，身为男人，身为父亲，儿子近在咫尺却不愿意跟自己回来。眼前毫无进展的研发又让他绝望，他担心，这一次如果研发不成功，他失去的不仅仅是蚝仔，也许还有杜芳、虾仔，还有他对于自己技术能力的信心。

魏东晓越想越崩溃，忍不住抱着头哽咽起来。

暗夜过去了。晨光悄悄地照亮魏东晓沉睡的脸庞。

魏东晓睁开眼睛，甩甩头，站起来，抖擞抖擞精神，开始活动身体。他拉开架势打军体拳，把每一拳都打得虎虎生风。魏东晓一边挥拳，一边对自己说：就算前面是深渊，我也不能放弃！这条路一定要走下去！眼下被困住了，就像在夜里，黑漆漆什么都看不见，但我魏东晓凭着我的超级雷达头脑，也一定能走出一片天来！老子不仅要把儿子接回来，还要让他知道，他老豆是天底下最厉害的人物！

148

锻炼完毕，魏东晓四处张望，找到地上皱巴巴的图纸，捡起来摊在桌上，突然想起什么，拿起笔在图纸上修改着，重新开始焊接电路板。

又一个黑夜降临。当魏东晓再一次合上电源时，检测仪上终于有了微弱的信号，虽然不稳定，但魏东晓欣喜若狂。他反复开关电源，确认检测仪上的信号不是自己的错觉，几次验证都成功了！他乐得原地蹦跳了几下，突然感觉到饿了，走到饭盒前，端起来埋头猛吃："贝壳粥！真他妈好吃！"

实验室的门终于开了。魏东晓探头看看外面，从屋里走了出来。他顶着一头乱糟糟的长发，头发上沾了好几根长短不一的各种颜色的电线线头，看上去就像个流浪汉。已经是深夜了，华强电子厂的大院里幽暗静谧，热闹的只是夜幕上的点点繁星。北斗星闪烁着，如同从遥远的星际发射给地球的远程信号。

魏东晓走到院子里，靠着绿化带灌木坐下来，掏出半个不知从哪里找到的干馒头咬了一口，抬头看着天空，脸上露出舒心的表情。

一个保安挥舞着手电筒，一面大步跑过来，一面大声询问："谁在那里？"明亮的手电筒光穿过灌木丛，照在魏东晓的脸上，光圈里出现了一个毛发蓬乱的古怪头颅。保安大吃一惊，手里的手电筒也吓得掉在地上，这个可怜的家伙转身撒腿就跑，一边跑一边尖声高叫："鬼啊！鬼啊！" 魏东晓走过去捡起手电筒，脸上露出孩子般的笑容。

在魏东晓夜以继日地专注研发时，虾仔如同被遗忘的植物，默默地成长。这天，深圳赛格广场的电子城外，一辆面包车开过来，在路边停下。高大帅气的虾仔跳下面包车。他已经是大二的学生了。从驾驶室出来的是蔡红兵。蔡红兵留了两撇小胡子，看上去比实际年龄苍老。

虾仔笑着看了看蔡红兵："阿兵叔，这真是最后一回了，我妈知道了要骂死我的。"蔡红兵并不回答，只是拉着虾仔往前走："虾仔虾仔，阿兵叔保证这回赚到的钱和你平分！你不是一直攒钱想买台386吗？"

虾仔摇摇头："一台好几万呢……我们深大计算机系的机房里只有几台386，其他全是286，完全跑不起运算速度。"红兵巴结地笑着："虾仔你可是全国奥林匹克数学竞赛的冠军！保送到深圳大学，学校的386计算机还不由着你用？"虾仔笑了笑："怎么可能啊阿兵叔！不过今天真是最后一回了，再也不敢干了，阿兵叔你说得天花乱坠也没用。"

红兵顿时苦着脸："虾仔，没有你，阿兵叔这活儿就干不了了呀……"

虾仔不再接话，两人一起走进赛格广场，来到一个柜台前。里面守候的一个中年男人迎了出来，看了看虾仔，小声对蔡红兵说："真行吗？不会把我的数控机床弄坏吧？别看是二手机床，那也是德国货啊。" 蔡红兵瞪了他一眼："黄经理，不好用我退钱。"

虾仔一言不发，坐到一台286电脑前，熟练地写下几行DOS代码，随即将一个硕大的磁盘塞进电脑机箱，开始拷贝刚写的补丁文件。

黄经理完全不敢相信："这……这就成了？"

虾仔这才说话："放心吧，蛇口一家厂子里的数控机床和你家的机床一样，都是端口程序出问题了，打个补丁就能用。"

黄经理咬牙切齿："德国人太缺德了！这二手机床便宜倒是便宜，没用半年就趴窝了，我急了，跑去找深圳的代理商，人家说，机床的软件要升级，升级了就能用。我就说，那我升！一问多少钱？十五万！"

虾仔笑笑，将磁盘从电脑里拿出来，递给黄经理。不料蔡红兵伸手就将软盘抢走了，转身对着黄经理说："先付两万五，好用了再给另外的两万五。"黄经理急了："蔡老板，哎哎，说好的一共两万，你可不能临时加价啊！这也太过分了吧！"蔡红兵毫不退让："你上回可是和我说，德国人要五万！结果人家是要十五万，你说有没有这回事？我要你五万多不多？"

虾仔看着蔡红兵，瞪大了眼睛："什么？！阿兵叔，你说帮人家写一次软件收三千块，你两千，我一千，原来你这么哄我！阿兵叔，你太不像话了！"他生气了，背上书包转身就走。

黄经理开始想抢软盘，见蔡红兵把软盘藏到身后，转念一想，不管软盘了，跑上去拦住虾仔："这位靓仔，我老黄和你商量个事：去我厂里吧，只要你保证这个数控机床不趴窝，我老黄一个月给你一万！"

蔡红兵急了："虾仔，你别听他吹牛！"

黄经理不理蔡红兵，继续游说虾仔："不信你现在就跟我去厂里，把这数控机床的软件补丁打上，只要机床能动了，两万块，我立马拍给你！"虾仔看了一眼蔡红兵。蔡红兵可怜兮兮地看着虾仔："虾仔，你可不能把你阿兵叔给甩了啊，那以后谁给你找活儿？你看，你在深大上学，你也没时间没路子认识黄经理这样的奸商……"

杜芳突然从身后冒了出来，一把拿走了蔡红兵手里的软盘。蔡红兵赶紧赔笑："嫂子，你怎么来了……"杜芳脸一沉："红兵，虾仔还在上大学呢，你可不能整天鼓捣他干这个。"虾仔赶紧转换话题："妈，我这是勤工俭学呢。"杜芳转身看着虾仔："虾仔，你欺负妈没文化是吧？我问过你寝室里的人了，你同学都说，一放假你就跑赛格广场来打工！"

虾仔笑着，凑近杜芳，讨好地说："妈，你不是鼓励我不能读死书吗？是谁天天在家说要学以致用的？"一面说着，一面趁杜芳不小心，抢过她手里的软盘，高高举起来。杜芳想要拿回来，但虾仔身量高，杜芳怎么也够不着，只能嗔怪地瞪着他。黄经理在不远处无可奈何地等着，想着怎么拿到那张宝贵的软盘。

杜芳和虾仔不知道，就在离他们不远，隔着几条街的洗印店外，蚝仔正对着洗印店的窗户泪流满面。

见蚝仔不下车，陈大尧开着车，带着蚝仔离开杜芳的冲印店，回了香港。车上，蚝仔又好奇又不安："尧叔，没想到，深圳已经变成这样了。和我印象里的完全是两个地方。"陈大尧笑了笑："你刚才为什么不下车去看看妈妈呢？你妈要是知道你都到了她的店外头，都不愿意进去看她一眼，肯定要伤心死了。"

蚝仔的眼睛红了。他闷了一会儿，声音颤抖地说："尧叔，不是不愿意，我是害怕！一想到要见到我妈，我就浑身发冷，腿抖得迈不开。"

陈大尧有点奇怪："你怕什么？"蚝仔声音里带着哭腔："我怕她见到我哭。"陈大尧说："那肯定啊，当妈的突然见到失散多年的孩子，哪能不哭的？"蚝仔沮丧地说："可是我怕我哭不出来。你给我发我爸妈的照片，我每天都看，逼自己看。可是，怎么看还是觉得他们陌生。"

陈大尧听了又是心酸，又是高兴。他一面安慰蚝仔："不急，不急，等你准备好了我们再去见她。"一面心想：不过到了那天，我也该哭喽。

蚝仔低头想了想，又说："尧叔，一想到我爸爸妈妈，我心里就不是个滋味，他们开开心心来接我，想把我带回深圳，我却那么自私，自己跑了……尧叔，我不愿意回深圳，不愿回家，是不是伤透了我爸我妈的心？"

陈大尧心疼地看了看蚝仔："怎么会呢！他们会尊重你的想法的。蚝仔，回香港了就好好念书，先争取考上个好大学，以后才有资本来面对一切！……你哥虾仔在深圳大学上学，你想不想去看看虾仔？"

蚝仔点点头："想！可我又怕见到我哥，我哥肯定要骂死我。"

陈大尧笑着逗他："嗯，说不定你哥会揍你一顿！"

蚝仔开心起来，很认真地说："我哥才不会揍我呢，小时候别人欺负我，我哥都冲上去帮我打架！"

魏东晓家的客厅里，杜芳和虾仔正在吃晚饭。他们又搬家了，客厅比原来大了很多。杜芳一边不停地给虾仔夹菜，一边埋怨："一个暑假快过完了都见不着你人！你爸也着了魔了，关在实验室里几个月都不出来！这个家还有一点家的样子吗？"虾仔低着头往嘴里填饭，口齿不清地问："爸的数字程控机怎么样了？还要多久？"

杜芳说："看样子应该快了吧——我都十几天没见到你爸的人了，每次送饭送到实验室门口，他也不开门。就算坐牢也得让家属见见犯人吧？"

虾仔笑得一口饭差点儿喷出来："以前都没看出来，妈你还真幽默啊。"

杜芳坐正了身体，脸一板："你别打岔！差点忘记了，你给我说说，你在赛格广场和蔡红兵混一起，怎么回事？"

虾仔不知道杜芳掌握了哪些情况，心虚地问："……怎么了？"

杜芳拿筷子敲了敲虾仔的碗："虾仔，你听妈一句。你红兵叔人不坏，可总是想投机取巧，想钻空子发财。以前他买了几台双卡录音机复制从香港走私过来的流行歌磁带，听说还赚了点钱，现在怎么跑去赛格广场里面去做生意了？他什么时候懂电脑了？"

虾仔放下心来："妈，是这样，红兵叔搞了台电脑，又从香港买了台二手的镭射唱片复刻机，专门给卡拉OK店刻盘。他电脑老是坏，就跑去学校找我修电脑。有一回，一个顾客和他闲聊，说他亲戚开了一个厂子，买了台二手的德国数控机床，软件坏了，不工作了，红兵叔就吹牛说，他有个侄子，是个计算机天才，计算机的事情，没有搞不定的。"

杜芳也笑了，说："他说的就是我们家的天才吧？"

虾仔不好意思地摸了摸脑袋，说："我以前也没见过数控机床，一看，是七十年代的老型号，人家德国人早就不生产了，想换都换不了。厂里说，死马当成活马医，弄坏了也不怪我。我就不客气了，大着胆子上，没想到还真的给人家弄好了！"虾仔的语气中流露出难以掩饰的骄傲。

杜芳也骄傲地看着儿子："这个东西很难吗？"

虾仔说："其实也不太难……不过，工业软件都很复杂，要吃透软件和数控机床的工作原理，还要有很厉害的软件编程能力，才能写出修改的补丁程序。"

杜芳点点头："你爸尽整天吹牛，我觉得他比我们家的天才差远了，你是大学生，他算啥，儿子，帮帮你爸呗？你没看他愁的那个样……"

虾仔咬着鸡腿转身就走："他的事情我不懂。"

杜芳想不明白："你这孩子，帮你红兵叔行，怎么帮你爸就不乐意了！"

华强电子厂实验室里，魏东晓抱着一个电路表，身子蜷成一团，沉睡得像个婴儿，全然不知道实验室外已经聚集了一大批人准备对他进行"营救"。他的身畔有一台已经安装了的样机，机箱接口处贴上了黄色的封条，写着：第67次，封闭式双耦合电路测试，样机22。

实验室外，麦寒生神情紧张，不停地敲着门，杜芳担心地站在他旁边。麦寒生敲了半天，见还没反应，就说："还是从顶楼吊个人下来，爬窗户进去吧！"

麦寒生后面的一个技术员为难地说："麦总，窗户都用钢筋焊死了……是按照您之前的交代处理的，您说这个实验室不仅是我们华强厂的核心资产、宝贵财富，也是我们全深圳、全中国的宝贵财富，要严密保护好我们数字程控机的知识产权……"

麦寒生拉住杜芳，低声问："弟妹，东晓他平时……有没有心脏病什么的？"杜芳眼泪都急出来了："老麦！你又不是不了解东晓！他平时身体可好了，壮得像头牛！还不是……还不是搞这个数字程控机！也不睡也不吃！身体能顶得住吗！"

麦寒生点点头，对杜芳说："你守在门口，隔几分钟就砸一下门……我估计，东晓肯定没事，他肯定是累坏了，睡得死死的，怎么喊他也听不到……其他的人跟我上楼，带上电焊机，尽快把实验室窗户给拆了！快快快！"

杜芳眼泪汪汪地看着麦寒生的背影，举起手来继续砸门。

四楼的窗户外，一个电焊机被吊在空中。电焊工戴着面罩，两只脚撑着窗户外的保护罩，腰里系着绳子，悬在半空中开始作业。电焊机焊花四溅，窗外保护罩的钢条被一根根移走。

麦寒生在顶楼大喊："焊开了，开了！发什么呆！赶紧砸了玻璃，进去！进去！"

电焊工从后腰掏出了一个大扳手，砸向窗户玻璃。"砰"一声巨响，大部分玻璃溅入了实验室里。一块玻璃磕溅到魏东晓的脸上，划开一道血印子。魏东晓醒了过来，他看见从窗户里钻进来的电焊工，顺手在地上捞起一个梅花螺丝刀，对着电焊工喊："你，干什么？！"

实验室的门终于开了。麦寒生抱着魏东晓研发成功的样机，表情怪异，又像哭又像笑。

魏东晓被摁在一个凳子上坐着，由着杜芳给他剪头发。杜芳拉起乱糟糟的长发，一剪刀下去，根本剪不动。魏东晓被弄疼了，龇牙咧嘴地叫："轻点，轻点！"杜芳只好一小绺一小绺地剪，一边剪一边气哼哼地说："剪了头就去洗澡！不洗干净不准回家！"碎头发让魏东晓脖子发痒，他摇摇头："就算洗干净了，这一时半会儿还回不了家呀！"杜芳一巴掌拍到他背上："你别乱动，小心剪到肉！……东晓，你身上也没肉了。"

理完头发，杜芳从魏东晓的身后绕到他的身前，走开几步，看着魏东晓。魏东晓拍了拍胸脯："别担心啦！睡几天，吃点好的，我魏东晓立刻生龙活虎了。"杜芳不搭理他，扭头去收拾给魏东晓送饭的保温桶，两个保温桶并排放着，一个打开了盖子，另外一个盖子都没打开。杜芳轻轻叹了口气，说："别逞强了，东晓，你以为你还是二十的小伙子吗？你看你累成那样，那么多人砸门都叫不醒你，吓死我和麦总了。跟我回家，好好睡一觉，我给你煲点汤，好好补补。"魏东晓笑了："我顶得住！我也不用睡觉了。我刚才可是睡了一个大觉，一辈子都没睡过那么香的觉！"

杜芳也笑了："东晓，你的东西好歹算弄出来了，我打心眼里替你高兴。还有一个事，让你也高兴一下——咱家还出了个天才。"魏东晓："谁？虾仔？这小子是有点天分，但大学生嘛，也就能写写画画，碰到真事，就傻眼了。"杜芳不以为然："你就以为只有你自己有真本事呢？告诉你，红兵领着一个老板找到咱儿子，说他们的车床开不起来了，咱儿子根本没费力气，在电脑上敲了几下，拿出一个塑料盘……"魏东晓更正她："……是软盘。"杜芳并不在意："好吧，我也不懂，反正咱儿子告诉老板，把这盘往机器上一插，车床就转起来了。"

魏东晓沉默了一会儿，然后板着脸说："读书就好好读书，别半瓶子醋就到处显摆，等我见到红兵，看怎么骂他！"

杜芳满心的欢喜被魏东晓一句话浇灭了："你们父子两个，就不能好好相处吗？我们家有两个天才！我多高兴呀！——不对，是三个！"她突然不说话了。魏东晓觉察到杜芳情绪的变化，握住杜芳的手放在自己的脸上摩挲着，说："今天高兴，别哭啊。" 杜芳哽咽着："嗯，我没哭，我高兴！" 她轻轻地抱住了魏东晓的头。

任凭杜芳好说歹说，魏东晓到底没有跟杜芳回家。他想等着看交换机的调试结果。交给麦寒生一叠资料后，魏东晓在麦寒生的办公桌前又睡着了。麦寒生看完手里的资料，小声地叫他："东晓，东晓。"魏东晓醒了："老麦你这么快看完了？"麦寒生没好气地瞪了他一眼："你都睡几个小时了，我没好意思喊你！杜芳让你回家睡，你死活不走，赖在这里打鼾。"魏东晓笑了："不会吧？我就觉得刚刚眯了一会儿呢。调试完了没？情况怎么样？"

麦寒生拍了拍手里的资料："调试结果不错，我们产品不比洋品牌差！产品说明书也制作得很好啊！我们的数字程控机会有市场的。只是，批量生产的话，生产线和设备，那要多少钱？东晓你有没有算过账？我们到哪儿去弄钱呢？"

魏东晓想了想，说："支队长现在是副市长，听说他分管通信产业……我厚着脸皮找找看吧……过去他就帮了我们不少忙！"

麦寒生沉吟了一下："王副市长这个人……"

魏东晓很有信心："支队长向来有情有义，何况，我们搞这个数字程控机，也是为了市里的通信设备改造升级，又不是为了我们自己发财，没问题的。老麦你在想什么？"

麦寒生迟疑地说："东晓，我们怎么想并不重要，关键是人家……王副市长怎么想。"

魏东晓笑了："老麦，你今天怎么了？话里有话的，想说什么摆到桌面说嘛！……也好，我还是先找一下秦副市长，搞清楚情况再说。"

麦寒生在一个酒店订了一个包厢，魏东晓约了秦勤出来。一个很大的圆桌边，就坐着魏东晓、麦寒生和秦勤三个人。秦勤一见就笑了："东晓，你现在也知道搞这一套了？"魏东晓笑着看看麦寒生："你看，领导批评我呢。"麦寒生赶紧欠欠身子："秦副市长，本来呢，东晓说有事情直接去办公室找您就行了，是我逼他一定得请领导出来坐一坐……"秦勤笑着说："麦总，你别往心里去，我和东晓开玩笑呢。东晓，这一晃也一两年没见了吧？"

魏东晓说："是啊，梁书记回省里当政协主席了，我都是在报纸上才看到的消息。离开了市委大院，一下子就觉得那些人那些事都远了……"秦勤把他的话打住了："这话可不对！等一会要罚你三杯啊！"魏东晓笑道："秦副市长，罚酒我肯定认，这回硬着头皮找你，真是有过不去的坎儿了。我们家底薄，你知道的，以前那点积蓄，在研发里也花得差不多了，现在东西做出来了，可是没有钱生产。银行那边现在都要搞抵押贷款，老麦那个小厂子，早抵押给银行了，再说，评估下来，也贷不了多少款。市里还有没有什么政策，可以支持一下我们搞生产？"

秦勤点点头："东晓，情况刚才麦总都介绍了。你知道我一直都很支持你搞我们自己的数字程控的，可是现在中央三令五申，不准政府部门插手银行业务，再说，我们就算硬着头皮给银行批条子，人家也不认。而且眼下，虽然我们在拼命搞研发，我们在进步，欧美的那些通信巨头也在进步，他们技术上积累深厚，又长期垄断国际市场，要想和他们面对面地竞争，我们现在还没有那实力。我们搞改革开放才几年？想要迎头赶上，谈何容易？眼下，各个行业都在大力吸收国外的先进技术，我们走的是边引进边研制，慢慢取代国外技术的路子。现在已经有经济学家提出一个观点，拿市场换技术，这也是无奈之举啊。"

一时间，三个人都不知道说什么好。

这时，包厢的门突然被推开了。原附属连通讯员陈明涛闯了进来，神色焦急。

魏东晓吃惊地站起来："小陈！你怎么来了？"

陈明涛："东晓哥，我找了你一晚上了！嫂子都不知道你去哪了，还是麦总厂里的办公室主任告诉我，你在这儿。你跟我来……"他拉着魏东晓就往包厢外走。

魏东晓一边跟着他出来，一边说："什么事这么急？你在建筑队干得怎么样？一直都没有你的消息，这一冒出来就这么急着拉我走……"

陈明涛停了一下，靠近魏东晓伤感地说："东晓哥，七班长，贺唯一，你记得吗？快不行了！他的孩子来找我，所以我赶紧来找你。我们现在就去看他！"说着，他朝远处招了招手，一个和蚝仔差不多大的小女孩跑了过来。小女孩身体很单薄，大大的眼睛透着胆怯，但清亮晶莹。陈明涛对小女孩说："贺曦，这是魏叔叔，也是你爸爸的好朋友。"

魏东晓看着陈明涛，又看看贺曦，放柔和了语气："乖孩子，爸爸怎么了，你告诉叔叔。"小女孩看看陈明涛，他肯定地冲贺曦点了点头。贺曦一下子哭了出来，说："魏叔叔，我爸爸不行了，我爸爸不让我来找你们，我自己偷偷跑出来找陈叔叔，让叔叔帮我想想办法，救救我爸爸！"

魏叔叔一面对小女孩说着"别哭，别哭"，一面冲陈明涛发火了："七班长到底怎么了，你他妈就不能直说，让孩子在这儿为难！"陈明涛低下头去："胃癌晚期。昨天又胃出血，住进医院，大夫说，可能时日不多了！他说反正都不行了，不在医院里浪费钱，硬是不住院了，现在躺在家里。"贺曦泪如泉涌，看着魏东晓。

魏东晓转身走进包厢，对秦勤和麦寒生说："今天不谈了。有没有带钱？都拿给我，拿给我。我的老战友贺唯一，已经不行了，我得赶紧去看看他。"秦勤和麦寒生赶紧把身上能摸出来的钞票都放在桌上。魏东晓一把都捞过来，往口袋里一塞，说："我先走了，回头还给你们。"

路上，陈明涛告诉魏东晓，他和贺唯一一直有联系，但是贺唯一因为自己身体不好，不肯给战友添麻烦，所以既不参加战友聚会，也坚持不让陈明涛告诉别人他的联系方式。他一直没有结婚，贺曦是他领养的孩子，一个无父无母的孤儿。魏东晓越听，眉头就皱得越紧。

他们来到一个城中村，脏兮兮的小巷子，地上坑坑洼洼的，到处是积水和垃圾。昏暗的夜灯被雨水反射，蒸腾出一股颓废的气氛。小巷两边都是违规盖的小楼，一栋栋挤得很紧，从这栋楼伸手就能够着另一栋楼的窗口。一家敞开的门店前挂着红色的夜灯，门口坐着两个模样怪异的女人，见到有人过去就花枝招展地招呼。这是全深圳市房租最便宜的地段，但陈明涛说，贺唯一还是经常交不起房租。每次陈明涛偷偷替他付房租，贺唯一都会骂陈明涛一顿，说用不着可怜他。魏东晓叹着气："这个贺唯一啊，还是这个倔脾气，怎么会给谁添麻烦呢！深圳建设的时候，他可是立下大功的人啊！"陈明涛轻轻地说："是啊，可是现在谁会记得呢！"

沿着逼仄的楼梯，他们艰难地爬上了六楼。这里是顶楼，房租比其他楼层便宜，但冬天冷，夏天热。贺曦怯生生地站在最后一级楼梯上，拿出钥匙，迟疑了一下，转身对魏东晓说："叔叔，一会儿就你们进去吧。爸爸不让我去找他的老战友，现在我把你们找来了，爸爸一定会很生气，所以，我就不进去了，你们好好劝劝我爸爸，去医院接受治疗吧，这个钱就算是我跟你们借的，将来我赚钱了，一定加倍还给叔叔们！"说着，贺曦转身打开门，让出路来。魏东晓和陈明涛忍住泪水，走了进去。

小屋内光线昏暗，摆着两张床，两张床中间刚刚够一个人侧身通过。床中间的通道通向阳台，阳台就是小厨房。一个砂锅放在地上，里面有半锅剩下的粥。贺唯一躺在床上，盖着一床已经洗得看不清颜色的军被。他两眼紧闭，眼睛凹了进去，整张脸已经瘦得看不出人形了，像是个骷髅。听到脚步声，贺唯一一面微微喘着气，一面睁开眼睛，愣了愣，不可置信地低声叫了起来："魏，魏东晓——副连长——"他激动得想要坐起来，却力不从心，只能徒然地抬了抬头。

魏东晓眼见着曾经山一样壮实的贺唯一变成如此模样，眼泪止不住地流了下来。他哽咽着去扶贺唯一的肩膀："贺唯一——是我，是我，我是魏东晓……"

贺唯一一边笑着，一边眼泪就掉了下来，声音嘶哑但充满了欢喜："你们还是找到我了！"

魏东晓也一边流着泪，一边扶着贺唯一坐起来，自己也坐到床边，握着贺唯一的手，说："我们从来没有分开过！还记得我们的歌吗？"他紧紧地握着贺唯一的手，低声唱起了《基建工程兵之歌》：我们是光荣的基建工程兵，毛主席的教导牢牢记心上……

贺唯一和陈明涛哽咽着加入了合唱。歌声里，他们又看到了那段战斗的岁月，那个曾经的自己：无数基建兵战士青松般挺拔的身姿，列队站在车站广场前，大雨中接受王光明和秦勤的检阅；路基工程的工地上，赤膊上阵的贺唯一举起巨大的铁锤砸在铁錾子上，火星直冒；魏东晓戴着手套，两手紧紧握着粗大的铁錾子，石头被轰然砸开；一幢在建的大厦工地上，泥泞满身的战士奔跑、挖掘，挑着沉重的土方穿梭在工地上……

歌唱完了。魏东晓看着激动得两颧通红的贺唯一，提高了声音说："贺唯一，你是怎么搞的，就这么点小病就把你弄成这样，你赶紧好起来，绝对不能被病打倒！"贺唯一再也忍不住了，把脸埋在魏东晓的掌中，泣不成声。

贺唯一被火速送到了医院。手术室外的椅子上，贺曦紧张地依偎着陈明涛，魏东晓站在贺曦另一侧，王三成和其他的基建兵战友环立在手术室外。王光明焦躁地来回走着。时间一分一秒过去。到魏东晓坐下来时，贺曦伏在陈明涛腿上睡着了。

手术室的灯灭了。医生从里面走出来，低着头说："我们尽力了……"王光明冲上去，抓住医生的衣领："你他妈再给老子说一遍！什么叫尽力了？他是我王光明的兵，我不让他死，他就不能死——"贺曦被惊醒了，微微怔了怔："爸，爸，我爸在哪里……"

附属连的战友们把贺唯一安葬在之前五个战友安息的小树林里。六座坟一字排开。

小树林很小，大家肩并肩，沉默地站在坟前。魏东晓站在队伍最前列，将手上沾满黄土的铁锹递给另一个战士，在衣襟上擦擦手，对着新坟说："贺唯一，你放心，我会把贺曦抚养好，成人，成材，做一个对社会有贡献的人。"说着，他低头看看贺曦。杜芳把贺曦揽到自己身侧，帮她把眼泪擦掉。可是杜芳的手一拿开，贺曦的眼泪又流了下来。

陈明涛对贺曦说："放心吧，魏叔叔和你芳姨会像对待自己的亲生女儿一样待你！你还有我们这么多的叔叔，以后有什么事，都可以来找我们！"

贺曦默默地点点头。她看上去非常平静，平静得超出她的年龄该有的样子。

魏东晓和杜芳把贺曦带回家里。

清早，杜芳醒来，看看闹钟已经六点半了，急忙起床准备做饭，一到厨房，里面热气腾腾的，贺曦正一边看着火一边看书。看到杜芳进来，贺曦站起来打招呼："阿姨，您起来了。"杜芳鼻子一酸，走上前将贺曦揽在怀里："阿曦，到了阿姨这里，不需要你做这些。阿姨要让你像别的孩子一样，只需要好好玩耍，好好学习。"贺曦笑着挣脱出来："阿姨，以前我每天都这样，没关系的。做做事，我一样考第一。"杜芳忍不住哭了，再次将贺曦搂在怀里，说："你不要这么乖，太让人心疼了。要知道，你才和我们家蚝仔一般大，还是个孩子……"

魏东晓不知道什么时候站在了门口，看着母女俩："这回你捡到宝了吧，还是女儿好吧，哼，那个不认爸妈的儿子就别指望了，不回来拉倒。"

安顿好贺曦，魏东晓又开始继续寻找程控交换机的生产资金。根据王光明的秘书的安排，上午十点，他骑着自行车准时来到深圳市委大院。孺子牛的雕塑旁，一对对情侣川流不息地在与雕塑合影。魏东晓坐在办公室外走廊上的一张长椅上，一直等到中午了也没见到王光明。办公室的门再次打开，李秘书走了出来。魏东晓站起来："李秘书，可以了吗？"李秘书摇摇头说："不好意思，来了个重要的客人，王副市长可能还要一会儿。如果您有其他的事，可以先去办理，到下午再过来吧。"魏东晓心里郁闷，但口上也只能说："好，那我下午再过来。" 李秘书说："您就索性晚一点，四点过来。"魏东晓点点头。

下午四点，魏东晓再次来到王光明的办公室外等着。一直到下午四点五十分，依然没有见到王光明。魏东晓急了，跑去找李秘书："李秘书，这都五点了，王副市长还没忙完？李秘书，你有没有和王副市长说，我是魏东晓，我找他。"李秘书说："不好意思啊，王副市长真的很忙，我知道您的名字，上午就和王副市长说过了啊……你不信，见到王副市长您自己问他。" 魏东晓挤出一丝笑容说："信，我信。我再等等。"

墙上的石英钟嘀嗒嘀嗒地走着，时针指到了五点半。李秘书不知道去哪儿了，魏东晓看了看石英钟，站起来，推开王光明办公室的门走了进去。

王光明坐在办公桌后面，正和一个男人谈话。看到门突然被推开，王光明眉头皱了起来，见进来的是魏东晓，又换上了一副高兴的表情。魏东晓一面大步走进来，一面大声叫："支队长！"王光明从办公桌后大步走出来，伸出手："东晓！你来了！"

坐在办公桌前的男人扭过头来。是陈大尧。他一动不动地看着魏东晓。魏东晓万万没想到在这里见到他，勃然大怒，恶狠狠地就要往陈大尧面前冲："你还敢回来？！"王光明一面拦住魏东晓："东晓，这是机关。"一面向陈大尧使眼色。陈大尧不慌不忙地拎着包站起来，举着手摇了摇："王副市长，那我就先走了。东晓，咱们下次见。"说完就朝门口走去。王光明说："大尧，晚上吃饭我就不去了，东晓来了，我和他好好聊聊。"

他拉着魏东晓："来，东晓，坐。"魏东晓狠狠地瞪着陈大尧，直到他的背影消失在走廊里，才回头抱怨道："支队长，您这门，可不容易进！"王光明打了个哈哈："胡说！你魏东晓想找我，谁还敢拦着门不让你进？

瞧，你这不打进来了吗？哈哈……说吧，什么事？"

魏东晓说："王副市长……"王光明看着他微微一笑。魏东晓"啪"地敬了一个军礼："报告支队长，我汇报一下！我搞的数字程控机，样机已经出来了……"

王光明很高兴："好事啊！恭喜你了，东晓！"魏东晓见王光明笑了，也很高兴，跟着放松了下来："支队长，我们想搞个生产线，批量生产程控机，市里有没有什么政策支持一下？"王光明又微微一笑："你想要什么支持？"魏东晓说："我找过秦副市长了，他说通信办现在是王副市长分管……成不成就是支队长一句话！"

王光明脸色一沉："哦，这么说，你已经找过秦副市长了？"魏东晓说："是啊。"他莫名其妙地看着面露不悦的王光明："支队长，我就直说了，市里能批给我一项无息贷款吗？"

王光明仔细看了看魏东晓，停了停，随即摇摇头："无息贷款的指标倒是有，但那都是戴帽子、有名目的，主要是扶持市里的重点国有企业、重点项目……"魏东晓说："我这数字程控机难道不算是市里的重点项目吗？"

王光明避开魏东晓直视的目光："这个嘛，我说了也不算啊。"魏东晓想了想，说："支队长，我也不绕弯子了！我听说市里还是倾向用国外洋品牌？"王光明点点头："是啊，一直都是这样嘛，我们国产的数字程控机还不太成熟，竞争力不强，市里也不太敢用，要是出了问题，通信瘫痪了，那就是大事，谁承担得起这个责任？"魏东晓不服气："支队长，我们的程控机质量绝对没有问题！"王光明看了魏东晓一眼，加重了语气："东晓啊，这么多年过去了，你怎么还像个刚走上社会的愣头青？这里面的事情就像你想的这么简单吗？"

魏东晓有点蒙："那……请支队长给我指条明路吧。"王光明点点头："市里搞通信产业升级，这才刚刚开始，你魏东晓也可以代理几个信得过的国外大品牌通信产品，一起来竞标嘛。"

魏东晓脖子一拧："那我不成了洋品牌的代理商了？我们自己生产的

程控机什么时候才能上市？"王光明斜了他一眼，从鼻子里轻哼一声："幼稚！……就你这个思维，还做自己的产品？你的雷达脑子进水了吧？"

魏东晓看着王光明，眼光中充满了困惑，像是在看一个陌生人。眼前的支队长和之前的那个热血汉子王光明似乎不是同一个人。过去，王光明是个直来直去的汉子，现在他总是话里藏话地让自己去猜。这种变化让魏东晓感到既失落又困惑。虽然离开的时候，王光明答应帮他的忙，可他并没有觉得开心。

第二天，魏东晓去见麦寒生。他们约了在公园见面，聊到中午了，才发现没地方吃饭。麦寒生看了看，起身去旁边的麦当劳买了两个汉堡。魏东晓打趣他说："老麦，看不出你还赶时髦呀，洋快餐也吃上了！去了那么久，是很多人排队吗？"

麦寒生笑了："新生事物嘛，大家都愿意尝试一下，买的人真是多。快餐快餐，可不就是方便嘛。对了，你跟王副市长聊得怎么样？"魏东晓摇了摇头说："不太乐观，支队长和我聊代理外国品牌的事！"麦寒生觉得有戏："这也是一条路啊，可以考虑。"魏东晓不认同："考虑？你想过没，如果咱们去搞代理了，那我的程控机怎么办？还有，研发我可以自己来，代理可是要人员去跑业务的，我哪来的人？"麦寒生说："但是你想过没，你要是代理了几个欧美大品牌通信公司的设备，这些技术够你消化几年吧？至于人员，东晓，你过去在部队里的那些老战友，好多都是搞通信安装的，你魏东晓一声号召，能缺人吗？"

魏东晓一拍脑袋："也对！光想着怎么投产我的程控机，思路一固定，脑子都不灵光了。"

麦寒生继续道："如果你做几年的洋品牌代理，不仅可以赚代理费、安装费，还有售后这部分的维护技术，几年下来，经验可就累积下来了！"魏东晓大喜："麦寒生，我发现你平时不太说话，可是这主意很正点啊！"老麦不好意思地笑了："时代在发展，头脑跟不上可不行！"

魏东晓一边往嘴里塞着汉堡一边畅想着："行，这块最重要的是市场，我最看重的也是市场，通信产业改造升级很快，以国际上的惯例，基本上二十年就可以改朝换代了。二十年，二十年足够我们赶上来了！二十年后，我要把通信行业的那些洋品牌全他妈撵出中国去！"

十二　母子相逢不相识

　　就这样，魏东晓成立了万为通讯公司。在王光明的帮助下，公司拿到了好几个国外产品的代理。魏东晓在一个简陋的小写字楼租了办公室，公司的玻璃门正对着楼梯。开业那天，王三成、陈明涛等基建兵兄弟都来了，蔡伟基、蔡红兵等罗芳村的老乡也来了，还有许多商人模样的嘉宾，虾仔跟贺曦在里头忙着端茶倒水。公司门口两边放着很多花篮，上面飘着彩带。大门正对着的墙上挂着一块红布，魏东晓和杜芳喜气洋洋地站在红布的两边，在众人的掌声中揭开红布，露出"深圳万为通讯器材有限公司"金光闪闪的招牌。蔡伟基笑嘻嘻地对魏东晓拱了拱手："魏老板，恭喜发财！"又转身对杜芳抱抱拳："老板娘，同喜同喜，财源滚滚似三江啊！"魏东晓高兴地说："蔡老板，借你吉言啊，哈哈。"

　　杜芳端着一杯香槟酒走到正在和来宾寒暄的魏东晓身边，低声问："王副市长不是答应来给公司开张剪彩吗？"魏东晓笑容可掬地招呼着客人，头也不回地敷衍道："算了吧杜芳，支队长忙得很，就别折腾他了。"杜芳拉了一把魏东晓："东晓，王副市长这回可帮了大忙，要不是他出面，这些代理可没那么容易拿到，毕竟人家欧美的厂商都是大品牌。"魏东晓点点头："是得好好谢谢支队长，等过几天，我找几个战友一起跟支队长好好喝一顿。"杜芳轻轻叹口气，心里想："东晓这个大傻瓜，你欠了王光明一个大人情，不是喝酒能解决的。"可是人这么多，这话也不方便在这里说。

这时，王三成笑呵呵地走到杜芳身边，低声说陈大尧来了。杜芳心里一惊，看看正在忙着的魏东晓，放下酒杯走了出去。

陈大尧站在角落里向门口张望，看到杜芳出来，立刻迎了上去，杜芳却将他拉到一边，又看看他身畔："大尧，是不是找到蚝仔了？怎么，你没把他带来？"陈大尧一见杜芳就有点手足无措："杜芳你别着急，我……我还没找到蚝仔。我今天来，是来恭喜你们公司开业的。"

杜芳不解地看看他："那你正大光明进去恭喜东晓就好了，这是他办的公司，你这样偷偷摸摸的，像是做了什么见不得人的事似的！"陈大尧听杜芳这样说，倒是笑了："看你说的，我对你，几时做过见不得人的事。"

杜芳不接话，气氛有些尴尬。

陈大尧岔开话题说："东晓公司是开业了，那你自己的生意呢，还忙得过来吗？"杜芳也觉得自己态度太生硬了，赶紧笑了笑："他那些通信设备我不懂，万一要是不赚钱，这个家总是要养的嘛！其实，大尧，我也要感谢你，谢谢你前阵子帮我介绍的制版业务，几个月下来，比照片洗印赚钱赚得多！"陈大尧看了看杜芳，转头望着天空叹了口气："魏东晓得妻如此，夫复何求啊！"

杜芳道："别说这些了，蚝仔真的一点消息都没有吗？香港所有的学校我们一家家打听过了，也登了报，都没找到，一个孩子，就这么跑掉了，我……"陈大尧一看杜芳声音都变了，赶紧安慰她："别哭别哭，你放心，我没有放弃的，在我身边那么多年，我是当自己孩子带的。有消息了我一定第一时间告诉你！我们一定会找到的！"杜芳哽咽着点点头。

陈大尧向杜芳说得很真诚，可心里却在发虚。他不想将蚝仔的信息告诉杜芳，一则因为蚝仔的请求，二则也是希望能借着蚝仔这条线索跟杜芳保持联系，偶尔见见她，跟她说说话，或者帮她做点事情。如果将蚝仔已经找到的消息告诉她，蚝仔就要离开他回深圳，杜芳也可能再不会理他了。

两个人说着，听到不远处一阵喧闹，紧接着街上响起了喇叭声，扩音器里是王光明洪亮的声音："各位股民朋友们，股民朋友们！我是深圳市副市长王光明……"杜芳见公司里面有人似乎要出来，就赶紧催着陈大尧离开了。

不一会儿，魏东晓走了出来："怎么回事？我听着是支队长的声音。"一边说，一边朝着喇叭声音走去。杜芳说："是啊，我听着也是。怪不得今天开业也没过来，在忙这些事呢。这几天园岭营业部生意好得没边了，老五股红得发紫，有钱都抢不到。"

蔡伟基正好走到杜芳身边，听了这话就问："老五股？哪几只？"杜芳说："就是深发展、深万科、深金田、深安达、深原野。1990年我们深圳最先发行的就是这几只股票嘛。"蔡伟基有点不相信："香港股市半死不活的，买了股票的人都说在赔钱，天天喊割肉呢。"杜芳笑了："深圳是走上坡路，那能一样吗？就说这老五股，你听这股票代码都吓一跳！000001到000005，刚上市发行不久，能不赚钱？"蔡伟基想了想，压低声音说："阿芳，你留点心，要是深圳的股票能赚钱，我也跟着买点。"杜芳看了看魏东晓远去的背影，也低声对蔡伟基说："老五股刚上市的时候，深圳都没人买，市里只好动员干部去买，我也看不准，就低价收了一点……不过这事东晓不知道。"

魏东晓什么都没听到，他循着声音往园岭营业部找王光明去了。

园岭营业部就在万为公司隔壁，因为股票红火，营业部门前全是人，还有很多买卖证券的掮客在人群中穿梭，到处拉生意。王光明站在营业部门前的台阶上，举着一个大喇叭，喊得声嘶力竭："黑市买卖证券是非法的，是非法的！我们一直在严厉打击，股民朋友们，希望你们理性炒股，不要听信……"

大喇叭突然没有声音了。王光明将大喇叭掉转头看看，又拍打了几下，再对着大喇叭"喂喂"着测试，喊到最后一个"喂"字的时候，大喇叭突然又出声了，声音很大，王光明被吓得退了一步。营业部前的人群哄笑起来，人群外的魏东晓也笑了。王光明举着大喇叭继续宣讲："不要听信传言。同志们，股票投资必须理性、有序、安全，我们绝不会坐视这个黑市交易猖獗而……"大喇叭又没有声音了。王光明恼火地将大喇叭塞到身后李秘书的怀里："赶紧再去找个喇叭！这人越来越多，乱哄哄的，没有喇叭，怎么喊话？"

魏东晓挤进人群，挥着手喊："王副市长，王副市长……"王光明也看到他了："东晓！"

魏东晓笑嘻嘻地说："支队长，你别急啊，我给你装个大功率的高音喇叭，保证你喊的话，香港那边都听得到！" 扭头指了指楼上，"我公司刚开业，巧着呢，就在隔壁楼上……支队长，你等等，我马上给你拉高音喇叭啊，阿基，过来帮忙！"

魏东晓拉着蔡伟基跑回公司，一会儿就抱着一个高音喇叭出来了，他身后蔡伟基捧着功放机，再后面麦寒生扯着线。很快，喇叭架好了，王光明拿着话筒一喊，果然好使。王光明高兴地拍了一下魏东晓的肩膀："好小子！关键时候，还得靠我王光明的兵！"魏东晓也不客气，凑近王光明，借机提出想参加年底香港发展局的通信产品展，希望王光明给自己一个参展名额。王光明似笑非笑，忘记了喇叭就在嘴边，声音一下通过话筒从高音喇叭里传了出去："魏东晓，你敢和老子谈交易了！"

魏东晓赶紧拿手捂住王光明手上的话筒："糟了糟了……对不起啊，支队长！" 王光明低声说："这事我知道了！还不赶紧走！"但魏东晓不肯："到底行不行，支队长你给个准话。"王光明干脆地说："行，给你一个指标。" 魏东晓乐坏了，转头就撒。

那段时间，园岭营业部的大喇叭里每天都传出王光明的声音，但根本不起作用，无数股民源源不断地从全国各地涌来，沿着营业部大厅门前的十几级台阶，一层接一层地往上垒，叠罗汉似的叠了十几层。这还不算，外围的人一直延伸到马路上，一个片区的交通都堵死了。魏东晓每次经过这里都皱眉头：怎么这么多人，还让不让人走路了！紧接着，魏东晓就不皱眉了，因为他知道杜芳也炒股呢，而且是大户，赚了很多钱。直到1990年12月1日，深圳市证券交易所开始试营业，杜芳的大部分钱已经出来，魏东晓提着的心才放下。但那年在香港的通信产品展，王光明还是没让他参加。

　　杜芳的洗印店业务越做越大，改称文印社了，忙不过来，就将蔡伟基的侄子蔡文辉叫到店里帮忙。辉仔本来跟贺曦在同一个班上学，因为成绩差索性不读书了，出来打工，这小子头脑灵活，办事有章法，深得杜芳欢心。辉仔天天盼着周日，周日的时候贺曦会到店里来帮忙，他偷偷喜欢着贺曦，有什么东西总惦记着和她分享。杜芳看在眼里，却没挑破。

　　虽然有辉仔帮忙，店里依旧忙不过来，杜芳就在店外贴了招聘启事，想再招一个人帮忙。这个招聘启事引来了一个她日思夜想的人。

　　自从上次跟着陈大尧到深圳偷偷地看妈妈之后，蚝仔又好几次自己从香港过关到深圳，在杜芳的店门口徘徊一会儿，只要看见了妈妈的影子，蚝仔心里就很舒服。这天是周日，蚝仔又来了，他正痴痴地往里头看着，店里的贺曦看到了，以为他想应聘，就笑盈盈地迎了出来。看着贺曦的笑脸，蚝仔感觉像自己突然置身在了一片光芒之下，大脑一片空白，贺曦说什么他就点头。"那你跟我进来吧，老板就是我芳姨，人可好了。"蚝仔跟着贺曦就进了店里，那一刻，他忘了自己是蚝仔，忘了杜芳是妈妈，他眼里只有贺曦的笑容，明媚得晃了他的眼。

　　看到贺曦对蚝仔的笑脸，辉仔对蚝仔没什么好感。虽然不认识蚝仔，杜芳却喜欢上了这个大男孩，看上去安静又内敛，样子很诚实，当即就决定聘用。蚝仔这时才想起来，自己还在香港读书，只有周末才能抽出空过来一趟，杜芳说没关系，反正按照时间算，怎么都行。杜芳拿出一张"员工登记表"，蚝仔看了看，犹豫了好一会儿，才提笔在"姓名"一栏写下"陈强"两个字。填完表，贺曦招呼蚝仔："走，我带你熟悉熟悉打印机和复印机。"辉仔赶紧插进来："还是我来吧。"辉仔说着，就拉了蚝仔到复印机旁，又转头对贺曦说："我比你业务熟多了。"杜芳看出了辉仔的小心思，暗暗直笑。她转身拿了一张A2的打印纸贴到玻璃橱窗上，上面写着：**本店代**

理深圳、广州20余家报纸、杂志封三封底内文广告，价格从优，欢迎洽谈。

这段时期，魏东晓跟杜芳的感情一直很平稳，对于蚝仔这个心结，彼此都刻意避开，尽量不提这个伤心的话题。可今天到店里的这个陈强，还是让杜芳想到了蚝仔，一是年纪上差不多，二是相貌上她总感觉似曾相识。晚上，杜芳忍不住跟魏东晓念叨了几句，魏东晓怕杜芳伤心，就截住她的话说，会好的，我们的蚝仔会回来的。说完，魏东晓就沉沉入睡了。杜芳也不再说话，只是自己静静地躺着。

时间过得很快，一眨眼就到了1992年。魏东晓的万为通讯发展得很好，通过代理国外的通信产品，万为通讯赚到了不少钱，资金充裕之后，魏东晓带着技术员结合着自己代理的国际品牌的技术经验，在原来研发的大型程控机的基础上进行了新的调整，机器性能更加优化，价格又比国际品牌便宜，因此万为的通信产品在市场上颇有优势。

深圳的城市建设日趋完善。春日里，人民公园百花盛开，大片的三角梅灼灼欲燃，到处都是赏花的人。一个老人坐在长椅上，认真地看手里的《深圳特区报》。公园一角，京剧爱好者们聚集在一起，听一个老人唱一段二黄散板："数万儿郎边关镇，蛮夷不敢扰边庭，干戈宁静民安顺，万民瞻仰吾圣恩……"这是裘盛戎的经典名剧《姚期》里的唱段，票友们纷纷叫好鼓掌，秦勤也侧身其间，静静欣赏。自从当上了副市长，秦勤就忙得完全没有了自己的空闲时间，很久没好好休息了，今日难得有空，他让司机带着自己到人民公园来走一走。听着耳边熟悉的旋律，秦勤想到梁鸿为，脸上露出难见的笑容。

这段时间，深圳市委领导班子都在为股票黑市交易屡禁不止的问题焦头烂额。园岭营业部大批大批的股民聚集在一起，股票黑市市场已经蔓延到了万为公司的楼下，街上人头攒动，掮客们到处穿行。外界流言说深圳的机关干部和群众不去上班了，都在炒股，连香港红灯区的老鸨都改行来深圳炒股了。全市的大喇叭整天播放着一些黑市交易的反面案例，但依然无法阻挡人们对金钱的热切渴望。从国家到省里，从省里到市里，一级级的命令下来，市委会议上，市委书记还特意将这个难管的活儿派给了王光明和秦勤，逼得王光明直跳脚，还跟秦勤急了眼，但就是想不出好的解决方法。回到办公室，秦勤一眼看到桌上《人民日报》一大篇文章的通栏标题：《深圳股市狂热，潜在问题堪忧》，心里"咯噔"一下，生怕又有什么指示要下来。

距离园岭营业部不远的荔枝公园是当时最大的股票黑市，荔枝公园里每天聚集着很多人，三两个人围成一个小圈子，头碰头窃窃私语，暗中交易。经过两年多的股市历练，杜芳俨然已经是老股民了，她看上了一个长头发年轻人手里的认购证，可他死活就不降价。

长发年轻人一脸苦相："谁他妈舍得抛深发展啊，妹子，我这是家里实在有事急用钱，我是忍痛割爱啊！"杜芳板着脸："谁是你妹子啊！我没时间和你瞎扯了，就这个价，你卖不卖？不卖算了。"说着，她扭头就走。长头发一把抓住杜芳："哎哎，妹子，能不能商量商量？你出的这个价，也太低了点……我也不是当初从营业部柜台十六块一股买的，这几天，深发展都涨到一百八了，你就出一百五，我一分钱不赚啊。"杜芳停下脚步："你不是说家里实在有事，急用钱吗？"长头发低声说："不瞒你说，这股票不是我的！妹子，我姐夫是国企的领导，当初深圳的股票没人要，还是单位摊派他买了点。我姐夫说了，低于一百六不能卖，我要是一百五卖你了，妹子，那我姐夫肯定以为我在中间黑了他的钱啊，我回去怎么交差？"杜芳笑了笑，转头就走。长头发敏捷地跳了几步，张开手拦住杜芳："妹子妹子，别走别走啊！好吧好吧，就按你说的价，我卖了！"杜芳说："一百五，五百股，一共七万五，是吧？"一边说着，一边打开怀里的坤包，伸手在里面数钱。

旁边伸过来一只手拉住了杜芳，杜芳吓了一跳，扭头一看，是魏东晓。杜芳有点心虚："你，你怎么来这里了？"魏东晓不由分说将杜芳拉出人群："不能再买了！价格涨成这样了，你还想赚钱？回家！"杜芳不停地挣扎："东晓，东晓，你干什么……"魏东晓着急地说："杜芳，我们不能买了，这黑市到处都是骗子！这股票黑市疯狂成这样，能正常吗？"杜芳不服气："你别瞧不起人，股票是真是假，我能分不清吗？我买股票都没亏过钱！"魏东晓不管，只顾拉着她走："再买你前面赚的就该亏光了。反正你不能再买了。"

　　魏东晓不让杜芳买股票，杜芳很不高兴，吃晚饭时，两个人都不说话。贺曦提前吃了饭去店里了，虾仔看看这个看看那个，也闷头吃饭。

　　魏东晓试图找个由头缓和一下气氛，就对虾仔说："虾仔，等毕业来我公司上班吧。"虾仔没有抬头，只是闷声闷气地说："再说吧。"虾仔的态度让魏东晓有点意外，也有点恼火："什么叫再说？我是过来人，我不支持你分配到政府机关去工作，还是到企业比较好，你学的专业也可以学以致用嘛。"虾仔抬起头，看着魏东晓说："爸，毕业后的去向，我想自己决定。"魏东晓加重了语气："你不想来万为？为什么？你是看不起万为，还是想去那些外资银行，一个月赚别人一年的工资？那你得有资历。一个半点经验没有的学生，没人给你那么高工资。"虾仔低下头继续吃饭："不为什么。我的事情我自己能够做主。"

　　魏东晓一下怒了："虾仔你是什么态度？"虾仔毫不退让："我说的是实话，从小到大，我的事您都不管，现在我长大了，我有能力规划自己的未来！"魏东晓把筷子往桌子上一拍，刚要发脾气，旁边的杜芳就瞪了一眼魏东晓："这才大四，你着什么急？好不容易孩子回来一趟，一家人吃个安生饭行不？"魏东晓想一想，放软了口气："都是你惯的，平常不说话，一说话噎死人。我们万为公司，几十号人，都没人敢顶我的嘴……"虾仔接口道："所以我才不去万为公司上班！"魏东晓看着虾仔，又看着杜芳："你看看，你看看……"杜芳瞥了他一眼："行了，快吃饭吧。"

　　其实，魏东晓阻止杜芳买股票是有原因的，他想找杜芳借钱。虽然公司赚了不少钱，但扛不住公司人多，开支大，几十号基建兵战友都被他拉来了，赚到的钱除了养活员工，还要投入产品研发，现在手头紧张，找别人不如找杜芳方便。魏东晓心理盘算着，吃完饭，就主动陪杜芳洗碗，磨磨蹭蹭地把这个意思说了出来。杜芳很不高兴，说他的公司就是在搞慈善，一点钱剩不下，倒让老婆养着家，现在还打家里的主意。魏东晓只好不说话了。

九十年代初，国内的股票购买都需要认购证，凭认购证去营业部购买。认购证需要身份证才能办理，那些能搞到身份证的人就能多买认购证，然后转手卖出去。有认购证才能买股票，所以随着股票的发行，认购证也成了紧俏物资。虽然魏东晓反对，但杜芳还是背着魏东晓买了很多认购证。

深圳证券交易所股票认购证第四次摇号开始前，从全国各地一下子涌来一百多万人来抢购认购证，把交易所附近的几条街堵得严严实实。洗印店的门口也被来购买股票认购证的人占领了，人潮排到了大街尽头，在街角就顺着路拐弯下去。有些排队的股民看人多，还在街边铺了塑料布，等待的时候就睡一觉。辉仔天生是做生意的脑子，他从市场进了很多塑料板凳到外面去兜售，一会儿就卖了几十个，三块钱进十五块钱卖，贺曦说他真黑，可辉仔却说这是满足市场需求。那时深圳刚刚兴起无线寻呼系统，俗称BB机，辉仔也弄了一个，很得意，拿给贺曦献宝，可贺曦根本就不在意这些，她只关心学习和文印店的活计。辉仔几次请她去看电影喝饮料，都被贺曦拒绝了。

为了防止证券交易所因为拥挤引发安全问题，深圳市委召开了紧急应对会议，决定调派公安武警去现场维持秩序。1992年8月9日，深交所第四次股票认购证摇号还没开始，王光明和秦勤早早地就到了现场，坐在考斯特指挥车里观察情况，从武警部队调来的战士分散在交易所周围，沿途布岗。看着窗外密密麻麻几十万的人潮，王光明和秦勤都十分紧张。

摇号一开始，人群就开始疯狂地往前涌，完全没有了秩序。排队的黄线失去了作用，只能靠武警战士手拉手用身体筑成人墙，抵挡人群的冲击，有人大声喊着："排队排队，别挤了！"但没有人听。失去理智的股民拼命想冲上去，大雨中，武警队伍摇摇欲坠。在这样的混乱中，五百万张股票认购证被抢购一空，还没到十点就都卖完了。看着证券交易所缓缓关上大门，王光明和秦勤都松了一口气，庆幸没出什么乱子，低头一看，两人的衣服都湿透了。

证券交易所大门紧闭，但无数没买到认购证的股民不肯走，有人在抗议摇号有黑幕，还有人在喊要去市政府请愿，不买到认购证坚决不回家。见人群依旧聚集着，王光明和秦勤的心又悬了起来。

这场摇号认购，杜芳并没有到现场，她在店里遥控指挥辉仔。认购结束了，辉仔冒着雨给杜芳打电话，告诉杜芳他们只买到了十几张。"芳姑，人太多了，根本挤不上去，排队也是白排……我们雇了一百多人，根本就不算什么！听说有个新疆人雇了一千多人呢。"辉仔哭丧着声音说，"结束才几个小时，已经从一百一张炒到三百多了。"杜芳想了想，问现在还能不能买到，说三百多也要买。挂了电话，杜芳从衣柜里拿出早就放好的一个大塑料袋，拎着就往外走，正碰上了推门进来的魏东晓。

魏东晓冷冷地看着杜芳，将袋子扯过来一看，里面一沓沓都是第四套人民币淡蓝色的百元大钞。他气得把袋子扔在地上："你可真是越来越糊涂了！利令智昏！""我的事你别管，这些钱都是我炒股赚的，我可以支配。"杜芳说着，从地上拾起袋子，拎着就往外走，却被魏东晓一把拉住："杜芳，你想想，证券交易所为什么要限购这个认购证？一个身份证为什么只能买一张？明摆着这里面风险大得很！一百块一张的认购证涨到了五六百，这有没有什么问题？这还是正常的经济行为吗？外面的那些股民，都他妈疯了！"杜芳急得跳脚："魏东晓，你明不明白，为什么这些股民都疯了？他们千里迢迢跑过来排队，一排就是几天，都是为什么？穷！穷怕了！好不容易有个发财的机会，谁不想紧紧抓住？"魏东晓也急了："这是投机取巧，梦想一夜暴富，可能吗？！"

杜芳头一扭："魏东晓，你少给我作报告了！我现在没时间和你废话！让开！不要挡我赚钱！"她抓起地上的大袋子冲向门口，魏东晓连口袋一起抱住杜芳，往柜台里一送，转身出去，"嘭"地关上大门，将大门反锁了。杜芳一个电话叫来辉仔，从三楼窗子将装着钱的袋子扔下去。辉仔早通过王三成和麦寒生借了工厂里工人的身份证，每张身份证给五十块钱的借用费，比市面价格高，大家都抢着把身份证借给他。

辉仔抱着钱和身份证到了深交所，远远地就看到了站在考斯特车顶的王光明。大街被股民围得水泄不通。一队武警身穿雨衣，手拉手将指挥车围住。各种颜色的伞交织在一起。人群中有人在叫喊，吵闹不休。有人高高举着纸牌子，上面写着各种表示不满的句子："我们要去市政府评理！""股票认购有黑幕！不买到认购证我们不走！"

王光明穿着雨衣，用大喇叭对着人群喊话："同志们，同志们！各位股民朋友们，大家静一静，静一静……"人群稍稍安静了一下。王光明说："我是市政府副市长王光明！市委市政府委托我前来解决这个股票认购证的问题！大家放心！现在，有个好消息告诉大家……市政府考虑到大家的迫切愿望，决定再补充发行五百万张股票认购证！下午两点正式发售！"这个消息让人群沸腾了。

王光明继续说："同志们，大家听清楚了，考虑到购买的人太多，为了防止拥抢，市里安排了十一家金融单位统一发售！经过紧急调配，一共安排了三百多个发售点！三百多个！具体地址，等一下大喇叭会广播通知。"人群中掌声雷动。

但是补充发行的五百万张认购证依旧不能满足人们膨胀的欲望。当天夜里，深交所门口发生了历史上著名的深圳"810事件"。一些没有买到认购证的股民心生不满，疯狂地砸王光明乘坐的考斯特指挥车，将它推得左摇右晃，几乎翻倒。两个月后，国务院证券委员会成立，这是中国内地最高证券管理机关，负责证券市场管理，保护投资者合法权益。对这次股票认购证的销售，市里收到群众投诉两千九百多件，涉及金融、监察、工商、公安、企业等多家单位多名工作人员。深圳市政府做了彻底的调查，年底时公开处理了九名徇私舞弊的公职人员，其中七人为单位负责人，某证券部副经理因截留了一箱五千张认购证私分，被开除公职。杜芳运气不错，这一波狂热的股票潮让她赚了个钵满盆满，并在股市下跌之前及时收手。

这两年多来，文印店里的业务越来越好，除了又多了两个专职员工，蚝仔也尽量赶过来帮忙，有时一周来一两天，有时半个月过来一两天。杜芳很喜欢这个男孩子，喜欢他安静的微笑，也喜欢他为别人着想的细腻体贴，但她只知道他叫陈强，不知道他是自己的蚝仔。杜芳看得出来，贺曦也喜欢他，他也喜欢贺曦。当时，贺曦已经是深圳大学的学生了，蚝仔也进入了香港大学读书，在高三紧张忙碌的学习里，还能每个月跟妈妈见上一面，对蚝仔来说，真是莫大的精神支持。

以前陈大尧给杜芳介绍的制版业务，她也还一直在做着，赚了不少钱。这一天，杜芳公司接了一个大型活动的宣传海报订单，客户催着要加急印刷，不巧的是，原来与她们合作的印刷厂接下来几天的机位都排满了，无法安排印刷。杜芳在市里找了十几家印刷厂都说不行。杜芳向陈大尧说了情况，陈大尧说市里不行的话，让你的店员去宝安沙井的厂子问问看，再不行只能跑东莞虎门那边了。

杜芳看看店里。其他人都出去跑业务了，只有蚝仔跟贺曦在看店。她有些犹豫地问蚝仔："阿强，你能行吗？要去沙井那边跑一趟，挨家挨店去问问，明天晚上之前必须印刷出来。"杜芳有些担心，之前一直没让他处理过这样的事，平常都是辉仔在跑，"沙井的印刷厂不成的话，你就得去虎门东莞。对了，你去上海宾馆找一个叫蔡伟基的，坐他的车，让他跟你一起去。让他快点开车！"

"没事儿，我去试试。"蚝仔拿了大袋了就出门了。他先到上海宾馆去找蔡伟基的车，可没人搭理他，问了半天也没结果，最后，发现只有一辆中巴是马上去宝安沙井的，他怕时间来不及，就赶紧上去了。售票员是个涂脂抹粉的中年女人，一边嗑着瓜子一边招揽客人。到处都在修路，中巴颠簸不已，有人喊着早饭都颠出来了。蚝仔安安静静地坐着，死死抱着手里的大袋子。车上乘客很多，但没开空调，又闷又热，人人汗流浃背。当时跑车的人里三教九流都有，治安环境也不好，扒手多，乘客在中间被卖猪仔也是常事。蚝仔也被卖猪仔了，无巧不巧，居然被卖到蔡伟基的车上。蔡伟基对沙井那一带很熟悉，带着蚝仔一家一家印刷厂问，走了几家，终于在天快黑之前找到了地方，把宣传海报印出来了。

蚝仔回到店里已经是晚上九点多了，贺曦还在店里看书。见蚝仔风风火火地进来，贺曦陡然松了一口气，说，你终于回来了，弄好了吗？蚝仔点点头。两个人都不说什么，只是相视而笑。

深圳的建设速度十分迅猛，一天一个变化，有时候一条街几天没经过，再来就完全不认识了。与深圳的建设速度一样，魏东晓的业务发展势头也很好，但存在一个问题：很多拖欠款要不回来，导致他一直不能购进数字程控机量产的生产线。魏东晓找到麦寒生，想逼着麦寒生接下来，可麦寒生的厂子也没那么大额的资金来垫付，很是头疼。没办法，魏东晓只好追着各个单位要欠款，其中最难缠的是南海开发区，他们拖欠万为公司的设备款很长时间了，金额又大，每次魏东晓找过去，就把他当皮球踢，现任领导往前任领导身上推，区管委会往党委推，党委往邮电所推，邮电所则让他去找当初签合同的科发公司，那个科发公司是以前挂在开发区邮政所下面的一个小公司，去年就破产裁撤了。这么弄来弄去，魏东晓知道他们无非就是不想给钱。

杜芳建议他去找市里领导帮助协调一下，魏东晓说自己还好，在市里还有点关系，拉下脸去求人，要回那几十万块钱也问题不大，可其他没关系的企业呢？要不回来钱，厂子搞不好要倒闭。杜芳说你想太多了，能管好自己就不错了，要不，能有什么办法？魏东晓眼睛一瞪：我去告他们。

魏东晓去找大刘商量。大刘过去是荔枝山收容所的警察，与魏东晓共同追捕过逃犯，成了好朋友。大刘后来从警察局辞职出来当律师了。听魏东晓说要告政府不付工程款，大刘连连摇头。

"上个月，全国人大批准深圳人大和政府，可以立法了啊！"魏东晓说。"立法了就让你告政府啊？要我说，你趁早别有这想法了。"大刘打断魏东晓，"我们国家虽然1989年就通过了《行政诉讼法》，受案范围一共就那么八条，最高法的司法解释也不明确，我估计，状子都不一定递得上去。""你的意思是我就告不了了？"魏东晓皱着眉头。大刘看着魏东晓说："魏总，您想想，我们就算去打官司，起诉状也是递到开发区当地的法院，您想想看，当地法院一看是告开发区的……"魏东晓生气地一挥手："嗯，我想都不用想了。"大刘看看魏东晓气急败坏的样子，笑了起来，安慰说："魏总，您也别生气了，这个事我看也不难解决……你们万为公司有律师吗？"

魏东晓端着茶杯喝茶："啊？……我们做企业的，要律师干吗？"大刘笑呵呵地说："魏总，现在国家越来越开放，经济越来越发展，您的万为公司肯定会生意越做越大，企业内部、外部每年都有许多合同需要签订，也许还会面临商业纠纷，这离得了律师吗？律师的第一作用，就是防控风险，签合同之前，我们就用自己的专业技能尽量将风险帮你规避了，将来就不会遇到大的麻烦。"

魏东晓点点头："好像有点道理！好你个大刘，以前当警察还看不出来，现在当律师了，这嘴皮子越来越厉害了……"大刘嘿嘿直乐。不久，大刘就成了万为通讯公司的专用律师，一直在魏东晓身边，直到魏东晓跟杜芳投资做了万为地产之后，魏东晓才让大刘另外找了个业内高手季律师来负责万为集团的法律事务。

跟南海开发区的债务，魏东晓终于还是找了秦勤。开始魏东晓还有点不好意思张口，最后没钱发工资，被逼得没办法，说了。秦勤很纳闷，说别人做代理挺赚钱，怎么到你魏东晓这里都要入不敷出了。魏东晓说了实话：赚的钱都投到研发上去了，马上兄弟都快养不活了。秦勤一面给他找人落实还款，一面打趣他，说你有能力去投入研发，就不差这点钱呀，气得魏东晓说要去找人大主任告他，又抱怨没有法律和政策来管理这些赖账的机构。秦勤笑起来，说放心吧，人大已经在酝酿组织各行业的专业人士做相关立法的准备工作了。这几年，深圳的城市发展特别是经济发展，都远远超过了我们最乐观的估计，许多法律条文跟不上了，甚至有些法规还束缚了社会和经济的发展，这些情况，政府都在尽快调整完善应对方案。

当时，魏东晓和秦勤无论如何也想象不到，他们讨论的内容不久就出现在之后的立法中了。二十五年后，中国社会科学院出具《深圳经济特区立法研究》报告，报告列示：深圳经济特区授权立法二十五年来，制定了二百二十项法规，其中一百零五项走在全国前列，为国家和其他地区立法提供了宝贵的经验。

十三　美人赠我金错刀

　　1992年，香港发展局主办的通信科技展上，魏东晓的万为通讯终于有了一席之地。这个科技展是国际通信行业很高端的产品推介会，展会大厅被分成一个个区域，全球各地参展的通信企业都在自己的展区里忙碌，大厅里一片繁忙，人来人往。万为通讯被分在一个偏僻的小角落里，但展位布置得整洁、稳重，门楣上拉着一个大横幅，写着：**万为D1316数字程控交换机，欢迎客商洽谈合作**。D1316是魏东晓跟麦寒生联合开发的一款新的程控交换机，测试的结果跟国际上那些大牌子不相上下，魏东晓信心十足，希望通过这次通信展能打开外销的路子。

　　魏东晓、王三成和辉仔抬着大柜子一样的样机朝展位慢慢挪动，贺曦想帮忙，却被魏东晓赶到一边，说，让你来是负责跟老外介绍时做翻译的，这种粗活儿不用你。几个人折腾了大半个小时，总算将样机搬弄到位，还没来得及喘口气，就有人来参观了，魏东晓立即擦擦汗，开始接待。

　　因为一直在忙碌，魏东晓完全没注意到在距离他们展位不远的地方，一位女士一直在默默注视着他。这个优雅的女子一身得体的职业套裙，盘着高高的发髻，眼神里流露着淡淡的喜悦和一丝不易察觉的忧伤，正是当年辞职离开的潘雨。她通过亲戚的帮助到了美国，学了营销专业，在国际投资咨询公司工作了两年，又跳槽到了北欧通信巨头立新公司。

　　接待完参观者，魏东晓在展厅里环视了一圈，目光落到了立新公司的展位上。立新的展位装潢得很高端，各种通信器材琳琅满目，参观的客商也很多。魏东晓带着贺曦也走了过去，径直将名片递给立新公司中华区市场部总经理艾斯卡·罗曼，说万为希望能代理立新的产品。

罗曼是一个高鼻子的北欧中年人，长着一脸的络腮胡子，挺着一个大肚皮，他接过名片，用生硬的中文说你好。罗曼身边的一个男翻译用英语介绍魏东晓："这位是深圳万为通讯科技公司的总经理魏东晓，他们公司想代理我们的新产品MD30数字程控交换机……"罗曼有点迷惑地看着翻译，用英文说："我们不是和深圳的中发通讯在谈代理业务吗？这可是深圳市王副市长牵的线。"魏东晓听不太懂英文，他一面看着罗曼微笑，不停地点头，一面看着贺曦，等她翻译。贺曦跟在魏东晓身后，略带紧张地小声告诉魏东晓："那个罗曼先生说他们在和深圳的中发通讯公司谈代理，好像也是王副市长介绍的……"魏东晓想了想："中发？没听说过啊！"

魏东晓身后，潘雨笑盈盈地走过来，一只手轻轻在魏东晓肩头拍了一下。魏东晓扭头一看，又惊又喜："潘雨！是你！你怎么在这里？"潘雨笑着说："这是我们立新公司的展位啊！"魏东晓大喜："你在立新工作呀？那太好了！我们想代理你们的新产品，你能不能帮我们引荐引荐？"潘雨笑着点点头，走到罗曼先生的身边，小声用英语说些什么，罗曼看向魏东晓这边，点了点头。潘雨帮着魏东晓约了罗曼后天上午十点到公司面谈。魏东晓高兴极了，说太好了，正好可以参观一下立新公司，学习学习。两个人约了中午一起吃饭。潘雨转身去处理其他事务了，魏东晓带着贺曦又去别的展位参观。

贺曦从潘雨的眼神中看出异样，不由得心生警惕，问魏东晓："魏叔跟这个阿姨很熟吗？芳姨认不认识她？"魏东晓说是以前的同事，杜芳也认识的。魏东晓看看贺曦，猜到她的小脑袋里是要维护杜芳，就拍了拍她的后脑勺："放心，魏叔跟她只是同事，现在不在一起工作，还是朋友。"

魏东晓带着贺曦边看边介绍，对业内公司都很了解的样子，遇到没见过的新产品，他就拿着不撒手，其他的参观者催促他，他才笑呵呵地递给人家。回到万为展位，王三成兴奋地告诉他们，一上午接了好几个订单，他们的交换机已经有十几台的预售了。魏东晓一问，都是内地的订单，不觉有点失望。王三成说，我们就做内销就行了，来香港纯粹是浪费钱。魏东晓骂他鼠目寸光，说万为一定要参与国际市场竞争，虽然现在不如人家，跟那些欧美大企业眼下没法比，但是我们早晚会赶上。王三成点头称"是"，然后嘿嘿乐着，走近魏东晓，说参加公关小姐大赛的那个大美女来过了。魏东晓正色道："我知道了。"王三成看了一眼魏东晓的脸色，赶紧噤声，去招呼新进来的参观者。

中午，魏东晓如约陪潘雨一起用午餐。这顿饭吃得魏东晓有些紧张，他不知道潘雨会不会突然冒出哪句话让他无法回答。饭快吃完了，潘雨用吸管吸着手边的饮料，发出了"吱吱"的怪声，看着魏东晓浑身不自在的样子，潘雨笑了："我又不是老虎，你怕什么？"魏东晓笑笑："你总是那么让人吃惊！"潘雨瞪大眼睛："哎，魏东晓，那你倒是说说，我怎么让你吃惊了？"魏东晓回答不出来："……没什么。"潘雨"扑哧"笑了，说："我可知道，你心里正美滋滋的呢。你在想，嗯，潘雨可真是个好姑娘，她千方百计找了家欧洲顶尖的通信公司工作，就是为了在国际通信行业多多历练，积累人脉关系，将来等我魏东晓一声召唤，她就奋不顾身扑入我的怀抱。事业和美人，瞧，都有了。"一面说着，潘雨一面自己哈哈大笑。

魏东晓也笑了："哈哈，事业和美人……对了，潘雨，你知道吗？虾仔都快大学毕业了。"潘雨斜睨着魏东晓说："你是想婉转地告诉我，你魏东晓老了，是吧？"魏东晓尴尬地笑："嗯，你听出来了？"潘雨又笑了。看着魏东晓如坐针毡的样子，潘雨放过了他，说走吧，展会上的人应该又多起来了。两人一前一后出了餐厅，直奔展会。

万为公司这次能参展，除了公司自己的实力，背后还有王光明的帮助，最后才得以成行。作为深圳市主管通信产业的副市长，王光明也来参展了。魏东晓白天忙着展会没时间，晚上，他换了身便装想去找老首长聊天，可王三成死活拦着不让魏东晓去，一会儿说支队长不在，出去了；一会儿又说在休息。魏东晓很纳闷儿，问怎么回事，王三成支支吾吾，魏东晓急了，逼王三成说了实话，这才知道，王光明前脚到酒店，后脚就被一些外商拉走了，据说是去了澳门。

魏东晓很奇怪："他去澳门干吗？"王三成看了魏东晓一眼，说："能干吗，去考察呗……"魏东晓眼睛一瞪，王三成赶紧接着说："也可能，可能是去赌场溜达溜达吧！"魏东晓猛地站起来："这不可能！你可不能胡说！支队长是市里的领导干部，是我们深圳通信科技展代表团的团长，他私自脱队跑去澳门，性质很严重！他是军人出身，能不知道轻重？我们跟了支队长这么多年，他是什么样的一个人，别人不清楚，你和我能不清楚？！"王三成叹了口气，迎着魏东晓的目光说："支队长，支队长已经不是过去那个支队长了！我说你不了解支队长！他平常就爱打麻将，现在人家带着他去玩儿大的，他也乐意跟着去嘛。"

但是魏东晓不相信他的支队长会变成这样。他觉得王光明一定是被坏人设计了。那次看到陈大尧和王光明在一起，他心里就有过怀疑。陈大尧是什么东西？无利不起早的家伙。王光明是个大老粗，难免会被这些人算计。想到这儿，他真想去将陈大尧揪出来狠狠揍一顿。

之后的几天，魏东晓都没看到王光明的影子。王光明确实去了澳门，和他同行的除了几个外商，最重要的人就是陈大尧。这几年，陈大尧除了通信行业，还开始涉足房地产开发，这两块都是王光明负责主管。陈大尧利用王光明爱打牌的特点，组了几次牌局，开始自己不出面，只是叮嘱牌桌上的人一定要让王光明赢得高兴，最后，他在王光明玩得兴高采烈的时候出来了，王光明自然没有理由反对，两人在牌桌上联手成了搭档。

魏东晓终于相信了王光明去了澳门的事实。既然这样，他也就不再去想这件事，开始专心走访万为代理的通信产品厂商，协商拿一些代理产品的图纸，其中他最想拿到的，就是RC17数字程控机图纸。但这家厂商对图纸控制很严，一定要满足三年的代理期限才给图纸，而万为还不到三年的代理时间。展会的好处是大家可以面对面聊，经过魏东晓几次软磨硬泡，芬兰厂家的一个经理终于答应他了，不料却被一个姓陈的台湾人阻拦住，说按照总部规定，万为的代理时间不够，还不能拿到图纸。魏东晓好不懊恼。

潘雨知道这件事，问魏东晓，魏东晓一脸无奈："还不是怕我们弄清楚了他们的核心技术去搞仿制！当初签订代理合同的时候就约定了，前三年的售后服务，由他们香港分公司做，根本不让我们万为的人碰。"潘雨沉吟着："没有设计图纸，要想深入学习人家的技术就难了。"魏东晓苦笑着："这种事情，已经不是第一次遇到了，我们总是被人家掐着脖子……现在万为已经设计出了技术成熟的D1316数字程控机，看到我们的样机摆在会展中心的展位上，那些外商肯定更紧张了。"

潘雨想了想，让魏东晓到一家烧鹅店去等着，自己离开一会儿。魏东晓不知道潘雨要干什么，却隐约感觉她可能有办法，就按她说的，到展会附近的烧鹅店等着。

潘雨径直驱车去了那家芬兰通信公司在香港分公司的办公地点，找到了拒绝给魏东晓图纸的台湾人。立新公司在业内有很强的影响力，潘雨也因此跟很多业内人员颇为熟悉。见潘雨代万为要图纸，那个台湾人依然对潘雨说套话，说公司总部有规定，三年内不能提供给代理商。

潘雨不急不恼："那是总部规定，你们分公司可没见有多听话，有你们图纸的代理商我认识不少，你们也就是掐着内地人的脖子不松罢了。"台湾人一下急了："潘小姐，你不要胡说，你会害我炒鱿鱼的！"潘雨盯着他："行还是不行，你说吧。我下午就会在展会上见到你们老板。"台湾人将抽了半截的香烟在垃圾桶上狠狠摁灭："算你狠！你等一下。"

拿到了图纸的潘雨飞快地驱车回来找魏东晓，一进烧鹅店，就看到魏东晓老老实实坐在座位上，正在研究拿到的其他厂家的资料，潘雨微笑起来。魏东晓最吸引她的，就是这股勤奋钻研的劲儿。

潘雨抱着装着图纸的大塑料袋坐到魏东晓对面，魏东晓始终没发现，不得已，潘雨自己点了两个烧鹅饭。饭送上来了，魏东晓这才抬头冲她笑了笑，随即眼光被她手里的大塑料袋吸引住了。潘雨调皮地用双臂压住大塑料袋，身体往前探了探："东晓！我坐这儿半天了，你都没正眼看我一眼。"魏东晓诧异地笑了："你明明刚进来！"看看塑料袋，又看看潘雨，不敢确定："……RC17图纸？"潘雨得意地点点头，一面说"先吃饭"一面拿起桌上的大塑料袋放到脚下。魏东晓站起来，急不可待地想拿大塑料袋："我先看一眼……"潘雨拎起大塑料袋重新抱在怀里，瞪着魏东晓："不行。我说过了，赶紧吃饭，吃完饭不是还要去立新公司吗？"魏东晓讪讪地坐回去："好好好，听你的，潘大小姐！"看着魏东晓无可奈何的样子，潘雨笑了。

两人只顾着说话，都没注意到陈大尧跟蚝仔正推门进来。烧鹅店生意很好，到处是人，陈大尧经验老到，进门先找空座，他扫了一眼，伸手一指旁边，说那儿还有座！蚝仔立马过去将空座占了。陈大尧刚要也走过去，隔着两个桌子就看到潘雨跟魏东晓。陈大尧脸色大变。他看了眼蚝仔，蚝仔正拿着餐桌上的菜单准备点菜。陈大尧猫着腰走到蚝仔的桌边，还没坐下，突然捂住肚子说，哎哟，蚝仔，我突然肚子疼，怕是吃不了油腻的东西了，哎哟……蚝仔信以为真，急忙扶着陈大尧往外走，又疑心陈大尧是不是早饭吃了坏东西。陈大尧只是嗯嗯啊啊地应着，什么都不说，带着蚝仔转身就去了别的饭店。

这些年，陈大尧始终一个人，他把所有的爱都给了蚝仔。他曾希望，蚝仔在自己身边会让杜芳有回心转意的一天，但最后明白了那是不可能的。虽然如此，依旧没有人能代替杜芳在他心里的位置。林忆抒曾希望他能跟她一起去加拿大生活，陈大尧拒绝了。林忆抒很失望，在一次酒后半真半假地缠着他追问："你告诉我，你告诉我，我要怎么样，才能取代那个别人的老婆在你心中的地位！"这句话深深刺痛了陈大尧，这是他这辈子最失败的一件事。

被陈大尧拒绝后，林忆抒将香港和内地的事业分别交给陈大尧和其他人打理，独自去了加拿大。陈大尧心里明白，林忆抒这样做和自己有关。自从丈夫去世后，林忆抒一直没再婚，她拒绝了身边很多男人的追求，一直在等着他。林忆抒去加拿大，陈大尧亲自送她到机场，他不敢看她的眼睛，怕自己会愧疚，会心痛，会觉得自己辜负了这个女人。他当然知道，没有她，就没有他陈大尧的今天。飞机起飞的刹那，陈大尧也有无限伤感。曾经沧海难为水，在感情上，他和林忆抒都是一根筋的人。爱屋及乌，蚝仔成了他最重要的支撑，现在的他只希望有更多时间能跟蚝仔在一起。

潘雨不遗余力地帮助着魏东晓。拿到RC17的图纸之后，她带魏东晓去立新公司见罗曼，可惜罗曼当时正在跟深圳中发的查贵祥洽谈，把本应留给魏东晓的时间都耗用了。当潘雨抱歉地告诉魏东晓这个消息时，从潘雨的表情里，魏东晓猜出了对手的强大。在这里，魏东晓第一次见到了查贵祥，查贵祥是一个典型的香港人，矮瘦结实，浑身透着精明强干。

罗曼跟潘雨说得比较直白：深圳中发有王光明的资源背景，所以，在万为通讯和其他的竞争者之间，他更倾向于选择中发。为了不让魏东晓失望，送魏东晓回酒店的路上，潘雨说还有以后呢，新产品不断出来，机会有的是。魏东晓应和着，心里却担心越来越多有背景的人介入这个圈子。如果拼服务拼产品，他魏东晓最不怕，就怕面对不正当的竞争。想到这儿，魏东晓皱起了眉头，同时坚定了要将公司做大做强、让人刮目相看的信念。只有自己的实力足够强大，才能与那些靠关系抢市场的人抗衡。

趁着参展的间隙，魏东晓又跟香港警方联系，询问当年对蚝仔的查找结果。当他提出再次发布寻人启事的申请时，才发现自己连孩子具体的样貌都不知道。从警署往回走的路上，魏东晓找到公用电话，给杜芳打电话。电话才接通，还没开口，魏东晓的声音就呻咽了。

"东晓，怎么了？"杜芳在电话里问。魏东晓没说话。杜芳心里明白了七八分。"是……蚝仔还没消息吧？"魏东晓还是沉默着。"……会找到的，只要……我们不放弃。"杜芳抑制住自己的难过，安慰着魏东晓。魏东晓点点头，缓缓挂了电话。

面朝大海

回到深圳后，魏东晓让麦寒生的工厂生产了一批自己的数字程控机，专门供应县以下的市场。最开始，万为的销售人员不知道如何和基层商家打交道，被骗过几回，但他们很快就摸清了门道，在杜芳推荐的几家报纸上做了做宣传，市场反响很好。杜芳建议他继续在报纸上做做广告，以此扩大营销影响，魏东晓听取了杜芳的建议，果然立竿见影，不少用户直接打电话来要设备。这件事让杜芳发现了广告的巨大商机，于是成立了粤兴广告公司，承接各报纸杂志的广告业务。为了寻找儿子，杜芳在给香港客户做刻板时，也带上了寻找蚝仔的启事。她想，总有一天，蚝仔会看到这些信息，回来跟她相认的。

蚝仔在店里看到这些寻找自己的信息源源不断地发出去，心里十分难受。好几次，他甚至想走到杜芳面前喊一声妈妈，告诉她："我就在这里。"但他没能这么做。虽然他也知道杜芳对自己的挂念，虽然他也渴望和自己的亲生父母相见，但到现在为止，他心底还是没有做好足够的准备来迎接生命里的这个巨变。他还想等一等。

十四　市场解决，就是卖厂子？

1992年年底，深圳市委召开深圳市电子科技发展研讨会，计划到1996年重建深圳赛格大厦。会上，王光明发言说："我们可以预见：赛格大厦所在的上步工业区升级为电子元器件市场是华强北的首次蜕变，也是中国电子信息产业一次里程碑式的成功。我们更相信，即将到来的这次升级将会奠定华强北发展成为'中国电子第一街'的基础。深圳电子元器件供销市场的繁荣，也是中国从计划经济转向市场经济发展的标志，向世界再次证明中国经济改革的决心和实力。"

当时的赛格电子大厦已初具电子配套集散市场规模，每天车水马龙，熙熙攘攘，车辆行进很不便。当初入场赛格的，也就一百六十多家内地厂商、十多家香港厂商进驻，计划只有一楼做交易区域，谁知道短短一年多的时间，整个大厦八层楼都占满了还不够。深圳本地的电话号码由六位升至七位的新闻铺天盖地，一下子就可以增容八十一万用户，通信业的人都意识到，未来大有可为。

果然，之后几年通信行业保持持续高速的发展，到了1995年，魏东晓的万为通讯生意好到爆，营业额成番上涨。他的仓库比先前扩了几倍，里面忙碌异常，大货车川流不息，装卸工忙来忙去。魏东晓的生意很红火，可他的老朋友麦寒生却处在水深火热之中。

魏东晓在仓库视察情况时，又接到麦寒生的电话，一定要见他一面。魏东晓说自己一会儿还要去趟珠海。麦寒生也不客气，说："那我就在你家等你，你总归是要回家的。"魏东晓想了想，说："我让王三成去接你，你们俩在我家对面的饭店等我。"

麦寒生挂了电话，从窗子往外看了看，一楼大厅依旧吵闹声不断，透过玻璃窗还能看到晃动的人头。麦寒生已经躲了半个多月了，基本上是睡在办公室不敢出门，工厂门口和家门口都有人围追堵截，到处找他。

大厅里，七八个供应商在前台的沙发里坐着，一个个脸色阴沉，一看就是来讨要欠款的。有点秃顶的PCB板材供应商麦焕荣领头堵在总经理办公室门外，大叫着："有没有搞错，平日熟得滚粥一样的，现在到了门口都不肯见人了。"前台小姐为难地说："我们麦总真的没有回来。麦总去香港开会了。"麦焕荣说："我进去办公室等，你不用理我。哼，打他电话也不接。"其他的供应商也开始七嘴八舌地抱怨。一个行政人员从办公区域的玻璃门里刷卡出来，对众人说："麦总的确是出去筹款了，我们也是被客户拖欠账款太久了，大家都相互理解一下吧。"但是那些人并不走，继续吵吵嚷嚷着。

麦寒生躲在二楼的实验室里，把大门锁了，只从窗户里听着外面的动静。好容易等到傍晚，那些讨债的人终于散去了，麦寒生才偷偷装成工人模样，从侧门溜了出去。王三成拉着他去了饭店，告诉他魏东晓要晚点儿到。麦寒生一脸郁闷，自顾自一瓶接着一瓶地喝酒。他告诉王三成，乡政府领导田广福找他谈话，希望他配合中发通讯对华强电子进行的财务审计。中发通讯有港资背景，对华强电子蓄谋已久，麦寒生发了脾气，说干脆将电子厂给中发，让他们的香港老板拿走好了。田广福还是笑眯眯的，说我们是为了工厂的发展，市场经济嘛，市场优先，人家给了担保金，我们就不能光凭感情用事。麦寒生见与田广福话不投机，扭头就走了。

几瓶啤酒下肚，麦寒生就喝得半醉了，他扯着王三成说："这间厂子，我给乡政府干了十年了，就像自己的孩子，好坏都是，舍不得啊。我也没做什么坏事，一个厂子弄成这样子——乡政府还拿'市场经济让市场解决'来怼我。到处是三角债，我都要被拖垮了，可钱收不上来，我就是付不了别人的账呀。"

王三成将麦寒生扶着坐下，从他手里将酒拿走，给他换了一杯茶。说："这年头，三角债很正常。慢慢来，总能有办法。"麦寒生摇着头说："市场解决？怎么解决——这就是说要卖厂子，等着人家来收购，我不甘心哪！你说慢慢来，人家不等你慢慢来。人家张着口，就等着一口把你给吃掉。查贵祥的香港中发通讯跟乡政府工业办谈下来了，乡政府工业办同意他们进驻我们厂审计、评估资产，不管我同意不同意，审计组明天就进驻。人家愿意给100万元担保金，进来盘点我的家底。"

王三成也不知道说什么好，只能安慰麦寒生："所以，你也看开一点，不是针对你一家，这是深圳，不对，这是全国一盘棋呀。"麦寒生嘟囔着："你看得宽、看得清，因为你不是当事人，站着说话不腰疼！魏东晓倒是能筹到多少？都这节骨眼上了，还不去跟乡政府说说。去找找你们那个副市长的老首长嘛。"王三成摇摇头，没有吭声。

麦寒生终于醉倒在桌上，魏东晓赶过来时还没醒。王三成把大致情况跟魏东晓说了说。魏东晓意识到事态的严重，但也没说什么，只是按照王三成的建议，送老麦去旅馆开了间房。王三成送魏东晓回家，又跟杜芳说了老麦那边的事。杜芳听了也着急，说我手上有些钱，凑个七八十万还是可以的。可魏东晓并不接茬，只是说等等看，王三成着急了，说，等等，等到什么时候！你想等，别人不等你，等到最后厂子成人家的了！魏东晓长叹了一口气，说今年形势好，代理销售能赚不少，半道上抽资金，渠道上的资金链断了，那才是偷鸡不成蚀把米。

王三成恍然大悟，冷笑一声："魏总，这个账原来这样算？那就是要牺牲麦寒生的华强电子厂喽？别忘了，没有华强电子的支持，也不会有咱们万为通讯的今天！"

魏东晓有点恼火，大声说："你以为现在是筹多少钱就能解决问题的吗？是，我现在是个商人，是，我是在算计——现在是什么，是一场收购战的较量！甩钱？怎么甩，甩多少是个底？事情不是你以为的那么简单！"

王三成横了魏东晓一眼，拂袖而去。杜芳端了一杯水递给魏东晓，说："老魏，怎么搞的，和三成嚷嚷什么呀？你倒是想想办法呀！"魏东晓看着杯子里的水，良久没有说话。

魏东晓对中发通讯没有好感。上次万为跟立新谈代理就是被中发抢走的，现在中发居然又盯上了华强电子。他找人查过，深圳中发通讯的法人代表是查贵祥，一个曾在新加坡供职的香港人，看上去并没有什么特别之处。可魏东晓并不知道，中发通讯的幕后老板就是陈大尧。

香港中发通讯是在林忆抒手上创办的通信公司，后来交给了陈大尧打理，陈大尧为了方便开展内地业务，就注册了深圳中发通讯，法人代表用了查贵祥，其实查贵祥不过是他手下一个经理。深圳这边，除了王光明，没人知道陈大尧的真实身份，杜芳认为他做制版业务起家，现在涉足房地产，蔡伟基则认为他干的都是投机取巧的勾当，从没想过深圳中发通讯跟他有关。

陈大尧盯上华强电子不是一天两天了。他做代理这么多年，一直想要有自己的生产厂，最便捷的办法就是收购有一定经验和技术工人的老厂子，价格便宜，稍微整改就可以投产。考察了十来家电子厂之后，陈大尧最看好的就是华强电子。

确定了审计组进驻华强电子厂的日期，查贵祥看看事情进行得差不多了，就去香港见陈大尧。在装修奢华的办公室里，陈大尧气定神闲地听助手乐南汇报。乐南说："……中发公司去年代理松下程控交换机，业绩上升了180%，公司下一步计划从代理型企业转入生产型实业企业，陈总打算借着深圳改革乡镇企业的东风，收购一家或者几家实体企业，以完成中发通讯的转型。华强电子厂之前经营状况非常好，并且具有一定的研发能力，但是这几年因为陷在三角债务里，导致公司资金链断裂，所以才让我们有机会可以收购。三角债现在是乡镇企业的一大弊病！"

陈大尧一边听着汇报，一边沉思着说："了解一个公司，不要只看表面，还要了解一下与这家公司有关联的一些人。万为通讯的魏东晓在创立万为之前和之后，都跟华强电子有合作，关系很密切。对魏东晓这个人，我建议你们多多关注。万为那边据说销售团队都是基建工程兵，都是以部队打仗的方式扫荡市场，并且魏东晓本身也非常重视研发这块，从代理转型到生产是目前很多电子公司的目标，所以我相信，深圳改革乡企的东风，不只是我们想借！"

乐南愣住了，看看查贵祥，又看看陈大尧："那我们——"

陈大尧摆摆手："这样，收购华强的事情，一定要谨慎，阿祥全权代表我出面，你们两个共同操作。低调，一定要低调。"乐南和查贵祥连连点头。

次日，在乡政府的授意下，查贵祥带着财务人员进驻了华强电子。麦寒生面如寒冰，和老员工一起搬着这些年的财务报表送到查贵祥的办公室。查贵祥笑呵呵地说，麦总不要有偏见，我来帮咱们公司进行审计盘点，也是为了规范运作，对公司未来只有好处没有坏处，我们会像一家人一样的。麦寒生只好隐忍着不发作。随着审查组的进驻，华强电子厂的员工开始议论纷纷，有人说要是被港资公司收购了，以后工资翻倍；也有人说不一定，把我们裁掉也有可能，反正没最后拍板谁也确定不了。大家伙看着麦寒生脸色不善，都不敢问他，躲着他走，生怕他不高兴了，把火撒在谁身上。

麦寒生已经无路可走了，他所有的朋友里，能帮上忙的只有魏东晓，他几次去魏东晓家里找他，魏东晓都说人家是协助管理，代运营尝试，给你钱，帮你将公司捋顺了弄正规了，这样的好事你上哪儿找去？麦寒生直瞪眼，说狼要吃我我还得谢谢狼，天下哪有这样的道理。魏东晓就笑，说你再等几个月，弄顺了，审计的价格也出来了，再来商量。听到魏东晓的口风有松动，麦寒生心里又燃起了希望，还想再问，可魏东晓什么也不说，就是让他等。

半年之后，查贵祥的辛勤审计有了结果，陈大尧特意到深圳询问华强电子的详情。查贵祥很有把握地说："我跟华强电子的供应链达成了初步协议，在我们完全接手华强之前，他们是不会延长给华强的资金授信的！这等于砍掉了华强另一条后路！这会儿华强的订单量锐减，也暂时没有其他流动资金的渠道，所以我相信，华强我们唾手可得了！等我们全盘接手之后，马上就可以启动企业转制计划！"

陈大尧一边看资料一边点头："不错，做得很好。审计完结果大概在多少？查贵祥回答说："一千二百五十万元。"陈大尧点点头，看着查贵祥："好，你和乐南继续台前操作吧！"

与此同时，华强电子的审计结果魏东晓也获悉了。陈明涛在接他从珠海回来的路上就做了汇报。陈明涛担心万为账面上没有一千二百五十万，这跟中发比不了啊。可魏东晓轻描淡写地说，我们不跟中发比钱。陈明涛就纳闷儿了：不比钱，那我们比什么？魏东晓笑而不语。

两天前，魏东晓已经跟麦寒生聊过了。麦寒生按照魏东晓的指点，给厂里二十多个骨干开了个动员大会，动员的目的是：给谁干都是给别人干，我们能不能想办法给自己干。这个提议让所有参会的人都很兴奋。打工的人都想当老板，不为别的，多赚钱，有分红，就是王道。这些人都是华强电子厂的老员工，了解厂子的基础，也对工厂有感情，知道只要摆脱了眼前的困境，厂子一定能发展起来。现场的骨干们以连岱为首，当即就拍胸脯表态，就是借钱入股都要干，给自己干，都会玩命干。听到这些意见，麦寒生笑了，他又按照魏东晓说的，告诉大伙儿，万为公司准备了两千万，一定要拿到华强电子，到时候在座的都有股份。众人更激动了，纷纷表示和麦总一条心，共同进退，麦寒生心里乐开了花，想着魏东晓你太鬼了，居然让我提心吊胆了大半年。

隔墙有耳这句话一点没错，麦寒生这边开着会，那边被查贵祥收买的女秘书就将消息透了出去。陈大尧很奇怪，说银行那边的消息说，魏东晓不过一千多万的现金存量，莫非是借到钱了？为了胜算更大，陈大尧将标的额加到了两千二百万元。

这边麦寒生才把动员会开完，将大家的信心鼓动起来，魏东晓却到麦寒生的公司告诉麦寒生，说自己没钱。麦寒生傻眼了，质问他为什么说谎。魏东晓说，华强对我有恩，就是让人买咱们公司，我也要让他们出个高价，这样，你们日子好过些嘛。麦寒生几乎都要哭了。但是怎么办呢，招标会召开在即，资金不到位，那就是回天无力了。当然，魏东晓和麦寒生的这些交谈信息也都无一遗漏地进了查贵祥的耳朵，再报给了陈大尧。陈大尧笑了，心想，魏东晓，我怎么可能让你得逞呢？他让查贵祥报比原来还低的收购价格。

对于华强电子，陈大尧志在必得，在他的心里，这是他跟魏东晓第一次真正的交手。他一定要赢，必须要赢，而且要赢得让魏东晓狼狈不堪。他这辈子最大的目标，就是把魏东晓打败，让杜芳知道，陈大尧比他魏东晓强。

决定华强电子命运的时刻到了。招标会在乡政府大楼的小型会议室举行，魏东晓和麦寒生等人进去的时候，查贵祥和乐南早已经到了，会议桌旁坐满了乡镇代表，两名身穿制服的公证人员已落座。查贵祥特意过来跟魏东晓握手，说魏总，我们在香港的立新公司见过，不知道魏总是否记得。魏东晓说记得，还望查总多多提携。两人言谈甚欢，跟老朋友重逢一般，可内心却恨不得把对方踢出门去。会议室里最紧张的就是麦寒生了，他不时又恼怒又着急地瞟一眼魏东晓，魏东晓神态自若，看也不看麦寒生。

所有资料比对之后，主持人念出了中发公司的报价：一千三百八十万元；万为公司的报价：一千四百五十万元。数字一报出，查贵祥脸都青了，怔怔地看着主持人，突然站起来，扭身就往外走。没有人比他更懊恼的了：这么长时间的努力，大半年的谋划经营，成果竟被半路杀出来的万为给抢走了，早知道会这样，就不该听内线报的这些消息，结果反而被人利用。最高兴的莫过于麦寒生，他傻傻地看着魏东晓，似乎又想哭又想笑。魏东晓打趣他说："老麦，你再这样，我都要送你去医院了。"麦寒生擦擦眼泪，笑了。

这天晚上，魏东晓和麦寒生都喝醉了，他们俩拉着杜芳，不停地唠叨从相识到今天，开厂办公司的种种坎坷。两人正说着酒话，虾仔回来了。虾仔明年就研究生毕业了，所以学习任务比以前轻了很多，不定时会回家吃饭。一进家门看到魏东晓，虾仔就沉下脸来。魏东晓坚持要他到万为去，先实习再上班，但虾仔一直拒绝，父子俩为此都耿耿于怀，加上平时疏于沟通，两人之间关系并不融洽。虾仔在门口换鞋，魏东晓正在酒兴上，就冲着虾仔说："快点跟麦叔打招呼！"虾仔本来是要跟麦寒生打招呼的，听魏东晓这么一说，很讨厌他像对幼儿园的小朋友一样对自己，索性就不开口了，谁也没理就进了卧室。魏东晓觉得好没面子，拧着眉头对杜芳说："阿芳你要好好管管孩子了。"杜芳说："虾仔他心里怕是不舒服，今天校招会，我答应要去的，结果没去成……"麦寒生说这很正常，儿子似乎都这样，女儿就不同，我的女儿个个都跟我亲得很。说着，麦寒生看一眼端菜的贺曦，说："我是没儿子，我要有儿子，我就一定让他讨你家阿曦做老婆。"杜芳说："我家阿曦是宝贝，老魏还打算送她去国外留学呢。"魏东晓接话说："是啊，阿曦好学，成绩一直都很优秀，也上进，好好培养，将来说不定能帮到我呢。"麦寒生说你魏东晓真是好运气，有这么好的女儿。

一边喝着酒，麦寒生也忍不住埋怨魏东晓，说想要华强，就应该早告诉他，害得他担惊受怕那么长时间，都快得精神病了。魏东晓说，老麦，是你没想明白，华强电子就是我的一个家，我不可能不管的。麦寒生又问魏东晓，他怎么知道华强电子内部有人给查贵祥通风报信？魏东晓笑笑说："查贵祥是人精，怎么可能没眼线嘛。还有老麦，从现在起，我想成立万为集团，我做市场抓研发，你就搞生产，我们不断开发出新产品，把万为做大做强。"一听此言，麦寒生想也没想，就将杯中的酒一饮而尽，放下杯子，紧紧地握住魏东晓的手。

送走麦寒生，贺曦才腾出空来去看看虾仔。这几年就是这样，每当虾仔跟魏东晓或是杜芳闹了情绪，都是贺曦从中当调解员，甚至有时候杜芳会想，这个家里如果没有贺曦，该怎么办？

虾仔正戴着耳机坐在书桌旁看书，见贺曦进来，虾仔摘掉耳机，问阿曦："有什么事吗？"对于贺曦，虾仔几乎有求必应。贺曦笑了笑："没有事，我就是觉得你不太开心，过来看看你。"虾仔叹口气，说："没事，我习惯了！"贺曦嗔怪地看了一眼虾仔，说："你呀，就是身在福中不知福，你看，魏叔跟芳姨给你创造的条件多好呀。其实我很羡慕你的！你的爸爸妈妈都在你身边，又很爱你……"虾仔嘴一撇："羡慕我什么？他们是人在心不在。"贺曦咬了咬嘴唇，不知道怎么说才好："虾仔哥，我觉得你把问题想得太偏激了，他们是你的爸爸妈妈，怎么可能不爱你！他们对我都那么好！"虾仔似乎被触动了："可是……有时候我就是觉得，他们的爱都被蚝仔带走了！他们为什么那么喜欢你？就因为你和蚝仔年纪一般大！"

贺曦摇了摇头："我觉得不是的！你有没有想过，蚝仔也是你的亲弟弟，你们应该是相亲相爱的一家人，而不是彼此计较谁爱谁多一些的一家人啊！"虾仔不说话，看着桌子上的一个竹蜻蜓发愣。这个竹蜻蜓是新的，和蚝仔拿走的那个很像，但是不是同一个，要新很多。

华强电子投标的结果一出来，陈大尧就知道，他跟魏东晓之间的战争正式打响了。他让查贵祥从其他备选的几家电子厂里快速定下来一家完成了收购，让深圳中发通讯尽快进入生产领域，同时，他让乐南从全国招通信开发人员，不惜代价，一定要挖到最好的研发人才。

一个月之后，乐南拿着收集的人才资料来找陈大尧："陈总，这是我们筛选出来的几个人的信息，都很不错，可以做我们的技术储备。"陈大尧一个一个地翻看着，到第三个的时候，停住了："魏斯坦？"乐南点点头："这个魏斯坦今年才研究生毕业，但已经在全国拿了不少奖，我接触了两次，做过深度面谈，听他讲了他对技术的理解和预见，我认为完全有能力做我们的开发人员。"

陈大尧看着乐南："你知道他是谁吗？"乐南又点点头说："知道。他是万为老总魏东晓的儿子。不过他不知道中发是您的公司。从开始知道他的爸爸是万为老总开始，中发公司的所有重要信息就没有再向他透露过。他和几个研究生同学一起组建了一个工作室，叫亿为，他要求只在幕后为我们工作，不允许我们对外曝光他的工作室信息。"陈大尧哈哈大笑："亿为？哈哈哈哈，有意思，万为，亿为，这父子俩……"

乐南也笑了，说："就是因为知道他是万为老总的儿子，所以今天来跟您请示——"陈大尧拍拍乐南的肩膀："做得不错！你觉得亿为有潜力吗？"乐南毫不迟疑地说："绝对有！我组织了跟我们关系很好的厂家的技术来听过他的介绍，所有涉及的专业部分，大家都很认同。"陈大尧嘴角上扬："好，开出一个让他不能拒绝的条件，收了。"乐南领命而去，陈大尧饶有兴趣地琢磨着这件事。让魏东晓的儿子为中发做出产品来打败万为，这真是老天在帮他陈大尧的忙。

为了吸引虾仔来万为公司上班，魏东晓给虾仔开出了比普通技术工人高一千块钱的工资。对魏东晓来说，这个已经是给虾仔的天价了，杜芳赶紧让虾仔答应，谁知道虾仔根本看不上，因为跟中发的年薪比，这实在太微不足道了。魏东晓大发雷霆，跟杜芳抱怨，但也无可奈何。

与亿为签订了劳务合作合同后，乐南带着亿为工作室的三个人：虾仔和管管、蚰蚰，到中发公司安排的实验室看环境。虽然是在公寓楼里，但是整体环境很是讲究，等到了实验室里面，虾仔立即认为自己的选择绝对正确：试验桌上放着三台崭新的笔记本电脑和三部手机。管管和蚰蚰当即扑向了笔记本电脑，打开电脑一看，蚰蚰叫了起来："我的天，都是最新标配，太高端了！"乐南看着他们微笑，说查总吩咐了，只要做出好东西，这些投入都是毛毛雨。管管大叫起来："哇，虾仔，我们赚到了！五十万薪水都是毛毛雨！我们一定得好好干，将来会赚到更多的钱！"

蚰蚰不无担心地问虾仔："但是，你真的不打算告诉你爸？"虾仔不以为然地说："怎么了，市场又不是他一个人的！我也要创业！"管管拍着虾仔的肩膀说："这就是有其父必有其子，你看他爸给他和他弟取的名字就知道了，魏斯坦，魏迪生，敢情世界上最厉害的两个发明家都生在他们家。多有个性的老豆！我说兄弟，咱们可得努力，不能被魏总打败。"管管竖起大拇指说："没看见咱们工作室的名字吗？亿为，亿可比万大多了！不过，你们家魏总知道不会气疯吧？"虾仔头一扭："他心里除了公司还是公司，放心吧，不会疯的！"

乐南听了暗暗好笑。

很快，虾仔带着管管和蛐蛐投入了研发当中，由虾仔提出创意，三个人一起完成。虾仔看不上市场上流行的模拟程控交换机的研发思路，按照自己的理解另辟蹊径，这本来是有些冒险的尝试，但乐南和陈大尧都不干涉，完全由虾仔、管管和蛐蛐自己决定。这种不受约束的工作方式彻底激发了三人的斗志，项目研发进展神速。

万为和中发成为通信器材低端市场上的主要竞争对手，订单以及技术革新是两家公司的竞争重点。当时，万为以连岱为首的技术骨干们研发出来了64位模拟程控交换机，投产之后，市场反馈非常好，在与中发的市场竞争中占据了非常有利的竞争地位。

魏东晓发现万为的销售人员大多是基建兵部队的战友，销售业务能力不差，但在穿着气质以及技术知识的掌握上不如中发专业。于是魏东晓大刀阔斧开始变革，让王三成用最快的速度给公司每个业务员配了西装，出门必须西装革履，否则不能谈业务。为了让员工有团队精神，他决定军事化管理自己的公司，首先规定公司所有员工每天早上跑操，其次把公司的组织机构改变成军队体制，行政部门叫后勤部，销售部按地域划分为各个战区，总经理办公室则改称总参谋部。销售员们在这种机制下，开始抱团作战，走到哪里都齐刷刷的一排，从气势上就将中发比了下去。当时深圳华强北的电脑城流传着这样的说法：如果一群业务员一起出现，共同攻关，这一定是万为的；如果业务员单兵作战，这一定是中发的。随着魏东晓的强力整改，万为公司的销售团队战斗力迅速提升，中发的拿单能力渐渐落于下风，开始叫苦连天，说万为的人就是狼，到嘴的肉都能给你抢走。

在中发的销售市场被万为步步蚕食，无还手之力的时候，亿为实验室为中发开发的新产品出来了。亿为研发的新产品在技术性能上将万为的产品远远抛在身后。陈大尧一听高兴极了，当即边测试边申请专利，以最快的速度投入生产。他的目标是抢回被万为占领的市场份额，再努力将万为挤出华南市场。

很快，万为就感觉到了中发的反击。先是新的代理商不再增加了，随即，老代理商们也纷纷转向中发的新产品，因为终端客户都直接要求安装中发的数字交换机，作为代理商只能以市场为先。万为的仓库堆满了积压的产品，有些产品都已经装上货车了，又因为订单临时取消，不能发车。王三成急得满嘴水疱，催魏东晓想办法，说："别说没付定金的，就是那些付了定金的老客户，也都说先等等发货，私下里从中发那边走货呢！"

原来，在连岱他们还努力研发128位模拟交换机的时候，亿为一步到位，把数字交换机做了出来，交给中发投放市场。魏东晓问王三成："我让你查中发的技术人员情况，到现在也没给我摸清。只说是亿为。亿为，亿比万大，那不是明摆着要压咱们万为一头？哼，占市场，销售能力是一部分因素，产品和技术才是硬道理，亿为这个研发团队一定要想办法挖过来，哪怕是查贵祥的亲儿子！我们要引进人才，小陈，你马上给我联系深大，我要去深大招聘，我们需要年轻人，他们正是敢想敢做的年纪！"陈明涛一个立正："知道了，我马上安排！"

魏东晓接着说："让连岱根据市场目前情况，重新制订研发方案，年轻的孩子也许有冲劲，但是一定要有老将把关！"陈明涛说："明白！"

魏东晓沉思了一会儿，慢慢绕着办公桌踱着步："中发打了场有准备的仗，在华南地区一下子铺开，打得我们措手不及，即使反攻也没有可以抗衡的产品。当务之急，是解决仓库里已经生产出来的产品。中发刚刚做出新产品，产量突然增得很大，资金回笼也有个周期，短时间内应该顾不上北边市场。那我们就只有以快打慢……王三成，你带上销售队伍直接北上，从北京开始，一个城市一个城市扫，快速开拓华北市场，占据市场份额。中发就是有心冲击我们，那也得几个月后了。这几个月，可以给我们喘息的机会。"

王三成笔直站着："是。"

很快，在深圳大学老校长的安排下，魏东晓到深大作了一场演讲，随后经过层层筛选，招了二十多个有潜力的学生到实验室进行培养。虾仔听到这个消息，毫不在意，还是管管看不过眼，说你爸也真是的，放着天才儿子不用，非要去找庸才。当晚，虾仔回家，听到魏东晓一边跟麦寒生喝酒，一边对亿为念叨不已，说一定要挖过来，心里不觉一阵得意。他觉得这么多年，父亲忙于工作，只将蚝仔放在心上，几乎没有关注过他，好似他的存在只是留白，留待以后蚝仔回来填补到这个位置。现在，至少亿为让魏东晓心心念念放不下了。但在魏东晓和杜芳面前，虾仔一如既往地沉默着。

当魏东晓的万为跟陈大尧的中发在市场上斗得你死我活时，蔡伟基的星都大酒店落成并投入使用了。蔡伟基从跑出租车开始，后来买下几条大巴线路跑大巴，钱赚够了，就拿下一块地皮，拉了几个港商投资，盖了大楼，做起了大酒店，用他的话说叫回归老本行。开业典礼的时候，蔡伟基居然请到了王光明，魏东晓心里纳闷儿，蔡伟基到底是怎么跟王光明这么熟悉的呢？王光明居然还知道魏东晓并购了华强电子厂的事，说你这个"土雷达"，眼睛尖着哪，那个乡镇企业我知道，规模不大，但是藏龙卧虎，生产工艺方面的老师傅攒了不少呢。魏东晓既吃惊于王光明对自己动态的了解，又感动于老首长对自己的关心，他觉得王光明再变，也是军人出身，不会变到哪里去。想到这里，魏东晓老老实实告诉王光明，说自己就是想做点咱们自己的东西，不能一直用代理，以后也要让别人代理咱们的东西，咱们深圳自己的产品。王光明听了很高兴，连连跟魏东晓碰杯。

十五　同室操戈

新招聘的大学生入职那天，魏东晓亲自去做动员讲话。他认为思想工作很重要，调动了士气，大家同心协力地做事，就没有做不成的。新员工跟老员工一样实行军事化管理，早上跑完早操后，大家前后排站立在广场上，接受魏东晓的检阅。

魏东晓说："感谢你们选择万为，万为是一个大家庭，来到这里，我们就都是兄弟姐妹，我们互帮互助，一起成长。你们都是大学生，你们有知识有文化，但你们缺乏实际操作经验，所以，你们要虚心向这里的老师傅学习，有任何问题都可以跟师傅提，也可以跟我提。我相信，很快，你们的脑子里就会产生很多好想法。万为会尽全力给你们提供最好的保障，让你们没有后顾之忧地去实现自己的想法，而你们的这些想法，就是万为腾飞的翅膀。相信你们，相信万为！"

这段话，成了万为每年迎接新员工入职时必说的一段话，还写到了公司的迎新手册里。而魏东晓本人和整个万为集团，也确实是这么对待新老员工的，他们确信，有了这些年轻的血液，万为才会越来越好。很快，没用上半年时间，万为实验室就有了好消息传出。魏东晓高兴坏了，亲自去研发部给那些新员工鼓劲儿："看到你们这么快就投入新工作中，真让人欣慰。你们知道吗，我们现在最大的对手，中发通讯，有一个非常厉害的研发团队，叫亿为实验室。据说也是由几个年轻人组成的，就是这个实验室研发出来的产品，抢走了我们华南大部分的市场，现在，他们还在往华北扩张，大有要将我们逼退到三四线城市的架势。但是我们不怕，因为万为有你们。很多时候，人活着就是活一股劲儿，这股劲儿可以让人什么都不怕，不惧生、不惧死、不惧绝境，哪怕万丈深渊，也可以从容迈过。我们市场部的所有同志都在市场最前线冲锋，你们在后方，只需要安心做出好的产品，让他们前进得更有力量。众志成城，我们万为才有更美好的明天！"从那天起，万为的研发人员就有了在实验室过夜的习惯，渐渐便成了传统。

中发的新产品出来之后，万为完全被中发碾压，所有人都感觉到了压力。魏东晓给蔡红兵、王三成、麦寒生和各地区销售负责人开会。会议前面的演示板上挂着大地图，给每个省的销售额都粘贴了便笺纸，用红色代表万为，蓝色代表中发。华南地区几乎被蓝色覆盖，红色非常少。华北地区被红色覆盖，蓝色非常少。

魏东晓巡视着每一位骨干："这就是我们的现状。看到没有？经过我们团队的努力，现在华北地区业务开展效果非常喜人，并且还在继续增长，这是个好消息。但是，看看这里，"他指了指华南地区，"这个蓝色，就是中发公司的市场份额。在短短三个月时间里，增长了20%，抢走了我们大量的订单。更重要的是，现在，在华北地区，中发也开始冒头儿了。同志们，中发在这里出现了，说明了什么？"蔡红兵说："他们辐射得够快。这么快速度就铺开了华南市场，要跟我们争夺华北市场了。"

魏东晓点点头："对。狼来了，同志们！华北市场我们是怎么开出来的？是被中发从华南逼到华北的。以前，中发跟我们的实力不相上下，从销售量和市场占有率来讲都咬得很死。但中发的新产品一上市，相当于替代了我们的产品，很多客户自然选择更优质的，所以……所以我们失利了。"

全场一片安静。

魏东晓继续点点头："不过，这些都是暂时的。老麦，你来说说我们最近的研发情况。"麦寒生站起来说："是这样，我们新补充进来的研发团队虽然都是刚毕业的学生，但有几个孩子很有灵气，提出的思路非常好。连岱他们最近都没日没夜地干，这几天也有了新进展。"市场人员十分高兴："这可太好了。我们有产品跟中发抗衡，咱们做市场的也不用觉得被中发压着了。"

魏东晓提高了声音："好的产品才有竞争力。这是我们的宗旨，也是市场的规律。从现在起，你们继续冲在最前面，稳住客户群，稳住阵地，等到新产品一上市，就可以快速铺开，打中发一个措手不及。"

魏东晓在筹谋布局，陈大尧也没闲着，他亲自到深圳坐镇，直逼得万为在华北市场的业务量明显大幅萎缩，才放下心来。

亿为的三位小伙子、虾仔、管管和蚰蚰，也在快马加鞭。他们连续两个通宵，从下午讨论到半夜，总算确定了一个新的尝试点，三个人都很兴奋，到附近的大排档去喝酒吃夜宵。快吃完的时候，路边走来两个穿着时髦的女孩。虾仔没注意，管管先看到了，两眼发直，盯着覃玉娇说：哇，那姑娘好正点。虾仔抬头，正看到覃玉娇和李凌走过来，在他们旁边的桌子坐下。虾仔一下就被覃玉娇吸引了，觉得那女孩很美，又感觉很亲切，虽然她看也没看自己一眼。

覃玉娇和李凌是蔡伟基请来的在星都大酒店的舞蹈演员。当时深圳处处劲歌热舞，全部走的香港娱乐那一套，蔡伟基想弄点与众不同的，特意高薪从北京找了几个舞蹈专业的演员过来，覃玉娇和李凌就在其中。这支舞蹈队让星都大酒店在深圳立刻显得鹤立鸡群，很多客人都奔着酒店的表演来了，这些客人中也包括王光明。

虾仔和管管、蚰蚰将最后半瓶酒分了，掏钱买了单，说，今晚你们回宿舍睡吧，我得回趟家，明天实验室见。虾仔一面说着，一面将包往身后一抡，背起来就走，却没料到书包豁口的拉链扣勾住了覃玉娇的镂空针织线衣的线头，虾仔往前一走，毛线就被扯了出来。覃玉娇正在倒水准备喝，一低头发现针织衣已经被脱了一半了，大惊失色，赶紧站起来。扭头发现了拖着线头往前走的虾仔。覃玉娇大喊："站住！"

虾仔毫无觉察，依然往前走。覃玉娇无奈，追上前，把虾仔的书包一把夺下来："流氓！"

　　虾仔被吓了一跳，错愕地看着覃玉娇，随即明白过来是在骂自己："你说什么？"覃玉娇涨红了脸："流氓！年纪轻轻不学好，居然偷偷摸摸下手，还真是第一次见你们这么卑鄙龌龊的人！"管管不干了："喂，我们好端端地走路，你上来骂我们流氓，还说我们卑鄙龌龊。你看看你们，浓妆艳抹的，一看就不是正经人……"虾仔拦住管管："算了，就当今天倒霉，被狗咬了。"

　　覃玉娇"啪"的一个巴掌打过去，虾仔惊呆了。其他人也惊呆了。虾仔刚要发火，凌凌急忙挡在覃玉娇前面："喂，是你们先脱了她衣服，这不是流氓是什么？现在反过来说我们不是好人，这么不讲理，咱们派出所去！"虾仔这才注意到覃玉娇的衣服只剩下一半了，看看拖在地上的毛线，另一头正连在自己书包的挂链上。三个小伙子恍然大悟。

　　虾仔一下就窘了："对……对不起。我……我不知道。要不……我赔你钱……"覃玉娇依旧一脸怒意："我真是第一次见你们这样的，干了坏事还装这么无辜。赔钱，你赔得起吗？"她越说越生气，"走吧凌凌，没心情吃东西了，回去。"一面说着，一面弯腰去捡地上的线团，虾仔赶忙也蹲下身捡。结果两只手碰到了一起，覃玉娇也不抬头，从他手里夺过线团划拉几下拿在手里，转身就走。凌凌哼了一声，追上覃玉娇走了。虾仔看着覃玉娇的身影发愣。

　　管管推一把虾仔说："哎，你真不知道？"蚰蚰碰碰管管说："想什么呢？虾仔是那样的人吗？"两人都笑起来。虾仔回过神来："笑什么笑，你们俩赶紧回宿舍，我回家了。"

　　虾仔回到家里，杜芳给他留了晚饭，虾仔说自己吃过了，就回了卧室。杜芳追进去，问他到底在做什么工作，为什么一天天都找不到人，建议他好好考虑魏东晓的建议，跟连岱那些老技术学学，在实际生产中去实践学的理论才有用。虾仔不假思索地说，现在技术更新这么快，不是必须到基层实操

205

才可以，我有我的想法，你们也不要强加给我你们的想法。

虾仔的话让杜芳心里很难受，觉得儿子不跟自己交心，和自己很疏远。她很希望能和人说说心里话，在广告公司上班时，就时不时地跟陈强唠叨一下。当然，杜芳一直不知道陈强就是蚝仔。蚝仔编造了自己的身世，谎称自己没有父母，是奶奶抚养大的，觉得内地变化很大，所以坚持有空到这边来打工，看以后有没有机会来深圳做事。杜芳非常喜欢他，觉得这孩子很懂事、很贴心。她看出贺曦跟蚝仔互生情愫，也很为他们高兴。最好的青春时光，这样纯真的情感，有什么不可以呢。辉仔也看出来了。他一直喜欢贺曦，最近被蔡伟基叫过去到酒店帮忙，但得了空就跑到广告公司，美其名曰看看有什么忙可帮，实际上只是为了看看阿曦。

去酒店之后，辉仔变化很大，不再是以前那个灰头土脸跑业务的瘦小子了，现在成天西装革履打领带，头发梳得整整齐齐，很是有模有样。他到了广告公司也不喊杜芳"芳姑"了，而是叫"杜总"，说在公司就得这么喊，显得讲究。贺曦跟蚝仔都笑他，他也不觉得不好意思，也跟着笑。杜芳说他天生是做销售的料，等将来自己做大了，一定把他从蔡伟基那里挖回来。

万为的新产品还没下线，魏东晓已经找到了对付中发的办法。他让王三成搞来中发的机器和产品说明书，麦寒生则带着那些新技术人员仔细分析，和万为新产品做对比，看两家产品具体差异到底在哪里，哪怕是最细微的，也要找出来，因为消费者没那么专业，不会知道这些，技术人员可以想办法让消费者知道。随后，他亲自飞北京，去盯北方市场的开拓。中发已经严重冲击到了万为的市场占有率，魏东晓所要做的，就是坚守住阵地，等新产品一经推向市场，他就给中发狠狠一击。

自从那天见过覃玉娇之后，虾仔就像丢了魂，走在路上都会四处张望，希冀着再次遇到，起码，得赔给人家衣服钱。这天，在中发给他租的公寓附近，虾仔还真遇到了覃玉娇，她扎着马尾，穿着一身休闲的衣服，无精打采、晃晃悠悠地往前走。虾仔不太敢确认，因为覃玉娇素颜的样子跟那晚上见到的样子完全不一样。他想悄悄跟在后面确认一下，结果覃玉娇把他当成坏人了，把他引到一个楼道的拐弯处，从背后兜头给了他一棒，正打在虾仔的头上。虾仔扭头一看，覃玉娇脸色雪白，扔了棍子掉头就跑，他想追也追不上，只能捂着后脑勺看着覃玉娇跑掉。

回到实验室，虾仔的脑袋还在一阵阵疼呢，管管告诉他，说乐南来电话了，请他们到星都大酒店吃饭，放松放松。蚰蚰很激动，说那地方我还没去过呢，那是深圳最好的酒店，给这样的老板干活儿，累死也愿意。管管很好奇，说："我查过公司法人是查贵祥，查总还一直没露面，是不是等将来咱们做好了才接见咱们。"虾仔一直没开口，手还在捂着脑袋，心想，这姑娘下手真狠，看来真是把自己当坏人了。

人跟人的相遇靠缘分，缘分到了，总会遇见。当晚，乐南带着虾仔、管管和蚰蚰吃了饭，让他们自己去看表演，酒水之类的消费报他名字签单就可以了。送乐南出来的时候，虾仔无意中看到从侧门进来的覃玉娇，背着包径直往里去了。到了表演厅，虾仔一眼就认出舞台上表演的正是那个女孩，心里惊喜万分。

台上的歌手在唱《一千个伤心的理由》，覃玉娇等三对男女在伴舞。蚰蚰也看到了覃玉娇，说那个跳舞的女孩看着挺眼熟。管管见虾仔眼睛都看直了，逗他说，虾仔，你要有心思，就去送花，后台送花，这都是套路。虾仔白了一眼管管，没理他。

第二天，虾仔在上次遇到覃玉娇的地方转悠，希望能再次遇到意中人。一直等到都准备回实验室了，却看到覃玉娇跟凌凌一起走过来。覃玉娇看到虾仔，警觉地拉着凌凌回身就跑。虾仔不知道怎么喊住对方，只好又一次眼睁睁看着覃玉娇和凌凌跑远。管管和蚰蚰正走过来，看到这一切，两个人碰下眼神，心照不宣。管管问虾仔："老实交代，你是不是中意那个女孩？"

虾仔蔫蔫地说："没有，我……我只是想赔她衣服钱。"

虾仔真的着了魔，当晚又去了星都大酒店。他兜兜转转半天，绕到后台，本来只是想随便看看，结果正看到覃玉娇和演员们在换服装，准备上场。覃玉娇正看到虾仔，张嘴就要喊人。虾仔一面急忙阻止她，一面慌乱地往外跑，不想双肩书包勾到了衣架上，把又长又大的舞蹈装拖出很远，衣架子也弄倒了，稀里哗啦一片响，惊得后台换衣服的演员都围了过来。虾仔将书包放下，取下勾在拉链上的衣服，这才将衣服架扶起来。

凌凌也认出了虾仔："是你啊。"覃玉娇看着虾仔，走过来："真是想不到，你跟踪人跟踪到这里了！还挺有本事。你到底想干什么？"虾仔见姑娘们都看着自己，更加窘了："我……我是想还钱，还你衣服钱……"说着，他赶紧翻身上口袋，拿出几张钞票递给覃玉娇："喏。"覃玉娇一动不动，凌凌伸手就接了过来，将钞票一张张码好，甩了甩，凑近虾仔："喂，你是中意我们阿娇了吧？"覃玉娇不带一丝笑意，说道："行了，我们要上场了，快让他走吧。"虾仔窘得无处可藏，慌不择路地跑了。看着他的狼狈样，姑娘们都哄笑起来。

覃玉娇现在没有心情做任何事。迟到的例假让她隐隐不安。她跟老林在一起的最后一次正是安全期的尾巴，事后她发现老林在香港有老婆不说，在深圳还有别的女人。她跟老林大闹了一场，老林也不示弱，说现在这样的事你情我愿，都很正常，我又没亏待你，你身上穿的戴的，哪一样不是我买给你的？覃玉娇心如刀绞，不记得自己是怎么回到住处的，当天她没有上班，凌凌找过来，发现她脸如死灰般瘫软在床上。凌凌喊了她半天，她才回过神来，抱着凌凌泪如雨下。她不是因为贪图享受才来深圳的。她一心一意以为自己找到了真爱，所以放弃了在北京当大学老师的工作机会，跑到深圳的酒店来跳舞，只是想着能离老林近一点，不让他那么辛苦跑去北京看自己。现在她才知道，她只是他小五小六中的一个，而且他也不过是在有业务的时候才去北京泡她一下，根本不是为了爱情特意去看她。

感觉到身体的异样，覃玉娇计算着日子，去医院做了个检查，果然，怀孕四周，一切正常。身边其他来检查的人看到怀孕的消息无不雀跃，只有她毫无喜悦。那一刻，她只想飞快地逃离，她觉得全世界都在嘲笑她，一个以玩弄女人为乐的男人竟被自己当成了真爱，居然还有了他的孩子……整个世界都天塌地陷了，她觉得自己没脸面再见任何人。

覃玉娇大脑一片空白地走回公寓楼，却不料走错了楼层。一个房间里传出劲爆的音乐声和男人的哄闹声，紧接着门突然打开，一个男孩子跳出来，随后一团影子朝他飞来，他一躲，那东西正砸在覃玉娇的脸上。覃玉娇被砸得莫名其妙，转过脸来，看到眼前错愕不已的男孩正是虾仔。

今天是虾仔的生日，乐南找人送过来个大生日蛋糕，三个人一起在实验室庆祝。喝到最后，三个人都很嗨，拿着蛋糕抹来抹去，管管和蚰蚰一起围攻虾仔的时候，虾仔拉开门往外跑，管管眼疾手快，托起剩下的蛋糕就砸了过来，谁知正砸在路过的覃玉娇身上。

管管和蚰蚰都吓了一跳，赶紧跑出来。覃玉娇没有说话，恶狠狠地盯着虾仔，看了一会儿，接着往前走。管管和蚰蚰面面相觑。虾仔回过神来，急忙追上覃玉娇："对不起，我们不是故意的，是在庆祝我生日，结果一闹，把蛋糕弄你头上了……我道歉，你说，多少钱，我赔你，我……"

覃玉娇绕了几次都被虾仔挡住，终于爆发了："你滚！滚得远远的，不要再让我看到你！滚——"管管和蚰蚰都不敢上前了，虾仔闪身让开。覃玉娇回到自己的房间。在关上门的瞬间，她整个身体都滑坐到了地上，呜呜地哭了起来。

虾仔听到了哭声，知道一定发生了什么事，可阿娇不开门，他也不敢惊动。一直等到傍晚时分，虾仔听到楼上发出的开关门的声音，急忙跑出去，看到凌凌正从阿娇的房间里走出来。凌凌看见虾仔，停住脚步："喂，你小子阴魂不散啊，哪里都能碰上。"虾仔说："我的工作室在这里……她在里头吧？"凌凌看看虾仔，想了想，把他拉到一边："我得去上班了，你能不能帮我盯一下，她……状态不是很好。"虾仔紧张地问："她怎么了？"凌凌转身准备走："这你就别问了……"走了几步，她又停下来，"你……很中意她对不对？来，给你个机会，去给她买点吃的。"说完，她就真的走了。虾仔想假装自己并不在意，走了两步，停下，摇摇头，又笑了，自言自语地说："我就中意了，怎么着吧。"说着，他转身蹦跳着往楼下走去。

虾仔买好砂锅粥，捧着来敲覃玉娇的门："喂，开门吧，你朋友让我给你买了吃的……我知道你在里头，能开开门吗？白天的事很对不起，我们真不是故意的，我……"他一边敲门，一边听听没有动静，就把粥放在门口说："这样，我把粥先放门口，你可以出来拿，不用见我。"

他放下粥慢慢离开。门始终没打开。

这个晚上，虾仔没有离开实验室，一边工作一边竖着耳朵听着外面的动静。深夜，他刚迷迷糊糊睡去，却被一阵急促的敲门声惊醒，开门一看，是凌凌。凌凌急得快哭了："快，快，阿娇肯定出事了！我敲半天门不开，也没动静，我们得赶紧把门弄开！"虾仔二话不说，转身去找物业。门打开了，虾仔看见覃玉娇躺在床上，床边放着空了的药瓶。是安眠药。

虾仔将阿娇背下楼，到医院做了洗胃处理。阿娇没有生命危险了，但孩子没保住。在外头等候的时间里，凌凌说了阿娇的遭遇，然后对虾仔说："阿娇她太傻太痴了！本来这些事不想告诉你，可是看你这么喜欢阿娇，早晚你也会知道的，倒不如先说出来，你要有什么坏念头，赶紧滚得远远地，免得以后再伤害阿娇。你不再喜欢阿娇没关系，可你别看不起阿娇！阿娇是个好女孩，她只是太善良了。"虾仔不知道说什么好："没有，不会的。我……"

凌凌看出虾仔的真诚，也就放缓了语气，说："你也跟着忙了这么长时间，回去吧，阿娇这几天是不会见人的，你等也是白等！先回去吧，让她平静平静。"虾仔答应着，离开了医院。

陈大尧还沉浸在中发通讯业绩快速增长的兴奋中时，魏东晓已经出招了。万为印制了一批小册子，封面是《万为交换机产品比较书》，里面的内容是万为与中发交换机的优劣势比较。麦寒生有些担心，说中发看了能行吗，咱们公然揭人家短，弄不好要上法庭的。王三成胆子大，说麦总，咱们不能害怕，要不狼会吃了咱们的。魏东晓笑笑，说上不上法庭是一回事，但是热闹你肯定能看到。小册子迅速下发到万为的每一个经销点，再由经销点发到每个客户手上。

很快，陈大尧得到了消息，立即让乐南给他弄来一本，没看两眼就扔到了桌子上，看着窗外久久不说话。乐南知道陈大尧一定是恼火极了，也不敢打扰，刚想离开，陈大尧转过身叫住他，让他立即联系魏斯坦，让魏斯坦看看，万为公司为了占有市场，用了多么无耻的手段，也让他研究透小册子的内容，想想办法，如何对付他的老豆。

刚从医院回到实验室的虾仔拿着乐南交给他的《万为交换机产品比较书》，边看边皱眉头。乐南说："老板挺着急的，说产品是你们研发的，你们对产品最了解，现在只有你能救场。"虾仔边看边说："嗯，我仔细看看。万为这样做可真够没有底线的。明天一早我就把详细对比书出给你。"乐南想了一下，又把中发市场部的负责人叫过来，让虾仔与他一起商量，中发的市场负责人提议：以电源为产品比较对象。虾仔同意了。

三天后，中发的销售员搬着整摞整摞的《中发电源产品比较书》给电子城的商户挨家挨户发送。魏东晓将这本新鲜出炉的《中发电源产品比较书》往桌子上一丢，说太好了，没想到中发真被我们牵着鼻子走，我悬着的心算是放下了。三成，现在可以通知律师出场了。说完，他将整个人都靠在椅子上，说，今晚我得回家让阿芳给我做点好吃的，外头的再好吃，也不如我老婆的手艺。

谁知魏东晓一回家，就见在呼噜呼噜吃砂锅粥的虾仔。见儿子根本不搭理自己，魏东晓有些不悦，拉了把椅子在餐桌边坐下。杜芳看到父子俩各不相让的模样，怕他们又吵架，急忙给魏东晓盛了一碗粥，说你也喝点，鱼片的。

魏东晓看了一眼虾仔，虾仔不说话，继续吃自己的粥。魏东晓也开始吃粥，一边吃一边试图和虾仔搭话："学校不忙了？有空赶紧到公司来实习。每天关在学校里，不接触外界，学到的东西都是死的。"虾仔还是不说话，眼看就把碗里的粥吃完了。魏东晓说着说着就来了气："你看看你，死气沉沉的，哪有年轻人的朝气？你去万为看看，我集团里哪个不是精神抖擞，就是上战场冲锋打仗的模样，你看你……"

虾仔把碗一放："我怎么了？我再不好，没有做恶意竞争，弄个对比书，说自己产品有多好，别人的有多差，诋毁别人抬高自己。"魏东晓一时语塞："你……你怎么知道这件事？"

虾仔抬起头说："还有谁能不知道？电视台、报纸，都在播都在报道，我们专业的同学也都在关注这件事，让万为和中发都处在风口浪尖，这样好吗？我们是做企业，是做产品，就要踏踏实实去做，这样搞很不地道。"

魏东晓恼羞成怒："哎哟，你说话这口气大得吓人！我不地道，你敢说你老子不地道？！"

杜芳急忙劝着："哎，你们俩少说两句！"虾仔毫不退让："万为和中发，各做各的，这么诋毁，不是君子所为。"魏东晓嗤之以鼻："商场如战场，不是文人拌嘴，斯文扫地没什么，要紧的是不能倒下，不能输！"虾仔看着魏东晓说："世界知识产权组织近两年编撰了《反不正当竞争示范条例》，应该最近会正式颁布，你当心别被人抓了把柄。"魏东晓把碗往桌上重重地一顿："还轮不到你来教育我！我告诉你，别看你是研究生，都不如我那里上班的本科生，那些孩子有多厉害，一个月很高工资了，技术学得也踏实，将来都是公司的人才。你来了，也不过是个学徒！"

虾仔恼怒地看着魏东晓，觉得父亲从来就没重视过自己，过去是，现在是。他不再说话，拎起书包就走，走到门口又折回，将杜芳装好的保温盒带上，里面是带给阿娇的粥。杜芳追出来冲着魏东晓白了一眼："你少说两句！好不容易回来一次，不让他吃得开心一点。"

虾仔夺门而去，门"砰"一声关上了。

魏东晓满不在乎："是他狂妄自大，竟敢教训老子，那怎么行。"杜芳不满地看着魏东晓："你跟中发这次诉讼，本来就是你们先挑起来的，还不允许别人说啊。要我说，你们做的确实很过分。"魏东晓又火了："你不要干涉我的事！我的招儿不地道，他们的招儿更是下三烂，你们外行不知道

212

罢了！"看到杜芳脸色沉下去，魏东晓意识到自己态度太强硬，就缓和口气说："现在做生意，不是过去那样生产了东西去卖就行了，那时候的市场是空白，什么都能卖出去。现在不一样了，竞争，不只是竞争产品，重要的是这里。"他指了指自己的脑袋。

这场《产品比较书》之争，最先恼火的是乐南，然后是陈大尧。他们觉得魏东晓肯定是疯了，自己有错在先，反过来却咬了中发一口。但万为送来了律师函，同时也在法院起诉中发在《中发电源产品比较书》中对万为公司产品进行了诋毁。"那你们的《万为交换机产品比较书》呢？万为这么做，也不怕市场上群起攻之，以后再不用你们的产品？"乐南恼怒地问前来送函的律师。"那是市场的事，我只是接受万为公司对我的委托，来做我的事。"律师回答得云淡风轻，乐南真想上去揍他一顿。经过商议，陈大尧决定反击，向法院起诉《万为交换机产品比较书》中诋毁了中发。

第二天，《羊城晚报》《深圳青年报》等媒体都纷纷报道有关万为和中发交战的新闻：《万为VS中发，到底谁是最后的胜利者》《巨头之战，谁与争锋》《万为董事长魏东晓：把每一次挑战都当仗来打》……

魏东晓的车子刚开到集团门口，还没下车就被记者们围住了。蔡红兵先下车申明："我说记者同志们，这是公司跟公司之间的事，你们不用这样，很快就会见分晓的。无论如何，我们万为一定会坚持到底。"记者还是不散，在魏东晓的车窗边堵着，坚持要采访魏东晓："魏总，针对万为跟中发的官司，您有什么要说的吗？"

魏东晓不得不下车来应答："感谢大家对万为的关心，也感谢大家对这件事情的关心，也说明我们的市场服务在越来越好，有了竞争，才会有更多的产品供给消费者选择。也正是因为这样，我们的消费者需要了解产品的每个细微之处，筛选品质最好、最适合自己的产品，这是我们万为坚持将官司进行到底的核心价值所在。"记者并不准备放过他："您觉得这次官司谁是最后的胜利者？"魏东晓认真地举起手："我相信法院的公平公正，会给大众一个最好的答案。"魏东晓一面说着，一面在王三成的护卫下进大楼。保安拦住了记者。

这次采访内容第二天就见报了，拿到报纸的陈大尧只看了眼题目：《魏东晓：为消费者利益而打响的战争》，就狠狠将报纸摔在了桌子上。查贵祥有点沮丧地说："这场诉讼，无论我们是赢是输，都会给消费者一种感觉，就是万为的交换机比中发的好，中发的电源比万为的好。而在所有产品中，电源是最微不足道的，交换机才是我们两家公司的重点产品。"一语提醒了陈大尧，他转过身来，轻轻走到办公桌前，目光落在魏东晓的照片上。

陈大尧问："虾仔为什么只拿电池做文章，难道他对他爸还是暗中手下留情了？"乐南说："陈总，那倒不是，那是市场部给的题目。"陈大尧皱皱眉："那帮蠢货！好，这我就放心了。只要亿为在，这一切都是暂时的。"乐南一直紧张的神色终于放松了一点："对，只要有亿为，我们就可以开发出更新更好的产品，到时候，万为就是想跟我们竞争，这个所谓的对比书也拿不出手了。"陈大尧看着乐南："所以这几天，你要尽快办好一件事，要把和亿为的项目合同变成长期合作合同，条件由他提，薪金由他提，产品上市后会按比例给他分红。目标只有一个：一定要把亿为留在我们手上，未来会有大用！"乐南笑着回答道："是。"

乐南转身就把合同递到虾仔手上："这是一份长期的合作合同，薪金你们自己填，上市产品会有固定比例分红，如果有其他条件，你们也可以提！"管管和蚰蚰惊异地相互看看，完全没料到老板会对他们这么好。乐南继续劝说："是啊，我都嫉妒你们。要知道开始你们还在读研呢，换作我都不敢把宝押在你们身上，可是老板就是相信你们能行。虾仔，老板对你的信任，真是谁也替代不了。"虾仔说："可我们还没见过老板呢。"乐南赶紧说："我们也很少见到他。老板全世界各地飞，最近也要开拓海外市场。我相信，总有一天会见到的。这个合同，你们商量一下，可以的话马上签，我带了公章过来的。"虾仔看看管管和蚰蚰。管管说："我们都听你的，坚定地跟你走。"虾仔又看了看："这个事情我需要再考虑一下，因为这毕竟是一份长达五年的长期合同！"

乐南有点着急："你在担心什么？资金支持，付出与回报，无论哪一项，你都无法在同行中找到能超过咱们公司的。"虾仔沉默了一会儿，然后说："好，我签，不过，五年太长，改成两年吧。"乐南笑了。

拿到续签合同的虾仔第一时间想到的是阿娇，他想将这个好消息分享给阿娇。但阿娇对他很冷淡，只是礼貌地感谢他的帮助。虾仔时不时带回好吃的送到楼上，开始阿娇根本不开门，他就傻傻地等在门口，直到她开了，把东西给她。渐渐地，他去敲门时，阿娇能分辨出他的声音，会给他开门了。管管和蚰蚰都说虾仔沦陷了，他们觉得人一辈子能碰到个喜欢的女孩子不容易，喜欢就去追。虾仔下决心追阿娇，可他越向前，她就越向后退，弄得虾仔不知道该怎么办才好。

为了不让自己胡思乱想，阿娇不顾自己身体还没完全恢复，就开始疯狂演出。凌凌担心极了，打电话给虾仔，让他拖也要将她拖回去。覃玉娇一见虾仔就生气了："凌凌你把他叫过来干什么？！"凌凌拦着覃玉娇："你必须回去！演出排这么满，你是不要命了！我去前面找经理给你请假。"阿娇看着凌凌出去了，将脸别向一边，说："你走吧，不要管我。我知道，很多人知道那些事，都会看不起我。我不用谁来怜悯。"

虾仔看着覃玉娇，慢慢地说："并没有人看不起你。其实，不是每个人都能找到自己的，就是有时走错了路，也是正常的，也不能怪自己。

"我七岁那年，我弟弟被同村一个叔叔抱着去逃港，妈妈为了追我弟也逃了港，把我丢给我爸。我爸知道后，把我丢在外婆家，疯了一样去找我妈和我弟。我觉得全世界都抛弃了我，没有人管我的死活，没有人在乎我的存在。那时候我最怕听到的消息就是死了人，我怕死的是我妈、我弟或者我爸。后来，我妈又从香港游了回来，一上岸就被抓了，可弟弟却留在了香港。我妈后来开始拼命做生意，她说一定要赚钱，有钱了，去香港把我弟接回来。可他们去接我弟的时候，我弟跑掉了，再也没有消息。这么些年，我爸我妈都在找我弟，我却在疯狂地找我自己。"

覃玉娇看看虾仔，眼神渐渐柔和了："原来每个人都有自己的故事……"虾仔说："对啊，所以，不管遇到什么事，都没有什么大不了的，即使走了弯路，也没必要怪自己，更没必要这样惩罚自己。等过几年你回头再看，现在这些不过是伸手就能抹去的灰尘。"

这时，辉仔出现在后台："阿娇……咦，虾仔，你怎么在这儿？"他看看覃玉娇，又看看虾仔："对了，阿娇，凌凌说你身体有些累，就回去休息吧，我让别人顶上。"覃玉娇说："谢谢经理。"

辉仔转过身，偷偷地对虾仔说："她是你朋友？"虾仔未置可否。辉仔又看看两人，说："你们聊。"转身离开了。

虾仔对覃玉娇说："我送你吧。"覃玉娇勉强笑了笑，转身一边往外走，一边说："对不起，我……我想一个人走。"虾仔难过地说："你不要再这样冷漠了。你明明知道我喜欢你，为什么还要这样对我？"覃玉娇停下来，看着虾仔："你喜欢我？"虾仔点点头："是，我喜欢你。从我第一次见到你，我就喜欢你。"说着，虾仔想拉住阿娇，被阿娇甩开了："不要碰我！你说你喜欢我，笑话！我们见过几次面？你对我了解多少？你一副学生仔模样，就应该去找那些学生妹谈恋爱，不要在这样的地方混。"她说着就往外走，虾仔追过去，紧跟着她一起上了出租车，一路无语。

一直到公寓楼下，覃玉娇终于停住了脚步，冷冷地看着虾仔说："好了，我到家了，你可以走了。"说完，她扭头就往楼里走。虾仔冲过去抓住她胳膊："喂，你不能这样拒绝我，你要给我一个机会，也给你自己一个机会，这是对自己负责的态度。"

覃玉娇扭身看着虾仔："给一个机会？那你告诉我，你喜欢我什么？我哪里让你喜欢？"

虾仔嗫嚅着说："我……我也说不清，就是想看到你，看到你的时候，我就很开心。"

覃玉娇突然眼泛泪光，一巴掌打在虾仔脸上，冷笑着道："想看到我，看到我就开心？你知不知道，我在北京，那个男人追我时就是这么跟我说

216

的。我以为他是真心的，所以我不要留校的机会跑来深圳，在一个酒店跳舞，想的是能让自己离这个男人近一点。结果呢？你们男人都是这么不负责任，见到好看的女孩子就用这样的手段来哄骗，你们都是混蛋，都是王八蛋，都忘恩负义……"

覃玉娇不等说完就泪如雨下，跑上楼去，使劲把门关上。

虾仔冲上去，一边敲门一边喊："阿娇！人跟人是一样的吗？！那并不是你的错。是他骗了你。可我不会骗你，我是真心的。你在我眼里，比所有女孩子都好！"

房间内，覃玉娇蹲在地上，靠着门呜呜哭。

虾仔使劲敲门。一边敲门一边说："你开开门，阿娇，你开开门。你这样，只会让我心疼得要死。一切都会过去，我会陪在你身边让它过去，让你的心不再受伤。"

覃玉娇平静下来，说："虾仔，你走吧，你是个好男人，但我们之间是不可能的！你不要再说了，我心上的伤还在，容不下另一个人。我们遇到的时间不对，我们注定没有缘分。"她一面说着，一面眼泪又流了下来。

虾仔在门外也坐了下来："你不开门，我永远不会走，就一直坐在这里，直到见到你。"几个小时过去了，管管跑上楼问虾仔要不要开工，虾仔毫无情绪，说不开了，你们都回家睡觉吧。管管有点着急："啊？我们不是说好了要加班吗？乐总那边催得很紧。"虾仔说："我不管。阿娇不开门，我就在这里，哪儿都不去。"管管一面摇头，一面无奈地走开了。

阿娇在门内听着，良久，她起身把门打开。虾仔抬头，看到阿娇。阿娇对虾仔扬了扬眉："我饿了，你堵在门口，我怎么去买饭？"

虾仔立刻跳了起来："我去买！"他风一样下去买早餐给阿娇，又风一样跑回实验室，在拐角处就冲着里面的兄弟喊起来，说赶紧干活。管管纳闷地说："我们刚下班呀！"虾仔笑嘻嘻地说："那就接着上班。"管管看看蛐蛐，说，看来爱情不是个好东西。

这段时间，万为跟中发的诉讼成了全城的焦点，大家都在讨论两家产品的优劣，猜测最后的结果。最后，双方的维权都获得成功，两份比较书都被法院勒令收回，但在消费者心里却形成了这样的口碑：万为的交换机比中发的好，中发的电源比万为的好，而这正是魏东晓所希望的。在两家公司的产品线里，电源是小产品，交换机才是两家公司的重点产品。凭借法院裁决给市场的微妙影响，万为在用户心目中塑造了全国交换机品牌第一的印象，万为的销售总额因此远远超过了中发。魏东晓打了一个漂亮的心理战。

就在万为公司蒸蒸日上的时候，杜芳的广告公司也走上了新台阶，从单纯的广告业务代理延伸到开始做CI设计。她接到的第一笔业务就是国内第一家社区CI全案企划"深圳华侨城"。这件事，是梁鸿为牵的线。梁鸿为退居二线后，依然在各种协会间继续发光发热。他到广州开会，遇到了广东省侨联下属的《华夏》杂志社社长杜新民。杜新民也曾是梁鸿为的老部下。杜新民谈到自己的杂志社经营不善，已经难以为继，梁鸿为觉得正在从事广告行业的杜芳也许可以接手。于是，在老首长的撮合之下，杜新民来到了杜芳的深圳粤兴广告策划有限公司，双方经过沟通交流，很快达成了承包合作协议，随后，杜芳将杂志更名为《华商》，服务全世界的华侨同胞，利用广东省侨联遍布全世界一百四十多个国家的办事处，为全世界的华人商业精英搭建了一个展示和交流的平台，并由知名港商霍冰鉴先生为新改版的《华商》杂志题词。

为了感谢梁鸿为的帮助，魏东晓杜芳夫妇在星都大酒店宴请梁老跟杜新民。老友相聚分外开心，大家都喝得很尽兴。魏东晓杜芳夫妇出门送客，不料却在酒店里看到举止亲密的虾仔和覃玉娇。听辉仔说了覃玉娇的身份后，夫妻两个忧心忡忡，不知道虾仔为什么和这个女孩子在一起。

十六　我不喜欢吃独食

自上次的诉讼官司之后，万为与中发的新产品相继进入市场，两家又开始了价格战。

每当得知中发开拓新市场的消息，万为总是拍马赶到，标书上永远比中发价格要低。魏东晓告诉全公司的人，我们是军人，军人是不能对敌人仁慈的，第一次把敌人打翻之后，务必要持续地进攻，把敌人彻底打倒。麦寒生担心这样，光有销售业绩没有利润，时间长了不行，魏东晓却不担心，因为这样的策略都是一时的，他最担心的还是中发的实验室，只要实验室在，就一定会有新产品出来，万一有一天，他们的新产品比万为的强怎么办？王三成说，自己托人找到了乐南的情人，看看能不能从这里找到突破口。

因为万为的倾力抢夺，中发的销售业绩节节下滑。陈大尧看完近期的市场数据后却并不着急。在香港的中发办公室里，他透过坡璃墙鸟瞰香港九龙的繁华景象。他知道，万为的价格已经逼近了成本红线，虽然他们对外宣传，产品降价是新品上市前的清库存让利促销，但这种方式明显是自杀式营销，完全不计后果。他让乐南告诉虾仔，加快试验进度，尽早出新产品。乐南接到陈大尧的通知，赶紧联系虾仔，结果所有地方都找了，就是没有消息，虾仔如同人间蒸发了一般。

原来，带走虾仔的不是别人，正是魏东晓。魏东晓见杜芳跟虾仔联系了好多次，虾仔既不理睬也不回家，索性派了王三成和陈明涛两个人去学校附近守着，看到他出来的时候直接拽上车，气得虾仔在车上直骂自己父亲是土皇帝，见到魏东晓的时候，虾仔说他这是非法拘禁，魏东晓却冷笑着说老豆管儿子，不违法。最终，胳膊拗不过大腿，虾仔被关进实验室，让保安看了起来。王三成见魏东晓动了真格的，也怕虾仔年轻气盛会闹事，就偷偷给杜芳打了个电话，杜芳接到消息，从座位上直接跳起来，说魏东晓这是瞎搞。声音很大，虾仔在外间听得真真切切。

杜芳匆匆赶到万为集团，径直走向实验室，边走边从玻璃窗子向里看，寻找着虾仔。终于，她看到了虾仔，正独自坐在一个角落里看着电脑。杜芳的心放了下来，放慢脚步走进去。虾仔正在网页上跟管管和蚰蚰沟通工作，让他们把代码重新修改，看看测试效果，看到杜芳进来，虾仔赶紧关了页面："妈，你怎么来了？"杜芳说："哎呀，我都急死了。你没事吧？啊？"虾仔说："妈，我不能在这儿，我得出去。"杜芳看看四周，压低声音说："来都来了，就待两天，也给你爸个面子。"

虾仔脖子一梗："我又没有错，他不能这样对我，而且，他这样也限制不了我。"杜芳见虾仔嗓门高起来，怕影响不好，拉着虾仔到了一边的空房间："你呢，学的专业跟你爸这里也是对口的，迟早都要过来工作，干脆现在就开始实习，也不耽误写论文，多好。"虾仔说："不好。我从来没答应过来这里上班。"杜芳急了："那你还想去哪里？你爸说把你关在这里，那你是长了翅膀也飞不出去的，还是老老实实在这里待着吧。看你这态度，我觉得你爸关你是对的，我平时就是太纵容你了。打那么多次电话要跟你谈谈，你都不露面。"虾仔将头扭向一边。

杜芳又问："你跟那个女孩到什么程度了？"虾仔终于知道，原来真正的导火索在这里。"你们去查阿娇了？"杜芳横了虾仔一眼："查什么查，问一问就知道了。"虾仔说："这是我自己的事，不要你们管。"杜芳起身就走："哇，好大的口气，不要我管！你怎么长这么大的？虾仔，所以你爸把你关起来，我很支持。"虾仔一看大事不好，赶紧叫住杜芳，可怜兮兮地说："妈，能不能给我熬点粥，这里的饭菜我吃不消。"杜芳看着虾仔一脸可怜相，笑了。

从万为出去，杜芳第一时间赶回家里，熬了一大锅砂锅粥，才做好就接到贺曦电话，说珠宝公司的李总已经到了。这家珠宝公司刚刚进入市场两年，但是势头很强劲，广告也舍得投入，这一次，他们就想在《华商》杂志做广告。杜芳一听，估计陈强跟贺曦处理不了这个大单，就装了粥直接到公司，贺曦跟陈强各吃一份，然后让陈强跑一趟万为集团，去给虾仔送一份。

蚝仔有些犹豫，他完全没料到要在这样的情况下见到虾仔。此前，杜芳已经不止一次说过，要邀请他到家里去玩耍，介绍他跟虾仔认识，谁料第一次见面居然是这样。没有办法推脱，蚝仔拎着保温盒就出门了。

一路上，蚝仔在脑海不停地想象着跟虾仔见面的场景，想着怎么和虾仔开口。最后，他打定主意，上来就先说是杜总让我送粥给你的。可当他从出租车上下来，站在万为集团外仰望整个工业区的时候，他有点不敢走进这幢楼。踟蹰良久，他还是走上台阶，向里走去。

保安拦住蚝仔："你找谁？"蚝仔说："是杜总让我来给她儿子送粥的。"保安引着蚝仔进到办公区。办公室的门牌都很特别，写着后勤部、华北战区、华南战区、东北战区……蚝仔觉得很新鲜，也很奇怪。他往前走着，忽然听到很爽朗的一阵笑声，随后是一个响亮的男人的声音："王三成，我记你一个二等功，总算搞到了亿为工作室的联系方式，赶紧联系，马上接洽，要不惜一切代价把他挖过来。"另一个声音，估计是王三成，说："人家是做技术的，魏总你这样态度，不要把人家吓到。"那个叫魏总的人说："那有什么？问他们现在拿多少工资！他只要说出数来，我给他翻倍。人才是最重要的，有了人才，企业才会发展！"

魏东晓说着，无意间看到在门口停留的蚝仔，突然心里一动，不由得也看了蚝仔一眼。蚝仔急忙收回视线，疾步跟上保安，拎着保温盒的手微微抖动着，蚝仔深深地吸了几口气，平复自己的心情。接下来的一幕，更是让蚝仔害怕。保安带着他进了封闭的实验室，完全是一个四面封闭的空间，没有保安开门，根本无法进出。

虾仔一个人在里面看电脑。蚝仔走到他跟前了，虾仔的目光才从电脑上离开。他看了一眼蚝仔手里的东西："我妈让你来的？""唔。"蚝仔回答。虾仔也不客气，拧开保温盒盖就准备吃："你就是陈强吧，我妈说起过你，没想到你干的时间还挺长的。从香港跑过来，不辛苦吗？"蚝仔摇下头，笑容有些腼腆。

"来，一起吃吧，我一个人吃不完这么多。"虾仔说着，从抽屉拿出多余的勺子和碗，盛出一碗粥递给蚝仔。蚝仔犹豫了一下，接过来，坐下，和虾仔一起吃。吃着的时候，他的眼泪在眼眶里直打转。这么多年分别后，第一次跟亲哥哥见面，却偏偏不能相认。

虾仔却以为他腼腆，说，你不用客气的，我不喜欢吃独食。我有个弟弟，小时候呢我们吃东西总是打架，后来我妈把我和我弟一人揍了一顿，我们两个就再也不吵了。说完，虾仔就笑了，蚝仔也想笑，可怎么也笑不出来。从万为集团出来之后，蚝仔抱着保温盒飞快地往回跑，直跑得喘不上气来才停住。他坐在一个台阶上，泪眼婆娑地看着保温盒，忽然大哭起来。

不知哭了多久，已经到了下班高峰时间，路上车来人往，蚝仔从台阶边站起身来，走向不远处的一个IC卡电话亭，拨通了陈大尧的电话。当陈大尧的声音传过来的时候，蚝仔又哭了。陈大尧吓坏了，在电话那头不断问："蚝仔你怎么了，发生什么事了？"蚝仔不说话，只是哭。陈大尧说，蚝仔，你一定是遇到什么事了对不对？告诉尧叔你在哪里，尧叔马上去找你。但蚝仔在这边使劲儿摇头，只是止不住地抽泣。

"尧叔，我想走了。"蚝仔突然说。陈大尧一时愣住了，不明白蚝仔说的是往哪里走："去哪儿？""回香港。"好半天之后，蚝仔回答说。陈大尧松了一口气："那你妈那里，你……"

蚝仔又忍不住哭起来："我在见到我妈的那一刻，就该开口；我已经错过了；今天我又错过了，我，是一个懦夫，一个胆小鬼，就像当年一样。见到他们，我很开心，特别开心，但是，这么多年，我从没想过，我竟然是他们心口的一道伤。从我留下那封信开始，我就失去了再次站在他们面前的权利，我就是他们的灾星。"

陈大尧心疼极了："蚝仔，你别太逼自己……你怎么会是伤，你是尧叔的宝，没有你，尧叔可能早就不在了，你是我的福星，大福星。"蚝仔抽泣着说："尧叔，我……想回家。我就是个逃兵。"陈大尧连连说："好，回来，回来就好。逃避需要更大的勇气，我等你回家。"

蚝仔终于平静下来。他去了广告公司，看到贺曦还在那里，他把保温盒放下，又留了一封信让贺曦转交给杜芳，说我要走了。贺曦以为他在开玩笑，但看他的神情又像是真的，于是追着他问怎么了，是不是家里有什么事。蚝仔摇摇头："我只是觉得很累，学校那边有很多事，需要我回去。"说完，他头也不回地走了，留下贺曦看着他的背影发呆。

陈大尧亲自将蚝仔送回香港的家里，又陪了他一天。蚝仔看着陈大尧为自己做这做那，几次想把心里话说出来，最终，还是没有说。陈大尧对他从来都是这样宽容，他想说什么都可以随便说，不想说的，陈大尧也可以什么都不问，多年来，两个人已经养成了这样的习惯。

陈大尧还没回深圳，乐南就已经从管管和蛐蛐口中知道，是魏东晓将虾仔关了起来，起因就是他交了个舞女做女朋友。陈大尧接到消息，安抚好蚝仔，立即赶回深圳，告诉乐南以公司的名义报警，说魏东晓绑架了中发公司的技术负责人，要窃取商业秘密，请警察去把虾仔解救出来。乐南有些不明白：陈大尧这么大张旗鼓，明摆着是要将事情公开化，可是这两年来，中发不是一直都在隐藏虾仔的工作室，不让外界知道亿为在为中发工作吗？但看着陈大尧不容置疑的表情，乐南只好去立即执行。

警车突然大驾光临，这个排场让整个万为集团都有些紧张，加上警察直接找的人是魏东晓，保安也不敢怠慢，赶紧将人领到了魏东晓办公室。

魏东晓知道警察的来意是要找虾仔，就乐呵呵着说都是误会，这是我儿子，最近不听话，我给他关实验室关一关。警察也不客气，说就是自己的儿子，也不能这样关，限制人身自由是犯法的。虾仔看一眼魏东晓，有点幸灾乐祸的样子。魏东晓白了一眼虾仔："是，孩子不听话，就得管。你看看，为了出去还自己报警折腾了你们，真是对不住。"

两个警察互相看看，其中一个警察说："还真不是你儿子自己报的警。"魏东晓这下奇怪了："不是他？那是谁？"警察说报警的人就在楼下等着呢，非把你儿子当场接走不可。

魏东晓更奇怪了，是谁这么大胆子，居然敢把自己的儿子带走。他跟着警察和虾仔一起走到公司外面，乐南就站在广场上，车子在他旁边。看到乐南，魏东晓更惊讶了："我当是谁，原来是中发的人。"

见到魏东晓，乐南礼貌地打招呼："魏总好。"魏东晓着实摸不着头脑："你……找我儿子？"乐南点点头："是的。"

魏东晓："你找他干什么？"

乐南微微一笑："魏总难道不了解吗？魏总在市场上掀起价格战，让我们双方的利润都压到了极点，想要赚钱，就必须有更好的产品替代原来的产品。这段时间正是我们项目研发的关键期。您扣押我们的研发负责人，这不合适。"

魏东晓惊呆了，良久才扭头看向虾仔："你是说，他是你们亿为项目组的？"

乐南点点头："他是负责人。离开了他，研发工作无法进行。"

魏东晓觉得简直不可思议："……他？"

乐南不想继续纠缠了。他攀着虾仔的肩膀说："毫无疑问。如果魏总没有别的事，我就要带虾仔离开了，我们的项目离不开他。"虾仔看了魏东晓一眼，一言不发，跟着乐南上了车。

魏东晓愣愣地看着车子绝尘而去，好半天终于清醒了。他哎呀一声，忽然大笑起来，笑了一阵之后，又掏出手机给杜芳打电话。杜芳的广告公司承包了华商杂志后，业务量越来越大，原来的办公地不够用，索性买了一层写字楼，这几天正忙着搬家呢。魏东晓打来电话之后又光笑不说话，愣是把杜芳弄糊涂了，说魏东晓你到底什么事，我在忙搬家呢。魏东晓笑过之后说，阿芳，我找到亿为的负责人了，我找到了。

杜芳更奇怪了，说魏东晓你是没事干了吧，你花了那么大力气去找，还能找不到吗？魏东晓说，你猜是谁，你猜猜。杜芳说跟我有什么关系，我猜不出来。魏东晓有点语无伦次，说，是虾仔是虾仔啊，是我儿子，是我魏东晓的儿子。那一瞬间，杜芳的眼泪就掉下来了。可魏东晓还在电话那头说着："我还成天抓着脑袋四处挖，我挖了这么长时间，这个人竟然是我儿子，是我的种！有出息！有出息……我告诉你，我现在恨不得告诉全世界，这个天才是我儿子，是我的儿子——不是他中发打败了我，是我魏东晓自己打败了自己。"

跟杜芳通完电话，魏东晓就下了决定，要将虾仔的亿为实验室收回来。回到办公室，他就让陈明涛去查中发背后的老板。麦寒生为难地说："魏总，没查出来。中发的法人是查贵祥，但查贵祥只是负责一部分工作，显然只是挂了个名字而已。"魏东晓握着拳头说："无论如何要找到他，我必须见他，我要得到亿为。"陈明涛不解地说："魏总，你是急疯了吧？我们好不容易找到负责人电话了，还没见上面呢，怎么想着买下来，总得先谈谈，能不能挖过来再说……"

魏东晓一挥手打断了陈明涛："亿为的负责人就是虾仔。没错，就是虾仔，是我儿子。今天那个乐南在我眼皮子底下把他带走了，当他们公司的宝贝带走的。"陈明涛和麦寒生听了，又惊又喜，魏东晓看着两个人的表情也笑了，这是他这么多天来最开心、最骄傲的一天。

在跟着乐南回实验室的车上，虾仔向乐南提出，带着警察到万为找他，这件事有点过。乐南说："我跟老板汇报了这两天发生的事情，他很担心，毕竟我们中发跟万为是同行业竞争关系，你是我们公司的研发骨干，被关进他的公司里，谁能保证我们的项目核心机密不会泄露……"虾仔觉得很冤枉："你们怀疑我会泄密？"乐南不置可否。虾仔说："你大可以放心。我们是签了合同的，也有保密协议和竞业禁止协议，我不会违约。"

乐南说："你知道就好。我这样做，也是为了项目。现在是**研发关键**

期，全公司上下都在等着新产品尽快出来，你不在一天，就耽误一天。"虾仔有些不高兴："我们的工作并没有停止，我在万为那里，也一直在跟管管和蚰蚰沟通，试验并没有停止。"乐南看了虾仔一眼："如果真是你说的这样，那就最好。但在新产品出来前，我还是不希望你跟万为有任何过多的接触。"

虾仔盯着乐南的眼睛说："我爸是万为的董事长，难道我连我爸都不能见？我们已经合作这么长时间了，你不应该不知道我对工作的态度。"乐南不说话，将虾仔送到公寓楼下就离开了。

看到虾仔推门进来，管管和蚰蚰很高兴，蚰蚰立刻冲上去拥抱他。管管对蚰蚰说："哎哎，咱们得注意点儿，那边看着呢。"说着，往旁边一努嘴，覃玉娇正从厨房走出来。虾仔的脸上立刻温情荡漾："你也在。"覃玉娇笑笑，说："他们说你今天一定能回来，所以我就在这里等。"两个人相视一笑，觉得什么都不用说了。

管管和蚰蚰做个鬼脸，问："你爸舍得放你走？"虾仔一屁股坐在电脑前查看进度："乐南把警察都带去了，我爸能不放我走？一上午你们进展怎么样？"管管说："一上午都在为你提心吊胆，还没来得及工作呢。"虾仔急了，说："昨天晚上我可是给你们布置了任务的！"蚰蚰笑了："已经完成了，请领导检查。"管管也笑了。覃玉娇看着坐在电脑前顷刻就进入工作状态的虾仔，觉得这个男人让她很踏实。她微微一笑，进厨房去洗水果。

魏东晓几次三番要见中发老板，而且提出不跟查贵祥对接，要见真正的老板。乐南跟陈大尧汇报后，陈大尧决定当晚跟王光明碰面之后，先回香港去处理印尼那边的市场，顺便躲避一下，避免正面交锋。

当晚，杜芳回到家都晚上十点多了，却见魏东晓正在客厅等自己，还说早就回来了，等她半天了。杜芳猜魏东晓是因为虾仔的事，却故意不提："哎哟，魏总，有什么事想起我来了？"

魏东晓说："别扯。想想办法，把虾仔叫回来。"杜芳说："要我叫他干吗？你那么大本事，说关就把他弄到公司去，多厉害。"魏东晓嘿嘿笑了，说："真的，我得跟他谈谈。自己老豆的公司不来帮忙，去给别人家出力，问题是，搞出来的东西正好是跟我竞争的。那不是自家人打自家人嘛。"杜芳说："是你总看不起自己儿子，动不动就是学生仔不务实，到你这儿来也是抬举了他。所以人家中发直接几十万年薪把你儿子挖走了。喏，你上天入地想挖墙脚，找到今天才知道，要找的就是你最看不上的那个嘛。"魏东晓听着杜芳讽刺自己，也不恼，说："都是过去的事了，其实我早该想到，我魏东晓的儿子怎么可能差嘛。"

杜芳倒了杯茶，说："现在知道人家是亿为的负责人了，现在想拉拢人家啦？魏东晓，你那雷达脑袋怎么没早探测到呢。"魏东晓追着杜芳坐到沙发上："你把虾仔叫回来，我也想听听他的想法。我的实验室迫切需要他加盟，但是，我得知道他的意愿，只要他愿意回来，我就去跟中发谈，怎么都让亿为进到我的万为。"

杜芳斜着眼睛看着魏东晓："啧啧啧，魏东晓，你脑子里除了生意还有儿子吗？这么多年你关心过儿子吗？他心里想什么你知道吗？"魏东晓嬉皮笑脸地说："我这不是忙事业，想着家里有你就够了，你是我的大后方……"杜芳看着魏东晓，不再说话。

魏东晓把脸伸到杜芳的眼前："怎么样？打个电话？"杜芳干脆地说："不打。"魏东晓不解地问："为什么？"杜芳脸一扭："不为什么。这个忙，我就是不想帮。"魏东晓有点急了："我说杜芳，你不能这样，你那个《华商》的杂志能承包下来，还是我在帮你说好话，和老领导一起跟杜新民社长推荐你。你不能过河拆桥。"杜芳不买账："那是杜社长认可我的为人和能力。我的广告公司从零做到现在，都是一点点做起来的，不是你的人情送的。"

魏东晓点头："行行行，不说这个。你说说，怎么能把虾仔叫回来。"杜芳说："我没办法。"魏东晓腾地站起身，显然不高兴了。杜芳见他如此，只好实话告诉他："我已经给他打过电话了，他说最近都在忙实验，根本就没工夫回来。"魏东晓还是不肯罢休，杜芳只好当着魏东晓的面又给虾仔打了电话，虾仔还是那句话：忙实验，他跟中发公司是有合同的，必须履行。魏东晓这才作罢，但是这也让魏东晓决定要尽快跟中发真正的老板谈一谈了。

第二天一早，王三成跟陈明涛就都被魏东晓叫了过来，直接开车到中发公司门口。魏东晓说，就在门口守着，不信守不到幕后老板。偏巧陈大尧一早要从罗湖口岸去香港，车子刚开到院子大门口，就被一辆突然蹿出来的车子挡住了。陈大尧问："怎么回事？"乐南也很奇怪："我也不清楚。"这时，魏东晓从车上下来，径直走向陈大尧的车。陈大尧大惊："是魏东晓！他是怎么知道我在车上的？"乐南只好低声说："我也不清楚。"

魏东晓敲敲车窗："乐秘书，我知道你老板在车上，我没别的意思，就想见见面，跟他谈谈。"乐南紧张地问："陈总，我们怎么办？"陈大尧笑笑，说："兵来将挡，水来土掩。"乐南把车窗玻璃落下，陈大尧端坐在车内。魏东晓看着陈大尧，很是震惊："是你！？"陈大尧微笑道："是我。"刹那间，旧仇新怨一起涌上魏东晓心头："你……"他冲过去，隔着车窗揪住陈大尧的衣领："你个混蛋！你骗走了蚝仔，现在又算计到虾仔头上。你明明知道虾仔是我儿子，还让他到你公司做研发，你就是想用我自己的儿子来对付我……"

乐南急忙下车来拉魏东晓，王三成和陈明涛也从车上下来，拉住魏东晓："魏总，你别这样。"魏东晓被拉到一边，呼哧呼哧地喘气："陈大尧，你这个卑鄙小人，你做事从来就没光明正大过，过去是，现在也是。"陈大尧依然端坐在车上，整整衣服："魏东晓，如果我说我没当虾仔是你的儿子，恐怕你也不相信。我只是在千方百计找人才，偏偏找到的这个人才正是你的虾仔，仅此而已。"魏东晓根本不听他的："你说什么我都不会相信。你现在马上让虾仔离开中发，不能让中发跟万为的生意战牵扯到虾仔。"

陈大尧摇摇头："魏东晓，你有没有搞错，是你儿子找到我公司，我看他资质不错才留下。你想让我把他让给你，我们之间是有合同，是受法律保护的，不是我一张嘴说给你就给你的。"魏东晓问："你说，你要什么条件？"陈大尧笑了起来："条件？我中发现在的新产品开发都是亿为实验室在负责，没有亿为，我中发的新产品链就得断，没有亿为，我还拿什么跟市场竞争，跟你竞争？"

陈明涛看不过去了，上来说："陈大尧，你这么做太过分了，大人之间的事，不要把孩子夹在其中。"陈大尧说："我前面已经说得很清楚了，不是我找虾仔，是虾仔找到我中发。魏东晓，你看看你，生了两个儿子，一个没养着，一个在我陈大尧这里，给我卖命……"

魏东晓又想冲上去打陈大尧："你个混蛋，有本事你冲我来，算计我儿子算什么！"乐南和陈明涛再次拉住了魏东晓。陈大尧说："乐南，上车，既然魏总不让路，我也没必要急在一时回香港，我们回办公室。"乐南上了车。魏东晓抓住车窗，追着陈大尧的车子："陈大尧，你说吧，只要你放过虾仔，我什么条件都答应你。"

陈大尧大笑着说："别天真了，魏东晓，事情不是你一个人想怎样就怎样，这么多年，你还是想不明白？"

魏东晓看着陈大尧的车开回去，还想再追进去，被麦寒生拉住了："这时候，最关键的人在虾仔，要是虾仔不想给他干，他又怎么留得住？"魏东晓一想，也对，知道虾仔的真正意思，比什么都重要。所以魏东晓直接去找虾仔。车子一开到亿为实验室的公寓楼下，就看到了肩并肩走着的虾仔跟覃玉娇，一边走一边喝着果汁。

覃玉娇答应两个人可以试交往，她同意给自己和虾仔一个机会，如果不合适，就早一点告诉彼此，早一点分开。可虾仔指天发誓，说保证一辈子不会欺骗你！两人正说着，转脸就看到站在他们面前的魏东晓。虾仔愣住了，说爸你怎么来了。魏东晓目光从覃玉娇脸上扫过，便没有再正视她一眼。虾仔对覃玉娇说："你先回去吧。"覃玉娇担心地看了一眼虾仔，就离开了。

魏东晓看看覃玉娇的背影，又看着虾仔："还在生我的气？"虾仔把脸别到一边。魏东晓看着虾仔，乐了："你说你小子，怎么也不早告诉我一声，闷着头做了那么多事。"虾仔不说话。魏东晓拍拍虾仔的肩膀："这回，你说什么都得到万为来了。"虾仔看着魏东晓，还是不说话。魏东晓说："你放心，中发给你开什么条件，我绝对比他的条件高。这回可不是高一千块的级别。"

虾仔特别无语地看了魏东晓一眼："你到现在都不明白，我不去万为，不只是钱的事。"

魏东晓奇怪了："那是为什么？"

虾仔："我做的是研发，是技术，我只给识人的老板干活。我是你生的，你是我爸，但不代表我必须为你做工作。"

魏东晓一听，又想爆发，一下子又忍住了："呵呵，要是早知道亿为实验室是你的，我还用绕那么大圈子。上阵父子兵，你就是不帮我，你也不能跑到我对手那里去帮着他对付我。换作别人也就算了，你现在给陈大尧干，那就不行。"虾仔奇怪了："陈大尧？跟陈大尧有什么关系？"

魏东晓也很惊讶："你不知道？中发就是陈大尧的。我见到陈大尧了，我想跟他谈谈，把亿为卖给我，他不同意。"虾仔十分震惊："老板不是查贵祥？"

魏东晓说："那查贵祥一看就是傻偏，前面挡枪的。我跟乐南约了好几次，都不让见。今天早上我开着车去他公司门口堵截，偏偏就堵住了，陈大尧本来是打算去香港避风头的。我已经提了要买亿为，让他开条件。他不同意。"虾仔看着魏东晓："所以，你来找我，想说服我。但我跟中发是有合同的，不可能违约。"

魏东晓眉毛拧了起来："你是在跟我谈条件？！"虾仔看了魏东晓一眼，扭头就走："我没谈条件，我是说事实。对不起，我们没法沟通，我先走了。"

突然，不知从哪里冒出来一群媒体记者，将两个人团团围住。一个记者问："魏东晓先生，万为跟中发市场战一直没有停止，听说你们最近在争夺人才，是真的吗？"魏东晓看了一眼虾仔："我不知道你们的消息来源，从哪里听说的这件事。"另一个记者围住了虾仔："魏斯坦先生，您的亿为实验室服务于中发公司，可您的父亲却是万为董事长，万为跟中发上次的诉讼之争后，两家一直是强有力的竞争对手，现在中发和万为都争夺您，一边是父子情一边是老东家，去留之间，您有什么打算？"虾仔看看魏东晓又看看记者："对不起，无可奉告。"他从记者包围中冲出去，径自上楼回到实验室。

记者们依然围着魏东晓："魏总，听说您一直想要挖到亿为实验室，现在知道实验室就是儿子的，您有什么感想？"魏东晓面无表情，说："没感想。"一面说着，一面就往外走。这时，陈明涛的车开了过来，护着魏东晓上了车，两人一边迅速离开，一边疑惑着："怎么回事，怎么会突然有记者出来？"魏东晓皱着眉头。"我也不确定，好像提前埋伏好的一样。"陈明涛说。

魏东晓没再说话，他心里隐隐感觉到，有一双手在操纵整件事。

的确，这一连串事件都是陈大尧让乐南去做的。陈大尧就是想把事情闹大，影响越大越好。第二天，《深圳特区报》和《深圳晚报》的头版头条分别是《万为跟中发的人才之争》和《父子情VS老东家：数字程控天才魏斯坦的抉择之路》。

虾仔买早饭的时候顺手买了份报纸，硕大的标题《父子情VS老东家：数字程控天才魏斯坦的抉择之路》一下子映入眼帘。虾仔再无心吃东西，跑回实验室，看到管管和蛐蛐的表情，说："你们也知道了？"

管管说："网络论坛里都炸锅了，比报纸的剧情复杂多了。"虾仔冲到电脑前看网页，眉头拧了起来："一定有人背后操纵。"管管点点头："也有可能是在网上爆料。"

虾仔一拍桌子："混蛋！一定是中发搞的鬼。本来我想得很简单，我爸看不上我，中发给我们钱我们就给中发做，现在不一样，中发明显是用咱们实验室打击我爸的公司。我爸再看不上我，我也不希望是这样的局面。而且，中发明显在利用我和我爸的关系做文章，给万为施压，也给我施压。中发的老板陈大尧就是那个把我弟弟弄丢的人！也是一直和我爸对着干的人！"

管管挠挠头："中发？怎么可能……也对，万为是不可能把这些事捅出去的，可中发为什么要这么做？对他们有什么好处？我们可都是在给中发卖命。"

虾仔说："我爸想要把亿为买过去。中发这么做，太阴险了。"管管和蚰蚰都张大了嘴巴。

虾仔想了想："好，这些先不想了。兄弟们，我们加把劲儿，无论如何这两天都要把测试结果拿到，结束这个项目。"他坐到电脑前，开始工作。管管和蚰蚰也不再说话，坐到试验台边。他们都没料到，只是工作而已，居然成了被利用的筹码。

虾仔他们捂上耳朵，不再关注外面的新闻和消息。一个月之后，亿为的研发成果终于通过了测试。这一个月，魏东晓心急如焚，这一个月也让虾仔做出了决定，他要用这个项目结果去跟陈大尧谈一谈，结束与中发的合作。虾仔独自去了中发通讯，要求见陈大尧，保安给乐南打了电话，将他放了进去。

在陈大尧的办公室里，两个人隔桌而坐。虾仔说："没想到我们见面是这样的状态。"陈大尧笑了笑："我记得见你的时候还是小孩子，现在都是大人了。而且，居然是我最最看重的研发负责人。"虾仔说："您早知道我的身份，所以一直避而不见，每次都让乐南跟我对接。"陈大尧摆摆手："这些都无足轻重。我看重的是你的才华和能力，你呢需要一个地方施展才华，就是这么简单。"虾仔："但现在事情不简单了。尤其是有了媒体的干预，让事情更复杂。陈叔，这是我给中发做的最后一个项目。"陈大尧看了一眼虾仔，给他斟了一杯茶："说说理由。"

虾仔端坐不动："很简单，我不希望我做的东西，成为中发制衡万为的利器，我也不想自己成为别人的棋子。"陈大尧叹了口气："这么长时间了，虾仔，你看不到吗？我投入了那么多的金钱和时间，都是为了帮助你将自己的想法实现出来，做成产品投入市场中，让千家万户都能用上你研发的东西，这是多少做技术的人的心愿？我帮你实现了。你爸不一样，他从来就没认同你的能力，甚至他都忽略了你的存在。因为他突然发现你是有价值的，就要跟我不惜代价地争抢，虾仔，在你的心里，难道没有一杆秤吗？"

虾仔的头低了下去："我很感激您对我和我的团队这么好。说实话，我一直觉得自己很幸运，还没毕业就已经开始独立做项目，有了自己独立的实验室，并且拿到了别人拿不到的回报。但是，现在事情状态变了。我不想再夹在你跟我爸中间了。"

陈大尧满面笑容地道："虾仔，我心里一直把你当自己的孩子看，我希望我们一直合作下去。中发需要你……从感情上，我不希望你离开。从法律上，没有中发的应允，你不能离开中发，亿为也不能离开中发。而且，即使离开，你三年内也不能在同行业工作，万为也一样。"

虾仔抬起头来："您威胁我？"陈大尧摇摇头："你是我最认可的人才，我只是为中发留住你。"虾仔说："今天上午，实验刚刚通过最后测试，已经可以正式投产了。但这是最后一次。"陈大尧的笑意依然挂在脸上："年轻人，不要固执。你是你，你爸是你爸，我给你施展的舞台，对你就足够了。我们的合同规定，即使你不为我服务，你也不能到万为工作。"虾仔盯着陈大尧，心里恼怒万分，但却不能爆发，只好转身愤然离去。

虾仔走之后，乐南随即进来，说魏东晓约他到星都大酒店面谈，陈大尧想了想，说，火候也差不多了，就定今晚吧。这一次见面，陈大尧只需要稳如泰山地坐在那里，任由魏东晓不停加价。魏东晓的目的很直接，买回亿为实验室，可以直接投入工作，他们创造的价值会远超于买价。最终，陈大尧将这个给自己赚了几千万的实验室用八百万的价格转让给了魏东晓。

这个消息，自然也被陈大尧透露给了媒体，尽管魏东晓的人去做了工作，各家媒体也都答应了，可还是在印刷之前又将新闻报了出来：《万为割掉与中发竞争最激烈的领域换亿为》《亿为回到万为怀抱开拓新领域，中发将何去何从》《父子情战胜老东家，万为割市场换亿为》……很多人认为魏东晓吃了哑巴亏，连杜芳也觉得陈大尧过分，甚至想去跟陈大尧理论，但魏东晓将她拦住了，安排财务马上转款，因为他要亿为第一时间为万为工作。

看着银行的到账通知，陈大尧的脸上泛起笑意："就让查贵祥先负责通信业务吧，短时间内，我们的业务量还会呈上涨趋势。还有，我要的资料都弄好了吗？"乐南："好。阿祥已经全权接手了中发通讯的业务。您要的所有资料都准备好了，我已经检查过两遍，都齐全了。"陈大尧点点头："你做事我向来放心。不过，这次地产招标项目比较大，我们中发地产只成立了几年，前面并没有特别有说服力的样本。想要上一个台阶，全在此一举。我们必须要认真对待。"乐南乐呵呵地说："还是您有远见，其他人还没意识到的时候就发现了商机，提早成立了地产公司，加上您的港商身份，政府的合作意向是很倾向于咱们的。"陈大尧笑了："看看香港你就知道了，深圳的房地产市场还没开始呢。"乐南说："您同意将亿为实验室割舍给魏东晓，也是为了全力做这个事吧。"

陈大尧看看乐南："嗯，不错，有长进。通信这块儿，单靠虾仔他们三个人的研发能力，还是有局限的。毕竟产品单一，想要在市场上始终立于不败之地，几无可能。不如顺水推舟，在我将全部精力转向房地产市场之前，把亿为卖个好价钱。呵呵，他魏东晓不领我的情，杜芳心里也知道。"乐南点点头："这回有了虾仔的加入，加上万为以前的研发团队，将如虎添翼。"

陈大尧摇摇头，笑着说："不。"乐南奇怪地看着陈大尧。

陈大尧眯着眼睛说："虾仔太像魏东晓了，他们两个都喜欢掌控。在我中发，我完全信任他，全权让他独立研发，才会让他斗志昂扬，卖命都可以。但在万为，可不是那么回事。"

十七　凭这些兵，绝不给你丢脸！

虾仔进万为第一天，父子俩就闹了个不愉快。

魏东晓当众宣布亿为实验室与万为研发室合并，魏斯坦担任研发部副主任，负责所有项目研发。听到"副主任"的那一刻，虾仔惊呆了，管管和蚰蚰也很吃惊，看了看虾仔。

事后，虾仔越想越不对头，去找魏东晓理论，可魏东晓毫不以为然，说我花了大价钱从陈大尧那里把亿为买回来，还让你负责所有研发项目，就是对你足够信任。虾仔说你信任我就不应该让我当副主任，就让我当主任，其他人不要干预。魏东晓不悦地说，万为是个集团，有强大的研发团队、复杂的人际关系，不是你亿为三个人的实验室，想怎样就怎样……虾仔怒道："在我心里，无论做多少，都是零和一百的区别，信任我，就放权给我做所有事，而不是一个副主任。不信仟，你就是给了我九十九，我也一样认为是零！"魏东晓气噎，还没来得及回答，虾仔就已经摔门出去。左想右想，魏东晓都一肚子火，自己的儿子，重金挖回来了，对自己的慷慨和识才不但不感激，居然一上来就违抗，也是那一刻，魏东晓意识到，虾仔长大了，不再是那个趴在桌上写作业的小孩子了。

晚上，王三成、蔡红兵和麦寒生张罗着宴请亿为实验室的团队，欢迎他们加入万为集团，杜芳也参加了。一群人落座，正待开始的时候，杜芳突然站起来走了出去，魏东晓扭头一看，阿娇正站在门口。杜芳把阿娇邀请入座，向大家介绍这是虾仔的女朋友。魏东晓的脸色很不好看，麦寒生都怕他中途生事，好在到最后散局魏东晓也没说什么，大家的心才放了下来。后来麦寒生才知道，接受阿娇，是虾仔提出来入职万为的唯一条件。

刚开始时，杜芳也对阿娇有些担心，她特意去阿娇住的公寓，跟阿娇聊了好久，回来之后，杜芳开始做魏东晓的工作，魏东晓勉强同意了虾仔和阿娇交往。因为有了虾仔的前车之鉴，魏东晓坚持要将贺曦送出国学习。开始杜芳不同意，说还没大学毕业，不着急。魏东晓却不这么认为，说就得趁着现在没谈恋爱没被牵绊赶紧出去，万一被哪个坏小子偷了心，再出去就难了。魏东晓这么一说，杜芳没什么可反驳了，就任由魏东晓去跟贺曦谈话，只用了两个月，就安排贺曦去了美国，魏东晓还联系了在美国的朋友夫妇，请他们照顾贺曦。

虽然虾仔对魏东晓的管理方式不认同，但亿为团队的确很有想法，也很有冲劲儿，这让魏东晓很高兴。研发中心连岱几次跟魏东晓汇报，都说他们做事很努力很认真。魏东晓心里暗自得意：自己的种，终究是差不了的。一阵子之后，魏东晓再问，连岱就有些支吾了。

原来，虾仔以前自己做工作室时，时间是完全自主的，大家完全根据自己的状态来，而万为则要求员工按时上下班。开始虾仔还按照公司的规定来，上下班签到，慢慢就不签到了，而且工作到一定时间，说要走，背起包就走，就是连岱叫他开会他也不理。连岱也没办法，毕竟是大少爷，也不敢得罪，就尽量不去管。没多久，虾仔这种自由散漫的作风就东窗事发了。魏东晓大早上找虾仔找不到，问连岱你这个正主任是干什么的，副主任不上班你不知道啊。连岱说他以为魏副主任都跟你汇报了。魏东晓就给虾仔打电话，但电话没人接。魏东晓气急败坏，他的公司实行的就是军事化管理，员工就是要服从公司条例服从领导命令，可虾仔不声不响就不来上班，这让魏东晓忍无可忍。

此刻，虾仔正在派出所坐着呢。阿娇自从见过杜芳跟魏东晓之后，就从星都大酒店的表演队辞职了，在健身房教人跳舞，这样工作性质相对单纯一些。昨晚，星都酒店有两个演员病了，没人上场，凌凌只好喊阿娇过去救急。虾仔下了班去星都接阿娇，不料跟之前玩弄了阿娇的林姓港商遇上了。那姓林的还想再续前缘，让人给阿娇送花，还在后台纠缠不休。虾仔大怒，狠狠揍了姓林的一顿，两人都被抓到派出所。老林为了离间两个人，故意骂阿娇忘恩负义养小白脸，气得虾仔扭身又想打他，被阿娇拦住了，挽着虾仔的胳膊出了派出所。

虾仔没顾得上处理脸上的伤就回万为通讯上班，却被魏东晓直接拎到办公室，将一堆实验数据丢在他面前："看看你，成什么样子！一晚上在外头鬼混不回家，到上班时间也没人。你把工作当什么了？你把我万为集团当什么了？我这是军事化管理，不是你的亿为实验室，更不是他陈大尧的中发通讯。我花那么多钱把你实验室买回来，不是让你们吃闲饭的。"听魏东晓说自己团队吃闲饭，虾仔十分光火："那又怎么样？我有我的自由，我在你这里工作，并不是把我自己卖给了你万为。我的每个人都没吃闲饭，都在努力工作。没错，是你花钱将我工作室买回来的，你后悔了我们可以解除合同，大不了我把那些钱还给你，五年十年，我虾仔也不会欠你！"一听虾仔说"离开"这个话题，魏东晓恼火极了："走？还想走？我告诉你，我万为集团不是你想来就来想走就走的地方。别以为我不知道昨晚上你去干什么了？你为一个舞女去打架，还进了派出所！"

虾仔大叫起来："我不许你这样说阿娇！你忘了你当初挖我回万为的时候怎么说的？是不是看我现在没有退路了，你又想反悔？！"魏东晓冷冷地说："我当初只是说不反对你们交往，可没答应你把她娶进家门！在舞厅跳舞不说，还跟港商不清不白地混在一起，这样的人，休想进我的家门！"虾仔冷笑着看着魏东晓："告诉你吧，我就是喜欢阿娇，除了阿娇，我不会娶别的女人，万为不留我，我可以走；如果这个家也容不下我，我照样可以走！"说完，虾仔头也不回，愤然而去。

魏东晓重重一拳打在桌子上。他现在有点怀疑，重金把亿为买回来，是不是错了？

经济发展自有它的周期。到1996年前后，整个经济的发展速度开始减缓，深圳的经济形势也随之发生变化。广告是经济状态的晴雨表，经济形势下滑，杜芳的广告公司也出现了危机，华商杂志甚至出现了入不敷出的状况，大多数做广告的商家不支付现金，只能用产品来抵广告费用。杜芳绞尽脑汁地想方设法，也只能拆东墙补西墙。

这天，杜芳正焦头烂额的时候，魏东晓突然给她打电话，说自己在回深圳的路上，让杜芳快去一趟杂志社附近的派出所，把他的几个兄弟领出来。杜芳纳闷儿，不知道究竟出了什么情况，马不停蹄地奔向派出所，到了那里才知道，为了维护摆摊儿的基建兵兄弟，王三成和陈明涛跟人打架了。杜芳把人领出来，吃着饭的时候魏东晓也到了。追问之下才知道，当年转业的那批基建兵现在很多都没了工作，因为市场行情不好，他们也没地方打工，只好在外头摆小摊，却不停被地头蛇找麻烦。

杜芳听了很难过："怎么能这样！东晓，你那里还要不要工人？能安置就安置一些。"魏东晓很为难："我那里从保安处到销售部，已经安排了大量的基建兵，研发之类的岗位，他们也进不去。基建兵没什么文化，就知道出蛮力，现在想起刚来深圳盖房子搞建设的样子，他们还是一股子劲儿。"杜芳眼睛一亮，说："其实，你们可以拉起队伍做工程。"王三成说："对啊，杜总说得对，想一想咱们当初盖房子搞基建，那速度，那叫一个牛！无人能敌！"几个人大笑。

杜芳说："深圳正在开发，又颁布了商品房条例，将来做房地产一定是一个好方向。"陈明涛说："那可太好了，魏总杜总，你们带头干吧，咱们干活绝不会输给别人。我回头把那些现在散落在外的基建兵都召集起来！"魏东晓摇摇头："事情哪有那么简单，地产行业是很有前景，但我这边通信是一大摊子，杜芳那边做广告也忙得不着家，我们的时间和精力不允许。好高骛远，容易摔跟头，等等看看。"

提议被拒绝了，众人不再言语，为了避免尴尬，只好招呼大家吃菜喝酒。在回家的车上，为了解广告公司的燃眉之急，杜芳终于决定向魏东晓拉广告。

杜芳：东晓，万为如果能周转过来的话，能不能在我们华商杂志多投入点广告？我现在是钱收不回来。光刷刷刷地印，成本价都比杂志定价高那么多，广告费再不进来，我就支撑不下去了。"

魏东晓说："都说广告业是经济的晴雨表，看得出来大家日子都不好过啊。"

杜芳直奔主题："说真的，你能给我投多少？我要兑现快。"魏东晓："先做三期吧。"杜芳白了他一眼："你能不能不这样挤牙膏呀，要一点挤一点的。你万为在国内不是第一那也是龙头，做个广告，向你张一回口才三期，你好意思吗？"魏东晓说："那就六期，半年的。明天我让广告部经理跟你对接。"杜芳接着开车，不再说话。

好在天无绝人之路，在杂志几乎要停印的时候，杜芳找到了解决办法，她直接利用杂志做起了空中超市，把商品清单放在杂志的广告单里，有人购买就打款给他们，他们再通过邮寄将货物发给对方。就这样，杜芳终于将用来抵广告费的货物全部卖空，也开始在杂志上帮一些商家做售卖广告，效果非常好。

又过了一阵子，深圳出台了《深圳经济特区住房制度改革方案》"货币分房"细则。杜芳再次看到房地产的商机，很郑重地跟魏东晓提出想做房地产，这样，也可以将那些没活儿干的基建兵都用上。魏东晓担心她的杂志社忙不过来，会累坏身体。杜芳说不怕的，她已经物色了很好的业务员和管理员，广告公司这边放开没问题。魏东晓知道杜芳已经做好了准备，说那就干吧，于是着手成立万为地产，也在万为集团里头。杜芳高高兴兴地向魏东晓要走了王三成跟陈明涛，说这两个人都是基建兵出身，跟来干活的基建兵兄弟熟悉好相处，然后她又把辉仔从蔡伟基那里要了过来，说他人机灵，办事也麻利，弄得蔡伟基跟失了臂膀似的，很是不舍得。

租房、注册，杜芳事事亲力亲为，还自己去跟行业内的人交流学习，一个多月下来，将整个流程摸了个透。随后，杜芳跟魏东晓商量，并购了一家资质完善的国有城建公司，这样，去做业务就有足够的底气和背景了。王三成和陈明涛本来还想着先来万为地产看看状况，如果做不下去就回万为通讯，但看杜芳那股拼劲儿，做事又有章法，索性都留了下来，魏东晓心疼不已，直说他们背叛。辉仔更是尾巴一样跟着杜芳，左一个杜总右一个杜总，不光嘴甜，还因为他年纪最轻，大活小活大家都先找他，他也都乐呵呵地去干。

深圳的城市化进程很快，王光明在全市领导班子大会上呼吁，要继承老一辈革命者的精神，三年内将南山区建设成现代化城区。因此，南山旧城改造的项目，就成了众多地产公司争夺的目标。杜芳也盯上了这个项目，还跟王三成去实地考察了，都认为这个项目是块肥肉，抢到了够公司吃两年的。大家都很用心，按照市委招标办公室的要求，做好了所有资料，却在递交的时候被告知没有被选中。

"为什么？我们的资质并不差呀？"杜芳问工作人员。"这个我不清楚，上面是根据每一家公司的实际情况进行考核评定，然后筛选。再说，这是王副市长亲手抓的项目，比以前的项目控制要严很多。"工作人员看似无心的一句话，让杜芳和王三成都听明白了，明显就是王光明没通过他们。杜芳不干了，她也不多废话，开着车就去了市委办公大楼。没有预约，门卫也不放她进去，她就一直在外面等，快到下班的时候，王光明的车从外面开了回来。因为没关玻璃窗，杜芳一下子就看到了王光明，她冲上去就喊支队长，支队长。王光明笑了，说杜芳你怎么跑这儿来了。杜芳说我找您有事。王光明思忖片刻，让杜芳到办公室去坐着聊。

杜芳生性质朴，一直把基建队的战士当家人，王光明也不例外。她原原本本说了创办万为地产的经过和缘由，希望王光明有恻隐之心，帮衬那些无处可去的基建兵一把。哪知王光明却推诿不已，说全深圳人都知道我王光明是带着基建兵一起过来的，现在，你让我把项目给自己的老部下干，明显就是我偏心，这是政府的事，不是我个人的事。杜芳见在办公室，不好再说什么，只好讪笑着，说，大家伙儿都很想念老首长，希望王光明能给个面子，和大伙儿聚聚。王光明倒是没拒绝。

杜芳一出来就给魏东晓打电话，说王光明不帮忙，但同意跟战友们吃饭。魏东晓说这就是机会，这件事你先别管了，我来安排。他随即给蔡伟基打电话，让蔡伟基安排最好的包房。蔡伟基却嘿嘿笑着说，哎呀，请王副市长，你就交给我好了，他喜欢吃什么喜欢喝什么我都知道，绝对错不了。

聚会那天，几乎所有万为地产的基建兵都参加了，王光明进去的时候，全体基建兵起立，向支队长敬礼。那场面震撼了王光明，也感动了王光明。他回礼给战友们，眼睛湿润了，说同志们，你们辛苦了。回忆起过去，王光明也感慨万千，几度流泪，和战友们频频举杯。及至吃得差不多的时候，魏东晓趁敬酒的机会提出让老首长帮帮忙，不需要其他照顾，只要能进入正常招投标流程就好。

王光明端着的酒杯放了下来："正好，我也借这个机会说说我的想法。深圳市的城市化进程轰轰烈烈，不亚于当年我们重建深圳，也正是因为这样，你们的机会也是大把的，没必要盯着眼前这个南山旧城改造的项目。这项目从上到下，很多人都盯着，我必须做到公平公正，可你们一亮相，谁都知道里头都是我的兵，就是我没偏袒，其他人也会认为我有私心。"魏东晓说："老首长，您说的我们都明白，您的难处我们都知道，我们只想要一个公平竞争的机会……"

王光明摇摇头："竞争？怎么竞争，只要你们出现，所有人都一眼明了。就是我的人。"

魏东晓继续恳请："那我们就靠实力说话！拿出当年基建兵建设深圳那股劲儿，那么差的环境，我们能做到三天一层楼，那是什么概念，现在市场上的建筑公司，还有哪家能比得上当年的我们？"王三成帮着打边鼓："对。三天一层，那是咱们创造的奇迹，没有建筑公司能超越。"魏东晓说："外举不避仇，内举不避亲。老首长，就凭咱们这些兄弟，就凭你的这些兵，绝不会给你丢脸！"

王光明"啪"地拍了桌子:"好!魏东晓,交运大厦这几天停工了,但建筑公司那边出了乱子,你要能保证你能三天一层楼把它盖起来,我就给你竞标权!"魏东晓胸脯一拍:"没问题!今天我就在这里跟老首长赌一把,我们赢了,南山旧城改造,就请给万为地产这个机会,输了,我让基建兵就地解散!"

王光明之所以百般推诿,其实是因为南山旧城改造这个项目他私下里已经答应了陈大尧,如果半路杀出个魏东晓,陈大尧肯定不高兴。当初将万为地产从竞标公司里拿出去,也是怕魏东晓这股劲儿。基建兵的工作状态什么样,王光明心里很清楚,陈大尧的地产公司是比不过他们的。可被魏东晓逼到那个份上,又当着众多战士的面,王光明也磨不开颜面,只好反将一军。

魏东晓认为王光明太爱惜自己的名誉了,杜芳却疑心不仅仅是名誉。她听说陈大尧的公司也在盯着这个项目,陈大尧跟王光明的关系一向很近,他近两年做的项目几乎都是王光明主抓的,这样一来,很多事就说不清了,而王三成也从乐南的情人那里得到消息,说对于中发来说,南山旧城改造就是囊中物,根本不用费心。魏东晓劝杜芳不要太在意,这个项目不成还有其他项目,总有办法养活这些兄弟们。杜芳却拗着劲儿,说她就是要死磕这个项目。

第二天,杜芳到公司里给万为地产的全体员工开会,说:"我们争取到了一个机会,可以让我们有南山旧城改造项目的投标机会,但有个前提,我们要证明我们自己给一个人看,这个人要求我们三天盖一层楼,我想知道,你们能做到吗?"

王三成说:"当年的砂锅西施见证过我们国贸大厦三天一层楼,只要建材到位,保证按时完成任务!"一众员工也都齐呼:"保证完成任务!"

王三成有一个亲戚,在深圳北站做建材商,王三成让他发来建材,所有人齐心协力,重展当年雄风,九天时间将交运大厦的三层楼盖好,顺利完成了任务。魏东晓第一时间将信息发给王光明,王光明看到后没有回复。魏东晓并不罢休,又发了一段长长的文字过去:"忆起当年基建兵拼死建深圳电子大厦的往事，想起那些为深圳建设付出生命的战友，老首长，世界上不是只有金钱。"许久之后，王光明回过来六个字："可以参与投标。"魏东晓终于松了一口气。只要给万为地产平等竞争的机会，他魏东晓就一定能抓住。

十八 狭路相逢

魏东晓最近对虾仔很不满意，他已经很多个晚上没回家睡觉了。

之前魏东晓从不关心虾仔睡觉这件事，但自从虾仔跟人打架后，魏东晓就开始留心这个问题。他先是让杜芳告诉虾仔，要回家睡觉，可虾仔根本不听，魏东晓就自己找了虾仔来办公室谈。可虾仔完全一副爱搭不理的样子。魏东晓压着怒火走到办公桌旁，看了一眼虾仔："这是在公司，我是万为集团董事长，我们是上下级关系，我希望你不要把个人情绪带到工作中来。"虾仔正色道："魏总，工作上的事您尽管吩咐！"魏东晓又被噎了一下。他要和虾仔聊的事情本来也跟工作无关，可他必须说出来："从今天起，晚上你要回家睡觉。"虾仔继续很严肃地说："下班时间是我个人的自由时间，我想在哪里，魏总你干涉不了。"

魏东晓："魏斯坦！"

虾仔："这是公司，魏总，您想讨论工作我们可以交流，关于我去哪里过夜，不是这里应该讨论的话题。再说了，我是成年人，我有权利，也有能力处理自己在哪里过夜的问题。"魏东晓狠狠地看着虾仔："好，好，我告诉你，我就是绑，也要把你从那个女孩子那里绑回来。"虾仔还是那副爱搭不理的样子，起身就出去，走到门口还不忘说一声："魏总再见。"

魏东晓一肚子火没处撒，想找杜芳说说，可杜芳忙项目竞标的事已经接连几晚上半夜才回家了。时间越来越接近投标日期，可越来越多的消息显示，这个项目就是陈大尧中发地产的囊中物，其他人的争取不过是徒劳而已。为此，杜芳还让辉仔去仔细打听一下，辉仔在星都大酒店的时候跟陈大尧和他手下都经常接触，人头儿也熟悉。辉仔得到的消息依然是：在中发内部，大家都认为这个项目是案板上的肉，只等着下锅了。

还有三天就要开标了。这天，杜芳将自己关在房间里想了很久。她这么长时间不出来，王三成、陈明涛跟辉仔都急坏了，以为这个打击杜芳扛不住了，只好喊来魏东晓开导开导她，帮她解解忧。可当杜芳打开门，再次出现在大家面前的时候，看上去虽然很疲惫，脸上却是带着笑意。她说："我没事。我现在有点事要处理，你们各忙各的去吧。"魏东晓看着她的脸色，反复问她："行不行啊，不行就不要为难自己。"杜芳说，没事，没事，又转头吩咐辉仔把所有参与竞标的公司的资料再整理一份给自己。

随后，杜芳又将自己关在房间里，打了两个电话，一个是同辉集团刘总，一个是大合集团陈总，分别约他们下午四点和晚上九点见面，然后就匆匆出门了。辉仔的座位就在杜芳的座位旁边，听得清楚里面的说话。他看了看手上的竞标公司资料，杜芳约见的人他也知道，对杜芳要做的事情，辉仔明白了几分。

杜芳回到家又是半夜了。她一到家就瘫坐在沙发上，从魏东晓手里接过水杯刚要喝，电话响了。杜芳一看，是辉仔。"杜总，不好了，我刚刚接到记者鹏飞的电话，他听说你和同辉集团刘总会面的照片被《深圳之窗》的一个记者跟拍到了，很可能明天见报！"辉仔有些焦急，声音都比平时大了好多。杜芳脸色大变："鹏飞？是那个记者部主任？"辉仔说："是。我在星都认识的，一直当朋友交着，这个消息就是他刚才给我打电话告诉我的！鹏飞人在珠海出差，明天凌晨才回深圳。据他说，这则新闻是报社的副社长亲自拍板，他作为记者部主任，此前都不知情，这是违反报社规定给我通风报信！"杜芳很疑惑："我跟刘总这次见面，知道的人非常少，我们见面的地点也很隐秘，记者是怎么知道的？还拍到了照片？"辉仔说："会不会是内部走漏了消息？"杜芳百思不得其解："鹏飞是说我和刘总见面被跟拍了吧？有没有提我跟大合集团陈总见面的事？"辉仔："这个还需要鹏飞进一步确定。杜总你别急，就算见报了，我们也可以解释说是常规会谈。"

杜芳脸色凝重："不一样，咱们的对手是中发，他们有太多办法应对咱们，他们要说我们围标怎么办？"她当机立断："来不及查找原因了。我马上去求梁老，他老人家能量巨大。"辉仔："嗯，只要照片和新闻推迟见报就好。"杜芳说："对，等拿下这个项目，再怎么报道，咱们也都不怕了。辉仔，咱们俩分头行动，你今晚无论如何要见到鹏飞，要他从报社帮咱们公关。"辉仔满口答应。挂了电话，杜芳抬起眼，跟魏东晓对视了一下："看来，事情在朝着预计的方向发展。"魏东晓笑笑："哎呀呀，我老婆越来越厉害了，我都有点害怕了。"杜芳笑了："你呀，别跟我打趣，我现在也不确定最后什么样。现在这个安排，无论哪个环节出点问题，陈大尧就会怀疑整个事件的真实性。你说，真行吗？"

魏东晓微笑着说："我了解陈大尧，多疑、算计。只要他相信你跟其他两家有接触，他就会考虑吃独食。"杜芳有点不安地说："我就是觉得，当年我的制版生意，很多都是他介绍的，现在，居然要处心积虑地跟他抢生意……"魏东晓挥手打断了她："哎，对他这样的人，就不能心慈手软。我跟你说杜芳，从他陈大尧抱走蚝仔逼你逃港那一刻起，我跟他就不共戴天了。你别想劝我。蚝仔丢了我们不说，单是他暗中用虾仔对付我万为通讯这一点，我也绝不会放过他陈大尧。"杜芳看着魏东晓："我心里还是过意不去，我们这样利用辉仔……"魏东晓不屑地："每个人都有自己的选择。他自己做出的事，他就要承担后果。"

第二天一早，辉仔开车来接杜芳去公司，特意买了《深圳之窗》和《特区商报》在车上，杜芳上了车，赶紧拿起《深圳之窗》看了看，见没有相关报道，于是将报纸丢在副驾上，脸上也有了喜色。"杜总您太厉害了，能把同辉集团和大合集团两个老总都拿下，那就意味着陈大尧的底标也搞清楚了，我们现在胜券在握。"辉仔用余光看着杜芳的脸色。杜芳点点头："希望如此。"说着，杜芳又拿起《特区商报》，突然脸色大变："这是怎么回事！"辉仔连忙把车停在马路边上，杜芳把《特区商报》递给他。辉仔一看，脸色也变了，在二版头条位置上，赫然登着一篇文章：《南山区改造之困：民营公司围剿港资公司》。

辉仔满眼疑惑地念着：据来自万为地产的内部人士匿名透露，该公司高层已在近期和同辉集团、大合集团高层见面，几家民营地产公司有望联合一起开发南山老城区。作为地产的小弟，万为地产会在其中扮演什么角色？它会像万为通讯科技一样一飞冲天吗……

杜芳的脸色变得非常难看。

辉仔越发忐忑："这……这到底怎么回事？一波未平一波又起。杜总，我们该怎么办？"

杜芳一咬牙："报道都出了，事情捂不住了，还能怎么办？尽人事听天命，按原计划投标！回公司。"辉仔开着车，眼睛从后视镜偷偷瞟着杜芳。杜芳面无表情，显然她的情绪并不好。辉仔一时想不出安慰的话，他更不知道，一旦杜芳知道是他泄的密，他该怎么办。但是，管他呢，他就是需要钱，需要很多钱。等拿到了陈大尧给自己的一百万，他就可以远走高飞，去香港读书，去美国找贺曦。想到贺曦，辉仔的整个世界就有了光，就明亮起来。

招标会如期举行。

开标会现场，主席台上侧悬挂着"深圳南山区老城改造招标会"的横幅。开标人、主持人、唱标人、公证处的人员在台上就座。陈大尧和乐南等人坐在靠近主席台右侧的第一排，一副志在必得的模样；杜芳和王三成等人坐在左侧第一排。同辉集团刘总、大合集团陈总带着各自的投标团队坐在左右两侧后几排，还有另外几家坐得更加靠后。人人都脸色凝重。

按照例行程序走完，开标人终于宣布出结果：深圳万为地产中标，中标金额：十亿元人民币。杜芳激动得握着拳头，微微颤抖，王三成兴奋得直接就蹦了起来：中了！陈明涛得意地望向陈大尧。陈大尧面色变得异常难看。

辉仔的表情变得很复杂。

开标人再继续宣读，乐南在台下忍不住了："这个项目顶多值九个亿，万为地产想干什么？赔钱赚吆喝？就算他们真和另外两家联手，也不能赔钱啊！"陈大尧看着在继续宣读的开标人，很是恼火："看来，为了中标，魏东晓是不择手段了。也不怕万为地产还没开始就得关门！"

杜芳抑制着激动，给魏东晓发短信：南山老城区改造是万为的了！收到短信的魏东晓终于放下心来，一下仰躺在老板椅上。正好蔡红兵进来，问他怎么了，魏东晓鼻子里哼了一声，说，地产那边拿到项目了，这几天得抽空收拾收拾儿子了。

虾仔从那天跟魏东晓发生争执后就再没回家睡过，而且还联系不上人。前几天，下面一个县的机房瘫痪了，半夜三点打电话找技术人员去维修，当时连岱去上海开会联系不上，虾仔也联系不上。市场部的人只好给魏东晓打电话，魏东晓当机立断，让市场部的人拉着新设备过去，在早上八点上班之前换好，再把坏的拉回公司修理，才算解决了问题。事后魏东晓问虾仔电话为什么联系不上，虾仔说可能没信号，魏东晓也没办法，第二天，就给公司所有市场部和技术部人员配备了大哥大，要求所有员工二十四小时待命，要随叫随到。

连岱说，虾仔他们最近加班很多，实验进行得很紧张，加上杜芳这边的事，魏东晓只好暂时隐忍着，没有发作。现在地产招标尘埃落定，魏东晓决定抽出空来，好好教训教训那小子。

当晚，虾仔跟管管、蚰蚰，还有几个其他研发人员加班到夜里十一点多，因为连日奋战，体力吃不消了，虾仔就让大家早点回家休息，自己也搭了出租车回到之前的公寓。最近，阿娇在复习，想参加来年一月份的研究生入学考试。虾仔知道她辛苦，就买了夜宵带回去。结果刚走到公寓楼下，就看到站在拐角处的魏东晓。

"爸，你怎么在这儿？"魏东晓一听就冒火："我为什么在这儿！你不知道啊？我跟你说让你别在外头鬼混，你听了吗？居然天天晚上不回家，你干什么呀？"虾仔又累又困，不想和魏东晓吵："什么叫鬼混。说话别这么难听好不好？"

阿娇听到了虾仔跟人说话的声音，打开门："虾仔？"她同时也看到了魏东晓："叔叔……好。"魏东晓瞥了一眼没搭理。虾仔走过去对阿娇说："阿娇，你回去，这里不关你事。"魏东晓不让他过去："虾仔，你回来！"

虾仔停住脚步，十分无奈地说："爸，我说过，这是我的事，我自己做得了主，不需要您来决定。"魏东晓："我是你爸，我就得管。"虾仔一下火了："现在你要管我？我从小长到大，你管过我吗？我小时候，你满脑子想的是找我弟，等我长大点儿了，你满脑子装的都是你的程控机和事业。呵，我现在长大了，不需要人管了，你却跑来要管我，什么都让我按照你的意图去做，不可能！"魏东晓走过来拉住虾仔："好，我们不在这儿吵，让外人笑话，你跟我回去！"

虾仔手一甩："阿娇不是外人！"

这时，阿娇说话了："叔叔，有什么话进屋来说吧！我在您心里也许是外人，可是我怕这样会吵到邻居。"她的声音不高，语调温柔，但又自有一种坚定的力量，魏东晓一时不能拒绝。他愣了一下，走进了房间。房间里简单干净，让人很舒服。

魏东晓在电脑桌边的椅了上坐下来。

阿娇给魏东晓端了一杯水，放下，不亢不卑地说："叔叔，您大概也一直想找这样的机会跟我谈谈吧！"魏东晓冷淡地转过脸去。虾仔气愤地瞪着魏东晓："阿娇，你不用讨好他！"阿娇笑了笑，轻抚了一下自己的手臂："叔叔，我知道您爱虾仔，所以才不想让他跟我这样的女孩在一起，我也曾经想离开过他，不过那都是以前的事了。现在，我知道，他那么爱我，我也那么爱他，世界上没有任何力量可以把我们分开！即使是您！"说着，她走到虾仔前面，握住虾仔的手，看着虾仔。虾仔爱怜地搂着阿娇。

魏东晓愣住了，眼前这个女孩子目光清澈、深情而坚定，言辞果敢，完全不是他以为的"舞女"的模样。他咳嗽一声，突然有点不知所措，这么多年，他还是第一次有这样的感觉。

阿娇又说："叔叔，我尊敬您，称您一声叔叔。可我觉得您根本就不了解虾仔。您一直想要他听您的安排，让他到万为做研发，让他不要跟我这样的女孩子在一起，可是您有没有想过他的感受？这么多年，他都在努力做事，就是为了向您证明他的存在，可是您从来就没关注过他，好像这个儿子就是空气一样。"魏东晓不说话了。

阿娇走过来，从电脑桌旁边拿起一摞文件，把文件放在魏东晓面前："我最近在准备研究生入学考试，虾仔怕我孤单，就过来边工作边陪我。这是他这几个月的成果，我想，您一定没看过。"魏东晓低头一看，文件上的大标题是：无线网络的未来前景。一见和技术有关，魏东晓就控制不住，一口气翻了五六页，越看越有兴趣。

虾仔跟阿娇相互看看，安静地等着。当魏东晓放下手里的资料时，阿娇继续说："叔叔，您是专业人士，一定懂得这份资料的价值。我只是想告诉您，您的儿子并不像您想的那样，什么事都做不好，什么事都得您教他。"

魏东晓抬头看着阿娇，阿娇也在看着他。她的眼睛很明亮，不卑不亢的神态让魏东晓忽然觉得这样子似曾相识，他脑海中闪过一个人：杜芳。没错，阿芳也是这样，很温柔，但有股子倔强劲儿。

魏东晓决定不再纠缠这件事了。他站起身来，说时候不早了，资料我先拿走了。说完，径直往外走。阿娇走到门口，目送魏东晓下楼，离开。魏东晓走到车边的时候，回头，看到阿娇还在楼上往下看着。他什么也没说，上车了。

蔡红兵在车上，发动了车子："怎么样？我本来想上去，没听到大动静就没动。""嗯。"魏东晓应了一声，再次摊开手中的资料，看了一会儿，忽然想起什么。"你有没有觉得她，这个女孩子，像一个人？"他问蔡红兵。蔡红兵没反应过来："谁，阿娇？她像谁？"魏东晓说："阿芳。"说完，魏东晓就笑了。他明白，这大概也是杜芳认可阿娇的原因。

做固定网络这么久了，魏东晓越来越认为无线网市场的潜力巨大。他也曾在公司董事会上提出来过，但却迎来一片反对声，大部分人都认为无线网太昂贵了，不是普通老百姓能消费得起的，使用群体有限，市场并不会太大。麦寒生也说固网技术已经很成熟，无线网是个硬骨头，没人敢啃。回到家里，魏东晓几乎一夜没睡，将虾仔的这些资料全部看了一遍，他越看越激动，里面很多观点和对前景的预测跟自己的想法不谋而合，现在想想，上阵果然是要父子兵，这个儿子就是上天派来帮他的。

魏东晓还没来得及将好消息分享给杜芳，就接到辉仔电话，说警察一大早到万为地产来问话了，原来是有人举报万为地产参与围标串标，警方要对整个事情进行调查。魏东晓心里明白，自然没有着急，只说我看看能不能找人活动活动。

面对警察的询问，杜芳很镇定，一口否定自己曾接触过参与竞标的公司，明确表示这样的举报纯属污蔑。实际上，她那天说约见同辉集团刘总的时间，确实去见了一个人，就是鹏飞，请他帮忙将新闻安排人从《特区商报》发出。这样做的目的只有一个：离间陈大尧想要联手的两家公司。陈大尧生性多疑，看到杜芳约见同辉集团刘总和大合集团陈总的新闻，一定会不再和对方合作，怕被欺骗；但他也会偷着乐，认为报道一出来，各家公司都会为了避嫌，只能各自为战，而只有万为是中发真正的竞争者。以中发现在的实力，不用把万为放在眼里。如此一来，同样增加了中发地产赢的筹码。

杜芳在会议室里跟警察谈着，外面最焦急的就是辉仔了。他毕竟年轻，见这样的架势，有点六神无主，先是给魏东晓报了信，又给警察局的一个朋友打了电话，打听情况到底严重到什么程度，随后又拨了陈大尧的电话，质问是不是他捣的鬼，要不警察怎么会上门。陈大尧不紧不慢地说你可以找你们魏总嘛，他办法很多的。辉仔很恼火，说："陈总，上次的事没能帮您最后中标，我很抱歉，但我已经觉得很对不起杜总了，我希望您高抬贵手，不要再为难杜总，为难万为地产。"陈大尧笑了，说你有没有搞错，当初是你反的水，现在反过来教训我，当心自己被人抓小辫子。挂了电话，辉仔悔恨不已，他没料到，只是送了个消息给陈大尧，就会给杜芳惹下这么大的麻烦，他觉得自己再没脸见杜芳了。

送走警察，杜芳看着辉仔，辉仔想冲杜芳笑，可最终只是低下了头。但杜芳从此再没提这件事。辉仔想，她应该并不知晓内情。随后，当着辉仔的面，杜芳约见了陈大尧。她已打定主意跟陈大尧合作，否则，后面还会有一系列麻烦事，而且，她也需要他的资金和经验。接到杜芳约见的邀请，陈大尧像要去赴约的十八岁少年，紧张且不安。她终于看到了他的实力，正视他的存在了！为了见她，他好好装扮了一番。咖啡厅里，两个人对坐着，咖啡刚端上来，杜芳就单刀直入，说大尧，咱们一起做这个项目吧！陈大尧愣了，没料到杜芳会这么直接：十个亿啊，那是十个亿的项目啊！

杜芳说："你很清楚，我用十个亿来竞标，如果仅仅按照政府的要求进行改造，这就是一个赔钱的买卖。所以，我想把南山打造成一个现代化社区，追加投资，把盘子做大，这样政府满意，咱们也保证有的赚。"陈大尧低下头不看杜芳："你怎么就敢确定我愿意和你合作，万一我不同意呢？"杜芳笑了一下："因为我知道你是一个聪明人，你应该知道这个项目的潜力，而且你也希望通过这个项目，为自己在深圳的地产业打开一个新的局面！如果我们强强联手，你说这会是一个什么局面？"陈大尧被杜芳的笑容晃了眼睛，赶紧收摄了一下心神："那我倒是想听听，你想怎么一个合作模式。"杜芳："四六比例！但是因为你的公司太有实力。所以，我们有言在先，合作必须以万为地产为主导。否则，合作随时终止。我可以负责地告诉你，如果你不加入，你将错失深圳地产发展的一个好时机。"

陈大尧看着杜芳："今天你来跟我谈的这一切内容，都是跟魏东晓商量过的，对吗？"

杜芳说："对，他支持我的所有决定！"陈大尧这才抬起头，看着杜芳："你的条件开完了，你怎么不问问我的条件？"

杜芳身体往后一靠："那你说吧，你的条件是什么？"

陈大尧："我可以不管你在万为地产的掌控权有多大，但是，我要求，这个项目必须是你和我公司对接操控，魏东晓不能干预。"

杜芳很诧异："这算什么条件？"

陈大尧："这就是我的条件！"他不再说话，只是看着杜芳。

杜芳："好，我答应你。还有一件事，我希望你也能答应我。"陈大尧心里一惊，想着她会不会再提蚝仔，到这个时候，他真的不忍再当面骗她了。"我希望你放过辉仔。他还年轻，未来还很长。"杜芳一字一顿地说。陈大尧提着的心放了下来，点头答应了。

辉仔一直在车里等着杜芳，透过玻璃窗，他能看到正在聊天的杜芳跟陈大尧，看到陈大尧看向外面时意味深长的表情。纠结良久，他还是下了决定。

辉仔开车送杜芳回家，杜芳靠在车座上，始终看向窗外，一路无言。到楼下的时候，杜芳下车，辉仔也下了车。杜芳说你快回去吧，明天还要上班。辉仔鼓起勇气，说对不起芳姑，给陈大尧泄密的人是我。杜芳看着辉仔，良久才开口，问他为什么这么做。

辉仔："我想去国外念书。"

杜芳："你确定是这个理由吗？你从小就不喜欢读书，很早就出来打工，你连国内的书都不喜欢，怎么会想去国外读书？"

辉仔低下头去："为了贺曦。"杜芳叹了一口气："你这孩子啊！"辉仔："对我来说，贺曦是遥不可攀的星星，可我就是喜欢她，您也知道，我从小不学习，跟她差距太大。所以，我想多拿些钱，去上学，等我能跟她平起平坐了，她一定会对我另眼相看的。"

杜芳摇着头："爱情总是会让人盲目。"辉仔："不，我不觉得我盲目。我很清楚，我喜欢的人是贺曦。"

杜芳又笑了。她走近辉仔，一只手扶着他的肩膀，看着他的眼睛，说："真是个傻孩子。知道吗，并不是为了让一个人喜欢自己，就要成为那个人喜欢的样子。你需要成为你自己，做一个坦坦荡荡的人，做真实的自己，那样才是最有力量的。"

第二天，杜芳到公司就看到了辉仔留下的辞职信，信里说，会为了喜欢的人去努力拼搏，成为一个坦荡的男人，成为一个让贺曦欣赏的男人。杜芳笑了，将信收好，保存在抽屉里。

旧城改造的第一件事就是拆迁。拆迁的过程并不顺当。为了确保项目进度，协调工程事项，杜芳经常跑工地，和大家一起工作。这两天，工程队施工遇到了阻挠，不肯拆迁的不是别人，是杜芳的老乡，之前罗芳村的秀姐。当年大逃港中，秀姐的男人和公公也在逃港人员中，秀姐眼看着他们的尸体漂回来，受了刺激，有一阵疯疯傻傻的，但后来又渐渐恢复了。她搬到了现在的住处，守着两间破旧的小屋过活。从知道拆迁的消息开始，她就明确表示，只按拆迁标准，她是不会搬的，如果不多给钱，除非工程车从她阿秀的身上碾过去。工人们特意找了本地人来和她沟通，但秀姐一概不搭理，点名要见杜芳。

杜芳听说是秀姐，匆匆赶去，才到工地，就见秀姐正在门口对着《深圳特区报》记者的话筒说话："我不是不搬，我想搬，可你们得让我们孤儿寡母有稳妥的地方，光安排一个地方临时住进去，我怎么知道将来会是什么样子？我孩子在读书啊，我还有个老婆婆要养，我也没有男人依靠，所以，我得看到现钱……"看到走过来的杜芳、陈大尧、王三成和陈明涛等人，秀姐立即住了口。

杜芳和她打招呼："你在这里啊，秀姐。"秀姐斜了杜芳和陈大尧一眼："哟，我当谁呢，居然请动了大老板。"杜芳有点意外："秀姐，乡里乡亲的，说这些话就见外了。"秀姐哼了一声："不是我见外，是你们当了老板，我孤儿寡母高攀不上。"

杜芳见有记者，看了一眼秀姐："有客人啊？"秀姐："是啊，我……我也得说说心里的委屈。"杜芳："有什么委屈，你跟我说。"秀姐："我就是觉得，人要讲良心，房子不给我安置稳妥，拆迁补偿款就那么一点，你们纯粹是看着我们好欺负。我跟你说话呢，就是客气一点儿，杜总，杜老板，人眼睛里不能光盯钱，你这么大个项目，顺着手指缝滴两滴，就够我们的了。"

杜芳还没说话，王三成上前说道："这个是有标准的，按照规定来，没有谁家多，也没有谁家少。"陈明涛接着说："您说了半天，不就是想多要点钱嘛！"秀姐一听就激动起来，音调也高了："我想多要点赔偿怎么了？我要的是我该得的那一份，不丢人。你看看，你们现在居然把我围起来，这是要困死我的样子。反正我就明着告诉你们，我就是要钱，我就是多要钱，不给我钱，我就是不搬！"

见秀姐说得手舞足蹈，记者开始拍照。王三成一看就急了："哎，你干什么呢？在商量呢，拍什么照？"秀姐把记者挡在身后，冲着王三成说："这是我的客人，你们想怎么样？！"

杜芳正想说什么，被陈大尧拦住了。陈大尧说："杜芳，我看没什么可说的了，我们先去那边看看，回头再说。"

秀姐一看他们要走，不干了："哟，这是陈大尧吧。陈大尧，你当年拐着杜芳跟你逃港，没想到混成老板回来了，你们两个到底还是凑在一起了。"

杜芳万万没想到秀姐说出这样的话来："秀姐，你说什么呢！"

秀姐嘴一撇："我说的不对吗？你们俩那点事，咱们乡里乡亲谁不知道。当年你为了你们家魏东晓从香港游回来，我们还真当你是贞洁烈女呢，到头儿来，你们两个还是……"说着，秀姐做了一个意味深长的手势，咯咯笑起来。杜芳气坏了："秀姐！你不要血口喷人！你想要钱好说，但是这么无理取闹，我杜芳也不是好惹的！"秀姐轻佻地一笑："那我就等着你。"

杜芳不想和村民们为敌，但第一次遇到抗拆就是熟悉的老街坊，而且伴随着这样充满恶意的毁谤，这让她情绪很低落。秀姐被采访的新闻隔天就见了报，尤其是配着秀姐和杜芳等人争执的照片，这个新闻一下将万为地产拉

255

向风口浪尖。各种声音众说纷纭。眼看马上就是拆迁新闻发布会了，杜芳特别担心，照这种形势下去，不知会闹成什么样子。

陈大尧当机立断，拿着一个手提箱去见蔡伟基，让蔡伟基帮他办件事。当晚，蔡伟基去了秀姐家。蔡伟基在秀姐面前将手提箱打开，一沓沓崭新的人民币露出来，秀姐眼睛都直了，却还故意撇着嘴，说这才多少，我那可是能换好几套房子的！

蔡伟基冷笑道："秀姐，你别给脸不要脸！我告诉你，他魏东晓和杜芳是正经生意人，不敢拿你怎么样，我蔡伟基可不是。看看我酒店天天接待的都是什么人！所以你最好识相点，乖乖地拿钱、搬家，我还给你在我的酒店里安排一份保洁的工作，也不累！这可是铁饭碗！"秀姐定定地看着蔡伟基，完全不认识他一般："你真是我们的村支书蔡伟基？"

"如假包换！" 蔡伟基将手提箱往秀姐面前一推，"咱们就到哪儿说哪儿的话，这事就到此为止，你知我知天知地知。还有，你在记者面前说了那么多杜芳的坏话，最好自己去纠正一下。"秀姐一面忙不迭地收起手提箱，一面眉开眼笑地点着头。

拆迁新闻发布会如期举行，最让人意想不到的是，秀姐竟半路跑上去要求发言。记者们看到上次闹纠纷的拆迁户来了，都激动坏了，以为又有猛料可爆，谁知秀姐来了个拨乱反正，把上次争吵的责任全揽下了，说自己之所以闹，是因为杜芳不看老乡情面，没有对自己格外照应，给的赔偿跟别人一样多，自己不满意，还说自己来这里的原因，是不愿见好人被别人戳脊梁骨……

看着感动得眼眶湿润的杜芳，陈大尧微微笑了，递给蔡伟基一个满意的眼神。

万为地产拆迁新闻发布会的新闻很快见诸深圳各大媒体的头版头条，而《深圳商报》更是刊发了杜芳专访，将这个改造项目称为地产界的样板工程：《假"围标"真商战，万为地产成就商业策划教科书》，以两个整版详细记录了杜芳成功拿下南山项目的整个过程。杜芳成了万为地产的形象代言人，一时间各种采访不断。

拆迁顺利完成后，基建兵们带领着建筑工人夜以继日、争分夺秒，眼见着一幢幢高楼拔地而起。1997年7月1日，香港回归，深圳街头到处悬挂着横幅：喜迎香港回归。街头的大屏幕上，滚动播着香港回归交接仪式的盛况。记者在现场采访，一个一个笑脸在回应：欢迎香港回家！香港你好！1997，真的来了！……

深圳市委特意召开深圳市两岸企业家座谈会，魏东晓跟陈大尧都在其中。秦勤代表市委讲话："深圳的前期建设离不开港商的支持，深圳现在和未来的发展，也依然需要港商和内地精英们齐心协力共同打造……"魏东晓心中有无限感慨。的确，虽然和陈大尧一路争斗，但他也承认，没有众多港商的支持和信任，就没有深圳这么快速的发展，没有那么多人勇往直前、挥洒血汗地建设，深圳就没有今天的美丽。

这大半年，随着魏东晓在万为地产投入的精力增加，对虾仔的"管束"逐渐松懈，虾仔自己也开始适应万为的工作风格，他和管管、蛐蛐的价值在万为日渐显露。魏东晓明确提出，万为所有产品必须以客户为先，满足客户需求，只有这样，出来的产品才会有市场。因此，虾仔从实验室走出来，一直都在各地考察市场，跟市场部最前端的人员沟通，追踪第一手市场需求信息。香港回归之期，虾仔特意从四川赶回深圳，跟阿娇一起庆祝。

魏东晓知道后很不高兴，觉得这小子回来了不和父母团圆，却和女朋友一起；杜芳却很开心，说，年轻人有年轻人的世界，他们就要有他们的生活。魏东晓说："我认为自己也还很年轻呀，怎么被你一说，好像我很老了似的。"杜芳笑了，说虾仔不在，那就我们俩过，这么大的喜事，我们应该好好庆祝庆祝。

对于魏东晓夫妇来说，香港，是他们心口永远的痛。杜芳做了四菜一汤，魏东晓还开了瓶红酒，两个人边品酒边看电视，电视台正在直播香港回归的交接仪式。

　　魏东晓先举起酒杯："第一杯酒敬你。阿芳，这么多年都是你忙了家里忙公司，我魏东晓就闷着头搞自己的，我魏东晓，谢谢你。"杜芳听魏东晓这么说，有些意外："老魏，你这么说，都让我觉得不是你了。"她感动地看看魏东晓，跟他碰了杯，喝酒。

　　魏东晓继续倒酒："今天呢，1997了，香港回归了。今天是个大日子，香港回来了。可是阿芳，这么多年，提到香港，咱们心里都会疼一下，那是咱们心里的一个坎儿啊。"杜芳说："老魏……"魏东晓摆摆手，示意杜芳不要说话："阿芳，这么多年，我始终都觉得，这辈子娶了你做媳妇，是我最大的福气，我是真心觉得自己有福气。可是……可是我心里还是有一件事，对你一直有埋怨……"杜芳垂下眼睛，泪悄悄地在脸上流淌："老魏，你平时不说，但我知道，你心里一直都惦记着蚝仔。可我们找了那么久，动用了那么多关系，就那么巴掌大的一个香港，都被我们量了几遍了，怎么就连个音信都没有。老魏，对不起，对不起……"

　　魏东晓伸出手，握住杜芳的手，摇摇头："不，我现在，心里一点儿也不怪你。阿芳，我想明白了，既然我们那么去找都没找到，我们发出了那么多信息，他总会有收到的一天。所以，我们就慢慢等，等有一天，等他有一天愿意出现的时候，自然会出现。"杜芳含着泪连连点头："会的，蚝仔一定会回来的。蚝仔不会不要自己的爸爸妈妈。"魏东晓把杜芳拥在怀里："是的，香港都回来了，香港和大陆都是一家了，他在哪里，都不重要。他在哪里，都是在家里。"

　　那一晚，他们依偎在宽大的阳台上看远处烟花不停地绽放，遥想往昔，恍若隔世。

十九　从零做起

　　香港回归不久，亚洲爆发金融危机，国际金融炒家接连进攻香港，最后，特区政府金融局动用了150亿美元才支撑住了股市。在宏观调控的作用下，恒生指数迅速上升，港币兑美元的汇率也上升到了7.75。经过一年多的较量，金融炒家逃离香港。但香港很多企业都受到了重创，其中也包括陈大尧的中发。

　　1998年的秋天，陈大尧赶回香港的中发地产，无数员工正在吵闹着讨要工资，乐南跟查贵祥努力维持着秩序。外围的员工看到陈大尧回来了，一下子朝他围涌过来。陈大尧只好努力安抚，说一定会想办法解决问题，绝对不会不给工资。乐南和查贵祥眼疾手快，将陈大尧拉进办公室里，才脱离了员工的包围。陈大尧额头直冒汗："香港这边的资金链都断了？"查贵祥说："是，现在问题很严重。外面情况您也看到了，房子卖不出去，房地产公司也不退钱，已经有人经不住，跑路了。"

　　陈大尧无论如何也想不到，几个月前回来的时候，他还看到每个门店人满为患，交易量不断卜涨，现在居然到了无法开支工资的地步。陈大尧对乐南说："你赶紧联系所有以前的老客户和潜在客户，看看有没有人接手，降价抛售，总会有人买。"

　　乐南跟查贵祥对视了一下，极其为难地说："谁也没想到一夜之间股指下降那么多，所有炒楼花的资金都困在里头，出出不来，卖卖不掉。有钱的怕港币贬值，尽量往国外转，没钱的更不敢动，已经跌了50%了，谁知道什么时候是个底。陈总，这是市场行为，不是人力所能调控的。"

陈大尧突然意识到，自己可能完了。他一屁股坐在椅子上，良久没有说话。

查贵祥想了想，说："只能裁员了。"乐南说："裁员也要付工资，香港这边没有钱付工资了。"陈大尧抬起头，看着跟了自己多年的两个手下。他突然想起香港还有两块地皮没有开发，眼下别无选择，只能以极低的价格出售，用现金来解当前的燃眉之急。就这样，在万般无奈的情况下，陈大尧用所有能调集的现金支付了员工工资，然后让查贵祥遣散了所有员工，连乐南都离开了他。

站在空空如也的公司大厅，陈大尧一阵绝望。原来，不管自己如何努力、如何拼搏、如何不择手段，到头来，终究是一场空啊！他从柜子里拿瓶酒，打开，自斟自饮起来。办公室的座机一直响着，他也不理会。酒瓶空了，人也倒下。他真想就这样颓然睡去，不再醒来。

但他终究还是醒来了。窗外一片光明，整个城市依旧车水马龙，今天与昨天并无不同，只有他，陈大尧，由之前的踌躇满志变成了一无所有。这时，陈大尧听到外面不间断的门铃声。他只觉得头疼欲裂，却不敢去开门，只怕是讨债的人追着自己不放。随后，他听到了蚝仔的声音："尧叔，开门啊，我是蚝仔。"

陈大尧觉得自己全身的血液都凝固了。没错，他还有蚝仔，他的蚝仔回来了。陈大尧顾不得形象多么狼狈，踉跄着跑了过去，打开门，看到风尘仆仆回来的蚝仔，眼泪就流下来了："蚝仔，香港这边的产业都没了，没了……"蚝仔丢下行李箱，冲过来抱住要向地上瘫倒的陈大尧："没事的，尧叔，我回来了，我帮你。"

很多年以后，陈大尧回想起这个瞬间，都会深深感激，感激上天给了他蚝仔。如果没有蚝仔，他不可能撑下来。是蚝仔让他有了重新站起来的信念。蚝仔还小，不能让蚝仔一个人独自面对这个世界的雨雪风霜。为了蚝仔，自己不能倒下。

亚洲金融危机的爆发，对中国内陆的经济也有一定的影响，万为通讯的业务受到牵连，订单明显减少，大批货物堆积在仓库里，公司的流动资金大部分被库存占用，直接影响到公司运营。魏东晓不得不亲自到中国的更北边去开拓市场，争取订单，以消化库存。也是这次金融危机的影响，让魏东晓意识到，无线网的研发必须提上日程了，否则，即使金融危机的影响过去，公司也早晚会被国际巨头挤垮。所以，当公司的资金危机一过，魏东晓就在集团会议上提出要启动无线网研发项目。虾仔很高兴，这是他近三年都在关注的事。但魏东晓的这个提议依旧受到各种反对，其激烈程度并不亚于之前。

研发部的负责人连岱说："固网是永久的市场，只要在这个里头，就永远有饭吃。无线网这个产品，国外也有公司在研究，但投入很大，风险也很高，就像魏副主任文章里写的，很多公司因为承受不起烧钱而垮掉了。对于万为通讯现在的状态，我认为稳定发展比什么都重要，不要冒险。"

虾仔不同意："任何新生事物的出现都会冒险的，我和管管还有我在国内外的同学及师兄弟们，一起成立了个资源共享小组，专门搜集国内外无线网数据的信息，我们认为，无线网的发展正处于爆发状态，一些基础架构正在成型，现在正是最好的进入时机。"

技术部一位资格很老的部门领导也提出异议："我看不出爆发状态在哪里。无线网就是烧钱的活儿，问题是烧完了还可能什么结果都得不到。做个最简单的比方，咱们万为通讯几乎是这个行业最有魄力的公司了，能在大哥大这么贵的时候给我们每人配一部，但是，在普通百姓来说，他们是买不起的，这是有钱人才享有的消费。我们转战去做无线网络的研发，大量的资金在里头烧着，可最后面对的只是小众市场，我觉得是得不偿失。"

虾仔坚持说："正因为这样，说明这个市场还在空白阶段。公司给我们配了大哥大，可还是会因为信号不强等原因，经常联系不到我们，有需求就有市场，基站的建设肯定会加强，而且不仅仅是有钱人，其实大家都需要能够随时随地通话，所以，无线网是未来的大需求，只要我们率先冲进去，站住脚，天下就是我们的！"

魏东晓始终不说话，他要的就是这种状态，大家互相争论，这样他才会更清醒。

在技术上，虾仔一向锋芒毕露："现在海外巨头都在进行无线网的研发投入。过去，在固网领域，他们因为小瞧我们，所以不加防范，将信息暴露出来，结果被我们利用，率先研发出产品抢占了市场；现在，他们知道了我们的厉害，都在开发时尽量掩藏所有数据，这样就形成了行业壁垒。好在我们有国外的资源共享团队，可以得到最新的数据资料。所以，在现阶段，只要我们能研发出质优价廉的产品，真正做到无线通信，我想，这个市场的潜力一定会远远超过固网，并且呈爆发式增长，前景将不可估量。"

魏东晓听着，心里暗暗点头，但在脸上尽量不露声色："最近这段时间，我也跟国内的行业专家做了沟通，也让他们帮我们取得了很多国外的资料。这些资料再加上虾仔那边搜集到的信息，在技术方面，我们在国内一定是遥遥领先的。所以我决定，成立无线网研发小组，由虾仔担任组长，从现在开始，全力进行无线网研发。同时，我们要不惜代价地招揽各方面的通信人才，无论国内还是国外，只要是人才，都给我挖过来，争取在最短的时间里做出产品。"

魏东晓一声令下，万为的人力资源就在全世界四处挖人，很快，无线网络研发就成立了一支超过五百人的大团队，每个成员都工价不菲。这支队伍夜以继日地工作着，大把大把烧着钞票。最先坐不住的是财务经理，虾仔拿着采购清单去找他，希望他能快一点把要用的设备买回来。财务经理当时都急眼了："魏主任，这……你们上个礼拜刚花掉了将近两千万，现在又来三千多万，我想知道，你们这么烧钱，实验到底有没有进展？"虾仔说："只有做才有可能有进展，停止了，就永远都不会有进展。"财务经理瞄了一眼单子，说："这么大的费用开支，就是魏总批了，我们财务也不敢轻易给你下账。这样，明天下午我们财务部开会，正好就这个事商讨一下。"虾仔想了想，只好同意。

财务经理心里着急，但是不敢贸然去跟魏东晓提意见，怕他万一臭脾气发作了，搞不好吃不了兜着走。左思右想，把市场部负责人蔡红兵和人事部经理一起叫上去找魏东晓。到了魏东晓办公室，三个人你推我我推你，都不敢直接说。魏东晓看着三个人在办公室磨蹭着不走，料想是有什么事，就问："什么事啊老蔡，我看你们磨磨蹭蹭的，你来说。"

蔡红兵苦着脸说："我们市场部这边意见很大，500个人啊，500个人的研发队伍，把我们赚下的利润都吃光了。这在国内的企业里，是没人敢想敢这么做的。"魏东晓眼睛一横："那怎么了？万为就这么做了。"蔡红兵瞄了一眼另外两个人："还有财务部、人事部，他们也不好过，财务那边钱花得刷刷的，人事部每天招人，别的事都干不了……"

魏东晓说："那怎么着？半途而废？"财务经理在旁边说："魏总，这么下去，我这个财务经理没法干了，这些钱花得让人害怕，这样不计成本地做事，对一个企业来说，是致命的。"人事经理跟着说："研发部那边对人才的要求很高，魏主任总说我们招到的人不合适，所以，很多员工试用一阵儿就换人，我们人事部现在什么事也做不了，就是不停地招人不停地办离职手续。"魏东晓轮流看了看三个人："全力配合无线网研发，这决定是我提出来的，大家按照这个思路进行就好了。"人事经理和财务经理面面相觑，蔡红兵也一脸无奈。

蔡红兵见说不动魏东晓，就私下里给杜芳打了个电话，希望杜芳能做做魏东晓的工作，可杜芳并没有劝，而是给魏东晓做了一桌子好吃的，顺便问他是不是缺钱。魏东晓很直接，说是，不够花。杜芳二话没说，当即打电话给粤兴广告公司的财务，让他们第二天就把公司账上的钱打给万为通讯。魏东晓刚说一声"谢谢"，杜芳就说咱们俩说这些干什么，但她心里也担心，研发不成功，钱就得一直烧下去。魏东晓摇摇头："我也不知道要到什么时候才行。我总感觉是在隔着窗户纸往外看，我看得到外头有灯光，可怎么用力都过不去，就是看不透彻。我想，只要做，有一天一定能冲破窗户纸到达外边，站在灯光下。"

杜芳爱怜地看着魏东晓，他的头上长出了很多白发。

亚洲金融风暴终于过去了，因为中国政府一直坚守谨慎的货币政策，并在这次亚洲金融风暴危机中担当起世界大国的责任，大陆的经济并没有受到太大的影响，反而在风暴过后蓬勃发展。经济运行自有其内在的发展规律，这个世界从来不会随着某一件事或者某一个人的意志转移，它会始终按照自己的轨迹向前发展。

陈大尧将香港的公司缩小到只留两个办事人员处理遗留事项，然后将所有的业务重心都转向内地，将深圳中发地产作为发展重点。他任命蚝仔为公司项目经理，跟他一起回到深圳。再次踏上这片熟悉的土地，蚝仔还是没有勇气站到自己的父母面前，他选择了继续逃避。

万为对无线网络人才的大规模招聘如同掠夺一样，让各国的通信巨头也警惕起来。先前，在固网市场的争夺上，这些巨头们都吃了万为的亏，万为原来是最不起眼的一个代理公司，一夜之间变为生产公司不说，还突如其来地开发出了换代产品，硬生生地把程控机的价格压缩到了原来的千分之一，导致这些巨头的市场利润剧减。有了前车之鉴，万为的这一次动作，这些巨头自然不会轻易放过。最先发难的是美国最大的通信公司朗南，朗南联合另外几家通信巨头联名对万为发出警告，如未经允许使用他们的技术，必将让万为承担严重后果。朗南还把这次事件提交到世界贸易组织。当时，中国政府正在进行加入世界贸易组织的谈判，收到这样的消息，谈判组压力很大，通知相关部门给万为打电话，警告他们：非常时期，不要碰触红线。

随着消息的扩散，国外各大通信公司都开始对外封锁最新的研发信息，虾仔那些国外的同学也无能为力，只能帮他搜一些陈旧过时的资料，但那些资料对于虾仔的研发没有价值。虾仔因此心急如焚。魏东晓安慰虾仔说，技术研发最重要的就是扎实，要有啃硬骨头的决心，一天咬一丝肉，一年两年下来，骨头也会被啃光，连筋都不剩。

然而魏东晓的镇定并不能消除公司上下的悲观情绪。不少员工坚持说，应该放弃无线，重回固网，固网一百年都不会过时，而无线电话根本不是平民百姓消费得起的，不值得在这上面烧钱。魏东晓坚决不肯放弃无线网络研发，他召开员工动员大会，号召大家从零做起，从底层代码做起，做自己的标准，让万为的标准成为无线网络的行业标准。但他的提议再一次遭到大家的一致反对。

技术部贾经理说："在无线网络自主原创，这是不可能的，就按咱们国内的通信技术水平，大家都只能模仿，也只有模仿才是最快的路子。从头做起去研发，喝西北风都不一定能喝到。"

魏东晓说："朗南这些大公司要保护自己的知识产权，这没错，在我们的产品还没发布就发警告函，也证明万为通讯不再是让他们忽略不计的小角色，已经让他们开始忌惮了。这不是坏事。可惜的是，"说到这里，他不由地叹了口气，"唉，我们国家的通信技术太落后了，落后到我们只有靠着拆别人的机器，做逆向工程来搞研发，所以那些国际大公司搞技术封锁和专利保护是可以理解的……可他们越是这样做，我就越是不信邪。看看我们研发部那么多的年轻人，他们没日没夜地在这里工作，就凭这股劲儿，我们怎么就做不成？！"

大家都沉默着。

连岱想了想，说："从零做起，那就意味着所有的结果都没有保障，即使成功，我们的投入也可能远远超过现在计划的投入量。魏总，其实我们也可以去派人和朗南谈，买他们的技术授权。"魏东晓眼睛一瞪："买技术授权？你看现在的情况，他们会卖吗？就算卖，我们能买得起吗？！人家是要搞技术封锁！你们记着，无线网一定会是一个划时代的产物，我希望我们万为人一定是靠自己的力量研发出来，而不是拿来主义，我们万为一定要有独立研发生产的能力，现在开始，万为最优先的目标就是无线网研发，总有一天，我们要让世界上每个角落都用上我们万为的无线网……"

全场沉默良久。

虾仔差不多要哭了。他呆呆地看着父亲。他从来没感受到父亲如此高大。那一刻，虾仔终于感觉到身为魏东晓的儿子的自豪。那个不服输的男人，那个敢为天下先的男人，就是他想成为的人，那个男人认定了就要做的目标，就是他想达到的目标。

会场的某个角落突然有了掌声。开始是一下两下，逐渐蔓延开来，终于变成了全体的热烈鼓掌。

那天下班后，所有人都走了，麦寒生没有走。他一直等魏东晓从办公室走出来，跟了上来："怎么还没走？"魏东晓看了一眼麦寒生。眼前的"老麦"比前些年真是老了很多。魏东晓拍了下麦寒生的肩膀。麦寒生慢慢地说："我啊，今天就一直在想，当年你把自己关在实验室不出来的样子，可到底，你还是把程控机那个硬骨头啃下来了。"魏东晓挑战似地看着麦寒生："怎么样，这一回，你干不干？"麦寒生也看着魏东晓，坚定地说："干！"

魏东晓笑了。这是他从决定做无线网研发以来，笑得最舒心的一次。但很快，魏东晓又笑不出来了。万为通讯的其他的股东看到公司的财务报表，大惊失色，决定联手起来阻止魏东晓，因为财务那边已经把市场部逼到死角了，成本价卖出去都不怕，只要现款现结就行。股东们怕再这样持续下去，整个万为通讯不是倒闭就得被别的公司吞并。在股东大会上，股东们的抗议不绝于耳："从香港定制一块电路板就要近上千万，这样大手笔的挥霍，公司哪里经得起！何况还有那么多人员的开支！无线网络的研发绝对不能再继续了！"魏东晓始终沉默着，任由大家说什么，他都不争辩也不解释，直到最后，才吐出两个字："要做。"所有人都愣住了。所有该说的、要说的，车轱辘话已经说了多少遍了，还说什么呢？可是继续研发，那哪行啊！

魏东晓站起来，给在座的所有人深深地鞠了一躬，然后说："我魏东晓这辈子决定了的事，就一定会做到底，当年我自己研发程控机是这样，现在固网转无线，也是这样。"在众人的沉默中，麦寒生站起来发言，当众表态，支持魏东晓。他说："不搏一次，又怎么知道我们到底行不行呢？要真做起来了，我们万为就不会只是国内的老大，而是和那些国外巨头比肩的公司，再也不用仰他人鼻息，看他们的脸色。"

股东们都愣住了。不少人想起了当年研发程控机的过程，也是魏东晓和麦寒生联手，也是置之死地而后生。大家开始交头接耳地窃窃私语。然后又有几个股东开始投赞成票。最终，股东大会勉强同意了魏东晓的意见，继续无线网络的研发。

看着魏东晓和虾仔废寝忘食、心力交瘁的样子，杜芳心疼不已。她在广告公司四处追款，拿到的钱都给了万为通讯，万为地产那边的回款也都给了万为通讯。股东大会的消息在万为通讯中传播开来，研发中心的那些年轻人被魏东晓的信任与执着所感动，更是没日没夜地奋战，如同打了鸡血一般。他们养成了睡在实验室的习惯，每个人都有个折叠床垫，平时藏在桌子底下，累极了拉出来就睡会儿。这种状态一直持续到2000年年底。

这天，已经不记得多久没有休息的虾仔在电脑前工作着，他面容枯槁，眼睛一直盯着电脑，伸手拿水杯喝水，却发现水杯是空的。虾仔起身去接水，但是他太虚弱了，仅仅因为被地上的床垫绊了一下，便晕倒在地。

魏东晓得到虾仔住院的消息时，正从一家银行出来。为了申请到贷款，他已经来银行十几次了。行长明确告诉他，没人看好这个项目，银行也冒不起这个险。魏东晓也已经几个月没有休息好了，他只想躺上床去睡一觉，可眼前飞过的全都是财务报表里花出去的钱……站在阳光底下，抬头看着湛蓝的天空上浮着的朵朵白云，魏东晓自己也疑惑起来。为什么放着大把的钱不赚，放着舒服的日子不过，一定要坚持这条看上去没有尽头的路呢？这一次，自己是不是坚持错了？研发程控机，辛苦的只是自己；可是无线网这个项目累及了那么多人，如果不能做出成果来……他甚至连去医院看儿子的勇气都没有。

魏东晓就这样一步一步走回万为通讯。一张张面孔、一双双眼睛，都让他感到窒息。他看到了眼神中的期盼，看到了目光中的殷切，还看到了无尽的担忧。他将自己关在办公室里，沉默地坐着，任天色慢慢暗下来。电话响了，门铃也响了，他都没有接。他就那么坐着，看着夜幕降临，黑暗遮住了他的窗口。他想，这次，也许真的错了，也许自己只是对这条不知深浅的河流产生了兴趣，刚下水，以为只会弄湿一下脚，没料到水直接漫到了脖子。

敲门声或急或缓，蔡红兵跟麦寒生的声音在门外一次次响起，希望他开门。后来，杜芳的声音传进来了，她说老魏放心吧，虾仔没事，就是疲劳过度，休息休息就好了，她说老魏你快出来吧，这么多人都等着你，咱们有事一起解决，那么难的日子我们都熬过来了，还有什么能难得住咱们的，她说大不了我卖了广告公司再去卖砂锅粥……听到这里，魏东晓的眼泪就止不住地淌了下来。没有什么比绝境中的支持更让他欣慰，也更让他心痛了。这是他至亲至爱的人。他们在任何时候都选择支持他，和他一起。可是，正是他的错误，让这些毫无保留支持他的人无地容身。

办公室外，麦寒生和杜芳担心极了，两人守在办公室门口，不时把耳朵凑到门上听里面的动静。一直等到半夜，麦寒生撑不住了，和杜芳商量要不要强行把门打开。杜芳看着麦寒生，最终摇了头。她说，她觉得还是得等，等到魏东晓自己走出来。

黑暗中，魏东晓就那么坐着，如雕塑般一动不动。从他开始怀疑自己的决定开始，支撑他的信念就哗然委地。他突然发现自己丧失了所有的勇气。现在，他不知道该如何去面对自己的战友，如何去面对自己的同事。他们那么信任他，将一切都托付到他手里。他想自己肯定是做错了，却不知道该如何停下来了。他想到了死，一了百了地结束。永恒地休息。

忽然黑暗中响起了歌声，有人在唱歌。在这样深沉的暗夜里，这歌声格外让人诧异。他仔细听了听，没错，是歌声，是他熟悉的旋律——《基建工程兵之歌》。开始是零零星星的声音，然后声音越来越大，唱的人越来越多。魏东晓终于坐不住了，他双手扶着桌子，让自己一点点站起来，走到窗前。

他看到楼下的广场上，王三成和蔡红兵带着三四十名基建兵兄弟一点点聚拢来，走到楼边，对着他的窗子唱歌。粗犷的、沧桑的、五音不全的、因为激动而干涩的男儿歌声，是他们无法用言语表达的情意。他们希望他知道，多少年过去了，他们的豪情仍在，他们的情意如昔。刹那间，魏东晓如闻当头棒喝。当年的那些苦、那些累、那些难，都一一映在眼前，也都一一成为过去。只要心底这口气不松懈，就没有什么做不成的！是的，决定了要做的事情，一定要做下去！那个声音坚定无比，又铿锵有力，在他的心里不断重复。魏东晓双手微微颤抖着打开了门，看到了同样泪流满面的杜芳和麦寒生，他们什么都没说，只是彼此点了点头。

第二天一早，魏东晓召开公司全体员工会议。

魏东晓说："这几天，我想通了一件事，那就是，万为不能清零再回到起点，但我魏东晓可以。我拿出自己的股份来，算作搭配方案，鼓励员工入股。筹集的资金当作研发资金，这次万一失败，钱打了水漂，我魏东晓裸身退出万为，由麦寒生同志接替我主持工作。请大家再相信我一次！"

众人面面相觑。

蔡红兵第一个不同意："我反对！"接着，其他人也纷纷说："这样不行！我们不能让你一个人承担所有风险！"魏东晓摆摆手，示意大家安静："也许有人会问我，你魏东晓为什么非要搞这个无线网络，也许有人说我是在赌一把。是的，我是在赌。但我赌的不是财富，不是想着一旦成功，会给万为带来多少钱，我赌的是明天！不光是万为的明天，还有中国通信的明天！"

大家安安静静地听着。

魏东晓继续说："我们万为通讯一步步起来，吃了多少苦不说，受了多少委屈啊！一个个洋品牌卡我们，堵我们，但是我们毫无反抗之力，说实话，要不是他们轻敌，我们能做到今天吗？不能！这种日子，我过够了。我们跟在人家屁股后面，小心翼翼。万一人家哪天翻脸不认人，不给你核心设备呢？你还能活下去吗？"

员工们开始议论纷纷。

魏东晓说："有人说这个无线网络技术门槛太高，是的，我开始也没想到这么高。但是，它的难度越大，也意味着机会越大，竞争者越少，通过这段时间我们也知道了，无线网方面，海外巨头并没有领先我们太多，只要我们坚持下去，用不了多少就会赶上他们，凭我们万为人的精神，也一定会像固网一样，把他们甩在身后！

"这是时代给我们万为人的机遇！我以前常说，我们要做勇士，不做烈士，可今天我豁出去了，我就要做一次烈士！就算我失败了，我也要把我们的研发数据全部公开，让其他的国内同行们踏着我的尸体走上新台阶！"

台下沉默了很久。有人鼓掌，开始是一下一下，然后所有人都站起来鼓掌。

从第二天开始，越来越多的员工去认购了股份，研发资金终于有了保障，深圳市委也随之以扶持资金的形式拨款过来，公司的经济压力得以缓解。更让他们意料不到的是，几个月之后，研发取得了实质性的进展。当虾仔终于接收到了测试信号的时候，他身边无数的研发人员都激动不已，又哭又笑，又蹦又跳。魏东晓更是激动，他不停地敲着桌子，一遍一遍地大声念叨："我就说我们没有问题，我就说我们没有问题的！我们就是能成，就是能成！"

杜芳接到电话，潸然泪下。

万为很快推出来第一代无线网络产品，跟跟跄跄地打开了市场。虽然事后看起来，当初的担心是虚惊一场，但身在其中时，那份艰辛和磨难又有几个人可以扛住呢。魏东晓永远感谢自己所处的时代，这个时代带给他满腔热血，唤起他内心无穷的力量，让他有机会做自己坚持的事情。

无线网研发的成功，让万为一下子成为全世界瞩目的焦点，开始跟世界通信巨头并驾齐驱。2001年，香港通信技术交流会，魏东晓亲自带队参加。此时的万为已今非昔比，展位上访客如潮，热火朝天。在忙着接待客商的时候，一个熟悉的身影映入了魏东晓眼帘，魏东晓一看，居然是多年没有联系的潘雨。

潘雨径直走向魏东晓，伸出手来："好久不见。"魏东晓微笑着也伸出手："好久不见。"蔡红兵打趣说，潘小姐是不是天女下凡，怎么这么多年不见，还是这么美？潘雨笑了。她没有什么变化，还是那么年轻漂亮。上次分别之后，潘雨在立新又待了三年，随后去了美国最大的通信公司朗南，并出任朗南的销售总监。

听到朗南，魏东晓眼睛就亮了，说潘雨，你飞上枝头成了凤凰也不要忘本，能不能让我们这小民营企业去朗南总部参观参观。潘雨笑了，说万为近两年突飞猛进，都开始跟朗南抢市场了，还敢说自己小。但潘雨还是答应了魏东晓的要求，安排了参观日期，亲自接待了魏东晓的参观团，亲自带领，全程讲解。这次参观让魏东晓对朗南公司的生产和运营都有了全新的了解，可他还不满足，觉得他们参观的都是已经对外公开的资料，还有些可以对工作人员公开的资料，潘雨却不舍得给自己看。潘雨半开玩笑地说，要刺探机密情报，可是要你付出代价的。魏东晓问什么代价？潘雨就留了自己下榻酒店的房间号，说你过来我再告诉你。

当天傍晚，魏东晓来到酒店大堂，打电话让潘雨下来，说给她带好吃的来了。按照魏东晓的理解，潘雨说要自己付出代价，就是向自己撒娇，需要哄一哄。可潘雨并不下来，坚持让他上楼去房间。魏东晓只好上去了。潘雨打开房门，却穿着一袭睡衣，这让魏东晓进也不是，退也不是。正犹豫着，潘雨一把将他拉进房间，反身就关上了门。

房间的餐桌上已经摆好了饭菜和红酒。潘雨将醒好的红酒倒在两个杯子里，递给魏东晓一杯，自己拿了一杯，跟魏东晓碰一下，说："感谢命运，让我们重逢。"魏东晓有点尴尬地端着杯子："这几天，谢谢你陪我。要不是你，我对朗南不会这么了解……"潘雨柔媚地靠近他："那你怎么谢我？"魏东晓往后退了退："你说，只要在我能力范围，我一定答应。"潘雨笑着说："那你今晚可不能当逃兵。"说着，她绕到魏东晓身后，一只手轻轻抚上他的后颈。

魏东晓身子一僵，条件反射一般，往旁边就躲。潘雨嗔怪道："你呀，就这样，总是一副正人君子的模样，连笑都不能全部放开。你对我，就有那么怕吗？"魏东晓开始冒汗："我不是怕你。我怕你做什么呢？我……我是跟你在一起，总觉得紧张。"潘雨问："紧张什么呢？"一面说，一面又慢慢贴近过来。魏东晓继续紧张地朝后躲："我是觉得，我们在一起工作，配合起来多好。咱们两个真的很聊得来。但是……"

潘雨在魏东晓的耳边轻轻地说："所谓的但是，只是你内心的抗拒。放下心来，一切都会好的。"一面说着，一面抱住魏东晓的后腰，把唇印在他的脸颊上。魏东晓终于忍不住了，一下子挣脱出来，夺门而逃。看着魏东晓离去的背影，潘雨心情复杂地笑了起来，笑着笑着，却又哭了起来。

离开的魏东晓也很是后悔，他恨自己早该预料到这样的情况，就不该上楼；结果现在弄得局面尴尬，自己难受，潘雨也难受。可是又为什么，自己还是上楼去了呢？这个问题他不敢深想。香港街头，灯火辉煌，魏东晓一个人走着，步履匆匆，急促而紧张。

次日，魏东晓跟他的参展团要离开香港回深圳的时候，潘雨赶来了，将一个档案袋递给他。魏东晓有些摸不着头脑，问潘雨："这是什么？"潘雨笑了笑，说魏东晓，我希望你能成功，说完就离开了。档案袋里是魏东晓向潘雨说过的、希望看看的朗南公司的资料。魏东晓后来才知道，潘雨因为这次资料的事情被朗南辞退，从此再也没有了消息。

当万为通讯终于攻克了难关飞速发展的时候，杜芳的万为地产也走上了正轨。杜芳负责全局，基建部门由王三成跟陈明涛挑大梁，但销售总监一职却始终没有找到恰当的人。人力资源部给杜芳推荐了好几个人，安排了好几场面试，结果一个都没选出来。有一天，最后一个面试者被淘汰之后，杜芳正在郁闷，门外又进来一个人，杜芳看也没看，就说今天的面试已经结束了，请明天再来吧。但对方依然微笑着走到杜芳面前："杜总，我要应聘销售总监。"杜芳抬起头来，吃惊地叫了起来："辉仔？！"

辉仔全名叫蔡文辉。从万为地产离开之后，辉仔去了香港，应聘在香港一家很有名的地产公司做兼职销售。当时正逢金融危机，地产最萧条的时期，业务不是很繁忙，辉仔就利用工余时间，认真学习了国内外地产业的发展史、与经济发展的关联规律，同时在了解各大地产商的发展历程中学习了大量的一线销售案例，并用自己的学习成果成功帮助香港一家地产公司起死回生。这一次，他从网上看到万为地产的招聘信息，特意从香港赶回来。

辉仔进入万为地产后，提出了一个全新的地产销售概念，将售卖与服务结合在一起，以地产商为主体，打造包含生态、休闲、美食、娱乐在内的全方位立体化社区。商品房销售只是一方面，好的房子加上优秀的物业管理、贴心的生活服务，才是业主真正想要的生活。这个理念与其他地产商最大的区别在于，当其他地产商还在努力鼓吹自己的房子如何质优价廉时，万为提供给业主的是一种有保障的生活方式，是在提供房屋的同时，把与生活相关的衍生服务同步提供给消费者。

杜芳将辉仔的这些理念讲给魏东晓听，这些理念正好与魏东晓对万为通讯提出的"以客户需求为先"的理念不谋而合，因此魏东晓很看好这个思路。工作了一段时间，杜芳见辉仔绝口不提贺曦，很奇怪，私底下问辉仔跟贺曦有没有联系，辉仔笑了笑，摇摇头。原来，辉仔在香港的时候，因为经济萧条的缘故，也经历了许多酸甜苦辣，在此期间，辉仔结识了现在的妻子，两人情投意合，女孩给了辉仔非常大的帮助与鼓励，两人很快走向了婚姻的殿堂。见辉仔已经放下了对贺曦的执念，杜芳就放心了。其实她知道贺曦跟辉仔没有联系，因为贺曦经常跟她通电话，她知道贺曦的生活状态。贺曦大学毕业后进入了美国的一家投资公司，两年后又跳到了雷曼，雷曼的合伙人之一大卫正在狂热追求贺曦。

这两年，魏东晓对阿娇的态度变化很大，不再像最初那么抵触这个女孩子了，偶尔杜芳邀请阿娇到家里吃饭，他还会关心一下阿娇正在经营的舞蹈培训班的情况。但是他和虾仔的分歧却越来越大。魏东晓希望将儿子培养为万为通讯最合格的接班人，为了全方位锻炼儿子，哪里有问题，魏东晓就让虾仔到哪里去，在魏东晓看来，这就是给虾仔学习和试错的机会，公司为虾仔所有的错误买单，可这并不是虾仔想要的。

　　最近，北方电子发展势头强劲，业务拓展到了中南地区，还大有往海南发展的趋势。万为通讯业务以南方为主，看着北方电子的步步紧逼，虽然公司很多员工认为不用着急，万为的市场根基很稳，但魏东晓还是十分警惕，而且海南近期业务量也呈明显下滑趋势，他认为必须找出症结，有针对性地解决，如派技术人员过去增援市场部，提高市场服务，才能保住万为现有的市场。魏东晓指派过去增援的人员是虾仔。

　　虾仔觉得难以理解："我认为咱们市场失利的最根本原因是在技术上没有明显优势。咱们的GSM解决方案的优势保持不了多久了，要想抢回市场，必须研发出成本更低、更迅捷的产品来。我是研发部负责人，如果我离开，会影响我主控项目的进度。可以派我部门里最好的技术员跟队过去……"其他人也都认同虾仔的意见："是啊，市场反馈给我们的也是说，好产品是最有力量的竞争武器，现阶段，魏主任的研发任务很紧，质优价廉的替代品才是发展的关键。"

　　魏东晓说："新产品研发是一定要跟上，但是需要时间，当务之急，我们要解决现有问题。海南的市场就由虾仔过去吧，主盯售后服务，我要看到最佳解决方案。所以我让你带队过去，不是普通的技术员。在万为，服从命令是第一位。"

　　会议室里气氛凝重。虾仔很不悦。但作为部下和儿子，虾仔不得不服从。

　　虾仔的性格跟魏东晓一样，做起事来可以不管不顾，拼上性命也要做好。他去了一周，带着技术员风里雨里跑，果然解决了很多技术问题，得到了当地客户的认可，客户主动续了合作合同。这件事之后，虾仔也认同了魏东晓的观点：光靠技术领先是不行的，给客户提供好的服务，帮他们解决实际问题，与技术领先一样重要。

　　两个月的出差实践之后，虾仔拿到了大量一手资料，摸索出了模块化的服务改良方案。在魏东晓的指挥下，技术部成立了一个"快速反应部队"，承诺客户：所有问题24小时之内解决！当时，很多同类厂家的维修周期还在四天至七天的速度，万为的这个承诺，从服务上就高出了其他公司一大截。魏东晓很满意，直接在高层会议上宣布虾仔继续担任研发部副主任的同时，担任万为的售后部总经理职务。听到这个消息，虾仔真是笑不出来，却不得不对大家的道贺表示感谢。

阿娇知道虾仔出差回来了，特意赶过来，在集团外等他，却从下班等到天快黑了也没见人出来。阿娇脚也酸了，正满肚子郁闷，不想这时候凌凌打电话找她。凌凌这段时间神龙见首不见尾，阿娇趁虾仔不在，几次想找她玩儿，谁知凌凌不是联系不上就是太忙，连见阿娇的时间都没有。阿娇猜凌凌是谈恋爱了，可凌凌又矢口否认，而且死活不说对方是什么样的人。

阿娇接了电话，两人聊着，到天黑透了，凌凌率先挂了电话，说有事要出门了，阿娇正想和凌凌生气，却见虾仔已经出来了，一问，竟一直在开会。看到虾仔气呼呼很不高兴的样子，阿娇笑了，说，怎么，你不想我吗，见到我还一副不开心的模样。虾仔一听就笑了，说："对不起，对不起，不应该把工作的情绪带给你。走，带你去吃好吃的。"

辉仔接手了万为地产的销售部，得到杜芳的支持后，就开始尝试自己的"生活社区"模式，不想当月销售业绩就下滑了5%。王三成忧心忡忡，拉着陈明涛一起去找杜芳，正巧魏东晓也在，坐下来一起讨论。王三成说了自己的担心："陈大尧回深圳了。虽然中发香港地产在金融危机中损失惨重，但他通过和咱们合作南山改造项目狠赚了一笔，在深圳的实力不可小觑。如果咱们的销售跟不上，资金链断了，小心被他抄了后路。我讲究实干。书本上的那些东西好听不好用，我看我们还是要集中精力在卖房子上。"

魏东晓笑了："一个新的理念执行起来需要时间。我倒是觉得辉仔的想法很有前瞻性，他去香港学习回来，视野一下开阔了很多。陈大尧做生意注重稳准狠，赚快钱。咱们不要和他正面冲突。而且你也别把陈大尧想得太厉害了，万为地产已经不是刚起步的时候了。"说着，魏东晓看了看杜芳。杜芳说："嗯，我也赞同辉仔的想法，打算让他继续试试。"

275

陈明涛长叹一声。

魏东晓问："中发那边最近有没有新动作？"陈明涛说："最近几次土地招标会，他们都在参与。虽然表面上看他们没拿到多少，但保不齐做幕后交易。未来五年，咱们的对手还是中发。"杜芳也点点头。

魏东晓来找杜芳聊天，其实是想说说万为通讯最近遇到的大问题：公司人员结构严重失衡。随着万为的持续发展、员工增加、业务增长，对管理的要求也越来越高。以前出现了问题，魏东晓直接可以参与决策，现在公司员工多了，层级也多了，管理上的一个小问题，就可能导致严重后果。因此，魏东晓参考国际惯例，请了国内最好的咨询公司对企业管理做评估，提出调整方案，结果却被告知：需要裁员。

万为通讯的主脑部门是研发部。研发部人员的平均年龄25.3岁，远远低于国外同行，博士或在读的人员比例高达43%，硕士及硕士以上人员比例为89%，万为每年的开发投入占全年总收入的10%，无论是从人才结构还是研发投入上，万为都是最前沿的。

但主脑之外的肢体部门就不尽如人意了，尤其是市场部，平均年龄三十八岁，超过四十五岁的人占比23%，平均学历只有高中，这样的员工结构，弱点在早年表现还不明显，因为万为的军事化管理和团队营销策略在一定程度上弥补了这个短板，但随着市场上新技术新产品比例的增加，市场部人员年龄偏大、学历偏低的问题，越来越明显地制约了公司的发展。万为已经过了冲锋陷阵、靠肉搏市场的阶段，需要更多地考量如何为客户提供更优质的服务。所以咨询公司提供的调整方案，就是砍掉所有高龄低学历的员工，补充新鲜血液，增加市场部的员工竞争力。

魏东晓开始没料到形势会这么严峻。他调来资料细看，发现万为通讯的销售经理中60%都已年过四十岁，75%是宝安人，里面的元老级人物都是农民出身。难怪别的公司市场人员可以处理的客户问题，万为通讯则一定要技术员支持。魏东晓当机立断，在大会上宣布：市场部凡是超过四十五岁、学历低于本科的员工，一律转岗或者拿补偿走人。这下员工们都炸锅了，转岗，转向哪里？补偿，又是如何补？离开万为，上哪儿去找这么好的单位？

做决定容易，执行的难度则非同小可。公司里有一大半员工都沾亲带故，所以政策一出来，全公司上上下下反对的声音很大，下班的时候，那些岁数大的市场部人员都堵在门口不让魏东晓走。魏东晓没办法，也不去公司了，跑到杜芳这里来躲清静，也是想跟她絮叨絮叨，看能不能理出个思路来。

帮着杜芳劝退了王三成跟陈明涛之后，魏东晓把这些烦恼也跟杜芳讲了一遍。杜芳看着他说："你有办法了吗？"魏东晓摇摇头："我还没想到好的解决方法，万为通讯这块儿是绝对安置不了这么多人的。但我也绝不会让我的员工下岗。"杜芳看着魏东晓愁眉苦脸的样子，乐了："老魏，你脑子短路了？你的万为集团，不是只有万为通讯一个儿子，还有咱们的万为地产呢，还有月兴广告呢！"魏东晓看着杜芳："你有办法了，对不对？"说完，他自己也恍然大悟："是不是辉仔提出生态城的理念？如果践行起来……"杜芳笑了。

魏东晓冲着办公室门口叫："快，把辉仔……不，把蔡经理叫过来。"

辉仔将自己规划好的方案从头至尾给魏东晓讲了一遍，告诉魏东晓，未来十年，地产业拼的不仅仅是谁的房子盖得好，而是完善的社区服务，并通过提供这些服务赚到更多钱。这些服务于社区的服务行业需要大量的基层管理人才，而这些管理岗位对于经验和耐心的要求，比学历和视野更重要。万为通讯转岗的销售经理正是这些管理岗位的理想人选，完全可以鼓励他们进行社区创业，给他们提供机会和资金。魏东晓连连点头，当场拍板：就这么干！

辉仔趁热打铁，提出让万为通讯在南山区的万为改造项目中投入五个亿，进行生态城试点，按照刚才的思路做样板社区。这个社区操作成功的话，不但能消耗掉万为通讯转岗的近千名销售经理，还可能涌现一批家政和物管方面的小而美企业。魏东晓毫无异议。样板社区十分成功，因为有买房后的物业服务作保障，万为地产的房子比同地段、同品质的房子价格都要高

277

出一截，但依旧受到购房者的热捧。因为买了万为地产的房子就意味着高品质的居家生活。

因为地产公司的嫁接，万为通讯的转岗安置工作超乎寻常的顺利，当时哭哭啼啼最不想走的销售经理都高高兴兴去自己当老板了，很多媒体为此作了报道。看了新闻的梁鸿为特意给魏东晓打电话，夸奖他做得好。

二十　原来你瞒了我们这么久！

2001年12月，中国正式加入WTO，国内经济一片繁荣。

在万为通讯的高层年度会议上，讨论正如火如荼地展开。关于公司下一阶段的核心任务，虾仔提出要坚持技术为先，以技术优势为核心的市场竞争力。可魏东晓却认为，万为已经有了包括斯德哥尔摩、印度在内的四个研发中心，技术已经走在国际前列，不宜再过度追求技术领先，而要注意其他部分的均衡发展，因为万为要打的不只是技术战。

虾仔完全不能接受这个思路，他不顾魏东晓的脸色难看，直接反对，说朗南一直雄霸全球，就是因为他们拥有二十个高水准的研发中心，始终占领着技术制高点；万为现在的技术强项都在基础设备上，高精尖领域根本没有产品，如果这时候就故步自封，马上就会被其他公司超越。看着毫不妥协的虾仔，魏东晓不得不直接跳过这个议题，进行下一个议题的讨论。这让虾仔很不高兴。

会后，魏东晓试图跟儿子沟通一下。他语重心长地说："我们公司刚度过难关，需要养精蓄锐。再说，世界上那么多新技术，我们不可能平均用力，更不能好高骛远，我们只能盯准市场上最需要的那些新技术，其他还没有市场化的高精尖技术只能先放一放。"

虾仔毫不留情地说："爸，你开始害怕失败了。说明你老了。"说完，

279

虾仔转身就走了。魏东晓气恼至极，觉得虾仔越来越不可理喻。无线网研发的时候，那么重的任务交给他，压力那么大，他做得很好，现在的压力小多了，自己从多方面培养他，他反而各种不配合，完全不体会自己的良苦用心。

刚回到办公室，虾仔的下属就来汇报，说魏主任你去看看吧，车间那边把您的材料标准给降了。虾仔一听急忙过去，在车间亲自检测了数据，脸色越来越难看："我要你们的数据资料。"车间主任看了一眼他的脸色，急忙拿来详细资料，把连岱也叫了过来。

虾仔指着数据说："器件选材标准比提交的耐高温标准降低了5%，这样焊接工艺温度就无法提高，含铅比例也就下不来。你们是怎么把关的？"车间主任没有说话。连岱说："这个标准是魏总和麦总都认可的，目前的技术只能做到这样。"虾仔一听就火了："什么总也不能随便降低研发标准！我不是给过你们新标准吗？为什么不按照那个来执行？"车间主任为难地说："小魏总，您说的这个标准，采购那边材料还没买过来，我们也执行不了……"

虾仔把手上的资料往旁边一摔："我既然负责技术，就要让产品达到最好的标准，研发要的东西生产都做不到，我们还做什么研发！干脆停工算了！"说着，虾仔愤怒地转身就走。车间主任跟连岱面面相觑。车间主任犹豫着："咱们要不要听他的？"连岱说："不行。要知道，万为的材料采购标准是国内最高的，生产线是国内最好的，在市场反馈的需求中，现在的这个材料标准是性价比最高的。当然不能听他的。"车间主任说："可是小魏总说停工呀，连主任，在万为下级服从上级，今天我们就不开工了。"连岱白了一眼车间主任，说："你别添乱了，赶紧干活。"车间主任撇撇嘴："连主任，你虽然是研发部正主任，可人家是副总，比你高。干了活还挨骂，我可不干。"说着，转身就走了。

很快，魏东晓面前就摆了十几份生产基地工厂的停产报告，他眉头紧紧皱着，想着虾仔这不是瞎胡闹吗？居然让工厂停产，为了个人情绪不顾整个公司的运营。这时候，麦寒生走了进来："我调查了一下，不是虾仔要求他们停产的，是虾仔要求每个基地重新核定采购标准，这些老家伙们借题发挥，就联合打了停产报告。"魏东晓眉毛一挑："采购标准是统一核定的，每个基地都有严格的审核，虾仔这是抽的什么风？"麦寒生压低了声音说："这不能全怪虾仔，咱们的采购标准虽然在业内是最高的，但确实比技术部门要求的标准略低。既然他负责技术，未来，咱们就应该按照虾仔的标准来。"

魏东晓看了一眼麦寒生："你就别为他辩解了！他仗着自己懂技术，就目中无人，到处挑刺，这是企业，不是他以前的三人工作室！"麦寒生说："老魏，你别忘了，是你把他挖过来做副主任的，负责技术的。你给了他职位，又不肯给他权利，这本身就是打压！他是做技术出身的，他在这个产品标准上发现问题了，按照他的性格，他是一定不会求全的！"

"那又怎么样？"魏东晓不以为然。他心里已经有了决定：从现在开始，真正对儿子使用打压手段，看他的承受力和对抗能力到底能到什么程度。魏东晓这么想着，拿起电话说叫小魏总过来。不一会儿，虾仔来了："魏总，您叫我什么事？"魏东晓把几张报表扔到虾仔面前的桌子上："你自己看！"虾仔拿过来一看，是自己的采购清单："怎么了，有什么问题吗？"

魏东晓脸色很难看："有什么问题？是谁给你权利，让你擅自改变采购标准！"虾仔盯着魏东晓说："好，那我就回答你。作为研发部副主任，负责技术研发的人，我觉得我就有这样的权利！我如果连自己负责的部门用什么规格的原件都说了不算的话，我还是不要做这个副主任了。"

魏东晓大喝一声："魏斯坦！工作的时候，不要把你个人的情绪带进来！你在万为工作这么久不知道吗，这可不是你的小亿为，全凭你个人意志和喜好。集团所有的生产计划全部是根据市场需求制订的，不是你说抬高标准就马上抬高，增加的成本怎么算？你能负责吗？"

麦寒生急忙打圆场："老魏，和孩子有话好好说。"

虾仔冷着脸："我只负责技术，只对质量负责，只对品质负责。"

魏东晓道："质量和品质，由生产负责，不良率和故障率我们都有预案，这些你用不着操心……"虾仔打断了魏东晓的话："好啊，我也可以按您的标准做，以后，研发中心就停止更新换代。"魏东晓气得差点儿拍桌子："魏斯坦，你是在跟你的老板说话！在万为，无论是谁，都必须服从上级安排，服从领导命令。像你这样子带着情绪处理工作，永远搞不成事！"虾仔下巴一扬："不要说我搞不成事，我要求的是质量至上，你魏总现在的要求跟我的有出入，搞不成也是您搞不成。"

麦寒生努力想调和一下气氛："质量至上是对的嘛，但……"魏东晓也意识到了自己激动，降低了声音："但所有技术都必须服务于市场，市场反馈过来的信息，是万为的研发宗旨。你的这个高品质，只考虑了升高标准，忽略了市场，我不认同。"

虾仔不屑地看了魏东晓一眼："道不同，不相与谋。"魏东晓气得声音又提高了："不要半瓶子醋乱晃荡！万为最不缺的就是人才。你魏斯坦不是最优秀的，我也不希望你成为最张狂的！"虾仔接过话头说："魏总这么说，是觉得我魏斯坦可有可无了。好，既然这样，我就自己去找能体现我价值的地方。"魏东晓一愣："你什么意思？"虾仔向外就走："明天我会给您提交辞职报告的。"

麦寒生急忙去拦虾仔："斯坦，别说气话……"虾仔看着麦寒生："麦叔，您还是去劝劝魏总吧。"说着，推开麦寒生，径自走了。麦寒生叹了一口气，道："老魏！你这又是何苦呢！"魏东晓挑眼看着麦寒生："老麦，万为走到今天，已经过了不拼杀就会死的阶段，虾仔的想法是好的，但不适用于现在的万为。这孩子就是太顺了，自负、轻狂，做企业最怕的就是这个。我本来希望他能接万为的班，可做企业绝不能意气用事，完全被情绪左右，受不了挫折和打击……"说到这里，魏东晓深吸一口气："他需要磨炼，需要到市场上去经历真正的你死我活的较量。"

虾仔回到办公室就在电脑前敲了辞职信，打印出来。这时，杜芳的电话进来了。原来是麦寒生给她通风报信，说了父子两个的争执，所以杜芳打电话来和虾仔说，让他不要跟爸爸闹情绪。虾仔一边收拾办公室的资料，一边接着电话："妈，我没闹情绪，我是经过深思熟虑做出的决定。"杜芳担心地问："什么决定啊？你真要离开万为？"

虾仔说："妈，要不是前段时间万为危机，我早就辞职去做我喜欢的事去了，现在万为也走上了正轨，有没有我都不会影响大局了，我离开也不会有人说我什么了。"杜芳道："虾仔！万为发展到这个程度，也有你的一份功劳，你怎么忍心说走就走？"一句话说得虾仔伤感起来，他摇摇头："妈，这只是你说的，在我爸眼里，我只是万为这个庞大机器上的一个小小的螺丝钉，我的价值已经不像当初有亿为工作室的时候了。我也不想当那个遥遥无期的接班人，我现在每天就像机器人一样工作，一个任务接着一个任务，简单、重复，我找不到乐趣。万为现在管理有麦叔，技术有连岱，市场有红兵叔，我试图找过我的位置，可是……妈，我真的找不到……"

杜芳语塞，良久才又开口说："可是虾仔，妈真不希望你离开万为……"虾仔笑了："喂，妈，我只是想换个工作换个环境，这有什么大不了的。你这么说，别人就不跳槽啦。再说了，我关注国内互联网市场已经好久了，企业都在爆发式的发展，我做这么多年的技术，不想错过这次机会。"杜芳还是有些担心："虾仔，虽然妈不太懂互联网的事，也知道那是很烧钱的，风险也非常大……"虾仔更轻松了："不做又怎么知道呢。我只是不想在大企业中处理各种复杂的关系了，也不想被人指手画脚地指挥了。"

虾仔有这个想法，确实不是一天两天了，他担任售后部负责人期间，做的事情都不是自己想做的，十二分的枯燥无聊，只好查阅和研究大量的互联网资料，想法子给工作找点乐趣。随着时间的推移，他想要离开的念头越来越强烈，而且，他希望重启当年的亿为工作室。虾仔想着，拿上辞职信和包走出办公室，走出的刹那，他回头看了一眼办公室，还是坚定迈出门去。

魏东晓正在和麦寒生、蔡红兵商量事情。虾仔敲门进来，将辞职信放在魏东晓桌上："这是我的辞职信，从今天起，我辞去万为的所有职务。"魏东晓看着桌上的辞职信，不说话。麦寒生："斯坦！虾仔！你跟你爸都是倔脾气，可他毕竟是你爸，是整个万为集团的老总，你总得站在他的立场考虑考虑。现在公司正是用人的时候，你怎么能在这时候走。"虾仔说："正是因为站在他的立场去考虑，我才选择离开。公司用人也一定要用对公司有价值的人，我不在这个范围，我想出去创办我自己的公司。"魏东晓提笔就在辞职信上签了字："马上办手续，滚得越远越好。有本事就做给我看看，看你的水花能扑腾到多大。"

虾仔拿了辞职信，掉头就走。

麦寒生叹息道："魏总，你这是何苦！"魏东晓摇摇头："从今天开始，密切关注虾仔的一举一动，只要他涉嫌动用万为的技术，就马上对他采取行动。"麦寒生为难地看着魏东晓："老魏，你冷静点好不好？对自己的孩子为什么这样，非得刀兵相见？"魏东晓："玉不琢，不成器。我做的一切，都是为了万为的未来。"

麦寒生叹气道："那你得让他懂得呀！年轻，有冲劲儿，是好事。我们当年做事，也是靠的这股劲儿嘛。我去把他找回来，咱们好好说说……"魏东晓摇手道："不用，老麦。我自己的儿子，我会害他不成？"

虾仔离开公司，将东西送回住处，拿了篮球就往深大走。那里的篮球场每天都有人打球，很快就能组成队伍来场比赛。他现在急需酣畅淋漓地运动一把，把胸中的怒火发泄出去。他一边走一边看着，里面有块场地就在打比赛，没有裁判，显然是刚组织起来的比赛。他走过去，将鞋带重新系一下，看着场上的人，想找机会加入。

正是中场休息，一张熟悉的脸走了过来，他仔细思索，忽然想起这是母亲广告公司的陈强。但陈强根本没发现他，而是走到他身后不远处，从地上拿起一瓶水，咕咚咕咚灌了起来。虾仔笑了，走过去，一拳打在他的肩头："陈强。"

蚝仔吃了一惊，开始有些懵，随即就明白过来："虾……仔……哥。"虾仔笑了："你居然还记得我！"蚝仔心想，当然。他无时无刻不在关注着万为，而哥哥的照片和信息在公司网站就能看到。

虾仔道："你也来这儿打球？这几年你都去哪儿了？"蚝仔说："去国外待了几年。"虾仔问："那你现在做什么？"蚝仔说："地产行业。"虾仔说："喂，你有空记得去我妈那里看看，她还记着你呢。"蚝仔的心"哗"一下像过山车一样落了下来，急忙岔开话题："你也来打球？"

虾仔说："嗯，好久没运动了。我们一起来吧。"

虾仔和蚝仔一组，跟一伙人对打，很快，两个人就大汗淋漓了。虾仔明显在发泄胸中的压抑，用力很猛，一顿激烈运动之后，两个人在篮球场旁边的草地上躺成"大"字形，喘着粗气。蚝仔太热了，将T恤的袖子卷起到肩头，露出左肩肩头一颗黑色的痣。虾仔扭头看到，有片刻的愕然。他依稀记得，小时候和蚝仔一起睡觉，两个人都光溜溜的，蚝仔的肩膀头有个黑点，他问妈妈那是什么，杜芳告诉他，是痣，是天生的。

蚝仔看着天，完全没注意到虾仔的异样，笑着："今天太痛快了，下次，咱们再狠狠收拾那几个人。你怎么样？现在万为的发展可是如日中天哪。"说着，蚝仔扭过头看着虾仔。虾仔急忙收回眼光，在心里告诉自己说，都是巧合吧，很多人身上都有痣，可能是生长的位置一样。

听到蚝仔的问话，虾仔说："如日中天的是万为，我不过是上万颗螺丝钉中的一颗，毫无趣味。"蚝仔不同意："你可是研发的技术大牛，万为的发展还能离开你的贡献吗？"虾仔轻轻叹了口气："现在的万为人才遍地，已经不是当初我带领亿为回来的年代了。现在，我完全不能自主，今天被放在这，明天被放到那，整个一个替补队员。如果你也有这样的一个父亲，你就会了解我的心情的。"

蚝仔愣了一下："也可能是魏总在考验你……"虾仔突然笑了："哈哈哈哈，考验我？是啊，可惜，我没能经受住这种考验……我已经辞职了。"

虾仔说着，坐起身来："走吧，去吃点东西，有点饿了。"

两人选了一家砂锅粥店。吃饭的时候，虾仔说了一下自己在公司的处境，蚝仔却一直在替魏东晓做解释，说魏总毕竟是你爸，天将降大任于斯人也，必先苦其心志嘛。虾仔径直打断了他的话，说魏东晓就是霸道和独裁，无论我做什么，做多好，他心里也只有我失踪的弟弟。说到这里，虾仔的目光直视着蚝仔，观察着他的反应。

蚝仔的脸色瞬间就变了，看到虾仔看着自己，他急忙低下头，掩饰着吃了一口粥，说快点吃，这砂锅粥真好吃，快赶上杜总的手艺了。

虾仔没有说话，也低头喝了一口粥，说陈强，我听我妈说你在香港是跟着奶奶长大的对吧，没有爸爸妈妈？

蚝仔低着头嗯了一声。

虾仔又问，你认不认识一个叫陈大尧的人。

蚝仔正拿茶壶想要倒茶，听到"陈大尧"的名字，心一颤，手就抖了一下："没，我不认识……哦，你辞职了，想做什么呢？"

"互联网。"虾仔回答。

蚝仔赶紧说："嗯，是个好方向，不过美国的互联网泡沫危机可是爆发没多久。"虾仔笑了："危机危机，危中有机，何况这个危机对中国没有太大的影响。我给你说个数，你知道中国有多少人在上网吗？说出来你可能不信，五千万！这可是刚刚起步，未来一定大有可为。"

蚝仔点点头："做吧，我支持你。"

虾仔看了一眼蚝仔，不经意地说："你住的地方离这里远吗？"蚝仔说，不远，拐个弯就到了，就是为了打球方便才在附近租的房子。虾仔说："我有些不舒服，能到你那里去休息一下吗？"蚝仔心里慌了一下，他不确定房间里是不是有他跟陈大尧的痕迹。但虾仔执意要去，蚝仔没有理由拒绝，只好带着他一起回到住处。

蚝仔的房子租在一个很新的小区，打开门，蚝仔自己先进到房间，快速扫了一眼，确定没有陈大尧的照片之类的东西，这才放心地让虾仔进来。

虾仔上下打量着，房子不大，但布置得简单干净，整个一面墙都是各种各样的书。蚝仔去厨房烧水，他就随意翻看着书桌上的物件。书桌边的名片上赫然印着"中发地产"。虾仔脸色变了变，但他没有叫蚝仔，只是继续四处看着。

书架角落里有个精致的盒子。换作平常，那样的盒子对虾仔不会有任何吸引力，他平时并不注意这些小玩意。但是此刻，那盒子就像有魔力一样，吸引着虾仔走过去，拿起来。

"虾仔哥……"蚝仔从厨房出来，看到虾仔正要打开盒子，急忙阻止。但已经晚了。虾仔打开盒子，里面是一只老旧的竹蜻蜓。

虾仔转过头，看着蚝仔。蚝仔紧张万分，结结巴巴说："这是我捡的……"一句话还没说完，虾仔一拳打在他脸上。蚝仔一个趔趄，靠在墙上，虾仔上来一步，又是一拳……蚝仔被打倒在地，嘴角有血慢慢沁了出来。虾仔住了手。

蚝仔慌乱地看着虾仔："虾仔哥——"虾仔终于开口了："你应该叫我哥，叫我哥！"他拎着蚝仔的衣领，将蚝仔从地上提起来："你到底是不是人？你知不知道这个家因为你变成了什么样子？！你知不知道，那些年，妈每看到一个跟你差不多年龄的孩子就怀疑是你，我甚至不敢在她面前提蚝仔这两个字！"

蚝仔哭了。

"你认贼作父！还和陈大尧一起骗我们！你太让我失望了！"虾仔也哭了，"你居然还到妈的店里打工，是啊，你是找到了妈妈！可你想过妈妈找你的痛苦吗！你想过妈不知你身在何处的担忧和痛苦吗？如果我不认出你来，你还会隐瞒对不对！你个混蛋！"虾仔又一拳下去。

蚝仔被打得跪在地上，抱着虾仔的双腿，崩溃地大哭了起来："对不起，对不起，哥，是我对不起你们，我对不起妈——"

虾仔也擦着眼泪，看着蚝仔。

蚝仔放声痛哭："不是我不想认，是我不知道该怎么去认你们！我无数次问我自己，你们现在就在我身边，我要不要告诉你们，可是，我不知道不明真相的你们会怎么看我，我真的很怕……当年爸爸妈妈去找我，我不想离开生活舒适的香港，我不想离开已经熟悉了的同学老师，还有对我比对自己都好的尧叔……"

虾仔咬牙切齿地说："陈大尧！就是他不让我们一家人团圆！你还替他说话！"

蚝仔抱着虾仔的腿："哥，不是你想的那样，尧叔一直劝我回家……那次是我自己跑掉的，真的跟尧叔无关，是我求他不要把我回来的事告诉爸妈……"

虾仔恨铁不成钢地盯着蚝仔："那时候你小，不懂事，可是现在呢……为什么不回家……"

蚝仔擦着泪水："哥，我不敢回。我一直在怪我自己，我不能原谅自己，而且我不知道怎么做才好……"

虾仔拉起蚝仔，一边自己流着泪，一边替他擦去脸上的泪水："蚝仔，我们是亲人呀，你是我弟，是爸妈的儿子呀……走，我现在就带你回家。"

虾仔说着，拉起蚝仔就往外走。

蚝仔忘了动作，忘了说话，什么都不想，就只是被哥哥拉着走。望着哥哥的肩膀，他再次泪眼模糊。或许，这些年来，他就在等着这一天，等着哥哥拉他回家，就如同小时候一样。

杜芳今天处理完公司的事情，早早回了家，特意给魏东晓打了电话，让他回家吃晚饭，她想跟他说说虾仔的事。刚到家煮上饭，手机就响了，虾仔问："妈妈你在哪儿？"杜芳说我在家，你正好回来吃晚饭，我做两个你爱吃的菜。杜芳话还没说完，虾仔电话就挂断了。杜芳将电话放桌子上，心想着这父子俩可真是太像了，来了脾气都是这样不管不问。

魏东晓跟杜芳住的别墅离公司比较近，但离深大有点远，所以魏东晓比虾仔他们先到家。他中午忙着开会，没好好吃饭，到家就嚷嚷着要先吃饭。

杜芳知道魏东晓心情也不太好，就没有提虾仔回家的事，只是给虾仔单留了一份饭菜，自己跟魏东晓先吃。

魏东晓没事人一样，一端上碗就吃，杜芳看他若无其事的样子，终于忍不住了："老魏，你就一点不心疼？"

魏东晓看着杜芳："心疼，为什么？"

"你说说，你为什么对虾仔这么狠？他走就走了，你还弄一个应对方案，以后让他在行业内怎么混嘛。"杜芳不满地说，"别忘了他是怎么来的万为。你再看看中发通讯，虾仔一走，就在业内销声匿迹了，好像也转手给别的公司了，做得不伦不类的。"

"那怎么了？我万为人才有的是，可不缺他一个。"魏东晓边说边吃，"再说了，他虾仔不是一直觉得自己有技术，很厉害嘛，我就让他飞。不让他摔得头破血流，他就永远不知道天有多高地有多厚。你放心，我做应对方案，那是对我万为负责，对我万为所有的员工负责，更是对他虾仔好！"

杜芳恼火了："魏东晓，去你的狗屁理由，你知不知道你这样做，是要彻底让儿子死心，再也不回万为了！"

魏东晓也恼了："哼，他翅膀硬有本事在外头扑腾，扑腾出动静来，我魏东晓高兴还来不及，回不回万为都无所谓！"一边说着，魏东晓一边去夹菜，可杜芳一下将盘子端走了，魏东晓夹了个空。他瞪着眼看着杜芳："这是干什么嘛？"

"干什么？对我儿子这样，我做的饭，你就别吃了。"杜芳起身就往厨房走。

魏东晓刚想发作，客厅的门开了，虾仔出现在门口。魏东晓正不高兴，就说你还好意思回来。话刚出口，他就看到虾仔后头跟着个男孩子，脸上带着被打的痕迹，不禁吃了一惊。

"陈强？"杜芳一眼就认出虾仔后面跟着的是在自己公司工作过的陈强，急忙将手里的东西放下，迎到门口。

蚝仔在门口站着，犹犹豫豫不知所措的样子。虾仔拉拉他，蚝仔才走进来。

"怎么了这是？"杜芳看两个人有些奇怪，"你们打架了？"

虾仔一句话不说，将蚝仔拽进来，把他的T恤短袖撸起，露出肩头的黑痣。

杜芳好像傻了一样，眼睛直勾勾盯着黑痣，一步步走到蚝仔面前。她嘴唇颤抖，用力抑制着，不让自己哭出来。魏东晓看到蚝仔肩头黑痣的那一刻，也意识到了什么，他缓缓站起身。

"你……你……"杜芳一把抓住蚝仔的胳膊。她的身体软得要跌到地上了，只好死死抓着蚝仔的胳膊。虾仔伸手搀住杜芳。蚝仔扑通一声跪在地上，张嘴想说话，却已经泣不成声。

杜芳努力想把蚝仔拉起来："孩子……孩子……"蚝仔跪着不肯起来："妈，爸，我骗了你们……"杜芳不可置信地："你……你叫我什么？"蚝仔抬起涕泪纵横的脸："妈，我是蚝仔啊……我是你的蚝仔啊……"杜芳颤抖着手摸着蚝仔的脸，想说什么，但无法开口。

"你，你真的是蚝仔？"魏东晓走过来，看着蚝仔。蚝仔点头："爸，我是蚝仔……"

"你是我的蚝仔？你真是我的蚝仔？"杜芳终于可以说话了，她摸着蚝仔的脸，含糊地反复地问。虾仔也哭了："妈，他是我弟，是蚝仔……"

杜芳只感觉天旋地转，蚝仔的脸、虾仔的脸、魏东晓的脸，都开始在她面前模糊起来，她摸着蚝仔的手渐渐垂下来，整个人就向地上倒去。

"妈，妈！"虾仔一下子接住杜芳，蚝仔也惊叫着："妈，妈！对不起，对不起……"魏东晓急忙和虾仔一起将杜芳扶到椅子上坐下，用力给杜芳掐人中，她慢慢醒过来。她的目光落在蚝仔身上："我的蚝仔回来了，我的蚝仔回来了……"她伸出双臂，一下抱住蚝仔，再也不肯松手。

虾仔在后面拉她："妈，您别激动，您刚才可把我们吓着了。"杜芳抱着蚝仔泪流满面："妈没事，妈没事，东晓，我们的蚝仔回来了……"她泪眼模糊地望向魏东晓，魏东晓在旁边一边点头一边擦了擦泪水。

蚝仔倚在杜芳膝下，看着魏东晓："爸，对不起……"魏东晓轻轻摇头："不怪你……说对不起的人不该是你……"蚝仔低下头去："要怪我，都怪我，是我不敢认你们，当年也是我不想回到这个穷地方……"杜芳拉着蚝仔的胳膊，仔细端详着蚝仔的面容："不说了，过去的都不说了，二十三年了，你终于回来了！"

这一晚，杜芳跟魏东晓都没睡，一直守着蚝仔聊到深夜。杜芳恨不能让蚝仔立刻回到家里来住，最好也辞职到自己公司工作，可蚝仔却觉得尧叔那里正缺人手，总要帮帮他才好。杜芳还想坚持，魏东晓阻止了她，说孩子刚回来，你给他一个适应过程。

陈大尧接到杜芳电话的时候，还以为是工作的事，可杜芳未说话声音就哽咽了，陈大尧心里咯噔一下，知道蚝仔的秘密保守不住了。他站在办公室里，手拿着电话，许久都忘了放下。杜芳约他中午吃饭，那一上午，陈大尧没处理一点工作，停下所有的事情等杜芳的到来。蚝仔过来喊他，说杜芳已经到楼下咖啡厅了，陈大尧才从恍惚中清醒过来。他看着蚝仔，眼神中有无助和落寞："蚝仔，见到你妈你爸，好不好？"

"嗯。"蚝仔点点头。"早上还没起床，我妈就做了很多我爱吃的，我爸还跑出去买了好多东西回来。我觉得……我应该早点回去的。他们谁都没有怪我，没有说我，我……"蚝仔说着，突然停住了，低下头，眼泪从鼻尖上滴了下来。

陈大尧感觉到心在滴血，可他什么都不能说，他走上前，拥住蚝仔，用力地、紧紧地。

那天见陈大尧，杜芳表达的都是感谢，谢谢陈大尧将她的儿子养大，还培养得这么好。陈大尧心里撕裂般痛楚，却只能微笑着，说，这么多年，我心里的石头才算是落了地，他总算是回到你们身边了，我也敢光明正大地跟你说孩子了。杜芳笑了，说："听蚝仔说，中发地产在金融危机中受影响很大，现在深圳这边，我们有些地产方面的项目，是可以联手来做的。"陈大尧点了点头，说谢谢你，你没恨我。陈大尧知道一定是蚝仔跟杜芳说了自己的艰难处境，他看着蚝仔说，蚝仔啊，你放心，你尧叔不会那么容易垮下来。

蚝仔回来的喜讯，杜芳恨不得昭告全世界。她把所有的亲朋好友都请过来聚餐，还跟贺曦QQ视频的时候告诉贺曦，陈强就是我的儿子，让贺曦看蚝仔。屏幕那边的贺曦当时就愣住了，她怔怔地看着屏幕上的陈强，怎么也无法把他跟芳姨的儿子联系起来。

"阿曦。"蚝仔率先跟贺曦打招呼。"天哪，这太不可思议了！"贺曦不停地摇头，"你居然就是蚝仔，就是魏迪生？"

"是呀是呀，他就是我儿子，就是蚝仔。"杜芳拉着蚝仔的手，"他比你还小几个月呢，以后你们要多联系，我们都是一家人。"

"阿曦，什么时候回来，我们也真的好久没见了。"蚝仔依稀记得那个扎着马尾的阿曦第一次出现在他面前，阳光般明媚的笑容。想着这些的时候，蚝仔的全世界都是明亮的，这也是蚝仔这些年遇到困难时最强大的支撑。他一直在寻找那个笑容，却一直没有找到。

"最近回不去了，雷曼派我去英国，可能要待一年左右。"贺曦不无遗憾地说。"这个投行很厉害的，阿曦，你这么优秀，我都不敢见你了。"蚝仔逗她。"是啊，阿曦当然很棒，很多人竞争这个岗位，最后只留了四个人。"杜芳补充说。

三个人聊着，突然有个外国面孔的女孩出现在视频里，说，嗨，我们的会议马上要开始了，我要把Linda带走了。贺曦临走还不忘凑近屏幕跟蚝仔做个鬼脸，说欢迎你回来，魏迪生。说完，视频就关了。

贺曦的鬼脸把蚝仔逗笑了，笑得很开心。杜芳扭头看看蚝仔。蚝仔注意到杜芳的眼神，说妈，怎么了，有什么不对吗？杜芳笑吟吟地说，你们两一般大，阿曦都有男朋友了，你得加油，快点给妈带个儿媳妇回来。蚝仔眼睛都瞪圆了："妈，我刚回家，你就要催婚吗？"杜芳也笑了。

最近的杜芳变得跟以前俨然不同，不再每天只忙工作，她恨不得每天都在家里不出门，想尽办法给蚝仔做各种好吃的，蚝仔抗议了好多次，说她是要将这些年没给他做的饭都让他吃下去，这样下去就是喂猪，很快就会变成气球。杜芳也不管，照样每天满满一桌子，蚝仔苦不堪言，趁有一天魏东晓不在，把虾仔跟阿娇都叫来一起帮他吃，三个人拼命吃还是没吃完，杜芳才意识到，自己做得真是有点多了。

　　杜芳的注意力都在蚝仔身上，也就不盯着虾仔了。虾仔离开万为之后，管管也跟着他出来了，蚰蚰思量再三，选择继续留在万为。虾仔和管管联名成立了深圳新港科技网络有限公司，很快，在美国网络泡沫中失业回国的丁凯也加入了他们。丁凯之前在硅谷一家蛮有名的网络公司，纳斯达克崩盘后，硅谷很多互联网公司倒闭了，包括丁凯所在的公司。回国后，丁凯对国内的互联网公司不太看得上，但虾仔的技术能力是让丁凯很服气的，所以虾仔一邀请，他就立即回来了，丁凯也相信现在中国五千万网民只是谷底数字，未来空间无限。就这样，三人租了一套由五间房组成的办公室，公司就正式开始营业了。

　　重新进入创业状态的虾仔着了魔，在他跟阿娇住的地方都拉了网线，那时候叫ADSL。刚听到这个名称，阿娇还以为虾仔要炒股，百般劝阻，听完虾仔的解释才明白这是什么东西，她见到凌凌时，动不动就给凌凌普及网络知识，听得凌凌直翻白眼，说着真是跟了什么样的男人就要过什么样的日子，眼瞅着貌美如花的阿娇都要变成电脑通了。

　　一天，凌凌告诉阿娇一个重要消息：她不再跳舞了，她要去上班了。阿娇很奇怪，再三问她是去哪家公司，做什么，凌凌遮掩不过，才说是去中发地产做品牌总监，换个生活方式。阿娇眼睛都瞪圆了，说凌凌，你确定你能行吗？凌凌很霸气地说，我说行就行，不行我还不会学着干啊。阿娇突然明白了：这应该是凌凌那个男朋友的力量吧，怪不得每次问，凌凌都讳莫如深。

　　为欢迎凌凌入职，陈大尧专门召开了一次公司会议。当凌凌一身职业正装走进中发地产会议室的时候，陈大尧亲自将她介绍给公司各部门的负责人，并安排了公司最得力的骨干来辅助她的工作，对这样的安排，凌凌似乎很满意。陈大尧在会上表示，要采取开放式的合作态度，联合众多地产开发公司，资源共享，互通有无，把中发地产打造成深圳地产的龙头企业。让凌凌进入公司，就是他要联合其他公司进行纵横联合的第一步。

　　查贵祥领着凌凌进了她宽大的办公室。坐到办公椅上的凌凌很享受这种众星捧月的感觉，她笑着拿出手机，编辑了一条短信：亲爱的，这份工作我很喜欢，谢谢你！这条短信的发送对象是"亲爱的王先生"。这位王先生很快回复：晚上等你好好感谢我！凌凌拿着手机放在胸口，开心地笑了。

　　当晚，星都大酒店套房门口，凌凌拿出副卡刷了一下，走进去，一边走，一边叫：你的小甜心来啦！一个头发已经白了的男人从里面闪出来，一下子抱住了凌凌：吓我一跳，你真调皮！他不住地亲着凌凌，嘴里说着我要饿死了小甜心……在男人伸手关灯的瞬间，他的脸露了出来，是王光明。

二十一　起诉他，别当他是我儿子！

　　虾仔的新港科技在借鉴腾讯QQ的基础上，做出了一款即时通信软件，为了能找到合作客户，寻找推广渠道，他和丁凯一起东奔西走。他们最先去找丁凯在杜克大学的一位学长，学长在联通出任副总，用不用他们的产品——大圣——就是一句话的事。

　　虾仔很认真地给对方介绍产品情况："这款即时通信软件，在一定程度上能弥补目前手机通信的不足，是PC端和手机端相结合的一种工具，对标是腾讯的QQ，QQ主要用于娱乐和社交，我们的大圣是主打工作沟通，它集成了邮箱与工作小组的功能，又能做到PC端与手机短信无缝切换，让用户永不离线，让公司在任何时候都可以联系到自己的员工。"

　　学长很客气："我本人很看好你们的这个项目，但腾讯前段时间已经和我们做了接洽，他们毕竟有和电信合作的成功案例，所以集团更倾向于和他们合作。"

　　"可我们的产品和腾讯是有区别的。"虾仔急忙说。

　　"我看出来了。不过据我所知，类似的产品，硅谷也已经有公司在做了。"丁凯学长的态度看似客气，实际上已经明确在拒绝。

　　"是的，不过我们的本土化也已经做好了……"丁凯还想争取一下。

　　丁凯的学长想了想："这样吧，丁凯，你把产品介绍文档和你们公司的介绍给我留一份，如果以后有什么合作机会，我会联系你们的。"

从联通出来，他俩又去了另外一家大公司，那个老总对他们的项目很看好，但是要求先拿到完整代码来评估产品安全性，再考虑后续合作。虾仔跟丁凯相互看了一眼，一起摇头："对不起，我们公司的规定是，即使和合作公司达成合作意向了，也不能把完整代码交出来。"对方也冲他俩摇头。走出大楼，虾仔恨恨地说："干脆，咱俩分头行动，你去北京我去上海，把咱们计划中的公司跑一个遍，我就不信没识货的。"

虾仔和丁凯分头足足跑了二十天，每天都拜访大量的客户，但回到深圳时，却都两手空空。他们赶回新港公司时已经是晚上了，管管还在加班，看到他俩回来，分外惊喜："怎么样，谈得如何？"

虾仔摇摇头，丁凯也摇摇头。"一家没成？"管管有点不相信，"怎么会？""我也没搞明白，是我们想得太天真了，还是市场太残酷了……"虾仔皱着眉，"管管，你的通讯小组怎么样？""你放心，兄弟们都在玩命工作。"管管说。"我是问你进展怎么样？"管管看出虾仔的不满，又看看丁凯："大家都在拼，结果应该很快就会有。"

虾仔有些失望，就往里走去："我去看看。"研发小组办公室里，十来个技术员都在工作着。虾仔坐回了自己平常坐的电脑前，打开，查看了代码。

管管看出虾仔心情很差，就将丁凯拉到一边，问怎么回事。"受打击太大了。"丁凯直言不讳。管管不再说什么，走到虾仔身边，拉着他就往外走。"喂，你干什么？"虾仔冲管管叫。"好不容易回来了，咱们兄弟二十天没见了，走，喝酒去。"管管不顾虾仔的反抗，和丁凯一起拉着他就往外走。

晚上九点，深圳的夜生活才刚刚开始，到处灯火辉煌，他们在附近的大排档坐下，又要了几瓶啤酒。酒一倒上，虾仔就先喝了一杯，管管看得有些吃惊，看一眼虾仔："喂，虾仔，你慢点喝，还有我们呢。"

虾仔始终沉默，都是管管在问，丁凯在说。管管见虾仔只管一杯接一杯地喝，从他手上夺了酒杯："虾仔，虾仔，你不要这样喝了，我们可以商量商量对策。"

"我太无用了。我对不起兄弟们，再找不到合作方，资金链就断了。公司真的要关门了。"虾仔说着，点上一支烟，才抽了一口就剧烈咳嗽起来。平息之后，他看着管管，"你跟我创业这么久了，一分钱没拿回家，还搭上了二百多万元，我……我对不起你。"

"说什么呢！我从跟你一起出来那天起，就做好了失败的准备。怕什么，咱们有技术，大不了从头再来。"管管将他手里的烟夺下来，"你抽不惯这个，别学。""从头再来？我还有机会吗？"虾仔抬起头，看着两个伙伴。"机会大把的，只是我们不屑去赚。"丁凯说，"我们只是想把我们想做的这个东西做出来。"

管管看着虾仔跟丁凯："要不要，我们去找魏总谈谈？"

"找他？算了吧。你们知道吗？我在万为有一千万元的股权分红，如果拿出来，可以支撑一段时间。我在回深圳的路上打电话过去说这件事情了，可万为还是以商业保护为由，说两年后才兑现给我。他们这是流氓行为。"虾仔恨恨地说。

"我认为，我们这个项目是绝对有前景的，但前提是我们必须生存下去。"管管说，"能不能想想别的办法，你妈那边呢？"

虾仔摇摇头："我妈就一门心思希望我回万为。"

"我估算了一下，再筹不到钱，我们顶多维持两个月。"管管也开始皱眉。

"中国这么大的市场，怎么就没我们的容身之地？"丁凯拿着酒瓶看着，"我不信，我偏不信。"说完，丁凯对着酒瓶一通猛灌，虾仔也狂喝起来。

三个人中，最后只有管管没有醉，他挨个将虾仔和丁凯送回家。

阿娇扶着虾仔到床上，刚想转身去倒水帮他擦擦脸，虾仔一把抓住阿娇，说老婆你抱抱我。阿娇的鼻子突然就酸了。虾仔一直看上去骄傲而强硬，从来没这样柔弱过，她能感受到虾仔受了多大的打击。阿娇俯下身，让虾仔抱住自己。

"老婆，对不起，对不起。"虾仔喃喃地说着。阿娇听到轻轻的啜泣声，可她不敢起身，不敢直视他的脸。直到虾仔迷迷糊糊睡去，阿娇才轻轻起身，拭去他脸上的泪痕。

在虾仔颓废的时候，管管和蚰蚰行动了。他们带着自己的商业计划书直接去找魏东晓，给他讲解自己的技术产品。

魏东晓似笑非笑地看着管管："是魏斯坦派你们来的？"

"不是，他不知道。是我劝说我们公司从硅谷来的副总裁丁凯先生一起过来见您的……"管管不卑不亢，"我和丁总说，我们万为是一家伟大的企业……"

魏东晓摆手，制止了管管的吹捧，又看了看桌子上的资料："你对互联网未来的构想，有点意思。但是你们的产品我看不到未来。现在移动电话越来越普及，呼机也无处不在，我看不出哪个企业需要用你们的平台来做沟通。""魏总，您这是没有深刻理解互联网的本质……"丁凯解释道。"那就等我理解了之后，你们再来游说我。"魏东晓打断丁凯。

管管看出魏东晓故意在为难，就拿出另外一份资料："魏总，您再看一下这个，这是我们新开发的一个企业社区产品，我们针对的客户是中国所有的企业，未来也会包括全世界的企业。我们的目的，是把企业都引领到互联网上来，除了沟通产品信息，以后，我们还会让他们在这个平台上实现交易……"

魏东晓眼中闪出一丝亮光，随即又掩饰了起来，但魏东晓的表情还是被丁凯捕捉到了。魏东晓问："你们的产品怎么都是针对企业的？"

"魏总，这就是我们的差异化发展模式，别人都在做娱乐，做社交，做个人，我们想寻找另一片蓝海。"丁凯一直盯着魏东晓，注意着他表情的变化。

"可我还是不看好……这种产品的推广要耗费巨大的资金，成功的机会也非常小……"魏东晓看看两个人，"你们还有什么产品？包括通信方面的？"

"这个嘛，我是有发言权的……"管管刚要开口，丁凯用胳膊碰了下管管，管管就笑了，"魏总不是外人，不至于窃取我们的核心技术。"

魏东晓笑笑。

"我们计划的是，实在撑不下去，就只能回到老本行先维持生计。""这话我听着好像是一种威胁？"魏东晓看看丁凯，又看看管管。"没有没有，我们也都是气话，都走到现在了，再坚持一下说不定就成了。所以，我们现在还是集中精力在互联网产品上。"丁凯说。

魏东晓又拿起了两本计划书翻了翻，沉吟了一下："你们的项目想要万为投资我可以考虑，但我需要你们带着团队来万为。"

管管和丁凯对视一眼。"魏总，您的意思是，就像当年的亿为一样？"管管问。"对。"魏东晓说。"非常抱歉，魏总，这是我们的底线。"管管回答得斩钉截铁，"新港必须以独立公司的名义存在，否则，也就失去了存在的意义。"

"那我就爱莫能助了。"魏东晓将资料放在桌上，想将他们一军。

丁凯开始收拾电脑："没关系，我们可以再去找别的公司。"收拾妥当，丁凯和管管说了声"告辞"就往外走。

"我也可以考虑，以收购之外的其他方式和你们合作，说说你们的条件吧。"魏东晓的声音在身后响起。

丁凯和管管对视了一眼，脸上都泛起笑意。但当转过身来面对魏东晓的时候，他们的笑容没有了，只是严肃地看着魏东晓。

可虾仔并不准备接受魏东晓的方案：用虾仔在万为的股权和分红，一千万元，作为给新港的投资。"那是万为应该给我的钱！拿我的钱！投资我的公司？他魏总的算盘打得可真精明！"虾仔恼怒地说。

管管和丁凯都急了："虾仔，你能别在这个时候犯执拗吗？那不是一个小数目啊，那是一千万元啊，那是你在万为的股权和分红啊！你现在不要，等着两年后他们给你？"

"我听管管给我讲了你和你父亲的故事，虾仔，我觉得这个钱我们可以要，我们不能在大事上犯糊涂。"丁凯说，"这个钱可以算是万为借给我们的，将来我们成功了，可以加倍偿还他们，让他们退出股权，这样，你也不必欠你父亲的人情……"

虾仔反复想了又想："行，就算是我借的！"管管开心地欢呼："哦，一千万元到了，终于有钱了！"虾仔看着管管和丁凯："一千万到了之后，新港公司正式一分为二。丁凯，我给你五百万，你带领团队把企业通信这一块再进行优化、扩展功能，同时加大推广力度；我和管管用剩下的五百万，加大通信设备的研发力度，咱们的目标：宽带接入！力争用半年到八个月的时间，赶在万为前面，把这个项目拿下来。只要拿下，马上就有效益。有了钱，我们再进行互联网项目的推进。"

"没问题。"丁凯一口答应。

管管皱皱眉头："有问题啊，我们谈的时候可没说要开发宽带接入的产品，到时候魏总大人知道了，会不会和你翻脸啊？"

虾仔笑了："我们早就翻脸了，还怕再翻一次吗？"

杜芳听说了管管和丁凯到公司找魏东晓的事，很是焦灼。眼见着儿子陷在颓废的状态里，这些天她想了很多办法劝说魏东晓，可魏东晓都以"要锻炼孩子"为由将她打发了。谁能让魏东晓改主意呢？想来想去，她搬了梁鸿为出来，请梁老到家里喝酒。如果其他人的话魏东晓不放在眼里，老首长的话，魏东晓还是得买账吧？

魏东晓得知梁老要到家里来，很是兴奋，赶忙推掉所有工作回家，等着梁鸿为的到来，却没想到，梁鸿为也是早到，两个人在门口碰上了。

久别重逢，两个人聊得很酣畅。魏东晓将企业经营中遇到的很多问题说给梁老听，梁老虽然早退休了，可对于时局的理解依旧很到位，而且因为层次高，视野广阔，对问题的分析十分精准，总能给魏东晓很有价值的建议。杜芳亲自下厨，给梁鸿为煲了海参粥，梁鸿为吃得很高兴。

"杜芳，你这手艺真是难得，当年要是继续开下去，现在都全国连锁成千上万家了。"梁鸿为夸赞杜芳。

"真的？那我可以当作退休后的目标来做。"杜芳笑着打趣。

梁鸿为看看魏东晓："蚝仔回来了，杜芳纠结了半辈子的心结也打开了，一家人和和美美生活，多好。"

魏东晓笑笑，看了看杜芳，猜想着是杜芳将自己跟大儿子的事说给梁老听了："这些小事还让您费心，来，咱们再来一杯。"

梁鸿为压住魏东晓的手，示意他先别拿杯："什么叫小事？老百姓还能有多大的事？告诉你，我现在也是个小老百姓！实话说吧，要不是知道你这些事，我也不会到你家来。"魏东晓有些埋怨地瞥了一眼杜芳。

梁鸿为却看在眼里："你别瞪杜芳。这事本身就是你过分了。虾仔是你的儿子，怎么老子跟儿子还干上了呢。"魏东晓不说话了。

"说说，你这家伙，是不是心里有什么别的算盘。"梁鸿为笑眯眯地看着魏东晓。这么多年，以他对魏东晓的了解，他不会无缘无故地一直为难自己儿子的。

魏东晓笑了："还是您了解我。"杜芳白了一眼魏东晓。"哈哈哈，东晓，你是想要打造一个完美的接班人吧。"梁鸿为一语戳穿。"哎呀，终于有了知音。"魏东晓大大地舒了口气，"梁老，大家看到的，都是我外面做的行为，可是没人理解我心里真正的想法，谢谢您，梁老。"

魏东晓举起酒杯跟梁鸿为碰杯，喝酒。杜芳看着魏东晓，思索着他说的是不是真话。梁鸿为放下酒杯，夹了口菜："不过，对孩子来说，也不要这样霸蛮，现在的年轻人跟过去不一样，怕压得太紧，就真的不回来了。"

魏东晓想了想："回不回我都不怕。"梁鸿为看着魏东晓，杜芳也看着魏东晓。"只要能将他真正锻炼出来，能从大局出发看问题、解决问题，能经受得起市场最残酷的竞争和压力，走到哪里他都会脱颖而出，回不回万为，也是其次了。"魏东晓意味深长地说着。

杜芳气得拍了魏东晓一巴掌："这些想法，你怎么不早说？害得我天天想尽办法要和解你们父子，越折腾你们还越生分了。""不想提前告诉你，就是怕你这个当妈的心软，把我的计划给搅黄了。都是些家务事，你看看，还让梁老跟着费心。"魏东晓看着杜芳。

"这可不单单是你们家的家务事。"梁鸿为严肃地说，"万为是深圳的企业，我又是看着虾仔长大的，怎么培养企业的接班人，这是一个新时代的课题，我们都需要好好思索。"魏东晓点点头。这个问题最近确实不断在困扰着他，但一时半会又不能解决，他能做的只有等待，耐心地等待。

送走梁老，杜芳又跟魏东晓聊了许久。这段时间，她几乎将万为地产的所有工作交给王三成去处理了，自己抽时间将广告公司的所有业务梳理了一遍，现在一切都梳理得差不多了，她跟魏东晓商量，想让蚝仔到广告公司工作。

"是蚝仔自己想回来的？"魏东晓问杜芳。

杜芳摇摇头："我看他在中发工作得蛮辛苦的，很多问题处理起来，远没有当年在广告公司那么得心应手。"

"他不是还在深大读着博士吗，重新来做广告公司，忙得过来？"魏东晓皱皱眉。他早就想让蚝仔回到自己公司工作，但又担心这么多年没在一起，不了解孩子的脾性，贸然叫过来，如果再搞得跟虾仔这样针锋相对，反而不好。

"所以，我想去跟陈大尧商量商量。"杜芳说，"我能看出来，他做广告时很快乐，也有钻劲儿。我告诉你，咱们蚝仔做事可有人缘了，以前那些老客户都念叨说那个强仔去哪里呢？这一点可比你强！"

魏东晓讨好地点头："嗯，我承认，蚝仔跟你像，比我强。""我先跟他谈谈，还是要尊重他的想法。"杜芳笑了，"还有，贺曦打电话，说跟大卫确定了关系，过一阵休假的时候回国一趟。"魏东晓立刻高兴了："这女婿找得好！""你呀，看的是表面，我倒觉得，一定要阿曦觉得幸福才可以，什么这个合伙人那个合伙人的，没用。"杜芳故意打击一下魏东晓。

魏东晓点头称是："对对对，你说得对。"

杜芳思来想去，还是决定先跟陈大尧商量这件事，没料到陈大尧一口就答应了，还说蚝仔那边他去说。杜芳很是感激。

挂了电话，陈大尧又想了很久。这一天这么快就到来了。但同时，他内心很高兴杜芳的这个提议，蚝仔去杜芳广告公司，总比去万为通讯或是万为地产好。在王光明的帮助下，他已经跟政府的相关部门达成共识，跟不同地产公司合作，联合开发项目，来让中发地产的业绩快速提升。前一阵的深圳市房地产发展座谈会上，王光明亲自为中发站台，表彰中发跟很多公司签订了合作意向，鼓励陈大尧把香港公司的先进管理模式带到深圳来，把香港地产的品质带到深圳来。有了王光明的支持，深圳的地产公司都涌了过来，和他接洽。但这些商业手段里，少不了有不可见人的操作，他不希望蚝仔参与其中，也不愿意蚝仔知道他的尧叔会做这些。所以，蚝仔的离开，无论对他还是蚝仔，都是最好的选择。

晚上，陈大尧特意邀请蚝仔去一家新开的日本料理店吃料理，跟他说了杜芳希望他回广告公司的事。蚝仔很吃惊，陈大尧却笑着让他别着急："尧叔不是瞎子，尧叔能看出来，当年你在你妈那里工作，周末在香港和深圳两地跑，也跑得那么有动力，总是开开心心的，可在我这儿，蚝仔，尧叔觉得你并不开心。"

"尧叔，我这不是刚调了部门么，需要适应一下……"蚝仔辩解着。他回到父母身边，尧叔心里肯定会有失落，现在再离开中发公司去帮妈妈，尧叔心里该多难受。想到这儿，蚝仔不肯答应。

陈大尧摇摇头："做喜欢做的事，再苦再累也是开心的，做不喜欢做的事，就不是那么回事喽。蚝仔，你的那份儿心，尧叔心领了。"见蚝仔还想说话，陈大尧又说，"尧叔已经跟你妈定下了，你就别想那么多了。"看着陈大尧殷切的目光，最终，蚝仔点了头。

晚上，蚝仔回到魏东晓家，陈大尧回到家就开了酒。蚝仔在的时候，总会让他少喝酒，最近蚝仔在杜芳那边的时候多，他的酒就喝得多一些。喝着喝着，眼泪就流下来了，陈大尧没有擦，依然慢慢倒酒，慢慢喝着。夜很黑，偌大的屋子只有他一个人，空荡、寂寥。

魏东晓把一千万元给了新港，转身忙着开拓国外市场，强调技术一定要服务于市场的时候，虾仔全身心投入了实验。他将原来在万为通讯时候的研发结果拿来，在这个基础之上做改良，只用了半年多时间，就拿到以太网骨干交换机样品。但这一次，虾仔并没有急于将产品推向市场，而是从生产包装到市场应对策略全部做完善之后，才让媒体一夜之间集中力量宣传，产品一经推出就引起轰动，一时间到处都是新港新产品的新闻。

魏东晓正在办公室想着如何招待即将回国的贺曦和大卫，却看到《深圳特区报》头版头条《新港科技推出以太网骨干交换机，ADSL/VDSL混插大容量机架式IPDSLAM系统》，气得立即将麦寒生喊了过来。麦寒生说，我已经打电话过去了解了，确实研发出来了，没有错，这个系统起码比咱们提早了一年的时间。

"我是他老子，我给他一千万元，不是要他来对付我的！"魏东晓感觉自己被耍了，耍自己的不是别人，竟是自己的亲儿子。

"你别生气，他这是针对市场，又不是针对谁。"麦寒生依然想做和事佬。"你是要教育我，市场不能万为一家独大？"魏东晓冷冷地看着麦寒生。麦寒生笑了："这倒不是，我的想法是，就算新港成功了，也有你的投资，虾仔也是你儿子嘛。"魏东晓并不满意麦寒生的解释："可惜，当初拿钱给项目的时候，订的条款太宽松了。"

麦寒生没说话，心里偷偷笑了笑："就你老魏不讲理。自己孩子做出这么好的东西，应该高兴才是呀。"可他看着魏东晓的脸，又没敢说出来。

看到新港那么快就研发出来的新产品，万为的技术会议上就有人说虾仔以前藏私，才这么快把迭代产品研发出来的。但蚰蚰不认同，说："虾仔去年在的时候就提出了这个构想，要公司提前布局，是我们技术部不理会；现在人家做了，并不是人家藏私。"当时否定虾仔构想的正是连岱，听蚰蚰这么说，连岱不高兴了，说技术部当时主攻无线产品的升级迭代，根本没人力去开发这个。

魏东晓听着他们说来说去，没一个说到点上，脸色很是难看。"我觉得应该马上通过别的渠道搞到他们的样机，看看是否利用了我们的关键技术……"连岱忽然提议。

"嗯，这是当下必须要做的，我不相信他自己能造出空中楼阁来！"魏东晓支持道，"大家还有什么想法，都说出来。""可以想办法切断虾仔的左膀右臂……我的意思是，我们可以想办法把管管挖回来。"连岱又说。蚰蚰鄙夷地看了一眼连岱。

"你打算怎么挖呢？"魏东晓看着连岱。"如果管管回来的话，薪酬可以直接跳两级，让他做技术部副总……这样的待遇，可是他过去连想都不敢想的。"连岱的提议显然让魏东晓有了兴趣："他有做技术部副总的能力吗？"连岱看了看蚰蚰，犹豫了一下："管管的技术是一流的，我觉得他应该可以。"

魏东晓似乎明白了连岱的用意，点头："好，这件事就交给你去办。"

魏东晓这边在开会应对新港，杜芳也看到了信息，大惊失色，立即打电话给虾仔，质问他怎么可以这样做。虾仔早料到会有这样的结果，很轻松地说："这就是市场，都是我爸教给我的。"随后就挂了电话，杜芳愣了片刻，怀疑自己是不是打错了电话。

"妈，你别着急。"蚝仔昨晚加班到很晚，所以晚点去公司。他也看了新闻，觉得妈妈的反应有点过了。

"我能不着急吗，出这么大的事。这是公然和万为抢市场啊！"杜芳很焦虑。

蚝仔想了想："妈，你有没有想过，我哥为什么会这样，这么努力做事，不惜要跟爸对着来，也要让自己出人头地？"

"你爸啊，就是掌控欲太强了，什么事情都要依着他的性子来，什么都要管，什么都要让他满意。"杜芳无奈至极，"偏偏你哥又不肯吃他部队里上对下的这一套！"

蚝仔放下手里的碗筷，看着杜芳："妈，其实在哥的事情上，错的起因在我。"看着杜芳疑惑不解的眼神，蚝仔将思虑已久的话都说了出来，"我哥就是太想证明自己了，他太在意你和我爸对他的态度了！您想想，自从我留在了香港，你们的注意力都在我身上，只想着怎么找到我，想着把这个家变得越来越好，根本就没有关注过他，无论是他在数学上的惊人天分，还是他创立亿为之后的所有努力，在你们眼里，都不如和我有关的一条消息。虽然他不服气，但是他是我的亲哥，所以，他就想用自己的实力证明自己的存在，他希望你们也可以看到他，看到他的努力！所以，其实错的起因在我，因为我当年留在了香港——"

杜芳看着蚝仔，久久没有吭声。慢慢地，她站起身，走过去拥抱着蚝仔："放心吧，你哥会回来的，你爸答应过我。"

此时的新港，忙碌得热火朝天，订货和咨询电话此起彼伏，客服小姐接电话接到手软。但虾仔并不满足，他和管管、丁凯说："还要乘胜追击，接着研发更新的产品，万为不是老大吗，咱们就以小搏大，压压老大的威风。"

又到了一年一度的无线通信展。以往万为都是最重要的参展单位，但魏东晓被新港的事弄得心情烦躁，觉得自己公司的产品居然屈居于新港这样的小公司之下，连展会都不想参加了，不料却接到了潘雨的电话。原来，潘雨是到深圳来参加无线通信展的，同时联系了魏东晓。

再见魏东晓，潘雨已心如止水。细算，自己跟这个男人已经认识了二十年。一个女人一辈子又能经历多少个二十年呢。潘雨始终微笑着，对面的魏东晓却不停说抱歉，抱歉她为帮他拿资料被单位开除。可潘雨却笑了，说，你错了魏东晓，你从来不欠我什么，是我自己选择用那样的方式，来对我自己的那份感情做个告别。魏东晓愣住了，全然没想到潘雨会如此坦诚。

"来吧，"潘雨说着，端起酒杯，"为我们再次相见，为我们成为朋友，干杯。"

魏东晓看着潘雨。这个女人总是让人出其不意，总是让自己不知道下一招要如何应对，但他能读到她眼中的真诚。他举起杯，两个人一同碰杯。

潘雨显然对国内市场非常了解，直接说起了新港科技："他们可真是通信行业的一匹黑马，"潘雨笑笑，"我知道新港是你儿子创办的。"

魏东晓摇摇头："养虎为患。""魏总，终于有人可以让你头疼发愁了。"魏东晓看着潘雨，潘雨笑着歪歪头，"不是吗？"

两个人都笑了。潘雨说到做到，之后对魏东晓以礼相待，表示真心跟魏东晓做朋友。可魏东晓内心始终觉得亏欠了她，想着，倘有一日她需要帮助，他魏东晓责无旁贷。

贺曦回来了。她现在的身份是恩贝资本的高级经理。出国几年，她始终不曾回来。她一直记得魏东晓说过的话：希望她有出息。为了这句话，她不停地努力，不停地奋斗，直到现在，她觉得站在魏叔面前绝不会让他失望，她才敢回来。

跟贺曦同来的除了她的男朋友——恩贝资本的合伙人大卫之外，还有雷曼兄弟公司亚洲高级副总裁Kasper Van Kevin。恩贝看好中国的发展，对深圳十分关注，大卫这次来，除了陪贺曦见家人，还附带着考察市场的任务，如果条件适合，恩贝就考虑在深圳建立分公司。而贺曦则更希望将Kevin引荐给魏东晓。雷曼公司是全球多家跨国公司的重要财务顾问，拥有多名业界公认的国际最佳分析师，如果和万为通讯合作，一定能为万为提供高品质的产品解决方案和咨询服务，这也是万为通讯国际化发展所需要的。

当晚，贺曦和大卫被邀请到家里吃饭，杜芳高兴得拉着贺曦的手哭了又哭。当年出国的时候，贺曦还是大学在读的小女生，现在回来，却是职场丽人干练优雅的样子，杜芳开心着她的变化，又心疼着她一定吃了很多苦，受过很多委屈，才会有这样的蜕变。但贺曦在她面前永远都是笑眯眯的，阳光灿烂的样子。

"想吃什么，芳姨给你做。"杜芳爱怜地看着贺曦。

"粥，砂锅粥。"贺曦眯着眼睛笑起来。

"哦，是的，我也要。Linda说过很多次，她最念念不忘的就是砂锅粥。" 目光深邃的大卫是典型的美国人，随父母在中国待过几年，说一口流利的汉语，脸上透着精明。

"没问题，我呀，亲自来做，肯定让你吃到最正宗的砂锅粥。"杜芳高兴地答应着。

这时候，虾仔、蚝仔跟阿娇一起进来，虾仔从一进来就盯着贺曦："阿曦，你真的是阿曦吗？我的天，你变化这么大，走在街上我肯定认不出的。"贺曦不好意思地冲虾仔笑着："哥，看您……"虾仔其实早瞥到了坐在客厅沙发上的魏东晓，却装作没看见，只管跟大卫打招呼："嘿，我都嫉妒你了，是怎么把我妹妹追到手的？"

大卫挑挑眉："哦，很久，我努力了很久。"大家都笑了。

"阿曦。"蚝仔走到贺曦面前，两个人一直对视着。这么多年的牵挂和惦念，都在彼此的目光里。"终于见到你了，蚝仔。魏迪生。"贺曦张开双臂，拥抱着蚝仔。两人身体接触的刹那，贺曦听到自己"砰砰"的心跳声，剧烈而响亮。她忽然迷惑了：为什么会这样呢？跟大卫在一起时，自己并没有这样。但她只是微笑着，将大卫介绍给蚝仔，看两个人客气地握手。

大家都在客厅里聊着，杜芳和贺曦在卧室里说着体己话，杜芳将蚝仔的照片从小到大都摆出来给贺曦看。听着外面大卫跟魏东晓的高谈阔论，杜芳压低声音问贺曦，跟大卫在一起怎么样？贺曦依然笑着，说挺好的，他对我很好。杜芳点点头，说："芳姨到这么大岁数，算是活明白了，什么事业呀工作啊，都不如有个贴心的人在身边，病了有人端杯水，所以，要遵从自己的心，找个心里想要找的人。"贺曦看着杜芳，没有接话，她知道杜芳暗含的意思。

"我说怎么找不到阿曦，原来是妈把她藏到这里来了。"蚝仔走过来，在门口笑吟吟地看着杜芳跟贺曦。"我哪有。"杜芳狡辩着，"好久没见到我的女儿，我要好好看看我的女儿，有什么不对吗？"

"对对对，妈做的肯定对。"蚝仔目光转向贺曦，"阿曦，你看看，你一回来，妈的眼里就没有我了。"贺曦也笑了："蚝仔，我发现你比以前幽默了。""你变化更大，我都不敢认了。"蚝仔赞叹着，"现在跟你站在一起，我会觉得，我一点光辉都没有了。"

贺曦故意板起脸："喂，不要当着芳姨的面气我，后果很严重的。" 说完，自己又笑了，"你也一样，我怎么也想象不出，你西装革履出门去跟人谈生意的样子。蚝仔，我们都变了。""当然，你们都长大了。"杜芳又低声问蚝仔，"你哥呢？还在厨房？"蚝仔点下头。

"看看，看看。"杜芳看着贺曦，"一下午一晚上都躲在厨房里。阿曦，要不是你来，他是打死也不会进家门的。"贺曦早在电话里听杜芳说过虾仔跟魏东晓的事，也一直在追着看新闻媒体的报道。"芳姨，魏叔这么做，也一定有他的理由吧。""只有你这么向着他说话。"杜芳说着，站起身来，"走吧，我们出去聊聊，要不，他们也要说我把阿曦藏起来了。"

三个人都笑了，杜芳率先走出去，蚝仔跟贺曦相视一笑，也跟了出去。杜芳又去厨房将虾仔和阿娇拉了出来。

客厅里，大卫还在侃侃而谈："资本是最聪明的，哪里有钱赚就会往哪里去。魏斯坦先生，你的产品相当不错，在市场上的关注度非常高，这恰恰是资本喜欢的。"虾仔愣了一下，没想到刚出来大卫就将话题引到了自己身上。

魏东晓面色不太好看。就在前两天，新港明确回绝了万为的收购谈判，而连岱也在接触管管后被直接拒绝，所以，从新闻出来到现在，魏东晓做的一切都成了徒劳。"万为市场前景非常广阔，对资本来说，风险系数要低很多。"贺曦打圆场。大卫点点头："你说得很有道理，但这跟我们关注新港公司并不矛盾。""对了，魏叔，雷曼Kevin的行程要提前，我们坐明天下午的飞机回去，所以，明天上午到集团参观的时间会比较紧张。"贺曦岔开话题。

"没问题。"魏东晓瞥一眼虾仔，不再搭理。

得知贺曦第二天就要走，杜芳坚持要跟贺曦睡一起，聊天聊到后半夜。杜芳觉得自己太幸福了，儿子回来了，女儿也回来了！早上见到魏东晓的时候，杜芳沉浸在自己儿女双全的幸福里，大叹人生如此夫复何求！魏东晓看了看忙碌的杜芳，禁不住问："那我呢，你光要儿子女儿，老公不要了？"杜芳哈哈大笑，说你呀，要看表现。

魏东晓亲自带着Kevin参观了万为集团，并达成了初步的战略合作计划。大卫认为万为通讯已经完全具备上市的条件，提议魏东晓可以考虑上市运作，魏东晓摇了头，说万为通讯就是我的一个孩子，我会让他一步步走出国门，走向世界，而不需要资本的介入，不需要通过上市来证明。大卫却不气馁，说万为通讯不需要，万为地产肯定是有需求的，魏东晓就笑了。

送走Kevin，魏东晓将王三成、陈明涛和辉仔都找来，商讨是否考虑万为地产运作上市。辉仔第一个赞同，说万为地产要是有资本介入，能运作上市，就解决了地产公司资金难的问题。他给大家算了一笔账："地产项目利润能达到30%，但是，公司的成长速度在30%到40%，所以资金永远都是瓶颈。还有我们的土地储备永远都不够，每家房产公司都面临这个问题。"王三成听着听着就笑了，说："魏总，你看，一说到钱，他就激动。"辉仔也笑了："我就是想解决问题。"魏东晓倒是很赞赏："你们想的是对的。这次跟恩贝资本接触，我跟贺曦和大卫都聊了很多。我一直不让万为通讯上市，是不想万为通讯被资本扰乱，我希望按照我的设定轨迹去发展。万为地产不一样，完全可以走市场化的路子。"

"那就干吧，你一声令下，咱们兄弟没的说。"王三成一挥手，豪气地看着魏东晓，把魏东晓都逗笑了，于是又将杜芳叫过来一起商讨，确定了上市的目标后，就让王三成准备召开股东会议，共同决策，做上市的准备工作。

魏东晓在跟杜芳一起回家的路上，一直没说话。所有事情都可以解决，所有的事情也都容易解决，唯有虾仔和新港，在他看来是最难处理的。

"很累？"杜芳开着车，看一眼微闭着眼睛的魏东晓。"嗯，有点儿。""你呀，虾仔那边的事，就放下吧，让他随意去折腾吧。"杜芳借机劝着魏东晓。

魏东晓半天没回答，杜芳以为他睡着了，也没再打扰，谁知快到家门口的时候，魏东晓睁开眼看着杜芳："我找人对比过了，新港的样机和朗南最新发售的新产品比，不分伯仲，所以我也在考虑，要不要拿到朗南的代理权，好好跟这小子在市场上斗一斗。"

"什么？！"杜芳将车停在路边，眼睛都瞪圆了，"我说老魏，你一路上不吱声，就是琢磨这个呢，我还以为你累得睡着了。你……你太气人了。你这是在杀鸡取卵，你知不知道，这对万为的品牌损伤有多大！"

魏东晓紧闭双唇，看着前方。

"你有没有想过，跟朗南做这种简单合作，无论是购买技术还是产品，都会被业内诟病的！"杜芳气愤不已，"新港只是一款新产品，至于让你这么紧张吗？你那里人力物力那么强大，技术上稍微抓抓，时间就都抢回来了，何必争这一城一池？"杜芳说着，已经冷静了很多，"恕我直言，你这样做，完全不像一个企业家的做派，更像一个被儿子气疯的父亲。"魏东晓依然不说话。过了一会儿，他转过头看着杜芳："没有朗南，我一样有办法对付他。"

杜芳不可思议地看着丈夫，觉得他真有点丧心病狂了，怎么可以为了斗自己的儿子不惜一切代价，甚至不惜各种手段？

很快，新港的新产品完成生产，下线，开始推往市场。魏东晓让人去摸

311

清了客户分布情况，发现大都分布在广东，但麦寒生也带来一个信息，就是新港这次跟生产企业是同时投资，共同占股，新港的占股比重高达70%，可见投资数额不小。魏东晓心里吃了一惊，以新港的资金流，是绝对拿不出这么多钱来的。

"你是说新港公司已经找到了合作资本？"麦寒生点点头。"哪家？"魏东晓问。麦寒生想了想，还是说了出来。"恩贝资本。好像跟杜总有点关系！"

魏东晓目瞪口呆，难以置信地瞪了麦寒生很久，随后干笑起来："大意失荆州啊！居然后院走水，让小狼崽子得了空。"

"要我说，差不多就行了，父子亲情，在这里摆着呢。"

"你不觉得越来越有趣？"魏东晓笑笑，"我们当年做事多不容易，谁轻而易举给过我们钱？老麦啊老麦，所以，要想让他成才，就必须炼，真火才出好钢。"

此刻新港一片欢腾。为了庆祝产品下线、庆祝新港公司成立两周年，虾仔让办公室定了一个特大蛋糕送到公司，在办公室开了个大大的派对。

二十二　孩子，你不该来

蚝仔离开之后，陈大尧彻底没了顾忌，拿出黑白两道的各种手段，跟各地产公司合作，很快将地产生意做遍了珠三角。但跟中发合作的公司都相继出现了经营不善等情况，导致合作项目被低价拍卖，而中发地产都来者不拒地收入了囊中。就这样，短短两年，中发地产的资产就扩增了好几倍。

可陈大尧并不满足，还希望能将业务做出广东，做到全国。他跟查贵祥商量这件事的时候，保安部长忽然跑了进来："陈总、查总，不好了，你们快看窗外。"

陈大尧和查贵祥朝窗外看去，中发地产对面的宾馆里，在十层楼的窗口，一个红色的布幅从上而下悬挂在外墙上，布幅上用大字醒目地写着："黑心港商中发集团强买企业股权，誓讨破产员工血汗钱。"

查贵祥急了："怎么回事？"

"已经报警了。情况也搞清楚了。挂标语的人就是咱们以前的合作方，大成房地产公司的老板孟大成。"保安部长说，"他在对面楼上的宾馆包了一间房，把房门从里面反锁了，就是为了挂横幅示威。警察现在正在房门外规劝他。"

"陈总，你看怎么办？是不是跟上面通个气……要不一会儿记者来了，写篇报道出来，事情就麻烦了。"查贵祥看着陈大尧。陈大尧不悦地扫了查贵祥一眼，查贵祥赶紧闭口。"你的意思是，我该跟他主动承认错误，然后

313

让我为他的错误买单？"陈大尧声音不高，慢悠悠的，但每一个字都透着坚决和不屑。

查贵祥不说话了。

"你们去下面看看，别有人趁乱进来闹事。孟大成，哼，就让他闹，我看他能闹到什么样子！"

查贵祥和保安部长急忙出去了。陈大尧走到窗前，看着坐在窗台上、将布幅绑在脚上的孟大成，低声说："看是你厉害，还是我这如来佛祖的手掌心厉害！"

楼下的人越聚越多，孟大成又拿出准备好的宣传单，一沓沓往下扔。宣传单迅速向下飘去，撒得满街道都是。深圳电视台、《深圳特区报》和《南方都市报》等报纸的记者也都扛着摄影机赶过来了。

一个主持人对着摄像机在快速解说："观众朋友，今天是2004年2月12日，现在我们在中发大厦的楼下，对面楼上有一位男士坐在楼顶，脚上挂着布幅在散发宣传单。我们看看宣传单的内容是什么……"主持人拿着宣传单念起来："中发集团打着和大成公司合作的旗号，实际上暗箱操作，强迫我公司破产，再以低价购买股权……"

鹏飞已经是《深圳之窗》记者部主任了，他也带着手下赶过来，这样大的新闻，他有信心做一个整版。

就在陈大尧毫不在意地旁观孟大成闹事的时候，电话响了，是王光明。

"领导！是！这事这么快就惊动您了？"陈大尧呵呵笑着。

"你干什么吃的？做事这么不小心！你知道这件事被炒作的后果吗？"王光明劈头盖脸就吼。

"我做事够谨慎的了！是这个孟大成一根筋，死脑筋！神经病！我正在积极处理。这事首先是孟大成乱发传单，制造不安定因素，警方马上就会处理。再说，这不是还有您兜底吗？"陈大尧不紧不慢地说着。

"放肆！"王光明大怒，"陈大尧，你别忘了自己的本分。你给我记住，孟大成摆不平，以后有事不要来找我。"

"放心吧！我的市长大人，中发一点问题也没有，是孟大成对社会心怀不满，恶意中伤。"陈大尧努力安抚，"您放心，完成股权转让后，我会召开新闻发布会，把实情向公众公开。我保证，中发跟大成的合作，完全透明、合法，而且我一定安置好大成的员工，不给政府添一点麻烦。"

王光明不依不饶："记着，如果捅了娄子，我饶不了你。"

陈大尧放下电话，冷笑了一声，随即打电话给秘书："让李凌总监到我办公室来一趟。"

凌凌正在办公室跟阿娇聊天呢，听到陈大尧要见自己，凌凌告诉陈大尧的秘书，自己一会儿再去找陈总。阿娇是过来给凌凌送喜帖的。她跟虾仔虽然早领了证，可婚礼一直没办，现在阿娇怀了孕，怕月份大了穿婚纱不好看，就决定赶紧将婚礼办了。看到喜帖，凌凌比自己结婚还高兴，给了阿娇一个大大的拥抱："恭喜恭喜，魏太太，终于修成正果。"

阿娇笑了："你别光说我，你也加快。看你一点也不怕陈大尧，你到底怎么回事，怎么会这样大变身？"凌凌做个鬼脸："你就不要操心我了，好好安胎。"

孟大成被消防员用电锯把锁锯开后解救了下来，随即被押到了派出所，一路上孟大成都高声喊叫，说中发是骗子，把市值八个亿的公司只用了五个亿就夺走了，说陈大尧你这样是要遭天打雷劈的。

鹏飞对这件事情很关注：房地产、合资、资产侵占，这些都是高热度的新闻点。他告诉手下的记者："盯紧了，只要孟大成出来，第一时间联系采访，这一定是条大鱼。"

孟大成的事也引起了魏东晓的注意。魏东晓曾和孟大成有一面之缘，看面相知道他是个耿直的人，又听人说，在孟大成创业初期，资金困难，年底，他把工人的账都结清了，自己却没钱回家过年，留在深圳的售楼处度日。王三成告诉魏东晓，当初，中发想跟大成公司合作，孟大成是不情愿的，但只要中发看上的公司，陈大尧不知用什么手段，都能逼着对方就范；合作之后，每每项目完成到一半时，陈大尧就会逼得合作方无法运营，不得不宣告破产，中发于是乘虚而入。魏东晓听了，先是没吭声，然后交代王三成留意这件事，假如陈大尧赶尽杀绝，他也不会坐视不管。好端端一个行业，怎么能这样为了一己私利而胡作非为。

对孟大成这件事留心的人还有王光明。与其说是留心，不如说是气恼。他没料到陈大尧屁股不擦干净，还想留着让他王光明处理，笑话，他王光明能做这种事吗！虽然有凌凌在中发地产，但那又怎么样？

王光明现在已经和凌凌住到了一起。一个老单身汉，一个未嫁姑娘，走到一起也无可厚非，但王光明还是处理得很隐蔽，坚持不对外公开。在他心里，两个人的年龄差距太大，这让他心里有隐隐的不安；再则，凌凌头脑简单，王光明担心她成为把柄落在别人手里。晚上，两人在家吃饭时，王光明就提醒凌凌，让她在陈大尧那里做事一定要有分寸，也要凌凌提醒陈大尧，做事不能太过分，孟大成那边不要再闹大了。

"没事，先前也有公司闹过，不都被压下去了嘛，我跟你说，这就是市场，有死有活，赶上他了，就是他。"凌凌说得满不在乎。

"事情闹大了会很麻烦。"王光明不悦地看了看凌凌。

"行，我也跟他说下。"凌凌想起什么，看着王光明，"下周末阿娇跟虾仔结婚，我要去做伴娘。她公公可是你的兵，肯定邀请你了吧？"

"你也去？"王光明完全没料到这件事。

"阿娇是我闺密，我当然要去。"凌凌想了想，突然笑了，"你还是不跟我一起出现在别人面前？我说你堂堂一个副市长，怎么就这么胆子小，反正你未娶我未嫁，你情我愿，有什么怕的。"说完，凌凌又叹口气，"要是我们再早点遇到就好了。""人跟人的缘分是定了的，早遇到，那时候你还是毛头小孩儿呢。"王光明说。凌凌凑近王光明："那现在呢？""现在？也是小孩儿。"王光明看着离自己越来越近的凌凌，心被莫名地蜇了一下。

凌凌娇笑着，脸贴到了王光明脸上："那你是在欺负小孩儿？"王光明故意板一下脸："婚礼现场，不能让人看出咱们的关系。"说完，自己也笑了。凌凌白了他一眼，别过脸去："哼，知道你害怕。我一定装作不认识你。"凌凌拿起碗筷接着吃饭。

王光明看她的样子，知道她不高兴了，就从包里拿出一套钥匙："这是大成和悦的一套房子，你去过户到你名下。""讨厌。"凌凌扑上来亲吻王光明，坐在王光明的大腿上，"你对我可真好。"王光明笑了，任由凌凌亲吻着自己。

魏东晓对虾仔的婚礼安排十分不满意。

婚姻大事是要父母做主的，现在好了，两个小的完全推开了两个老的，自己说定就定了，只是通知一下父母。看着魏东晓很不高兴的样子，杜芳也不搭理他，吃饭时自己吃自己的。蚝仔看看这个，看看那个，说："爸，我哥结婚是大喜事，也是情况特殊，才没提前跟您商量。"

"哼，他现在眼里根本就没老子，那老子就不去参加他的婚礼！"魏东晓气呼呼的。"老魏，你不要太过分了好不好？我告诉你啊，你如果不去参加虾仔的婚礼，我就跟你没完！"杜芳盯着魏东晓。

"你威胁我？"魏东晓眉头一皱，看着杜芳。

"我没有威胁你，只是通知你，你如果不去参加我儿子的婚礼，我就搬过去和虾仔他们一起住。"杜芳也恼了。魏东晓瞪着杜芳，良久才说出话来："我看出来了，虾仔就是让你给惯的，才处处和我作对！"

"老魏！"杜芳觉得他是在无理取闹，"你什么事都要自己反思一下，虾仔他不喜欢被束缚，就让他在外面自己单干嘛，换作别人家有这样的儿子，高兴还来不及，你也没必要非让他接班，你又不是只有一个儿子。"蚝仔听到杜芳扯上了自己，眼睛也瞪圆了："妈，我……我对我爸那边，也没意思。"

"看看，看看。"杜芳看蚝仔吓坏的样子，忍俊不禁，"你老魏，就一人撑天吧，看看，哪个都不愿跟你干。"魏东晓看看蚝仔，蚝仔立即偃旗息鼓："爸，我……"魏东晓再瞪一眼杜芳，起身进了书房。

"越老越说不通。"杜芳恨恨地说。

"妈……"蚝仔看着杜芳。杜芳只有面对蚝仔的时候一点脾气没有："放心吧。我没事，拌个嘴，正常。"

蚝仔咧咧嘴。他的印象里，这是父母第一次争吵，后来他才慢慢知道，夫妻之间有争执是再正常不过的事情，就如同杜芳说的那样。他跟陈大尧聊天的时候无意中说起，陈大尧却感叹说，吵吵闹闹才是一家人，没人吵没人闹，日子才无趣。陈大尧落寞的表情让蚝仔很愧疚，他想，如果不是因为自己，或许尧叔会结婚，有自己的家、自己的孩子吧。

吵归吵，毕竟还是自己的孩子，当虾仔站在办公室门口的时候，魏东晓还是接受了他的请柬。他本来希望自己的孩子有一个盛大的婚礼，全集团的员工都要同享这份喜悦，但虾仔执意不接受，他也不再勉强，只以自己的方式给了儿子祝福：全集团员工，不论职位，每人一个红包。

婚礼在深圳大梅沙海滩度假村举行，那里有一块特别好的草坪。蓝天碧海，绿草如茵，佳人如玉。当虾仔从岳父手中接过阿娇，和阿娇一起站在众人面前接受祝福的时候，虾仔觉得自己是世界上最幸福的男人。以后，无论晴空丽日还是风吹雨打，不论遇到什么事，这个女人都会不离不弃地跟随在自己身边，用她清亮的眼睛注视自己，用她温柔的笑脸陪伴自己。

穿一件淡粉色小礼服的凌凌明艳可人，她时不时地看向台下的王光明，王光明却目不斜视，如同不认识她一般，看也不敢看，凌凌反倒觉得他这个样子很可爱。

杜芳很希望虾仔跟阿娇能住到家里来，但是虾仔说已经安排好了住处，跟公司离得近，上下班方便。杜芳便不再坚持。

孟大成被放出来的第一时间，鹏飞就接到了信息，他四处寻找孟大成。而孟大成则开着一辆破旧的面包车，四处寻找原来的同事。他希望将大家联合起来一起去声讨中发，希望把影响扩大，才会被上面重视，才会有人来管这件事。让他失望的是，原来的同事都拒绝了他。深圳的生活压力大，很多人在离开大成后都迅速找到了新工作，也就认命了，还有些人觉得这样闹事会很危险，担心自己的人身安全，也劝孟大成换一个温和一些的途径去和中发对话，但孟大成不同意，说："如果非得有人流血，那我就算第一个。"最后，忙活了一天却碰了一鼻子灰的孟大成只好回家了。

鹏飞在他家门口守了一天，看到孟大成回来，鹏飞就自我介绍，说是《深圳之窗》的记者鹏飞，想采访他。孟大成没有说话，打开房门径自就进去了。房子很旧，是深圳建市之后才建的小区，楼道四周都黑洞洞的。鹏飞站在门口敲门，心里想着要问的问题，怎样挖到最内幕的信息，不料门一打开，一盆水就泼了出来，端端正正地泼在他身上。门随即又关上了，房间里传出孟大成的喊声："滚，滚得远远的！我不相信你们任何媒体！"

鹏飞只好打道回府。刚走到楼下，就看到孟大成疯了一样冲出来，奔上自己的车就往外开。鹏飞见状，也开车跟了上去。

孟大成去的是学校。正是放学时候，门口很多人，都在等着接孩子。孟大成三下两下就挤到最前面，不停张望，却没找到女儿一一的身影。这时，有个小孩拉拉孟大成的衣角，递给孟大成一条红领巾："叔叔，有人让我把这个给你。"孟大成看到红领巾上女儿的名字，手直打哆嗦。他疯狂地在街上奔走，叫着女儿的名字："一一，一一！"

接孩子的人群开始散去，孟大成意识到女儿可能出了危险，正悲愤欲绝时，一一却突然从马路对面跑过来："爸爸。"孟大成悲喜交加，急忙奔过去迎接女儿，不料一辆车从角落里突然蹿出，直奔一一而去。一直跟着孟大成的鹏飞正在一一身边，眼疾手快，一把抱起一一，躲过一劫。

"谢谢！谢谢你！"从鹏飞手里接过女儿，孟大成感激地说。原来，孟大成在家里接到一条短信，说再搞事，就别想见到女儿了，所以他才慌张出门，也幸亏女儿安然无恙。

"孟大成，现在不是你想躲就能躲得了的。"鹏飞直言相告，"你在明，人家在暗，你现在除了借助媒体的力量，还有更好的办法吗？"孟大成思索良久，最终抬起头来："我接受你的采访，可你能保证我和家人的安全吗？"

"不能。但我可以找到能帮你的人。"鹏飞看着他，目光坦诚。鹏飞找魏东晓要了一套别墅，是万为地产新开发的一个楼盘，位置比较偏僻，周边还没开发，没人会注意到这里的住户。他告诉孟大成，可以住到那里去。

鹏飞带着孟大成一家赶过去的时候，魏东晓也在房子里，在茶桌边洗茶具，孟大成在媒体上看到过魏东晓的采访和资料，一眼认出了他。"魏总？"孟大成说着，扭头看看鹏飞，"你找的魏总帮忙？我这样的事，怎么敢劳烦魏总……"

"孟总是有担忧吧？"魏东晓直言不讳。

孟大成看看鹏飞，又看着魏东晓："我知道魏总的儿子是陈大尧在香港带大的，也知道一些你们的纠葛。我也知道你跟那个护着陈大尧的人的关系……"

鹏飞想说什么，魏东晓挥手拦住了。他将洗好的茶具摆好，倒上茶。红色的普洱澄亮剔透，在杯中打着旋儿，很快平静下来。魏东晓给自己斟了一杯，鹏飞和孟大成各一杯。"你这么想是对的。不过，我魏东晓做事做人的风格，想来孟总也有所耳闻，信与不信，住与不住，就看孟总自己了。"

孟大成看着魏东晓。魏东晓始终脸色平静。孟大成最终还是住了下来。没多久，孟大成就将老婆孩子打发回了老家，自己一个人住在这里。魏东晓知道后什么都没说。他明白孟大成心里有顾虑，担心后患，于是交代王三成和鹏飞，注意保护孟大成，也别让孟大成再去惹出大乱子。

王光明最近的烦心事比较多。孟大成的事刚平息，蔡伟基这边又出事了。

蔡伟基为了敛财，在星都大酒店的最高层开了个梦雅会所，做的是见不得人的皮肉生意，去消费的也都是些有头有脸的人物，生意特别好。这个主意是陈大尧给他出的。开始蔡伟基胆子小不敢干，陈大尧就拉上凌凌，给了她一些干股。有了凌凌，就相当于取得了王光明的庇护，蔡伟基才放心大胆地做了起来。这两年，这个会所给蔡伟基赚了至少几百万元。最近风头很紧，王光明让他避避风头，但蔡伟基舍不得把生意停掉，一则会所实在来钱快，二则想着有王光明撑腰，被查到也摆得平。

这天，会所里又是客满，莺歌燕舞、春光洋溢，不料突然冲上来一批警察，不由分说地控制了所有现场人员。蔡伟基赶紧躲到办公室给王光明打电话，让王光明无论如何救救他。王光明恼了，说："早就告诉你了，秦勤上任市委书记，第一把火肯定要烧的，现在出问题了才知道严重性，早干吗去了？"

"领导，您别生气，您说，现在我该怎么办，要是我这里出了问题，恐怕牵连的人太多！"蔡伟基急了，有点口不择言。

"蔡伟基，你这话是什么意思？"王光明怒斥。

"……领导，我没有别的意思，就是我蔡伟基犯的错误，我蔡伟基一个人扛，我不会连累别人！我只是请领导救救我！"蔡伟基急忙改口。

"这话还像个样子！"王光明平息了怒火，想了想，"这样，有些问题，你该承认错误就承认错误，毕竟也算不得大事情嘛！该接受什么样的惩罚就接受什么样的惩罚，这些都不重要的！是吧！"

"是。"蔡伟基答着。

"星都那里，你安排好人好好整顿，我保证，等你接受惩罚之后，星都还是你蔡伟基的嘛！"在王光明的安抚下，蔡伟基挂了电话，刚将王光明的通话记录删除，警察就冲了进来。

但王光明却再也睡不着了。他将身边的凌凌弄起来，追问她在梦雅会所里占的股份手续是否齐全合法，是不是足够隐蔽："可千万别让人家顺藤摸瓜了。"凌凌想了想："还好啦，有风险的地方当时都考虑过了的。""我跟你说，以后少搞那些违法乱纪的东西。"王光明说着，坐起身来，点了根烟。

凌凌见王光明不高兴，也起身来，将他手中的烟拿下来："不许抽，伤身体。"见王光明没理她，凌凌又晃晃王光明的胳膊，"人家这么做，也是有原因的嘛！"王光明表情严肃："没有任何理由可以破坏我的规矩。如果你下次再擅自做主，违反我们的约法三章，就别怪我不客气。"

当年，陈大尧为了拉拢王光明，天天带王光明去星都大酒店看演出。王光明开始并不买账，说这些表演全都是香港资本主义那一套。直到看凌凌表演民族舞，王光明才说，来点这种民族的，看上去很亲近、很舒服。下一次吃饭的时候，陈大尧就让蔡伟基拉上凌凌作陪，一来二去，王光明禁不住凌凌的主动进攻，终于躺进了凌凌的温柔乡。王光明知道陈大尧的为人，为了避免陈大尧借用凌凌胡作非为，就跟凌凌约法三章，绝对不能做违法乱纪的事，凌凌一一答应了。但陈大尧私下里又给了凌凌一些好处，让凌凌参与一些项目，这些，王光明都不知道。

见王光明的脸阴森森的，凌凌知道他是真恼了，就下了床，从包里拿出一张纸递给王光明："那，如果是因为它呢？"

王光明拿过来一看，是一张化验单，上面赫然写着"孕"！他的心狂跳着。没料到他王光明到这个岁数了，还能有自己的孩子！可不到一分钟，王光明的眼神就黯淡下去了。这个时候有了孩子，被上面注意了怎么办？最重要的是，他王光明还有几年好日子？可凌凌不到三十岁，以后日子长着呢，他走了，她一个人带着孩子怎么过？想到这儿，王光明心一横："不行！不能要，马上处理掉。"

凌凌哭了："所有人，包括你，都认为我和你在一起是因为你的地位。我不否认。可是我告诉你，我和你在一起，不仅仅是你有权有钱。我从十几岁起，老爸就进了监狱，我什么都得靠自己。自从认识你，我才有了安全感，你像一座山，让我有了依靠。你不知道这对我意味着什么，是天，是地，是我心里的全部。"

王光明有些动容，僵冷的表情松弛了："我老了，也快要退了。"凌凌拉着王光明的胳膊："我还年轻。这个孩子，我来养。"王光明脸色凌厉：

"别说了。明天，我让陈大尧找人安排。"凌凌毫不退缩地瞪视着王光明，眼含热泪。

王光明声音软了下来："省里抓干部抓得很紧，生孩子不是时候。"他眼里闪过一丝悲凉。凌凌没有再争辩。她一仰头，泪就顺着脸颊流了下来。凌凌抬手飞快地擦掉了。"好！既然你这么不待见我跟他，我也不惹你烦了。要我做手术，可以，我去香港做。"凌凌说完，冲出了卧室。

三天后，陈大尧跟王光明在酒店包间吃饭的时候，递给他一个信封，说办妥了，香港那边都安置好了。王光明打开，是一张香港圣玛丽医院流产手术的证明。"说是个男孩儿，可惜呀。"陈大尧不经意地说了一句，目光却留意着王光明的反应。王光明拿着酒杯的手一哆嗦，但他很快控制住情绪："凌凌还好吧？"

"凌凌的情绪很激烈，开始是死活不同意的，做完后一直在哭。我看，就让她先别回来，散散心，免得……"陈大尧晃动着酒杯，"再说了，你离婚这么多年，娶了就行了，你又何必这么逼着她。"

王光明将酒杯放下，良久，才抬起眼看着陈大尧："陈大尧，我不敢跟她结婚，你不知道什么原因吗？"陈大尧也看着王光明，随即笑了，给王光明倒酒："我们这样的兄弟，亲密无间，是你想多了。"

王光明冷冷地看着陈大尧："兄弟？我们是兄弟？从你拉我打牌再到澳门赌博，我就知道，我这辈子就捆在你手上了。你给了凌凌那么多好处，包括一些公司的股份，当真以为我不知道？我跟她结婚，我敢结吗？单说她这么年轻会让人注意不说，要是哪个人随便抓她一个把柄，给我来个举报之类的，我还活不活？"

"没那么严重。"陈大尧微微笑着，"凌凌是个有特性的女孩子，也很聪明，不如就让她在香港读读书，到时候再回中发，也能真正发挥作用。"

"嗯，你安排吧。"王光明声音有些低沉。又喝了会儿酒，他突然想起大成公司的事，问陈大尧处理得怎么样了。陈大尧轻松地说放心吧，都处理妥当了。"赚钱不怕，一定要守规矩。不能像老蔡一样因小失大。过去我骂了他多少回，就是不听，结果怎么样？你陈大尧最近几年也赚了不少，差不多就收收手。"陈大尧嬉笑着说行，放心吧，绝对不给你丢脸。

从蔡伟基被抓走，他的老婆就开始四处活动，找了一圈人都无能为力，最后找到了魏东晓这里，魏东晓让人去打听，知道蔡伟基一个人将所有事都扛下来了，要捞出来可不容易。蔡伟基老婆见魏东晓能打探到消息，觉得有门道，就一直求他，说，这么多年的朋友，帮帮忙啊。魏东晓很无奈，说："不是我不帮，是帮不了啊！他自己都认罪了，性质挺严重，也只能打点打点关系，让他在里头少受罪。"

魏东晓最近做了一个大举措，他决定砍掉集团今年给万为地产的专项资金。万为地产从创办初期，集团就每年拨付一定的资金给予扶持，目的是用来储备地块，但随着万为地产的发展，自有资金越来越充裕，整体运营基本不需要集团输血了，魏东晓遂提出停止拨付专项资金。他准备将这笔资金的一部分用于万为通讯的研发，还有一部分准备用在跟新港的市场争夺上。

王三成知道消息后，立即拉着辉仔来找魏东晓，希望他别那么狠心，不要把五十个亿的专项资金全砍掉。

"魏总，这是不合理的！我们的运营资金虽然可以自己保证，但拿地的资金还得集团来提供。今年仅仅在省内，我们就有五个项目同时推进，我们的资金预算中一直包括了专项资金。如果突然砍掉，万为房地产的资金链就会有问题。"辉仔对所有业务了然于胸，这是王三成拉他来最根本的原因。

"你们自己想办法呀，都长成大人了，还不想断奶，得养到什么时候？"魏东晓显然早就想好了如何堵他们的嘴，"万为地产已经在走上市的路了，不能还长不大，需要自力更生。"

"魏总，这五十个亿早进了我们的项目预算，到跟前了您来个釜底抽薪。我们怎么办？让工程停工？可一旦延误工期，会带来一系列连锁反应。到时候，银行和施工方一起来施压，万为地产就完蛋了。"王三成把后果尽可能说得严重，事实上也确实如此。

"不是我出尔反尔不管地产，而是通讯的资金问题更严重，我必须取舍。实在不行，你们把手里的几块地先让出去，回笼资金。"魏东晓将自己想好的办法说出来。

辉仔看看王三成，又看着魏东晓："魏总，杜总也同意您这么做？再说了，现在中发势头这么猛，我们稍一松懈，他们就会把我们压过去。"

魏东晓火了："做企业跟做事是一样的，左顾右盼，看这个想那个，永远也做不好，你们也记住，万为地产不要跟中发比规模。"

王三成跟辉仔从魏东晓办公室出来，转头就去找了杜芳。杜芳最近做起了公益，动不动就往养老院跑，跑遍了深圳市的养老院，还要去跑全省的，到处送爱心送温暖，对地产公司的事一点都不管了。

王三成哭丧着脸来找杜芳，说："杜总，您快回来主持工作吧，马上就干不下去了。"杜芳很纳闷儿，说怎么了？"明摆是亲生后养，我们好话都说尽了，五十个亿说不给就不给。"王三成说。

"没有别的办法？"杜芳看着两个人，显然，她已经听说了这五十个亿的事，"现在，你们的魏总一门心思跟新港斗呢。再说了，整件事都是他发起的，董事局也通过了，想再反复……"杜芳摇头。

"杜总，地产公司是您一手做起来的，您要不出面，我们……"王三成真的是急了，"不能眼看着公司陷入危难哪。"

杜芳想了想："辉仔，我记得三年前，我带你去北京拜访过一些地产研究专家，他们也一直把万为地产作为研究对象跟踪研究，你有没有想过再去跟他们去联系一下？"辉仔眼睛一亮："杜总你不说，我也正要跟你说，我倒是有个想法，就是不知道可行不可行。"

"有想法快说呀，哎呀，你这真是要急死人了。现在这样，就得死马当活马医，要不……那可是釜底抽薪哪。"王三成急切地说。

"这两年呢，其实我个人一直在关注这件事，还做了大量调查。根据专家提供的数据和我自己的分析，我做了一份文件，或许能找出一条路解决眼前的困境。"

"哦？你说说。"杜芳看着辉仔。"可以考虑变卖万为地产的上游项目，尤其是建材公司。"辉仔说。

"不可能。"王三成第一个反对，"建材公司经营都很好，利润也很可观，本来就没钱了，还要把赚钱的砍掉，蔡文辉，你脑子短路了吧。"

"王总，您听我把话说完。"

辉仔把自己的设想给杜芳和王三成说了一遍，杜芳连连点头，王三成也不吭声了。杜芳让辉仔把他的解决方案写成文档打印出来，她要亲自交给魏东晓看。

下班回家后，魏东晓第一时间就进了书房躲着，生怕杜芳也为五十个亿的专项资金来纠缠自己。杜芳找到书房，并不和魏东晓唠叨，只是将辉仔的文件交给魏东晓，说："你看看吧，后生可畏呀，如果实施到位，整个万为地产的资金问题就都解决了。"

魏东晓将信将疑，接了过来。

"你一定要认真看，辉仔的想法很有前瞻性，地产是集团自负盈亏、自主经营的子公司，我们有权在经营方案上独立做出决定。辉仔的数据，既结合了地产研究所的那些数据，又在房产市场做了实地调查，资料详尽，分析也很客观。我很认同这个方案。"杜芳说。

魏东晓这才认真看起来。杜芳煮了茶，给他倒上："企业做到今天，已经不是扩张就可以的了，相反，应该大量精减。否则，资金、人才、技术都跟不上，以后会出现越来越多的问题。"

"这是在饮鸩止渴。"看完了，魏东晓将资料放在桌上，"你是因为那五十个亿将我的军！""我没那么狭隘！"杜芳不高兴地说。"董事局不会通过这个方案。"魏东晓说。"那就不是你我说了算的！"

"你这是什么意思？"

"这个方案，我很认可，你魏东晓无论同意还是不同意，都要让大家了

326

解辉仔的这个提议。"

争论到最后，魏东晓发现自己说了半天都是徒劳，杜芳已经决定要将方案上报集团的股东大会，而且杜芳要求不只是股东参加，所有管理层也必须参加。

辉仔把自己的想法做成PPT给大家讲解："万为地产产业去周边化，把上游的建材公司出让，就能回笼超过八个亿资金。我们此举不仅仅是为了回笼资金，更不是单纯地为了解决眼前的困境，而是为了聚焦，将精力集中投放到物业管理等配套服务上，专注塑造全新的万为地产品牌，把过去以粗放式经营的物业公司进行精耕细作，全面进行品牌整合。万为地产的理念是'建筑有爱，无限生活'，要给客户提供'完美社区服务'，一旦售房与物业的产业链品牌化，将给万为地产带来巨大的发展空间。"

魏东晓提出异议："万为目前的资金问题，可以通过银行贷款等多种方式解决。上游虽然是粗放式产业，但利润可观。物业在目前的产业链里只是小打小闹，盈利模式在哪儿？而且，一旦万为地产开始抛售上游企业，会让人怀疑万为地产的资金链出了问题，带来意想不到的负面影响。"

一名股东说："我认同魏总的观点，一旦这些信息被不良者利用，对万为地产的影响会很大。"

魏东晓看向陈明涛。陈明涛直来直去："我支持这个方案！我们做出这个变革，起因确实是因为我们的资金有压力，但是，万为地产的品牌塑造计划早就应该开始了，未来地产的布局，一定是品牌化决定一切！如果我们现在还不着手做，五年内，我们很可能会被清理出局。我已经把这个方案的数据和分析都发到各位的邮箱里了。地产业不可能永远处在黄金期，我们要提前布局，做好迎接微利时代的准备。"

"我也支持这个方案，有办法总比把路堵死好。"王三成再次发声。
"那大家就对方案投票表决！过半就实施。"魏东晓说。结果，全体以9∶8的比例，否决了辉仔的方案。

辉仔垂头丧气，王三成跟陈明涛也很懊恼。魏东晓看着辉仔，突然笑了："蔡总，我跟杜总还没举手表决呢。"辉仔的眼睛亮了，看着杜芳。杜芳笑笑，举起手来，魏东晓也举起手来。辉仔笑了，王三成跟陈明涛他们也笑了。

杜芳、魏东晓将整个项目实施的操控权都交给了辉仔，于是辉仔跟王三成和陈明涛分头行动，每天接洽不同公司，谈判，一步步割掉上游产业链。

查贵祥最先得到消息，想起以前辉仔和陈大尧合作过，就约了辉仔出来面谈，希望通过辉仔了解内情，可辉仔只是客客气气地说套话，滴水不漏。陈大尧知道后笑了，说阿祥你还想打辉仔主意呀？早就应该省省了，他现在是死心塌地给万为卖命。但查贵祥也提示陈大尧："万为地产肯定是遇到了难处，才会想到切割上游产业链。本来是正常的买卖，但如果让买房客户知道了，肯定以为公司出了事，买房没保障……"

陈大尧没接话茬。他的心思在另一件事情上。昨天晚上，陈大尧刚刚知道，一份名为《中发集团和大成公司合作的调查分析》的内参被送到了秦勤手上，王光明亲自找陈大尧，让他尽快把事情处理妥帖，该给孟大成的钱赶紧补上，不要激化事态。把吃进去的钱再吐出来，根本不是他陈大尧的作风，而他也根本没把王光明放在眼里，有了凌凌和她肚子里的孩子，王光明必须跟他一条战线。

"孟大成那件事搞得动静太大了，得尽快把人找到。"陈大尧说。查贵祥有些犹豫。

"怎么了？有话就说嘛。"陈大尧看着查贵祥。"我找人查了，一个叫鹏飞的记者接触过孟大成，而且……这个鹏飞跟魏东晓关系很好，我怀疑……"

"你说魏东晓会参与？"陈大尧皱起眉头。

"不确定。"查贵祥说，"孟大成的家人也被保护起来了，现在看，鹏飞是肯定不会有这个力量的，孟大成已经落魄到了极点，如果不是魏东晓，怕也没有别人敢这么做。"

"要真是魏东晓，他就是多管闲事了。" 陈大尧想了想，"他这么闲就给他烧把火好了，公司经营不善这件事，还是应该让客户知道，不能让人上当吃亏呀。"

查贵祥笑笑："好的陈总，我马上就去办。"

第二天，《深圳特区报》上《万为资金链断掉，抛售上游产业弥补亏空》的文章就发出来了，其他媒体也纷纷跟进。

陈明涛看了有些担心："咱们这样真的行吗？我担心的是，照这样发展下去，全国的报纸、电视也会跟进，到时候只怕局面就失控了。这几天，银行、施工方都往我这里打电话，都打爆了。我快顶不住了。"

"魏总早就预见过了。不管它，按照既定计划，你马上去北京处理，等辉仔处理完华东片区的公司转让，我们三个在北京会合。争取在两个月内，把所有公司全部转让完毕，完成资金回笼。"王三成铁了心要做下去。

"好，我就是一杆枪，你们指哪儿我就打哪儿。"陈明涛笑着说。

地产公司管理层也产生了动摇，在会议上很多人都提出了质疑。魏东晓却岿然不动，说这都是可预见的，开弓没有回头箭，既然开始就走下去，把目光放长远，不能局限于眼前。

当晚，秦勤也给魏东晓打来电话："老魏，我看了报纸，你那里是不是遇到了难处？"魏东晓轻描淡写："您别看报纸上瞎写。""这可不是小事啊，水能载舟也能覆舟！万为房地产是深圳房地产的代表企业，希望你以大局为重，有什么困难，也可以跟我们提嘛。"秦勤提醒他。

魏东晓很感动："好的，秦书记，您放心吧，我们一定尽快解决。"

"万为跟新港，真的要这么斗下去？"秦勤说出了自己真正的担忧。

"老秦，孩子是自己的，我们可以心疼可以娇惯，但社会不会惯着他，市场的残酷，只有在生意堆儿里摸爬滚打才知道。"魏东晓语重心长，"所以，给我点时间。"

"行，我都明白了。其实梁老也跟我提过，说你有你的想法，但我看你们这情形，还是坐不住。"秦勤说完，自己也笑了。

329

彼时，为了打击新港，魏东晓单独开出一个办公室来，并挂起了横幅：XG垂直打击指挥部。XG就是新港的缩写。魏东晓除了让技术人员拆解新港的设备来获得技术资料外，还请了在知识产权的案件处理上很有经验的季律师过来，跟新港打技术侵权的官司。魏东晓亲自交代季律师："别管虾仔是我儿子的身份，准备一份最严厉的起诉书。"

被媒体报道后，万为地产抛售上游产业链的事态越发酵，影响越大，最后，魏东晓不得不接受媒体做了专访。他直接否定了之前媒体关于"万为地产资金链断裂"的说法，建议关注这件事的公众去看看万为地产近几年的财务数据。万为地产最近三年的资产负债率一直在50%以下，这在同行中是很少有的，也是万为地产的运营资金足够充沛的明证。魏东晓申明，作为资金密集型的行业，万为地产所做的战略调整不是因为资金短缺，而是对公司未来发展方向的调整，万为地产以后的企业定位是为客户提供全方位的社区服务，营造高品质的生活，而不是一家单纯售卖房屋的公司。

随着魏东晓的申明被广泛报道，公众的关注被带到万为地产提出的"完美社区服务"，媒体开始讨论什么是"完美的社区服务"。一场危机变成了一波万为地产的服务概念推广。

但万为地产还是受到了一些冲击。在"资金链危机"之后的一次深圳企业家座谈会上，万为集团和中发地产等三十七家商会协会和企业代表出席，王光明在大会上不点名地批评了魏东晓，认为企业负责人在企业发展的问题上过于草率，结果给企业形象带来不可挽回的损失。全场人都看着魏东晓，魏东晓面无表情，也不做任何表示。最后，还是秦勤上台发了话，说最近万为地产处在风口浪尖，但他们的举措得当，一直坚持以正向坦诚的态度面对媒体和公众。深圳是创新之城，我们深圳的企业，也应该敢于创新，要开行业之先河。

会后，秦勤又私下里给魏东晓打气："我看了你的采访，很好。面对困境，不慌不乱，方法得当，又主动和媒体合作，不回避问题，真诚坦率，善于营销，很有一套。毫不客气地说，万为的品牌不但没得到损害，反而得到了极大的提升。我看，前面那些负面新闻报道明明就是为万为地产做了推广广告嘛。老魏，这是不是就是你设计的？"魏东晓这回跳进黄河也洗不清了，连连摆手："你去打听打听，我们是一直捂着的，不知道被谁捅出去，而且上来就是这么多家媒体一起报道。能走到现在坐在这里，纯属侥幸。"看着魏东晓夸张的样子，秦勤嘿嘿直乐。

二十三　最重的打击，来自最亲的人

　　虾仔最近很辛苦，每天不是盯产品就是忙市场，还要跟进下一个研发项目，每天回家也差不多后半夜了。阿娇研究生毕业后就在大学上班了，工作相对自由也轻松，有空就去看杜芳，婆媳两个关系倒是越处越好。

　　新港新一代宽带接入产品研发成功之后，虾仔就给公司搬了家，换了一个宽敞气派的写字楼。就在他们庆祝乔迁之喜时，律师送来一份律师函，虾仔打开一看，傻了眼。原来，万为通讯在龙岗区法院起诉新港多项产品侵权，要求新港立刻停止新产品的研发并赔偿其十个亿的经济损失。

　　"嗨，前几天还被万为地产搞得焦头烂额，现在又腾出手来对付咱们了！说我们侵权了，拿证据啊。"虾仔冷笑。管管把文件递到虾仔面前："万为什么时候打过无准备的仗？估计证据早被他们搜集到了。虾仔，你想过没有，我们的核心技术确实出自万为，这次你爸从这里下手，我们也是提不出异议的。"

　　"不管了，该来的早晚会来，让他告吧，我们也找律师，申请强制许可。"虾仔将资料丢在一边。"万为这次请的是季律师，他打过的知识产权官司可是逢战必赢。"管管看着虾仔。

　　听到这个消息虾仔有些震惊："哦？看来老魏准备下狠手了。"他想了想，"该来的总会来的！现在最重要的是新产品调试过关，只要产品过了关，我就有办法对付万为。"

"你有什么办法？"管管不放心地问。

"你知道新门子一直在惦记咱们的新产品吧？如果我们把新品出售给新门子，那么新门子会有大量的相关专利来制约万为……"虾仔肯定地说。

"你想把产品签入新门子？我们的新品到了新门子手里，对万为的杀伤力有多大，你想过吗？"管管不可思议地看着虾仔。

"想过，到时候损失到底多大，我们得提前让魏总知道。"虾仔狡黠地笑了一下，让管管去找个熟悉的记者过来，放了新闻出去。

魏东晓已经盘算好了，这次新港绝对逃不出他的手掌心，看了新港公司为应对知识产权危机和通信巨头新门子高层接触的新闻，他判断这只是对方放出来的烟幕弹。麦寒生有些担心，万一新港真的将产品卖给新门子怎么办？魏东晓黑着脸说："那就让他们连卖给新门子的机会都没有，直接收网。"

当晚的电视新闻播出了麦寒生和季律师接受当地电视台记者采访的内容，公布正式向法院起诉新港公司的侵权行为，经魏东晓授意，季律师在发言中申明新港公司高管涉嫌窃取万为公司商业机密。这则新闻被杜芳看到，她接连给魏东晓打了三次电话，魏东晓都以在开会为由挂断了。晚上回家的时候，魏东晓一拖再拖，到了门口也不敢进，徘徊了好几圈，居然被加班回来的蚝仔碰上了，问他为什么不进去，魏东晓又支支吾吾，说散散步。蚝仔说："爸，我都知道了。"魏东晓这才干笑两下，说："我也是怕你妈跟我闹。"

"爸，我想不明白，出去创业是好事，您为什么非要这样打压他？"蚝仔说出心中的困惑。魏东晓还没回答，门开了，杜芳站在门口，阴沉着脸看着魏东晓。

魏东晓笑嘻嘻地就要往屋里走，却被杜芳一把抓住胳膊："说吧，你告虾仔涉嫌窃取商业机密罪？你这是要把儿子送进去吗？"

魏东晓赔着笑："虎毒尚不食子，这都是律师的套话，你怎么当真了呢？再说，这都是商业策略，你就别跟着掺和了。"

"你还知道是你儿子呀？那你为什么不在新港成立之初起诉，现在新

333

港发展起来了，你又这样下狠手……"杜芳急了，追着问，"反正你说不清楚，就别进家门了。"

魏东晓左右看看："你让左邻右舍或者小区散步的人看到，像什么样子嘛？"

"你还要颜面？我看你魏东晓早就把颜面这回事忘得一干二净了。"杜芳说着，不由得看了一眼门前的小路，使劲一拽，将魏东晓拽进家门。蚝仔偷偷笑了，也紧跟着进去。

杜芳声泪俱下："魏东晓，我跟了你半辈子，经历了这么多的苦和难，还有什么看不开的，对儿子的问题你就放一马行不行？我杜芳求求你。"

"妈，你别激动。"蚝仔劝慰。

"就是，你别激动。我这么做，也是因为新港已经破坏万为的战略部署了。"魏东晓将杜芳扶到沙发上坐下，接过蚝仔递过来的水放在杜芳手里，"蚝仔，你先去休息，上一天班也累了，你妈这里交给我。"

蚝仔在魏东晓眼光示意下进了卧室。

哭了一会儿，杜芳的情绪平静了一些："老魏，说不好听点，我们都是多半截埋土里的人了，把事业做多大赚多少钱不都是身外之物？还有什么比一家人在一起更重要？我就想一家人经常在一起，开开心心吃个饭，和和气气聊聊天，这点要求过分吗？"

"不过分，不过分。"魏东晓急忙说。

"阿娇眼看就到预产期了，你这样闹下去，我们还有什么脸去看孙子。"

"哎哟。"魏东晓轻轻叹口气，"我知道了，我保证，这件事很快就有结果，保证让你能看到孙子。"

杜芳打量着魏东晓："我知道你有你的打算，我就怕阿娇知道消息着急上火怎么办？"

"你放心吧，我已经给阿娇打电话了……"

杜芳不解地看着魏东晓，可魏东晓只是对她笑了笑。

房间里侧着耳朵偷听的蚝仔总算松了口气，悄悄拨通了贺曦的电话。从

334

网上看到新闻，贺曦就一直在担心，打电话给蚝仔问情况，怕魏东晓跟虾仔两人闹僵。电话里，蚝仔告诉贺曦，新港和万为的事应该很快有结果，贺曦也告诉蚝仔，恩贝资本在中国成立了公司，总部设在深圳，她马上就要回国了。蚝仔听了异常高兴，说："太好了，我妈的宝贝女儿可是回来了。"

次日，新港公司的客服电话响个不停，客户不停地打来电话，要求确认他们购买的产品不会因知识产权之争而影响使用，同时，大量的意向订单被取消。虾仔完全没料到会是这样的结果，想到自己放出消息和新门子合作，目前还不知道新门子那边会是什么反映。

"他们的亚洲区总裁原计划明天来深圳，现在也延期了。"管管说。

虾仔恨恨地："这个老狐狸！"

"很正常。"管管说，"他也疑心咱们不会真的和万为死磕到底，怕咱们拿他当枪使。"

"我说过要拿新门子当枪使吗？"虾仔恼怒地说。"没有没有，你当然没有直接说过。"管管点点头，"但是，现在很难办，虾仔，有没有想过，我们已经没了应对方案。"

虾仔没有说话，一直沉默着。

万为集团里，蔡红兵和麦寒生正在劝魏东晓收手，不能做得太绝，让孩子记恨一辈子。可魏东晓依然很冷酷："一个人不曾跌入谷底，就没有足够的承受力，就站不了高点。"

麦寒生急了："我觉得年轻人就应该有这种不服输的劲头，就像当年的你，如果当年你不坚持下来，会有今天的万为吗？""就是啊，魏总，要不我出面去和虾仔谈谈，如果他不同意收购，我们就入股也行……"蔡红兵出主意。

"不。"魏东晓摇头，"现在出面，他会狮子大开口的，你在他饿极的时候送块肉过去，他会毫不犹豫吞下去的。"他看着麦寒生和蔡红兵，"我的老伙计们，关键时候都要撑住！对待猎物要有狼的耐心和凶狠，既然要给他上这一课，那就上到底。"

订单大幅减少，新港的支出立刻捉襟见肘，员工开始离职，销售部和研发部每天都有人递交辞呈。这种情形也影响了互联网的士气，丁凯那边的人员看到公司动荡，也开始陆续离职。看着渐渐人去楼空的新港，自己完全束手无策。虾仔知道，新港真的濒临绝境了。

这天，上班时间到了，整整一层办公室里居然只有管管、丁凯和虾仔三个人。新装修的办公桌椅泛着清冷的光。三个人面面相觑。虾仔只觉得透心的寒冷。问题出在哪里呢？他虾仔不笨，至少不比大部分人笨；他也很努力，比大部分人都拼命。他也有专业，有技术，有想法。可是有什么用呢？到头来都是空的，空空如也的空。而所有这一切，只是因为他有一个叫"魏东晓"的父亲。在自己小的时候，他无视自己；好歹自己长大了，能自立了，他要控制自己给他干活；自己放弃一切逃出来了，他要不依不饶，置自己于死地。是自己的父亲，而不是别人，要置自己于死地，这个世间有什么道理可讲？人活着有什么意思？虾仔想了又想，怎么想都是死胡同。

看着虾仔一脸木然的样子，管管和丁凯不知道他心里在想什么，也不敢随意问。他们想拉虾仔出去走走，但虾仔却只摆摆手，说自己要坐一会儿。两人劝了半天，虾仔最后不再说话，也不再搭理他们。丁凯和管管只好先走了。天黑了，虾仔还是那样坐着，他忘了时间，也忘了回家，他仍然想不明白，明明自己胜券在握，到头来却输得如此狼狈。夜色让虾仔放下了防备，他哭了起来，在黑暗中任眼泪恣意淌着，顺着脸庞滴到身上。他完全沉浸在自己的悲伤里，甚至没听到魏东晓开门的声音和走进来的脚步声。魏东晓一步一步走过来，一个房间一个房间看过来，最后，他站在了虾仔办公室的门口，借着窗户透过来的灯光，看着半躺在椅子上的儿子。

父子两个谁也没有说话。良久，虾仔擦了下脸上的泪水，说："魏总，你赢了。"

魏东晓轻轻走进来，走到虾仔对面，看着虾仔。

"魏总打算收购新港，我想知道，你开的价码是什么？如果我不同意，您又将采取什么措施？"虾仔完全一副破罐子破摔的姿态。

"没出息的东西，你还是不是我魏东晓的儿子！"魏东晓最看不惯虾仔这副不争气的模样，一开口就忍不住训斥。

虾仔并不生气，他笑了起来，边笑边泪如雨下："我就是没出息了，作为魏东晓的儿子，出息有什么用？无论我怎么努力都逃不过你魏总的手掌心，以后我干脆就没出息好了。有人告诉我，我什么都不用干，只要听魏总的话就什么都有了。因为魏总喜欢独裁，不喜欢不听话的儿子！"

"谁说的？把他找过来，我要跟他当面对质！"魏东晓说。

"所以，干脆就听话好了，听话了，有的赚也有的花……"虾仔话还没说完，魏东晓一个耳光打了过来。

"你打我！"虾仔冷笑着，"你凭什么打我！"

"就因为我是你爸！"魏东晓指着虾仔的鼻子，"我告诉你魏斯坦，无论你说什么，你都脱离不了你魏斯坦是我魏东晓儿子的事实！"

"那你就可以打我，那你就可以主宰我的一切吗？"虾仔站起来，对着魏东晓吼起来。

"对！我今天打你，是因为你浑！你可以说我对你苛刻，不近人情，说我霸道，不给你机会。但是，你绝能不能否认我对你的期望。"魏东晓看着虾仔，一字一顿地说，"我希望你超过我，取代我，所以，我才一次次磨砺你。你以为自己有技术，就可以想成功就成功，可是如果没有我对你的纵容，我当初在新港刚成立的时候就封杀你，会有新港的今天吗？你用做互联网的名义从万为拿到了投资，回头就做通信与万为为敌，如果你不是我魏东晓的儿子，我会轻易放过你？即使这样，你还把我当对手！当仇人！说我霸道！说我独裁！"

虾仔不说话，坐着默默地擦眼泪。

魏东晓走到虾仔面前，扶着他的肩膀，放慢了语速："儿子，爸这大半生可以说都在战斗，从当年参加初建深圳，到创办万为再到现在，哪有一刻清闲过……我忽略了你的很多感受，对你没有尽到一个做父亲的责任，对你妈妈没有尽到一个做丈夫的责任，可在我的心里，你们都是我最爱的人……"

虾仔怔怔地看着魏东晓。

"我心底一直希望能在未来将万为交给你来打理,你跟我是那么像,我相信你一定能成为优秀的接班人。可是你的自负和执拗也让我意识到,你需要磨炼,需要真正的逆境。"魏东晓使劲抓着虾仔的肩膀,"我很高兴,儿子,在那样的绝境里,你一直在努力,想各种办法解决问题,你能够应对那种情况,这是我没有料到的。一个合格的企业管理者,必须有全局观,有应对各种危机的能力,说真的,后来我也有点怕了,万一你这个对手强大起来,复制一个万为出来,我这个当老子的就没面子见你了。"

这父子俩第一次这么近地在一起说话,也是第一次这么亲近地说话。这个时候,虾仔才意识到,父亲一直都是爱自己的,只是,他的表达方式自己不曾理解。刹那间,所有横亘在父子间的怨恨都消失殆尽。"爸……"虾仔眼含着热泪,向后退了一步,弯下腰去,向魏东晓鞠了一躬。魏东晓笑了,张开双臂,扶起虾仔,紧紧拥抱着这个倔强的儿子:"你长大了,儿子,我很骄傲。走吧,我们回家。"

家里,杜芳和阿娇一起张罗好了饭菜,可魏东晓发信息说在路上,让她们等他一会儿。蚝仔关心地问:"嫂子要不要先补充下能量,免得侄子不高兴了踢肚皮。"阿娇笑着说:没关系的,他很乖。就在这时,魏东晓和虾仔同时走了进来,杜芳和阿娇又惊又喜。

蚝仔迎上前:"爸,哥,你们怎么……"他看了一眼魏东晓的表情,住了口。等魏东晓走过去了,蚝仔又冲虾仔做着询问的表情,虾仔却只是笑笑,并不回应。

"老魏,你们唱的是哪一出?"杜芳问。

"妈——"虾仔一开口,声音就哽咽了。魏东晓在沙发后头拍拍虾仔肩膀:"都过去了,过去了。"杜芳眼眶湿润,看着魏东晓:"老魏……你们,真的好了?"魏东晓故意板起脸:"我不是答应过你吗?我答应过的话,什么时候食言过?"杜芳高兴得直抹泪:"看你们父子俩能这样,我

338

也就满足了。"

阿娇握住虾仔的手，温柔地看着他。蚝仔揽住杜芳的肩："妈，咱们一家人，终于坐在一起了。"杜芳连连点头。

突然，阿娇脸上的笑容没了，手捂着肚子："不好，好像……好像要生了。"阿娇一把抓住虾仔的胳膊，"虾仔——怎么办，怎么办？"虾仔也吓坏了，紧张万分："要……要生了吗？"

所有人中只有杜芳最冷静，她像将军一样指挥着：魏东晓准备钱，去把车开到别墅门口，蚝仔到哥哥嫂子家里去把他们已经装好的产妇包拿上送去医院，虾仔则跟杜芳一起将阿娇扶到门口。上了车，一家人浩浩荡荡地奔向医院。

深圳医院妇产科产房外，魏东晓、杜芳、虾仔、蚝仔都在焦急等待着。虾仔不安地来回走动，弄得魏东晓也很紧张，说你别来回走好不好，我看着都要头晕了。杜芳笑笑："没事的，没事的，女人生孩子是一大关，也是最正常的，一代代人就是这么过来的，何况现在医疗条件这么好。"

"我宁愿阿娇生个儿子，千万别是女儿。"虾仔念叨着。蚝仔眼睛一瞪："哥，你重男轻女。""不不，我其实想要女儿，贴心小棉袄，你看妈跟阿曦就知道了，几年不见面，但最惦记妈的还是阿曦。可我听到阿娇叫得撕心裂肺的，我……我可不希望我的女儿将来也要承受这些。"虾仔说完，咧嘴想笑，可终究没笑出来。

"那就对阿娇更好些，多关心她。"杜芳说。虾仔点点头，又看里头："怎么还不出来……"手术室里突然传出响亮的啼哭声。

"生了生了，生了——"虾仔兴奋地叫着，凑到门口去张望，见有护士出来，急忙问："我老婆怎么样，我老婆还好吧？"

"很好，只是有些累，需要休息一下。"护士说着，将孩子也抱了出来，"六斤六两，男孩。产妇家属，谁来跟我签一下字。"

虾仔率先抱过孩子，却见那孩子也睁着乌溜溜的大眼睛看着自己。虾仔突然哭了——那一刻，他更理解了父亲对自己的爱。"看看，你爸都高兴哭了。"杜芳说着，从虾仔手里抱过孩子。她多年不曾抱孩子，手势显得很是生疏。

虾仔签好了字。

杜芳满脸喜悦地看着孩子："像虾仔，跟虾仔小时候一模一样。"她抬头叫魏东晓，"老魏，快来，快来看看我们的孙子，我们有孙子了。"魏东晓看着那稚嫩的婴儿，甚至不敢伸手去抱，只是傻傻乐着。

"爸妈，看你们，比我哥还激动——"蚝仔打趣着他们，也禁不住凑过去看着宝宝，"叫叔叔，叫叔叔。""他这么小，怎么会嘛。"杜芳笑着说。

虾仔跟魏东晓几次谈判之后，以3.5亿元将新港的技术出让给万为集团。技术出让后，管管和丁凯继续负责新港的互联网板块，完善大圣软件，布局社交领域，虾仔则带着技术部员工进入万为，将技术与万为研发团队进行对接，开启新的研发项目。

从2004年到2005年，对万为集团来说是非常关键的阶段，万为地产上市了。虾仔再次回到万为工作，这一回，魏东晓相信他可以担起重任了。孙子魏特西的出生，给这个家带来了无尽的欢乐，为了让魏东晓和杜芳多跟孩子相处，虾仔夫妇特意住到了魏东晓的别墅。这段时间对魏东晓来说，看着小家伙慢慢成长，从咿呀学语到蹒跚学步，是他最开心的事了。

孙子的出生也让魏东晓更多关心起家人来，时不时给杜芳买件首饰或是礼品，有时候担心虾仔忙于工作忘了送阿娇，他就买上双份，老婆儿媳一起送。

这天，魏东晓在茂业百货给魏特西挑完礼物出来，忽然看到了一个熟悉的人影走向一辆面包车，跟他同时上车的是个彪形大汉。魏东晓想了片刻，便记起来那是孟大成。孟大成在魏东晓提供的别墅里住了几个月，突然就失踪了，魏东晓派人四处打听也没有音信，鹏飞那里也没消息，后来忙起来，就将这件事放下了。谁知现在这个孟大成又出现了，看他神色匆忙的样子，魏东晓心想：会不会又有什么事发生？

想到这里，魏东晓就给王三成打了电话，问有没有大成公司的消息。王三成说："魏总，您猜对了，刚刚大成公司的会计王涛被抓到了，听说是孟大成从泰国找到送去公安局的。"魏东晓眉毛一挑："都交代了？"王三成说具体还不清楚，我再去打听打听。

王涛投案，让陈大尧很紧张，安排查贵祥赶紧去找王光明。王光明气急败坏，冲查贵祥直吼："陈大尧他妈的胆子太大了！我让他把大成公司的钱吐出来，他却背着我一口吞了！现在孟大成把跑去泰国的会计找回来了，这个人可是全程参与了大成公司破产的全过程。现在他去投案自首，有了人证，中发还想脱了干系？"

"所以，陈总让我找王市长您想想办法，解决这个问题。"查贵祥笑眯眯的，不慌不忙。

"找我？昨天要不是我通风报信，他陈大尧能躲起来避风头？"王光明越发恼火。

"陈总说了，您一定能做到，只要您想办，就一定能办到。"查贵祥还是不紧不慢的语气。

"混蛋！你们把我当什么人了！"王光明瞪着查贵祥。

"王市长，我们把您当贵人，陈总一向很尊重您。凡是您的事，他都办得妥妥帖帖的。"查贵祥说着，拿出一个信封，"陈总让我把这个交给您。"

王光明接过来，不耐烦地皱着眉，打开一看，傻眼了。那是一张2005年玛利亚医院的出生证明，婴儿性别是：男，名字叫王晓光。母亲名字一栏填的是李凌，父亲一栏是王光明。

"这怎么可能？"王光明看着查贵祥，"凌凌不是做掉了吗？"

"陈总知道您舍不得孩子，就安排凌凌小姐一直在香港待产，生下孩子后，他把他们母子俩照顾得非常周到。我们中发地产从孩子出生起，就让凌凌持有了一定股份，这是陈总为孩子盘算好的。"查贵祥将实底说出来。

王光明异常愤怒："陈大尧这个混蛋！"

"只要证人改口，这个案子也就无从查起了。"查贵祥说，"孩子一岁多了，特别可爱。等您处理好了这里的一切，他自然就可以带着凌凌和孩子回来。"

王光明阴沉着脸："这件事没这么简单，你告诉陈大尧，别想摆布我，否则，我要他吃不了兜着走。"查贵祥嘴角掠过几丝冷笑，语气却依旧谦和："是，是，是！"

查贵祥和王光明分开后，马上向陈大尧做了汇报。陈大尧冷笑着："凌凌母子在我手里，由不得他高不高兴！"随后安排查贵祥一定打点到位，摆平王涛。

很快，王涛就翻了口供，说做的都是真实的账目记录，没有假账。警察问他为什么开始说做假账，他说是自己在泰国赌钱输了，正好孟大成找到了他，答应只要他说自己做的是假账就帮他还债，他才同意回国。办案人员面面相觑，不知道为什么刚刚有了眉目的案子突然变成了乌龙案。

王涛被放出去的当天，就从查贵祥那里拿到了五十万元，查贵祥告诉他，永远都不要再回深圳。王涛事件后不久，还差几个月才到退休年龄的王光明主动向组织申请了退休。他是经过深思熟虑的：只要他王光明还在这个位置上，就少不了被陈大尧牵着鼻子走，他退下来，就能安心跟孩子在一起，享受自己的亲子时光。陈大尧将凌凌母子在香港的住址告诉了王光明，表示他随时可以去看他们。王光明轻轻一笑："别枉费心机了。我已经退了，帮不了你什么了。"陈大尧也笑了："非也！您虽然退了，您的人脉在那里，尤其现在进了深圳市地产协会做了会长，还是有一定影响力的。"王光明没再说什么，他也想好了，要尽快将凌凌母子从香港接到深圳，这样就能每天看到他们了。

2007年，因次贷危机引发的金融危机从九月开始在全球蔓延，尽管冬天还没来，但寒冷的气息已经蔓延到了各个行业。万为通讯受影响很大，魏东晓让蔡红兵和麦寒生共同把控，紧锁边际成本，并亲自参与制定了未来两年的集团规划。

2008年的元旦在寒冷中到来，为了活跃气氛，魏东晓把全家都叫回来聚餐。他还特意给贺曦下了命令，必须回家过年。贺曦满口答应，她早回深圳工作了，可依然满世界飞，很少时间留在深圳。为了魏东晓的命令，贺曦特意提前结束了美国的会议，飞回深圳与家人一起过年。

傍晚，家人都到齐了，魏东晓、杜芳、贺曦、虾仔、蚝仔、阿娇一起举杯："新年快乐！"大家碰着杯相互祝福，不到四岁的魏特西也从椅子上站起来，举着水杯跟左右两边的魏东晓和杜芳碰杯，嘴里喊着"新年快乐"，大伙儿都笑了，说魏特西新年快乐，魏特西高兴得笑眯了眼睛。

"看看，这才是过年的样子，就要这样一家人团团圆圆的。"杜芳笑着说，"阿曦，你最不听话，既然跟大卫还在处着朋友，为什么不把他带回来？"

"他最近不在深圳，"贺曦乖巧地说，"等下次我把他带回来让大家看看。"

杜芳故意装出生气的样子："下次下次，你们俩的事差不多就办了吧。看看你哥跟你嫂子，进进出出两个人多好，我们也放心。"听到杜芳的话，虾仔和阿娇很配合地做甜蜜状，贺曦和蚝仔向他俩直翻白眼。

"已经老大不小了，你们要结婚在国外办一场，在国内也必须办一场，我和你魏叔叔就是你的父母，我们给你操办，风风光光嫁女儿……当年我嫁给你魏叔叔的时候没有什么婚礼，就对着毛主席像鞠了个躬，他一张床，一床部队带过来的被了就把我娶了……然后赶紧生孩子，趁着我还有精力帮你照顾孩子。大卫一回国，赶紧让他上门见我和你魏叔叔，定你们俩的事。"杜芳不依不饶地说着。

"芳姨，别着急，我这是跨国婚姻，怎么也得商量好了再确定。我看，您有空还是先催催蚝仔到底有没有女朋友吧。"贺曦将导火索引到蚝仔那里。蚝仔眼睛都瞪圆了："我白给你夹菜了！居然出卖我。"大家伙儿都笑了。

"你们啊，都年轻，忙事业的忙事业，等忙到我们这个岁数就会知道，没有什么比亲情更重要的了。"杜芳说着，目光在贺曦跟蚝仔身上打着转。

"爸，你也不救救我们，看我们在水深火热中还笑。"蚝仔逗魏东晓开心。

魏东晓笑了："你们都听你妈的，什么都没错。"说着，魏东晓也举起杯来，"来，咱们全家一起敬你妈一杯，里里外外都是你妈在张罗，很辛苦，不容易。"

杜芳喜不自禁，接受着大家的祝福。大家酒刚喝完，有辆车徐徐开到门前，车门打开，走下来的居然是陈大尧。他手里拎着礼品，走向门口。

"是尧叔。"蚝仔率先认出来，急忙迎出去。

魏东晓跟杜芳相互看看，魏东晓的表情看不出是高兴还是不高兴，倒是杜芳拉了他胳膊一下，低声叮嘱他高兴点。

"尧叔。"蚝仔迎接着陈大尧，接过他手里的东西。"哎呀，看看，我一直想着要早到，没想到还是来晚了。"陈大尧高声说着。

魏东晓依然还站在门口，看着杜芳带着家人迎上去。

"我让蚝仔喊你，你也没具体说来还是不来，看看，我们都开始了。"杜芳说着。"没关系。我来就是和大伙儿热闹热闹。"陈大尧走进来，看到魏东晓，微笑着向魏东晓伸出手。

魏东晓看着陈大尧，伸出手去，同他握手。"东晓，魏总。"陈大尧故意两只手握着，可却并不用力。一行人进入客厅，魏东晓招呼："大尧，难得过来，来，坐坐坐。"陈大尧在魏东晓旁边坐下，正是刚才魏特西的位置。

杜芳不动声色，坐到了魏东晓另一边，招呼着："来，大尧来得晚，我们再一起跟大尧喝一杯。新年了，祝我们大家生活都顺顺利利，身体健健康康，事业红红火火！"

大家一起喝完酒。蚝仔刚给陈大尧倒上，虾仔端着酒杯走到陈大尧面前："陈总。""陈总？不是该叫尧叔吗？虾仔你是不是还记恨我？"陈大尧抬头看着虾仔。

虾仔并不回答，自顾自说着："当年，我进入中发，打死都没想到会是尧叔您的公司。我拼了大力气做的东西，却被您拿来对付我爸。"虾仔显然有些醉了，他甩开想要拉他胳膊的蚝仔，"所以我觉得，尧叔您高明。您都决定转向房地产了，还跟我的亿为实验室续签合同，最后将我们卖了个好价钱，卖回给我爸……"

陈大尧努力在脸上保持笑容，可笑得很僵硬。

"哥。"蚝仔看不下去了，"今天这么好的日子，说这些干什么……"

陈大尧却站起来，看着虾仔："虾仔，我们之间怕也有误会，其实，事情真不是你想的那样……""没有其实，只有事实。"虾仔不依不饶。陈大尧笑笑："你要这么说，尧叔这酒就不能跟你喝。""尧叔，你要不喝，就是不给我面子，也就是默认了当年你的所作所为。"虾仔盯着陈大尧。当年那样被陈大尧玩弄于股掌之中，虾仔一直憋着一口气，今天，说什么都要一吐为快。

蚝仔急了："哥，你什么意思？你不能这么跟尧叔说话。"

"他是你的尧叔，可不是我的。"虾仔白了一眼蚝仔。

蚝仔站起来，怒视着虾仔。

虾仔也看着蚝仔："我说的都是实话。他养你，你感激他，可你别忘了他是怎么把你带到香港去的！"

"虾仔！"这一次制止虾仔的是杜芳。

阿娇走过来拉拉虾仔的胳膊："虾仔，酒是要慢慢喝的，尧叔还没吃几口菜，你也别急。"虾仔却如同没听见一样，看着每一个人："为什么？为什么对过去你们都三缄其口，好像提了就会心口插刀一样。"蚝仔恼怒地盯着虾仔："哥，你再说下去，别怪我不客气。"虾仔闻言，一把拽住了蚝仔的衣领。贺曦跟阿娇都急了，过来一个拉虾仔一个拉蚝仔。

"你们两个是做什么？大过年的，闹什么脾气！"杜芳急了，大声数落兄弟俩。没见过这种场景的魏特西"哇"一声哭了。

"你们还吃不吃，吃就好好吃，不吃歇着去吧。"魏东晓发了威。虾仔立即不再说什么了，蚝仔也不说了。阿娇拉着虾仔："特西困了，走，我们让特西睡会儿。"阿娇说着，抱起腿边的魏特西，拉着虾仔回了卧室。

蚝仔没说话，一屁股坐在椅子上，把杯子里剩下的酒一饮而尽。看看冷落的场面，杜芳有些过意不去，招呼着："大尧，来，坐。年轻人有年轻人的安排，咱们慢慢吃，慢慢喝。"

魏东晓也主动举起酒杯："大尧，我们喝一杯。"陈大尧也举起杯一口喝了，放下杯子说："早知道今天会这样我就不来了，你们看……"

"其实，我应该感谢你的。"魏东晓说，"你将蚝仔养这么大，还养这么好，最重要的是，谢谢你让他回到我们身边。"

陈大尧笑了笑，只是笑容有些凄苦。"爸，尧叔，你们别喝那么急。"蚝仔看看陈大尧又看看魏东晓。魏东晓拿着酒瓶，又给陈大尧倒上酒："大尧的酒量我知道，这点酒算什么。当年他把我灌醉了，自己不还没事人一样去逃港。"一边说着，一边把自己的杯子倒满了酒。

陈大尧看着魏东晓："东晓，我知道这些年你心里一直怨我，也恨我，可你去问问当时逃港的乡亲们，我陈大尧有没有逼着他们去？"

"我不怪你鼓动他们去逃港，我是怪你不该在那晚灌醉我，让我没机会去拦下乡亲们，拦下东旭他们两口子……"魏东晓看着陈大尧，当年的场景历历在目。

"我……我也没想到是那样的后果……我做梦都经常梦见那夜的场景，梦见大逃港时死去的乡亲，梦到他们在大海里喊，叫……可我无能为力，人在那个时候，都是先要自己活命的……"陈大尧说着，神情很是悲伤。

"你活命了。哼，为了你那个无耻的念头，你害死了多少人！"魏东晓看着陈大尧，眼神中尽是鄙夷。"老魏！"杜芳拦着魏东晓，"过去的，咱们就不提了。"

陈大尧没说什么，一口喝干了酒："我对不起你，对不起阿芳，我对不起那些乡亲……"魏东晓拿起酒瓶倒酒给陈大尧："看看我们现在的日子吧，那个时候想破天都想不到啊，他们要是还在，那该是什么样……"魏东晓的眼圈红了。陈大尧也抹起了眼泪："报应，报应啊！当年为了逃港，没能送我爸最后一程，我这辈子就活该孤独终老。"

"尧叔，你说什么呢，有我在，你不会的。"蚝仔抗议。

"是啊，大过年的，别说这些了，不要想那些不开心的，有蚝仔在的嘛。"杜芳安慰陈大尧。"是，蚝仔，还有蚝仔。"陈大尧看看蚝仔，"我……真得谢谢你们，要没有蚝仔，当年，我就被人砍死在香港了。那些年，每次想到家里还有蚝仔等着我，我拼了命也要回家，我没想过他是你魏东晓的儿子，我想的是，我是蚝仔唯一的依靠，蚝仔是我唯一的寄托，我不能不回去……"陈大尧泪流满面。

杜芳的眼圈红了，魏东晓也动容了。贺曦看看悲伤万分的蚝仔，拍拍他的手背。

陈大尧拿起酒杯："我是个不孝子啊，不孝子！东晓，这杯我敬你，我知道是你魏东晓送的我爸最后一程，这么多年，我才跟你说声谢谢……"陈大尧泣不成声，一口喝掉了酒杯里的酒。

"尧叔，别喝了，伤身体，您心脏不好，我扶您到客房歇会儿吧。"蚝仔说着，就要扶陈大尧起来。陈大尧慢慢抬起头，环顾着魏东晓的家："客房……客房……我也只是个客呀。我……我还是回我自己的家，我要回家。"陈大尧说着摇摇晃晃站起身，跌跌撞撞往外走。

"大尧，你想多了。"杜芳追着说。"不，我要回家，回我的家。"陈大尧坚持着。蚝仔看看杜芳，杜芳点了点头。他扶上跌跌撞撞地往外走的陈大尧，陈大尧一下大力地甩开，蚝仔一下没站稳差点摔倒，再次追了上去，一直将陈大尧护送到家里。

二十四　那些回不去的从前

元旦后不久，南方多个城市遭遇寒潮，多地出现雪灾，高速路面结冰，导致多起事故，也将无数的车辆困在了高速上。

由于交通物流的原因，万为通讯很多产品发不出去，有的产品虽然发出去了，却一直都在路上，无法及时送达，客户纷纷来电投诉。魏东晓当即命令售后服务部门：只要货物延迟到达客户手中，不论什么原因，万为通讯都承诺作出相应补偿。同时，所有售后服务人员24小时在岗，一旦基站出现问题或线路断点，技术支持人员必须第一时间回应客户，尽快维修，力保每个客户的满意。

杜芳也没闲着，从看到新闻开始，就让辉仔将售楼处和空房子提供出来给路人取暖。现在辉仔已经成了真正的蔡总，魏东晓和杜芳商议后，将整个万为地产都交给他打理，辉仔也不负众望，将业务打理得有声有色。

寒潮过去，天气逐渐回暖之后，整个国内的经济形势却一路低迷，尤其是房价，一下跌了下去，很多想要买房的人都成了观望者，许多房屋中介也一夜之间关门大吉。王三成一直在售房一线，眼前的境况让他很担忧：成交量相比去年同期下跌了60%多，高价时买房的业主现在想退房，很多客户不停地来公司交涉，还有很多混在其中心怀叵测的闹事者。

王三成让辉仔赶紧想办法，辉仔只是摇头。除了努力维持稳定，不出乱子之外，别无他法。当下辉仔最烦恼的，不是客户的投诉，而是资金无法按时回笼，银行贷款也不到位，让新建的楼盘时时处在"断炊"的风险中。一旦营运资金出现断裂，将直接导致新楼盘的建设半路中止。就在这样火烧眉毛的时候，香港一家名叫辰弈的地产公司找上门来，说，很看好万为地产的新楼盘项目，希望能够参与投资合作，并且一加入就投四十个亿，占总投资比例的40%。这可真是天上掉馅饼，一下子解了燃眉之急。辉仔很高兴，赶紧在公司开会通过合作议案，把合作协议签了下来，然后安排新楼盘按部就班地施工。他和万为地产的人都不知道，辰弈的注册法人最初是林忆抒，林忆抒去加拿大之后，辰奕就由陈大尧掌控了，后来换了公司的注册人，所以外人根本不知道辰弈公司和陈大尧有关。

在这样的寒冬，万为集团士气并没有受到影响，上下一条心，内稳员工稳投资，外稳客户稳市场，但整个市场的萎缩，让以前蒸蒸日上的通信业务也被波及。

虾仔看在眼里，急在心里。在仔细比对多家同行的产品之后，他认为万为通讯的产品更有竞争力，但需要市场部门好好斟酌销售方案。虾仔提出了具体的调整建议，为此还跟市场部门发生了好几次争执。市场部各片区负责人都是万为的老员工，对于虾仔的调整建议并不接受，他们叫苦连天，认为业绩下滑都是因为金融危机所致，而在这样艰难的环境下，万为还能有增长，已经是业内奇迹。但虾仔十分坚持，他认为，以帮客户减少设备投资为原则，再以升级和解决方案为现阶段的主要收益渠道，同时以帮客户降低成本来发展新客户，这个调整才真正让万为产品充分发挥了自己的技术优势。

魏东晓仔细考量了虾仔的调整建议，面对市场部全部老员工的反对，义无反顾地支持虾仔，让市场部进行销售策略的整体调整。

为了激起市场部新员工的斗志，虾仔拿出自己在万为通讯的股权为筹码，拿出一半股权用作销售团队的业绩奖励，结果当月销售额就提高了百分之三十。顶着巨大压力的魏东晓终于松了一口气。他也从虾仔的方法里受到启发，在不牺牲原有持股员工利益的情况下，股权激励确实有意想不到的效果。

　　看着儿子逐渐挑起大梁，魏东晓很欣慰。现在，万为在国内市场有了保障，魏东晓又把眼光瞄向了国外。他一直有个梦想，就是将自己的产品卖到全世界去。万为在东欧市场的销售情况不错，美国市场却始终打不进去，朗南一直处在垄断的位置。他准备找熟悉美国市场的国外团队来合作，让蔡红兵安排专人去搜集相关信息。

　　魏东晓在计划进军美国市场的同时，杜芳在董事会上提出了做养老社区的规划。开始，魏东晓以为她是说着玩儿的，毕竟这几年她都没有主抓万为地产的业务，更多的精力用在了公益事业上。可是，当杜芳将一大摞可行性分析报告放到会议桌上的时候，魏东晓知道她是铁了心要做这件事了，更让他想不到的是，其他董事会成员看了杜芳的规划后，都很认可她的方案。

　　杜芳说干就干，从辉仔手里要了几个人，成立了一个专做养老社区项目的公司。要完了人，杜芳又跟辉仔要地，辉仔将所有没有规划的地块资料都给了杜芳，让她选择。杜芳不肯，看了尚未规划的地块，又要看已经初步规划了的地块，回来就跟辉仔要梧桐山的地块。辉仔笑了，说："杜总，您能不能别为难我，那块地的规划早下来了，投资方眼看就要到位了。"杜芳听辉仔这么说，也不好勉强，就选了另一个地块。这个地块需要从项目报批开始，全部流程走下来，到真正推向市场预计要五年左右。杜芳觉得也没问题，现在很多人还没意识到养老社区的空缺有多大，估计要过上几年，随着老龄化人群增大，才会有越来越多的人关注养老问题，这正好给她足够的时间安排这个项目。

　　魏东晓对杜芳的提议很认可，让杜芳按照自己的想法放手去做。眼下他最关心的事，是寻找美国的合作团队。经过层层筛选，蔡红兵最终确定了由美国路宇通讯公司负责万为通讯在美国市场的开拓。路宇通讯很快派了代表过来与万为通讯对接，据说项目负责人是一位既有中国背景又对美国市场特别熟悉的人。海外推广部将所有资料准备齐全，给魏东晓一一过目，确认面见洽谈的各个环节。

路宇通讯的代表团来了。负责人竟然是潘雨。麦寒生和蔡红兵一见都惊呆了。潘雨带着助手Martin落落大方地跟蔡红兵和麦寒生握手。当一行人进入会议室的时候，魏东晓也愣住了，他在座位上怔怔看着，以为自己看花了眼。

"魏总，潘小姐是路宇通讯派过来的代表团团长。"蔡红兵打破沉默。潘雨微笑着走到魏东晓跟前，魏东晓从座位上站起身。

"好久不见，魏总。"潘雨伸出手。

魏东晓这才回过神来，急忙伸手跟潘雨握手："好久不见。"魏东晓注意到，潘雨的左手无名指上戴有钻戒。

"这是我的助手Martin。"潘雨介绍，"他是我最好的搭档。"Martin跟魏东晓握手，魏东晓客气着，眼光还是不自觉地看着潘雨。"魏总，还在吃惊呢？"潘雨看着魏东晓。魏东晓笑了一下："是，一直都期待着跟路宇合作，却没想到派来的代表是你。""我也没料到。"潘雨耸耸肩，"我是在三天前接到Boss的指示，从丹麦的一个项目中抽调过来的，我想他或许认为我是中国人，更懂得如何和你们做最有效的沟通。"魏东晓点点头。

"那……我们就不要多耽误时间了，如果人到齐了，现在就可以开始会议。"潘雨提议。

万为通讯的市场部、海外推广部、广告部、策划部以及技术部等各部门负责人均已到场，潘雨落落大方地走到前台，打开PPT开始做背景介绍，从万为通讯在国内国外的市场情况到在美国市场的尴尬现状，从美国市场开拓布局规划到服务的细微环节，都阐述得清晰明了，同时提出以中老年人市场为切入点逐步开辟市场的方案。方案的每一步都对最大的敌手朗南可能的反应作了预计，并提出了相对应的措施。魏东晓很认可这个方案。潘雨很高兴，说，能得到魏总的认可，是她最欣慰的事；但她也提出，针对美国市场的广告，希望由对万为通讯的理念和产品都很熟悉的团队来做。魏东晓的眼光落在了蚝仔身上。

蚝仔自从接手粤兴广告公司以来，并不像原来的职业经理人那样，为了开拓业务拼酒拉关系，相反，他按自己的风格与客户相处，坚持做好手上的每一项业务，力争最好的广告效果。这样的坚持让他深得客户信赖，很多老客户都乐于给蚝仔介绍新客户。潘雨很惋惜蚝仔没有国际广告策划经验，提议这个项目的广告策划方以招标形式来确定，不仅仅是锁定粤兴广告公司。潘雨的提议貌似婉拒了粤兴广告作为承接商，但蚝仔并不在意。在蚝仔看来，自己能做好就自己做，自己做不好，就让能做好的公司来做。这也是他自己一向的做事原则。

会后，潘雨直接确定了万为产品在美国的主打广告语，统一为"唯一的不同就是价格"，下个月起开始投放。策划部安排各大媒体对魏东晓和她进行采访，所有发出去的内容都由她作最后审定，力争把这一概念在最短的时间内传播给美国大众。她要求所有对接人员，如果有记者问，广告语的比较对象是哪家公司，大家都不要正面作答，这样既可以保持神秘度，也能避免惹上不必要的麻烦。

整整一天都在开会和讨论中度过，傍晚散会的时候，几乎所有人都累得麻木了。魏东晓想邀请潘雨吃晚饭，可潘雨却拒绝了，她晃晃左手的婚戒说，我先生还在酒店等着我呢，总要陪陪人家，安抚一下他孤独的心。魏东晓笑了，看着潘雨施施然离去，心里有些许落寞，可更多的是欣慰。

得知路宇通讯派来的代表是潘雨，杜芳心里"咯噔"了一下，急忙给蚝仔打电话问情况。蚝仔不知道潘雨跟魏东晓的过去，原原本本汇报了从魏东晓跟潘雨见面到散会后的情况，杜芳听完后才放心，然后说，蚝仔你要争取拿到海外广告权。蚝仔纳闷，说反正是公开征选，我做我的就好了。杜芳说你不一样，你是魏东晓的儿子，这一次，你做得好，你爸脸上也会有光的，要好好用用心。蚝仔听完后，顿觉压力倍增，思来想去，便去找贺曦商量。

贺曦不久之前刚刚离开恩贝，并在离开前跟大卫狠狠吵了一架。

其实，在恩贝投资到深圳开设分支机构之前，贺曦就觉察到自己与大卫的价值观存在巨大差异。大卫是可以为了升职和赚钱不择手段的人，很多时候，大卫对于利益的争取方式都让贺曦觉得违背了自己的内心。这种情况多了，跟大卫在一起的时候，贺曦就感觉很不舒服。所以，在美国的时候贺曦就提出了分手。但这件事她没告诉任何人。她不想让魏东晓和杜芳为她担心，她希望让他们看到自己最好的一面。

不久，大卫从雷曼跳槽到恩贝，并担任了恩贝在深圳公司的总裁。做不成伴侣，两个人工作上还是蛮搭，大卫精明狡黠、善用手段，贺曦稳妥细致、做事本分，两个人一起工作，反而将项目运作得很熨帖，总部老板也非常满意。让贺曦容忍不了的是，为了在中国快速赚钱，大卫居然跟陈大尧走到了一起，共同出资成立了联合亿华资本公司，还说自己做的就是资本，资本喜欢的就是快速积累，越快越好。这件事，直接促使贺曦离开恩贝，去了另一家资本公司。

蚝仔想到贺曦，是因为贺曦在美国生活了很长时间，对那里的社会环境和人文偏好都比较了解，和她聊聊，应该能给自己一些提示。

贺曦看到带着早餐在公寓楼下等自己的蚝仔，禁不住笑了："喂，你有没有想过，万一我今天有客户，上班早，提前走了怎么办？你电话也不打一个，准备傻乎乎在楼下站一天哪。"

"那就站一天喽。"蚝仔喜欢逗她开心，"来，上车，吃早饭，早上阿姨刚做的。"贺曦笑了。还是和大卫吵架离开恩贝那次，贺曦心情不好，到广告公司去找蚝仔，让蚝仔带自己出去兜兜风。聊天中无意说起，早饭经常是凑合一下，没想到蚝仔上了心，带了早餐来。既然带来了，贺曦上车就吃，也不顾旁边还坐着蚝仔。

"不要这样吧？好像几天没吃饭一样。"蚝仔看她吃的样子很好笑又有些心疼。"这才是家的味道。天天外头吃，看到那些东西就想吐。"贺曦边吃边说着。"那就回家住吧，一直都留有你的房间。"蚝仔建议。贺曦笑笑，没答应也没拒绝，蚝仔知道她现在还不会回来。"因为那个大卫?"蚝仔酸溜溜的，"你们还没有打算结婚吗？他再不着急，我就要追你了。""不要贫嘴啦。你这么帅，不至于找不到女朋友，你也快一点，不能让芳姨和魏叔干着急啊。"贺曦吃完，将东西收起来，看着蚝仔，"说吧，大早上来找我，是不是遇到什么难题了？"

蚝仔笑了："你是我肚子里的蛔虫吗？还是你有什么神通？"蚝仔顿了顿，"我爸把美国市场的开拓业务交给路宇通讯了，他们派来的代表很漂亮很精干，叫潘雨，跟我爸应该是老相识。哎，我看你有点她的样子。"

"潘雨？"贺曦点点头，"是的，魏叔跟她认识。有一年在香港的展会我还见到过她。她好像挺厉害的。"

"她提出让几家广告公司同时做针对国外市场的创意方案，谁的最好就用谁的。所以，我得好好努力争取一把。"

"你是想做针对美国市场的广告吗？"贺曦歪着头看着蚝仔，"怕你自己对美国市场不了解，所以想问问我？"

"Yes！你太聪明了！谁要娶了你做老婆，那该多幸福。"蚝仔点点头。

贺曦想了想："其实呢，美国青年的生活理念跟你很有相似之处的，你就抓住这一点来做文章，就很好了。"

蚝仔怔怔地看着贺曦，脑子却想着用什么样的形式展现。

贺曦见蚝仔表情呆滞，以为自己脸上有什么脏东西，直用手摸："怎么了？"

"其实，这次主要针对的是中老年客户。"蚝仔喃喃自语般，"中老年人客户群是个庞大的消费群体，而且，朗南在刚开始是不会注意自己的市场在被一点点侵蚀的。"蚝仔想着，突然大叫一声"有了！"，转而兴奋地看着贺曦。

贺曦也笑了："中奖要请客哦，大餐。""没问题。"蚝仔爽快地答应。

贺曦被蚝仔送到公司楼下，看着蚝仔开车离去，心里有点感伤。这么多年了，当年的小男孩已经变成了男人，每次跟他在一起的时候，都会觉得很踏实安稳。可他们的缘分，大概也只能到这里了吧，做朋友，做姐弟，也是一辈子的缘分。想到这儿，贺曦笑笑，转身向大楼里走去。

受到贺曦的点拨，蚝仔回到办公室立即开始做创意呈现。做广告作品，蚝仔的呈现技术是炉火纯青的，只要创意点确定了，作品就完成得很快。在多家广告公司公开竞争的比拼中，蚝仔的设计作品最终脱颖而出，潘雨将万为通讯在美国的所有广告业务都交给了粤兴。

一切都在按照潘雨的设定节奏向前推进。魏东晓和潘雨在美国做了几次访谈节目后，随着多家媒体的广告轰炸，市场开始接受万为的产品，一些经销商也开始批量订购。当拿到第一个五千万美元订单的时候，大家都高兴极了，潘雨却提醒大家：不要高兴得太早，因为这种低价模式在美国不会持续长久，朗南公司不可能一直容忍下去，她的目标是尽快增大市场份额，等有了一定的市场占有率之后，即使朗南反击，市场也会有万为的一席之地。

很快朗南就有了反应，在开始行动三个月之后的视频会议上，潘雨展示了美国媒体的最新报道，朗南的CEO钱伯森知道和万为相比没有价格优势，便利用美国人对中国制造的偏见，进行舆论宣传，极力把万为描述成一家山寨公司，这些负面消息导致很多客户刚刚被激起的购买热情又跌入谷底。

"我们要不要在舆论上进行反击？"魏东晓建议。

"我们已经在做这方面的准备。在过去的短短三个月时间里，万为在美国市场的销售额比去年同期提高了50%，据我得到的消息，朗南同时期的销售额至少下降了30%。朗南不可能只在舆论上对万为进行攻击，这不符合钱伯森的做事风格，接下来，他很可能会有进一步的行动。"潘雨直言。

魏东晓沉思片刻："开创现在的局面不容易，你有什么对策吗？"

"钱伯森很懂得造势，之前做的那些方案都是我在朗南工作的时候学来的。我的目的和方式他也很清楚，所以，他没有直接和我们对着来，而是另辟蹊径，大造舆论。鉴于这一点，我的建议是暂时不要和他发生正面冲突。"潘雨说。

"但我们好不容易拿到手的份额还是要维护的。"魏东晓提示。

"当然不会让出来。我们利用万为自身的价格优势和朗南博弈。朗南的销售提成比例比万为低，如果我们把销售提成再提高三个百分点，加大激励销售员的销售力度。万为通过这三个月的狂轰滥炸，已经打乱了朗南在美国的销售计划，只要乘胜追击，把万为的份额再提高几个百分点就好办了。只要占有率上来了，后面的局面也容易稳住了。"潘雨的思路很清晰，这也是她在美国公司能脱颖而出的最重要的原因。

魏东晓点点头："那就拜托你们了。"

会议结束不久，朗南公司CEO钱伯森召开媒体会发布新闻，宣布在得克萨斯州正式启动对万为侵犯知识产权的诉讼，主诉万为的十三个产品侵犯了朗南的知识产权，要求他们马上停止产品销售，并提出一亿美元的赔偿。

新闻一经发出，万为就不断接到客户退单的电话。潘雨意识到来者不善，更清楚钱伯森选择在得克萨斯州东区联邦法庭起诉的原因之一，就是这个法庭历来善待原告。她迅速召集技术顾问和产品经理，针对朗南的指控提前做好应对方案，同时联系知识产权方面的律师，商议如何操作才更有胜算。恰巧贺曦来到了美国，魏东晓将贺曦的电话号码给了潘雨，贺曦利用自己的人脉给潘雨介绍了几个可靠的关系。

万为通讯和朗南的官司打得如火如荼，魏东晓的全部心思都铺在工作上，全然没注意到杜芳的变化。

杜芳从外地出差回来后一直咳嗽，而且身体乏力。初时，她以为是感冒，休息一下就好了，谁知休息了一周也没见一丝好转。魏特西跟杜芳撒娇的时候不小心撞了下她的胸口，她隐隐觉得有些疼，这时候，她突然意识到病情可能不是想象的那么简单。看杜芳这样，阿娇也着急起来，托人帮她约了著名内科医生，想要带她去做体检，杜芳因为担心自己预感成真，坚持自己去。

经过一系列化验检查之后，基本确定了是肿瘤，位置很特殊，在肺部主动脉上，实施手术的可能性很小。但要明确具体类型及肿瘤分化程度，则需要穿刺活检。

听到这个消息，杜芳眼前一片眩晕，差点晕倒，但她很快稳住了情绪。

"不能手术？"杜芳问大夫。

"是的。手术很凶险，可以采取化疗放疗手段辅助治疗……"大夫看着她说，"我还是建议您把家属叫来，大家一起商议一个治疗方案……"

在杜芳眼中，刘大夫的声音和形象变得模糊起来。

"杜女士，我说的您听到了吗？"大夫边问，边扶住要向地上倒去的杜芳，将她扶到椅子上坐了下来。

"我听到了，大夫，您说的化疗手段我也听说过，也不可能把这病治好的，对吧？"杜芳清醒过来。

"不是绝对的，也有治好的个例。"大夫说。

"但多数都是无法治好的，对吧？"杜芳看着大夫。

"但我们可以通过治疗来延长患者的生存期。"大夫还是希望能够做通她的思想工作。

杜芳想了想："大夫，请您直接告诉我，如果不治疗的话，我还能活多长时间？"

刘主任很为难，不知该不该跟她说。

"您放心说吧，我不是一个脆弱的人，在这种大事上，我不希望别人来替我作决定，包括我的家人……您今天不告诉我，明天我还是自己来……"杜芳看着大夫。

大夫想了想，又拿过片子："据我个人经验判断，或许一年半左右，但如果您能配合我们的治疗，生存期是会延长的。"

"是以丧失生命质量的治疗来换取痛苦的生存期吗？"养老院去多了，见了太多在床上的人，那种生活质量是杜芳不能接受的。

"杜女士，不管怎么说，人的生命是宝贵的，我明天下午还有门诊……我希望您把您的家属叫来……"大夫接着说。

杜芳站起来："我回家再考虑一下吧，谢谢您。"说完，她便向外走去。

医院太大，杜芳恍惚中走错了路，居然走到了病房区域。她从窗口向里看了看，入目的都是各种各样苦着脸的病人，她不由得感到了恐怖，于是加快脚步，逃也似的离开了病房区。走到医院门口的时候，杜芳已经累得快喘不上气来了。她在台阶上坐下来，大口大口地喘着气。这时手机响了，她觉得自己已经没有力气拉开拉链拿出手机了，就任由手机响着。门口不断有各种各样的人进进出出，阳光直晒在头顶上，杜芳抬起头看着天空，天空中仿佛有无数的太阳在炙烤着自己。

定了定神，杜芳的眼神从刚才的慌乱一点点变得坚定起来。是的，不能怕，她杜芳不是那么容易被打倒的，就是死，也要死得有价值。想到这里，杜芳的情绪慢慢平息下来。电话铃声再次响起，她停顿了片刻，深吸了一口气，慢慢拉开拉链，拿出手机一看，是阿娇打来的。

"喂！"杜芳接起，"阿娇啊，我检查完了，都很正常，你放心吧。"

电话另一头的阿娇放下心来，还说一会儿多买些菜，让阿姨做了。杜芳拒绝了，说要去一趟公司，不知道什么时候回家，待办完事再说。

挂了电话，杜芳开车来到地产公司，在会议室的沙盘前良久矗立，细细端详着沙盘上"流芳养老社区"几个大字。办公室人员端了茶送过来，说："您不是说今天有事不来了吗？刚出差回来，总得休息休息。"杜芳勉强笑了一下，没有说话。

过了一会儿，辉仔和两名万为地产的高管赶到了，杜芳提出要将最初设定的五年计划提前到一年半内完成。

辉仔震惊万分："杜总，这怎么可能？"

"没做就说不可能是不行的。"杜芳面无表情，她下定了决心，无论如何要在有生之年将这件事完成，这样自己也不算白活一遭，"当年基建兵建设深圳，三天一层楼，那是怎么做到的？"

"杜总，这和当年不一样啊！现在所有建设用地都得规划局、住建局审批，而且我们的养老地产有税费减免，需要市里专门审批，更不用说审批流程了，地块下来后的设计规划都是需要时间的，这还不算……"辉仔掰着手指头给杜芳数落，"我们原来定的五年时间建成投入使用，已经很合理了。"

"我不管你合理不合理，你马上回去研究一下深圳的历史！研究一下什么叫深圳速度！为什么到你这里什么都不合理了！我就要你拿出新时代的深圳速度！我就要你给我一年半内把养老社区建成投入使用。"杜芳有些疯狂了，她不管那些所谓的不可能，不管那些听上去无比充分的理由，她杜芳就这一条命，就剩下一年半的命，就是拿命拼她也要拼这一回。

辉仔吃惊地看着杜芳，十分不解："杜总，可是地……"

"我上次看到的梧桐山那边那块地，不都是拿下来的嘛。"杜芳淡淡地说，语气不容动摇。

"可是这块地是有规划的……"辉仔皱眉。

"不管你们有什么规划，我就要这块地，并且马上实施我的项目，不要用什么规划来拖我，我只要地。"杜芳瞪着辉仔，几乎是声嘶力竭。

辉仔也被吓到了，这么多年，他从没见过杜芳如此。

辉仔讶异地看着杜芳："可是杜总，万为地产是上市公司，需要通过董事会……"

"我不管过程，我只要结果，我就要这块地。"杜芳坚定地回答。

辉仔被震慑了："好，好的，我……我去协调一下看看。"

看着辉仔匆匆离开，杜芳的心稍稍平静了一些。

二十五　生命，还剩下一年半的时间

回到家的杜芳，第一时间却是在电脑前写遗嘱。

是的，除了这个养老项目她要在有生之年完成，还有最重要的一件事，她要立下遗嘱，将自己的遗产留给两个儿子。她相信魏东晓对自己的真心，但不放心年轻貌美的潘雨会不会在自己离开后乘虚而入。一旦那样，受损的就是虾仔跟蚝仔的利益，她决不允许这种事情发生。

杜芳噼里啪啦在电脑前忙着，正聚精会神的时候，魏东晓突然回来了。他走进书房，看到忙碌的杜芳，眉头皱了起来："阿芳，你工作我不反对，但也不能这样拼吧。"

"你这么晚回来怎么不说呢。"杜芳将电脑上的文档点了最小化。

魏东晓拉过一把椅子坐到杜芳旁边，看着她，看得她有些紧张。"你这样看我干吗？"

"我看你一定是出了什么问题！"魏东晓肯定地说。

杜芳的心呼啦一下好像跌入了深渊，转念一想他没有途径知道她的病情，心便安稳下来，于是故做不高兴的样子："我能有什么问题！"

"是啊，我看你也没问题，可是你表现得很奇怪呀！"魏东晓看着杜芳，"你说说，你怎么突然这么急着把那块地拿到手呢？你知道辉仔多为难，在董事会差点被围攻。"

杜芳放下心来："那是因为我没去参加董事会，否则被围攻的是我不是他。"

"你还知道，"魏东晓不满，"阿芳，我现在支持你做这件事，资金不够我也可以帮你解决，但是做事需要时间啊！"

魏东晓真是搞不明白，平时做事那么稳妥的杜芳怎么突然变得这样急躁，还急躁得毫无道理可讲。

"老魏！你想想最近几年，我们做事为什么都变得拖拖拉拉的了？当年的深圳速度哪去了？你们三天一层楼的深圳速度哪儿去了？咱们快六十岁的人了，别等他的楼还没盖好咱们就老了！"杜芳试图说服魏东晓。

魏东晓笑了："以前是我性子急，老了老了，现在反过来了。你说，你那社区就是盖好了，你还能进去住？那能有咱们的大房子好？"杜芳停顿了一下，有些动情地拉起魏东晓的手："我希望能跟你进去住一住，哪怕是住一天也好。""好。"魏东晓依了老婆，"留一个大套房，等我们老了就住进去。"

杜芳摇头："不，不要单独设计，如果能和你住在一套普通的房间里和你慢慢变老，此生无憾了。"那一刻，魏东晓也很动情，鼻子也酸了，想到两个人都已经是六十岁的人了，心里突然很伤感："阿芳，等再过几年，我把集团交给虾仔来打理，我陪你全国各地住你的养老社区，好不好？"杜芳笑了，眼角却分明流出了眼泪。

"所以你不要急，慢慢来，别把自己累坏了。"魏东晓像个可怜的孩子，几乎是央求杜芳了，"要不，你让我怎么办？"杜芳抹了抹泪："我知道了，你放心，我就是想着，第一个项目加快，以后再慢慢搞。"魏东晓知道拗不过她，只好点头应许。

在魏东晓的努力下，董事会最终同意将梧桐山的那块地建养老社区，杜芳得到消息的当天，就带着人马不停蹄地忙开了。

在朗南强劲的反击攻势下，潘雨故意将朗南起诉的产品全部下架，这直接导致舆论完全倒向了朗南。为此，魏东晓特意召开跨国紧急视频会议，商讨下一步的对策。

潘雨首先详细介绍了整个计划的进展情况，随后表示，朗南已经判定万为不敢应诉，所以应该很快提出私下和解的要求。对于这个结局，似乎每个人都很满意，但虾仔却有不同意见："和朗南和解后，又怎么应对美国政府反倾销的调查？这个方案看似有效，实际上会让万为走入死胡同。我们想赢朗南，可是赢了以后呢？我们进军美国只是为了赢朗南？"

潘雨一下被问住了，看着魏东晓。

魏东晓示意虾仔说下去。

"爸，你还记得当年你对我提起的诉讼吗？当时我完全可以以反垄断法提起反诉，之所以放弃，是因为我懂得你对我的良苦用心。再说，我不想让万为承受巨大损失，所以才接受新港并入万为。现在，万为的局面和当年的新港如出一辙。"虾仔看着魏东晓。魏东晓眼前一亮，脸上露出不易察觉的笑。

"小魏总，说说，你的方案是什么？"潘雨诚恳地看着虾仔。

"我主张展开全面应诉。不管输赢，这个时候我们都要向对手亮剑。同时，我建议提起对朗南垄断行为的反诉讼，起诉朗南违反了美国的反垄断法，他的目的是独霸美国市场。这样，我们就能在舆论上把局面扭转过来。这两场官司，不管输赢，都是万为在国际市场上打的一场荣誉保卫战。如果赢了，那将是万为全面进军美国市场的开始。即使输了，我们也能让更多的客户全面了解万为，等于给万为做了一次广告宣传。"虾仔一口气说完自己的规划，他相信这个建议对魏东晓有很强的说服力。

魏东晓并没有马上表态，而是对着屏幕那头的潘雨问："你怎么看？"

潘雨微微一笑："小魏总的建议很是不错，但是……"潘雨停顿了下，"如果万为选择了应诉，那将是一场旷日持久的官司。而且输赢未定。选择我的方案，一定可以息事宁人，尽快平息这个事件对万为的影响。当然，如何应对还是魏总拍板，我服从公司的决定。"

魏东晓没说话，在场的所有人都看着魏东晓，等他作最后的决断。

"这两个方案能否折中一下？"沉思良久，魏东晓开口了。

"你是说先全面迎战，迫使朗南回到谈判桌上，再启动第二方案让朗南做出最大程度的让步？"潘雨看着魏东晓。

"你有几成把握跟朗南和解？"魏东晓问潘雨。潘雨想了想："目前是三成，也要看我即将拿到的那份数据……"潘雨刚说完，贺曦就进了会议室，走到屏幕面前跟魏东晓等人打招呼。"抱歉，我来晚了。"她晃晃手里的一叠纸，"我拿到了我们在美产品的各项检测数据，现在可以确认，我们的产品没问题。"

潘雨笑了。

魏东晓也松了一口气："很好，那就迎战吧，直接向纽约法院起诉朗南不正当竞争，违反美国反垄断法。这几天，朗南全球战略副总裁正在深圳考察，他们的投资重点在向亚洲市场转移，深圳是很重要的一个战略地，但市委秦书记明确表示，市委市政府一定会做万为坚实的后盾。这一战，是世界对万为技术的全面检验。"

在国外媒体大肆报道的同时，国内媒体也在追踪整个案子的进展，魏东晓还特意接受了鹏飞的专访，套用围棋比赛的那句行话，叫"彼强自保，势孤取和"，但他现在要做的是唯强才能自保，善打才能取和。

在万为的强势攻击下，朗南撤诉了，这表示朗南默认了万为侵占的小部分市场。潘雨决定回国内跟魏东晓商讨下一步行动计划，没料到刚一回来就受到了董事会的责难。董事会认为这次进军美国市场几乎是被朗南牵着鼻子走，是失败的举措。潘雨不急不恼："我们有了一定的市场份额，只要慢慢铺开，总有一天会达到我们想要的市场占有率。"

"美国市场出于国家安全条例的制约，是很难进入的，就算现在低端市场比较乐观，但几乎不盈利。加上如此大规模的广告投入，收效甚微。"有董事不满地说。"不。"潘雨摇摇头，"这次市场争夺战的落幕，只是万为通讯进入美国市场的一个开始。我们要的就是这样一个结果。现在撕开一条口子，将来就有机会趟出一条路来，这是万为通讯走到哪里都不会失败的原因。"

魏东晓笑了，看来，潘雨把他的心思摸得一清二楚了，有这样一个这么懂自己又这么全心全意帮自己的人，魏东晓感到很欣慰，也很满足。他很想找时间和杜芳聊聊，可杜芳忙得一天到晚见不到人，有时候打电话她也不接，许久之后才回过来，说一直忙，魏东晓很是失落，总感觉有话没处说。就在杜芳开始做养老社区不久，虾仔一家也从家里搬出去单住了，他们在魏特西学校附近买了一套房子，方便孩子上下学。幸亏魏东晓回家晚，否则宽敞的别墅就他和蚝仔两个人，总有一种空落落的感觉。有几次他想跟杜芳说，让她尽量少在外奔波，可每次听到杜芳对项目的高谈阔论，魏东晓又把想说的话咽回了肚子里。

杜芳最近很疲惫，她有点担心，这样下去自己可能撑不到项目完成。她在网上查了很多相关资料，最后有个人通过网上联系到她，自称是癌症患者，医院判了死刑，可他多活十来年了，整体状态还很好。她给杜芳推荐了个民间有名的道医，杜芳在最疲惫的时候去看了，对方也不问出处病症，号了脉就开药。后来杜芳追问病情，那师父才开了口，说比这严重的多了去了，建议她有空站桩调调神，如能学学太极也不错。杜芳喝着中药，又去找北京一个很有名的内功高手学了桩法，坚持一个月下来，明显感觉有了气力。两个月后，咳嗽和气喘的毛病也减轻许多。她看到了希望，暗暗花时间更深入地了解了肿瘤的前世今生，搞明白了机理，也就更加坚定了自己的选择。

杜芳的忙碌让蚝仔有点担心，每次通电话，蚝仔都隐约感觉杜芳在强打精神说话，总觉得哪里不正常，可又不知道原因。他跟虾仔聊过，虾仔说很正常，妈以前做生意时就这样拼。蚝仔等杜芳回了深圳，特意去办公室堵她，邀她一起吃晚饭。杜芳的气色有些疲惫，但整体精神状态还好，母子两个聊了很多广告公司的事和养老社区的事。蚝仔让她注意休息，杜芳却说老了才更要抓紧时间奋斗，现在不奋斗以后就干不动了。

蚝仔的心还是放不下，于是开车和杜芳一起回家。刚进家门，杜芳的电话就响了。她从包里掏出电话边打边往书房里走，蚝仔却从杜芳拉开的包里隐约看到深圳人民医院病例的字眼。出于好奇，他拿了出来。打开检验单的瞬间，蚝仔吓呆了。正巧杜芳走出来，看到了蚝仔的异样。

"怎么了蚝仔？"杜芳一眼看到蚝仔手中的病例，"蚝仔……"

　　蚝仔转过脸，脸上已经挂满了泪水。"为什么不告诉我？"他一把抓住杜芳的肩膀，"妈，你为什么不说，为什么不告诉我，不告诉爸和哥？"

　　"孩子，你别激动。"杜芳看着蚝仔。"不，妈，咱们现在就去医院，我给你找最好的医生。"蚝仔有些慌乱，"对，香港那边我也有熟悉的大夫，都是最好的……"他说着拿出电话来，想要打电话，可拿电话的手却在发抖，按不出电话号码。杜芳轻轻走上前，握住了蚝仔发抖的手。

　　蚝仔看着杜芳，眼睛里转着泪。杜芳微微笑了，伸手将蚝仔带到沙发边坐下。"蚝仔，妈刚知道生命只有一年半的时候也很害怕，那天你嫂子给我打电话，我坐在医院门外的台阶上，根本就接不起来。"她给蚝仔擦擦眼泪，"但是，现在妈想明白了。妈这辈子没什么可遗憾的，也没怕过什么，当年能从大海那头儿游回到大海这边来找你爸，没死在海里，还活到现在，这命就是白赚回来的。所以，儿子，你不要担心。"

　　蚝仔还是哭着："我们去找最好的大夫，一定能治好的。"

　　杜芳笑了，摇摇头："不。儿子，这是我白赚的命，老天想拿走就拿走，没什么可怕的。我现在所有的心思都在养老社区上。我跟你说，大夫不是说还有一年半的时间吗？一年半，我把这个做起来，就是死，妈也能闭上眼。"

　　蚝仔看着杜芳："妈——"

　　"蚝仔，妈最对不起的人就是你。"杜芳话一出口，眼泪也跟着流了下来，"当年妈把你一个人扔在香港，自己跑回大陆，妈是真的是没办法。有好多年，我闭上眼就想你，梦见你伸着胳膊向我哭，要我带你回家，梦见我们在大海里游，海浪把我们掀翻，我怎么都找不到你……蚝仔，当我跟你爸有了你的消息，跑到香港去找你，我当时就想着一定把你带回去，我要天天守着你，看着你，再也不让你离开我。"

　　蚝仔痛哭起来："妈，对不起，对不起……"

　　"孩子，妈没有怪你，妈是想告诉你，现在你回来了，你爸的事业做起来了，你哥和你嫂子也都很好，我没什么惦记的了。"杜芳看着蚝仔。

"不……"蚝仔还沉浸在悲伤中无法自拔。

"儿子。"杜芳看着蚝仔，目光坚定，"你要是想帮妈，就不要把这件事告诉你爸和你哥，让妈专心把养老社区这件事做起来，这是妈现在最大的心愿。"

面对杜芳的请求，蚝仔最终点了头。可他心里还是很难过，他查阅了很多相关资料，向国内外的专家做了咨询，最终，他认可了杜芳的选择，但内心却沉浸在即将失去母亲的巨大痛苦之中。终于有一天，他承受不住了，给陈大尧打了电话，也不说话，就是哭，陈大尧知道他肯定遇到了什么事。

"告诉尧叔，发生什么事了？尧叔可以帮你一起想办法。尧叔告诉你，这个世界上没有解决不了的难题。"陈大尧豪气万丈，"要是你爸魏东晓欺负你，尧叔也有办法对付他。"

"我妈……病了。"蚝仔哭着。这句话如晴天霹雳，将陈大尧击得一时不知道说什么："那就赶紧去医院啊！找最好的大夫啊！"

蚝仔泣不成声："肺部肿瘤，生在了主动脉上，无法手术。可能，只有一年多时间了……"陈大尧惊愕异常。

"那……你妈她怎么样？"良久之后，陈大尧才问。

"我妈现在比什么时候都亢奋，去检查前启动的高端养老社区的项目，查出问题后就疯狂地要将五年规划放在一年半做完，而且……"

"而且什么？"陈大尧急促问。

"她坚持不去医院。她现在就想把这个项目在她最后这段时间完成，也算是对自己的一个交代。"

陈大尧许久没有说话，挂了电话后，他才发觉自己双腿发软，已经站立不住了。他扶着桌子缓缓坐下，直到这时他才意识到，人是无法跟命抗争的，拥有再大的能力，再多的财富，对于有些事人都还是无能为力。

陈大尧稳定好情绪后去找了蚝仔，想要给杜芳介绍香港最好的大夫。蚝仔摇了摇头："我妈决定的事谁能变得了，您又不是不知道。"陈大尧不再说话，他太了解杜芳了，如若不是这样的脾气，怎么能一头跳进大海从香港游回深圳呢？

　　之后的很多天，陈大尧失眠了。他回想了很多事，小时候的，长大后的，最多的记忆就是在香港那段时间，那是属于他跟她共同的记忆，那些记忆虽然短暂，但对他来说可以回味一生。

　　自从跟恩贝资本绑定之后，中发地产就平步青云，展开了大肆拿地的模式，他以各种理由逼迫王光明协助中发以更低价格拿到地。这一切都让大卫很高兴，认为跟中发的合作是他作得最好的决策。

　　当年大成公司的事闹得满城风雨，直到在收买会计后才将事情平息下来，不曾想孟大成是个死脑筋，一直都没停止过找王涛。在外面辗转躲避的王涛也感觉到了不安，想要逃到国外躲避，钱却花得没有多少了，只好溜回了惠州给查贵祥打电话，想再要五十万元。这惹怒了查贵祥，直接找了香港黑道去解决，陈大尧没有反对，只说不希望再听到任何有关大成公司的事。

　　孟大成已经知道了王涛的藏身地，他想好了，只有做通王涛的工作，劝说他去翻供，大成公司的案子才有见光的一天。他背着一个单肩包来到楼下，径直上了四楼，到了门口，却听到里面传出打斗的声响。意料到情况可能不妙，他使劲儿敲门："开门啊，王涛，我知道你在里头。"

　　屋里突然没有了动静。孟大成听了听，又喊："王涛，再不开门，我就报警了。"门突然开了，孟大成还没反应过来，肚子上就被踹了一脚，随即头上被重重一击。孟大成抬起头，发现打自己的是一个戴着口罩的黑脸大汉，王涛在离孟大成不远处的地上趴着，脸上嘴上都是血。那人见孟大成看自己，就要再下黑手。孟大成突然起身，抱住了黑脸大汉，冲王涛喊起来："快跑！跑出去报警！"

　　王涛一下反应过来，爬起来就往楼下跑。

　　黑脸大汉见势不妙，狠狠地推孟大成，想摆脱孟大成去追王涛，可孟大成死死抱着他的腿，眼见着王涛就要跑远了，黑脸大汉顺手捞起门口的一个凳子，狠狠朝孟大成的头砸去。等警察来的时候，黑脸大汉已经没影了，王涛也趁乱跑掉了，只有孟大成倒在血泊之中。

鹏飞从警察朋友那里得到消息，第一时间赶去了惠州，却见孟大成头部缠满了绑带，躺在ICU病房里。大夫告诉他是创伤性重型闭合性颅脑损伤，已经实施了手术，能否醒过来还是未知数。问住院费用是不是交了，大夫说派出所领导已经协调了医院先救人。

"一群废物！"得知王涛跑掉的消息，陈大尧发了火。王涛在，隐患就一直在，这是他不能容忍的，现在的中发不比过去，绝不允许声誉受损，影响联合亿华可就得不偿失了。

几天后，孟大成醒了，鹏飞再去看他的时候，发现住院费已经交上了，孟大成也恢复得不错，大夫说再观察几天就能出院了。他一直努力想要说话，但声音很小，根本没人听得清。

"别着急，用不了几天就能说了。"鹏飞安慰他。

孟大成死死地看着鹏飞，还是想要说什么。鹏飞只好凑近他，这才听到他说："我要出院，马上。"

鹏飞立即抬头看周围环境，估计他意识到危险才会这样要求。万般无奈之下，鹏飞又找了魏东晓，魏东晓直接让陈明涛和鹏飞一起，私下里将孟大成接到一个隐蔽的地方安顿下来，还派了一个人过去照顾他。

当知道孟大成是被陈明涛和鹏飞带走的之后，陈大尧就知道一定是魏东晓指使的。他思来想去，还是给魏东晓发了个信息：不要再关注孟大成的案子，照顾好阿芳最重要。魏东晓觉得这个信息很没来由，于是拨通了陈大尧的电话，问他什么意思。

"没什么意思，管好自己的事比掺和别人的事更重要。"陈大尧说。

"人命关天，换谁都不能坐视不管，陈大尧，做事不要做太绝。"隔着电话，魏东晓都能想得出陈大尧的嘴脸，那是他最不愿看到的。

"魏东晓，魏总，你要管这件事，无非是想压制我陈大尧。我陈大尧倒下也没什么，只怕还有一个人要遭殃，这恐怕不是你想看到的吧？"陈大尧慢悠悠地说。

魏东晓知道陈大尧说的是王光明，他犹豫了："陈大尧，人在做，天在看。”

陈大尧冷笑一声：“你有这个精力，不如好好陪陪阿芳，免得将来遗憾。”

“这跟阿芳有什么关系？”魏东晓很困惑。

陈大尧吃惊：“怎么，你不知道阿芳生病？”

陈大尧说完突然想起蚝仔一直没跟自己提其他人知道阿芳生病的事，他马上意识到，魏东晓应该是不知道的。这么一想，他知道再说什么都是越描越黑，索性挂断了电话。

魏东晓却起了疑心，他听着电话那头传来的忙音，想了想，起身去找蚝仔。

蚝仔正在卧室看电脑，魏东晓突然进来，吓了他一跳：“爸……有事吗？”

魏东晓大步走进来，直直看着蚝仔：“说，你妈到底怎么回事？”

蚝仔吃惊地看着魏东晓：“爸，你怎么知道的？”他将电脑放在一边，“我妈说的？”想想又觉得不对，只好看着魏东晓。

魏东晓意识到杜芳应该是真的生病了，可他却不知道。他急了：“你妈得什么病了，啊？为什么你们都没人跟我说，你们为什么要瞒着我？”

“爸……你……”蚝仔纠结着到底要不要告诉魏东晓。

“别你了，说，到底什么病？”魏东晓狠狠盯着蚝仔。

“肺癌。”蚝仔颓丧地说。

魏东晓如遭雷击，呆立在那里。他突然感觉自己喘不上来气了。

“爸……你没事吧？”蚝仔担心极了，站起来，扶住魏东晓的胳膊，让他在椅子上坐下。

“重吗？”魏东晓缓缓抬起头，看着蚝仔。

蚝仔像犯了错的孩子一样低着头：“瘤子长在主动脉上，无法手术。”

“你早知道你妈生病的事？”魏东晓问蚝仔。

“我也是刚发现不久……”蚝仔解释，“我妈不让我告诉你跟我哥。”

魏东晓的眼圈红了："大夫怎么说的？"

蚝仔嗫嚅了半天才回答："还有一年多时间。"

"你们都知道，连陈大尧都知道，你们谁都不告诉我！"魏东晓直直看着蚝仔，"不，不行，我要带她去医院，绑也要绑她去。"说完，魏东晓腾地站起来就往外走去。

"爸……"蚝仔追出去抓住魏东晓。

魏东晓一下子甩开蚝仔："别拦着我。"

说完，魏东晓开门出去，将门重重关在身后的蚝仔面前。眼泪顺着蚝仔的脸淌下来，大颗大颗落在地上，他恨自己不争气，恨自己太软弱，在母亲的病情面前毫无办法。

魏东晓直接去了杜芳养老社区项目办公室。

杜芳刚给项目管理人员开完会，又将辉仔叫过来，给他看会上确认的设计图纸和广告内容。她在养老社区里引入了高端医疗，并设立了中医科。辉仔边看边点头，说："杜总，我们也要努力，争取有您这样的效率，那咱们万为地产的业绩一定会翻一番。"杜芳笑了。

魏东晓就是这时候闯进来的。所有人都站起来打招呼，魏东晓全然没看见，也没听见，眼睛直勾勾地看着杜芳，冲到她的前面拉起她就往外走。

"哎，老魏，你干什么？"杜芳惊叫着问。其他人不知道发生了什么事，拦也不是，不拦也不是。魏东晓拽着杜芳往外走，一直走到电梯口，还是拉着杜芳不放手。

"你干什么呀，老魏，老魏？！我这里在忙着呢，周末大家都来开会，你不能把我就这样拽走了。"杜芳挣扎着想摆脱魏东晓。电梯门开了，魏东晓拉杜芳进了电梯。

杜芳看看魏东晓："你怎么了？"

魏东晓依然不说话。

电梯到了底层，魏东晓拉着杜芳走到车边，将杜芳推进车里。魏东晓上了车，发动车子，冲出停车场。

杜芳发怒了："老魏！你犯什么浑！干吗呀？"

魏东晓还是不说话，只是脚底踩油门，不断加速。

"你慢点开不行吗！是不是家里出什么事了？还是孟大成那边的事？我早就跟你说过了，不要掺和陈大尧的事！你知道蚝仔在里面多为难……"杜芳想着到底发生了什么。

魏东晓没开口，只是冷着的脸变得悲愤起来。

杜芳似乎感觉到什么："老魏！"

"别说话，什么都不要说。"魏东晓还没说完就控制不住了，眼泪落了下来。

"老魏，老魏，你……"杜芳意识到魏东晓已经知道了一切。她再无辩驳的力气，靠坐在副驾上，像个犯了错的孩子。

魏东晓将车子停在路边。他哭着，几次想要说话，却抑制不住哭声。

杜芳也抑制着，不让自己哭出来，她伸出手来，握住了魏东晓的手。

时间好像静止了，车流也好像静止了，世界好像也静止了。

当天下午，魏东晓把虾仔跟阿娇喊到面前，把杜芳的病情告诉了他们。

虾仔完全被吓蒙了，他从没想过一向风风火火的妈妈居然生病了，还是那么凶险的病。"不行，我坚持要让妈去医院。"他几乎是语无伦次地说着，"现在科学这么发达，什么病都能治，我们能找到最好的大夫，肯定没问题。"

阿娇拉着虾仔的胳膊："是啊，妈，现在各种方法都有，不一定非要手术，还有自然疗法，国外还有很多办法，我可以带您去的。"

蚝仔看看杜芳："是啊，妈，我最近看了很多国内外的资料，您不做手术不化疗放疗没问题，但是，我们要有积极的态度。主要是您现在的工作安排那么紧张，您是需要放松的……"

看到孩子们这么关心自己，杜芳很欣慰，也说出了自己的打算："你们的心思我都知道。但是，你们也要知道，人体是一个有机整体，一个地方出问题了，肯定是这个有机体运行不通畅导致的。开始可能只是一些能量聚积在这里，仪器设备检测不出来，然后，经过很长时间，这些能量慢慢变成了小囊肿。如果这时候还意识不到原来的生活状态有问题，不去改善，这个小囊肿就会慢慢变成肿瘤。所以，所谓的癌症，其实就是一种慢性病，是我们身体用十年、二十年甚至更长时间，一点点沉积的毒素，现在不是我去医院就能短时间解决的，何况，我不希望在自己能跑能闯的时候，去过毫无质量、毫无尊严的病号生活。"

"我们去最好的医院找最好的大夫，这些都是可以改善的。"虾仔坚持。

"那也不行。"杜芳笑笑，"最近这段时间我一直都在吃中药，还有我也站桩，学太极。我的精神头儿明显比前些时候好多了。所以，我呀，是不会去医院的。"

"这些您都可以做着，跟去医院治疗不冲突呀！"虾仔急切地说，他有点慌了，"爸，你说说妈，这个时候不能固执。只有一年多时间，怎么也得……"虾仔哽咽了。

魏东晓看看虾仔，又看看杜芳。杜芳也在看着魏东晓，她的面容很平和，淡淡地笑着，全然不像一个罹患绝症的病人。

"爸……"虾仔催促着。

杜芳笑了，依然看着魏东晓。

"我同意你妈的选择。"魏东晓终于说话了。

"爸？"虾仔吃惊地看看魏东晓又看看杜芳。

蚝仔也很震惊，也看着魏东晓。

魏东晓长叹一口气："我……我支持你妈的决定。这么多年风风雨雨，我跟你妈什么没遇到过，什么没经历过。当年，我拼命去香港找你妈跟蚝仔，以为这辈子都见不到你们了，可是，我跟你妈还是在边防站遇到了……那时候我就想，这么大的波折，老天竟然没让我们死，那老天就不会随随便便把我们的命再拿走。"

杜芳点点头，眼光中泛起泪花。

"所以，我同意你妈的决定。"魏东晓抓住杜芳的手，"做吧，做你想做的事，等养老社区建好了，咱们俩也进去住一住。"

杜芳笑着，却早已经泪流满面。过了一会儿，她缓和了一下情绪说："其实，我一直有件事，想跟虾仔谈谈。"

大家都看着杜芳。

杜芳看着虾仔："虾仔，现在你可以考虑离开万为了。"

这句话像炸弹一样，所有人都震惊了，魏东晓更是用不可思议的眼神看着杜芳。

"妈，您这话是什么意思？"虾仔不解。

"据我所知，虽然新港的技术团队并进了万为通讯，可是你们互联网业务一直没停。"杜芳接着说道，"我还知道，这两年多，你们的互联网业务取得了非常棒的成绩。"

虾仔点点头："是，新港这几年都是丁凯和管管在做，公司规模虽然不大，但是企业网络通信方面已经见到收益了，游戏板块今年也有上亿元的利润了。"

魏东晓显然没料到新港发展得这么好，有些吃惊地看着虾仔。

杜芳笑笑点点头。

"目前，腾讯在互联网社交领域已经是非常成功的模式，尤其是微信推出后，腾讯已经成为互联网标杆。我们的公司模式将定位在传统企业和互联网之间搭建平台，未来，这一领域肯定大有可为。"

"妈这句话的意思就是，如果你的兴趣点在互联网业务，那你就去做你真正感兴趣的事情。"杜芳依然微笑着，看着虾仔。

虾仔和魏东晓相互看看，魏东晓又看看杜芳："是，互联网的确是一个非常不错的方向！可眼下正是万为用人之际，我好不容易把他培养起来，你却让他走……"

"万为没有虾仔一样能经营得很好。万为的管理模式和培养梯队都已经非常系统化，涌现出了很多有头脑、善于改革的管理者。相比之下，虾仔更适合去从事技术性强的、具有挑战性的工作。"杜芳淡淡地回答。

"今天说到这儿了，索性我就说出来吧。"虾仔说，"其实，我一直觉得万为完全可以搭建一个智囊团式的管理团队，大胆提拔年轻人作为高层管理的储备力量。还有，万为只做通信设备这一思路是正确的，只是股权改制后，大多数股权在普通员工手里，管理层的股权占比还不到10%，所以，万为要谨慎引入资本，更不要轻易上市。一旦上市，普通员工的资产成爆炸式增长，创造性就彻底被毁灭了。"

魏东晓点头："这一点和我想到一块儿去了。"

"这么多年，看到你们父子俩心平气和地沟通问题，我心里真的很高兴。老魏，孩子大了，就让他去飞吧。"杜芳看着魏东晓。

虾仔看着杜芳，也一直看着魏东晓。他想要离开的想法已经很久了，却一直不敢提出来，他不想给父亲泼凉水。最终，魏东晓同意了，但提了个条件，希望他未来从事的行业不要和万为竞争，如果可能，最好争取和万为互为犄角。

有时候，杜芳会感谢这次生病，这让她一下子把很多事都看透了——生命，也不过如此，从容来，从容去，不执着于心念，做些有意义的事情，就是好的。

二十六　我要三个亿……马上！

魏东晓成了杜芳锻炼身体的监督者，确切地说是最大的受益者，杜芳每天早上出门去打太极拳、站桩的时候，他也跟着出去跑步。厨房也被杜芳来了个翻天覆地的改革，抛弃了所有添加剂食物，取而代之的都是自然食材。魏东晓不乐意也不敢说话，只要她高兴，身体能好，他什么都可以忍受。

2013年年初，历时一年五个月零二十三天，杜芳的养老社区终于完工。在落成仪式上，杜芳感谢了所有为养老社区付出过的人，谢谢大家全力配合，在最短的时间内完成了项目，并当众宣布：将自己在万为集团的所有股份都拿出来，成立芳基金，第一个运作的项目，就是针对普通老百姓的高品质养老社区，完全公益性质，并准备逐步在全国铺开。所有人都惊呆了，连台下的魏东晓都完全没想到。

魏东晓本想开车带杜芳回家，可杜芳却告诉魏东晓哪里都不能去，今晚就睡在这里。魏东晓才想起两人的约定，泪水突然就湿了眼眶。杜芳的心愿一件件完成，也就意味着杜芳剩下的时间越来越短了。可杜芳就跟什么事都没有一样，忙这忙那，直到晚上才停歇下来。

魏东晓终于忍无可忍："现在项目完成了，你的心愿也达成了，我不能再听你的，该你听我的了。"

杜芳看着魏东晓，突然就笑了："怎么，怕我死了？"

魏东晓最怕听到那个字，杜芳一说，他心就揪一下："我让贺曦联系了

375

国际上最有名、对这个病治疗得最好的大夫，在美国，我陪你去看。"

杜芳笑了起来，笑得魏东晓没了脾气，只能无可奈何地看着杜芳："阿芳，你不能这样对自己，你这样太自私，你总得想想我跟儿子，想想我们的感受……"

杜芳还是笑："老魏，我呀，这么多年，终于看出来了，你，还是最在乎我的。"

魏东晓都快气炸了，他这边说要紧的事，杜芳却跟他扯没用的。"我开始想等你这边落成仪式一结束，马上坐最近的航班过去，但你一直在忙。我现在就让秘书订明早的机票。"魏东晓说着拿出手机就要拨号，却被杜芳拦下了。"老魏，"杜芳轻声说，"我没有不把自己当回事，我只是觉得自己整体状态很好，我就没必要纠结那个瘤子。""可那毕竟是恶性的……"魏东晓有些气急败坏。

"其实，前几天，我刚去做过检查。"杜芳看着魏东晓。魏东晓瞪大眼睛看着杜芳，杜芳也看着魏东晓，突然就哭了。魏东晓吓坏了，双手握住她的肩膀："没事的，没事的，我带你去看最好的医生，肯定没事的。"

杜芳连哭带笑："老魏，你知道吗，瘤子小了，比以前小了。"

魏东晓先是愣住了，怔怔看着杜芳："真的？你没骗我？"

杜芳点头："本来，我立过一个遗嘱，想要把财产都留给儿子。拿到结果的时候，我突然明白了，老天不收我，我就要用这个钱做点有意义的事。所以，从明天开始，我要全国各地跑了，我要让更多普通老百姓，能住到我们的养老社区里过幸福晚年。"

魏东晓还傻傻地看着杜芳。

"老魏，你听没听到我说话？"杜芳有些不高兴了，"你心疼、不乐意都没办法，这个钱是我杜芳的，我有权做主。"

"做吧，做吧，只要你身体好好的，你做什么，我都乐意。"魏东晓当下拍了胸脯。

虾仔的新港正在集中所有力量和资源把"大圣"打造成中国最好用的企业办公平台，万为成了他们最大的客户。这也达成了魏东晓与虾仔的约定，双方公司互为犄角。

从习主席提出"一带一路"的倡议之后，魏东晓就和虾仔商量，可以借着国家的大势去开拓西亚市场了。开始，公司高层有反对的声音，认为那里太过保守，市场前景很难预测。以互联网思维解读市场的虾仔可不同意这个意见。他以中国的互联网发展举例：当手机在城市成为日常联络工具后，在城市打工的青年逢年过节回到自己的家乡，就会带动边缘山区的人也都用手机上网，现在农村老百姓也开始用淘宝了。所以移动互联网在不久的将来，必将改变每个人的生活，包括很多以前认为坚不可摧的传统行业，都会受到网络的影响，出现颠覆性的改革。

在虾仔的提议下，魏东晓将这个新市场交给美国路宇通讯的潘雨来负责。很快，印度就掀起了万为风，手机店门口等待买万为手机的人排起长队。蚝仔也不负众望，他和潘雨共同制订的针对西亚文化特点的产品推广方案一出来，立刻在西亚广为传播，"万为"的品牌一夜之间家喻户晓。市场一下子就打开了。

不过蚝仔最近除了工作，还在忙一件事情。他发现贺曦很多时间都是一个人。大卫虽然在深圳，但很少见贺曦和他一起。蚝仔渐渐对贺曦有男朋友这件事产生了怀疑，所以经常去找她。贺曦显然没发现他的小心思，每次都开开心心地见他，还叮嘱他快点找个女朋友谈恋爱结婚，别让芳姨总惦记。一聊这个话题，蚝仔就笑，没心没肺的样子，贺曦也没办法。

这两天陈大尧有些感冒，蚝仔下班后就住到陈大尧那里，方便照料他。

早上，陈大尧醒来，感觉身体还是轻飘飘的。他听到短信的提示音，看了一眼，是魏东晓发来的："这几天你最好小心点，会有人找你的。"陈大尧心里"咯噔"一下，想了想：应该不是魏东晓要对付自己，那么，对自己有威胁的人会是谁呢？思来想去，他将目标锁定在孟大成身上。

孟大成在魏东晓安排的地方养好伤后，说要回老家养身体就离开了，接着就有人看到了他在陈大尧别墅附近晃悠。王三成一直让人留心着孟大成的动向，得到消息就立刻告诉了魏东晓。魏东晓思量再三，还是将消息告诉了陈大尧。

陈大尧想了想，将这条短信放在打开状态，然后把手机放在客厅沙发上。蚝仔端着水过来让他吃药，他特意让蚝仔将手机拿给自己，说听到有信息的声音。蚝仔拿起手机，一眼就看到魏东晓发的信息。他知道魏东晓看不上陈大尧，但不知道在父亲和尧叔之间还有什么他不知道的过节，可这条信息是再明显不过的威胁。想到这里，他心里惊惶不已。

陈大尧见蚝仔突然脸色惨白，估计他看到了短信，明知故问："蚝仔，没什么事吧？"

"没事，是垃圾短信。"蚝仔应着，悄悄删了短信，"尧叔，那我先去上班了，你好好休息。"蚝仔说完，逃一般离开了陈大尧的家，可那条短信却在脑海里挥之不去。他全然没注意到，自己的车后有一辆面包车一直不远不近地跟着。

中午，蚝仔抽空给贺曦打电话，问她晚上有没有空。贺曦听着他声音不对，问，你是不是有什么事？蚝仔不愿意瞒贺曦，就说了早上看到的短信。"我想，我爸跟尧叔的疙瘩可能一直没解开。"蚝仔担心地说。"因为你？"贺曦问。"我想可能是，可又不确定。"蚝仔很担心。

"我不这么认为。魏叔能带领万为走到今天，他的格局和心胸绝对不会拘泥于儿女情长这些东西，所以你担心的那些，对他来说，都已经是过眼云烟了。"贺曦肯定地说。

"是吗？"蚝仔不敢肯定。

"是的。你忘了，我跟他在一起的时间比你还要久。"说完，贺曦就笑了。

蚝仔也笑了："为了表示感谢，你可以选一家饭店，我请客。""好啊，正好想吃日本料理。"贺曦一点也不客气。她很喜欢跟蚝仔在一起的感觉，踏实、轻松。蚝仔满口答应，说等下班给尧叔送了晚饭回去，就跟她去吃料理。

下班后，蚝仔从地下车库开车出来，去附近的店里买了粥，转身准备上车的时候看到了孟大成一副潦倒的样子，站在自己车边。蚝仔打量着孟大成："你干什么？"

"你……你别误会。"孟大成急忙说，"我……我想请你帮个忙。"

"帮忙？"

"我在外头欠了债，被人跟踪了，"孟大成左右看看，怕被人跟踪的样子，可怜兮兮地说，"我不敢回家。可我老婆女儿没人送钱就得挨饿受苦，我想找个人帮我个忙，给她们送点钱。"孟大成赶紧从口袋里摸出几张票子，有大的有小的，加起来几百块的样子。

蚝仔有些可怜这个男人："你老婆女儿在哪里？"

孟大成摸出个地址给蚝仔："我看了好半天，就你看着人最好，离这里不远，不会耽误你太多工夫儿。"蚝仔看了看纸条："好。我给她们送去。"

位置确实不太远，蚝仔开车拐了两个弯就到了，但那是个城中村，房子很破旧。蚝仔一边拿着纸条对着找，一边慢慢地走上楼，最后停在了顶楼一个房门口。当他想去敲门的时候，孟大成从后面突然出现，一棍子将蚝仔打晕，拖进了房间。

为了逼陈大尧吐钱，孟大成将陈大尧的祖宗八辈研究了个遍，最后将目标锁定在蚝仔身上。孟大成知道蚝仔是魏东晓的儿子，但孟大成也知道，陈大尧对蚝仔的感情是任何人都无法取代的。趁着蚝仔还没有清醒过来，孟大成将他的手脚捆绑住，嘴也用胶布封上了。

蚝仔醒过来的时候，天已经黑了。孟大成从外头回来说："对不住你了，我以前见过你，知道你是陈大尧的养子，是魏东晓的儿子，可我被逼得没办法了，只好绑你，只要你配合，我不会伤害你的。"孟大成坐在椅子上，手边放着一根铁棍，蚝仔知道，那就是刚刚袭击自己的棍子。他想说话，可是嘴被封住，只能支支吾吾地发出一些模糊的咕哝声。

孟大成转过头看着蚝仔说："你想打开可以，但是不准乱叫，否则……"他的目光缓缓转向铁棍。蚝仔立刻点点头，示意孟大成把胶布打开。孟大成撕掉了蚝仔嘴上的胶布，蚝仔疼得脸扭曲成一团。

"我看您也不像坏人，为什么做犯法的事？"终于可以说话了，蚝仔问孟大成。

"切，多少人外表一张人皮，背后比狼还凶残，吃肉都不吐骨头。"孟大成一副深谙世故的表情说。

"你跟我尧叔有过节？"蚝仔试探着问。"过节？我跟他之间不是过节，是仇恨。"孟大成冷笑道，"他陈大尧毁了我的公司，毁了我的家，也毁了我。我告诉你，我要不把他扳倒，我就不姓孟。"蚝仔思忖着："你是孟大成？"

孟大成立刻警觉了起来："你知道我？""知道，当时媒体也报道过您的消息。"蚝仔如实说，他后来听员工无意谈起了这件事，后来去查了相关的新闻才知道的。

"媒体报道过。哼，狗屁用都没有，他陈大尧的中发不还好好在那里。"孟大成狠狠一口唾沫吐在地上，好像眼前就站着陈大尧这个仇人一样。

"你们商业的事情我不懂，但我知道您走到这一步，一定也是情非得已。"蚝仔看着孟大成真诚地说。

孟大成被说中了心坎："我来深圳身无分文，就靠着一双手打工攒钱，建了自己的工程队，后来有了我的房地产公司。我受了多少委屈，吃了多少苦……"他说着说着就哭了起来，蚝仔也不说话，等他的情绪平复下来，才说："你可以找个中间人和尧叔谈谈，事情总是可以解决的。你这样绑我，肯定不能解决问题，还有可能连累你的家人。"

"解决问题？"孟大成冷冷地说，"我告诉你，我从医院出来的时候就下决心了，他陈大尧只要不把钱吐出来，我就是死，也要把他搞垮。""两败俱伤并不是好事，解决事情的办法不会只有这一个。或许……我可以帮你跟尧叔谈谈。"蚝仔想说服他不要继续铤而走险。孟大成恶狠狠地看着蚝仔："你说谈谈？他陈大尧这么多年，还没见他吐过钱。"

"没试怎么知道？"

"别说了！要是之前能解决，我也不至于出此下策。你，现在给陈大尧通话。"

"别，有一个人，我必须先打一个电话。"蚝仔说。

居然一点不关心自己的安危！孟大成诧异地看着蚝仔。蚝仔解释说："是我中意的一个女孩，本来我是要跟她见面的，结果遇到了你。我绝对不会报警。你是个好人，你宁可伤害自己，也不会轻易伤害谁的。她叫阿曦，在我通话记录里有。"孟大成没有多说什么，调出贺曦的电话号码，按下免提，交给了蚝仔。

蚝仔电话过来的时候，贺曦刚回到家里。

下班后，她在日本料理店等了又等，又给蚝仔打电话，却一直关机。广告公司说蚝仔下班就走了，她给家里打电话，魏东晓说蚝仔没有回来。当魏东晓得知蚝仔手机关机时，就觉得事情复杂了，让贺曦赶紧回来。他刚把门打开让贺曦进屋，她的电话就响了，是蚝仔打来的。贺曦接起电话："蚝仔，你在哪里？我都快急疯了……"

蚝仔的声音有些低沉，但还是笑着："我没事，我很好，临时有点事没能跟你联系。"

"你在哪里？我现在去找你。"贺曦急切地说。

"阿曦，我没事，我给你打这个电话，是想告诉你，我心里很喜欢你的，一直一直都很喜欢你的。"

贺曦恍若被电击中，瞬间泪流满面。魏东晓看着贺曦，忽然很难过。

"你一定有事，你一定遇到什么事了，告诉我，你在哪里，在哪里……"贺曦哭着说。

"这个时候你居然在表白！"电话里传来一个陌生的、恶狠狠的声音，电话随即被挂断了。

忙音传来，贺曦和魏东晓都愣住了。

"孟大成。"魏东晓立刻说，"没错，是孟大成。这个混蛋，居然绑架了蚝仔。"

"要不要报警？"贺曦问。魏东晓摇摇头，思索了一会儿，说道："我们立刻去陈大尧那里。孟大成的目的是向陈大尧要钱。"

在去陈大尧家的路上，魏东晓给虾仔打了电话，让虾仔利用无线网络定位技术锁定孟大成的手机，只要一开始通话，立刻通过手机信号定位手机的地理位置。

陈大尧在等着蚝仔来给他送饭，左等右等不见人影，却等来了孟大成的电话。他听到电话里蚝仔的声音，得知孟大成绑架了蚝仔，陈大尧整个人都慌了神。他一边发着抖一边给查贵祥打电话，让他赶紧找人。挂了电话，陈大尧呆坐在沙发上，整个人虚脱一般。直到门铃响起，他才像弹簧一般立刻起身。

"谁？是蚝仔吗？"他冲过去开门，却看到站在门口的魏东晓和贺曦。

陈大尧痛心疾首："他孟大成太不是人了，他要下狠手冲我来，怎么能冲蚝仔……"

"都是你自己作的孽，到头来让孩子跟着倒霉。"魏东晓脸色铁青，厉声呵斥。

陈大尧哭丧着脸说："我宁愿自己承担所有的危险，也绝不愿意落在蚝仔身上啊。"

"说这些都晚了，他无非就是要钱，只要他再打电话来，立刻答应他的条件。"魏东晓说着，逼视着陈大尧。

"我也这么想的。我已经让阿祥派人去找他的位置了，只要找到了，就一定能救蚝仔出来。"陈大尧说。

"陈大尧，你还不舍得你那些钱吗？"魏东晓情绪激动，几乎要冲过去把他抓起来，"那些钱沾满了血腥，你也花得出去？！"陈大尧沉默着。

孟大成坐在椅子上，紧盯着靠床坐在地上的蚝仔。

蚝仔笑笑："您不用这样看着我，我不会跑，也不会喊。"他已经恢复了镇定，希望和孟大成聊聊，避免他采取极端手段。

"陈大尧不给我钱，我是不会放你的。"孟大成决绝地说。

"这么多年，你都在为这件事奔波，我能理解你心里的恨有多深。"蚝仔想，一定要缓和他的情绪，"但是想想你的老婆女儿，还有你的父母，离开了你，他们这辈子都生活在阴影里。我希望我能帮到你。"

孟大成怔怔地看着蚝仔："你跟你爸都是好人。你愿意帮我送钱，魏总还帮了我，我反过来绑他儿子。可我真没办法。能让陈大尧担心在意的，恐怕只有你了。"

"我也可以帮你，我也有钱……"蚝仔说。

孟大成却突然翻了脸："别他妈假惺惺来这套，你那点钱就想糊弄我，我要的是陈大尧把我公司的钱吐出来。这么多年，他干了那么多见不得人的勾当，只要有一件事捅出来，他就在大陆混不下去了。"

孟大成说着，打开了蚝仔的手机，再次拨通了陈大尧的电话。

陈大尧立刻接了电话："孟大成，你要什么我都能给你，你不能伤害蚝仔一根毫毛。"

孟大成说："放心，我知道这小子还是魏东晓的儿子，我肯定不会伤害他。但你也别想拖时间，两天之内，三个亿到账，我们之间的恩怨就算了结。"

陈大尧："你放心，我马上就联系人筹钱，我一定给你。你赶紧放了蚝仔！"

魏东晓上前抢过电话："孟大成。我是魏东晓。既然你知道蚝仔是我儿子，你就应该知道，我绝不愿意看到现在的局面。"

孟大成没想到魏东晓这个时候出现，迟疑了一下："……魏总，你是好人。你帮过我。但我当年身无分文从安徽到深圳做生意，把公司一点点做起来，不容易，他陈大尧用非法手段逼迫我破产，钱都装进了自己腰包，这个账不算清楚我不会善罢甘休。"

魏东晓的声音很冷静："陈大尧已经在联系公司各个部门，给你筹钱。但是这么大的数额，你总得给他点时间。你能不能先放了我儿子……"

孟大成说："魏总，我不想为难您。但钱不到账，我是不会相信陈大尧的，这个人，什么事都做得出来。"魏东晓接过头说："好！那我魏东晓就用我自己的公司做担保，一定给你孟大成一个说法。"孟大成沉默了片刻然后说："魏总，对不起。"他挂了电话。

陈大尧看看魏东晓。魏东晓冷静地说："筹钱，马上。"

陈大尧再次拨电话："阿祥，马上把资金抽出来，我要三个亿……对，马上！什么都别管，凑不上也要给我凑！马上！"他一把挂了电话，气喘吁吁地靠在沙发上。

魏东晓跟孟大成说话，其实是为了给虾仔争取更多时间去追踪信号。果然，孟大成挂掉电话不久，虾仔的电话就来了，说有了具体地址。魏东晓带着贺曦掉头就走，火速上车，把一头雾水的陈大尧扔在房子里。他们很快就到了孟大成和蚝仔所在的楼下，魏东晓阻止了想跟自己一起上去的贺曦："我跟孟大成打过交道，我对他有所了解。你在这里等着，虾仔一会儿就到。"说完，魏东晓就径直走向顶楼。

魏东晓一步步向上走着。脚步声在水泥台阶上节奏分明，寂静的夜里听得十分清晰。孟大成听到脚步声，立即用胶布将蚝仔的嘴封住，悄悄靠近门口。蚝仔不知道是什么情况，也不敢吱声。他不想惹怒孟大成。魏东晓走到门口侧耳听了听。孟大成手里提着菜刀，屏息静气，紧张极了，他怕陈大尧找人来围攻自己，自己不一定斗得过。

"孟大成，是我，魏东晓。"魏东晓高声说，"就我一个人。"

孟大成愣住了。蚝仔也愣住了。蚝仔呜呜挣扎着，想告诉魏东晓不要进来。

"我知道你在里头。你放心，我没带警察，也没告诉陈大尧，我是自己来的。你把门打开，我只想确认我儿子是安全的。"孟大成看一眼蚝仔。蚝仔使劲跟孟大成摇头。

"魏总，我尊敬你这个人，今天这么做我也是不得已。我知道，你儿子是陈大尧的命，我只有这样，才有可能拿回我的三个亿。对不起了，魏总，你走吧。"孟大成在门里说。

"我魏东晓绝不骗你。你相信我，让我进去，我陪我儿子一起，等着陈大尧打钱给你。"魏东晓清楚而坚定地说。孟大成和蚝仔都愣住了，蚝仔忘了挣扎，眼泪大滴大滴地滚落下来。

对峙良久，最终孟大成打开了门，魏东晓站在门口，在楼道昏暗的灯光下，他的身影显得异常高大。魏东晓走进房间，将蚝仔嘴上的胶布撕掉，跟蚝仔一起靠着床坐在地上。

"爸。"蚝仔过了很久才说出这个字。

"没事。"黑暗中魏东晓笑笑说，"能这么跟你坐着，爸很高兴。"

魏东晓突然想起什么，拿出电话。

孟大成心里害怕，警觉地说："魏总，你干什么？"

"你放心，我大儿子帮我定位找到的这个位置，我现在打电话告诉他们，不要过来，直到陈大尧吐钱。"魏东晓的话让孟大成十分震惊，他看了一眼魏东晓，无地自容地低下头，整个人靠在椅子上，一动不动。

魏东晓接通电话："不要过来了，蚝仔没事，你带阿曦回去就可以了……我在这里跟蚝仔一起等着，等陈大尧将钱吐出来。"

挂了电话，魏东晓看看蚝仔。蚝仔泪流满面。魏东晓笑了，说："困了咱们就上床睡一会儿。"两人并肩在床上和衣而卧，蚝仔靠着魏东晓的肩膀，一会儿就睡着了。

孟大成守着魏东晓和蚝仔一直到天空泛白。他的眼睛布满血丝，可丝毫没有睡意。魏东晓看了看孟大成，说："银行要早上八点才上班，你得给陈大尧一点时间。"

"我恩将仇报，对不起，对不起。"孟大成愧疚地说。

"大成，我理解你的苦衷，还有你的不甘心。要不是你有这股劲儿，我也不会帮你。但是，如果你把这股劲儿用在重新创业或者做事上，我想，这八年，你也会有一番作为的。"看着孟大成，魏东晓眼里只有悲哀。

孟大成怔怔地看着魏东晓，突然不可抑制地抽泣了起来。

早上九点，陈大尧电话打了过来，告诉孟大成，钱已经打给他了，让他放人。孟大成接完电话，沉默了一会儿，走到门口，打开了大门。魏东晓和蚝仔相互看看，蚝仔扶着魏东晓起身，父子二人下了楼。灿烂的阳光下，虾仔的车停在楼前。他和贺曦在车里守了一夜，见他们两个出来，急忙下车迎了上去。

"这件事就当是个秘密，不要告诉你妈妈了。"回家的路上，魏东晓对蚝仔说。

一波未平一波又起，蚝仔刚刚脱险，万为地产那边却出了乱子，在项目中注资了四十个亿的香港辰弈起诉了万为地产，从香港直接发来律师函。

"广州慧林山庄的项目，因为政府规划导致项目无法按进度完成，所以港资公司直接在香港当地起诉了我们，索赔五十五个亿，并且怎么沟通都不撤诉。"辉仔跟魏东晓汇报后，对方反常的态度引起了魏东晓的察觉。他和辉仔、王三成把香港辰弈彻底调查了一通，发现这家公司的前任法人是林忆抒，现在的真正把控人是陈大尧。

魏东晓拿手机拨陈大尧电话："陈大尧，你别把事情做太绝，我已经知道了，那家港资公司就是你的。你明明知道是因为政府规划让项目无法完成，项目已经进行到一半，你却在香港起诉索赔，摆明了就是给我魏东晓一个下马威。"

陈大尧："哎呀，魏总，怎么想是你的事，这都是下面公司的行为，我一个董事长也管不了那么多啦。"

魏东晓："陈大尧，算你狠。"他狠狠地挂了电话。

当时，魏东晓还觉得陈大尧够意思，为了自己儿子出了三个亿，哪知道留了后手，在这里等着自己上套呢。可是集团眼下资金紧张，无法支持万为地产。魏东晓告诉辉仔，需要他自行解决这个问题，陈大尧既然起了这份贪心，就不会轻易放弃。

更令人恼火的是，竟然有人放出风去，说广州慧林山庄因为经营不善停建，导致很多不明真相的业主到售楼部闹事，要求退款，辉仔焦头烂额。楼盘承诺的是全部是精装修，就这么纠纷不断，时时误工，根本不可能按期交房，所以购房者来闹事他们也无能为力，只能全额退款。从集团撤掉对万为地产五十个亿的专项资金后，万为地产的资金就格外紧张，当初项目合作时，香港辰弈承诺注资四十个亿，现在香港辰弈一起诉，注资部分就没有了，项目眼看着就要停工。项目一旦停工，就会有更多的人要退房，陈大尧索赔的五十五个亿就免不了要赔给他。

眼下最重要的事情就是快速找到资金，保证项目尽快完成。虽然万为地产一直被看好，但一下要筹措这么多的资金，时间又那么紧，很多曾经有投资意向的公司现在都纷纷摇头。

辉仔第一次遇到这么大的危机，急得不知道该怎么办才好，恰巧在金融中心遇到了贺曦。贺曦从恩贝离职后，和那边还有一些业务往来，这次就是她来恩贝处理工作，刚好在楼下碰到了辉仔。

得知了辉仔当下的难处，贺曦让辉仔将项目资料和公司资料都发给她，她先作个评估，再看能不能利用她在投资圈的人脉帮到辉仔。辉仔高兴极了，一面给贺曦简单介绍情况，一面打电话安排秘书整理资料，打包发给贺曦。

其实，要解决广州慧林山庄项目的资金难题，除了引入资本这个解决方案之外，魏东晓已经想到了另一个解决办法。万为在上海虹桥的楼盘已经建好了第一期，因为周边的地铁规划刚下来，本来计划转一下盘，和二期一起发售，一定能卖出好价钱，但如果是救急，也可以考虑将一期提前售卖了，尽快回笼资金。杜芳从王三成那里知道广州慧林的事情，给魏东晓打电话，让他不要着急，认为不到万不得已，不应该出手虹桥的楼盘，可以让辉仔先想办法，也借机历练一下辉仔。

辉仔开始马不停蹄地找投资公司。这边筹资的事情还没有眉目，广州方面报告，慧林山庄的售楼处又被人砸了。从监控录像很明显看出来，砸售楼处的并不是真正的业主，而是社会上的地痞流氓。所以魏东晓和辉仔推测，这个事件背后有人指使。辉仔不得不中止与投资人的约见，临时赶去广州处理，联系警方设立巡逻点，又给那里的工作人员开会，坚决不能再有第二起类似事件，否则全公司的声誉都会受影响。在广州，辉仔又去见了几家有投资实力的老板，但短时间内都无法抽出这么多资金。

辉仔只好快快而返。开车刚过虎门大桥，贺曦打来电话，说联系到了一家有实力的公司，正好副总刚从上海回深圳，让辉仔赶紧过去。辉仔急忙赶回来，见面之后才知道，对方是国内最知名的盛图投资公司，贺曦跟这位副总是老朋友，他们的投资理念颇为一致。因为贺曦的大力推荐，盛图投资拿到资料后立即召开了紧急会议，他们很认可贺曦的评估，认为这个项目值得投资，四十个亿的资金对于他们来说也没有难度。

敲定了与盛图投资的合作，辉仔终于喘过气来。他从心底里感激贺曦，特意请她吃饭。隔着近十年的光阴，辉仔看着贺曦说："阿曦，我喜欢你很久了，今天我们终于能单独坐在一起吃饭了。"

贺曦笑着说："当心我将这些话告诉嫂子，看你怎么办。"

辉仔笑着说："我也是在遇到我老婆之后才明白了很多道理。有些事是要去争取的，而不是一直等。我能看出来你和蚝仔互相喜欢，为什么不进一步？"贺曦沉默了。这些年，她打着跟大卫在一起的幌子，已经忘了交个男朋友这回事，包括蚝仔。蚝仔被绑架时的表白就在耳边，可自己就是不愿意踏出那一步。

孟大成将拿到的三个亿分给了自己以前的公司员工，给他们一个交代，自己却没留下什么。事情处理完，八年的战斗目标圆满达成，他忽然很伤感，也很为这些年的执着感到不值，决定放下过去，回安徽秀水重新创业。临走前，孟大成特意到万为集团去见魏东晓。

魏东晓看着秘书将孟大成带进来。

"魏总。"孟大成走到魏东晓面前打招呼。魏东晓示意他在沙发上坐下，说："我没想到，你会来见我。"

"慧林山庄的事，我都听说了，魏总，这钱虽然是陈大尧付给我的，实际上您万为地产的项目也因此受到了损失。"孟大成很自责。

"你的事解决了就好，其他的，是我跟陈大尧之间的事了。"魏东晓并没有将这件事放在心上。

"拿到钱的一瞬间，我忽然想明白了。我揪着陈大尧这么多年，实际上很多时候，很多事情不是钱能解决的。当年大成公司被收购，我那些老员工都没拿到该拿的钱，这回我把拿到的钱都给他们分了，可钱也不值钱了。"孟大成看着魏东晓给自己倒了茶，赶紧双手接过来，不断道谢。

"大成，我们也是有缘分，不嫌弃就来我公司上班吧。做地产也正是你的老本行。我相信你。"魏东晓向孟大成抛出了橄榄枝。

孟大成笑了，摇摇头："您这里我是不会来的。很多人知道我的事，没人愿意跟我这样的人打交道。我也不想坏您的事，让您的楼盘停工，这是我不想看到的，我……很抱歉。"

魏东晓问："你怎么打算的？"

"您放心，我不会再做傻事了，我会找个自己能做的事情做。办完这件事我就回老家了，老婆孩子还在家盼着我呢。"孟大成说着，站起身来，"魏总，我来是为了告别的，我就不多打扰了。"魏东晓起身相送，孟大成走到了门口，打开门的瞬间，他转过身来，冲魏东晓深深鞠了一躬，之后便头也不回地走了。魏东晓一言未发，一直看着孟大成的背影消失在走廊最远处，目光一点点坚定起来。

王光明最终帮陈大尧以最低价格把那块他要的土地拿了下来。陈大尧彻底摸透了他的心理，现在的王光明，不为别人不为自己，就为儿子也要尽力帮他做事。奔向六十岁的王光明无比珍惜跟儿子在一起的时光，十分享受这样的幸福与安乐。每每看到儿子稚嫩的脸庞，王光明的心就变得格外柔软，他暗暗下定决心，即使百年之后，也要为儿子留下足够多的财富，让他过得安稳无忧。

但国家的反腐之风越吹越烈，王光明心里总有隐隐的不安，担心什么地方出点问题扯上自己。虽然有一些老朋友，有什么风吹草动一定会给个消息，可他还是觉得不够稳妥，叮嘱凌凌把能转出去的钱尽量转出去，因为儿子是香港户口，这些事情都容易办理。这个时候，他就庆幸没和凌凌办理结婚手续，要是自己出事，还扯上凌凌，晓光可怎么办。

就像是夜间被围猎的猛兽，王光明警觉地四处留心着，一旦察觉到一丁点风吹草动，就让凌凌赶紧带儿子去香港，直到确认安全了再回来。这么折腾几回，凌凌不耐烦了，说："这么胆战心惊地过日子实在太难受了。"凌凌也明确告诉王光明，她什么都不怕，就想着儿子能跟爸爸待在一起。王光明很感动，相信这个女人是真心跟他好，而不仅仅是为了钱。

王光明去找陈大尧，将这些年的东西都退了回去，希冀以此换取自己余生的平安。

二十七　一步错，步步错

天道好轮回，风水轮流转。从知道杜芳的身体出现肿瘤开始，魏东晓就将大部分心思锁在了杜芳身上，经常来找杜芳。但杜芳反而忙得两脚不着地，成了名副其实的"空中飞人"。看着杜芳为了推进全国各地"养老社区"的进度，两个月都不回家，魏东晓终于体会到自己当初研发程控交换机，把自己关在实验室里，那段时间杜芳的感受。不过魏东晓和杜芳不同，他心里非常惦记，却还不愿意表露，就变着法地跟杜芳商量各种家里的事情，找各种把杜芳留在家里不出差的理由，而杜芳也像之前的魏东晓一样，不管不顾，只盯着自己要做的事情。

魏东晓见自己的"干扰"没有奏效，就联合蚝仔一起给杜芳旁敲侧击，让她歇歇，别把自己累坏了。蚝仔也很配合："妈，您就是身体没事，也不能这样折腾，太辛苦，我们年轻人都很累，你……"杜芳看着这一唱一和的父子二人，半开玩笑地说："我知道，你们父子两个联手想要把我关在家里，我没说错吧？我现在注意饮食，注意休息，每天站桩锻炼，精力比以前不知道好多少倍呢。"见软的不行，魏东晓下命令了："行行行，我不和你说这个，反正你这次回来了，不能再马上走。"杜芳说："行啊，不马上走，休息一晚，我明天的飞机去沈阳。"说完，看着父子俩面面相觑的表情，自己扑哧笑了："逗你的，这回我要在这儿待一阵子了。"魏东晓跟蚝仔这才放下心来。

王光明带着与陈大尧有关联的东西来找陈大尧。"这是几份股权证明书，还有你送我的手表，还有这些物品。"王光明把整理好的一堆奢侈品往陈大尧办公桌上一放，"这都是你送给我的，我原封未动，现在还给你。"

"你这是干什么？我几时送过你这些？这些都跟我陈大尧没关系。"陈大尧双手一摊，很诧异的样子。

王光明不理会他的装模作样："看样子这次上面是来真的了。"

"我做事你放心好了，都处理得很隐蔽的。"陈大尧说。

"大成公司的事你也说过没问题，不还是捅出了娄子？如果不是魏东晓，你舍得吐钱平息？"王光明对陈大尧当面一套背后一套的态度很不满。

"百密一疏。"陈大尧笑笑，不以为然。

"你反咬一口，害得万为地产项目停工，你认为魏东晓能这么咽下这口气？"王光明指出利害之处。

"那是公司行为，跟我个人无关。不过这件事不会那么简单平息。"陈大尧好整以暇地喝茶，"孟大成这件事，八成还得需要您出面一下。"

"你把我当什么了？！到这个时候还想我为你做事！"王光明彻底恼了。

"不做也行。凌凌母子现在住的别墅是我委托人出资的，凌凌还在我中发地产持有股份，也都是有记录的。还有你儿子上的可是贵族学校，学费……"陈大尧轻声说了几句，王光明的头低了下去："你想让我帮你做什么？"

"孟大成自己到公司自首了。"陈大尧说，"自首绑架我蚝仔，要挟我拿出三个亿，然后牵出了当年的大成公司破产案。"

王光明突然起身揪住陈大尧的衣领子："陈大尧，我他妈的跟你说了多少次，让你把钱早点儿吐了算了，你早吐了还有这些事吗？"

"领导，别激动。他没有实际证据，公司会计王涛不在，他不会得逞的。"陈大尧示意王光明放开手。

王光明瞪着陈大尧，恨不得将他一把捏碎，最终还是松开手，坐下来。他想了想："你的人找不到王涛吗？"

"在找，还没消息。"陈大尧说。

"好，我想想办法。"

陈大尧又将两块地的资料递给王光明："这是龙华区刚刚列入规划的两块地，可以行动。老规矩，越快越好。"王光明没有说话。

知道孟大成去自首，陈大尧就想好了退路。查贵祥会顶替所有事，这是他们原本就说好的。前两天查贵祥突然反悔，来找陈大尧："陈总……我，我现在不想赚那么多钱了，我还是想能跟老婆孩子找个地方待着安安静静过生活。"陈大尧看看查贵祥，打开抽屉，从里面掏出一张照片，上面是个女人带个小孩。查贵祥脸色大变。

陈大尧："你我之间，是可以没有秘密的。即使她们躲到温哥华，我也一样找得到。"

查贵祥脸色煞白："陈总，我知道怎么办，您放心吧。"他知道，陈大尧走过黑道，可以一狠到底。

在王光明去找陈大尧的同时，魏东晓也得到了消息，他也在担心支队长会被牵出来。他让王三成接着找王涛，但一定要保密。

当天下午，魏东晓正在跟王三成讨论工作，接到王光明的电话。王光明提出要和魏东晓吃饭，叙叙旧，说很想念当年的岁月。魏东晓一口答应了，又说可以多叫几个战友一起，王光明马上拒绝，说咱俩先坐坐。魏东晓心里明白了。魏东晓赶到的时候，王光明已经在包厢里等他了。魏东晓心里有点奇怪。他自己将时间特意提前了一些，可王光明还是先到了。

"抱歉，老首长，让您久等了。"

"不一样，我现在退休了没要紧事，你做事业，正是忙碌的时候。我已经点好菜了，咱们两个就喝几口，叙叙旧。"王光明笑笑，为魏东晓倒上了酒，"来，我们几年没喝酒了，先来一个。"他率先举杯，一口干了。

魏东晓见状，也一口干了。"这一杯，咱们敬当年基建兵的所有战友！"王光明又倒上一杯，"我现在闭上眼睛就会出现那些画面，我们建设深圳的时候，个个都是战斗机，身上永远都是使不完的劲儿……"他的声音哽咽了，又喝了一杯，喝完就剧烈地咳嗽起来。魏东晓有点担心，说："老首长您慢点。"王光明摆摆手。"老了，老了，换作当年，喝上一瓶也不会有事。"王光明拿过酒瓶又开始倒酒，"魏东晓，从在部队的时候你就跟人不一样，你看看你现在，你当年下海创业是对的。"魏东晓赶紧站起来接过酒瓶子："也是靠咱们很多战友帮衬，还有您，也帮了我大忙的。"

王光明无奈地笑笑，两人碰杯喝酒。很快，王光明就有了醉意："最近我老做梦，梦见的不是纪委的人来找我，而是以前部队上的兄弟，他们什么都不说，就那么看着我。我这心里呀，揪得难受。我难受啊魏东晓。"魏东晓说："您别急，没有过不去的坎儿，有什么事慢慢解决。"王光明摇摇头："有的坎儿能过，有的就不能过。"他红着眼，看着酒杯，"我这辈子，没别的嗜好，就是爱玩儿牌。第一回，他们带我打麻将，玩儿得高兴，谁知道，自己也就掉进去了。后来，他们请我去澳门，我一想，我也不收他钱，去玩儿玩儿有什么大不了的。"

魏东晓默默倒酒。

王光明："我真是个土包子，到了那里才知道，我自己那点儿钱，只够玩儿一把。陈大尧借给我钱，我说：'我可是借的你的，我一定要还你。'结果，等我出来，我就再也不提还钱的事了。因为那钱，我一辈子也还不上。"

魏东晓说："他那是给您设套呢。"

王光明："我知道，我都知道。可人啊，守不住第一关，那就彻底完了！后悔有什么用！从那天起，我就知道现在这个结局。"他掏出凌凌和晓光的照片，放在桌上，"东晓，我这辈子，都是别人求我，我没求过人，可是我今天……我自己的生死已经看开了，就是她们母子……东晓，日后她们娘儿俩要有什么难处，你能不能看在……看在咱们战友一场的分儿上，帮衬一把。"

魏东晓哽咽着："您别说了，我魏东晓知道怎么做了。"

两个人流着泪碰杯，喝酒。

魏东晓将王光明送上车，让司机将他送回去，自己在大街上独自走走。他想借夜里的凉风清醒清醒。夜很凉，魏东晓提了提衣领。突然，手机有短信提示声，是个陌生号码：王涛找到了。魏东晓手一哆嗦，手机差点儿掉地上。

陈明涛和侦探公司的人一起押着王涛连夜从江苏回到深圳。此时的王涛再没有任何理由说谎了。他见识了查贵祥和陈大尧的冷酷无情，知道再躲下去，自己就是丢了这条小命都没人知道。王涛让陈明涛和侦探公司带他去一个朋友家里，拿到了当年帮陈大尧伪造的大成公司的各种假账，对刑侦大队的办案人员如实交代了中发吃掉大成公司的全部过程。

当初王涛改口供，一是查贵祥以王涛家人的人身安全为要挟；二是他们给了王涛五十万元封口费，他以为可以脱身自保。谁知道一回到广东，就被人追杀，孟大成为了保护他受了重伤。最触动他的是，孟大成铤而走险，拿到了三个亿的赔偿金后一文不取，全部分给了以前自己手下的员工，虽然王涛躲起来了，但王涛在老家的父母都拿到了孟大成送过去的钱。

在王涛的招供中，陈大尧和王光明都被举报了出来。公安局当即决定立案侦查，同时汇报给市委书记秦勤。秦勤表示，不管牵扯到什么人，不管牵扯到多少人，都要一查到底。检察院下达通知，对大成公司一案立案审查，所有相关人员都要问讯清楚，也申请了王光明的逮捕令。

王光明见过魏东晓的当晚，就让凌凌带上儿子马上走。第二天一早，凌凌带着晓光正在排队，准备过海关。王光明打电话问他们到了香港没有："好，好，赶紧走……凌凌，遇到难处解决不了，就找魏东晓，他会帮忙的。"听到王光明急促的语气，凌凌眼泪流了下来，她看着儿子，突然下定决心，不过关了，直接去陈大尧家，让儿子在车里等自己。

陈大尧刚喝完咖啡，准备出门。

"陈大尧，你不要太没良心了。"凌凌气急败坏地对陈大尧说，"你用我们娘儿俩逼着王光明给你办了那么多事，这些年，你赚的钱还少吗？你却因为不舍得吐大成公司的钱把老王牵连进去了，现在准备让他顶缸？"

"那是他办事不利索，他找的人要硬，能阻止住案子发展，不就什么事都没了？"陈大尧推得一干二净，"老王进去是他自己的事，跟我无关。"

"你见死不救？哼，别忘了，他出事了，你也没好果子吃！"

"据我所知，大陆对于行贿罪的定罪，目前还存在争议。至于王光明，他早就该知道有这么一天，我也没有逼他。我倒是劝你，为自己想一想后路。我虽然没法救王光明，你，我还是可以救一下的。"陈大尧说。

"呸！我虽然不是因为爱王光明才跟的他，可这么多年，他对我不薄，我凌凌是个懂感恩的人。他要落了难，我一定会陪到底。"凌凌喊道。

陈大尧脸色铁青："好个义气的婊子！"

凌凌猛砸陈大尧客厅："对，我是个婊子，可你连个婊子都不如！"凌凌将手边能砸的东西全砸了，陈大尧什么也不说。

凌凌带着晓光回到家的时候，王光明没在家。凌凌看到他的皮箱不在了，还有保险箱里的钱也被取走了，心"咯噔"一下，身体就软了下去，一把把晓光抱在怀里，眼泪止不住地流。就在她最无助的时候，阿娇来了。凌凌很吃惊，不知阿娇是怎么知道地址的，阿娇告诉她，是魏东晓让她来的，并告诉凌凌以后有任何生活上的困难就找她。凌凌抱着阿娇哭了很久。当检察院的人找到家里的时候，凌凌主动上交了所有违法的财产，希望能得到宽大处理。与此同时，她也得到消息，王光明上了一辆公交车后，失去了踪迹。

清点之后，检察院在王光明及凌凌和她的家人名下共查处房产、现金、有价证券等共计1.4亿元，主要是和中发地产等房地产公司交易有关。其他未查明的，还在进一步落实中。另外还牵扯到了市委、市政府以及其他部门共计40多人。而经过交警局的配合，只知道王光明上了一辆公交车，之后再没人发现他的踪迹。

案情牵涉到中发，作为幕后指挥的陈大尧也被检察院带去协助调查，陈大尧将自己以前跟王光明的交易都推到离开了香港的乐南身上，后期则都是查贵祥安排，他自己并不知情。

"李凌在你那里上班这是事实吧？"办案人员问他。

"是，这是事实。阿祥带过来说这个人很有能力，我们就用了。事实上这个姑娘确实挺有能力，工作不错。"陈大尧说道。

"你安排她去香港生下王光明的孩子，还给她中发公司的股份，这些情况你还要狡辩吗？"

"我们公司一直是股权奖励制度，工作得好，创造了好业绩，就要有奖励，也是正常不过。具体的事务都是阿祥处理，我并不了解。"陈大尧完全一副置身事外的模样。

另一个房间里，查贵祥也在挤牙膏，只说一些办案人员掌握了的情况。最终陈大尧被释放了。回家的路上，他坐在车上一言不发，心里在盘算着一个更大的计划。

陈大尧最感动的，就是回家一开门就看到了蚝仔。蚝仔显然早就到了，一直等着，所以一听到陈大尧开门的动静，立刻从卧室里冲出来："尧叔，你回来了？"陈大尧怔怔地看着蚝仔，完全没料到他会在家里等着自己。"尧叔，你没事了吧？"

陈大尧摇摇头，笑笑："没事。"

蚝仔长长地舒了一口气："可急死我了。"

"你尧叔这辈子，什么大风大浪没见过，这点儿小事，本就跟我没关系，他们找我过去问问话，什么也问不出来。"陈大尧靠在沙发上，显得很疲惫。

"嗯，尧叔很累了，要好好歇歇。"蚝仔急忙上前扶着陈大尧进了卧室，照顾他上床躺好。卧室里很快就响起了鼾声。蚝仔守了陈大尧很久，这时他才意识到，陈大尧在他心目中，就是父亲的位置。

最近，贺曦在刻意避免和蚝仔单独见面。他打了几次电话，贺曦都以有事拒绝了。不过她最近确实很忙，从帮辉仔和盛图牵线成功后，盛图的老总对贺曦很有兴趣，想邀请她到盛图工作，从升职空间和薪金来说，盛图都对她有足够的吸引力，但同时，魏东晓也和贺曦说，希望她到万为工作。贺曦很犹豫。心烦意乱之时，她也不想见蚝仔，怕自己彷徨的时候见蚝仔，会经不住他的热情，但她拒绝不了杜芳打来的家庭聚餐电话。贺曦如约而至，到了才知道，是魏东晓有事要和她谈。贺曦忐忑着跟魏东晓进了房间。

"为什么离开恩贝？"一坐下，魏东晓就单刀直入。

贺曦愣住了："您怎么知道了？"

"这次帮地产那边解决资金问题，你找的是盛图，我就想你肯定跟恩贝有点问题，就让人打听了一下。"

"干我们这行的换工作很正常呀。"贺曦解释道。

"如果没猜错，你跟大卫也分手了，对吧？"魏东晓看着贺曦问道。

"魏叔，对不起。"贺曦这么多年的谎言被拆穿了，感到很不安。

魏东晓看着贺曦："阿曦，魏叔向你道歉。"贺曦不可思议地看着魏东晓。

"当年送你出国，我根本没有征求你的意见，也完全没有顾及你的感受，就把我的很多想法强加到了你身上。我自以为是好事，实际上，并不是那么一回事。阿曦，我让你受委屈了。"魏东晓真诚地说。

贺曦更吃惊了："魏叔，没有的事，我什么都不懂，还是您看得远，您所做的，自然就是对的。"魏东晓摇摇头："不是这样的。以你的资质和勤奋，在国内发展一定会更好。包括你从恩贝离开，跟大卫分手，都不告诉我们，可见你心里不管有多委屈，你都不想让我们知道。这是魏叔不愿意看到的。我没法和你爸交代。"

贺曦低下头。良久，她才稍稍平复了一下情绪："魏叔，您今天怎么突然说这些，其实事情都过去了。我跟大卫不合适，分开也很正常。"

"傻孩子，你这样的事都闷在心里不说出来，是没把我跟你芳姨当家里人。"魏东晓说，"好了，别伤心了，我今天还想跟你说的，依旧是上次和你说的事情：我希望你能到万为来工作。

　　"这些年万为集团发展得算是平稳，培养了大量的技术人才和营销人才，但是，我们缺少资本运作的人才。这次万为地产资金出问题，我想了很多，很多风险是可以提前规避的。

　　"对于万为通讯，你知道，我一直拒绝上市。但不进入资本市场，并不意味着可以躲避风险，一旦销售量下降，资金链就会出问题。1997年经济危机，多少公司倒闭，当时万为集团刚刚成立不久，正在大量投产，结果产品积压。那时没有别的办法，退下来就是死，只有硬着头皮往前冲。还好，我们冲过去了。后来我们不断研发新产品，在市场上有了充足的竞争力，现状才得到改善。还记得2008年金融海啸吧，这个你应该深有体会。当时很多人看到的是房价下跌，万为地产受影响较大，实际上万为通讯也是步履维艰。再到2011年，我们进军美国市场，你在其中，也知道我们有多艰难。"

　　贺曦点点头。

　　魏东晓看着贺曦："所以我想，万为应该有一个金融风险应对中心，提前对项目进行风险把控，甚至可以考虑从资本角度来运作。所以，阿曦，魏叔希望你来万为，你应该来万为。万为需要你，魏叔需要你。"

　　贺曦犹豫着："您那天说过之后，我不是没考虑……只是这个挑战太大了，我有点拿不准，自己能不能胜任。"

　　魏东晓笑了："不需要考虑，也不要拒绝，万为会给你更广阔的空间，一个足够大的舞台。至于能不能胜任，年轻人，遇到挑战要高兴，这是机遇。我相信你行！"

　　吃饭时，魏东晓说了他对贺曦的邀请，虾仔认为这是一个非常明智的决定："万为集团对资本可以保持警惕，但对资金的需求，永远都不会缺少。"蚝仔也很激动，说："你来啦，我们就在一个楼里工作。"贺曦笑笑，急忙去厨房帮杜芳切水果。虾仔看着蚝仔眼光一直追着贺曦转，心里明白了七八分。他拍拍蚝仔的肩膀："遇上中意的人就要大胆一点儿，奔四十的人了，还优柔寡断。"

蚝仔求饶道："哥，别取笑我了。"虾仔笑着说："这一点你要学我，紧盯不放，就那么把你嫂子追到手了。"蚝仔也跟着大笑起来。

虾仔的新港发展势头很好，办公场地一扩再扩，员工也不断增加。最近他跟辉仔又联手打造了全国首家物业管理互联网平台，并准备在物流、医院等各个行业搭建这种平台服务，魏东晓对虾仔的这些想法很欣赏，并考虑将这些服务放在用户服务端，把未来物联网的概念嵌入进去。

因为第二天还有工作会议，贺曦要早一点离开，蚝仔自告奋勇送贺曦去开会，魏东晓和杜芳都看在眼里，喜在心头。

晚上，魏东晓一直坐在客厅看报纸，看看时间快十点半了，杜芳让他去休息，魏东晓坐着不动。直到蚝仔回来，魏东晓才站起来，问："怎么样了？"

蚝仔很纳闷儿："什么怎么样了？"

"阿曦啊，"魏东晓说，"表白成功没？"

蚝仔有些不好意思："爸，您说什么呀，人家有男朋友的啦！"

"阿曦早就跟大卫分手了，"魏东晓瞪大眼睛说，"你居然不知道？"

蚝仔没明白过来。

魏东晓："傻小子，还没听懂爸的意思？贺曦早就是单身了，她只是没告诉我们。"

蚝仔突然醒过来一般，转身向外跑去。魏东晓笑了："嗯，这才像我的儿子。"

蚝仔一口气跑到贺曦住处的楼下，冲着楼上大喊："贺曦——我喜欢你！"

楼上黑着的房间依次亮起来一些灯。有人开窗骂蚝仔："大半夜的吼什么吼，神经病啊！"

也有人大声笑着给蚝仔加油："哥们儿，大声点儿，一定要让姑娘听见！"

蚝仔笑了，继续喊："贺曦——我爱你！贺曦——"

贺曦加班到很晚，还没回住处。她从外面开车回来，才停好车，就听到蚝仔的喊声。她关上车门就往前跑，站在不远处的树影下看着蚝仔，不敢往前走一步。楼上又有人喊："兄弟，大半夜的，姑娘不答应，是想让你找上门去！"蚝仔站起来就向楼里跑。贺曦躲在树后拼命克制着自己，不让自己哭得太厉害。她也喜欢蚝仔。可是怎么办呢？在她心里，她是魏东晓的女儿，蚝仔是魏东晓的儿子，他们是兄妹。所以她和蚝仔注定今生有缘无分。

蚝仔跑上楼去敲了半天门，没有看到贺曦，倒被邻居的一个胖阿姨骂了一顿，怏怏地从楼里走出来。他左右看看，想了想，直奔贺曦的办公室楼而去。以贺曦的风格，除非是天大的事，否则不论如何都不会不上班；而他无论如何都要让贺曦明白自己的心意。

贺曦在树后看着蚝仔离开后，回到了自己的房间。但她睡不着。看着天色渐渐亮起来，看着时钟一格一格指到八点，贺曦终于强迫自己站起来，特意给脸上扑了点粉，但依旧无法让自己像平时一样精神起来。

蚝仔坐在车里，在贺曦的办公楼下守了一夜。看到贺曦走了过来，蚝仔"蹭"地一下蹿了过去："阿曦。"

贺曦看着头发蓬乱、脸色苍白的蚝仔，吓了一跳："你……怎么在这里？"

蚝仔打量着贺曦，随即也明白了："昨天夜里你听到了的，对不对？你一直都听到了，为什么不回答我？"

贺曦嘴唇动了动，没说出话来。

蚝仔盯着贺曦："为什么不敢承认？我知道你喜欢和我在一起。"

贺曦垂下眼睛，轻轻地说："蚝仔，别跟个小孩子似的，不要闹好不好？"

蚝仔忍着自己的焦灼："我没有闹，我只是想让你知道，我喜欢你。"

贺曦深吸了一口气，抬起头，看着蚝仔说："那我也告诉你，我不可能喜欢你。我们不可能。"说着，贺曦又低下了头，往里就走。蚝仔一把拉住贺曦："为什么？"贺曦快崩溃了："因为我们是一家人，我们是亲人。"她使劲儿一甩手，进楼去了。

蚝仔傻了一样看着贺曦的背影。是的，他们是家人。他这才明白为什么明明自己在贺曦的眼中读出了爱意，她却总是躲开自己。

蚝仔沮丧极了。他觉得自己一下变成了一个满是窟窿的透明空壳，全身的力气都漏得精光。他不想去上班，不想见到任何人，于是开车回了家。杜芳正要出门，一见蚝仔失魂落魄的模样，就知道他被打击得很厉害。

"怎么啦，儿子？"杜芳爱怜地看着蚝仔。

蚝仔哭丧着脸："妈，我被阿曦拒绝了。"

杜芳不明白："啊？为什么？她的心里没有你？不会啊，我看得到。"

蚝仔精神一振："妈，您支持我是吧？"

杜芳说："当然，只要你把阿曦追到手，妈给你们办最盛大的婚礼。"

蚝仔点点头："妈，我想搬出去住。我要住到阿曦附近，天天盯着她，直到她成为您的儿媳妇。"

贺曦正式入职万为，出任风控部主任。蚝仔在公司门口等着她，要求搭她的顺风车回住处。贺曦白了他一眼："搭我车干什么？我们住相反的方向。"蚝仔毫不在意，冲着贺曦晃着手里的钥匙："我在你旁边的公寓新租了房。今晚我就住过去。"贺曦看看蚝仔嬉皮笑脸的模样，表示妥协："你可以搭我车，但我今天约了朋友谈事情，所以抱歉。"说着，她走到自己的车边，回头做了一个"爱莫能助"的表情，扬长而去。

蚝仔看着贺曦离去，一点办法没有，气得直跺脚。

二十八　一语惊醒梦中人

　　进入万为后，贺曦依旧天天早出晚归，总是天黑透了才回住处。这天，她才停好车子，掏出钥匙刚要开门，一只手就伸了过来。贺曦吓得刚要喊，转头却看见蚝仔笑嘻嘻的面孔。

　　"你干什么？什么时候来的？"贺曦说着，准备继续开门。"从下班到现在。"蚝仔一面笑嘻嘻地说着，一面挡住贺曦，"别开门了，跟我走吧。"

　　贺曦一面被蚝仔拉着走，一面抗议："到底是去哪儿？我很累，我想回家休息!"

　　蚝仔笑嘻嘻地说："马上就到。"他拉着贺曦到了自己住的小区，"近吧？我就住这栋楼。"

　　贺曦打量着小区环境："还真挺近。"

　　"当然，我就是要跟你最近。"蚝仔说着，不由分说把贺曦带到自己的房间前，欢快地做了个邀请的姿势："怎么样？"

　　蚝仔租住的小区环境不如贺曦的好，但房间收拾得整洁温馨，空气里飘荡着食物的香气。站在客厅的中央，可以看到厨房煤气灶上的砂锅里炖着东西。贺曦左右打量："你布置得还挺不错嘛。"蚝仔赶紧给万为做广告："我呀，根本不用布置，万为连厨具都给提供好了。你看，这是你最喜欢的砂锅粥。我妈的配方，可我相信绝对比我妈做的更胜一筹。"

贺曦使劲儿抽着鼻子闻了闻，不置可否。蚝仔把她从客厅带到卧室，床边的书案上赫然摆放着她的一张照片。贺曦怎么也想不起来是在哪里拍的照片，十分惊讶："我什么时候的照片？"说着，伸手就去拿。

蚝仔挡住她说："那次在东部华侨城，我趁你不注意偷拍的。你可不能拿走。今天是邀请你来庆祝我乔迁之喜，你不能让我不高兴。"一面说着，一面把贺曦往餐厅带，"走，到餐厅看看。"餐桌上已经摆满了饭菜。为了保温，还在上面盖着盘子。

贺曦震惊了："你做的？"蚝仔点点头："当然。"

贺曦："天哪！魏迪生，本来我晚上是不打算吃东西的，哪怕见客户也只喝果汁。可是看到你这个……对不起，今天晚上我要破戒了！"她拉开椅子就坐了下来，摆出一副要大快朵颐的架势。蚝仔看着自己的劳动成果被欣赏，特别高兴，拿出一瓶红酒："已经醒好了，来点儿？"贺曦挑挑眉毛："好啊！"

贺曦这么多年四处闯荡，吃遍了各种饭菜，对家的味道就越发痴迷。蚝仔的这桌饭菜，完全满足了她的味蕾需求。她甚至有一刻的恍惚：假如两个人就这样温暖地陪伴着过一辈子，该有多好！可是现实里，婚姻都是爱情的坟墓，四只眼睛朝夕相对，任何人都会日久生厌。还是保持清醒比较好。贺曦这样想着，反客为主，频频给蚝仔斟酒。她知道蚝仔的酒量。

蚝仔看着贺曦，越看越欢喜："阿曦，你要多吃点，你要胖一点才好。"贺曦跟蚝仔碰了下杯，说："有时候我都在想，你这样一个超级暖男，多少女生想要追着嫁，你就不要在我身上浪费时间，快点儿选一个合适的结婚吧。"说着，抿了一口。

蚝仔几杯下肚，显然就有了醉意，看着贺曦说："我们认识有十几年了吧？你说，人一辈子有几个十几年啊，我们两个从见面就相互喜欢，可十几年了也没走到一起，想起这个，我都觉得……窝囊。"说着，一口喝掉了杯中酒。

贺曦白了蚝仔一眼："魏迪生，咱们认识的时候十几岁，小孩儿一个，

404

傻乎乎的，那时候的感觉都是很懵懂的，那算什么喜欢……"

蚝仔认真地说："就是喜欢。后来再遇到的女孩子，都没有跟你在一起时的感觉。那段时间真的很特别，每天满脑子里都是你，就盼着周末快点儿到来，我从香港赶到我妈的店里去打工，最想见的就是你。看你笑我就开心，看你不高兴我也不高兴。"

贺曦笑着倒酒："我那时候也喜欢你，可是，都过去了，魏迪生，我们都长大了，不是小孩子了。你喜欢的，是那时候的我而已；我喜欢的，也是那时候的你。现在，我们都变了。"蚝仔又一口喝了，蒙眬着眼睛，伸手握着贺曦的手，说："对，正因为我们不是小孩子了，我们可以正确面对我们的感情。正因为有那个时候的感觉在，我们更应该给彼此更多的时间来了解。你看看，这么多年过去了，我们两个居然还都是单身，这就是我们的缘分，这就是上天给我们的安排，我们不应该抗拒老天的好意。"

贺曦挣脱了蚝仔的手，再次给他倒酒："魏迪生，我们就是亲人的缘分，我们都是魏叔和芳姨的孩子。"蚝仔醉眼迷离地笑着："你不要用这个搪塞我。"

贺曦很认真地说："魏迪生，其实，我没有搪塞你，我呢，根本就没想着嫁人过日子，我在国外这么多年，跟国内很多人的想法是不一样的，再说，我的工作也很忙碌，让我过得那么充实，根本不需要男女情感来填充，所以，我觉得独身对我是最好的选择。"

蚝仔半天没回过神来，呆呆地看着贺曦："贺曦……你不能跟我开这种玩笑……"

贺曦笑笑，不再说话，又给蚝仔倒酒，蚝仔伸手去拿杯子，却突然头一歪，趴到了桌子上。贺曦费劲儿地将蚝仔架到床上，想了想，拿走了床边自己的照片，反手把门带上。

深圳的天气很好。海风吹拂，空气温润。但贺曦却紧紧地抱着自己的双臂，觉得说不出的冷。心里的疼痛一丝丝漫上来，渐渐扩展成撕裂般的痛楚，让她忍不住泪流满面。

万为地产上市后，虽然资金的困境得到了缓解，但压力依旧很大。资金基数大了，要拿的地也多了，辉仔还是经常为资金短缺伤脑筋。贺曦提议，可以发行永续债来进行融资。魏东晓召开资金专题会议，贺曦、辉仔、王三成、陈明涛和各个董事列席。

贺曦阐述自己的建议："我跟蔡总沟通过，永续债是比较好的途径，详细的方案我已经发到各位董事和领导手中，具体情况，我们可以再商定。"董事们纷纷表示同意，说："方案已经看过了，这种长期债对公司的长远发展有好处，我们觉得可以。"大家举手表决，一致通过，由贺曦全权负责，和辉仔、王三成一起操作执行。

会后，魏东晓特意找贺曦交代：这次债券发行承接公司一定要找最稳妥的合作伙伴，万为地产的品牌和口碑容不得半点瑕疵。

贺曦说："放心吧，魏总。"魏东晓看一眼贺曦，一面转身离开，一面笑着说："你呀，可别学你芳姨，就是一个拼命三郎，不是出差就是在出差的路上。"

资本圈就这么大，这边万为的决议才确定，第二天大卫就给贺曦来电话了："万为地产要发行债券的事，在投资圈内已经传开了，我想说，你可以考虑跟恩贝合作，也可以跟联合亿华合作，无论哪一个，我们都不会让你失望。"

贺曦断然回绝："大卫，我们的价值观不合，你可以为了赚钱不择手段，而我不是。所以对于你的联合亿华也好，恩贝资本也罢，我都不会考虑。"

大卫不以为然："不要这么快就一口否决呀，我们可以坐下来好好聊聊，方案都是一起商讨的，跟我的价值观没关系。再说了，我能帮万为地产拿到钱，拿到最低的利率，这不是最重要的吗？"

"我们是要拿到钱，但是，拿钱的方式却有很多种。"贺曦冷冷地说。

大卫还想啰唆："阿曦，你一点儿都不念我们曾经的美好吗……"贺曦一声"再见"，就挂了电话。大卫恼怒异常，贺曦被这样纠缠，也挺不开心的。她径直走向电梯口，却发现蚝仔不知从哪里冒了出来，挡着自己的去路。贺曦满肚子火，冷冷地看着蚝仔。

蚝仔毫不在意："谁呀？对人家那么生硬，可不像我的阿曦。"

贺曦只想踢他一脚："这是上班时间，不要无理取闹！"

蚝仔神色一正："不无理取闹。我来，是想跟你拿回我的东西。"

"你的东西？"

蚝仔说："我床边的照片，怎么我醒了就找不到了？它是我的，你应该还给我。"

贺曦没想到是这件事："魏迪生……那是我的照片，你未经我的同意拍照，侵犯了我的肖像权！"蚝仔看着贺曦拿自己没办法的模样，有点想笑，使劲儿忍着。

贺曦看着蚝仔赖兮兮的脸，没了脾气："魏迪生，我们现在就这样，多好！一家人经常聚会，享受亲情，有事互相关照，所以，我真的对恋爱和婚姻一点儿想法都没有。"说完，她不再搭理蚝仔，大步走开。

蚝仔饶有兴致地看着贺曦离去的背影。她越是这样冷漠，蚝仔就认定她心里越脆弱。他相信，只要自己坚持，终有一天，这个有着阳光般明媚笑容，看上去刀枪不入的女子，一定会在自己面前瓦解。

随着万为集团的影响越来越大，市政府对万为的重视程度也越来越高。新上任的卢新秋市长到深圳的第三天就来了万为。他了解到万为的研究院在做5G研发，很有兴趣。魏东晓、麦寒生、蔡红兵和蚰蚰陪着他专门参观了5G研发中心。但是出于保密条款，有些部分还是不能开放。卢新秋很能理解。他私下里和秦勤交好，秦勤早就和他说过，万为的发展不可估量，如果中国涌现出更多的万为，我们的国家就能更快腾飞。

卢市长问蚰蚰："5G相对于4G的优势在哪里？"蚰蚰告诉卢市长，5G的容量较4G提高一千倍以上，频谱效率和能耗、传输时延、系统安全和用户体验都能显著提高，同时，5G可以为机对机通信等物联网应用场景提供架构上的支持。

卢市长听了，连连点头，说："现在的年轻人不得了。早听说万为的用人机制特别有活力，现在一看，满眼都是年轻人，还都身负重任。"

蔡红兵说："他们都是魏总的宝贝。就这个5G研发，魏总给了最高权限，可以任意调用集团所有的人力财力物力，我跟了魏总二十多年，都没这个权利。"一番话说得众人哈哈大笑。魏东晓却说："你当然不能和他们比。万为的未来靠他们，中国通信技术的未来，也靠他们。"卢市长点点头，透露说，深圳要启动多项针对高端人才的各项扶持，这个政策出台，会惠及很多企业和人才。魏东晓很赞同，说："对啊，人才是最关键的，吸引来人才，留住人才，是一个企业发展的关键，城市也一样。"

的确，魏东晓是始终坚持研发第一的。这些年，万为每年都会拿出相当比例的利润用在研发上，万为自己的研究院也成了业内最重要的人才培养基地。他说："一流企业做标准，二流企业做品牌，三流企业做产品。万为刚开始开发的程控器，完全是模仿别人产品来做的，后来我们有了自己的研发队伍，也都是追着别人屁股后头跑。现在，万为终于有能力研发出业内最前端的产品了，所以我们绝不要退而求其次，再也不要跟着别人屁股后面，做别人做过的东西。我们万为要做行业的领跑者。"他相信这些年轻人一定能实现他的梦想。

陈大尧最近十分狂躁。他让人四处搜寻王光明的下落，却杳无音信。王光明了解中发地产那些暗箱操作的全过程，这个人不找到，陈大尧就觉得有一柄刀悬在头上，随时可能砸下来。王光明并没有走远。他躲在深圳与惠州交界的一个山洞里。这个曾经仪容严整的军人现在蓬头垢面，衣服脏得辨不出颜色，头发奓拉着，遮住了半边脸。经过一些山村时，他经常被孩子们当成疯子，用石块和泥巴追着打，但王光明一声不吭，他怕一开口就被人注意。吃了好多天野果之后，王光明饿得受不了了，趁着天快黑了，他走下山来，想到村子里找点吃的。

他在一户破旧的房子前停下来。一个老嬷嬷端着簸箕从里面走出来，坐在木凳上拣米。

王光明四下看了看，确认旁边没有人，才小心地走过去："老人家，有没有吃的？卖点吃的给我吧？"老嬷嬷茫然地看着他，说："什么？你说什么，我听不懂。"他想了想，用手比画吃的动作："我……想要吃的。"

老嬷嬷明白了王光明的意思，转身进屋去，拿了两块番薯出来，递给王光明。王光明看到久违的食物，接过来就狼吞虎咽。老嬷嬷笑着说："慢一点儿，慢一点儿。"但王光明还是噎住了，努力了半天，咽不下去，一使劲儿，哽住的番薯反倒一下子被全吐了出来。

老嬷嬷叹口气，说："让你慢一点儿，你不慢一点儿啦。到口里的东西都得吐出来。"王光明听明白了最后一句话，突然如五雷轰顶。

老嬷嬷摇着头，却没有嫌弃的意思。她又进屋去拿了一块番薯和一块糍粑出来，递给王光明。王光明哆嗦着手接过来，又从口袋里摸出一张百元大钞递给老人。老嬷嬷吓坏了："不要，我不要，一点儿吃的，你快走吧，我不要你的钱。"

王光明慢慢地缩回手，将番薯、糍粑和钱一起揣到口袋里，转过身，向大山深处走去。他一边走一边流着泪，感觉身后的世界一步步消失在暮色里，只有他自己，只剩下他自己，还有口袋里的番薯、糍粑和钱。泪水落在手上，每一滴都冰凉绝望。

回到山洞，王光明将番薯和糍粑放一边。打开自己带出来的箱子。扒开上面的一层衣服，下面全是钱。他颤抖着手摸上去，摸着那些钱。突然，王光明站起来，将皮箱掀翻，怒吼着用脚使劲儿踩那些钱。是的，他再也不能这样苟且偷生了！曾经那个意气风发，对任何人都不假辞色的王光明哪里去了？曾经那个腰杆笔挺，让每个人都心生敬畏的王光明哪里去了？眼下这样见不得人的日子，不是他王光明过的！

王光明走出了山洞。不远处有一条河，王光明洗了澡，给自己剪了头发和胡子，换了一身干净的衣服。他在山路上走了一阵，搭了一个农民的电动三轮车，又走了一阵，在一个乡村小商店买了一瓶酒，接着拦了一辆货车。第二天下午，王光明重新回到了深圳。眼前就是那片熟悉的小树林，那里埋葬着他的五位基建兵战士和七班班长贺唯一。但他不敢靠过去。天还没黑透，虽然小树林人迹罕至，但他还是怕被人认出来。等待的时间格外漫长，蚊叮虫咬还在其次，最难受的是饿得心慌。番薯和糍粑已经吃完了，口袋里只有买的那瓶酒。王光明尽量不去想凌凌和晓光。

天终于黑透了。王光明拣了一根树枝当拐杖，慢慢走到坟墓前。有人给他们立了碑：基建兵烈士之墓。王光明走到墓边，伸手摸了摸墓碑，用衣袖将上面的土擦掉，慢慢坐下。他从怀里掏出酒，拧开盖子，先洒在地上一些，自己喝两口，再洒一些，一边洒一边痛哭。

"兄弟们，对不住，我王光明才来看你们。"说着，他又喝一口，洒一些，"从今天起，我就陪着你们，再也不走了。"他将最后的酒都洒在墓前，慢慢起身，走到树林里。

天气很好。在抬头寻找枝丫的时候，透过树叶的间隙，他看到了天上的星星。他的眼光很平静。

尸体是第二天清晨被发现的。警察第一时间确认是王光明。魏东晓带着王三成、陈明涛和一些基建兵兄弟赶来时，正遇上公安人员在取样检查。秦勤也特意赶了过来。公安局局长走过来汇报："秦书记，是自杀。"秦勤点点头。大家默默无语地看着王光明的尸体被抬上车。车子开走后，很多人在抹泪，有人哭出声来。

魏东晓用手擦擦眼角，长吸了一口气。他和秦勤对视了一眼，两人都明白：这样的结局不是大家想要的，但这就是王光明。

回去的车上，魏东晓和王三成坐在后座上，沉默着。他们后面跟着一辆车，坐着陈明涛和蔡红兵，两个人也都不说话。魏东晓转头对王三成说："我们去国贸吧。"王三成答应一声，给陈明涛打个电话，两辆车一直驶向国贸大厦。

天空阴沉沉的，似乎要逼着万物弯下腰来。车子停下，魏东晓和王三成从车上下来，陈明涛跟蔡红兵也下来。四个人仰头，苍穹之下，国贸大厦高高耸立。

魏东晓看看其他人："都还记得吧？"

王三成黯然道："哪能忘！咱们第一次创造三天一层就是在这里。"

陈明涛接着说："开始是十五天一层，后来为了加快速度，创造了滑模工艺。失败了多少次啊，连续攻关四个月，最终拿了下来。后来大厦竣工，倾斜度只有三毫米，远远超过了国际水准。现在想想，当年盖楼的那是咱们吗？都应该是神。"

王三成叹息了一声："还记得不，第一次失败的时候，操作工四十七个小时下不了火线，个个眼睛都是红的。最后一次试验，副市长都来了，支队长更是吃住在工地……"他说不下去了。魏东晓仰起头来，眨眨眼睛，说："走吧，我们上去。"他的声音很低沉，说完，头也不抬就往上走，直接到了四十九层的顶楼餐厅。一行人选了一个靠窗边的座位坐下，在那里可以俯瞰下面的风景。

"时过境迁，咱们当时雨里泥里滚的时候，谁能想到有一天我们几个会坐在这里，看到的是这样的环境……"魏东晓看着窗外，王三成点了几样简单的菜，几瓶烈酒摆在桌上。

魏东晓率先举杯："这一杯，敬我们的过去，激情难忘的岁月。"四人一口就干了。

魏东晓继续倒酒："第二杯，敬我们当年并肩战斗，为这个城市付出生命的战友。"四人又一口就干了。

魏东晓再满上，举杯："这一杯，敬我们……支队长。"四人全站了起来，喝完才坐下。

王三成哭出了声来："他要有什么难处说出来，咱们早知道帮一把，也不至于走这条路……

"那陈大尧第一次去给支队长送钱，支队长看也不看，用面条汤浇在钱

411

上，把他赶了出去。可谁又能想到，他们究竟用了什么样的手段，还是把支队长拉下了水……"

魏东晓眼圈一直红着："我在部队的时候，支队长就一直护着我，我能参加全国科技比武大赛也有他的功劳。他改变了我魏东晓的命运。在我眼里，他是真正的爷们儿。当年，他带着咱们来到深圳，那是什么条件，全凭两只手，可我们硬生生完成了每个不可能完成的任务。为什么，就因为支队长，因为在他心里，什么都没有他的兵重要，什么都没有我们重要！"

陈明涛揪着自己的衣领，含糊着："我心里憋得慌，从来没这么憋得慌过！"

四个人都有了醉意，陈明涛和王三成呜呜地哭着。

魏东晓看着他们俩："别哭了！大男人，哭什么！支队长最后之所以选择在那儿，就是因为他没有忘记我们，没有忘记他的兵，他还是我们的支队长，还是我们的支队长！他——是条汉子！"

陈明涛还在呜呜哭："我……我十六岁到支队长身边，总是被他骂，冬天总是抢他的被子……"魏东晓大着舌头说："你现在不是当年的通讯员小陈了，你现在是老陈，陈总！你不要哭。哭，你就不是汉子，不是支队长的兵！"

陈明涛果真止住了哭，抹干眼泪，跟着大家一起举杯，喝酒。

天完全黑透了。蔡红兵安排好王三成和陈明涛后，自己送魏东晓回家。魏东晓靠在后座上，迷离着眼神看着窗外。街景如画，可是这一切，他的支队长都看不见了。再过一些时间，他也会离开。他也会看不到了。想到这里，魏东晓突然觉得万念俱灰。

在家门口下了车，魏东晓还没来得及按门铃，门就开了。杜芳站在门口。魏东晓几乎扑在杜芳身上。

魏东晓努力睁开眼睛："阿芳？你……你回来了？你什么时候回来的？"

杜芳扶着魏东晓往里走："我听到老首长的消息，就赶紧订机票往回赶，就怕你心里难受不跟人说。"她扶着魏东晓坐到沙发上，倒了一杯温水放在魏东晓手里，"快醒醒酒，喝了这么多。"魏东晓拿着杯子却不喝，只管木愣愣地看着杜芳。他的眼睛红红的，显然是哭过。

杜芳轻轻地抚着魏东晓的背："老魏，心里不痛快你就说出来，别憋着。"

魏东晓抓住杜芳的胳膊："阿芳，你说，我是不是做错了？我要是没把王涛送进去，恐怕支队长也不至于……"

杜芳摇摇头："这不怪你。王涛只是一个引子，即使没有你，政府也不会坐视不管。你不能把别人的错揽在自己身上。"

魏东晓放下水杯，抱住头："我从来没想过支队长用这样的方式结束自己。一想起这个，我心里就像扎了把刀！我以为他会像过去一样，再难的事，再苦的境况，我们都可以直面……"

魏东晓痛苦的样子让杜芳很心疼。她急切地说："老魏，我可从来没见你这样难过过……你有没有想过，对支队长来说，这或许是最好的解脱？老魏，王光明已经不是以前的王光明了，你相信他，可是他不再相信自己了。他选择在死去的战士墓前了断自己，也是在为自己赎罪，按他自己的方式，给大家一个交代。"

魏东晓勉强笑了一下："或许我们是真的老了，连对自己的信任都打了折扣。"

杜芳摇头："人跟人是不一样的。我相信你魏东晓永远都是魏东晓，不管到什么时候，你都不会失去从头再来的信心。这一点，不是谁都有的。"

魏东晓继续抱着头："阿芳，今天，我一直都在想，咱们这一辈子活的算什么事。当年的日子苦不苦？苦得人们不要命地去逃港；苦得没吃没喝拼了命也要建深圳；苦得咱们儿子丢在香港，咱们也无能为力；苦得我们被通信巨头压着也愣是做成了无线网的研发……可那么苦的日子，现在想起来却是甜的。现在呢？深圳从小渔村成了全世界都瞩目的城市，我们的产品也卖到了全世界，孩子们都长大了，孙子也马上蹿起来了，按理说，这样的日子

413

是甜的，可杜芳，我……我忽然感觉不到了。"他越说越悲戚，觉得自己从来没有这么消沉过。

杜芳笑了："老魏啊，人这一辈子很短的，生活，只要有奔头儿，就是甜的。"

魏东晓苦笑："是啊。呵呵，苦中作乐，苦里头的乐，才刻骨铭心，回味无穷。阿芳，我们都老了，是真的老了，所有的好日子，都是年轻人的。"

"乱说！"杜芳松开扶着魏东晓的手，推了他一把："我现在活得不带劲儿吗？我一个患癌的人都活得这么充实有干劲儿，你魏东晓呢？你的产品已经卖到全世界了，你的基站也建到全世界了，魏东晓，你的5G可是走在了世界通信行业前沿的，你还想回到被国际通信巨头打压的日子，不想领跑了？"

魏东晓吸了一下鼻子，慢慢抬起头，看着杜芳。

杜芳放柔和了脸色："别胡思乱想了。喝这么多，早点儿睡觉吧，明天我带你去一个地方。"

魏东晓问："什么地方？"

杜芳说："明天你就知道了。"她端起水杯，看着魏东晓喝了几口水，才挽着他去卧室。

第二天，魏东晓一醒来就闻到了熟悉的粥香。杜芳早早地起来，熬了粥，又过来安排了他要洗换的衣服，等魏东晓来到餐厅的时候，早餐已经在桌上等着他了。魏东晓笑了起来。这种生活他太喜欢了，这就是以前他和杜芳过的日子。可是这些年，两个人都忙事业，这种感觉已经是久违的了。

杜芳带魏东晓去的是养老社区。魏东晓吃惊地发现，里面已经住了许多老人。院子里，有打牌的，有下棋的，有玩球的，有慢跑的，还有做压腿和相互按摩的。一些精神状态好的老人在忙碌着：晒衣服、被单，扶着行动不便的老人散步，给躺在轮椅上的老人喂吃的……

看到这一幕，魏东晓有些震惊。

"他们有的年龄比我们还年轻，但是，却不能照顾自己，只好住到这里来。我们现在设计了一种制度，就是让行动灵便的老人照顾行动不便的，换取工时，这样，等他自己需要人照顾的时候，就可以兑换其他人的照顾，不需要另行缴费。"

魏东晓四面环顾："想不到，你这里做得这么成熟了！"

杜芳自豪地看看魏东晓："这就是我的希望，这也是我的动力。只要看到眼前这一切，做项目过程中所有的不快和压力，都会转变成幸福感。"

魏东晓点点头。杜芳说："既然来了，走吧，我们也去干干活儿，攒点儿工时。"

魏东晓板起了脸："怎么，你还想着我老了动不了要人照顾啊。"

杜芳笑得像一朵花："嗯，你还是小伙子，你不怕的，但是我需要考虑，等我老了，我要跟老伙伴一起玩儿。"魏东晓笑了，被杜芳拉进屋子里。

虾仔、阿娇、蚝仔跟贺曦都围了过来。

魏东晓震惊万分："你们也都在？"

杜芳说："对啊，你想不到吧？今天是我们全家义工日，来吧，一起干活。"

魏东晓也不含糊，撸起袖子跟杜芳进了厨房，择菜洗米，忙得不亦乐乎。虾仔和阿娇配合着，专门负责帮行动不便的老人上下台阶；蚝仔则始终如一地跟着贺曦：贺曦晒衣服，他也去晒衣服；贺曦拖地，他也去拖地，没有拖把了，就蹲在地上用抹布擦。贺曦又好气又好笑，又无可奈何。等到中午吃饭时，大家都胃口大开，说这比上一天班还累。杜芳对虾仔和蚝仔说，以后就该多来干干体力活，兄弟俩满口答应。

杜芳又看着贺曦说："阿曦，你工作也不能太拼命了，有空你们组织去爬山啦露营啦什么的，年轻人，生活要多点情趣，不要跟我们老家伙一样，就知道工作。我跟你魏叔也说，真正回味起来，还是年轻时候留下的美好最多。"

蚝仔马上响应："好呀，下个周末我们就去白坪山那边找个地方露营。"

贺曦不置可否。蚝仔紧追着问："好不好？"

贺曦见杜芳在看着自己，不好直接拒绝，只好说："看看到时候忙不忙，发债的事刚定下来，要忙的很多。哦，对了，芳姨，我有东西送你。"她从包里拿出一个盒子，打开来，递给杜芳，"这是一款手环，可以远程监测佩戴者的心率、血压等这些身体的常规指标。是刚上市的最新款，我让美国朋友发过来的。以后您在外地出差，我们在深圳就能监测您的一举一动了。"说着，她就把手环给杜芳戴上了。

杜芳左看右看："这可是好东西。"虾仔瞄了一眼，说："其实，这个原理很简单，我们也能做的。"杜芳看着虾仔，又看看魏东晓："真的？那对万为来说不是更简单？"魏东晓毫不在意地说："对啊，我们终端部也有类似的产品，不过这并不是我们的主攻方向。"

杜芳开始沉思："我在想，干脆将我的养老社区全部联网，形成一个智能化养老体系，所有入住我社区的人都要佩戴类似的手环，这样方便我们实时监测，数据随时反馈到所在社区系统和总部系统上，这样，社区内每个老人身体有丁点儿异常，我们都能监测到，方便实施救助，这个从技术角度讲能实现吗？"

魏东晓点点头，犹豫着说："做倒是可以做……"心里想着怎么拒绝比较委婉。

杜芳白了他一眼："算了算了，既然你们看不上眼，这个事情就和我儿子来谈了，虾仔，我们联手打造智能养老社区，你们新港有兴趣吗？"虾仔兴趣盎然："有啊，当然有！"杜芳乐了："你有兴趣啊，我们就来谈一下合作细节……"

魏东晓装作不高兴的样子："哎哎哎！今天是来干什么的？说好了来做义工，到头儿怎么变成你们母子两个谈生意了。谈生意那是公事，得去公司谈，这是在养老社区。"贺曦跟蚝仔都笑了起来。阿娇也笑了。虾仔说："好，妈，我邀请您到我公司去考察一下，看看我们的综合实力。"杜芳说："我看行。不过，你公司我就不去考察了，明天下午我就得出差。"

"又要走？！"魏东晓这下真的不高兴了，"我还以为能过上几天好日子呢！"他的确很希望像今天早上一样，回到从前充满温情的日子。

杜芳看了一眼魏东晓："我这是活到老奋斗到老。"

贺曦乖巧地端起杯来："芳姨，我们年轻的都应该向您学习。来，我敬您一杯。"她拿着饮料跟杜芳碰杯，两人相视而笑。

这时，魏东晓的手机响了，拿起来看了看："哟，梁老。梁老，您好哇！"梁鸿为说："东晓，秦勤要到省里做省长了，明天就走，我怕你不知道，给你个信儿。我在广州，就不过去了，你直接跟老秦联系。"魏东晓说："好，我马上跟秦书记，不，秦省长联系。"挂了电话，魏东晓脸上有了喜色："秦书记要调到省里了。"

虾仔说："秦书记调走啊？会不会跟大成公司案子查明白了有关？"杜芳不满地看一眼虾仔。虾仔自知多说了话，看一眼蚝仔。蚝仔脸上没什么表情，低头吃饭。

魏东晓约了秦勤喝茶。两人煮茶话过去，近三十年的友情又岂是一晚上能说透的。秦勤素来内敛沉静，曾有一段时间貌似消极，省委几次调令下来他都婉辞了，当时是因为觉得无力改变现状而选择了退让。但现在，看到中央改革的力度，秦勤的心里又泛起希望的涟漪。这次调令，他考虑再三，接受了。其实他很舍不得离开深圳。他说："我一辈子都忘不了第一次看到深圳的样子，葱葱郁郁的山林，那么安静，那么美，可路却泥泞到无法行走。破旧不堪的民房，衣衫褴褛的百姓……我心里就想，这里是特区呀！说到这儿，我就想起梁老，他老人家被组织派来建设这里，没有一丝嫌弃、一丝抱怨。他对我说，只要埋头干，没有做不成的事。这句话，是他从政这么多年来一直身体力行的。"

两人聊着聊着，从过去说到现在。秦勤和梁鸿为都很关心企业接班人的培养，魏东晓说，公司经营，需要的是合适的人选，而不是非要给创业者

417

自己的家人，这一点，三人的想法不谋而合。秦勤高兴地说："你这么想，正符合深圳的开创精神，符合我们的时代。改革的目的是什么，梁老早就说过，就是改善老百姓的生活。"

魏东晓不停地点头："这句话责任有多重，只有到了一定高度的人才能体会。看看深圳的发展，当年那是什么环境，把深圳从一个穷到吃穿都愁的小镇变成今天令世界都瞩目的大都市，这是怎样的速度！每一个深圳人的背后都有自己的奋斗故事，正因为每个人的努力，才有今天的深圳，今天的深圳人。"

时光在茶盏中缓缓流逝。岁月的步履匆匆，不会为任何人停歇，但那些甘苦与共的真挚，并肩战斗的激情，在记忆里恒久长青。

大成公司案子的刑侦审讯很快落下了帷幕。陈大尧被传讯了好几次，但他将所有责任都推给了查贵祥；因为王光明自杀，没有对证，也找不到陈大尧的任何违法证据，只能将他放了。陈大尧被放出来后，查贵祥的老婆立刻给陈大尧打电话索要他承诺给查贵祥的两个亿，否则，查贵祥就把陈大尧供出来。陈大尧只得立刻安排给她转账。

陈大尧刚处理完转账的事情，蚝仔的电话就打进来了。

蚝仔："尧叔，您出来了对不对？您没在家，您在哪里？我去看您一眼才放心。"

陈大尧点点头："孩子，尧叔没事。我在公司。"

蚝仔冲进来的时候，陈大尧正站在窗子边，向外看着。

蚝仔看看陈大尧，试探着问："事情，应该可以完结了吧？"

陈大尧摇摇头："不过他们没有任何证据，奈何不了我。"

蚝仔焦急地说："您不是都没参与吗？那就跟您没关系。"

陈大尧看着窗外的广场，很久才开口："刚才你开车过来，跑着进楼，尧叔都看到了。你很关心尧叔。尧叔一直在想，这件事到底该不该告诉你。"

蚝仔看着陈大尧。他不知道陈大尧要告诉自己什么，只是隐约觉得会和自己有关。

陈大尧也看着蚝仔："蚝仔，你爸不会放过我的。我跟你爸认识六十多年，我太了解他了。孟大成拿了钱，事都该了结的，他还跑到公安局去自首，没人怂恿他会去？还有大成公司的会计，是谁找到的？也是你爸。"

蚝仔很震惊："不会的，尧叔，这件事他应该不会……"

陈大尧笑着摇摇头："不让我陈大尧玩儿完，他是誓不罢休啊。蚝仔，我跟你爸，早没了情分。若不是看在你的面子上，我也不会步步退让，蚝仔，尧叔最不想看到你夹在中间为难。"

蚝仔不能相信："尧叔，您误会他了，上次您进去，我爸妈都很着急的……"

陈大尧冷哼一声："你爸？只怕是假慈悲罢了。他口口声声爱你妈、爱你们，可他到底怎么爱了？在他眼里，只有他的万为是真爱。"

蚝仔想告诉陈大尧不是这样，他想告诉他，魏东晓为家人做的所有。可是看着陈大尧悲痛扭曲的脸，蚝仔就说不出来了。他知道自己无论说什么，陈大尧都只会越来越生气。

不久，大成公司案件的判决下来了：

中发地产法人代表查贵祥犯行贿罪，判处有期徒刑5年，没收违法所得；犯串通投标罪，判处有期徒刑2年，处罚金50万元；数罪并罚决定执行有期徒刑6年，没收违法所得，并处罚金50万元，剥夺政治权利6年。

被告单位中发地产犯单位行贿罪，没收公司违法所得，并处罚金100万元。

陈大尧听完判决从法院出来，看着头顶的天空发誓，他一定要让魏东晓付出代价。即使魏东晓扳倒了王光明，他陈大尧也有能力让魏东晓的日子不好过。他找到了对贺曦怀恨在心的大卫，两人一拍即合。之前，万为准备发行永续债券的时候，大卫就希望接下这个业务，他知道万为是块肥肉，如果拿下，他在中国地区的位置就会更稳固，而且可能成为下一步升迁的关键一笔。但贺曦拒绝了大卫，转为将业务委托给了曾经帮辉仔渡过五十五亿元难关的盛图。通过大卫在投资圈的关系，利用联合亿华与陈大尧在香港的申蓝公司，他们开始联手操纵万为地产的股票。

但蚝仔对于这一切一无所知。他的尧叔终于平安了，蚝仔悬着的心终于放了下来。他找了个空，将贺曦从公司抓了出来，说带她去一个地方。贺曦不肯，说还有很多工作，蚝仔说不耽搁她明早的事情。两人驱车直达白坪山。贺曦一路都心神不宁，不知道蚝仔会带她去哪里，也不知道如何才能打消蚝仔的痴念。

汽车驶离了市区，路边渐渐少了车水马龙，多了野芳摇曳，绿草如茵。贺曦很久没有出游过了，放下车窗，就听到小鸟的婉转啼鸣。蚝仔见贺曦一副心醉神迷的样子，笑着说："你就该把心从工作里收一收，给自己一点儿这样轻松的时光。"

蚝仔带着贺曦到达目的地的时候，天已经黑了。远远看到隐藏在树木中的灯光，是一家民宿。车子停下，老板迎了出来，竟然是蔡伟基。

蔡伟基："蚝仔，来啦？"蚝仔："您好，蔡叔，带朋友来。"蔡伟基："是女朋友吧？"

蚝仔笑笑看看贺曦。

贺曦："蔡叔难道不认识我了？这家民宿是您开的？我怎么一直没听说过？"

蔡伟基定睛辨认："你是老魏的那个女儿，阿曦？我从监狱里出来，没什么事做，星都大酒店又被亲戚弄空了，干脆，就把一个朋友在这里的老屋盘下来，做做住宿的生意。不累，有点人来人往，不至于老了孤单嘛。"

蚝仔："蔡叔谦虚了，他实际上连这一片的山都包下来了，做生态种植，提前过上了让无数人向往的生活。我来过一次后就喜欢上了，有空就过来。"

蔡伟基帮着蚝仔提东西。蚝仔将一些日用品递给蔡伟基："这些，您这儿用得着。"蔡伟基嘿嘿笑了，对贺曦说："蚝仔就是心细，处处体贴人，这样的男人可是越来越少啦。"

蔡伟基的民宿很有特色，外面是老式民房，里面却焕然一新，古典而雅致。

贺曦很吃惊："哇，别有洞天！"

蔡伟基笑了："那当然，你蔡叔是谁，经营过深圳第一家五星级酒店啊，谁能有我的手笔嘛。"贺曦笑了："早知道有这么个好地方，我早就来了。"

蚝仔对蔡伟基说："蔡叔，给我开两间挨着的，要对着湖的。"

蔡伟基正端了茶具过来给他们泡茶，听蚝仔这样说，放下茶具，看看贺曦，又看着蚝仔："小子，你都还没拿下就来蔡叔这里，也不怕蔡叔笑话。"

"所以来跟蔡叔取经，需要您帮忙。"蚝仔卖着乖。

蔡伟基回到前台，看了一眼旁边假装没听到、专心泡茶的贺曦："好姑娘就一定不要放过，脸皮厚一点儿，一举拿下。"蚝仔不好意思地笑笑。贺曦却狠狠瞪了一眼蚝仔。蔡伟基看在眼里："你们两个哪，赶不上现在的85后、90后喽。"

见到贺曦跟蚝仔，蔡伟基很高兴，一直聊天。突然听说他们明天还要爬山，就住了口，赶他们去休息。贺曦刚走进房间，关上门，还没上床，房间门就响了。

贺曦有些吃惊："有事吗？"蚝仔说："给你送蚊香。"贺曦打开门接蚊香，蚝仔却不放手，坏笑着看着贺曦。贺曦用力一夺，蚊香落到自己手里，想把门关上，蚝仔又挡住了："就这么把我关在门外？"贺曦眼睛一瞪刚要急，蚝仔就笑了："逗你的。好好休息，明早我叫你，带你去爬山。"贺曦又瞪了蚝仔一眼，忍着笑道："晚安。"

清晨，贺曦在久违的鸟鸣声中醒来，拉开窗帘，蚝仔已经在湖边锻炼完身体了，正在用毛巾擦汗。见贺曦推开窗户，蚝仔笑着向贺曦挥手，笑容灿烂。贺曦也笑了。在这样清爽明媚的早晨，有一个心爱的人守在身边，让人感觉说不出的美好。吃罢早饭，蚝仔带着贺曦去爬山，上不去的路段，蚝仔伸手拉她，他的手温暖而充满力量。这是贺曦从进万为以来最放松的一个上午，他们在林间嬉戏、休息，很累，但很开心。回市里的车上，贺曦睡着了，睡得很沉稳。蚝仔开着车，不时将眼光落在贺曦的脸上，看到她一脸的恬淡幸福。

陈大尧开始行动了。听到新港与万为地产合作融资的消息，他安排人在香港制造各种舆论新闻，报道万为的负面消息，同时与联合亿华联手，与申蓝一起操控万为地产的股价，一夜之间，万为地产全线下跌。

王三成急匆匆去找辉仔："蔡总，快看今天的香港证券论坛。已经转得铺天盖地了。"

辉仔打开网页。东方财富版发布着一条重磅消息："*万为地产发行高利率债券，暴露出资金短板，配股行为也意在炒作股价，实则内部危机重重……*"

辉仔打开万为的K线图，一根大阴线，快跌停了。

辉仔急得跳了起来："通知董秘发布公告，澄清事实，再让法务部发公开信，追究造谣者的责任。"贺曦出现在门口："从香港转来的消息，一下难以追究出谁使坏。别慌，我那边也发现了一些情况，我们马上去跟魏总汇报，商量对策。"

他们来到魏东晓的办公室。

魏东晓："在你们过来的路上，我已经看到了发给我的资料。阿曦，你怎么看？"

贺曦："很明显是有机构在做空万为地产，我们平时的成交量都在一亿左右，今天突然放量五亿多了，这种情况下，散户出逃，上面又有这么大的压盘资金，这一定有机构在吸筹。如果只是庄家炒作我们还不怕，可是怕他们有别的目的。我建议我们兵分几路，公关部做好舆论引导和辟谣，我从资本市场去打探内幕，尽快掌握信息。"

魏东晓倒吸一口凉气，意识到贺曦说的情况有多严重："不能大意，你们两个赶紧行动，我也看一下，做好资金调度准备，紧急情况下可以考虑护盘。"

贺曦："对，万不可掉以轻心。蔡总，我要拿到这几年所有万为地产竞争对手的资料。"

辉仔："好，我尽快整理好都给你。"

但是因为大卫的操作手法极其专业，申蓝又是一家全新的公司，没有任何背景资料。贺曦经过多方调研，包括对万为地产这几年的竞争对手和市场上的投资公司都作了详细分析，还是无法找出准确的幕后操纵者。关于万为的负面新闻在不断继续。魏东晓有点着急："我最不希望看到的是，我们万为地产本身的股东被动摇，我希望大家团结一心，一致对抗外部势力。"

辉仔很恼火："基本上所有的信息来源我们都追踪了，并且采取了手段，但是，真正的幕后操控者我们还是没有找出来，所以才不断有针对万为地产的恶意消息放出。"

初战告捷，陈大尧跟大卫很得意。两人一起喝酒庆祝。

大卫："怎么样，陈总，几个月时间，我们联合亿华和你的香港申蓝已经分别买入万为地产股票的4.9%，这么下去，用不了多久，您就可以成为万为地产的大股东了。"

陈大尧笑呵呵地放下酒杯："你是一语惊醒梦中人。万为地产是一只会生金蛋的鸡，抱住了，不愁钱不往袋子里钻。"两个人举杯大笑。

二十九　为你，万水千山只等闲

万为地产的股票风波在继续，万为集团研究院的5G研发也遇到了难题。

麦寒生和蚰蚰风风火火地来找魏东晓。

蚰蚰说："国际电信联盟那里边发布了消息，这个月25日的会议上就要确定5G标准了，可我们的研发还没有完成。这个事情很棘手，一则我们的试验没有达到预期进度，有些环节的进度不是人为控制可以调整的；二则也不知道他们会这么快就要确定标准。"

魏东晓沉思片刻："你们有没有去和联盟那边沟通？"以万为在行业内的实力、口碑，是可以与联盟直接对话的。蚰蚰点头："沟通了，人家根本不买我们的账。"蚰蚰现在是5G研发的总负责人，研发任务重，压力也大。5G是全集团上上下下都瞩目的产品，关键时刻出来这样的消息，他感觉很挫败。

但魏东晓却异常平静："新试验预计还得多久？"

蚰蚰摇摇头："新版还需要解决一连串的bug。离截止期限不到20天了，这么短时间，很难将编码调试完成。已经完成的方案，虽然有一些不完美，但是已经能确保一定的优势。"

"什么叫确保一定的优势？"魏东晓问。蚰蚰说："我参照他们提交的方案作了对比。"

"毕竟人家是主场作战，裁判是人家的人，我们领先一个身位，还不能确保就能赢得比赛。所以我们得留一手。"魏东晓思忖着。

"是啊，不少巨头都把我们当作最大的对手，千方百计想围堵我们。我们万为现在是众矢之的，不得不小心呢。"麦寒生说。

魏东晓瞟一眼麦寒生："这难道不正是我们追求的目标吗？对我们来说，这是压力，更是动力。"

麦寒生苦笑着："倒也是。"

魏东晓看着蚰蚰敲着桌子："让我们的研发团队加快进度，一刻都不要停，在最后期限最后一刻，争取要把新方案作出来。好了，你快去忙吧，抓紧一分一秒。"蚰蚰领命，转身就走了。看着蚰蚰消失在门口，麦寒生说："还有一个方式，这也算不上什么秘密了：朗南公司早就开始到处游说，凡是使用他们核心技术的手机企业，商业上给出了很多优惠承诺。这其实就相当于在拉票。"

魏东晓想了想，说："老麦，我们就不掺和这样的运作了。万为能走到今天，当然离不开朋友们的关照，但我们不是靠拉关系，而是靠扎实的技术和提供的服务来赢得客户的信任的，做好技术和服务是本分。"

魏东晓心里当然希望万为能入围5G标准，说小了，这是万为通讯的实力体现；说大了，这是为国争光。但无论入围与否，任何时候都是万为通讯的研发起点，倒无所谓这一次的成与败。但在这样关键的时候，他一定要给员工打气，而不是扯后腿。所以，当朗南提交了新方案之后，魏东晓连夜给所有5G的工作人员召开了会议。

"朗南公司刚提交了最新的方案，这就意味着，如果万为拿第一套方案去参加比赛，原先还有点胜算，现在基本没戏了。"魏东晓环视着台下一张张疲惫的面孔，"我们五年的努力，你们两千个不眠之夜！现在都化作了泡影！我替你们感到心疼！我对不起大家！"

底下有人开始议论，声音越来越大。

突然，蚰蚰站起来，愤愤地说："魏总，我们还没输呢！"

魏东晓一拳擂在桌子上："对！我们还没输。我们还能扭转局势。如果我们能在最后期限完成第二套方案，我们就能转败为胜。"

研发人员的头又耷拉下来了。不是不想，是太难了。第一套方案还没完成，何况第二套方案！时间如此紧迫，几乎不可能。

"我知道这个事情的难度，我也不想给大家太多压力。我知道在这段日子里，你们每个人都耗尽了自己的力气。我也明确跟公司决策层的人说过，我们即使争不到也不怕，我们中国这么大的人口基数，还有哪个国家有我们的市场更大？还有哪个国家能像我们的政府一样维护我们，扶持我们？这次拿不到，下次一定会是我们的。"

下面的人开始兴奋起来，低声交流着。

魏东晓微微一笑："可是，下一个机会，也许在五年十年之后，在座的大多数还能赶上，但我说不定就赶不上了。因此对我来说，眼前的这个机会，是一个无法抗拒的诱惑！你们加把劲好不好，算我老头子拜托你们了。"魏东晓站起来，给大家深深鞠了一躬。

几个青年传来善意的笑声。

有个声音说："没问题魏总！我们挺你！"大家笑起来，更多的声音说："对，我们挺你魏总！"人们沸腾起来。

"所以，接下来的日子，是我们最后的冲刺，而且我们也已经做好了冲刺的准备。你们就差最后几步了，咱们能今天打赢的，为什么要等到五年后再决出胜负？小伙子们，有没有信心？有没有？！"

台下众人异口同声地说："有！"

魏东晓："好！我相信你们，我也相信我自己，也请你们自己相信自己！"

会场掌声雷动。

目标既然确定了，研发人员就更加争分抢秒地守在岗位上。管管天天盯进度："我不管什么原因，这个月底，一定要把改版的新版本上线！我五千万元买来的产品，你们再给我优化两个月，我怎么跟大家交代！"

研发人员盯着屏幕，头也不抬地说："好的，管总，我们加班加点，一定争取月底发布新版本。"不远处，在和员工讨论问题的丁凯看一眼管管，没说什么。中午休息的时候，丁凯去敲虾仔的门："你有没有觉得管管最近挺怪的？为了新版本的发布，他快神经质了，整天在公司盯着，家也不回了，整天泡面外卖。"虾仔抓抓头发："也怪我，当初不同意他的这个方案就好了，我已经跟他说过几次了，不要有太大压力，可越说感觉他压力越大，就由着他吧。"

在研发人员夜以继日拼命抢进度的日子里，魏东晓每天晚上都会去5G实验室看看。看着在水龙头下洗把脸继续工作的员工，魏东晓湿润了眼眶。就算是为了他们，也要努力啊！让万为成为他们梦想实现的地方。

非常时期，杜芳也在压缩自己的时间，处理了手上的工作，以便尽快回到魏东晓身边。虽然魏东晓说自己撑得住，没事，但杜芳还是担心他在万为通讯和万为地产两边忙，顾此失彼。她建议身在美国的潘雨去国际电信联盟了解一下情况，魏东晓觉得很好："嗯，她去最好，她办事稳妥。"

联合亿华和申蓝买入万为地产的股份都只差几百手就到5%了。证监会规定，持股在5%以下时，持股人身份可以不暴露，一旦达到5%，就必须举牌。陈大尧和大卫计算了一下日子，决定次日再买入一点股份，由联合亿华先举牌。商议确定之后，陈大尧开车去看蚝仔。在万为集团楼下的咖啡厅，陈大尧给自己和蚝仔各点了一杯蓝山。

蚝仔嗔怪他："还喝咖啡，晚上睡不好怎么办？"陈大尧笑容满面："睡不着也有事干，有事干就什么都不怕。"蚝仔搅动着咖啡，感慨道："我发现啊，你们这些长辈，一个个比我们年轻人有冲劲儿多了。"陈大尧看着蚝仔，期待着他说下去。

蚝仔说："我妈忙养老项目，要打造智能养老社区，忙得各个城市飞来飞去，经常大半夜给我打电话，查我的岗。"

"看看你小子，嘴上是抱怨，心里可乐着呢。要说你爸，也就对你妈能这么迁就。"陈大尧笑着将话题引向魏东晓，"我看到网上的评论了，看来万为通讯方案并不被看好，人家朗南最后使出杀手锏，基本已经胜券在握，万为还是嫩了点，这差距不是一天两天能追上的。也让你爸少安毋躁吧。"

蚝仔说："我爸哪是那种性格的人哪！他已经给5G研发团队下了死任务，无论如何，项目都要做成。"

"他这个人呢，不认输。以前呢，是他运气好，再大的坎儿，他也都迈过去了，可是这次，恐怕未必。"陈大尧说着，喝了一口咖啡，"还是这苦的有味道。"

蚝仔反驳道："哪里是什么运气！是我爸身上那股劲儿。我哥说，网上支持我爸的人更多，你知道吗，5G说起来是好事，我们看电影玩游戏，5G网络比现在的网吧速度还要快，还有自动驾驶，也会比现在安全多了，但是大家最担心的是资费能不能降下来，不然一切都是空。我相信，只要我爸做成这件事，肯定能把价格降下来，您信不信？"

陈大尧的脸上抽动一下："信！你爸当初就是这样把我踢出通信产业的。"

蚝仔搅动着小勺一笑："尧叔，您不高兴？"陈大尧没有表情。

蚝仔哄陈大尧："您一个人不高兴，可是千万人却因此高兴了。尧叔，你就不能大度点儿？"

陈大尧半真半假地："尧叔才不管千万人高不高兴呢，这个世界上，我只关心我的蚝仔高不高兴。"

蚝仔语塞。他觉得陈大尧的这份爱越来越沉重，甚至让他有被绑架的感觉。

见过蚝仔的第二天，联合亿华举牌，成为万为地产的大股东。贺曦和王三成、陈明涛、辉仔赶到魏东晓的办公室，刚进门，蚝仔也到了。

贺曦："联合亿华是恩贝资本跟陈大尧的中发地产联合成立的。"

魏东晓冷眼看着贺曦跟辉仔："也就是说，这段时间兴风作浪的是陈大尧？"

贺曦说："对！不过不只是他，还有恩贝的大卫。"

魏东晓正差异，蔡红兵敲门进来："魏总，看电视。财经频道正在播放陈大尧的专访。"

电视里，记者在采访陈大尧："陈总，请问举牌万为地产的目的是什么？是为了投资还是有更深远的计划？"

陈大尧回答说："只是财务投资。"

记者继续问："那会不会继续增持？"

陈大尧笑道："并不排除这个可能性。还是请大家关注公告吧。"

陈大尧往中发地产办公楼里走去，记者没有追过去，转身对着镜头继续报道："继联合亿华举牌万为地产之后，我们第一时间联系到联合亿华实际控股人陈大尧先生，由他亲自给我们解答了很多股民朋友的疑问。观众朋友们，我们下面的报道是深圳另一家上市公司蓝天科技……"

蚝仔将电视关了。魏东晓一直没有说话，在思索着什么。

辉仔看看魏东晓："希望陈大尧只是因为万为通讯在抢占5G有难处的关头来搅局，而不是……"

魏东晓说话了："而不是想要控股万为地产。"

贺曦说："单纯通过联合亿华来控股万为地产很难，需要不断吸筹码，超过5%就要举牌的，加上这一次的公开，我们也会更加注意他的一举一动，他后面的操作不会那么容易。"

魏东晓点点头，抓起椅子上的西装："我看陈大尧是有备而来，千万不要轻敌。狼子野心，已经露出真面目了。不过你们别担心，遇到事情尽力去做就好。我和麦总要去市委，万为地产的处理方案就交给你们了。"

蚝仔回到自己的办公室，给陈大尧打电话："尧叔，为什么要这么做？"

陈大尧很惊讶的样子："孩子，怎么你也来问尧叔？尧叔说了，都是正常的财务投资。"

蚝仔问："为什么选择万为地产？"

陈大尧说："选择万为地产是因为我了解它，是因为它的价值被严重低估，况且，这也是资本的力量，你知道的，联合亿华的背后还有恩贝，还有大卫。"

蚝仔还想问，一抬头，看到魏东晓站在门口，就收了线。

魏东晓笑笑，走进来："没事，正好路过你门口，就过来看看。你这里都挺好的吧？广告公司交到你手上，你妈几乎没再管过，我就更不用说了，问都没问过。你也大了，有些事能自己处理了。相信你。"他伸出手放在蚝仔的肩上，拍了拍。看着魏东晓的眼睛，蚝仔突然感受到了信任的力量。

蚝仔："爸，您没事吧？"

魏东晓疲惫地一笑："没什么事儿。什么事都不是事，什么事都可以解决。"

从蚝仔的办公室出来，魏东晓带着麦寒生去市委见卢市长汇报5G的最新研发进展。卢市长说："北京那边来消息了，说是5G市场开放议案，已经提上国务院日常工作讨论议程。明年人大会上，就要写入政府工作报告。"

魏东晓说："真的？太好了！谢谢市里的支持！这些年，万为的发展，关键的每一步，都离不开政府的关心和扶持。这是我的真心话。"

卢市长沉吟片刻："魏总，我准备去一趟北京，汇报一下我们这边的工作情况，顺便提一下我们企业的要求。对了，你这边进展如何？有什么困难？"

魏东晓说："是遇到了一些困难，但是，这个只能靠我们自己解决。您放心，这一次，就是冰刀子割过来，我们也要冲一冲的。

"万为五年前就开始这个项目的研究，努力了这么多年，我的研发人员为了这个项目，个个都吃住在实验室，为了什么？就为了等待这一天的到来。卢市长，我现在就让工作人员把我们公司的工作进程情况给您送来，供专家们讨论。"

卢市长说："好，还有你们遇到的困难，需要协商解决的问题，都写上。还有其他企业的，我汇总一下，一起汇报。"

魏东晓兴奋而感激地答应着："哎！"

从市委出来，麦寒生看着脸色凝重的魏东晓，想了想，说："要不，我们找陈大尧谈一谈？"魏东晓摇摇头："他找这样的时机攻击万为地产，就是算准了我分身乏术。我不准备妥协，所以，没有必要。有时，等待自有等待的力量。"

从市委出来，魏东晓接到潘雨的电话。潘雨说："魏总，我昨天通过朋友跟国际联盟下面的人接触了，又跟朗南总部的人碰了一下，跟我们的判断差不多，我们就算是第一套方案应征，也还是有希望的。朗南不可能全部吃下，至少在控制码上，我们有一定的优势。"潘雨的话给了魏东晓信心，情况的确和他们开始的判断差不多。

"只怕朗南胃口大得很。"魏东晓说，"不过，我也告诉你一个利好消息，今天上午卢市长说，我们国家开放5G市场已经提上日程。"潘雨很高兴："太好了。中国5G市场的巨大潜力，举世皆知，说起来，欧美真正的5G市场需求高峰恐怕还要等到2020年，所以，这个消息对我们真是最大的支援。这样我们的胜算又多了几分。主要定位精准，我们希望很大。"

魏东晓："嗯。你提醒得对，我们策略上要有调整，我们本来就没那么大的胃口，眼下看，重点要放在我们更有可能拿下的那部分。明天我马上跟技术部的人讨论一下，你那边继续盯着点，有什么动向，及时跟我联系。"潘雨很利落地收了线："好的。"

挂了电话，魏东晓终于轻松了一些，麦寒生的脸上也浮现出一丝喜色。每一分努力，都向目标靠近了一小步。

当晚，杜芳把青岛的项目统筹会议交给当地负责的同事处理，连夜航班回了深圳。她的养老社区已经在全国十几个城市开展起来了，万为地产一块儿交给王三成和辉仔管理，她原本很放心，但得知这次股票风波的幕后操控者是陈大尧之后，杜芳就无法淡定了。经过岁月的磨洗，生死的历练，她越来越清楚自己对魏东晓的重要程度。在这样的紧要时刻，她要和魏东晓一起，并肩面对。

晚上九点钟，魏东晓办公室的门开了，杜芳拖着拉杆箱出现在门口。魏东晓完全没料到杜芳会出现，他有些激动："……阿芳？太好了。我刚跟潘雨通完电话，看来我们这次入围的希望还是很大的。你回来得太及时了！还是你懂我。"他帮杜芳接过行李箱，握着杜芳的手笑着，看着，渐渐地眼角就有了泪水。杜芳也看着他，看着他两鬓的白发："看你，傻笑什么？"伸手拭去他眼角的泪滴。

魏东晓拥着她坐到沙发上："你知道吗，这些天，我就跟坐过山车一样，一会儿上去，一会儿下来。我静下来就劝自己说，魏东晓，别着急，胜败没什么，这次不行还有下次。可我看着机会就在眼前，就忍不住对自己说，不行，这次我一定要拿到。你不在，家里就我一个人，我这一阵翻来覆去，老睡不着觉。"在全世界面前坚强到执拗的魏总，只有在杜芳面前，才能坦然地说出自己的焦灼与脆弱。

杜芳怜爱地看着丈夫："我懂，没有什么比5G更重要，这是你大半辈子的心血，是你的目标，也是万为的目标。万为地产这边你不要担心，有我在。"

魏东晓重重地点点头。

杜芳的归来，令万为地产士气大增。当杜芳笑吟吟地走进万为地产会议室时，贺曦第一个看到她，凝重的脸色立刻变得轻松了。她与杜芳相视而笑。

王三成和辉仔惊喜万分："杜总回来了！杜总在，我们的心就落到了肚子里。"

陈明涛说："最重要的是，魏总就可以全力以赴，盯5G那边的事了。"

杜芳依旧笑吟吟地说："受董事长的委托，从现在起，我来负责万为地产的事务，无论如何，也不能让万为地产落入他人之手。"众人一阵鼓掌。

贺曦说："我们刚商量完应急方案。目前计划的是针对市场相继发布利好消息，提升一下股价，增加搅局者的收购成本，股票回购，随后再抛出业绩预增，然后根据联合亿华的举动再确定下一步。"杜芳说："好，我们随时关注资金动向，如果发现联合亿华还有增持迹象，我们马上想别的对策。"

知道了杜芳回来的消息，蚝仔立刻跑去会议室等着，杜芳从会议室一出来就看到了蚝仔。杜芳很高兴，上前就是一掌："蚝仔，臭小子！"

蚝仔冲杜芳"嘘"了一下："妈，您别这么激动。"

杜芳笑笑，看一眼贺曦随众人离开的背影，凑近蚝仔的耳朵："你跟阿曦怎么样了？有没有进展？"蚝仔有点为难："妈，怎么见面就说这个？"

杜芳白了蚝仔一眼："我不关心这个，难道还关心你这个月业绩是多少，比上个月高了还是低了？那都是工作，工作的事妈不担心你。"

蚝仔举手投降："我努力，我努力。妈，您回来了，我心里的压力小多了，本来还担心爸一个人是不是应付得来。"杜芳头一扬："放心吧，有你妈在，一切都不是问题！"

蚝仔笑了："妈，您真是个特别的女人。"杜芳假装微嗔："你的意思是，你妈是个很特别的老太太？"蚝仔假装很惊讶的样子："老太太？您确定您超过了三十岁？"杜芳被逗得合不拢嘴："就你贫。"拉着蚝仔走了两步，杜芳突然想起刚才的会议。她停下脚步，看着蚝仔说："股票的事情，是公司行为，你不要有心理负担。你只是我的蚝仔。"

蚝仔没有说话，只是轻轻点了点头。他哪能不在意呢？一边是自己的亲生父母，一边是把自己养育大的尧叔。无论是哪边受伤，对于他都是切肤之痛。他从心里希望事情真如陈大尧所言，联合亿华购进万为地产的股票只是财务投资，但事情的发展不可预测，贺曦也没忍心告诉他，一场恶战才刚刚开始。

杜芳稳定了大后方，魏东晓心无旁骛，他的雷达脑子就开始飞速运转。从朗南集团的应征方案看，他们信号代码的长码优势比较明显，短码与万为旗鼓相当，而万为的控制码略占优势。由此看来，对万为来说，放弃长码，确保控制码，力争短码，是比较可行的一套方案。可是这样的布局，研发团队也要不留退路地拼尽全力才有可能完成。魏东晓想起自己关起门来鼓捣程控交换机和万为通讯从固网转到无线网的研发经历。每一个重大突破，都是置之死地而后生才获得的！他告诉自己，一定要憋住这口气，坚持到最后一刻。24个昼夜的拼搏，可以创造奇迹！

当魏东晓在为5G研发殚精竭虑的时候，陈大尧和大卫也在排兵布阵。他们看到"万为地产股份有限公司回购公司部分股票"的公告，喜笑颜开。大卫给陈大尧打电话："陈总，万为地产有反应了。他们开始回购了。"陈大尧笑道："好，我要的就是这个反应。我们的第二道大餐，马上热辣登场。"

第二天，各大财经新闻网站都被一则新闻刷屏，其中转发得最多的是：

万为地产接连发布利好，掩盖断裂资金链；红岭控股入股，以解燃眉之急。

这条新闻如此突然，连交易所都赶紧打电话来核实信息。贺曦叫上辉仔、王三成，紧急召开骨干会议，决定万为地产所有持股的中层管理人员都参与，全力筹资，集中一笔资金，第二天开市即购入万为地产的股票，以稳定一下股价。

但贺曦还是很担心："如果只是联合亿华一股势力在操作万为地产，或许这个对策还可以，但如果他们有联手方，那对我们来说，就是雪上加霜，胜负难料。"辉仔说："现在没有更好的办法，只有放手一搏。"

贺曦看了看杜芳。杜芳点点头："不妨一试，看看联合亿华的反应。"她知道现在形势严峻，但相对于股票行情，她更担心蚝仔。蚝仔心思敏感而又善良，他两边都在意，但什么都不会说，至少不会对魏东晓和自己说。所以，杜芳私下里拜托贺曦，留心关注蚝仔的状态，有机会的时候就劝慰劝慰他。贺曦点点头。她也很心疼蚝仔。她和蚝仔一样细腻敏感，也和蚝仔一样内敛，不肯将自己的脆弱示于人前，因此格外明白蚝仔的难过。

蚝仔是在客户那里知道股市变故的。当时他正在和客户谈一个广告设计方案，客户的电脑里弹出"万为地产资金链断裂"的新闻时，蚝仔并没反应过来，听到客户开玩笑说："万为地产的股票这下惨了！"蚝仔脸色突变。他辞了客户，出门直奔陈大尧的办公楼。

陈大尧正跟大卫在商谈下一步的计划，扭头看到蚝仔推门而入，愣了一下："蚝仔！"

蚝仔进门就说："尧叔，我找您。"大卫站起来，冲蚝仔伸出手："你好，魏迪生。"蚝仔没搭理大卫，只是看着陈大尧："尧叔，我有事和你说。"

陈大尧冲大卫点点头："大卫，我跟孩子有话要说，就不送了。"大卫挑下眉毛，拎起包："那我就先告辞了。再见，魏迪生。" 走到门口，大卫又转过身看着蚝仔："我听说你在追求贺曦。也难怪，她是个很有魅力的女人，但，要赢得她的心，必须先融化她心外面的壳，你的爱火能有多热烈？"蚝仔闻言，狠狠地瞪着大卫。大卫耸耸肩："拜拜。"

蚝仔的目光收回，看着陈大尧。陈大尧在沙发上坐下："其实呢，这些天，我一直在等着你来。无论我怎么说，我都解释不清现在的局面。"

蚝仔看着陈大尧："这并不是单纯的财务投资，对不对？您和大卫是有预谋的，对不对？"陈大尧并不回避蚝仔的目光，最终点点头："是的。"

蚝仔有点不可思议："为什么？尧叔，您不是答应过我，不会将这些放在心上吗？"他说着，激动起来，"尧叔，你们……你们一边是我亲生父母，一边是养了我二十多年我最爱的人，为什么你们就不能好好相处，非要这样斗来争去？"

陈大尧神色渐渐变得狰狞："我不甘心。我半辈子的心血就这么付诸东流，只因为魏东晓所谓的正义出手，哼，不能因为他现在强大了，就可以对我随意碾轧，为所欲为。"他抬头看着蚝仔，"而且，蚝仔，这就是公司行为，万为地产的股价被严重低估，就算没有联合亿华，也会有别的公司盯上万为地产，那时候你也去跟人家喊吗？"

蚝仔看着陈大尧，慢慢蹲下身，微微仰视着陈大尧："尧叔，为了我，也不行？"

陈大尧摇摇头："孩子，为了你我本来可以什么都不计较，但是，你看看……我得到了什么？商场就是战场，我不能因为自己的仁慈舍弃掉自己的阵地。这是我跟魏东晓的战场，跟你无关。"

蚝仔看着陈大尧，好像从来就不认识这个人。这个人的回答如此冷漠无情。这是他的尧叔吗？还是换了一个人？或者，他以前朝夕相伴、倾心以待的，是另一个尧叔？

看着陈大尧冰冷决绝的脸，蚝仔不再说什么。他慢慢站起来，一步步向外面走去。下了楼，蚝仔一时不知道去哪里，漫无目的地开着车，等清醒过来的时候，才发现到了贺曦的公寓前。他抬头看着贺曦的住处，停好车，走了上去。

蚝仔在贺曦的房间门口等着，不知道抽了多少根烟后，贺曦回来了。"蚝仔……魏迪生。"她看到了无比颓废的一张脸，斜靠在门上，抬眼看着她。贺曦旋即明白了，"你是不是去见过陈大尧？"

蚝仔慢慢眨了下通红的双眼："我很渴，我想喝水。"贺曦急忙打开门，将蚝仔让进去，给他倒上水。蚝仔将一杯水一口喝干。贺曦又倒满，他再次喝干。

"你慢点儿。"贺曦看着他，心里十分担忧。

蚝仔坐在椅子上喝完水，自顾自地笑了："阿曦，你有没有觉得我现在很好笑？"

"不，我从来没觉得好笑，我早说过，资本市场从来都是战场。"贺曦认真地说。

"我现在不敢见我妈，不敢见我爸，我……我不知道该跟他们说什么。"蚝仔一脸悲伤。

贺曦看着蚝仔的脸："是陈大尧在做的事情，跟你又有什么关系？"

"是我的错，如果不是我，我爸就不会逼着尧叔吐钱给孟大成，尧叔也不会因此恨我爸。没有那些过节，就不会有现在这些事情。"蚝仔说着，几乎要捶胸顿足了，"我对不起我爸，对不起我妈，我也对不起尧叔。"蚝仔哭了一会儿，渐渐平静下来。他转身抱住贺曦的腰，将脸埋在贺曦的怀里，轻轻地啜泣。贺曦的手抬起来，想拥抱住他，手在空中停了片刻，落在蚝仔的脖子上："会好的，一切都会过去的。"

次日，万为股票变动异常，高开的时候有大量抛售，等到下午已经几近跌停，却不停有人买入。

贺曦、王三成、杜芳和辉仔都在会议室，死死盯着不停往下走的万为地产的股票曲线。

贺曦眉头紧蹙："很明显有人在砸盘，稍微起来一点就有人大量抛售，散户都被砸晕了，都不敢进，都在抛。"

"应该不只是有联合亿华这么简单。我们有资金进入的情况下，他们还能将股价拉到低点吸筹，可见对方实力非同一般。"杜芳看着曲线和吞吐量，眉目渐渐凝重。

辉仔转身看着杜芳："对，联合亿华已经举牌了，现在卖的肯定不是他。"

"那么，现在抛售的资金到底跟陈大尧有没有关系，我们也不得而知。证监会在这方面控制得很严格，任何人都查不出来这些信息的。"贺曦向杜芳说。

王三成电话响了，接完电话，他看看陈明涛又看看杜芳："杜总，又有利空信息放出来了，文章里还写了魏总跟陈大尧的旧事。"

"无耻。"陈明涛低吼，"往外散播这些事的，也只有陈大尧这样的混蛋了。"

那篇文章很快成为媒体八卦的对象，公司员工都在私底下纷纷议论，向以前罗芳村的人打听。随后网络上出现了各种所谓的旧人讲述，让事情亦真亦假，更加扑朔迷离。

虾仔很清楚万为地产面临的困境，但他无能为力，因为新港也陷入了大麻烦。

虾仔跟杜芳达成合作意向之后，很快就确定了跟万为地产养老社区项目深度合作，共同打造智能养老社区，新港负责所有的技术支持和研发工作。虾仔将网络大数据和监控这一块全部交给丁凯，因为管管当时忙着另一件大事，就是跟一家叫"好聊科技"的交友软件谈合作。管管的意图是将"好聊科技"吞并，这样，主打企业级通信的"大圣"跟交友软件"好聊"配合起来，公司的产品线才算建立完整，也更有利于将来发展。

"好聊科技"在几年前被估值到二十个亿，管管用五千万元将他们收入新港，计划再投五千万元将这个软件的推广做起来，就可以跟"大圣"互为犄角共同发展。没想到"好聊科技"买回来没多久，就发现用户在不停地减少，管管不得不提出改版，并为此投入了大量的人力、物力和金钱，却依旧收效甚微。"怎么回事？我们不是找明星推广了吗？"看到下载量不到五百万的数据，虾仔神色严峻。

管管情绪很低沉："用处不大，推广的时候有点下载量，最后活跃度都下来了，主要是活跃用户太少。"

"看来，这就是一个过气的产品，救也救不活了，不要再在推广上花钱了。"虾仔看着管管，干脆地说。

管管叹息一声："可是两千万元的推广费用已经支付出去了。砸了几千万元推广，聊天软件前十名都没冲进去。这还没算下载提成的钱。"

虾仔简直想要瞬间爆炸，可还是压制住了："我们在'好聊'上一共投了多少钱？"

"前期收购，加上后续开发再加上推广，已经快1.5亿元了。"管管低了头。

"也就是说，你把新港的家底儿都押在了这个'好聊'上了？"虾仔后背发凉。

管管声泪俱下："我本来想的是用'好聊'让咱们公司大变身的，没料到是这种局面……"

虾仔简直不知道说什么好："……你知不知道我们走到今天这一步多不容易？我让你管着财务，你却这样坑我们！"他很愤怒，如果揍管管一顿就能将局面挽回，他会毫不犹豫挥下拳头。可管管却只有哭着说对不起的份儿。

虾仔去查了账，新港现在所有钱加起来，只够支付现有员工两个月薪水的。丁凯建议赶紧推进万为地产的智能养老社区，做起来了，也能保住现金流，可是万为地产正在被陈大尧围剿，向养老社区要项目款，虽然有合同，虾仔还是觉得张不开口。

在这样烽烟四起，所有人都焦灼不堪的时刻，5G实验室传出好消息，蚰蚰带着他的研发人员提前完成了任务，短码和控制码的升级方案调试成功。蚰蚰发来信息时是深夜十一点多，魏东晓接到消息，一下子靠在办公椅上，长舒了一口气。

在后来的日子里，魏东晓无数次满怀真诚地向那些昼夜奋战、争分抢秒的年轻人道谢，说万为感谢他们，中国通信也感谢他们，也希望他们永远不要停步，因为在未来的路上，挑战无时无刻不在。研发人员并没有休息，蚰蚰和连岱又马不停蹄地带着新方案去跟国内的同行进行接洽和探讨，很多公司话语说得模棱两可，但在万为和朗南的选择上，大部分公司还是站在了万为这边。蚰蚰更是虚心总结了收到的建议，在国际电信联盟会议之前，继续争分抢秒地将代码作了完善。

在蚰蚰汇报给魏东晓调试结果的下一分钟，杜芳就接到了魏东晓的电话，知道了这个好消息。杜芳很欣慰。在5G研发期间，她将万为地产这边的飓风骇浪全部压住，不让一丝涟漪波及魏东晓。但杜芳没想到，万为地产跟

439

陈大尧的事，魏东晓其实全都知道，包括陈大尧将那些陈年旧事添油加醋地弄上舆论头条。让杜芳更意外的是，魏东晓并不介意，也不恼火。他说，实际情况是什么样，不是靠一些人乱说就能改变的，身在其中的人知道就好。就如同经营企业，是要脚踏实地做的，不是天花乱坠说的。这句话，杜芳记在了心里。她觉得很骄傲，这样的格局与胸襟，不是一般人能有的，即使陈大尧将万为地产闹得人仰马翻，他也依然无法跟魏东晓比肩而立。

香港申蓝举牌5%之后的第二天，联合亿华就发出公告，已经持有万为地产10%的股票。这就意味着，香港申蓝的实际持股比例可以接近10%，联合亿华的持股比例可以接近15%，一旦联合亿华跟香港申蓝联手，不用再次举牌就可以拿到万为地产接近25%的股份，成为实际上的控股方。因为万为地产自己可控的股份加起来只有21%。这样，万为地产就很容易失去对自己公司的掌控，转而要服从控股方的决策。虽然还没有迹象表明香港申蓝跟陈大尧有关系，但每个人心里都有一团疑云，疑云背后的面孔就是陈大尧。

晚上，大部分员工回家了，魏东晓依然在办公室里坐着。最近几年，他习惯了在办公室独自待着的时候梳理思路。"或许是老了！"他偶尔会这么想，"怎么会少了原来那股不计后果的冲劲儿呢？"

门突然开了，杜芳轻轻地走了进来："老魏，回家吗？"

"你那边有好对策了吗？"魏东晓反问。

杜芳摇摇头："你先别想地产这边，5G的标准眼看就要投票表决了，更大的考验还在后面呢。"

魏东晓勉强笑了笑，依然靠着椅子不动。他很累，可这段时间不停失眠，有时候躺在床上一夜，眼睛也很难闭上。他知道自己嘴上说不在意，可内心还是极度焦虑的。

杜芳看出他的疲惫，走到他身后，给他轻揉着头部两侧："有没有想过，如果陈大尧真的控股了万为地产，你怎么办？"

魏东晓闭着眼睛享受着杜芳的照顾。有一会儿，他似乎睡过去了，可只是片刻工夫就又清醒过来，"只要他认同万为的经营理念，不随便裁减万为地产的员工，我……也不是不可以接受。"他轻轻地说。

"老魏！"这不是杜芳想听到的。这样的结果，她内心是无法接受的。

"那是万不得已的情况下。这么多年，你们都说我偏心，说我心里只有万为通讯，根本没把万为地产当自己亲生的孩子，其实，并不是这样。在我心里，万为地产是整个万为集团的大后方，这里有我的基建兵兄弟，有万为通讯转岗下来的老员工，要知道，没有他们，就没有我魏东晓的今天，更没有万为集团的今天。所以，无论陈大尧想出什么办法，我都不会轻易将万为地产交付任何人。"魏东晓低声说。

杜芳点点头："老魏，你会不会怪我，如果我当年……"魏东晓一下子精神起来："没有当年不当年这一说。我坚信邪不压正，老天爷给我摆一道坎儿，无论刀山还是火海，我魏东晓都要过。"

"可是，5G标准制定的事也在筹备，还有大量的工作要做，两边的担子太重了。"杜芳担心地扶着魏东晓的肩膀。魏东晓笑了："刚开始做公司的时候，想着将来做大了，就能轻松点儿了，可等企业一天天做大了，才发现，身上的担子不但没轻过，反而比以前重了许多倍，稍一松懈就能把人压趴。"

"为了不趴下，这口气就得一直撑住。"杜芳太了解魏东晓说的话了，这些年，她这么努力奔波，也是在努力地支撑。

"是啊。不过，眼前的得失又算得上什么呢，即使这次机会我们没抓住，还有以后。只要积累到了一定程度，成为行业的领跑者，参与标准制定，那就是顺理成章的事。可是，为了我那些研发人员，为了国家的荣誉，我必须要争取这次机会。"魏东晓欠了欠身，"我就是担心蚝仔那边……"

"我把安慰的任务交给阿曦了。"杜芳说着，帮魏东晓拿起公文包。

"你这是一箭双雕。"魏东晓说完就笑了，这办法只有杜芳想得出，而贺曦也确实是做这件事情的最合适的人选。

"我打心眼里希望这两个孩子能走到一起。他们两个看上去都很乐观开朗，实际上，他们的经历注定了他们内心都很敏感，需要被更好地呵护。他们只向真正懂自己的人敞开心扉，所以他们都需要彼此。"杜芳说着，拉着魏东晓的胳膊，"回家吧，你需要休息。"

魏东晓这才站起身，跟着杜芳走出办公室。

陈大尧对杜芳始终没有敌意。他所有的举措，自始至终针对的都是魏东晓。虽然知道万为地产是杜芳坐镇，但他还是在确认魏东晓在办公室之后，才来了万为集团。保安说，没有预约不能见董事长，但这难不倒陈大尧，他直接给魏东晓打了电话，果不其然，魏东晓让保安放行了。

陈大尧到了二十一楼，刚走出电梯，就看到了站在办公室门口的魏东晓。

"魏总。"陈大尧故作热情，走过来跟魏东晓握手。

魏东晓面无表情："陈总，有失远迎。"

陈大尧四下打量着："办公环境不错，就是不够大气，和万为集团的形象有点不符。"

陈大尧夸张的声音带来一股怪异的气氛，格子间里办公的员工纷纷将眼光瞟了过来，一些在办公室里面的员工也诧异地走出来，看看什么情况。

"既然来了，就到我办公室坐坐吧。"魏东晓不想让员工被过多干扰。陈大尧思忖一下："也好，去魏总办公室看看。用不了多久，咱们就是邻居了。"

魏东晓办公室的门口挂着"董事长"的牌子。魏东晓打开门，带领陈大尧走进去。

"啧啧，董事长办公室格局也不够嘛，将来我到万为地产，办公室至少要比这个大一倍才行，霸气，装修也要最奢华的。"

魏东晓没吭声，在茶桌前坐下，按了电烧壶的按钮，开始烧水。电烧壶发出吱吱的声音。蔡红兵和麦寒生闻讯过来了。陈大尧扭头看到他们俩，笑眯眯地打招呼："红兵，麦总，你们也都在呀。"

"陈大尧，你来这儿干什么？！"蔡红兵很不客气，声音高了八度。

"蔡总，陈总现在是万为地产的股东了，他有什么想法，我们也可以听一听。"魏东晓拿出手边常喝的龙井，在杯子里放了些许。

"还是魏总有涵养。是这样，我确实有个请求，我希望万为地产董事会尽快改组，增加联合亿华董事席位。"

在会议室开会的辉仔、王三成和陈明涛也闻信赶来。陈明涛一把揪住陈大尧的衣领，差点把他提起来："陈大尧，你还敢来这里？！居然想要吃掉万为地产！你把我们这些人都当摆设吗？"陈大尧睥睨着陈明涛："我劝你还是放开。再怎么说，以后我们也是同事了。"王三成抓住陈明涛的胳膊，摇摇头。陈明涛使劲儿推了一把陈大尧，松开手，陈大尧晃了一下，站稳。

水已经烧开了，魏东晓依然声色不动，不紧不慢地洗着茶杯："陈总还有什么要求？"

陈大尧看着魏东晓："也没别的条件了……只是，我真是没想到，丢了芝麻捡了西瓜的好事会落在我头上。如果我的中发地产不遭到重创，我也不会想着到你万为地产这里看看风景。可没想到，我还真进来了。"陈大尧笑起来，"想想我们还能坐在一个桌子上开会工作，这世界也真是有趣。"

"是有趣。不过，我也提醒陈总一句，搬起的石头越重，脚砸得可就越疼。"魏东晓冷冷地说。

陈大尧脸色不好看起来："我在这句话里，听到了威胁的气息。你不用担心，我要求不高，能在你的万为地产占到一定股份，我陈大尧就是丢了中发地产，也知足了。"

魏东晓轻轻笑了："茶好了，既然陈总来了，办公室也看了，要不要坐下喝一杯？"

陈大尧扭头看了看其他人。他们站在魏东晓身侧，几个年轻的孩子正对他怒目而视。魏东晓坐在那里，两鬓斑白，镇定中自有一股不怒而威的气概。看着魏东晓身后的年轻人，陈大尧心里掠过一阵悲哀。同样拼斗了这么多年，就算万为地产垮了，魏东晓和他的团队依旧有机会，而他陈大尧呢？拳打脚踢这么多年，哪怕是来万为示威，也只是形单影只的一个人。想到这里，陈大尧撑不住了。他讪笑一下："魏总就别客气了，我是路过，来看看而已，以后有的是机会，我先告辞了。"

说完，陈大尧头也不回地走了。

辉仔跟陈明涛还想追出去，却被魏东晓叫住了："别浪费一道好茶，来，趁热喝。"

其他人相互看看，没有要坐下的意思，可魏东晓眼皮也不抬，将茶杯摆好，倒上了茶，兀自喝了起来。

三十　创我所想，在这最好的时代

离国际电信联盟会议召开的时间越来越近，魏东晓失眠也越来越严重，他有点害怕回家，确切地说是害怕上床，那种黑暗中辗转反侧却无法入眠的无助，只有长期失眠的人才能体会。太痛苦了，痛苦到让人恐惧。

经过多方努力，万为通讯终于从国际电信联盟那里争取到了入围机会。这让魏东晓兴奋起来，晚上九点多还在查阅资料。麦寒生离开前到魏东晓办公室来看他，很是担心他的身体："你看看你，已经很辛苦了，早点儿回去休息。"

"我是最近脑子里想太多东西了。"魏东晓说，"可是决战就在眼前了，我怎么能休息呢？我平静不下来。""你是压力太大了。"麦寒生直言相告。

魏东晓长叹一口气："是。我开始不甘心，非要拿下这次机会，是因为我觉得，我们付出了这么多，我们一定要对得起我们自己，将近两千个日日夜夜啊，这么多年轻人的呕心沥血，几百个亿的研发资金。后来又想，我们这点付出算什么？我们万为失去这次机会又算得了什么？可是现在我觉得，我们代表的不只是万为，我们代表的是国家啊，代表的是中国通信行业的水平啊。万为可以再等五年、十年，可是，一个国家的支柱产业失去一个五年，将意味着什么？"说着说着，魏东晓有点激动了。他站起来，在办公室里走来走去。

麦寒生点着头："我们幸好没有大意，没有放弃！要不，会是多大的遗憾呀！"

"老麦啊，我现在多想去做做实验哪，睡不着觉的时候，我想让自己忙起来就好了，起码，脑子就不会胡思乱想。可是……看看那些年轻人，我自愧呀，所以，我们现在只有等。"

"是，只有等。等的时候是最难熬的。越是这个时候，越是要休息好了，才有精神投入新的战斗。"麦寒生尽量不去看魏东晓，魏东晓来回走动，晃得他有些头晕，"你说让研发人员放两天假，我已经安排好了。这些家伙刚开始都不愿意回家，是我逼他们走的。唉，年轻真好。老魏，我们都老喽。"

魏东晓笑了下，算是回应麦寒生。他让麦寒生先走，然后来到窗前，看着对面黑漆漆的万为研究院。将研究院的楼建在这个位置，是他特意定的，就是要对着自己的办公室，时刻都能看到，这样，他才能心安。想到这儿，魏东晓打起精神，出了办公室，拎了包就往研究楼走。

他完全没有注意到站在不远处的蚝仔。

蚝仔已经在魏东晓的办公楼下等了好久。从见了陈大尧之后，蚝仔就不再回家，天天待在自己的住处。他不知道如何面对自己的父母。知道了陈大尧去魏东晓办公室示威的事情，蚝仔坐不住了，他想跟父亲聊一聊。可魏东晓根本没注意到他，径直走进了万为研究院。

见到魏东晓，门卫很吃惊，说："魏总，放假了，楼里一个人也没有。"

魏东晓点点头，让门卫将门打开，上楼。他乘电梯来到二楼。几个小时前还人来人往的走廊里空无一人，原来昼夜通明的实验室都黑了灯，只有他站立的位置的感应灯是亮的，其他地方还暗着。魏东晓轻轻走了几步，走廊里回响起脚步声。魏东晓停住脚步。突然，他大步向前，将走廊灯依次打开，整个走廊就通明如昼了。他又去了三楼，打开所有灯，再到四楼，打开所有灯……很快，研究院大楼的所有灯都亮了起来。

魏东晓气喘吁吁地扶着墙壁，看着走廊，突然就笑了。他仿佛看到那些年轻人在里面走来走去忙碌的身影，看到他们互相商讨问题的样子，看到他们走到跟前跟他打招呼……他靠着墙壁一点点坐下，喘着气，微微闭上了眼睛。

走廊尽头的蚝仔看着这一幕，泪流满面。他轻轻走上前，走到魏东晓身边。魏东晓抬头，看到蚝仔，冲蚝仔伸出手，蚝仔将他从地上拉起来，父子两个紧紧拥抱在一起。

"爸……"蚝仔声音哽咽了。魏东晓拍着蚝仔的背："没事的，没事的。"他搂搂蚝仔的肩膀，"走，我们回家。"蚝仔乖小孩般点点头，跟着魏东晓往外走去。

家里，虾仔跟阿娇都在，他们一直在等魏东晓。看到蚝仔回来，杜芳十分惊喜："蚝仔，你们……你们是一起回来的？"蚝仔看看魏东晓。"嗯，我们一起回来的。"魏东晓说。杜芳看到蚝仔眼角的泪痕，明白了几分："好，太好了，回来就好，我们一家人在一起，比什么都重要。"

"你们两个这么晚了还在，特西一个人在家行吗？"魏东晓将包放下。

"他也长大了，可以自立了，再说家里还有阿姨呢。"阿娇说着，给魏东晓和蚝仔倒上柠檬茶。

"爸，我都听说了，联合亿华那边资金已经两百多个亿了。"虾仔说的时候看了一眼蚝仔，目光又回到魏东晓身上。魏东晓坐在沙发上并没有说话。

"老魏，我今天和一家券商谈过了，我要质押我名下的所有股票，买进万为地产。"杜芳看着魏东晓。魏东晓沉默了一会儿："我不希望任何人用加杠杆的方式买入万为股票。"

"老魏，对付陈大尧这样的人，你就不能固执。"杜芳不满地说，"我也是刚刚听虾仔说，才知道当年孟大成居然绑架了蚝仔，你们……你们竟然狠心不告诉我。"她说着，别过脸去不让眼泪掉下来。"妈，其实孟大成根本就没想伤害我，只是为了要钱……而且事情都过去了。"蚝仔不想杜芳为这件事纠结。

"我们可以停牌，拖着，用资金的时间成本把他们击退！"虾仔想了想说。魏东晓并不看好这个建议："我们不能无限度地停牌，我也不想用那样的方式来对付他！"

蚝仔看看魏东晓，又看看杜芳。两人感受到蚝仔的忐忑，不约而同地朝着他宠溺地微笑。蚝仔的心突然踏实下来："尧叔那边，我可以去做做工作的……"见大家都看着自己，又急忙补充，"尧叔对我很好，应该会听我劝的……"魏东晓冲蚝仔又笑了笑，神色很是疲惫："这件事，陈大尧不会那么轻易就改变的，他选择了万为地产，就是作了全盘考量。"

"爸，5G研发那边是重中之重，万为通讯奋斗了这么多年，终于扬眉吐气，可以参与到行业标准制定中来了，这个时候，可不能松气儿。"虾仔还是很担心。他自己是做技术出身，更能体会这个过程的坚持和不易。

"今天跟老麦聊天还说起来，现在不光是我们自己的压力大，而是感受到了沉甸甸的责任。全中国乃至全世界的同行都看着我们呢。网上不是老有人质疑，我们中国近一百年对世界到底作出了多少贡献吗？有时候仔细一想，也不能怨别人，我们是要踏踏实实地做出点东西来，让全世界的人都受益。这话说起来有点跟吹牛皮似的，我魏东晓知道自己多大能耐，但我扪心自问，我们万为的确一直就是这么去做的。从一开始，我就认定，我们做通信的，就是铺路人，搭桥架路，才会让现在的通信这么发达，信息传递这么便捷。现在，我毫无愧色地说，我们基本做到了。"

杜芳搂着丈夫的肩膀："是的，老魏，万为做到了，你做到了。"

"爸，看看朗南，那些入围了的大公司都在四处游说拉票，难道万为就这么干等着？"虾仔有些气不过。

魏东晓晃了下手："做好自己就足够了。这段时间我想明白了一件事，无论一个公司，还是一个人，最大的敌人，从来都是自己。只有不断超越自己，才能进步。该做的我们都做了，现在，只有等待。"

杜芳点点头："老魏，咱们全家都在一起，只要有这股劲儿，就没有过不去的坎儿。"

魏东晓看着杜芳，拍了拍杜芳的手。这么多年的相濡以沫，只有她最理解他。很多时候不需要说话，一个眼神就能给对方最大的鼓励。

蚝仔回家一趟，不仅仅打破了他和父母的僵局，感受到了家的温暖和爱，也让他收获了贺曦的爱情。

从搬到贺曦旁边的小区之后，只要贺曦在公司，蚝仔就会死缠烂打地蹭贺曦的车回家，渐渐地成了习惯。昨晚，贺曦见他没有回自己的住处，记挂了一个晚上，第二天一早就到蚝仔办公室等他。蚝仔一上班见到贺曦，很开心。贺曦见他兴高采烈，不像遇到麻烦的样子，就猜他昨晚是回家了。问他，蚝仔如释重负地点点头。

贺曦也如释重负："太好了，魏迪生，你终于肯面对这一切了。我还怕你从此不敢见魏叔和芳姨可怎么办？芳姨还私底下拜托我照顾你。嗯，你自己想明白了，比什么都重要，这下我不用再担心有人想不开了。"说着，贺曦转身要走。蚝仔一把抓住贺曦的胳膊："这么快就走？"

贺曦想拿开蚝仔的手："别闹，我马上要开会，只是不放心，所以来看看你……"贺曦话还没说完，蚝仔一把抱住了她："你终于承认心里有我了。安静，就这么安静地待一会儿。谢谢你，谢谢你，阿曦。"任凭贺曦怎么推搡，蚝仔就是不放开手。

"蚝仔，我告诉过你，我是单身主义者……"贺曦有点急了。

"什么主义都不怕，只要你心里有我，我就有信心。没有什么可以阻挡住我对你的爱。"蚝仔下定了决心，属于自己的幸福，一定要去追求。

贺曦终于安静卜来。她觉得自己的心在一点点融化，变得柔软而温暖。她喜欢这种感觉，被爱和温暖不由分说地包围着的感觉。或许，这三十多年，她等待的就是这样的时刻吧。蚝仔感受到了贺曦的放松，他知道身体不会说谎。

可是电话不合时宜地响了起来，固执地一遍又一遍。在贺曦的坚持下，蚝仔恋恋不舍地放开手。电话里是贺曦约了几天的盛图投资的高总，说正巧现在有时间。贺曦马上答应过去。蚝仔噘着嘴，帮她拎起包送她出来，在门口突然半撒娇半耍赖地在她脸颊上轻啄一下。贺曦的脸立刻就红了，她想要瞪蚝仔一眼，却突然发现自己没有了力气，只能赶紧逃掉。

贺曦和盛图谈的是定向增发万为地产股票的事宜。需要募集六十亿元的资金。高总立即就明白：一定是因为联合亿华。贺曦说是的，换作以前，万为通讯的资金随时可以支持到位，但现在，集团的所有财力都用在5G的研发上，几百个亿进去了，投资还在不停追加，魏总坚决不允许动用这一块的资金。高总对魏东晓这么多年的坚持非常认可，也很痛快就接下了盘子，但考虑资金量大，风险也比较高，需要万为地产的回购承诺。贺曦答应回去马上开会商量，一经确定，立即操作。

果然，六十亿元的资金注入让大家都很兴奋，但回购的承诺又让大家犹豫了。杜芳斟酌着："要承诺回购，我们的发行折扣就要调整，不然现在股价高位，我们的风险也会加大。不过，从做投资的角度来看，控制风险是他们的责任，这也不过分。"杜芳又想了想，说："贺曦，这件事就交给你跟蔡总吧，你们就放手做吧。"

辉仔点点头："谢谢杜总信任。"

"我相信你们。"杜芳说着，目光落到王三成和陈明涛身上，"王总、陈总，你俩将公司的大股东都走访一遍，争取到他们的支持，开展工作会更容易。"

王三成和陈明涛都毫不迟疑："没问题。"

会议结束，杜芳慢慢走回办公室。她一路思量着，陈大尧如此逼迫万为地产，她杜芳就是鱼死网破也不能让他得逞。刚回到办公室，虾仔就来了，跟他同来的还有管管和丁凯。杜芳以为是跟万为地产合作智能养老社区的事，哪知刚说没几句，丁凯就将一份合同递到了杜芳面前。

"我们的合同不是签过了吗？这是什么合同？"虾仔、丁凯和管管都没说话，只是看着杜芳。杜芳诧异地看看他们，打开合同，合同看到一半，杜芳抬起头："你们想帮万为地产？新港不是也在危难时候吗，你们能帮多少？一千万元？两千万元？"一边说着，杜芳一面快速翻看合同，找到合同标的：十亿元。

杜芳摇摇头："不要闹，做事要量力而行……"

"没有闹。"虾仔看着杜芳，"妈，我们是经过深思熟虑的。""是的，杜总您放心，我们没有卖掉新港。很多风投和天使、财团都盯着我们新港，他们都很看好新港的发展，愿意投资。杜总您知道吗，您儿子已经是业内的风云人物了，"管管满脸喜色，看着杜芳，"我们新港未来的估值，不是十个亿，是上百亿。"说着，管管把一沓文件递给杜芳，"这是我们和晨星基金合作的协议和相关文件。"杜芳有些不可思议地接过来，翻看着。

"魏总给合作方提出合作条件，就是新港要购入万为地产的股票，晨星同意了。"丁凯补充说，"我们出让了20%的股权，后续晨星会给我们其他支持。"

"怎么可能？十亿元买你公司都绰绰有余！怎么会只要20%的股权？！"杜芳还是难以置信。"妈，晨星出十亿元让我们买入万为的股票，我们要的是这十亿股票的投票权和部分收益权。股权还是晨星的，如果出现亏损，也由晨星承担。"虾仔给杜芳解释。杜芳松了一口气："我明白了，也就是说，你们拿这20%，要的是十亿元股票的投票权。不过，这划算吗？"

"妈，我们拿到的不只是投票权和收益权，还有晨星集团旗下企业的业务合同……"虾仔说。杜芳这才点了头。

"可惜我们现在还不能帮助万为太多，只能帮一点儿，这些投票权并不能在这场股权争夺战中起决定作用。"虾仔有点惋惜地说。

杜芳看着儿子，眼睛突然湿润了。儿子真的长大了！她欣慰地想着，终于什么也没说，只是轻轻地拍了拍虾仔的手。

杜芳打电话给魏东晓，说虾仔用新港的股权换万为地产投票权的事情时，麦寒生也在魏东晓办公室。电话里，杜芳激动得声音哽咽，魏东晓却不动声色。挂了电话，魏东晓一动不动地沉默着，麦寒生心里直打鼓，不知道又是什么突发状况。正要开口问，魏东晓却扶着额头笑了起来。

"虾仔……"魏东晓说，"这小子用公司20%的股权拿来十个亿给万为地产打这场股票战。"因为情绪激动，魏东晓说话断断续续，全然没有了平时的斩钉截铁，"说真的，他第二次离开万为去做互联网的时候，我心里是瞧不起他的，凭一台电脑一部手机就要创业，一点都不脚踏实地……我想着，你就出去干，等栽了跟头就会意识到自己那套有问题，是行不通的嘛。我们打拼了三十多年啊老麦，一路风风雨雨，才有今天，可谁知道，他们那才几年工夫，就硬是闯出了一片蓝海……"

"时代不同喽！"麦寒生感慨，"我们过去身处的时代，是二三十年一变，现在呀，已经是五年算一个时代了，后面或许会是三年，甚至是一年一个时代。"

魏东晓点点头："我现在得承认，虾仔他们是对的，我得检讨，创业不仅要凭技术，更重要的是观念，我们的观念是落伍了……"

"我们是穷怕了，只认定聚沙成塔的创业方式。"麦寒生笑笑。

"我们的下一代，他们已经不是以创造财富为目的，而是以实现自己的创想为目的，什么是创想？就是创造我所想。这是对的，这才是未来。我最大的成就感就是看到虾仔他们这一代上来了。"魏东晓重新靠回椅子上。但这一次，他不再感觉疲惫；相反，他心中充满了无限力量。有时代的大形势为倚仗，有杜芳、老麦这些同行者的扶持，有虾仔、贺曦、辉仔的接力，无论前路是什么，都可以所向披靡，都可以勇往直前。过去是，现在依然如此。

魏东晓去5G实验室看了看，实验员们在忙着测试代码、修补漏洞。实验室的横幅上写着：

坚持奋战一百天，拿下5G新终端。

魏东晓没有惊动任何人，悄悄地来，又悄悄地走了。在研究院的楼下，魏东晓接到了秦勤的电话。原来，国家对于这次的5G标准制定资格也非常重视，部委打电话给市里，表示会全力支持万为这次5G标准制定，卢市长当即将信息发给了魏东晓，魏东晓却迟迟没有回复，一点动静都没有。卢市长不知道这边是什么情况，又不方便贸然打扰，正好他在省里汇报工作，就跟秦勤随口说了一句。秦勤知道万为地产最近的股票风波，也知道这次的情形险峻，很担心，所以给魏东晓打电话来询问详情。

魏东晓不想说太多，就说挺好。

秦勤不高兴了："我们这么多年的朋友，你都不跟我交个底。"

魏东晓想笑一下表示没事，却没笑出来。他确实很疲惫，一点点多余的心神都没有。"说话的力气都没有了？"秦勤听着气息就判断出来，"万为地产那边，有办法了吗？"

"盛图愿意帮我们募集资金做定增。"魏东晓说。

"嗯，你缓冲一下，解解压。"秦勤说，"这几天我安排你见霍老，他很认可你，尤其是对你的万为通讯连连夸赞，说这是整个华人世界都为之自豪的一件事。"

魏东晓知道秦勤说的霍老是谁。霍老是香港霍氏集团的霍冰鉴，全球华商中首屈一指的人物。能得到他老人家的赏识，可不是那么容易的。魏东晓忽然很感动，鼻子有点酸。自己何德何能，不过是想坚持做一件事，却得到这么多人的关注，这么多人在默默支持自己。他仰头看着高耸的万为集团大厦，心中再次升腾起无穷的力量。

盛图的高总亲自带着律师跟贺曦和辉仔做对接，在合同条款中明确规定，如果在限售期后，股价低于定增价，万为会保证以定增价回购相应的股票，并给予不低于本年度所发行公司债的利率，相对应的，盛图将所持股票的投票权授予万为地产管理层。

双方签订合同之后，高总才告诉大家，陈大尧找过他。陈大尧希望和盛图建立战略合作伙伴关系，表示自己不仅仅是以联合亿华的控股人来跟他谈，更是以万为地产未来的大股东的身份来跟他谈。他认为万为的股票已经到了高位，盛图在这个时候介入定增，不仅风险极大，后期如果管理层发生变化，盛图的权益很难得到保障，所以他建议盛图和联合亿华联手操作。高总明确告诉他，盛图合作客户，最优先关注的就是管理团队的品质，对有过劣迹的公司和个人，盛图从来敬而远之。

陈大尧在盛图高总那里碰了灰，回来又将所有报表仔细研究了一番，然后跟大卫商量，可以考虑让申蓝浮出水面了，不过恩贝至少需要准备一百亿元的资金，才能在万为复牌后有实力去抢夺能拿到的筹码。

大卫很淡定地笑笑："我预计万为不会很快复牌的。"

大卫的这种态度让陈大尧很不舒服。"不！大卫！我们讨论的不是一个问题！我说的是，万一提前复牌，我们要有足够的资金应对！我们这次要做好充足准备，一定要入主万为地产！"

大卫对陈大尧的态度也很不满意："陈总，如果要按你说的额度准备资金的话，中发要继续提供抵押。"

陈大尧有些愤怒了："我还要抵押什么？"

"可以是中发的地产，也可以是联合亿华里中发持有的万为地产的股票。"大卫轻描淡写地说。

陈大尧脸色很难看，大卫这样的盘算完全是将风险转嫁到了自己身上，可恩贝却坐享其成："恩贝呢？恩贝也是合伙人。"

大卫撇撇嘴巴："恩贝已经承担了很大的风险，而且，美国总部刚刚发来警示函，希望我们慎重在华投资，喏，都在这里，你可以看看。"大卫说着，把一摞文件放在了陈大尧的面前。

陈大尧拿过来看也不看就扔进了垃圾筒："看这些没用！不管怎么样，我们现在是在同一艘船上，我们要尽快安排我们自己的人进入董事会。"

从杜芳说过联合亿华应该还有联合行动的公司之后，贺曦就对所有买入股票已经实名的公司和个人进行了调查和筛选，最终将目标锁定在了已经举牌的申蓝上。申蓝是一家注册地在开曼群岛的新公司，没有任何背景资料可查。这个结果还未来得及跟杜芳说，这边联合亿华就召开媒体见面会，陈大尧和大卫宣布联合亿华准备和香港申蓝进行战略合作。此时，申蓝刚刚公告持有万为地产9%的股份。这让贺曦更加坚信申蓝跟联合亿华早有阴谋。她急忙去找了杜芳，申请到开曼群岛一趟，一旦能查到联合亿华跟申蓝是一致行动人，陈大尧入主万为地产的计划就会落空。

得知贺曦要去开曼群岛，蚝仔也立即调整了自己的工作计划，将在普吉岛的拍摄任务直接调到了开曼群岛，追着贺曦就上了飞机。贺曦看到跟别人换座坐到了自己旁边的蚝仔，吃惊万分，蚝仔告诉她，他过去也是工作，所以不会影响到她。贺曦知道，他心里也是惦记着调查申蓝的事，就笑了笑，继续看资料。

到达开曼群岛之后，贺曦带着季律师往返于不同的银行和公司，希冀在最短时间找出真相。但申蓝的往来业务和账面资金看上去毫无问题，好几天过去了，她依旧一无所获。贺曦很着急，一旦联合亿华能掌控的股金总数超过万为地产，盛图的那六十个亿根本不够，所以她必须抓紧时间来想办法解决问题。因为忙碌，她连跟蚝仔吃饭的时间都没有。

其实，就在贺曦到达开曼群岛的第二天，万为地产的控股危机就得到了解决。魏东晓跟着秦勤去香港拜见了霍冰鉴，霍老很客气，他很欣赏魏东晓，尤其是万为"把客户放在第一位"的研发理念，他很认同。听秦勤和魏东晓说了万为地产的困境，霍老慨然出手，帮魏东晓为万为地产解了燃眉之急。

从香港回深圳后，魏东晓径直去了埋葬战友的小树林，在那里坐了很久。他想，或许是这些战友在庇佑自己吧，否则自己何德何能，在一路的闯关破阵里，关键时候总能有人相助。霍老这次的援手，完全就是意外之喜。万为地产的大后方稳定了，魏东晓陡然轻松了很多。

蚰蚰带着万为的研发团队已经到了国际电信联盟，当另外入围的两家公司在紧锣密鼓拉票的时候，蚰蚰和他的团队却在忙着调整方案，完善产品。他们希望做到真正用实力说话。知道了蚰蚰的做法，魏东晓很欣慰。万为的技术已经到了这个层次，无论是输是赢，对万为来说，都是全新的开始。

　　功夫不负有心人，一周之后，贺曦在开曼取得了突破性的进展，查到了申蓝背后的另一家公司的往来账目，通过资金流向，最终锁定了申蓝和联合亿华的关系。逻辑清晰了，但她必须想办法尽快拿到证据，否则一切都没用。

　　贺曦在行动的时候，大卫通过自己的情报网对贺曦的行动有所觉察。与申蓝合作，恩贝总部是持谨慎态度的，因此大卫对申蓝也很关注，警惕着陈大尧在操作上耍小心眼给自己带来麻烦。得知贺曦在开曼已经取得了有说服力的关键信息后，大卫急了，跑去质问陈大尧为什么不把事情处理干净。陈大尧想了想，说，不要着急，我早年在香港街头混的一个兄弟在开曼，他可以去帮忙解决这个问题。

　　贺曦知道采集这些证据的危险，她尽量做得很谨慎，也没有让蚝仔参与，都是带着律师独立行动。但是当她从一个非洲人手里取得证据之后，她还是被人盯上了。刚见完证人，贺曦就被一个壮汉袭击，对方想抢走她手上的资料。季律师是个大胖子，他发现了危险，用身体一挡，把壮汉拦截了一下，贺曦乘机上了车，又把季律师拉上车。为了以防万一，贺曦在回酒店的路上赶紧将资料拍照传给了国内的辉仔，并预订了当晚回深圳的机票，准备回酒店拿了行李就走。蚝仔今天收工早，可以在酒店门口等她，然后送她去机场。

　　从见证人的地方回酒店有一段很长的距离。贺曦很快注意到车后跟着一辆黑色货车，紧跟着自己的车不放。贺曦急忙催促司机快开，但那辆车子跟得很紧，根本无法甩掉。正在这时，蚝仔打来电话，一听贺曦的声音不对，立即问她怎么了，是不是发生了什么事？

　　贺曦想了想，告诉蚝仔："我们好像被人跟踪了。"蚝仔很冷静："别紧张，听我的，把定位打开，和我位置共享，我现在就报警。"

　　开曼群岛的公路上，天色渐渐暗了下来，贺曦的车子在道路上奔驰。突然，车子的前方路上蹿出一辆车来，司机一个急刹车，才算没有酿成事故，但后面紧跟的车子也追了上来。所有人都明白了，他们被夹击了。

后面车的车门迅速打开，跳下刚才想要袭击贺曦的壮汉，而前面车上则跳下来两名手持铁棍的男人，三个人同时向贺曦他们的车子逼近。

"快跑吧，他们有家伙。"司机说完，跳下车就跑了，留下贺曦和季律师在车上。季律师把U盘和资料拿出来，交给贺曦："这个你收好，我去引开他们。"贺曦犹豫了片刻，季律师一把抢过公文包，跑向旁边的小路。

壮汉冲拿铁棍的男人喊："抓住那个女的，别让她跑了。"又对另一个拿铁棍的男人说，"跟我走，追那个男的。"

季律师因为肥胖，跑得慢，很快就被追上了，抵抗了一阵子，手中的包就被抢了过去。壮汉打开看了看，没有要紧的东西，骂了一句，又丢下季律师，急忙向贺曦追过去。

公路上全是平地，毫无藏身之处，三个男人共同追堵贺曦，很快就让贺曦没了去路。他们将贺曦踹倒在地上，就要抢她手里的包，贺曦死死抱着包，正僵持着，一辆车"吱嘎"停下来，蚝仔从车上跳下来，冲到贺曦旁边，一边与三个男人搏斗，一边喊："阿曦，快走！"话音未落，就被抢了一铁棍，蚝仔一下子倒在了地上。贺曦急得想要扑过去，可蚝仔却死死抱着壮汉的腿："阿曦，快走，快走啊！"

无奈之下，贺曦只好狠心向远处逃去。一个男人见蚝仔拼命阻拦，冲着他的脑袋又是一棍子，蚝仔立马昏倒在地。三个男人快速追向贺曦。

正在这时，警车鸣着笛开过来了，贺曦竭尽全力地向警车跑过去，那三个男人还想向前，但警车已经停在了贺曦身边，知道无可乘之机，只好掉头逃跑了。

贺曦冲到蚝仔身边，大声唤着他的名字。蚝仔满头满脸是血，全无知觉。贺曦哭了："蚝仔，你醒醒啊，你醒过来，我答应你，我会永远陪在你身边。"她哭得肝肠寸断，直到救护车赶来，将蚝仔送往医院。

杜芳拿到联合亿华跟申蓝是一致行动人的证据还没高兴太久，就接到了蚝仔受伤的电话。杜芳心里"咯噔"一下，脑子里闪过的第一个念头就是：绝对不能让魏东晓知道。魏东晓已经接连几个月没休息好了，眼窝深陷，整个人瘦了一大圈。他现在每天都泡在5G实验室里，随时接收蛐蛐从国外传回来的数据信息，盯着实验室的研发人员解决一个又一个的问题。看到大家忙碌的样子，魏东晓才感到心安。

杜芳告诉魏东晓，她临时有急事要出差，直飞开曼群岛。等她落地的时候，蚝仔的手术早做完了。贺曦一直守在蚝仔身边，告诉杜芳，蚝仔的手术很成功，颅内瘀血都清除干净了，现在就是等他醒过来。杜芳顿觉松了一口气。

"芳姨，对不起……"贺曦很悲伤。

杜芳抱住贺曦："傻孩子，这怎么能怪你。大夫说没事的，你就别担心了，只要你好好的，蚝仔醒来了也会高兴。"

贺曦流着泪点头，不停念叨着："他会醒过来的，很快会醒过来的。"

杜芳爱怜地看看蚝仔，用手轻抚着他的脸。"会的，他一定能听到我们的声音，一定能很快醒过来。"她又转头看看一脸憔悴的贺曦："阿曦，你趁着芳姨在这儿，赶紧回去休息会儿，要不蚝仔醒了看你脸色这么差，会伤心的。"

贺曦不想走，杜芳坚持着，贺曦只好先回酒店。

杜芳接了一盆温水，给蚝仔轻轻擦拭脸和胳膊。"蚝仔啊，你千万不要有事，一定要好好的，要不，我怎么跟你爸交代……"她一边帮蚝仔擦拭腿脚，一边擦着自己脸上的眼泪。在她给蚝仔擦拭完，将水倒掉的工夫，陈大尧慌慌张张地闯了进来。

"蚝仔，蚝仔……"陈大尧一脸的失魂落魄，连头发都不似往日光滑溜顺。见蚝仔还未醒，陈大尧立即噤声，放轻脚步走到蚝仔病床前，恋恋不舍地看着蚝仔沉睡的脸庞。

杜芳站在原地，冷冷地看着陈大尧。

陈大尧看到了杜芳，怔了一下，想笑，却没笑出来："蚝仔，蚝仔怎么样？"

杜芳没有说话，直直地看着陈大尧，走上前，抬手一个耳光甩在他的脸上。

陈大尧没有躲，看着杜芳："阿芳，告诉我，蚝仔没事吧？"

杜芳又是一个耳光："陈大尧！你混蛋！"

陈大尧不反抗："你打吧，只要蚝仔没事，你怎么打我都行。"

"你还有脸说！蚝仔为什么受伤，你知道吧？"杜芳恨极了陈大尧，为了达到目的居然不择手段，到头却伤了自己最在乎的人！"陈大尧，很多次我都想问你，我们一家上辈子到底欠了你什么，还是我杜芳欠了你什么，几十年这债也没还清。陈大尧，不如你就把我的命拿去吧，从今以后你离我的孩子和家人远远的，好不好？算我求你！"

陈大尧悲痛万分："阿芳，对不起，我……我也没想到会是这样。"

杜芳冷笑："你能想到什么？这世界上还有什么事是你陈大尧不敢做的？哼，当年，你能用孩子胁迫我跟你逃港，我就知道，你陈大尧有多阴险。错就错在我不该将蚝仔留在香港，让他跟你长大。他那么爱你、敬你，可你却这么对他……"

"我没有，我也没想到那些人会对蚝仔下毒手……"陈大尧哭了，"我要是知道会伤到蚝仔，我就是死也不会做的。"

杜芳悲愤地看着陈大尧。她宁愿他狡辩，也不愿他这样彻底地承认。"你到底还是承认了。你究竟是为什么，几次三番针对我们，针对老魏的公司？你先是藏着蚝仔不让我们认，又偷偷签约虾仔对抗万为通讯；老城区改造项目竞标中你又想方设法围标……陈大尧，你到底为什么？！"

陈大尧终于无处躲藏："阿芳……我……我是咽不下这口气，我咽不下这口气！是魏东晓不放过我，他不放过我！"

"陈大尧，是你把自己高看了，老魏根本就没把你放在眼里过。"杜芳看着陈大尧，轻轻说。

陈大尧转过脸看着杜芳："哼，魏东晓在心里也从来没放我过！我经营了二十几年的中发地产，那是我所有的心血啊……如果不是魏东晓，孟大成在拿了钱之后就不会去自首！如果不是魏东晓，王涛不可能那么快被找到，王光明不至于匆忙出逃，最后那般惨死！如果不是魏东晓，我的中发地产会比万为地产发展得还要好！一切都是魏东晓，就是他在跟我过不去！"

"他所做的一切都不是针对你，而是这些见不得人的事！换作是别人，他也一样这么做！他心里一直当你是乡亲，是兄弟，你呢？你怎么对他？！"杜芳觉得这个人无可救药了。

陈大尧笑了，笑得很苦："我凭什么不针对他？我就是要针对他。我喜欢的女人跟着他，死都不怕，从香港游回来找他，我陈大尧精心养大了他的儿子，长大后还是回到了他的身边。我不甘心啊，阿芳，为什么都是他赢？所以，这一次，我是一定要拿下万为地产的！就算我入主不了万为地产，我也还是万为地产的大股东。"

杜芳鄙夷地看了陈大尧一眼，冷笑着摇头："你确实高看了自己，他从来没把你当作对手过。

"老魏这辈子，一直都在奔跑。从知道我和蚝仔丢了开始，他就没停下来过。他跑着找我，找儿子；他跑着和战友们一起开山修路，建设深圳；他跑着要让自己的生活过得更好，为了让儿子能够回到我们的身边……他从来没想过，他能跑这么久，这么远。因为他跑着跑着，发现很多人都跟在后面了，他需要不停地让自己奔跑，才可以让那些跟着跑的人有信念支撑。"

"你不要把他说得那么伟大！哼！他的万为通讯已经是世界级企业，你当然可以这么夸张。"陈大尧不服气地喊。

杜芳摇摇头："因为老魏知道，真正的对手，只有自己。万为通讯和万为地产就好比他的两个儿子，一个是虾仔，另一个是蚝仔。在他感到山穷水尽无能为力的时候，他跟我说，大不了就让你陈大尧掌控万为地产，只要你按照正常模式去管理万为地产，不随意裁减员工，对他来说，坐不坐那个董事长的位置又如何？就像当年你带走了蚝仔，把他养大，可他终究还是我和魏东晓的儿子。所以，陈大尧啊陈大尧，你错了，一直以来，你都错了。"

陈大尧呆呆地站在那里，良久没有动，这样的答案让他始料未及。这时，他的手机响了，手机铃声显得很突兀。他急忙接听，电话没说完，陈大尧就已经脸色刷白，整个人站立不住，向后退了几步，后背靠在墙上，慢慢地滑了下去。

即使没听到内容，杜芳看他的反应，也猜得八九不离十："自古以来邪不压正，你陈大尧做得再隐蔽，也总会有破绽。申蓝被查，你的如意算盘落空了。"说完，杜芳不再搭理他，推门走了出去。

陈大尧木然看着地面，好一会儿才回过神来。他慢慢站起来，走到病床边，在椅子上坐下，痴痴地看着蚝仔。"蚝仔，你可别睡不够，快点儿醒了吧。"他拉起蚝仔的手，"等你醒了，尧叔要给你个大惊喜，蚝仔……"陈大尧的眼泪止不住地淌下来，"只要你能醒过来，尧叔什么都可以不要，什么都可以不在乎。蚝仔，尧叔对不起你，尧叔不是坏人，尧叔也想做好人，可是，尧叔还是变成了坏人，我……我也不知道我怎么会变成了这个样子……尧叔真的没想害你，没想伤害贺曦，尧叔就是不想让自己输得那么干净，尧叔想要多挣些东西给我的蚝仔的……蚝仔，你一定要醒过来，要不尧叔会死的，尧叔真的会死的……"

陈大尧一边说，一边拉着蚝仔的手，眼泪吧嗒吧嗒掉下来。蚝仔的眼角也慢慢渗出泪滴。陈大尧擦完眼泪，一抬头，发现蚝仔已经醒过来，正看着他笑呢。陈大尧不哭了，兴奋地站起来，俯身看着蚝仔："蚝仔，你醒了？蚝仔？"

蚝仔眨下眼睛。

陈大尧高兴得笑了起来，笑着笑着又哭了。

蚝仔年轻，身体素质又好，苏醒过来之后恢复得很快，没几天就可以下地走动了。贺曦和杜芳陪着蚝仔回了深圳，住进深圳人民医院进行观察。

魏东晓始终不知道儿子发生了这么大的事。杜芳不在的这段时间，他基本上是在办公室搭帐篷度过的。虽然每天都还是失眠，但在极度疲倦之后，他也能在帐篷里眯一小会儿。他的黑眼圈越来越大，脸色也很暗淡。他现在完全不敢让自己有一分钟的空闲，一闭上眼睛，眼前不是国际电信联盟召开会议的场面，就是实验室里研发人员疯狂工作的情景，耳边充斥着各种噪声，还有无数人在喊他的名字，远的近的声音，交织在一起，几乎让他发狂。他只好拼命给自己找事做，一刻也不让自己闲下来。

大卫自知联合亿华的投资结果传到恩贝总部一定会受责罚，因此想将所有责任都推给中发地产，他让律师起草一份文件，逼着陈大尧签字："你可以不签，但万为地产股票继续下跌的话，你的股票爆仓后你将身无分文了；签了字，现在退出，你还能留点活命钱。"

陈大尧看后很恼怒："大卫！你这是落井下石！"

大卫一摊双手："这怪谁？是你当初跟我保证的，不会被人查出来，结果现在怎么样？申蓝公司买的股票也被罚得没有了投票权，你还怎么改组董事会？"

"我们是共同投资，就要风险共担，不能把损失都放到我中发身上！"陈大尧瞪着大卫。

"恩贝的损失也很大。不管你这个退出协议签不签，我都因为和你这个蠢货合作而被调回美国了。"大卫说着，将桌上的茶一饮而尽。

陈大尧拿起协议向大卫扔去："那就马上滚，现在就滚——别想占我陈大尧的便宜！我们的股票就算现在不能卖，本金也不会损失的！"

大卫冷冷看了一眼陈大尧，起身就要走。

"你等等。"陈大尧叫住了大卫，"我本来不想这么早告诉你。"他看着大卫，"我的律师已经起草了合同，我已经将我所有的股份赠予了魏迪生。"

大卫的脸上阴晴不定："我们这次攻击万为是失利的，你就不怕……"

陈大尧冷哼一声："别把我当小孩子吓唬！再失利，我们的股票现在也是浮盈，就算以后有了损失，有魏迪生在也照样可以承担得起。"

大卫想了想："看来你是要全盘认输了。"

陈大尧的目光从大卫脸上转走，幽幽地说："输和赢，不过一念之间，输了人心，就算赢了天下又能怎样呢？"

大卫讶异地看着陈大尧。眼前这个人跟他所认识的陈大尧是同一个人吗？

蚝仔一出事，陈大尧在心里就做好了打算。他知道自己再也没有颜面在蚝仔面前出现了。现在，他最想做的就是去加拿大，林忆抒已经重病在床，一直期待着他去看看她。陈大尧用最快的速度将所有留给蚝仔的法律文书都准备好，签了字，临走前又去医院看蚝仔。

蚝仔基本可以出院了，但他故意赖着不走，只是为了多享受享受贺曦陪伴的时光。看到陈大尧，蚝仔喜出望外，急忙招呼他在旁边坐下。陈大尧笑呵呵的，欲言又止。

"尧叔，放心吧，真的没事了。"蚝仔放低声音，"大夫说随时可以出院，不过这个事不能让阿曦知道。"

陈大尧点点头："好好好。"他看看蚝仔，愧疚地低下头去，"蚝仔啊，尧叔……对不起你。"蚝仔摇摇头："不要再提了，那件事已经过去了。"

陈大尧鼻子有点酸："好，我知道了。"他强忍着泪笑了笑，"蚝仔啊，尧叔这辈子，就你一个最亲的人了，我真不知道要见不到你会怎么样……""您呀，别瞎想，我小的时候，您怎么照顾我的？等您老了，您难道想躲开我？"蚝仔佯作生气地说。

陈大尧眼中带泪，呵呵笑了："蚝仔，尧叔把你带到香港，你有没有怪过尧叔？如果你没有到香港，你就应该跟你爸你妈还有你哥生活在一起，也就不会有很多后面的事情，也不会受伤躺在医院……"蚝仔微微摇了摇头。

陈大尧看着蚝仔，眼泪终于应声而下："我当时是鬼迷了心窍，就想着怎么让你妈离开你爸，我想带上你哥或是你过去，你妈一定会不舍得，跟过去的。等到了那边儿，她就是想回来也回不来了，早早晚晚都会跟我过日

463

子。可你妈是个烈性的女人，就是死也要游回来找你爸……"陈大尧擦擦眼泪，"蚝仔啊，有好几年，我心里一直都留着一丝念头，想着只要你还在我身边，说不定你妈哪一天回心转意会回来……"他连哭带笑，"我是被你爸的拳头打醒的。我看到他们两个在一起的样子，知道那是不可能的，就同意了他们到香港来接你……"

看着蚝仔坦诚的眼睛，陈大尧把那些埋在心底三十多年的话都说了出来，他再也不想藏着掖着了："当看到你留下的纸条，我心里既着急又高兴。蚝仔呀，我是真舍不得你呀，我真不知道没有了你，我在香港的日子该怎么过。我拼了命也要出人头地，除了为我死去的父亲，更是为了你。我既然把你带过来了，就要对你负责，我就不想让你受一点儿委屈……"

听陈大尧说到这儿，蚝仔也哭了："尧叔，您都做到了，我在您身边，没有受一点儿委屈，您什么都由着我，什么都给我最好的……"

"别哭，别哭。蚝仔，你不能哭，你的头上还有伤，哭的话会影响情绪，伤口好得慢。"陈大尧边说边帮蚝仔擦眼泪，"是尧叔不好，尧叔不该惹你难过。"陈大尧说着，将蚝仔搂在怀里，任由他哭着，自己也不停地抹眼泪。

然后，陈大尧就悄无声息地走了，没有让任何人知道。蚝仔接到他发过来的微信，才知道他已经到了加拿大。

很快，在证监会的介入下，联合亿华对万为地产的围剿彻底偃旗息鼓，媒体开始纠正之前的不实报道，万为地产的股票在几个利好消息的相继推动下，连续四个涨停，估值很快回到原位。

国际电信联盟第八十七次会议如期召开，定于当地时间下午四点半宣布投票结果。这个时间是北京时间凌晨四点半。魏东晓整夜没有睡，一直守在办公室。到了后半夜，他终于坐不住了，拿着手机下了楼，又来到万为研究院。

464

他在走廊一步步走过，走过每一层。所有的实验室都关着灯，一个人也没有。魏东晓在最高层的走廊里，站在实验室的玻璃墙前，灯光下，他看到自己在玻璃中的影子，眼窝深陷，神态疲惫至极。魏东晓伸出手，摸了摸玻璃中的自己。

手机铃声突然响起，在空空的走廊里，声音显得特别大。魏东晓拿出一看，是蚰蚰，他接起来，对面传来吵吵嚷嚷的欢呼声，紧接着是蚰蚰声嘶力竭的声音："进入了，魏总，我们的极化码方案入选了5G标准！"魏东晓的心一颤，呼吸瞬间急促起来。"魏总，成了，我们成了！万为通讯的地位，无人可以撼动！"这次传来的是潘雨的声音。魏东晓笑了，魏东晓又哭了，大滴的眼泪顺着脸颊淌下，滴到地上。

有国歌响起来了。

魏东晓有点恍惚，侧耳听了听。没错，确实是国歌的声音，还有欢呼声。他放下电话，迎着声音走向走廊尽头。透过玻璃，可以看到外面泛白的天空。"太阳就要升起来了！"魏东晓心里想。他走到走廊尽头的落地窗边，向外看去。

万为集团的广场上，无数员工聚集在那里，虾仔跟蚝仔站在旗台上，在国歌声中将五星红旗一点点升起。所有人都唱着国歌，歌声低沉有力，一直到红旗升到最高点。魏东晓看到了人群前面的杜芳、贺曦、王三成、蔡红兵、麦寒生、辉仔……

升完旗，蚝仔径直走到了贺曦面前，在所有人的注视下，拿出钻戒："我记得，你亲口答应陪在我身边的。今天是个大日子，无数人会记住今天的，我也希望这一天，成为你和我的重要日子。"说着，他单膝跪地，"阿曦，嫁给我吧。"

阿娇眼含热泪，挽着虾仔的胳膊喊着："阿曦，答应他……"

"答应他！答应他！"很多人都在一起喊。

在蚝仔单膝跪地的刹那，杜芳的心悬了起来。她殷切地看着两个人。当贺曦向蚝仔伸出手时，杜芳欣慰地笑了。蚝仔拥抱着贺曦，魏特西适时地

465

将彩花弹喷出去，彩带落在了蚝仔和贺曦身上，众人欢呼起来。蚝仔忙里偷闲，冲魏特西悄悄地竖了竖大拇指。

眼前的一切，让魏东晓的眼睛再次湿润了。往昔历历在目。忽然，魏东晓感到前所未有的疲惫和困顿，眼皮突然很重，重得睁不开了。他靠着落地窗坐下来，将身体和头倚靠在玻璃上，慢慢合上双眼，沉沉睡去。

魏东晓不记得自己睡了几天，三天，抑或是四天？总之，他醒来的时候是在自家床上。他是被鱼片粥的香气"叫"醒的，一睁眼，他就觉得很饿，必须要马上吃到。这样想着，魏东晓一骨碌就坐了起来。结果吓坏了守在旁边的虾仔跟蚝仔："妈，妈，爸醒了！爸，你慢点儿，慢点儿！"蚝仔一面叫着，一面将枕头倚在魏东晓背后。"来了来了！"杜芳端着碗走进来。

半锅粥下肚，魏东晓的精神就回来了。

用杜芳的话说，活着就是要折腾，所以魏东晓的下一步工作重点，就是自己的交接班计划，要CEO轮值。这则新闻不只在万为集团掀起千层浪，更成为众多财经节目关注的焦点。魏东晓向来就是不按常理出牌的人，在企业接班人这个问题上，自从虾仔离开后，他作了重新考量和规划。在他看来，一个公司想要长远发展，一定要有一个好的掌舵人。万为集团发展到今天，已经从一条在河道里穿行的渔船，变成了一艘在大海中乘风破浪的邮轮，它更需要的是集远见和开创性于一身的掌舵人，是能够保证这艘邮轮在大海中平稳航行的合适人选，而不必是他的家人或至亲。

魏东晓大胆抛出了轮值CEO的筛选计划，经过几个月层层筛选和考核，最终，贺曦、蔡文辉、李蚰蚰和连岱进入公众视线，成功竞选为第一批轮值CEO。

打造广东省粤港澳大湾区的会议上，许多爱国港商和珠三角的知名企业家都参加了会议。秦勤呼吁要将打造粤港澳大湾区作为又一次发展机遇，对珠三角进行产业升级，争创更多的世界一流企业。

会后，魏东晓向秦勤发出邀请，要带他去个新鲜地儿。魏东晓的车子驶出市区，在深圳坪山的山路上七拐八拐，终于看到村庄的时候，一辆拖拉机出现在路边，蔡伟基坐在驾驶座上抽着烟。

魏东晓跟秦勤下了轿车，上了蔡伟基的拖拉机。秦勤诧异地发现，拖拉机"突突突"地响着，排气管里却没有黑烟冒出来。他问蔡伟基，蔡伟基得意地哈哈大笑。原来，拖拉机本来是烧柴油的，蔡伟基为了减少污染，将它改良成电动的了，"突突突"的声响是用音效器制作出来的。

"真是想不到，在这时候还能体验到当年的感觉。"秦勤感叹着。

魏东晓笑笑，冲着蔡伟基大声说："老蔡，听说你这儿建得很不错呢。"

"早就邀请你来，你魏总太忙，没有时间光顾我这个小店嘛。"蔡伟基头也不回，慢悠悠地说。他现在做什么看上去都慢悠悠的，做酒店时的精明转变成了朴实厚重，人显得格外从容不迫。

"老秦，当年，我就是用这辆拖拉机拉着你和梁老到罗芳村的。"魏东晓对秦勤说。秦勤伸出手，拍了拍魏东晓扶着栏杆的手，两人都不再说话。

拖拉机"突突突"地开到了蔡伟基的民宿旁，停下。蔡伟基跳下车，伸手就要扶秦勤，却被秦勤拒绝了，他又想拉魏东晓，魏东晓也不让，说："笑话，我腿脚比你灵便多了，还用你扶？"蔡伟基就笑了："你呀，就是硬骨头，一辈子都硬气。"

听到拖拉机的声音，卢市长和杜芳急忙迎了出来。原来他们早就到了。秦勤许多年没见杜芳了，看着杜芳神采奕奕的样子，由衷地高兴："杜总，你现在是逆生长，越活越年轻，我们都不敢跟你比了。"杜芳毫不谦虚："那就听我的，多站桩多静心，工作再忙再累，心都要放平缓。有空啊，多来蔡总这样的地方转转，心情自然好。"

"以前啊，我们拼命建设城市，现在，人们都开始返璞归真，追求田园生活了。"秦勤环顾着青山绿水，感觉无比惬意。"现在看，就我一个闲人，你们都太忙。"蔡伟基说，"卢市长和杜总的茶已经泡好了，秦书记，走，尝尝去？"

一行人到了里面，边喝茶边闲聊。原来，今年正是改革开放四十年，卢市长琢磨着想在深圳做点活动，可一时又拿不定主意。

秦勤立即说："好，这个好，要做。这是个大事。"他放下茶杯，看看魏东晓，又说："哎呀，没有党中央四十年前的决定，没有深圳人四十年的奋斗，深圳怎么可能从一个无人知道的小渔村，变成现在的国际化都市？要知道，2017年，深圳的GDP已经超过了香港。这是什么速度？现在国家要着力打造粤港澳大湾区，预计六年后人均GDP就能超过日本东京湾区，成为全球经济总量最大的湾区！"

他看看魏东晓："刚才在拖拉机上，老魏也想起很多往事吧？"

魏东晓点点头："过去的一切怎么可能忘。从高楼林立的都市到这样的乡村，完全熟悉的气息，像是做梦，可再没有当年的穷困潦倒，再没有拼命要离开的人。全变了。"

"是啊，不同以往了。看看我们现在的国家吧，这是最好的时代。"秦勤说。

"是的，国强则民强，国富则民富。这次万为的极化码入围5G标准，也离不开国家，国家才是我们企业最坚实的后盾。"

三个人越聊越兴奋，完全忘记了卢市长的议题。最后还是杜芳把思路拉回来了。她想出来一个办法："现在都全民健身，身体健康是最重要也最易被忽略的，四十周年纪念，不如就搞个马拉松大赛吧？"

"这个主意好！"秦勤笑着说，"深圳从创城开始就是在奔跑，到现在，奔跑的脚步越来越矫健，也越来越平稳。"他说着，看向魏东晓，"怎么样，魏总，你万为集团要不要来赞助这场比赛？"

"没问题。"魏东晓答应，"所有费用我万为集团包了，我也第一个报名参加。"

卢市长和秦勤都拍手称赞。

杜芳心里有些不悦，却没表现出来。等到回家路上，问魏东晓："老魏，你的身体不是四五十岁的时候了，奔七十的人了，平常的运动量也没那么大，马拉松你不能跑。"

魏东晓嘿嘿乐："到时候再说。"

杜芳没再说什么。她知道魏东晓这么说，只是搪塞她，但现在说什么也没有用。杜芳想，比赛的时候一定要看牢他，不能让他真的去上场。

粤兴广告和万为通讯的企划部承接了马拉松大赛的所有宣传组织工作。各种媒体狂轰滥炸，造势宣传，鼓动得人人热血澎湃，一时间报名者踊跃，除了喜欢运动的人来参加之外，很多年纪大了，参加过深圳早期建设的人也跃跃欲试。万为通讯和新港科技联手搭建了通信与网络安全保障中心，全程监控录像，可进行人脸识别，成为大赛的一大亮点。

马拉松的日子越来越近，报名人数早已过万，为了阻止魏东晓参赛，杜芳提前两天从外地赶回来，再三劝说。魏东晓开始是不高兴，后来就闭口不言，以看书或是看电视来抗议杜芳。

魏东晓这两年犯过两次心绞痛，虽然查不出什么问题，但杜芳知道是不应该参加这样的比赛的。可她千叮咛万嘱咐，魏东晓还是在比赛前一天玩儿起了失踪。杜芳急了，挨个儿给两个儿子打电话，逼着他们交代魏东晓的藏身处，可虾仔跟蚝仔根本就不知情，也说不出来。

魏东晓确实带了一个人，就是魏特西。祖孙两人在京基一百吃了简餐，又在那里开了一间房，一直到次日大赛快开始的时候，赴到出发点。

现场人声鼎沸，来自世界各地的运动员和游客云集在一起。音乐声、喇叭声，就像一个狂欢节。路边的广告屏幕在不停播放：深圳，我为你自豪！深圳，我为你奔跑……很多人在做热身运动，更多的人则是在拍照，用镜头留下这一刻。搭建的主席台上，很多官员和体育界人士，出席大赛发布会。

"好孙子，你准备好了没有？"魏东晓做着热身，看着在那里转动脚踝的魏特西完全一副正儿八经要参赛的样子，打心眼里高兴。

参赛队员们开始集合。蚝仔跟贺曦穿着情侣装运动服出现在队伍里。虾仔跟阿娇也来了。杜芳也来了，她知道拦魏东晓是拦不住的，索性就在半路上等着他。

比赛的枪声一响，人流就潮水般涌了出去。路两旁的人行道上，市民们或骑车或步行，跟着队伍跑，不时有人跑到赛道上去加入比赛。很多志愿者在路边维持秩序，警察全线巡逻。

魏特西跟魏东晓也在人群中慢慢跑着。

"老魏。"听到叫声，魏东晓一扭头，看到了蔡伟基："老蔡，你也来啦。"蔡伟基指指后头："不只我，看看，这么多老家伙。"魏东晓回头，身后是麦寒生、王三成、蔡红兵和陈明涛，万为集团的基建兵都在。魏东晓笑笑，转头继续往前跑。"爷爷您慢点儿。"魏特西叫着。

路边的志愿者提醒比赛的人们注意安全，给需要喝水的人递上准备好的矿泉水。

魏特西边跑边观察着魏东晓："爷爷，您行吗？"

"你看爷爷行吗？"魏东晓喘着气，努力向前跑着。但他的脚步越来越慢，越来越多的人超越他。他回头看看一直跟在他身后的伙伴们，他们都在坚持着。魏东晓知道自己到了承受的极限，但他必须坚持下去，坚持过去了，就会轻松了。但他的身体开始渐渐沉重，腿也不听使唤了，肺似乎要炸开了。但他不肯停下，加大力度地呼吸着，跑得更慢了。

"老魏，你慢慢跑，别着急。"杜芳出现在路上，慢慢跟在魏东晓旁边。

魏特西基本上是边跑边玩，他跑到魏东晓的前面，又倒着走回来，随时关注着魏东晓。

王三成跟魏东晓并行跑着："魏总，我们慢慢来，我们都跟着您哪。"

时间一点点过去，冲在前面的都已经到了终点，但魏东晓和他的伙伴依然坚持在路上，他们的速度比正常步行还要慢。

比赛时间已经过去很久了，道路开始恢复正常的交通，志愿者过来告诉他们，需要从主干道上转移到人行道上去。魏东晓转身的时候，一个趔趄，整个人就向前扑去。魏特西眼疾手快，一闪身，从前面扶住了魏东晓，杜芳、王三成和陈明涛一起扶着，将魏东晓放在地上。

"老魏，老魏。"杜芳呼喊着魏东晓。

"爷爷，爷爷。"魏特西也叫着。

"救护车，快叫救护车。"陈明涛跟志愿者招手。

恍惚中，魏东晓听到了身边人的喊声，但声音很遥远，远到几乎听不见；取而代之的，是空旷打谷场上正在放着电影《秘密图纸》的画面，听不到声音，他看到了虾仔瘦小的背影，坐在那里看电影。

"这就跑不动啦？咱工程兵啥时候掉过链子，老了老了就变怂蛋了？"王光明突然出现在眼前，瞪着牛眼睛看着他。魏东晓一下红了眼眶："支队长，我没……"还没说完，有双大手重重拍在他的肩膀。他扭头就看到了精神抖擞的贺唯一。"唯一……"贺唯一笑着跑到支队长身边："没什么没？连长，你变了，会找借口了。"王光明再次瞪起眼睛："别跟个桩子似的杵那儿了，赶紧跟上，大家都等着呢！"

"老魏……"魏东晓听到有人呼唤自己，像是杜芳的声音。

"爷爷……爷爷……"这次，魏东晓听清了，是魏特西的声音。他努力睁开眼，看到杜芳和魏特西在自己两侧，王三成、蔡红兵都看着他，虾仔、蚝仔、贺曦、阿娇也都过来，看到魏东晓醒来，都舒了一口气。

魏东晓的目光缓缓从每一张脸上滑过，挣扎着要起来。虾仔和蚝仔赶紧上前，一起将魏东晓扶起来。魏东晓张了张嘴，还没说出话来，魏特西急忙把水递过来："爷爷，您慢点儿喝。"

魏东晓喝了几口水，才长出一口气："没事，我没事。"他又连喝了几口。

一辆救护车在他们旁边停下来，两个穿着白大褂的志愿者医生跳下车冲他们跑过来："病人呢？病人怎么样了？"

杜芳还没开口，魏东晓却手一挥，借着蚝仔和虾仔的力量站了起来。"没病人，渴了，喝口水就好了。"那两个大夫你看看我看看你，还没来得及回答，魏东晓却已经在虾仔和蚝仔的搀扶下跑了起来，"我们去追，只要有口气，就一定能跑到终点。"

"老魏！"杜芳担心地喊了一声，随即看看跟在后面的王三成、陈明涛、蔡红兵和蔡伟基等人，"我们都在你身边，都跟着你。"

魏东晓微微笑着，继续向前跑着。

深南大道上，魏东晓在虾仔跟蚝仔的搀扶下，和所有人一起缓慢地向马拉松终点跑去。

"四十年了！"魏东晓在心里感叹着，"四十年。整个国家都发生了翻天覆地的变化，但改革的脚步从来不曾停下。每一次朝阳升起的时候，我们都准备好，再次出发！"